HARI KUNZRU

Die Farben dieser Welt

Buch

Agra, 1918. In einem Haus unweit des Taj Mahal wächst der fünfzehnjährige Pran weitgehend unbehelligt von elterlicher Fürsorge auf. Seine Mutter Amrita ist bei seiner Geburt gestorben, und sein Vater, der angesehene Anwalt Pandit Amar Nath Razdan, ist mehr bei Gericht anzutreffen als zu Hause. Wegen seines losen Mundwerks hat Pran es sich bei der Dienerschaft weitgehend verscherzt. So ist es auch kein Wunder, dass die Gerüchte über seine Herkunft, die seit seiner Geburt im Umlauf sind, nicht verstummen. Denn an einem besteht kein Zweifel: Pran Nath ist nicht nur ein bildhübscher Bursche – er ist ein Halbblut.

Als sein Vater an der Grippe stirbt, enttarnt eine Dienerin den Jungen endgültig als englischen Bastard, und er landet höchst unsanft vor den Toren des elterlichen Hauses. Für Pran beginnt eine abenteuerliche Reise durch die düsteren und bizarren Welten des indischen Subkontinents. In Bombay, wo er Unterschlupf bei dem Missionarsehepaar Macfarlane findet und als Pretty Bobby Karriere im Rotlichtviertel macht, verspürt er immer stärker den Drang, mit Engländern zusammen zu sein, als einer der Ihren zu gelten. Und so ist es ein glücklicher Zufall, dass er den jungen Jonathan Bridgeman kennen lernt, der gerade auf dem Weg nach London ist, um sein Erbe anzutreten. Schiffsticket und Pass werden herrenlos, als Bridgeman bei einer Schlägerei getötet wird, und Pran alias Bobby sieht seine Chance gekommen

Autor

Hari Kunzru wurde 1969 als Sohn einer Engländerin und eines Inders geboren. Er schreibt für zahlreiche Zeitungen und Magazine, darunter »The Economist«, »The Guardian« u. a. Er lebt in London und arbeitet an seinem zweiten Roman.

Hari Kunzru

Die Farben dieser Welt

Roman

Aus dem Englischen
von Benjamin Schwarz

GOLDMANN

Die Originalausgabe erschien unter dem Titel
»The Impressionist« bei Hamish Hamilton, London.

Die deutsche Erstausgabe ist im Blessing Verlag
unter dem Titel »Die Wandlungen des Pran Nath« erschienen.

Umwelthinweis:
Alle bedruckten Materialien dieses Taschenbuches
sind chlorfrei und umweltschonend.

Der Goldmann Verlag ist ein Unternehmen der
Verlagsgruppe Random House GmbH.

1. Auflage
Taschenbuchausgabe Mai 2004

Umschlaggestaltung: Design Team München
Umschlagfoto: Getty images
Satz: Uhl + Massopust, Aalen
Druck: GGP Media, Pößneck
Titelnummer: 45719
BH · Herstellung: H. Nawrot
Made in Germany
ISBN 3-442-45719-X
www.goldmann-verlag.de

»Erinnere dich, ich kann mich schnell verwandeln. Es wird alles so sein, wie damals, als ich zuerst mit dir sprach unter Zam-Zammah, der großen Kanone –«

»Als ein Knabe in der Kleidung der Weißen – als ich das erstemal das Wunderhaus betrat. Und beim zweitenmal warst du ein Hindu. Was wird deine dritte Inkarnation sein?«

(Rudyard Kipling, *Kim*)

Pran Nath

Eines Nachmittags, drei Jahre nach Beginn des neuen Jahrhunderts, flirrt roter Staub, der einst fetter Gebirgsboden war, in der Luft. Er gleitet auf einen Reiter herab, der sich langsam durch die Schluchten, mit denen die Ebenen südlich des Gebirges durchfurcht sind, vorwärts kämpft, dörrt ihm die Kehle aus, überzieht seine Kleidung und verstopft ihm die Poren seines rosafarbenen, schwitzenden Gesichts.

Sein Name ist Ronald Forrester, und Staub ist sein Spezialgebiet. Vielmehr: Sein Spezialgebiet ist der Kampf gegen den Staub. Im europäischen Club in Simla werden sie nie müde, über »Forrester den Förster« zu witzeln. Ein- oder zweimal hat er versucht, seinen indischen Untergebenen im Ministerium den Witz zu erklären, aber die verstanden nicht, was daran komisch sein soll. Sie nahmen an, der Name gehöre zum Job. Förster Sahib. Wie Ingenieur Sahib oder Mister Richter.

Forrester Sahib bekämpft den Staub mit Bäumen. Sieben Jahre hat er oben im Gebirge damit zugebracht, auf erodierten Berghängen herumzureiten, Schonungen aus Jungbäumen anzupflanzen, seinen Bauern etwas über Bodenerhaltung beizubringen und Verordnungen durchzusetzen, die Holzschlagen und unerlaubte Weidehaltung untersagen. Folglich ist er auch der Erste, dem das unfreiwillig Komische an seiner gegenwärtigen Lage bewusst ist. Selbst jetzt, in seinem Urlaub, verfolgt ihn seine Arbeit überallhin.

Er trinkt aus einer Taschenflasche einen Schluck brackiges Wasser und presst sich in den Sattel, als sein Pferd stolpert, sich wieder fängt und eine kleine Steinlawine den steilen, trockenen Hang hinunterkollern lässt. Es ist Spätnachmittag, und wenigstens lässt die Hitze langsam nach. Der Himmel über ihm ist mit blauschwarzen Wolken überzogen, trächtig vom Monsunregen, der jeden Tag losbrechen wird. Wenn er doch nur endlich käme, denkt er.

Forrester hat es genau deshalb in diese Gegend verschlagen, weil es hier keine Bäume gibt. Auf der Veranda seines Regierungsbungalows an seinem Dienstort kam ihm die perverse Idee, Baumlosigkeit könne einer erholsamen Rundreise förderlich sein. Und jetzt, wo er hier ist, gefällt sie ihm nicht mehr. Es ist ein ödes Land. Selbst das Jagen ist ziellos und unbefriedigend. Von den kümmerlichen Getreidefeldern der Dorfbewohner abgesehen, die durch ein Netzwerk aus Dämmen und Kanälen sorgsam bewässert werden, sind ein paar Büschel scharfen, gelben Grases und verkrüppeltes Dornengebüsch das Einzige, was wächst. Inmitten all dieser Dürre fühlt er sich unbehaglich, am falschen Ort.

Wenn die Sonne am Morgen sein Zelt aufheizt, hat Forrester Träume vom Marschieren. Träume von Bäumen. Von ganzen Regimentern aus Deodar-Zedern, die hügelan und talwärts marschieren wie Rotröcke mit Nadeln dran. Von Paternoster-Bäumen, Saul-Bäumen und Amboinakino-Bäumen. Von Banyans, die Wurzeln ausstrecken wie Tentakel, von schwarzem Laubwerk, das sich vor das Blau des Himmels schiebt. Sogar englische Bäume kommen darin vor, Bäume, die er seit Jahren nicht mehr zu Gesicht bekommen hat. Krumme Eichen und schlaffe Weiden verwandeln sich in marschierende Bataillone, während er sich im Schlaf herumwälzt und von einer Seite auf die andere wirft. Wenn ihn die Träume entlassen, liegt er schwitzend und unausgeruht auf seiner Pritsche und ärgert sich darüber, dass seine Wälder zu etwas Aufgeregtem, Albernem verzerrt wurden. Zu einer Klamotte. Einer Baum-Operette. Noch ehe er Zeit zum Rasieren gefunden hat, rinnen ihm rote Schweiß- und Staubbäche die Stirn herunter. Das alles, weiß er, hat er nur sich selber zuzuschreiben. Alle haben gesagt, es sei töricht, in dieser Jahreszeit in den Süden zu reisen.

Würde man Forrester fragen, könnte er nur schwer erklären, was er eigentlich hier tut. Vielleicht ist er aus Trotz hergekommen, weil es die Jahreszeit ist, in der alle anderen in den Norden, in die Kühle der Berge aufbrechen. Er hat drei Wochen damit verbracht, einfach in der Gegend herumzureiten und nach etwas zu suchen. Was das ist, kann er nicht mit Sicherheit sagen. Etwas, das eine Lücke füllt. Bis vor kurzem kam ihm sein Leben in den Bergen durchaus befriedigend vor. Einsam ist es allerdings, keine Frage. Im Gegensatz zu manch anderem redet Forrester mit seinen Mitarbeitern und ist an den Einzelheiten ihres Lebens ehrlich interessiert. Aber Rassengegensätze sind schwer zu überwinden, und schon an der Universität war er nie sehr gesellig. Es bestand immer eine gewisse Distanz.

Konventionellere Leute hätten dieser Lücke die Form einer Frau gegeben und ihren Urlaub damit zugebracht, auf Teepartys und bei Polospielen in Simla auf Ehefrauenjagd zu gehen. Forrester dagegen, schwierig, schweigsam, wie er ist, beschloss, sich mal anzusehen, wie das Leben ohne Bäume ist. Er hat festgestellt, dass er es nicht mag. Das ist ein gewisser Fortschritt. Für Forrester liegt der Zweck des Lebens im Wesentlichen darin, sich darüber Klarheit zu verschaffen, was man mag und was nicht. Sein Problem ist nur, dass er bisher sehr wenig gefunden hat, was er auf der Plusseite der Bilanz veranschlagen könnte. Und so reitet er durch die Schluchten, eine in Khaki gekleidete Leerstelle, träumt von Bäumen und wartet auf etwas, irgendetwas, das ihn ausfüllen könnte.

Dieses Etwas ist in Luftlinie nicht weiter als eine Meile entfernt, aber bei der Welligkeit des Schotterwegs beträgt die Entfernung möglicherweise das Doppelte. Als die Sonne tiefer sinkt, sieht Forrester einen funkelnden Lichtreflex auf Metall, kurz blitzt etwas rosafarben vor der graubraunen Erde auf. Er macht Halt und wartet, während seine Kiefer sich seltsam verspannen und er im Sattel erstarrt wie ein Kavallerist bei der Parade. Er hat die letzten anderthalb Tage keinen Menschen zu Gesicht bekommen. Allmählich erkennt er eine Gruppe Männer, dem Aussehen nach Rajputen-Bauern, die mehrere Kamele am Zügel führen und einen verhängten Palankin, eine Sänfte, begleiten. Die Sänfte wird von vieren von ihnen schaukelnd auf den Schultern getragen.

Als die Gruppe sich bis auf Rufweite genähert hat, berührt die Sonne fast den Horizont. Drohendes Rot steht in Streifen vor einer dichten, grauen Wolkenwand. Forrester wartet, während sein Pferd mit den Hufen auf dem Ufer eines ausgetrockneten Flussbetts herumstampft. Nicht weit von ihm entfernt halten die Sänftenträger und setzen ihre Last ab. Mit ihren gewaltigen rosa Turbanen und den zu enormer Länge gezwirbelten Schnurrbärten taxieren sie den schwitzenden Engländer, als wären sie Käufer, die einen Ochsen begutachten. Vier schwarze Augenpaare, gespannt und gleichmütig. Forresters Hand fährt unwillkürlich zu seinem Hals empor.

Aus dem Hintergrund taucht ein magerer Mann mittleren Alters auf, der einen Dhoti und ein schmutziges weißes Hemd trägt und sich einen schwarzen Regenschirm unter den Arm geklemmt hat. Er sieht aus wie ein Eisenbahner oder Hauslehrer, und seine Erscheinung nimmt sich in der Wüste seltsam und unpassend aus. Sichtlich führt er hier das Kommando, und ebenso sichtlich ist er verärgert darüber, dass seine Diener den Befehl zum Anhalten nicht abgewartet haben. Er drängt sich durch sie hindurch nach vorn und grüßt Forrester mit einer Verbeugung, die dieser mit einem Tippen an den Rand seines Tropenhelms erwidert. Forrester will sich gerade auf Hindi an den Mann wenden, als der ihn auf Englisch anspricht.

»Sieht nach Regen aus, was?«

Beide blicken sie zum Himmel hinauf. Wie auf Kommando landet ein dicker Wassertropfen auf Forresters Gesicht.

Feuer und Wasser. Erde und Luft. Denk über diese Gegensätze nach und bring sie miteinander in Einklang. Lass sie ineinander stürzen, jage sie trudelnd durch einen Tunnel aus Schwärze, aus dem sie heil wieder hervorkommen, eins mit dem All, bloße Erscheinungen der großen Einheit aller Dinge, deren Name Gott ist. Der Gedanke kann auf diese Weise weiterwandern, vom Teil zum Ganzen, glatt wie die Berührung der öligen Hände des Masseurs im Hammam. Amrita würde am liebsten ewig so weiterdenken.

Das wäre wahrer Genuss! Doch sie ist nur eine Frau, und »ewig« wird ihr nicht zugestanden. In Ermangelung der Unendlichkeit wird sie sich damit begnügen, das, was ihr an Zeit gegeben ist, in die Länge zu ziehen, zu einem dünnen Faden auszuspinnen.

Im Inneren der Sänfte ist es heiß und eng, die Gerüche von Essen, altem Schweiß und Rosenwasser vermischen sich mit einem anderen Geruch, scharf und bitter. Schon wieder streckt sich Amritas Hand nach dem kleinen Sandelholzkästchen mit den Pillen aus. Sie beobachtet die Hand, als beobachte sie eine Schlange, die über einen Steinboden kriecht, mit Distanz und leisem Ekel. Ja, es ist ihre Hand, aber nur im Moment, nur eine Zeit lang. Amrita weiß, dass sie und ihr Körper nicht ein und dasselbe sind. Dieses krebsartige Ding, das mit Kästchen und Schlüssel und Kügelchen aus klebrigem, schwarzem Harz herumfummelt, gehört ihr nur so, wie ihr ein Schal oder ein Schmuckstück gehört.

Ein heftiger Stoß. Sie haben angehalten. Draußen hört man Stimmen. Amrita ist erfreut. Mit ihren neunzehn Jahren wird dies ihre letzte Reise sein, und jede Verzögerung ist ein Grund zum Feiern. Sie schluckt noch ein Opiumkügelchen, dessen bitteres Harz sie auf der Zunge schmeckt.

Wie jedes Jahr hat der Wind stetig aus Südwesten geweht, seine Fracht aus feuchtweicher Luft über die Ebene gewälzt und sie hart gegen die Berge prallen lassen. Tagelang, wochenlang hat sich die Luft durch die Täler in die Höhe geschoben, sich abgekühlt und ist in gewaltigen Kondenswassertürmen über die Gipfel gewirbelt. Nun sind diese hängenden Wolkengärten so reif, dass sie nicht mehr an sich halten können.

Und so fällt Regen.

Er geht zuerst über den Bergen nieder, Wassermassen von unvorstellbarer Wucht. Hirten und Holzfäller, die er im Freien erwischt, ziehen sich ihre Tücher über die Köpfe und suchen rennend Deckung. Dann rollt der Regen in einer Kettenreaktion, die sich von Wolke zu Wolke fortsetzt, über die Vorgebirge, löscht Feuer, prasselt auf Dächer und zaubert ein Lächeln auf die Gesichter der Menschen, die nach draußen laufen, um ihn zu begrüßen, das Wasser, auf das sie so lange gewartet haben.

Schließlich gelangt er in die Wüste. Als der Regen zu fallen beginnt, lauscht Forrester dem Geplapper des schmuddeligen Brahmanen und hört sich gereizt zustimmen, dass jetzt ein guter Augenblick und hier ein guter Platz sei, um das Lager aufzuschlagen. Mag sein, dass seine Schroffheit Moti Lal beleidigt hat, aber darüber kann Forrester sich jetzt keine Gedanken machen. Seine Augen sind auf die Sänfte gerichtet, auf die mürrische Dienerin, die zwischen den bestickten Vorhängen herumhantiert. Die Insassin hat noch nicht einmal flüchtig einen Blick nach draußen geworfen. Er fragt sich, ob sie krank ist oder sehr alt.

Bald fällt der Regen regelmäßig, und dicke Tropfen klatschen in den Staub wie kleine Bomben. Die Kamele scheuen nervös und knurren, als ihnen Beinfesseln angelegt werden. Diener laufen umher und laden Säcke ab. Moti Lal hält einen stetigen Konversationsstrom aufrecht, während Forrester absteigt und sein Pferd absattelt. Moti Lal ist hier nicht der Herr, o nein, nur ein treuer Gefolgsmann der Familie. Sie ist ihm zugefallen, die Pflicht, die junge Herrin zu ihrem Onkel nach Agra zu begleiten. Höchst ungewöhnlich natürlich, doch es liegen mildernde Umstände vor.

Mildernde Umstände? Wovon redet dieser verdammte Narr? Forrester fragt, woher sie denn kommen, und der Mann nennt eine kleine Stadt, die mindestens zweihundert Meilen westlich von der Stelle liegt, an der sie stehen.

»Und Ihr habt den ganzen Weg zu Fuß zurückgelegt?«

»Ja, Herr. Die junge Herrin sagt, nur zu Fuß.«

»Warum um alles auf der Welt seid Ihr nicht mit dem Zug gefahren? Agra ist hunderte von Meilen von hier entfernt.«

»Leider kommt die Eisenbahn nicht in Frage. Das sind die mildernden Umstände, versteht Ihr.«

Forrester versteht nicht, aber im Augenblick ist er weit mehr damit beschäftigt, sein Zelt aufzustellen, ehe der Regen heftiger wird. Er scheint jede Sekunde heftiger zu werden. Moti Lal klappt seinen Regenschirm auf und hält ihn über den Engländer, der

Pflöcke in den Boden schlägt, wobei er sich gerade nahe genug aufstellt, um ihm im Weg zu sein, ohne ihm indessen wirklich Schutz zu bieten. Forrester flucht leise vor sich hin, und dabei geht ihm unentwegt ein Gedanke im Kopf herum: Es ist also eine junge Frau.

Regen tropft durch die Decke, landet in ihrem Schoß und zeichnet schwarze Kreise auf die rote Seide. Amrita neigt ihr Gesicht nach oben und streckt die Zunge heraus. Der Regen klingt dumpf. Draußen ist es dunkel, und vielleicht ist ihr kalt, aber sie ist sich nicht sicher. Um das Gefühl abzuwehren, stellt sie sich Hitze vor und denkt daran zurück, wie sie im Sommer auf dem Dach des Havelis ihres Vaters herumspaziert ist. Deutlich spürt sie die sengende Luft auf Armen und Gesicht. Sie hört die dumpfen Schläge, mit denen Teppiche ausgeklopft werden, und das Rascheln von Besen, mit denen die Dienerinnen Sand von den Böden fegen. Doch wenn sie sich Hitze vorstellt, denkt sie auch an ihren Vater, an das Umschreiten des Scheiterhaufens, während der Priester Ghi darauf schüttet, um das Feuer anzufachen, und sie fällt zurück in das Dunkel und die Kälte. Wassertropfen landen auf ihrer Stirn, auf einer Wange, auf ihrer Zunge. Bald ergießt sich der Regen in stetigem Strom durch das Dach. Die durchweichten Vorhänge klatschen ihr schlaff gegen die Seite. Der Wind wird stärker, und noch immer ist niemand sie holen gekommen. Niemand hat ihr auch nur mitgeteilt, was los ist. Ohne Mutter und Vater ist sie jetzt die Herrin. Wenn sie nur die Kraft aufbringen könnte, sich durchzusetzen.

Amrita schließt ihr Kästchen auf und schirmt es mit der Hand gegen das Wasser ab. Sie soll zu ihrem Onkel gebracht werden, und das wird das Ende sein. Er schreibt, er habe für sie bereits einen Gatten gefunden. Wenigstens, sagen die alten Frauen, komme sie mit einer guten Mitgift an. Sie sei so viel besser gestellt als andere Mädchen. Und sie solle Gott danken.

Binnen einer halben Stunde hat sich der Staub in Matsch verwandelt. Trotz seines Zeltes ist Forrester klatschnass. Er steigt auf den Gipfel eines Hügels und hält Ausschau über die Wüste, die durch einen fingerabdruckartigen Wirbel aus Tälern und Graten gezeichnet ist. Es gibt keinen Schutz. Während der Wind an seinem Zelt zerrt und gegabelte Blitze den Himmel in flüchtige Segmente teilen, kommt ihm der Gedanke, dass er sich möglicherweise töricht verhalten hat. Seine rotbraune Welt ist grau geworden, und massive Wasservorhänge verdecken den Horizont. Hier steht er, mitten darin, und weit und breit ist kein Baum zu sehen. Er ragt am höchsten in dieser öden Landschaft und fühlt sich exponiert. Er schaut hinunter auf sein Zelt, das am Grund einer tiefen Rinne steht, und fragt sich, wie lange das Unwetter wohl anhalten wird. Die Inder sind immer noch damit beschäftigt, ihre eigenen Unterstände zu errichten, und hantieren mit Seilen und Pflöcken. Sonderbarerweise steht die Sänfte noch immer dort, wo sie sie abgestellt haben. Hätte man ihm nichts anderes erzählt, so hätte er geschworen, das Ding sei leer.

Wenig später fließt ein morastiges Rinnsal durch das Tal und trennt Forresters Armeezelt von den aus Planen und Bambus errichteten Gebilden der Inder. An ein Feuer ist nicht zu denken, und so drängen sich die Träger hilflos aneinander und hocken auf ihren Hintern wie eine schnatternde Schar Bidis rauchender Vögel. Moti Lal steigt auf die Anhöhe und zieht Forrester in ein weiteres nichts sagendes Gespräch, dann folgt er ihm den Hügel hinunter und hockt sich vor den Eingang des Zeltes. Schließlich ist Forrester zum Nachgeben gezwungen und redet.

»Also, wer genau ist Eure Herrin?«

Moti Lals Gesicht verfinstert sich.

Sie war schon immer nicht zu bändigen gewesen, auch vor dem Tod ihrer Mutter nicht. Ihr Vater nahm keine Notiz von ihr, ihn interessierte nicht, ob sie gut oder schlecht war, denn er war viel zu beschäftigt damit, Münzen auszuwiegen, um sich der Welt außerhalb seines in Leinwand gebundenen Hauptbuchs zu widmen.

Ab und an kamen die Diener zu ihm und berichteten ihm in seinem Kontor, dass das Mädchen mit einer Tasse nach dem Türsteher geworfen habe, dass sie das Essen verweigere, dass man sie am Einäscherungstor mit Frauen vom Stamm der Bikaneri habe reden sehen. Morgens fand ihre Dienerin manchmal Sand in ihrem Haar, wenn sie es kämmte, als habe sie die Nacht draußen in der Wüste verbracht.

Sie machte der Familie Schande, und wenn schon der Herr es vorzog, das alles zu ignorieren, fiel die Aufgabe, sie zur Räson zu bringen, seinem Hauptbediensteten zu. Zunächst versuchte es Moti Lal mit Worten. Als er dann aber in ihrem Schmuckkästchen eine Tafel aus klebrigem, schwarzem Harz fand, schleifte er sie auf den Hof und schlug sie mit einem geschnitzten Stock, mit dem sonst Affen verscheucht wurden. Drei Tage wurde sie in ihr Zimmer eingeschlossen. Der Herr, zerstreut wie immer, da er gerade mit einer Immobilien-Transaktion beschäftigt war, fragte, wer in seinem Haus weine. Auf die Mitteilung, es sei Amrita, schien er erstaunt zu sein. Ob es ihr an irgendetwas fehle, fragte er.

Kaum wurde der Türriegel zurückgezogen, lief sie davon und kehrte mit wildem Blick und wirren Reden von Bäumen und rauschendem Wasser zurück. Moti Lal kam nie dahinter, wer sie mit der Droge versorgte, und nach und nach verlor sie an allem anderen das Interesse. Sie flüchtete sich ins Bett und redete nicht mehr. Es war, als habe sie sich in eine andere Welt zurückgezogen. Er musste sie rütteln und ohrfeigen, ehe sie die Neuigkeit über ihren Vater begriff.

Sein Mörder hatte ihm ein Stück Draht eng um den Hals geschlungen. Die Leiche war auf einem Müllhaufen außerhalb der Stadtmauern gefunden worden, die Fußsohlen nach oben gekehrt wie zwei bleiche Fische. Niemand schien überrascht zu sein. Geldverleiher sind keine beliebten Leute. Verstehst du, schrie Moti Lal sie an. Jetzt bist du völlig allein.

Und nun kommt die Flutwelle. Die Erde wird im Wasser versinken, aber Amrita kann wie Manu, der erste Mensch, auf den Meereswogen schwimmen und gerettet werden. Sie macht die Hände hohl und sieht einen kleinen Fisch, der sich flink durchs Regenwasser schlängelt. Sie wird ihm Mitgefühl erweisen, denn er ist Gott der Herr, der als ein Zeichen zu ihr gekommen ist, und obgleich sie völlig durchgefroren ist, bedeutet der kleine gehörnte Fisch, dass sie am Leben bleiben wird.

Sie kommen sie nicht holen. Das Wasser füllt die Sänfte, durchweicht die Vorhänge und Kissen und schwappt in einem ständigen Strom über den hölzernen Rahmen. Amrita hat kein Umhängetuch, und der dünne Sari, der ihr an der Haut klebt, bietet keinen Schutz. Sie rechnet nicht damit, dass sie noch kommen. Moti Lal hasst sie und wünscht sich, sie wäre tot. Warum sollte er ihr da helfen? Sie sollte sich bewegen, aber das wird auch nichts helfen. Die Flutwelle kann jeden Augenblick kommen, und als sie da ist, hebt sie das Mädchen in die Höhe und schwemmt alle miteinander davon.

Als die Zeit für die Reise heranrückte, ließ Moti Lal das Haveli schließen und die Wertsachen in Schrankkoffer packen, die mit einem der Diener vorausgeschickt wurden. Draußen auf der Straße warteten Karren, um sie zu der Bahnstation zu bringen, die auf dem Landweg drei Tagereisen entfernt lag. Ladenbesitzer saßen neben ihren Waagen, spuckten Betelsaft in die Gosse und machten sich gegenseitig auf die Besitztümer des ermordeten kaschmirischen Maklers aufmerksam, seine Teppiche, seine Waage. Die Ochsen schlugen mit ihren Schwänzen, und die Fahrer kratzten sich. Alles war bereit. Aber das Mädchen wollte nicht fahren.

Moti Lal schlug sie, und sie lag am Boden und sagte, sie werde sich umbringen. Moti Lal schlug sie wieder und sagte ihr, es sei ihm egal, ob sie am Leben oder tot sei, aber er habe ihrem Onkel sein Wort gegeben, dass er sie nach Agra bringen werde, wo sie verheiratet werden sollte. Sie erwiderte, sie habe keinen Onkel in Agra und Heiraten bedeute ihr nichts, weil sie bald tot sei. Moti Lal schlug sie, bis ihm der Arm wehtat. Als ihr Gesicht angeschwollen war und sich ein Zahn in ihrem Mund gelockert hatte, sagte sie, sie werde reisen, aber nicht mit der Eisenbahn. Schließlich willigte er ein.

Moti Lal gab nach, und nun zieht er seit Wochen zu Fuß quer durchs Land, und der Schweiß rinnt ihm vom allmählich kahl werdenden Schädel, während Amrita in aller Ruhe in ihrem Palankin liegt und Visionen hat. Jeden Tag, wenn er mit den Füßen in seine staubigen Chappals schlüpft, findet er es absurder. Er ist ein Mann, dem man vertraut, ein Mann mit einer Position und einem Zeugnis, und er schleppt sich durchs Land wie ein Bettler. Jeden Tag, wenn er sich zu seiner morgendlichen Darmentleerung hinhockt, brodelt ihm ein Gedanke in den Sinn – dass ihr Wille stärker ist als seiner. Dem Mädchen ist es einerlei, ob es stirbt. Es ist, als verhöhnte es ihn.

Also verdient sie es vielleicht, dass man sie hier stehen lässt, in dem Regen und der Kälte. Wenn sie erfriert, ist es eben Gottes Werk. Dann kann er in einen Zug steigen, eine Druckschrift lesen und auf dem Bahnhof Chai aus einem Glas trinken, wissend, dass die ganze Sache hinter ihm liegt. Es wundert ihn, dass das kleine Luder bei all seiner Dickköpfigkeit seinen Kadaver nicht mal dorthin in Deckung bringt, wo es trocken ist. Denn das Wasser strömt mit einer Macht herunter, wie er es noch nie erlebt hat, es platscht vom Himmel herab wie Blut aus einer offenen Wunde.

Die ganze Welt ist Vergangenheit. Im Augenblick gibt es nichts außer einem Sturzbach aus schäumendem weißem Wasser, der einen Berg herunterrauscht, und die Zukunft ist in diesem Wasser enthalten wie die Baumstämme und der dicke rote Schlamm, die er von der Bergflanke gerissen hat. Das Wasser bewegt sich mit außerordentlicher Schnelligkeit, abwärts getrieben wie von einer riesigen Hand, und es fegt über die Wüste wie eine Armee, durch enge Erdspalten gezwängt, bis es in der Senke ankommt, in der Forrester kniet und sich damit abmüht, einen gelockerten Zeltpflock wieder in den losen, nassen Boden zu treiben. Er blickt hoch, und sie taucht vor ihm auf, eine gewaltige weiße Wand.

»O Gott – «, beginnt er, indem er ihr einen Namen gibt. Dann wird er verschlungen.

Die Sänfte zersplittert wie ein Kinderspielzeug, und Amrita lächelt, als die Nacht in ein ungeheures Rauschen zerstiebt, mit der Gewalt, nach der sie sich sehnt, solange sie sich erinnern kann. Kamele schreien und reißen an ihren Beinfesseln, drehen sich im Wasser wie wild, versuchen sich verzweifelt zu befreien. Menschen und Säcke werden in die Tiefe gezogen und schießen in den Fluten davon. Einen Moment lang hält Moti Lal seinen Regenschirm fest und steht kerzengerade im wütenden Schaum, mit einem Gesichtsausdruck, als wollte er sagen: Sieht nach Regen aus. Dann wird er in die Flut gerissen, und der Regenschirm schlittert über die Dünung davon. Als sich seine Lunge mit Wasser füllt, denkt er voller Ärger über die Kosten für einen neuen nach. Dann – eine weitere Kugel flitzt auf die andere Seite des Rechenbretts, eine weitere Zahlenkolonne wird mit einem Federstrich vervollständigt – ertrinkt er. Die ganze Welt ist Vergangenheit.

Dies sollte eigentlich alles sein. Doch in das Muster eines jeden großen Ereignisses sind auch kleine Wunder verwoben. Forrester fühlt sich von etwas festgehalten. Weißes Wasser tost ihm um die Brust, lässt ihm aber Kopf, Mund und Nase frei zum Atmen. Als ihn kleine Hände an den Handgelenken packen und ihm aus den Fluten helfen, versteht er nicht mehr, was ihm geschieht. Sein Bewusstsein treibt vollkommen hilflos dahin.

Er schleppt sich einen Hang hinauf und fällt auf Hände und Knie, während er noch immer reflexartig nach Luft schnappt. Allmählich wird ihm klar, dass er irgendwo ist, wo es trocken und dunkel ist, und er steht auf. Der Eingang zu einer Höhle. Wieder die Berührung von Fingern. Er fährt zurück, dann fasst er sich und lässt es zu, dass man ihn am Handgelenk packt. Die Hand geleitet ihn tiefer hinein. Ein zweites Mal geht er auf die Knie, weil er nicht ganz darauf vertraut, ob seine Beine ihm gehorchen. Er versucht, langsamer zu atmen. Es hat keinen Zweck. Als ein Feuer aufflackert, ist er davon überzeugt, dass er tot ist.

Urgewaltig und grimmig steht im Feuerschein die heimische

Muttergöttin vor ihm. Sie ist von oben bis unten mit Schlamm beschmiert. Ein Gewirr wilder Haare hängt ihr ins Gesicht. Sie ist vollkommen nackt. Kniend errötet er und wendet den Blick ab, eingeschüchtert von den Brüsten mit ihren dunklen Spitzen, der Wölbung des Bauches, der kleinen, krisseligen Schamhaarmatte. So viel realer als die Mädchen, die seine schlaflosen Nächte in den Bergen bevölkern. Jene sind Ansichtskarten-Mädchen, zart wie Spitze. Sie lugen über Sonnenschirmchen hinweg, milchweiß und rosenwangig, mit der Frage: Ach, willst du nicht zu mir in den Garten kommen, Liebster?

Forrester wird bewusst, dass ein Geist vor ihm steht. Er ist in den Fluten umgekommen, und dies hier ist so etwas wie eine Erscheinung, die Art Geist, wie man sie mit Tischerücken und Ouija-Brettern heraufzubeschwören versucht. Aber sie wirkt sehr real, diese Göttin. Durch die Wassermassen aus rohem Lehm geknetet. Er überlegt, ob er sie selbst geschaffen hat, geformt in seinen schlaflosen Nächten und auf den verschlungenen Wegen durch die Wüste. Wenn einem etwas dringend genug fehlt, denkt er, kann man es vielleicht herbeizwingen.

Dann tritt sie auf ihn zu und beginnt, ihm das Hemd aufzuknöpfen, und dabei fühlt er das Zerren von Fingern an Knöpfen und ihr nasses Haar an seiner Wange, und er spürt ihren sauberen, üppigen Geruch nach Frau und Lehm und Haaröl. Er streicht ihr mit den Händen über die Haut, sie berühren wirkliche Haut, die von Steinen und Zweigen zerrissen und zerschunden ist, und er weiß, er hat sie sich absolut nicht ausgedacht. Sie streicht sich die Haare aus den Augen und schaut ihm direkt ins Gesicht, und jäh wird Forrester klar, dass es genau andersherum ist. Nicht er hat sie sich erschaffen. Sie hat sich ihn erschaffen. Er hat keine andere Bestimmung, wird nie eine andere haben als die, die sie ihm gibt.

Beim prasselnden Feuer, das ihm die Haut trocknet, zieht sie ihm die Kleider vom Leib, und er ist nicht einmal darüber verwundert, dass er an einem warmen, staubigen Ort ist, an dem es Wassertöpfe aus Messing und einen Reisighaufen gibt, der säuberlich an einer Wand aufgestapelt ist. Draußen tobt der Sturm, und im Innern der Höhle schließen sich ihre kleinen Hände um sein Glied und ziehen ihn in einem Kuddelmuddel aus Gliedmaßen auf den Boden.

Die Flutwelle kommt, und die ganze Welt, außer Amrita, wird weggeschwemmt. Das Wasser rüttelt und schlägt sie, zerrt sie aus ihrem Sari und wirft sie herum wie ein riesiger struppiger Hund. Dann setzt es sie ab, und sie schlüpft aus der Welle heraus, bibbernd im schneidenden Wind auf ihrer bloßen Haut. Gegenstände schwimmen im Dämmerlicht an ihr vorbei, Menschen, Tiere, Wertsachen, die Dinge der untergegangenen Welt, die ins Vergessen geschwemmt werden.

Das ist die alte Welt, und sie ist die Mutter der neuen. Sie starrt in die wässerige Finsternis und zieht einen perlenhäutigen Mann aus den Fluten. Er keucht wie ein Neugeborenes. Sein raues, schweres Atmen erregt sie.

Amrita schleppt den perlmuttfarbenen Mann vom Wasser weg, und ein Dach schließt sich über ihnen. Er sinkt zu Boden. Sie blickt sich um. Es ist alles da, alles, was sie brauchen könnten. Und so hockt sich die Mutter der Welt hin, entfacht mit Feuerstein und Zunder ein Feuer und besieht sich ihren Fund. An ihm ist nicht die geringste Farbe, Gesicht und Haar sind sauber und rein gewaschen wie Milch. Er trägt nasse Europäerkleidung, die sie ihm auszieht. Er scheint sehr hilflos zu sein, hebt die Arme, um ihr beim Hemd behilflich zu sein, und legt ihr eine Hand auf die Schulter, als er aus seinen Khakishorts steigt.

Dann ist er nackt, und obgleich er hilflos ist, ist er sehr schön. Amrita fährt mit dem Finger die Linie seiner Hüfte entlang, den Haarpfeil, der von seinem Nabel nach unten führt. In kleinen, seltsamen Intervallen beginnen seine Hände ihre Berührung zu erwidern, und bald tut sie etwas, was sie sich nur im Traum vorgestellt hat: Sie zieht ihn herunter auf den Boden.

Ihr Liebesakt ist unerfahren und gewaltsam, mehr Kampf als Sex, wie sie sich über den festgestampften Erdboden wälzen und sich aneinander krallen. Es passiert schnell, und dann liegen sie lange ineinander verschlungen da und atmen heftig. Das nie gekannte Gefühl eines anderen Körpers lässt sie von neuem beginnen, und das tun sie noch zweimal, sie wälzen sich herum und krallen sich aneinander, und dann liegen sie wie berauscht vollkommen still da. Beim letzten Mal ist das Feuer niedergebrannt, und Schweiß und Staub haben ihrer beider Haut die gleiche rotbraune Farbe verliehen. Die Farbe der Erde.

Sie bleiben liegen, bis das Feuer völlig erloschen ist. Dann blinkt plötzlich etwas Winziges in Forresters Hirn auf. Dieses kleine Etwas stürzt in etwas Größeres und möglicherweise Bedrohliches, und er macht einen Versuch, ihm einen Namen zu geben, und kann es nicht, allerdings meint er, es könnte etwas mit Pflicht und den Verfügungen des India Office zu tun haben, und dieses Etwas, das jetzt riesig und bedeutsam und Schreck erregend erscheint, lässt ihn aufspringen und rückwärts taumeln, sich herumdrehen im Versuch, sich ihm zu stellen oder sich zumindest irgendeine Vorstellung von dessen Form und Bedeutung zu machen. Vielleicht ist es namenlos, unbeschreiblich, das Unbeschreibliche, das einen Verlorenen streift, dessen einzige kurze Bestimmung sich gerade eben erfüllt hat, aber ob es nun benannt werden kann oder nicht, es lässt Forrester wilde Blicke auf das Mädchen werfen und nichts von allem begreifen, warum und wo er ist, nur dass er weiß, er hat soeben alles an seinem Leben verändert, und nicht sehen kann, wohin es führen wird. Und so macht Forrester spontan kehrt, tritt aus der Höhle und läuft hinunter ans Wasser, das sich in einen schnell fließenden roten Fluss verwandelt hat. Und während er sich noch die Augen reibt, sich reckt und seine Panik in den Griff zu bekommen versucht, sieht er in einer freudigen Wallung etwas auf sich zukommen, das er kennt. Eine junge, am Stamm abgebrochene Deodar-Zeder kommt das überflutete Tal herab auf ihn zugesegelt, und ihre Zweige zittern, als wollten sie zu reden beginnen. Der Baum scheint derart erfüllt zu sein von Einsicht und Routine, dass er ebenso gut die Nationalhymne singen könnte, und Forrester stößt einen unartikulierten Schrei aus, winkt den Baum heran wie ein Taxi, springt darauf und wird davongeschwemmt. Das Letzte, was Amrita von ihm sieht, ist ein schlammverschmierter Torso, der flussabwärts treibt und die Reise fortsetzt, die sie vor ein paar Stunden unterbrochen hat.

Im Jahre 1918 ist Agra eine Stadt mit dreihunderttausend Einwohnern, die sich dicht an dicht um eine Biegung des Flusses Yamuna drängen. Breit und träge fließt der Fluss nach Süden und Osten, wo er schließlich in den Ganges mündet und sich in den Golf von Bengalen ergießt. Diese Stadt, nur eine der unzähligen Ortschaften, die sich an seine Ufer heften, ein Ameisenhaufen voller Händler und Handwerker, stieg vor etwa fünfhundert Jahren aus dem Dunkel der Geschichte, als die Moghuln, aus dem Norden kommend, sich hier niederließen, um Grabmäler zu errichten, Miniaturen zu malen und sich neue und blutige Arten der Kriegsführung auszudenken.

Wenn du dich wie der große Fliegerstar Indra Lal Roy von der Schwerkraft befreien und die Welt von oben sehen könntest, würdest du Agra als einen dichten Wirbel aus Erde wahrnehmen, einen Strudel aus Lehmziegeln und Sandstein. Im Süden kracht dieses Durcheinander labyrinthischer Straßen in das militärische Raster des British Cantonment, des Quartiers der Engländer. Dieses Cantonment (in allen offiziellen Schriftwechseln schroff zu Cantt. zusammengezogen) besteht aus geometrischen Elementen wie Kinderbauklötzen, zweckmäßigen Alleen und Exerzierplätzen, Kasernen für die Soldaten, die den Gesetzen Seiner britannischen Majestät, König Georg, Geltung verschaffen. Im Norden findet diese Militäranlage ihre Entsprechung in den Civil Lines, Reihen weiß getünchter Bungalows, die von Verwaltungsbeamten und ihren Frauen bewohnt werden. Die Nüchternheit dieses zweiten Rasters hat sich mit der Zeit abgeschwächt und gerundet, ehemalige Planungen haben in der indischen Hitze sachte schlappgemacht.

Der Nabel von Agra ist sein Fort, eine meilenlange Anlage aus hässlichen roten Sandsteinmauern, die ein Wirrwarr aus Palästen, Moscheen, Wassertanks und Konferenzsälen umschließen. Eine Eisenbahnbrücke läuft daran entlang, über die Reisende aus allen Teilen Indiens in die Stadt transportiert werden. Die geschäftige Menschenmenge am Fort-Bahnhof lichtet sich nie, nicht einmal in den frühen Morgenstunden. Die Menge ist Bestandteil des gewaltigen Eisenbahnprojekts, dem Traum von der Vereinigung, den kaiserliche Konstrukteure technisch verwirklicht haben. Die Rauchfahnen der Dampfkessel, die über Feldern im Hitzedunst aufsteigen und auf den voll gestopften Bahnsteigen zusammenlaufen, gehören zu einem Theaterstück, das auf dem ganzen Subkontinent gegeben wird. Wie die hundertdrei Tunnel, die hinauf nach Simla durch das Gebirge gesprengt sind, die zwei Meilen lange Brücke über den Ganges in Bihar und die hundertvierzig Stützpfeiler, die in den Morast von Surat getrieben wurden, kündet das Menschengedränge am Bahnhof von der Macht der Briten, der Technologen, die ganz Indien unter ihrer Kontrolle haben.

Für so eine lebhafte Stadt ist Agra schwer vom Tod gezeichnet. Daran sind vor allem die Moghuln schuld, die im Gegensatz zu den jetzigen, technisch gesinnten Herren intensiv über das Leben nach dem Tod und über die Dinge nachdachten, die beim Übergang dorthin verloren gehen. Überall haben sie höhlenartige Moscheen zurückgelassen, eisige Denkmäler der Abwesenheit. Hinter dem Fort liegt an der Flussbiegung der Taj Mahal. Trotz seiner massiven Marmorschönheit, trotz aller Entspannung, die sein kalter Fußboden und das dunkle Innere an einem glühend heißen Tag bieten, ist er ein melancholischer Ort, vierzig Millionen Rupien und wer weiß wie viele Menschenleben als Preis für autokratische Trauer. Der Kaiser Shah Jahan liebte Mumtaz-i-Mahal. Heute erhebt sich der Schmerz über ihren Verlust am Rand der Stadt, umgeben von einem Park, der von Liebespaaren des Dampfzeitalters noch immer als Treffpunkt benutzt wird. Doch trotz all dieses Aufwandes weigert sich die Liebe zu siegen, und die verabredeten Pärchen haben etwas Gedämpftes, Nachdenkliches an sich.

Heute aber hängt, wie er es gelegentlich tut, der Tod über der Stadt. Diesmal ist der Killer keine Belagerung oder Hungersnot, sondern die Grippeepidemie, die sich seit ihrer mystischen Geburt in einem Kothaufen hinter einem amerikanischen Armycamp in Ostrichtung über die ganze Welt verbreitet. Wenn sie abklingt, wird sie ein Drittel von Agras Bevölkerung dahingerafft haben; ein Drittel aller Schuhmacher, Töpfer, Seidenweber und Metallarbeiter in den Basaren, ein Drittel der Frauen, die ihre Wäsche am Flussufer gegen flache Steine schlagen, ein Drittel der sechshundert Arbeiter in Johns Baumwollmühle, ein Drittel der Häftlinge, die im Stadtgefängnis Teppiche knüpfen, ein Drittel aller Bauern, die Waren auf den Markt bringen, ein Drittel der Gepäckträger, die zwischen ihren Diensten auf dem Bahnsteig schlafen, ein Drittel der kleinen Jungen, die sich abseits des sonnengedörrten Matsches in den Höfen ihrer Mietskasernen schienbeinzerschmetternde Kricketpartien liefern und Yorkers werfen. Rajputen, Brahmanen, Chamars, Jats, Banjans, Moslems, Katholiken, Anhänger der Arya Samaj und Mitglieder der Kirche von England werden derselben Reihenfolge von Abgeschlagenheit, Schwitzen, Fieber und Finsternis erliegen.

Weltweit ist das Ausmaß dieses Tötens sogar noch größer als das Gemetzel, das sich zuletzt in Europa abgespielt hat. Hier hängt es wie ein Auswurf über dem Knäuel von Straßen nahe der Drummond Road, dem Stadtviertel namens Johri Bazaar, in dem die Juweliere ihre Geschäfte haben. Und nun stürze dich wie der Pilot Roy, der über dem fernen London schwarzen Rauch hinter sich herzieht, mitten in all diesen Tod hinunter, in ein großes, imposantes Haus, das durch hohe Backsteinmauern gegen den Straßenlärm abgeschottet ist. Stoße über die mit Glasscherben bewehrte Brüstung hinab auf ein niedriges Flachdach, wo ein Knabe auf einem Charpai ruht, während eine Hand sich gleichmäßig im Innern seines Pyjamas zu schaffen macht.

Pran Nath Razdan denkt nicht an den Tod. Ganz im Gegenteil. Die Basare mögen leer und die Korridore des Thomason-Krankenhauses mit Leichen verstopft sein, aber nichts von alledem hat irgendetwas mit ihm zu tun. Mit seinen fünfzehn Jahren wird seine Welt behaglich von den Mauern des Hauses seiner Familie umschlossen. Als einziger Sohn des bekannten Strafverteidigers Pandit Amar Nath Razdan ist er Erbe eines Vermögens vieler Lakhs Rupien und zukünftiger Besitzer des Daches, auf dem er liegt, dazu all der Höfe und Gärten, der kühlen, hohen Räume, der Dienerunterkünfte und des neuartigen Klosetts im europäischen Stil. Weiter draußen gibt es noch andere Häuser, ein paar Dörfer, ein Schuhputzunternehmen in Lucknow und einen Anteil an einer Seidenweberei. Wenn er einen kurzen Blick in seine Zukunft wirft, erscheint sie ihm voller Hoffnungen.

Mit einem Seufzer schaut er auf das Zelt in seinem Rohseidenpyjama. Voller Hoffnungen. Geld ist davon die geringste. Zweifellos wird er von jedermann geliebt. Sein Vater duldet kein Wort gegen ihn. Die Diener lächeln, wenn sie sein Badewasser nach oben schleppen. Wenn seine Tantchen zu Besuch kommen, kneifen sie ihm in die Wangen und gurren wie aufgeregte Tauben. Pran Nath, der so schön ist! So hell! So ein vollkommener Kaschmiri!

Pran Nath ist zweifellos ein gut aussehender Junge. Sein Haar hat im Sonnenlicht einen leichten Kupferton, der die Leute an die Berge erinnert. Seine Augen enthalten einen ganz zarten Anflug von Grün. Seine Wangenknochen sind hoch und springen vor, und darüber legt sich wie ein teures Trommelfell eine Bespannung aus Haut, die nicht braun ist, ja nicht einmal weizenfarben, sondern *weiß*. Pran Naths Haut ist für alle ein Quell des Stolzes. Ihre Helligkeit hat weder die ekelige, blau gefleckte Färbung eines frisch vom Schiff kommenden Angrezi noch die leicht graue Blässe eines Sterbenden, sondern den vollkommenen Milchton des Marmors, aus dem die Handwerker unten im Taj Ganj kunstvolle Ziergitter meißeln. Die Kaschmiri kommen aus dem Gebirge und sind folglich immer hell, aber Pran Naths Hautfarbe ist außerordentlich. Sie ist ein Beweis, glucksen die Tantchen, für das vornehme Blut der Familie.

Blut ist wichtig. Als Kaschmiri-Pandits gehören die Razdans zu einer der höchsten und exklusivsten Kasten in ganz Hindustan. Im ganzen Land sind sie (woran jeder von ihnen dich sehr gern erinnern wird) für ihre Intelligenz und Kultur bekannt. Oft fordern Prinzen sie auf, als Staatsminister in ihre Dienste zu treten, und ein Kaschmiri-Pandit soll angeblich als Erster die Veden niedergeschrieben haben. Der Familienguru der Razdans kann ihren Stammbaum über hunderte von Jahren rückwärts bis zu der Zeit aufsagen, bevor die Muslime in das Tal einfielen und sie wegziehen mussten, um ein neues Leben in der Ebene zu beginnen. Das Blut, das die Beule in Pran Naths Pyjama steif macht, ist von allerhöchster Qualität, garantiert.

Pran Nath ist nicht allein auf dem Dach. Das Choli der kleinen Dienerin ist an ihrem Rücken nach oben gerutscht und legt einen Streifen glatter, dunkler Haut und den Grat der Wirbelsäule frei. Sie schwitzt, die Kleine, ihre Haut glänzt in der Sonne, und sie hält den Besen locker in der einen Hand, während sie in der Luft herumschnuppert und den durchdringenden Geruch roher Zwiebeln einatmet, der vom Schlafzimmer des Herrn heraufweht. Unter ihrem oft gewaschenen Baumwoll-Sari kann er gerade so die Wölbung ihres Hinterns ausmachen, was der eigentliche Anreiz für ihn war, die Schnur von seinem Pyjama zu lösen. Irgendwie ist das Hingucken nicht mehr genug. Sie ist nicht weit von ihm weg. Er könnte sie packen und auf die Kissen herunterziehen. Das würde natürlich Ärger geben, aber den könnte sein Vater schlichten. Sie ist schließlich nur eine Dienerin.

Gita, die kleine Dienerin, hat keine Ahnung von der Gefahr, in der sie schwebt. Ein Affe hat ihren Blick auf sich gezogen, und sie überlegt gerade, wie nett es wäre, wenn er reden könnte. Vielleicht ist ihr der Affe von ihrem Prinzen geschickt worden, damit er auf sie aufpasst, und vielleicht wird er plötzlich riesengroß, nimmt sie auf seine pelzigen Schultern und trägt sie zu einem Palast davon, in dem es eine Hochzeit gibt mit Sängern und Tänzern – oder wenn der Affe sich nicht in einen Prinzen verwandelt, dann zumindest in den hübschen Jungen, der bei dem fetten Banjan-Apotheker sauber macht, oder er könnte zumindest zu reden anfangen und ihr die Zukunft vorhersagen, und wenn er kein wahrsagender Affe würde, dann wenigstens einer, der etwas mehr dazu täte, um sie von ihrem schmerzenden Rücken abzulenken, als bloß dazusitzen, sich den schauerlichen roten Hintern zu kratzen und seine Lippen zu blecken und über seine hässlichen Zähne zu stülpen. Sie richtet sich auf und wischt sich mit der Hand über die Stirn. Wie üblich gibt es immer noch sehr viel zu tun.

Was den Affen angeht, so hat er keine Absicht, sich zu verwandeln. Ohne königliche Verbindungen oder die Kraft der Weissagung gilt sein hauptsächliches Interesse dem durchdringenden Zwiebelgeruch, der ihm in die Nase weht. Zwiebeln sind essbar. Auf einem bröckelnden Mauerabschnitt sitzend, blickt er mit gerecktem Kopf auf eine Gestalt, die er in einer offenen Tür erspäht hat, außerstande zu entscheiden, ob auch sie essbar ist oder vielleicht gefährlich.

Die Gestalt ist Anjali, die Dienerin, und sie versucht, in Deckung zu bleiben. Ein Glück, dass sie hergekommen ist. Irgendwas, ein Gefühl der Spannung an ihren Schläfen, hat ihr gesagt, dass sie heute ein waches Auge auf ihre Tochter haben sollte. Sieh dir bloß diesen schweinischen Jungen an! Wenn er der kleinen Gita auch nur ein Härchen krümmt, wird er dafür zahlen. Das ist keine leere Drohung. Anjali, die Dienerin, weiß etwas über Pran Nath Razdan. Das heißt, sie weiß eigentlich mehr über ihn als er selber. Nur eine Berührung, und sie plaudert es aus.

Anjali ist im Haus des Geldverleihers am Rande der Wüste aufgewachsen. Sie, die einige Jahre älter ist als dessen Tochter, war als Dienerin bei der Familie angestellt worden, sobald sie alt genug war, um Haare zu Zöpfen zu flechten und mit einem Bügeleisen umzugehen. Sie sah zu, wie sich ihre junge Herrin von der Welt abkapselte, und gab auf sie Acht, wenn sie lustlos auf ihrem Bett lag, gelähmt von den unsichtbaren Dingen ihrer Fantasie. Unter den Dienern galt Amritas Wahnsinn als ebenjener heilige Wahn, der die Scheinhaftigkeit der Welt sichtbar macht. Einige von den Frauen gingen sogar so weit, ihre Kleider zu berühren, wenn sie ihr Tee brachten. Zu denen gehörte Anjali nicht. Sie fand das

Mädchen Furcht erregend. Wenn sie Amrita dazu zu bewegen versuchte, einen Schluck Wasser oder einen Mund voll Dhal zu sich zu nehmen, streckte sie ihren Arm kerzengerade aus und hielt so viel Abstand zu dem Bett, wie sie nur konnte, auf der Hut vor bösen Geistern, die von dem befallenen Körper auf ihren überspringen konnten. Als ihr gesagt wurde, sie würde Amrita auf der Reise nach Agra begleiten, suchte sie als Erstes eine Handleserin auf, die ihr sagte, sie solle sich vor Wasser in Acht nehmen.

Vielleicht war es dieser Rat, der sie rettete. Nach der plötzlichen Flutwelle waren sie und zwei der Träger die Einzigen, die noch am Leben waren, jedenfalls dachten sie das. Auf der Suche nach weiteren Überlebenden wateten sie einen Wasserlauf hinab, bis sie auf eine Banditenhöhle stießen. Vor der saß Amrita in Khakihemd und Shorts. Die nackte Leiche des Engländers zogen sie ein paar Meilen weiter südlich aus dem Morast. Es war nicht schwer, sich vorzustellen, was passiert war.

Amrita murmelte Gedichtfetzen über Bäume und das Wasser vor sich hin. Anjali legte ihr einen Sari an und richtete sie wieder her, wobei sie ständig Zauberformeln wiederholte, um den bösen Blick abzuwehren. In der Hemdtasche fand sie ein unleserliches Dokument mit einem Foto des toten Engländers, das sie unauffällig in ihren Röcken verschwinden ließ. Als sie endlich Agra erreichten und in einem Dritter-Klasse-Eisenbahnwaggon in den Fort-Bahnhof einfuhren, verlor sie keine Zeit, den Dienern ihres neuen Haushalts die schockierende Neuigkeit zu eröffnen. Das Mädchen hatte sich beschmutzt und entweiht. Sicherlich würde man sie aus dem Haus weisen müssen.

Im Haus des Onkels wurde das Mädchen in ein oberes Zimmer eingeschlossen, während sich der Onkel mit Brüdern und Vettern beriet. Dann holte einer Anjali herunter und überreichte ihr einen silbernen Armreif, einen Nasenstecker und ein Paar schwere Ohrringe. Sie begriff, dass sie ihren Mund halten solle. Sie hatten für Amrita einen Ehemann gefunden, einen gewissen Razdan, und sie würden nicht dulden, dass der Ehe irgendein Hindernis in den Weg gelegt würde. Hätte irgendjemand Anjali nach ihrer Meinung gefragt, hätte sie gesagt, sie halte die Heirat für eine unglückliche Verbindung. Sie hatte das Mädchen oft nackt gesehen. Sie hatte sie sich genau angesehen und ein Muttermal auf ihrem Bauch entdeckt, exakt in der Mitte, gleich unter ihren Brüsten. Die Bedeutung, flüsterte sie dem Mali-Gärtner zu, sei klar. Die neue Braut werde jung sterben.

Der unglückliche Bräutigam war ein sehr ernster, junger Mann namens Amar Nath, der erst seit kurzem als Anwalt praktizierte und Vereinen zur Förderung der Hygiene, der Tradition, der kulturellen Reinheit, des Schutzes der Kuh und der korrekten Einhaltung religiöser Vorschriften als Mitglied angehörte. Er hatte unlängst in *The Pioneer* einen Artikel über die Frage des gesellschaftlichen Niedergangs infolge von Auslandsreisen veröffentlicht und darin entschieden gegen den Gedanken polemisiert, indischen Boden zu verlassen.

Aufgrund seiner Studien hatte Amar Nath nur wenig Zeit gehabt, sich eine feine Lebensart zuzulegen. Als er seine Verlobte zum ersten Mal sah, stammelte er ein paar Worte und starrte dann auf seine Schuhe, bis es den Anstandsdamen langweilig wurde und sie die Teegesellschaft für beendet erklärten. Amrita sagte natürlich kein einziges Wort, während der Anflug eines Lächelns auf ihrem Gesicht spielte. Sie war schön, was hilfreich war. Sie ließ kein unmittelbares Anzeichen geistiger Krankheit erkennen. Amar Nath war ein gehorsamer Sohn, und seine ältlichen Erzeuger hatten Angst, dass er an nichts außer an Büchern und moralischer Korrektheit Interesse habe. Und so akzeptierten sie die Versicherungen von Amritas Onkel und drängten ihren Sohn, sich ihren Wünschen zu fügen. Die Heirat kam voran.

Und ging glatt vonstatten. Eine günstige Stunde wurde festgelegt und die Zeremonie ordnungsgemäß vollzogen. Der Priester sprach die Mantras fehlerfrei, und das Lächeln der Braut war scheu und sittsam, während sie von den jungen Frauen ihrer neuen Familie mit Juwelen geschmückt wurde. An unwahrscheinlich viele Verwandte wurden Süßigkeiten verteilt, und der Bräutigam sah mehr oder weniger flott aus, als er an der Spitze des Hochzeitszuges eintraf. Eines gab es jedoch, mit dem Anjali durchaus nicht einverstanden war: mit dem Saphir in der Halskette der Braut. Saphire sind heikle Edelsteine, die die schädlichen Strahlen des Saturn zwar ablenken, sie andererseits aber auch bündeln können.

Amar Nath war über den Eifer und die Ungeduld seiner Frau im Ehebett offensichtlich verblüfft. Anjali, die mit ihrer Herrin in den neuen Haushalt eingetreten war, blieb bis spät nachts wach und lauschte seinen Lauten des Erstaunens, kleinen kätzchenhaften Maunzern, die aus dem Fenster zu ihr aufs Dach drangen, wo sie lag. Später bemerkte sie zu der Paan-Verkäuferin, sie sei sich ziemlich sicher, dass der ernste Junge nicht damit gerechnet habe, mit welcher Vehemenz seine schweigsame Braut das Heft in die Hand nehmen würde. Ein Glück für sie, dass er so weltfremd war. Ein anderer hätte Verdacht geschöpft. Doch obwohl Gerüchte über die Abenteuer der Braut schon bis zu den Hijras gedrungen waren, die Spottlieder auf die Hochzeitsgäste sangen, waren Amar Nath und seine Familie zu überheblich, um auf das Geplapper von Eunuchen und Dienern zu hören. Nachdem seine junge Frau sicher in seinem Haus untergebracht war, kehrte der Bräutigam zu seinen Gedanken über umstrittene Grundstücksgrenzen und den Wert des Persischen für die Erziehung junger Männer von Stand zurück. Und so vergingen neun Monate oder vielleicht ein bisschen weniger, in denen der junge Ehemann öffentlichen Versammlungen beiwohnte, die junge Frau immer dicker wurde und Anjali sich mit einem köstlichen Gewebe aus Spekulationen und Gerüchten umgab. Dann hallte eines Nachmittags ein schriller Schrei im Hof wider. Bei Amrita hatten die Wehen eingesetzt. Die tödlichen Einflüsse des Saphirs und des Muttermals hatten zu wirken begonnen.

Man rief den Astrologen lange vor Pran Naths Einzug in die Welt. Die Familie ließ ihn auf einer schattigen Veranda unter einem Ventilator Platz nehmen, wo er süßen Tee trank und die Mappe mit den Diagrammen fest umklammert hielt.

Er wartete sehr, sehr lange.

Er trank seinen Tee aus. Er legte seine Mappe ordentlich vor sich auf den Tisch. Er aß etwas Obst, das er sorgfältig mit einem scharfen Messer schälte. Er goss sich noch etwas Tee ein. Er stand auf und streckte sich und fühlte zufrieden, wie seine Rückenwirbel wieder einrasteten. Er goss sich etwas Sodawasser ein. Die Schreie der in den Wehen liegenden Mutter schallten im ganzen Garten wider.

Später unternahm der Astrologe einen kurzen Spaziergang und genoss den Duft des Jasmins und den Schatten unter den Bäumen. Der Gärtner wässerte gerade ein Beet zarter, weißer Lilien, und der Astrologe blieb stehen und lobte sein Werk. Der Mali strahlte vor Stolz. Dann verfielen beide in Schweigen und lauschten, denn das Atmen und Schluchzen aus den Räumen der Mutter wurde immer gequälter.

Als die Sonne über den Dächern tiefer sank, wurde ihm ein Bett angeboten, auf dem er es sich bequem machen könne. Er nahm dankend an, fand es aber schwierig, ein Nickerchen zu halten. Klar, die Geburt und ihre Bedeutungen waren sein Geschäft, aber den eigentlichen Vorgang fand er schwer zu ertragen. Das Blut und die Schmerzen. Es war eine Frauenangelegenheit, für einen Mann nicht nachzuempfinden, selbst für einen in der Wissenschaft des Jyotish bewanderten, für den die meisten alltäglichen Mysterien durchschaubar sind. Lieber dachte er sich die Geburt als einen mathematischen Vorgang, die würdevolle Bahn von Planeten und Konstellationen durch klar definierte Häuser, gerasterte Bezirke und luftleeren Raum. Diese Qualen, das Hin-und-Her-Hasten von Mägden, das Schauspiel aus Durcheinander und Schrecken, das sich ohne Zweifel in dem Zimmer oben abspielte, das alles war höchst unerfreulich. Es war nicht schön, sich vorzustellen, dass die Planeten so heftig am Leib dieser unglücklichen Mutter zerrten. Der Astrologe stellte sich die Macht der Sterne immer als etwas Ätherisches vor, als federleichte Berührung.

Dann wurde alles unheimlich still. Er lauschte angestrengt in die immer dichter werdende Dunkelheit und hörte das ungeheure Gesumm von Insekten, das Krächzen von Papageien, die sich in den Bäumen stritten. Sonst nichts. Nichts Menschliches. Bald darauf kam eine Dienerin mit einer Öllampe, die sie vor ihm auf den Tisch stellte. Sofort stürzten sich Falter gegen deren gläserne Seiten.

»Das Kind ist da«, sagte die Dienerin mit einem seltsamen, triumphierenden Gesichtsausdruck. »Es ist ein Junge. Die Mutter ist tot.«

Er nickte ergeben. Dann schaute er auf seine Uhr, klappte seine Mappe auf, nahm Stift und Papier heraus und machte sich an die Arbeit.

Das Diagramm war merkwürdig und Furcht erregend. Die Sterne hatten sich verdreht, zu einem Schreckbild verzerrt. Ihr Kräftemuster war nicht ausgewogen. Es strebte nach Passion und Veränderung. Dem Astrologen erschien die Berechnung unmöglich. Kräfte zerrten in alle Richtungen, die bösen Eigenschaften von Mond und Saturn verhießen Verwandlungen jeder Art. Es war ein ständig die Form wechselndes Diagramm. Ein Diagramm voller Lügen. Immer wieder sah er im Kalender nach, um seine Ergebnisse zu überprüfen, und bedeckte seine braunfleckigen Papiere mit Berechnungen.

Die Zukunft des Jungen lag im Dunkeln. Der Astrologe war außerstande, auch nur eines der üblichen Dinge vorauszusagen – Dauer des Lebens, Heiratsaussichten, Reichtum. Strukturen zeigten sich, nur um wieder zu verblassen, wenn man einen anderen Aspekt der Konjunktion in Betracht zog. Planeten schienen durch Häuser zu huschen und zwischen gutartigen und bösartigen Positionen zu schwanken. Bündel von Möglichkeiten bildeten sich heraus, dann zerfielen sie wieder. Noch nie hatte ihn eine Deutung so in Verwirrung gebracht.

Vielleicht (aber er hätte nur ungern darauf gewettet) gab es ja einen Weg durch all dieses Chaos. Aber wenn, dann war es sicherlich ein bizarrer Weg. Wie konnten so viele Irrtümer zu ihrem Gegenteil führen, zur Aufhebung des Irrtums? Er blickte hinauf zu dem Viereck aus Licht in dem Fenster oben. Das Kind würde Leiden und Verluste durchmachen müssen. Konnte er dem Vater das wirklich mitteilen? Der Mann trauerte ja schon um seine Frau. Auf dem Tisch lag ein Mandala gerösteter Falterleichen rund um die Lampe. Der Astrologe dachte an die tote Frau und erschauerte.

Als die Dienerin zurückkam, fand sie ihn vor einem neuen, übersichtlichen Diagramm sitzen, in dem sich eine fade Zukunft mit einem langen Leben, vielen Söhnen und geschäftlichem Erfolg darstellte. Die Fetzen seines ersten Versuchs hatte er unbemerkt in seine Mappe gestopft.

Als der Astrologe Pandit Razdan das Diagramm seines neugeborenen Sohnes überbrachte, schien der Herr zufrieden zu sein, aber jedermann weiß, dass Astrologen sagen, was ihre Kunden hören möchten. Wenn der Bart eines Mannes in Flammen steht, wird es immer jemanden geben, der sich die Hände daran wärmt, aber wer gibt andererseits dem Überbringer schlechter Nachrichten ein Trinkgeld? Kaum sah Anjali das weißhäutige Neugeborene, wusste sie, dass es unter einem unglücklichen Stern stand.

Das Baby gurrte und gluckste, ein Junge rannte hinunter zu den Verbrennungsplätzen, um einen Priester zu holen, und die Geburtshelferinnen verbrannten im Garten blutige Laken. Niemand, so schien es, hatte für die tote Mutter einen anderen Gedanken übrig als den, so schnell wie möglich ihre Leiche loszuwerden. Das Mädchen war eine Anomalie gewesen, eine Reizung auf der Haut eines glatt laufenden Haushalts. Jetzt bestand stillschweigend Einigkeit darüber, sie als eine Vision zu behandeln, als eine zeitweilige Erscheinung, die sich einfach in Luft aufgelöst hatte.

Auch Anjali war der Meinung, es sei das Beste, dass Amrita gestorben war. Es war ein Wunder, dass sie so lange durchgehalten hatte. Die Familie schien über den neuen Sohn vor Freude außer sich. So dick! So gesund! Doch sie konnte den Jungen nicht ansehen, ohne dass ihr seine wahre Abkunft in den Sinn kam – Kind einer Brahmanin, die von dem bleichen Mann auf dem Foto geschändet worden war. Dennoch wäre sie im Stande gewesen, ihren Mund zu halten – wenn sich das Kind nicht zu so einem Ungeheuer entwickelt hätte.

Es fiel schon auf, als Pran Nath ein kleines Kind war. Er spuckte, trat gegen Schienbeine und kriegte einen Koller, wenn jemand ihn zu bestrafen wagte. Er bekam schöne Kleider, die er in Fetzen riss, und ein ganzes Zimmer voller Spielsachen, die er kurz und klein schlug. Die Geschenke sollten ein Ersatz für das Reden mit dem Jungen sein, wozu sein Vater sich selten herbeiließ, und wenn, dann nur in der Form knapper Ermahnungen, die wie Auszüge aus einem Buch mit Alltagstipps klangen. *Halte dein Haar sauber, damit du keine Läuse bekommst. Präge dir die verschiedenen Möglichkeiten ein, wie man einen Brief beginnt.*

Als Pran sechs Jahre alt war, wurde ein Hauslehrer engagiert, der ihm den dreiteiligen Lehrplan moralischer, geistiger und körperlicher Erziehung nahe bringen sollte, den Amar Nath Razdan in seinem Aufsatz »Für eine Besserung der Hindu-Pädagogik« skizziert hatte. Er verließ nach einer Woche das Haus mit einem gebrochenen Knöchel, den er, wie er behauptete, seinem Zögling verdankte, welcher ihn auf einer steilen Treppe zu Fall gebracht hatte. Ihm folgten mehrere andere, von denen es keiner länger als ein paar Monate aushielt. Nach dem Gestürzten kamen ein ehemaliger Armeesergeant, der einen Nervenzusammenbruch erlitt, als er sein wohl gehütetes Bündel Liebesbriefe zu Asche verbrannt fand, ein Bengale mit einem Schielauge, ein alkoholkranker Sindhi mit einer Schwäche für Keats, zwei oder drei verängstigte Universitätsstudenten und sogar ein Engländer, der nach einer Unterrichtsstunde das Handtuch warf und verkündete, nie wieder werde er seinen Fuß in dieses Haus setzen.

Anjali schrieb diese Fehlschläge schlechtem Blut zu und war bereit, ihren Standpunkt gegen alle Neuankömmlinge zu behaupten. Pran Nath hatte zwar zunächst auch seine Verteidiger, aber sie verloren sich einer nach dem anderen, verstört durch seine Arroganz oder seine abscheulich groben Streiche. Es gab Leute, die betonten, der Junge sei eigentlich ganz gescheit, doch stellten sie fest, dass sich seine Klugheit vor allem darauf richtete, ihr Eigentum zu zerstören oder irgendwelche neuen und Ekel erregenden Dinge zu finden, die er ihnen ins Essen, ins Haar oder zwischen die Betttücher mogelte. Sein Nachahmungstalent, eine weitere potenziell rettende Gabe, wurde dazu genutzt, das Hinken des Türstehers oder die Art, wie der hasenschartige Sohn des Schneiders Dhal aß, grausam zu parodieren. Man versuchte ihm das klarzumachen, aber es war, als füttere man einen Affen mit Salz. Einer nach dem anderen schlossen sie sich der Meinung der Köchin an, dass der Junge ein Unglück sei.

Trotzdem, offiziell war er der Erstgeborene. Alles, was er sagte oder tat, war erklärtermaßen vollkommen. Mit einem Vater, der sich in sein Arbeitszimmer einschloss, ohne Mutter, Bruder oder auch nur eine Schwester als Trostpreis, an die er sich hätte wenden können, war er auch mehr oder weniger allein. Der Haushalt biss sich auf die kollektive Lippe. Pran Nath bemerkte dessen Abneigung nicht, im höchsten Maße überzeugt von seiner kosmischen Zentralstellung. Diese beruhte auf der Bewunderung seiner großen Familie, aber nach ein paar Jahren hatte selbst sie begonnen, sich von ihm abzuwenden. Eine nach der anderen starben die stolzen Tantchen oder stellten die Besuche ein. Sein Onkel väterlicherseits erlitt einen Schlaganfall, verursacht, flüsterte man, durch Pran Nath, der eines Nachts das Gebrüll eines wilden Tieres vor seinem Fenster nachgemacht hatte.

Darum steht, als Pran seine Hand nach Anjalis Tochter ausstreckt, seine Welt empfindlicher auf der Kippe, als er denkt. Gewaltige Kräfte sind in Spannung versetzt, bereit, sich zu entladen. Wenn seine Finger den Kontakt schließen, wird alles schnell gehen, aber der Augenblick hat eine gewisse starre Anmut, eine trügerische Ruhe. Zeit außerhalb der Zeit, die geheimnisvoll durchzogen wird vom Geruch roher Zwiebeln.

Worte (die schließlich zeitlich hintereinander ablaufen) eignen sich nicht so gut für derlei Dinge. Sie schreien nach einer mathematischen Betrachtungsweise.

Ausgehend (0,0) von dem, was zwischen Pran Naths Beinen steif aufgerichtet steht, bewegt man sich auf den x- und y-Koordinaten, um (bei 2,1) auf Gita zu stoßen, noch unbehelligt, noch fegend. Wir finden (bei –3,4) ihre Mutter, versteckt, und (bei 5,3) den Affen, der mittlerweile auf einer Obstschale herumkaut. Außerhalb der Mauern des Hauses saugt ein Bettler ohne Beine (32,28) versonnen den Geruch roher Zwiebeln ein, der dem Schlafzimmer von Pandit Razdan entsteigt, das seinerseits bei 24,16 liegt. Dahinter erstreckt sich die übrige Stadt in unkartesischem Durcheinander, wenn man von ein paar Punkten absieht, wie zum Beispiel (3658,–1726) dem hölzernen Schreibtisch, an dem gerade ein Arzt in seinem provisorischen Sprechzimmer in der St.-Petrus-Schule einschläft, die von den Behörden der Stadt gezwungen wurde, überschüssige Grippefälle aufzunehmen. Vor der offenen Tür des Arztes liegen auf Feldbettreihen hustende Kranke, die sich unter rotzbefleckten Armeedecken wälzen. Christliche Nonnen huschen zwischen ihnen hin und her, während maskierte Krankenträger die Leichen hinaustragen. Auch hier hängt der Geruch von rohen Zwiebeln in der Luft, um aber den Zusammenhang und vor allem sein Vorkommen im Schlafzimmer (24,16) von Pandit Razdan zu verstehen, müssen wir noch einmal die Mathematik verlassen und zu traditionelleren Erzählmethoden zurückkehren.

Am Ende des Weltkriegs ist der berühmte Strafverteidiger Pandit Amar Nath Razdan stolzer Autor von inzwischen nicht weniger als 276 Aufsätzen, allesamt publiziert in Organen, welche von Broschüren kaschmirischer Jugendorganisationen bis zu landesweiten Zeitungen reichen. Seine Interessen sind weit gefächert. Politisch tritt er für einen vorsichtigen Nationalismus ein, der auf der Beibehaltung der verschiedenen Identitäten aller Gemeinschaften beruht. Was die Religion angeht, so gehört er dem konservativen Flügel der Gemeinschaft Kaschmiri Pandit an, der den gesellschaftlichen Status mit dem moralischen gleichsetzt und sich allen Lockerungen von Kastenschranken eisern widersetzt. In der wichtigen Frage der Gesundheit des Einzelnen ist er ein standhafter und wortgewandter Anwalt rigoroser persönlicher Hygiene, die seiner Meinung nach durch örtliche Verwaltungsvorschriften oder vielleicht sogar durch eine aus dem Etat des Gesundheitsministeriums bezahlte Aufsichtsbehörde verstärkt werden sollte. Auf dem Gebiet der Etikette beklagt er den Niedergang der förmlichen Regeln traditioneller Höflichkeit. In der Sprache ist er ein glühender Gegner niedrigen oder unsauberen Sprachgebrauchs, von Unanständigkeiten, Flüchen und Slang. In der Literatur zieht er die antiken Autoren den modernen vor. In der Mal- und Bildhauerkunst ebenfalls. Speisen, hat er geäußert, sollten schlicht und nahrhaft zubereitet werden, wobei Modetorheiten, Neuerungen oder übertrieben üppiges Würzen tunlichst zu unterlassen seien. In Sachen Kleidung sind persönliche Zurückhaltung und das Meiden allzu gewagter Muster die Schlagworte, vor allem, wenn man die unbekümmerte Kombination von Karos und Streifen betrachte.

Im Großen und Ganzen werden Pandit Razdans Ansichten höflich und aufmerksam aufgenommen, wo immer er sie äußert. Selbst wenn vor Gericht gelegentlich gegnerische Anwälte und Leute im Publikum dabei beobachtet werden, dass ihnen während eines seiner berühmten akribischen Resümees die Köpfe auf die Brust sinken oder die Augen zufallen, wird das gewöhnlich auf die Hitze, schweres Essen oder irgendeine sonstwie nicht damit zusammenhängende Ursache geschoben.

Ein genauer Beobachter, vielleicht jemand, der Pandit Razdans Veröffentlichungen über eine Reihe von Jahren verfolgt hat, könnte ohne weiteres ein durchgehendes Thema feststellen, das sie alle verbindet, und erst recht erkennen diesen Zusammenhang all diejenigen, die seine Kleider waschen, seine Fußböden fegen und ihm sein Essen nahrhaft und ohne übertriebene Würze kochen. Pandit Razdan hat Angst vor Schmutz. Das ist sein Hauptfeind, ein Gegner, den er jeden Tag auf allen Seiten seines Lebens bekämpft. Die Bewahrung unüberwindlicher Grenzen zwischen sich und dem Dreck der Welt hat nach und nach den größten Teil seiner Energie, Zeit und Liebe für sich in Anspruch genommen.

Im Jahr 1918, im Alter von vierzig Jahren, haben sich Pandit Razdans morgendliche Routineprozeduren zu einem Muster verfestigt, dem sie mittlerweile schon fast zehn Jahre folgen. Er erhebt sich vorsichtig aus seinem Bett, nachdem er das Zimmer sorgsam nach irgendwelchen neuen Hindernissen oder Gefahren abgesucht hat, die sich während der Nacht eingestellt haben könnten. Ist er sicher, dass die Luft rein ist, steht er auf, spricht ein kurzes Gebet und begibt sich zur Latrine. Dort bleibt er mindestens zehn Minuten hocken, entleert seinen Dickdarm und untersucht das Ergebnis. Vorausgesetzt, nichts Widriges fesselt seine Aufmerksamkeit, kann er sich sodann ins Badezimmer begeben.

Hier überzeugt er sich zunächst davon, dass der Boden nicht schmutzig ist, wobei er dem Abfluss hinten in der Ecke besonderes Augenmerk schenkt. Er stellt sicher, dass sich keine Insekten oder kleinen Tiere in oder nahe einem der Wassergefäße oder Möbel versteckt halten, steigt auf das niedrige Holzpodest neben der Wanne und gießt sich sieben Lotahs Wasser auf den Kopf, dann weitere sieben über den Körper. Schließlich kauert er sich hin und schüttet sich ein Lotah voll sehr sorgsam über seine Genitalien, wobei er mit den Fingern in faltigen oder noch haarigeren Bereichen Hilfe leistet. Ein frisches Stück Seife, noch in seiner Papierhülle, wird stets in Reichweite des Podestes bereitgelegt. Er schiebt die Hülle säuberlich zur Seite und seift und wäscht seinen Körper in einer Abfolge von Bewegungen, die so genau und feierlich sind wie der Ablauf eines militärischen Begräbnisses.

Das Rasieren erfordert das Eintreffen von heißem Wasser genau im richtigen Moment, und sein Diener betrachtet dies als die wichtigste Aufgabe des ganzen Tages. Das Rasiermesser wird nicht weniger als zwei Minuten lang abgezogen und der Seifenschaum weitere zwei Minuten geschlagen, während der Herr, nackt, seinen Leib in eine Reihe von Nach-Waschungs-Posituren beugt und streckt, die in seinem wegweisenden Aufsatz »Hinter Reinlichkeit und Gottesfurcht setzen wir als Drittes die richtige Zirkulation des Blutes« ausführlich beschrieben sind.

Ist diese Pflicht erledigt, wird ihm das Rasiermesser, mit dem

Griff voran, gereicht, und die Rasur kann beginnen. Die Unternehmung ist sehr delikat und erfordert nicht wenig Mut auf Pandit Razdans Seite. Unter gar keinen Umständen würde er sich dem Diener zum Rasieren anvertrauen. Die Klinge ist so scharf, sein Ohr so dicht dran, der Fußboden immer potenziell tückisch, obwohl er darauf achtet, sich zu einer Stelle weit weg von der Wanne zurückzuziehen. Fast mag er sich die Aufgabe selber nicht zutrauen. Manchmal blitzt in ihm die Vorstellung auf, er habe die Kontrolle über seine Hand verloren, die unbeherrscht gegen seine Kehle ausholt. Ist der Gedanke einmal da, bedarf es einer eisernen Willensanstrengung, mit dem Rasieren fortzufahren.

Kurz vor Ausbruch des Krieges hat er das Schlimmste an diesem Problem dadurch gelöst, dass er sich einen Bart wachsen ließ. Aber ihn zu stutzen ist dennoch erforderlich, und auch das birgt viele Gefahren. Jeden Morgen bringt ihn die Schwierigkeit des Rasierens den Tränen nahe, doch jeden Morgen schafft er es. Und das ist nur einer von hundert solcher winzigen Kämpfe, die Pandit Razdan an einem durchschnittlichen Tag austrägt.

Zum Ankleiden gehört das Ausschütteln der Schuhe, um Skorpione daraus zu vertreiben, und das Rufen nach frischer Wäsche, sollte ein Stück zu Boden fallen oder durch einen Tropfen Haaröl verunreinigt werden; zwischendurch versucht er immer wieder, seine Atmung unter Kontrolle zu bringen und sein rasendes Herz zu besänftigen. Dann und wann entdeckt er während dieser Prozeduren die Spuren irgendeiner Krankheit an seinem Körper und befiehlt seinem Diener, einen Arzt zu rufen, woraufhin der Diener sehr überzeugend aus dem Zimmer eilt, um ein paar Minuten draußen auf der Treppe damit zu verbringen, ein Bidi zu rauchen. Pandit Razdan fragt nie, warum der Arzt nicht kommt, und die Symptome schwinden ausnahmslos wieder, sobald seine Aufmerksamkeit auf etwas anderes gelenkt wird.

An den Gerichtshöfen sorgt Pandit Razdan dafür, dass Seife, Wasser und Handtücher stets ausreichend vorhanden sind. Außerdem achtet er darauf, immer eine Garnitur Ersatzkleidung griffbereit zu haben. Mahlzeiten werden überaus förmlich abgehalten, und sollte der Anwalt das große Pech haben, reisen zu müssen, zieht er strenge Erkundigungen über die Kastenzugehörigkeit jedes potenziellen Koches ein. »In diesen verderbten Zeiten«, schreibt er in seinem viel gelesenen Kommentar zu »Die Gefahren der modernen Küche«, »ist es bedauerlicherweise nötig, sich als Polizist auszugeben, um die Tauglichkeit eines Koches festzustellen, sollte man sein geistiges Wohl nicht aufs Spiel setzen wollen.«

Pandit Razdan vermeidet es, dem englischen Bezirksrichter die Hand zu geben, und hat sich so den Ruf eines Radikalen erworben. Der wahre Grund hat jedoch nichts mit Politik und alles mit seinem Widerwillen zu tun, einen kastenlosen Rindfleischesser mit verdächtigen persönlichen Gewohnheiten zu berühren. Einmal trat ein eifriger junger englischer Anwalt auf ihn zu und umfasste Razdans Hand mit seiner, ehe er das irgendwie verhindern konnte. Die Gerichtsverhandlung verzögerte sich um fast eine Dreiviertelstunde, in der sich der geschockte Pandit in die Herrentoilette eingeschlossen hatte und zwanghaft die Hände wusch, um den Makel loszuwerden.

Als die Grippeepidemie ausbricht, ist es, als habe das Universum Amar Nath Razdan persönlich zum Duell herausgefordert. Man hätte sich keine größeren Schrecken denken können. Das erste Opfer, das er sieht, ist ein Obdachloser, der umgeben von weinenden Verwandten am Straßenrand liegt. Das Gesicht des Toten ist verzerrt, blauschwarz und verschwollen. Später, als die üblichen Formen von Sitte und Anstand zusammengebrochen sind, sieht er, wie eine sterbende Engländerin aus einem der Häuser der Civil Lines herausgetragen wird. Ihr Gesicht zeigt dasselbe Blauschwarz, und alle Rassenmerkmale sind durch die Krankheit ausgelöscht. Dieses Zusammenbrechen von Kategorien entsetzt ihn fast ebenso sehr wie die Tatsache des Todes selbst.

Innerhalb einer Woche, nachdem die ersten Fälle von »Spanischer Grippe« in der Stadt gemeldet werden, sind tausende krank oder liegen im Sterben. In Amerika und Europa sind schon Millionen der Seuche erlegen, und man weiß, dass für die Erkrankten wenig getan werden kann. Es geht das Gerücht, dass den Atlantik überquerende Truppentransporter halb leer eintrafen, weil ihre menschliche Fracht von der Krankheit dezimiert wurde. Panik bricht aus, und die Basare leeren sich. Aus entlegenen Distrikten sickern Geschichten durch über Geisterdörfer und Ochsengespanne, die man am Straßenrand gefunden hat, alle Kutscher tot auf ihren Sitzen. Als die Krankenhäuser und Zenanas nicht mehr nachkommen, beginnen wohlhabende Familien ihre Häuser als vorübergehende Krankenstationen zu öffnen. Pandit Razdan ist zwar Mitglied verschiedener Wohltätigkeitsvereine, aber dagegen verwahrt er sich. Er beginnt mit der Abfassung eines Aufsatzes mit dem vorläufigen Titel »Zwanzig prophylaktische Maßnahmen im Kampf gegen Krankheiten, die durch die Luft übertragen werden«, aber ehe eine erste Fassung fertig ist, haben sich seine felsenfesten Überzeugungen verflüchtigt. Er glaubt nicht mehr, dass »übermenschliche Reinlichkeit«, gut gelüftete Räume oder das Tragen einer Gesichtsmaske aus Baumwolle ausreichen werden, um ihn zu schützen.

Allgemein hält man das Influenza-Virus für einen am Boden lebenden Organismus, und so geht der Pandit eine Zeit lang dazu über, alle seine Geschäfte zu Pferde zu führen. Er hat seine geliehene Stute gesattelt auf dem Vorhof des Hauses stehen, sodass er, wenn er auf die Straße gelangt, bereits in Sicherheit ist. Da er ja natürlich nicht ins Gerichtsgebäude hineinreiten kann, schreibt er seine Einlassungen nieder und schickt sie per Boten hinein, und seine Diener rennen die Treppen rauf und runter, während er in aller Herrlichkeit draußen sitzt, von Kindern und einem ganz und gar nicht belustigten britischen Polizeibeamten beäugt. Als Razdan durch einen Brand gezwungen ist, Bewohner eines Slumviertels der Stadt zu besuchen, weigert er sich, ihre niedrigen Hütten zu betreten, und führt die Unterredungen mit vors Gesicht gepresstem Taschentuch vom Sattel aus durch. Das geht so eine Woche lang, bis ein Straßenjunge das Pferd mit einem Stein trifft, das scheut und den Reiter in eine Dreckpfütze wirft, in der es fast todsicher von Krankheiten aller Art wimmelt. Nach Marathonwaschungen beschließt Razdan, auf andere Maßnahmen zu setzen, wie zum Beispiel regelmäßige Senf-Fußbäder und das Gurgeln mit einer Reihe übel riechender Kräftigungsmittel, die zum größten Teil aus chloriertem Sodawasser, Bhang und Borsäure bestehen. Er gibt die Anweisung, sein Haus auszuräuchern, und lässt durch die Dienerschaft Schwefel und Melasse auf glühende Kohlen träufeln, was einen dicken, blaugrünen Rauch erzeugt, der alle fast zum Ersticken bringt und einen ekelhaften Geruch in den Räumen zurücklässt.

Nachts träumt er von der Seuche. Aufgedunsene Gesichter und lautes Husten folgen ihm durch die Straßen, in denen selbst die Häuser und Geschäfte ineinander zu fließen und ihre Unversehrtheit zu verlieren scheinen, weil sie von ihren eigenen unaufhaltsamen Baukrankheiten befallen sind. Die Menschen im Traum sind Schrecken erregend und unbestimmt. Auf einen Blick oder eine Berührung hin verschwimmen sie ineinander – Frauen in Männer, Schwarz in Weiß, Niedrig in Hoch. Es hat den Anschein, als wolle die Epidemie alle sichtbaren Unterschiede auslöschen und seine ganze Welt zu einer grauenhaften, undifferenzierten Masse vermengen und vermischen.

Aus seinem verschlossenen Schlafzimmer ruft Pandit Razdan nach dem Arzt, und er ruft so lange, bis wirklich einer zu ihm gebracht wird. Der Mann trägt eine Gesichtsmaske und will die Türschwelle nicht überschreiten. Er verkauft dem Pandit irgendein teures Medikament und gibt ihm den Rat, schlechte Luft und überfüllte Plätze zu meiden. Die Warnung ist unnötig. Die meisten öffentlichen Versammlungen und Umzüge sind inzwischen verboten. Die Arbeit der Gerichte ist durch eine allgemeine Verfügung des Leiters des Bezirksgesundheitsamtes ausgesetzt. Ein Untersekretär wird losgeschickt, um den Pandit zu benachrichtigen, aber Razdan weigert sich, ihn in sein Haus zu lassen.

Eines Morgens fühlt Amar Nath Razdan während der stundenlangen ausführlichen Badeprozeduren, die er sich angewöhnt hat, um gegen die Krise anzugehen, ein leichtes Unwohlsein. Er versucht, gegen die aufkommende Panik anzukämpfen, die ihm die

Brust zuschnürt, aber je heftiger er kämpft, desto schlimmer wird es. Schließlich sieht er sich gezwungen, wieder ins Bett zu gehen und darauf zu warten, dass das Gefühl nachlässt. Es wird schlimmer. Nach einer Stunde hat er Kopfweh, schmerzhaft und unmissverständlich, ein Pochen zwischen den Augen, das die Nachricht seines unmittelbar bevorstehenden Todes mit Skelettgetrommel zu verkünden scheint. Nach zwei Stunden ist ihm, obwohl er mehrere Gläser Wasser getrunken hat, heiß und fiebrig. Als er sich mit dem Finger über die Oberlippe fährt, ist er schweißnass.

Sein Entsetzen wird im Laufe des Morgens immer größer. Der Schmerz in seinem Kopf breitet sich aus und erfasst Arme und Beine, und er spürt den Beginn eines neuen trommelnden Schmerzes am unteren Ende seines Rückgrats. Die weiß getünchten Wände und die offenen Fensterläden seines Schlafzimmers scheinen die Krise widerzuspiegeln, indem sie an der Schwelle seiner Wahrnehmung höhnisch die Plätze wechseln, als seien auch sie von dem Fieber befallen. Gegen Mittag beginnt er schreiend nach seinen Dienern zu verlangen.

Pandit Razdan hat noch ein letztes Anti-Grippe-Mittel in petto, eine Maßnahme, die er sich aufgehoben hat für den Fall, dass die Dinge sich genau so zuspitzen würden, wie sie es jetzt tun. Ungefähr eine Stunde später lässt er einen ganzen Geleitzug von Leuten mit Körben voller Zwiebeln und einer emaillierten Badewanne ins Zimmer. Jegliches Schamgefühl in den Wind schlagend, zieht sich der Herr nackt aus und springt in die Wanne. Eines der jüngeren Mädchen rennt nach draußen und muss dazu überredet werden, wieder hineinzugehen und weiter seine Arbeit zu tun. Die Zwiebeln werden klein gehackt und in die Badewanne gefüllt. Jede Zwiebel, die auf dem Sabzi Mandi zu finden war, ist hier, und nahezu der gesamte Haushalt ist damit beschäftigt, sie in Würfel zu schneiden. Allmählich sind die dürren Glieder von Pandit Razdan völlig zugedeckt und nur der Kopf und die Kniespitzen ragen noch heraus. Die Zwiebeln werden fest in die Wanne gepresst, sodass sein Körper von oben bis unten dick mit Fruchtfleisch und Saft eingeschmiert ist. Zum Schluss werden weiße Tücher fest um die Wanne geschlungen und unter seinem Kopf zusammengefaltet, was ihn zu einer Art stramm eingewickelter und schwitzender Zwiebelmumie macht. Mit tränenden Augen marschieren die Diener nach draußen, schließen die Tür hinter sich und lassen die Kur ihre Wunder wirken.

Die theoretische Grundlage der Zwiebelkur ist unkompliziert. Zwiebeln sind ein bekanntermaßen scharfes und feuriges Gemüse, das den Körper zum Weinen und Schwitzen bringt, um dem Einfluss der Zwiebeln entgegenzuwirken. Die Kräfte einer einzigen rohen Zwiebel reichen aus, um unerwünschte Gesprächspartner abzuwehren und das Innere dessen, der sie verspeist, von allen Arten dumpfiger und galliger Körperflüssigkeiten zu reinigen. Die Spanische Grippe ist eine der dumpfigsten Krankheiten, die man kennt, was die Zwiebel zu einer potenten Waffe gegen sie macht. Pandit Razdan hofft, die Krankheit aus seinem Körper herauszuziehen, indem er den Parasiten im reinigenden Feuer des Gemüses opfert. Obendrein mampft er ganze Hände voll von seiner Arznei, während er daliegt und verzweifelt gegen die Panik ankämpft, die sich im Innern seines zitternden Gerippes immer höher schaukelt.

So gedenkt Amar Nath, seiner Krankheit ins Auge zu sehen. Denn sie ist real: Dieser hochgradige Hypochonder blickt der Verkörperung seiner schlimmsten Ängste, einem Totenkopf mit Halsband, ins Gesicht. Er zupft an seiner Brust, weil er sich in seinem immer wirreren Geist vorstellt, dass er sich Grippeviren vom Körper lesen kann wie Milben. Er schwitzt, die Zimmerwände schimmern, und das Fieber schüttelt seinen Körper wie ein Hammer, der auf eine Metallsaite schlägt.

In der Ferne hört er Geschrei, das Geräusch einer umstürzenden Bettstelle. Die Stimme seines Sohnes, Anjalis Stimme, die sich gegenseitig hemmungslos verwünschen. Er dreht den Kopf, um herauszukriegen, was sie sagen. Aber es dringt schon von der anderen Seite der Welt zu ihm. In seinem Zwiebelbad verhandelt Amar Nath Razdan seinen allerletzten Fall.

Gita rennt schreiend die Treppe hinunter in den Hof, während ihre Mutter (die Personifizierung von Schicksal, Verhängnis, Gerechtigkeit, Karma und allen möglichen anderen gewaltigen unpersönlichen Mächten, die dazu neigen, ameisenhafte Sterbliche mit den Füßen zu zermalmen) Pran mit einem Affenstock in die Nieren pikt. Er krümmt sich zusammen, und sie lässt ihre Waffe geschickt auf seine Knie- und Ellenbogengelenke sausen, wo jeder wohl gezielte Schlag jähe und peinigende Schmerzen hervorruft.

Anjalis Sieg ist rasch und total. Von seinem Pyjama behindert, der sich ihm um die Knöchel schlingt, kann Pran keinen Widerstand leisten. Als er versucht, unter den schützenden Rahmen des Charpai zu kriechen, lässt sie auf seinen sich windenden Leib ein paar ausgesuchte Flüche niedergehen, nimmt sein Ohr zwischen Fingern in die Zange, die durch jahrelanges Erbsenpulen und Okraschnippeln wie Schraubstöcke geworden sind, und schleift ihn zu seinem Vater.

Sie klopft an die Tür. Ein unheilvolles Rülpsen ertönt auf der anderen Seite.

»Herr? Herr, seid Ihr da?«

Es kommt keine Antwort. Ungeduldig drückt sie auf die Klinke, und die Tür öffnet sich zu einem Zwiebelgestank von solcher Brutalität, dass ihr die Augen zu tränen beginnen. Amar Nath Razdan sitzt seit dreißig Stunden in seinem Bad. Inzwischen ist er zweifellos endgültig krank und schwitzt und schlottert wie jemand, der einen Anfall hat. Sein Kopf ragt aus den weißen Wickeln heraus wie der einer Frühgeburt, seine Augen sind blutrot, und seine Haut ist wund und mit hässlichen Runzeln überzogen. Er sieht aus, als wäre er gepökelt, was ja auch mehr oder weniger der Fall ist.

»Ich sterbe«, sagt er mit leiser Stimme.

»Kann ja sein«, donnert Anjali rüde und zieht sich die Palla ihres Saris über das Gesicht. »Aber ich denke, ich kenne den Grund.« Pandit Razdans Miene wird drängend, und er gibt ihr mit einem Kopfnicken zu verstehen, sie solle weiterreden. Vom Ernst des

Augenblicks erfüllt, reckt sie eine Hand in Richtung Himmel. »Auf diesem Haus«, psalmodiert sie, »lastet ein Fluch.«

Der Herr bricht unter einem heftigen Hustenanfall zusammen.

Wie bringt man einem kranken Manne bei, dass sein einziger Sohn, der Sohn, den er fünfzehn lange Jahre gehegt und gepflegt hat, in Wahrheit das uneheliche Kind eines kastenlosen, Unrat fressenden, links und rechts verwechselnden Engländers ist? Über die Gaben Takt und Feingefühl verfügen nur sehr wenige, und Anjali gehört nicht zu diesen Glücklichen. Sie lässt nichts aus; keine Vermutung, die nicht in Gang gesetzt, keine üble Anspielung, die nicht ins hohe Gras der Erinnerungen ihres Herrn ausgesetzt würde. Sie beschmutzt Amritas Andenken mit fein gesponnener Indirektheit, wobei sie alles verschweigt, was den gehörnten Ehemann dazu verleiten könnte, seine tote Frau zu verteidigen. Dann malt sie ein düsteres (wenn auch zugegebenermaßen nicht allzu übertriebenes) Bild von Prans Charakterfehlern und zieht den unbestreitbaren Schluss, dass der Junge alle Anzeichen von schlechtem Blut an den Tag lege.

Den meisten Leuten wäre das genug, aber Anjali fängt gerade erst an. Sie lässt sich über das Thema Rassenmischung und alle ihre entsetzlichen Folgen aus. Unflat, Unzucht, Schmutz, Unreinheit und Schweinereien aller Art rühren zwangsläufig von solch einer Vermischung des Blutes her, die gegen alle Grundsätze orthodoxer Religion verstößt. Wen wundert's, dass die Stadt Agra unter einer Seuche leidet. Sie zum Beispiel wäre nicht überrascht, wenn sich herausstellte, dass an der ganzen Grippeepidemie, an allen zwanzig Millionen Toten auf der Welt Pran schuld sei. Der Junge ist schlecht durch und durch. Zuletzt zieht sie ihre Trumpfkarte: die abgewetzte Fotografie. *Ronald Forrester, IFS.*

»Nun sagt mir, wem er ähnlich sieht.«

Razdan dreht den Schnappschuss in seinen zwiebelverschmierten Händen. Forresters sepiabraunes Gesicht starrt ihn daraus an. Die Nase, die feinen Linien des Mundes. Aber was die Haut betrifft, könnte es ein indisches Gesicht sein. Der Mann auf dem Foto scheint ihn anzulächeln, ein distanziertes, durch Wasser beschädigtes Lächeln, das sich durch sein Fieber frisst wie Säure, die eine Metallplatte ätzt. Zum ersten Mal, seit Anjali den Jungen in das Zimmer geschleift hat, dreht Razdan sich herum und sieht Pran Nath an.

Der Junge kniet am Boden, und Blut fließt ihm aus einer Wunde an der Schläfe. So zerzaust und schniefend sieht er einigermaßen abstoßend aus. Endlich wird Razdan klar, warum er ihn meidet. Er hatte immer gedacht, es liege an der Mutter. Immer flüsterte sie vor sich hin. Wenn er ein Zimmer betrat, hatte er stets das Gefühl, er störe. Und doch hat er, trotz seiner öffentlichen Kampagnen für Sauberkeit, seit ihrem Tod immer wieder heimlich die lampenerleuchteten Räume oben im Basar besucht. Dort sagte er den Frauen, sie sollten sich auf eine ganz bestimmte Art und Weise verhalten und ihn an Stellen berühren, die mit Namen zu nennen er peinlich findet. Der Sohn war immer eine unwillkommene Erinnerung an die Mutter, die ihm diesen schuldbeladenen Samen ins Bewusstsein gepflanzt hat, ein Zeichen seiner Bindung an die Fleischlichkeit.

Nein. Es ist alles viel einfacher.

Mit einem Gefühl, als ertrinke er, wird ihm bewusst, dass die Dienerin die Wahrheit sagt. Pran Nath und das Foto sind zwei Versionen ein und desselben Bildes. *Dies hier ist nicht sein Sohn.* In dem Moment zerspringt etwas. Sein geordnetes Leben geht in Stücke wie ein umgestoßener Setzkasten in einer Druckerei. Sein Atem verlässt seinen Körper in einem lang gedehnten Seufzer der Enttäuschung.

»Vater?«, fragt Pran Nath jammernd. Er bekommt keine Antwort.

Noch ehe die Leiche kalt ist, werfen sie Pran aus dem Haus. Die Diener schleifen ihn schnurstracks zur Eingangstür und schleudern ihn auf die Straße.

Er liegt im Staub und riecht den Zwiebelgestank an seinen Kleidern. Eine Menschenmenge sammelt sich, in den Bann gezogen von den beispiellosen Ereignissen, die sich vor ihren glücklichen Augen abspielen. Der Türsteher schwingt einen Lathi, und Anjali gibt noch einmal ihre Rassenmischungsrede zum Besten, der sie hinzufügt, dass der böse Junge, um allem die Krone aufzusetzen, soeben den vorzeitigen Tod Pandit Razdans verursacht habe. Dann wird die Tür zugeschlagen, und mit einem lauten, metallischen Schaben schiebt sich der Riegel ins Schloss.

Pran steht auf und hämmert mit den Fäusten an die Tür, die vertraute Tür mit ihren Eisenbeschlägen und -scharnieren, ihrem abgestoßenen blauen Anstrich. Die Menge forscht begierig nach englischen Merkmalen in seinem Gesicht und macht sich gegenseitig auf die fremdländischen Züge aufmerksam, die plötzlich ganz offenkundig scheinen.

»Bitte!«, bettelt er. »Lasst mich rein!«

Von der anderen Seite knurrt ihm der Türsteher zu, er solle verschwinden.

»Bitte! Macht auf!« Es kommt keine Antwort. »Mein Onkel«, schreit er ängstlich, »wird kommen und euch auspeitschen. Dann wird's euch Leid tun.«

Zu seiner Freude bewegt sich der Riegel schabend zurück, und die blaue Tür geht einen Spaltbreit auf. Eine Hand taucht kurz auf und lässt ein kleines sepiafarbenes Viereck in den Staub fallen. Dann knallt die Tür wieder zu. Pran hebt das Foto auf und hämmert schreiend und bettelnd von neuem mit den Fäusten an die Tür. In seiner Verwirrung dreht er sich zu der Menge um und sieht sich einem Kreis von Leuten gegenüber, die keinen Grund haben, Zuneigung für ihn zu empfinden. Der Süßigkeitenhändler, die alte Frau von nebenan, der Mann, der Kleider verkauft, der Gehilfe des Apothekers: Alle zeigen sie ihm das gleiche wölfische, mitleidlose Lächeln. Allmählich wünscht er sich, er hätte ihnen nicht ganz so viele üble Streiche gespielt.

Aus der Menge kommt im Bogen ein Kotklumpen geflogen, der ihn heiß und nass im Genick trifft. Als er ihn sich abkratzt, klatscht ihm ein weiteres Wurfgeschoss ins Gesicht. Er macht einen Satz nach vorn, und eine Schar kleiner Jungen stiebt in gespielter Angst schreiend auseinander. Die Erwachsenen lachen nachsichtig. Dann schlägt er der Länge nach hin, von einem ungesehenen Fuß zu Fall gebracht.

Den Nachmittag verbringt er damit, vor dem Haus herumzuschleichen, leer im Kopf wie eines seiner Schulhefte. Mehrere Leute klopfen an die blaue Tür, Gemeindemitglieder, die von Pandit Razdans tragischem Tod gehört haben und hergekommen sind, um ihre Aufwartung zu machen. Alle scheinen sie über Prans Schande im Bilde zu sein. Er rennt zu ihnen hin und bittet sie um Hilfe, aber die meisten würdigen ihn nicht einmal eines Blickes. Einer nach dem anderen werden sie eingelassen, und die Tür schließt sich hinter ihnen. Er begreift es nicht. Er ist doch Pran Nath Razdan, der Schöne, der Sohn und Erbe. Es ist wie ein schlechter Traum.

Als es Nacht wird, hängen die Leute in den Verkaufsständen Öllampen über ihren Waren auf, und vom Kochen beginnt der Geruch von Holzrauch die Luft zu durchziehen. Pran spürt allmählich Hunger und bittet um ein paar Pakoras. Als er in seine Tasche greift, merkt er, dass er kein Geld hat, doch aus irgendeinem Grund will ihm niemand Kredit geben, auch als er erklärt, dass sein Onkel sofort alles begleichen werde. Er trödelt eine Weile herum in der Hoffnung, jemand erbarme sich seiner. Aber keiner tut es. Nach und nach beginnt sein leerer Magen zu knurren, eine unbekannte, erschreckende Erfahrung. Er wandert in der Gegend herum, sein geschundener Körper schmerzt, und der Gestank getrockneter Exkremente steigt von seinen Kleidern hoch. Als er an der Ecke unter der hohen Hausmauer steht, muss er sich flach dagegen drücken, um einen Trauerzug vorbeizulassen. Ein Häufchen Trauergäste mit Lampen in den Händen folgt einer Bahre, die von einem halben Dutzend weiß maskierter Männer getragen wird. Der Leichnam, fest in Stoffstreifen eingeschnürt, wird mit Ringelblumenblättern bestreut. Zwei schweigsame, würdevolle Priester hasten vorneweg, offenkundig darauf bedacht, die Sache schnell hinter sich zu bringen.

»Ah, da ist ja das widerliche kleine halbgare Brot. Bist du hier, um an meiner Ecke zu betteln?«

Die Stimme ist heiser, spöttisch. Pran blickt nach unten und sieht den alten Bettler mit den verdorrten Beinen. Dieser Mann sitzt an ein und derselben Stelle, solange er sich erinnern kann. Sein müdes Gesicht ist dreckverkrustet, seine Haut schwarz wie Kohle und von irgendeiner Kinderkrankheit vernarbt. Er sitzt vor einem Schälchen aus einem Stück Orangenschale, das zwei kleine Münzen enthält. Pran wagt ihm nicht ins Gesicht zu sehen. Einmal hat er in einer spontanen Anwandlung dem Bettler die Münzen gestohlen und ist weggelaufen. Damals kam ihm das komisch vor. Jetzt schlurft er um ihn herum und schaut zu Boden und auf die beiden grotesk spitz zulaufenden Beinstümpfe, die anklagend der Welt entgegengestreckt sind.

»Ich erinnere mich an damals, als du mir mein Schälchen geklaut und von mir verlangt hast, ich soll dir nachlaufen und es mir holen.«

Pran macht ein nichts sagendes Geräusch.

»Was habe ich gelacht«, sagt der Bettler.

Pran nickt. Der Bettler scheint plaudern zu wollen, und Pran entschließt sich zu der Frage, die ihm seit einiger Zeit auf der Seele brennt.

»Du hast nicht zufällig irgendwas zu essen, oder?«

Der Bettler starrt ihn verwundert an und murmelt ein paar Gebetszeilen vor sich hin. Pran entnimmt seinem Gebrabbel, dass er wahrscheinlich nichts zu essen hat.

»Aber wie soll ich denn an Essen kommen?«

Der Bettler lacht so laut, dass sich Leute auf der Straße umdrehen und ihn ansehen. Er schlägt sich mit der Hand auf den Schenkel und trommelt mit den Stümpfen auf den Boden.

»Er hat Hunger!«, schreit er. »Er hat Hunger!«

Passanten lachen und lächeln.

»Wenn mein Onkel kommt –«, beginnt Pran, aber der Bettler lacht nur noch lauter.

»Also, was soll ich machen?«, fragt er mürrisch.

Als der Bettler sich endlich wieder einkriegt, verzieht er den Mund zu einem hässlichen höhnischen Grinsen. »Geh doch zu deinen eigenen Leuten essen. Sie werden dir schon was geben.«

»Wer sind meine eigenen Leute?«

Der Bettler scheint das noch komischer zu finden.

»Du findest sie im Telegraph Club. Keine Bange, kleiner Grünling. Ich werd dir sagen, was du sagen musst.«

Der Post & Telegraph Club in Agra ist nicht der edelste Club der Stadt. Er befindet sich in einem schlichten viktorianischen Gebäude, einem nüchternen Kasten aus rotem Backstein mit einem Steinportikus, der an die Fassade gepappt ist wie eine Stupsnase. Drinnen hängt der Geruch nach Gebratenem, der sich nicht beheben lässt, ganz gleich, wie heftig die Reinemachefrauen schrubben und wienern. Die Reinemachefrauen schrubben und wienern heftig, ja leidenschaftlich, scheuern die Oberflächen, bohnern die Böden, wischen Staub, bis ihnen die Arme wehtun. Es reicht einfach nicht aus. Der Geruch von in Ghi gebratenen Speisen, der kräftige, unverkennbare Geruch Indiens, ist trotzdem noch da.

Die Mitglieder des Clubs haben viele Dinge gemeinsam. Die Frauen hegen eine Vorliebe für geblümte Baumwollkleider, die, wenn vielleicht auch nicht von bester Qualität, immer sauber und gebügelt sind, selbst bei heißem Wetter. Dies ist nicht die Art Kleider, die manche Frauen aus dem Army-&-Navy-Katalog bestellen, welcher einmal pro Saison aus der Heimat eintrifft. Nicht die Art Kleider, die begierig erwartet werden und zwei, manchmal drei Monate brauchen, bis sie endlich da sind, und, wenn sie ankommen, in Seidenpapier eingeschlagen sind, dem, wenn es auseinander fällt, der abgestandene Geruch eines Londoner Lagerraums irgendwo abseits des Strand entströmt. Diese Kleider werden zu Hause geschneidert, aus Stoff, der im Basar gekauft worden ist. Sie werden, manchmal, mit einem einzelnen Glasarmreif getragen. Einem diskreten Armreif, aber dennoch einem Armreif. Indischem Schmuck, keinem Schmuck aus der Heimat.

Die Frauen haben Hüte auf. Die Männer auch. Sogar (scherzen einige Leute) im Clubhaus. Die Frau des Artillerieobersts hat es gesehen. Die Frau des Regierungsresidenten in Bharatpur schwört, sie hätte einmal eine Gruppe von ihnen (»ihnen« heißt: Mitglieder des Post & Telegraph Club von Agra) eine Partie Bridge mit den Hüten auf dem Kopf spielen sehen. Im Club. *Nach Einbruch der Dunkelheit.* Die Sonne war untergegangen, und trotzdem saßen sie da, Tropenhelme auf den Köpfen, als ritten sie an einem Sommermorgen draußen herum. Die Frau des Residenten gibt diese Geschichte gern zum Besten. Und ihre Freunde hören sie mit Vergnügen. Was für eine ordinäre Idee, in der Nacht einen Hut zu tragen! Sie erntet jedes Mal Gelächter. Doch trotz des Gespötts tragen die Männer und Frauen des Telegraph Club ihre Hüte weiter bei jeder Gelegenheit: extravagante, riesige, breitkrempige Hüte, die sicherstellen, dass ihre Gesichter immer vor der Sonne geschützt sind. Die Sonne ist fraglos eine üble Angelegenheit.

Für die Mitglieder des Post & Telegraph Club von Agra fällt vieles vom Leben in die Kategorie übler Angelegenheiten. Das jedenfalls ist die Meinung der Frau des Residenten und ihrer Freunde. Sie finden die Leute affig. Es ist fast unmöglich, sich mit ihnen zu unterhalten, ohne auf die eine oder andere Weise Anstoß zu nehmen. Nicht, dass man sich mit ihnen unterhalten möchte, außer sie gehören wie Ronnie und Clive und Peter und noch ein paar Ehemänner zum eigenen Personal. Wenn man etwas bei der Eisenbahn ist, oder natürlich auch bei Post und Telegraph, kann man ihnen kaum ausweichen. Und mit ihrem schrecklichen Akzent (erinnern sich die Damen gegenseitig, während sie in dem besser riechenden und exklusiveren Civil Service Club ihren Tee nippen) und ihrer schrecklichen Affigkeit und der absurden Art, wie sie ständig von der Heimat reden, gehen sie einem wirklich ziemlich auf die Nerven.

Heimat, Heimat, Heimat! Jeder weiß, dass keiner von ihnen auch nur je in die Nähe Englands gekommen ist. Man findet es vielleicht irgendwie nett. Aber letzten Endes sind sie ziemlich abscheulich, diese Leute. Kauen heimlich Betel, ihre Töchter stellen den anderen Dienstgraden nach, fläzen sich eher, als dass sie sitzen, wenn sie meinen, man sieht sie nicht. Man erkennt es immer, wenn jemand eine Acht-Anna-Münze ist. Blut schlägt letzten Endes immer durch.

Ach, diese scheußlichen weißen Mischlinge.

Im Post & Telegraph Club von Agra versammeln sich die scheußlichen weißen Mischlinge, um ihre eigenen Geschichten über Abscheulichkeiten auszutauschen, die Abscheulichkeit von Einheimischen, das widerlich Indische an einheimischen Verhaltensweisen und die Unnachsichtigkeit, mit der sie, die Ehemänner, ihre Arbeiter ducken, und sie, die Frauen, ihre Diener strafen, falls sie welche haben. Die Einheimischen sind verschlagen, unzuverlässig und beinahe kriminell. Ihre Lüsternheit ist sprichwörtlich. Was für ein Gegensatz zu der Heimat, zur europäischen Geradheit britischer Eigenheiten und Manieren. Sie, die angloindische Gemeinde, weiß, wo ihre Loyalitäten liegen, sie weiß, welcher Seite von sich selbst sie den Vorzug gibt. Sie tragen ihre Hüte, lesen alles über die Heimat, was sie in die Finger bekommen können, und meiden die Sonne wie die Pest, weil jedes bisschen Melanin, das ihre Haut produziert, sie bekümmert. Natürlich nennen sie es nicht Melanin. Sie haben andere Bezeichnungen dafür. Dreck, Schmuddeligkeit. Sie hat eine so schmuddelige Haut, Liebling. Niemand will ihr auch nur nahe kommen. Und ihre Nase. So platt und breit. Ganz und gar nicht wie deine.

Innerhalb ihres Clubs können sie ganz sie selbst sein. Sie können tanzen und Housie-housie spielen, ohne die feindlichen Blicke der Einheimischen und die geflüsterten Spötteleien der jüngeren Beamten auf ihrem Weg zum Civil Service Club ertragen zu müssen, in den niemals ein Angloinder zugelassen werden wird. Eine Zeit lang können sie ihre Ohren gegen die Witze und bissigen Reime verstopfen.

Eine Britin, sie wohnt in Khamgaon,
War entzückt von 'nem indischen Faun.
Das Resultat ihrer Gier
Warn der Kinderlein vier,
Eins schwarz, eins weiß und zwei braun.

Wie oft hat Harry Begg das schon gehört?

Es ist so unfair. Seine Hautfarbe, die genaue Schattierung, ist in Harry Beggs Bewusstsein geätzt wie eine Seriennummer. Harrys Haut hat die Farbe eines Kuverts aus Manilapapier. Oder ein kleines bisschen dunkler. Eigentlich gar keine so schlechten Karten, verglichen mit einigen anderen. Er kommt ganz gut an bei den Mädchen, auch wenn ihn natürlich die meisten, mit denen er geht, auf der Stelle fallen lassen würden, wenn irgendein jüngerer Handlungsvertreter oder ein englischer Gefreiter Interesse zeigen würde. Eine oder zwei haben es getan. Es ist so verdammt unfair. Es ist ja nicht so, als wär's früher nicht anders gewesen. Skinner – der Skinner, der die Bengal Lancers gegründet hat – war einer wie Harry. Und auch Lord Roberts, der im Burenkrieg das Kommando führte. Sogar Lord Liverpool – ja, der Liverpool, der Premierminister war – war einer. Seine Großmutter mütterlicherseits stammte aus Kalkutta. Es steht alles in den Geschichtsbüchern, da kann man's nachlesen. Früher einmal konnte man sagen, die Mischehe gehöre beinahe zum guten Ton; damals, in den Zeiten der Company, ehe diese Biologen und Evangelisten allen Angst einjagten vor schwarzem Blut.

Als der Bengel ihn anquatscht, will Harry, der leicht gebückt geht, als drücke ihn seine manilapapierfarbene Haut nach unten, gerade den Club verlassen. Die Lichter blinken, und er will los, um sich mit Jennifer Cash zu treffen, die feine Gesichtszüge und einen pergamentfarbenen Teint hat. Heute Abend könnte er sich einfach mal wie ein annehmbarer Mensch fühlen. Solange sie nirgendwohin gehen, wo es andere Männer geben könnte – andere, *weißere* Männer. Jennifer könnte ihm so einfach weggenommen werden. Eine einzige Tresse. Ein Gehalt in Pfunden, nicht in Rupien. Es ist alles so brüchig. Doch heute Abend fühlt er sich voller Hoffnung.

Und dann macht der kleine Mistkerl alles kaputt.

Der Bengel streckt einfach die Hand aus und packt ihn am Ärmel, als wäre es das Natürlichste auf der Welt.

»Hallo«, sagt er in sirupdickem Basar-Englisch. »Ich bin ein Halbblut wie du. Ich habe Hunger. Hast du was zu essen?«

Der Bengel ist wahrscheinlich sogar heller als Harry, durch den Dreck kann man das allerdings schwer feststellen. Er hat ein englisches Gesicht, ein Gesicht, von dem man an einem anderen Ort, unter anderen Umständen sogar sagen könnte, es ist fein. Sein sehr gutes Aussehen und seine weiße Haut machen Harry wütend. Seine ganzen dreiundzwanzig Jahre an Affigkeit und Hütetragen, dreiundzwanzig Jahre an Versuchen, sich aus dem zähen Sumpf der Dunkelhäutigkeit herauszuwinden, steigen ihm brennend in die Kehle. Sie bringen ihn zum Würgen, die Unverschämtheit dieses Gesichts und der blasierte Bettelblick darin.

»Nimm deine Dreckpfoten weg, du kleiner Saukerl!«

Der Bengel zuckt zurück. Harry glotzt ihn mit starren Augen an. Das Schlimmste an der Sache ist, dass sie wahrscheinlich wirklich von gleichem Blut sind. Wenn überhaupt, dann ist Harry ein bisschen glücklicher dran als er, weil er richtig Englisch kann und andeutungsweise über gute Manieren verfügt. Trotzdem – dasselbe Blut. Harry und der Straßenjunge, mehr oder weniger aus demselben Holz geschnitzt wie zwei Schachfiguren. Das ist das Letzte, was er jetzt erfahren wollte, da er sich auf dem Weg zu Jenny Cash befindet an diesem schönen Abend, an dem er sich edel und weiß vorkommt, weiß wie Schnee, weiß wie ein Tennisschuh, weiß wie ein kleines goldenes Engelchen im verdammten Eierschneehimmel. Der kleine Scheißkerl soll doch zur Hölle fahren.

In seiner Linken trägt Harry einen Badmintonschläger, der in einem hölzernen Spanner klemmt. Er schwenkt ihn einmal, um sein Gewicht zu fühlen. Dann haut er ihn ohne weiteres Nachdenken dem Jungen knirschend auf den Kopf, worauf der zu Boden sackt. Er versetzt dem hingestreckten Körper noch ein paar weitere Schläge und einige Fußtritte und drischt auf ihn ein mit allem Hass, der in ihm ist. Undeutlich wird ihm bewusst, dass er *Hol dich der Teufel, der Teufel soll dich holen* schreit, und er blickt sich um und sieht, dass ein paar von seinen Leuten sich in sicherer Entfernung versammelt haben und ihn mit einer verräterischen Mischung aus Entsetzen und Mitleid im Blick beobachten. Ein paar Einheimische tun so, als wollten sie sich an ihn heranmachen, und er schwingt den Schläger drohend wie einen Säbel und ruft ihnen zu, sie sollten sich verdammt noch mal aus der Sache raushalten und sich um ihre eigenen Angelegenheiten kümmern.

Während Harry sich mit den Einheimischen auseinander setzt, ergreift der benommene Straßenbengel die Gelegenheit zur Flucht und taumelt die Straße hinunter, so schnell er nur kann. Einmal schaut er zurück, ein Geistergesicht voller Schrecken und Kränkung, das in der Menge verschwindet. Harry lässt den Schläger sinken und wischt sich mit einem schmutzigen Taschentuch den Schweiß von der Stirn. Ihm ist der Abend verdorben, bevor er überhaupt begonnen hat.

Verzweifelt hämmert Pran an die abgeblätterte blaue Tür der Villa. Der Türsteher öffnet sie, und Pran erhascht hinter ihm einen kurzen Blick in den mondbeschienenen Hof. Dann wird sie wieder zugeschlagen.

Der Bettler schreit vor Lachen, als er Pran auf sich zuwanken sieht. Es ist ein Tierlaut, und sein Mund öffnet sich weit, als er ihn ausstößt, und zeigt einen unwahrscheinlich roten Schlund, mehr eine Wunde als einen Mund. *Hübscher kleiner Prinz*, singt er im Bajaderen-Falsett. *Seht nur, wie schön seine Kleider! Seht nur, es funkelt sein Dolch, da er vorüberreitet!*

Prans Gesicht ist von Tränen besudelt und blutig. Seine Kleider sind zerrissen und stinken. Sein Körper tut ihm von oben bis unten weh. Als er das Spottlied des Bettlers hört, kocht die Wut in ihm über, und er rennt zu ihm, versetzt seinem Schälchen einen Tritt und verstreut die paar kleinen Münzen im Staub.

»Haben sie dir nichts zu essen gegeben?«, fragt der Bettler, indem er sich vor Prans Schlägen wegduckt.

»Du Bastard!«, stößt Pran schluchzend hervor.

»Das ist mein Schicksal«, räumt der Bettler ein. »Aber deins auch, wenn ich mich recht erinnere.«

»Ich habe Hunger!«, schreit Pran erstickt.

»Vielleicht solltest du es woanders versuchen?«, schlägt der Bettler vor und setzt so etwas wie einen theatralischen Blick auf, der dem Jungen onkelhaftes Interesse suggerieren soll. Pran funkelt wütend. Und der Bettler nennt ihm, sehr langsam, eine Adresse im Basar der Juweliere.

»Geh dorthin, tu, was sie von dir verlangen, und sie werden dir zu essen geben«, rät er.

»Warum sollte ich dir trauen?«

»Mach, was du willst«, sagt achselzuckend der Bettler. »Offen gesagt solltest du dankbar sein, dass ich überhaupt mit dir rede.«

Das kann man nicht bestreiten. Pran lässt sich mutlos zu Boden sinken.

»Aber du lügst doch. Mir wird irgendwas Schlimmes passieren.«

Der Bettler denkt eine Weile darüber nach.

»Ja«, sagt er schließlich. »Du hast Recht. Ich habe gelogen.«

»Siehst du!«, triumphiert Pran.

»Andererseits«, grübelt der Bettler, »könnte ich eben jetzt lügen.«

»Was?«

»Ach, nichts. Nur eine kleine Philosophie.« Der Bettler grinst, indem er ein Beinhaus voller verfaulter Zähne freilegt. Pran schreit und schmeichelt, aber er bekommt nichts mehr aus ihm heraus. Der Bettler kratzt sich an seinen Grinden. Er klaubt Läuse aus seinem verfilzten Haar. Er ruft den Essensverkäufern, die ihre Waren wegpacken, wahllos Unflätigkeiten zu. Einer von ihnen bringt mit dem Daumen seine Zähne in ihre Position.

»Gott, du Allmächtiger!«, schreit der Bettler plötzlich, ohne irgendwas Bestimmtes zu meinen. »Du bist wahrlich gerecht!«

Pran wirft ihm einen vernichtenden Blick zu.

»Du solltest Gott danken«, empfiehlt der Bettler. »Er gibt dir eine große Gelegenheit.«

Er verdreht die Augen und spuckt einen dicken Schleimklumpen in den Staub. Dann schiebt er seine verdorrten Beine in einer einzigen bogenförmigen Bewegung zurück zu der stinkenden Rinne, die am Rand der Straße entlangläuft, hockt sich darüber und presst eine lange Wurst heraus. Schließlich streckt er sich am Boden aus und schläft ein, und die Muskeln seines abscheulichen Mundes entspannen sich zu einer überraschenden Glätte, einer Ruhe, die man vielleicht sogar erhaben nennen könnte.

Der Schmerz in seinem Bauch hält Pran wach. Er presst und knetet ihn in der Hoffnung, der Hohlraum möge sich füllen. Nach einer Weile steht er auf und blickt sich nach den Münzen um, die aus dem Schälchen des Bettlers gefallen sind, kann sie aber nicht finden. Als letzten Ausweg stöbert er bei den geschlossenen Verkaufsständen herum, findet aber nichts, was nicht schon von anderen hungrigen Kindern oder von den gerissenen streunenden Hunden verzehrt worden wäre, die auf Futtersuche herumschleichen. Verzagt streckt er sich neben dem Bettler aus, der laut schnarcht.

Er versucht, nicht darüber nachzudenken, was ihm widerfahren ist. Sein Vater ist tot. Und er war sowieso nicht sein Vater. Sein Vater war der Engländer auf der Fotografie, und der ist auch tot. Macht das Pran zu einem Engländer? Er fühlt sich nicht wie ein Engländer. Er ist Inder, ein kaschmirischer Pandit. Er weiß, was er ist. Er fühlt es.

Hungrig und todmüde versucht er, dem Problem auf den Grund zu gehen. Man ist, als was man sich fühlt. Oder wenn das nicht so ist, sollte man sich als das fühlen, was man ist. Aber wenn man etwas ist, wovon man nichts weiß, was sind dann die Merkmale? Wie ist das Gefühl, nicht zu sein, wofür man sich hält? Wenn seine Mutter seine Mutter war und sein Vater der fremde Engländer auf dem Foto, dann ist er logischerweise ein Mischling, ein Halbblut. Aber er fühlt keine Gemeinsamkeiten mit diesen Leuten. Sie hassen die Inder. Sie hassen ihn, das ist mal sicher. Er erinnert sich an das Heben und Senken des Badmintonschlägers, an das Gesicht des Mannes, als er ihn trat und fluchte. Er ist nicht dasselbe wie diese Leute. Für ihn ist England nicht sein Zuhause. Zuhause ist hier, auf der anderen Seite der blauen Tür.

Er fängt an zu weinen und fällt schließlich in einen unruhigen, fiebrigen Schlaf.

Die Stadt um ihn herum bewegt sich weiter. Die streunenden Hunde schnuffeln weiter in Abfallhaufen und Rinnsteinen herum. Polizisten, Diebe, Nachtschwärmer, Jauchefahrer, Tonga-Kutscher, Gepäckträger vom Bahnhof und andere Nachtgestalten gehen ihren Geschäften nach in den Straßen, die mancherorts fast genauso belebt sind wie am Tage.

Eiskalt und ohne zu wissen, wo er ist, wacht Pran im grauen Morgen auf. Über ihm werden vage mehrere unregelmäßige braune Formen sichtbar, die sich als eine Reihe magerer Hinterbacken erweisen. Neben seinem Kopf hocken mehrere Rikscha-Fahrer und Standbesitzer über dem Rinnstein, spucken, tratschen, putzen sich die Zähne und verrichten ihre Notdurft. Mit einem Ruck zieht er den Kopf aus der Gefahrenzone und erinnert sich mit jähem Entsetzen, wo er ist.

Der Bettler schläft noch, und eine neugierige Fliege kriecht ihm über ein Augenlid. Pran schlurft hinüber, die Arme vor der zitternden Brust verschränkt, und stößt ihn mit der Zehe an.

»Wach auf. Es ist Tag.«

Der Bettler rührt sich nicht. Pran stupst ihn noch einmal an. Nichts. Er langt nach unten und schüttelt ihn am Arm. Der ist kalt und steif. Pran fährt zurück, während ihm mit dumpfem Schrecken bewusst wird, was passiert ist. Die Grippe kann sehr schnell kommen.

Wie der Rest der Welt hat er keine Zeit, den toten Bettler zu betrauern, weil genau in diesem Moment eine Tonga vor der blauen Tür der Razdan-Villa hält. Ihr entsteigt ein Mann, der formell in einen Achkan und eine bestickte Kappe gekleidet ist. Sein Bart ist säuberlich gestutzt. Eine Metallbrille sitzt ihm auf seiner imposanten Nase. Voller Freude rennt Pran Nath zu ihm hinüber.

»Onkel! Onkel!«

Pandit Bhaskar Nath Razdan, der jüngere Bruder des toten Anwalts, blickt sich mit angewidertem Gesicht um.

»Verschwinde, du widerliche Kreatur!«

Pran Nath bleibt wie angewurzelt stehen. Sein Onkel wirkt äußerst erregt und drückt sich ein seidenes Taschentuch vors Gesicht. »Türsteher?«, ruft er. »Türsteher, wo bist du?«

Der Türsteher erscheint im Eingang und schwingt seinen Lathi. Sein grauer Schnurrbart bebt vor Entrüstung.

»Türsteher«, befiehlt der Pandit. »Schaff mir dieses Geschmeiß aus den Augen. Ich möchte nicht, dass er hier vor der Tür herumlungert und die Familie in Verruf bringt. Sorge dafür, dass er nicht wieder herkommt.«

»Ja, Herr!«, sagt der Türsteher und nimmt gute, alte soldatische Haltung an. Pran Nath wartet nicht, bis es wieder Schläge setzt. Er flieht, die Augen voller Tränen. Jetzt weiß er, dass es stimmt. Er ist allein auf der Welt.

Vor sich hin murmelnd und schluchzend wie ein Geistesgestörter, gelangt er in die engen Gassen des Sabzi Mandi. In der Annahme, er sei krank, gehen ihm die Leute aus dem Weg, weichen vor ihm zurück, wenn er auf sie zuwankt. Er bleibt stehen und sieht einem Garkoch zu, der Jalebi macht, indem er Spiralen aus süßem Teig in eine riesige Pfanne mit siedendem Öl spritzt. Die gebackenen Kringel werden mit einer Schöpfkelle herausgehoben, in einen karamellisierten Überzug getaucht und noch mal gebacken. Eintauchen und backen, eintauchen und backen. Sie sehen gut aus. Verzweifelt stürmt Pran plötzlich auf die Süßigkeiten los, schnappt sich eine Hand voll und flitzt durch die Gasse davon. Hinter sich hört er den Mann fluchen, aber er rennt weiter, so schnell er kann. Bald verklingen die wütenden Rufe. Glück gehabt. In einer abgelegenen Gasse stopft Pran die Jalebi in sich hinein und leckt den Saft von seinen Fingern, ohne sich um den Dreck und Schmier zu kümmern, den er mit aufschleckt. Der Zucker beschert ihm einen winzigen Rausch.

Davon gestärkt fühlt er sich so selbstbewusst, dass er es wagt, sich bei der Adresse vorzustellen, die ihm der tote Bettler genannt hat. Das Haus liegt am Ende einer besonders schmalen und übel riechenden Gasse, die mit Abfallhaufen und Pfützen unbekannter Flüssigkeiten übersät ist. Die Tür selbst ist massiv, mit Eisenbändern und dicken, eckigen Nägeln beschlagen; die Sorte Tür, die man nur sehr schwer aufbrechen könnte. Pran klopft an. Man hört Schritte heranschlurfen, dann erscheint ein Auge auf der anderen Seite des Gucklochs.

»Wir haben zu«, sagt eine phlegmatische Stimme.

»Ich habe Hunger«, sagt Pran.

»Und?«, sagt die Stimme. »Warum sollte dir der außerhalb der Geschäftszeit Einlass verschaffen?«

»Mir wurde gesagt, wenn ich hierher käme und täte, was du mir sagst, würdest du mir zu essen geben.«

Pause.

»Wer hat dir das gesagt?«

Es wird Pran peinlich bewusst, dass er den Bettler gar nicht nach seinem Namen gefragt hat.

»Ich weiß nicht.«

Die Stimme scheint einen Augenblick darüber nachzudenken. Man hört Husten, dann das Klimpern von Schlüsseln und das Scharren eines Riegels, der zurückgezogen wird. Die Tür geht auf und zeigt einen Mann von der Größe eines Stiers, der nur mit einem karierten Lendentuch bekleidet ist. Offenbar hat er eben erst seine morgendlichen Waschungen verrichtet, und sein Körper glänzt von Öl. Auch sein dichtes Haar glitzert davon und der üppige schwarze Schnurrbart, der ihm in fantastischen, streitbaren Windungen beiderseits aus dem Gesicht ragt. Sein eingeölter Bauch wölbt sich Pran massig entgegen. Der Mann lehnt am Türsturz und zwirbelt eine Schnurrbartspitze zwischen Daumen und Zeigefinger.

»Na, dann lass dich mal anschauen«, sagt er und bekommt einen Hustenanfall.

Pran sieht den Mann wieder an, und dessen Blick verfinstert sich.

»Dreh dich um, du kleiner Idiot! Zeig mir, was du hast!«

Unsicher dreht Pran sich in die andere Richtung.

»Zieh sie runter!«, schreit der Mann so laut, dass sich erneut ein Batzen aus seinem Lungeninneren löst. Erst nach großer Anstrengung fliegt der ausgehustete Schleimklumpen Pran vor die Füße.

Pran nestelt an der Schnur seiner Hose, dann lässt er sie herunter, um einen Zentimeter oder zwei seines blaufleckigen Hinterns zu zeigen.

»Mehr!«, knurrt der Mann. Widerstrebend fügt sich Pran. Der Mann steht da, keucht pfeifend und hustet eine Weile, dann lässt er ein Grunzgeräusch hören, das mehr oder weniger positiv klingt.

»Nicht schlecht. Am besten, du kommst mal rein.«

Pran folgt ihm in einen Innenhof voller Frauen. Er sieht Frauen Wäsche waschen, Frauen Reis sieben, Frauen Gemüse hacken und die Überreste auf einen Haufen werfen. Um das obere Stockwerk läuft ein Balkon, und der biegt sich unter der Last von noch mehr Frauen durch, die aus Zimmern heraus- und in Zimmer hineinlaufen und an den Türen miteinander schwatzen. Zwei junge Mädchen lehnen sich über die Brüstung, und ein drittes hängt große seidene Sari-Vierecke auf eine Leine, die von einer Seite des Hauses zur anderen reicht. Durch diesen weiblichen Termitenhaufen bahnt sich der Riese den Weg mit der gelangweilten, doch gebieterischen Miene eines Ochsen in einer Herde junger Kühe.

Pran hat noch nie so viele Frauen auf einmal gesehen. Alle scheinen sie jung und ungewöhnlich schön zu sein, und einige sind mehr oder weniger unbekleidet. Vielleicht schwebt er ein wenig auf Wolken, weil er einen leeren Magen hat, aber dieses Haus hier gefällt ihm schon viel besser als die Straße. Er beschließt, eine Weile hier zu bleiben, falls ihm nichts Besseres in die Quere kommt.

Er bemerkt, dass die Mädchen über ihn reden. Eine Gruppe auf dem Balkon ruft irgendetwas wenig Schmeichelhaftes über die Größe seines Zeugungsorgans, und im ganzen Parterre des Hauses ist allgemein eine tumultartige Einschätzung Prans im Gange. Er errötet vor Wut und beeilt sich, dem Dicken auf den Fersen zu bleiben, der an der einen Seite des Hofes auf einen Durchgang zusteuert. Taub gegen die Schmähungen, die von allen Seiten herunterregnen, entschwindet der Mann den Blicken. Pran schaut sich noch einmal rasch nach dem Hof um, dann trippelt er hinter ihm her.

Zu seiner Freude wird er in einem Raum vor einen Thali mit Reis und Dhal gesetzt. Während er sich das Essen geschwind in den Mund stopft, reden die anderen Leute im Zimmer über ihn. Die Unterhaltung findet im Flüsterton statt, und wäre er weniger hungrig, würde er sich bemühen mitzuhören. Der Dicke, inzwischen in einen frisch gewaschenen Kurta-Pyjama gekleidet, hat Gesellschaft von einer Frau bekommen, die sein Gegenteil sein könnte. Wo er stattlich und kompakt ist, ist sie mehr Skelett als Fleisch. Ihr Gesicht besteht nur aus Kiefer und Augenhöhlen, und ihre Arme, zerbrechlich wie dünne Zweige, sausen hin und her, beschwert von einer gefährlich großen Last goldberingter Finger. Eine dicke rote Tikka-Linie markiert ihren Scheitel, und ihr Mund ist von Betelsaft blutrot gefärbt. Der Gesamteindruck wäre auf einem Seziertisch durchaus nicht deplatziert. Ein- oder zweimal streckt sie die Hand aus, zwickt Pran in den Arm und streicht ihm über die Haut, um ihre Beschaffenheit zu beurteilen, wie man es vielleicht an einem Stoffballen beim Schneider tut. Pran ist zu sehr mit Essen beschäftigt, um darauf zu achten.

Weder der Mann noch die Frau legen ein Verhalten an den Tag, das Vertrauen erwecken könnte. Ein objektiver Beobachter (der hier, wie es so oft der Fall ist, leider fehlt) würde vielleicht das Funkeln in ihren Augen bemerken, während sie Pran beim Essen zusehen. Durch die Schicht Straßendreck leuchtet Prans außergewöhnliche Schönheit noch immer hindurch. Der Mann und die Frau scheinen außerordentlich erfreut über ihn zu sein, und als er seine Mahlzeit mit einem lauten Rülpser beendet, strahlen die beiden, als habe er gerade einen Witz erzählt.

»Nenn mich einfach Ma-ji«, sagt die Frau.

»Und ich bin Balraj, der Ringer«, sagt der Mann.

Pran nennt ihnen seinen Namen und erzählt auf Ma-jis Nachfragen, wie es dazu kam, dass er auf der Straße gelandet ist, und dass ihm der nette Bettler gesagt hat, wo er sie finden könne.

»Und du bist also ganz allein?«, fragt Ma-ji. Pran nickt niedergeschlagen und bestätigt, wenn seine Familie ihre Meinung nicht geändert habe, sei er wirklich ganz allein.

»Der Bettler hat nichts darüber gesagt, was wir hier machen?«, fragt Balraj.

»Nein, überhaupt nichts. Was macht ihr denn?« Pran möchte unbedingt wissen, warum so viele attraktive junge Frauen unter ihrem Dach leben.

»Es handelt sich um eine Art Wohltätigkeitsorganisation«, erklärt Ma-ji. »Wir geben diesen armen Mädchen ein Zuhause, und als Gegenleistung verrichten sie ein paar einfache Arbeiten im Haushalt und, nicht wahr, leichte Arbeiten anderer Art.« Sie nickt, um zu unterstreichen, wie symbolisch die Art dieser Tätigkeiten ist.

»Normalerweise nehmen wir keine Jungen auf«, bemerkt Balraj. »Aber in deinem Fall können wir eine Ausnahme machen. Natürlich wirst du tun müssen, was man dir sagt, und die Dinge nehmen, wie sie sind.«

Pran verspricht, dass er sein Bestes tun wird. Schon stellt er sich ein Leben voller »Küss mich, küss mich« und anderer anregender Spielchen vor, durchsetzt mit ein bisschen Einholen und Tragen oder etwas Wachtdienst an den Tagen, an denen sich Balraj nicht ganz auf dem Posten fühlt. Es hört sich fraglos viel besser an als Privatunterricht oder als wenn man ganz allein in der Stadt herumwandern müsste. Es sieht so aus, als habe er noch mal Glück gehabt.

»Trink doch ein bisschen von meinem Spezial-Lassi«, sagt Ma-ji, kneift Pran in die Wange und drückt ihm einen Metallbecher in die Hand. »Das ist sehr gut.«

Pran gießt das joghurtartige Getränk in einem Zug herunter und wird mit einem breiten Lächeln beider belohnt. Ma-ji und Balraj haben zu tun und schlagen vor, dass er sich eine Weile ausruht, ehe er später am Tag mit der Arbeit beginnt. Sie erheben sich, schließen die Tür und lassen ihn allein. Bald fühlt Pran sich ungeheuer, unwiderstehlich müde, rollt sich auf einem Charpai zusammen und schläft fest ein.

Pran träumt von einem Land, das aus Chapati-Stapeln und Quark besteht und in dem Gemüsemädchen mit Okrafingern und Auberginenbrüsten und frechen Blicken in ihren Grüne-Erbsen-Augen wohnen. Ihre Beziehungen zu Pran sind verworren, aber ergötzlich, und eine Speise folgt der anderen in genießerischer Harmonie, bis der Bettler, der tot ist, herumzulaufen beginnt, von Prans Partnerinnen das eine oder andere Häppchen abreißt und sich in seinen roten Mund stopft, was störend ist, weil Pran vermutet, dass für alle genug da wäre, und ehrlich zu teilen bereit ist, bis der Bettler an Prans eigenen Armen und Beinen zu zerren beginnt, was wirklich zu weit geht – und sich dann schließlich in Ma-ji verwandelt, die Pran mit Hilfe einer kleinen Dienerin eine Art Seidenkostüm anzuprobieren scheint.

Der Kopf tut ihm weh, und er hat keine Ahnung, welche Tageszeit herrscht. Er nimmt an, es ist Abend, weil er das Zimmer um sich her kaum sehen kann. Die einzige Beleuchtung kommt von zwei Kerzen und einer roten Lampe, die in einer Ecke beunruhigend flackert. Pran fühlt sich ganz eigentümlich, als sähe er die Welt durch mehrere Watteschichten. Seine Glieder scheinen aus irgendeiner wässerigen Substanz zu bestehen und auf die verzweifelten Kommandos seines Gehirns einfach nicht reagieren zu wollen. Seine Verwirrung wird nicht geringer, als er sich in einem Spiegel erblickt und sieht, dass er in eine durchsichtige rosa Seidenrobe mit einer Art Blumenmuster gesteckt worden ist.

»Halt den Kopf still«, schnauzt Ma-ji, und Pran merkt, dass sein Kiefer zwischen zangenartigen Fingern klemmt, während man ihm etwas, nein, das kann nicht sein, doch – *Rotes* auf die Wangen schmiert und die Augen mit schwarzen Kajalstrichen umrandet. Pran versucht sich zu entwinden, wird aber festgehalten. Als er zuckt und vor dem Make-up-Stift zurückweicht, bekommt er augenblicklich eine Backpfeife. Ma-ji ruft nach Balraj, der hustend wie ein kranker Elefant herbeigeeilt kommt und Pran fest in eine Armschraube nimmt. Als Pran protestiert, macht Balraj etwas äußerst Schmerzhaftes mit seinem Genick, und Ma-ji zischt in einem Ton, der sich von der freundlichen Stimme, mit der sie vorher geredet hat, erschreckend unterscheidet: *Sei still, du kleiner Idiot!*

In Pran regt sich der Verdacht, dass der Bettler ihm nachträglich doch noch einen seiner kleinen Streiche gespielt hat.

Dann wird er vorübergehend losgelassen, damit er sich im Spiegel betrachten kann. In dem dünnen Fähnchen und mit seinen weit aufgerissenen Augen, deren Pupillen durch Belladonnatropfen erweitert sind, sieht er dem dreckigen Jungen, der an der Tür unten in der Gasse angekommen war, überhaupt nicht mehr ähnlich. Ein zweiter Becher mit Spezial-Lassi wird ihm unter die Nase geschoben. Er schüttelt verneinend den Kopf, aber Balraj zwingt ihn, den Mund aufzumachen, und Ma-ji kippt ihm den ganzen Inhalt in den Rachen. Sie gehen, schließen die Tür hinter sich ab, und Pran ist allein in dem Zimmer.

Er versucht nachzudenken. Im Laufe seiner Überlegungen, die immer wieder scheitern oder auf Abwege geraten oder auf sich selbst zurückfallen, kommt er zu der Überzeugung, dass Ma-ji und Balraj etwas im Schilde führen, was nicht ehrenhaft ist. Um abzuschätzen, was das sein könnte, ist ihm zu mulmig um den Kopf. Fängt er damit auch nur an, gerät er sofort in Panik. Er muss versuchen zu fliehen.

Mit dem Gefühl, als bewege er sich durch Sirup, untersucht Pran das Fenster und stellt fest, dass es zwar unverschlossen ist, aber drei Stockwerke hoch über der Straße liegt, und er kann nichts zum Festhalten entdecken, das ihm beim Hinausklettern dienlich sein könnte. Und selbst wenn es etwas gäbe – so flau, wie sich sein Körper anfühlt, hat er seine Zweifel, ob er in der Lage wäre, sich ordentlich festzuhalten. Er überlegt, ob er um Hilfe rufen soll, aber der Lärm vom Basar überdeckt alles. Niemand wird ihn hören. Hinüber zur Tür. Verschlossen und massiv. Er blickt sich nach irgendwelchen nützlichen Gegenständen um. Waffen? Nein. Stricke? Nein. Vielleicht könnte er ein Betttuch in Streifen reißen und es benutzen. Ein Betttuch. Gute Idee. Sehr gut.

Pran zieht die Decke vom Bett und macht sich daran, sie in Streifen zu reißen. Es ist ein abgewetztes, schmieriges Stück Stoff mit einem Batikmuster, das in dem matten Licht kaum zu erkennen ist. Was zeigt dieses Muster? Pran spürt das Gewebe des Stoffes, während er ihn in seinen Händen herumdreht. Er hat eine ganz ungewöhnliche Textur, und irgendwie fühlt er sie sehr viel deutlicher, als er sich erinnert, je ein Stück Stoff gefühlt zu haben. Seine *Materialhaftigkeit*, seine *Stofflichkeit* springt ihm mit solcher Heftigkeit in die Finger, dass es ihm den Atem nimmt. Als könnten in diesem kleinen Ding, in diesem unbedeutenden Stück Stoff ganze Welten, ganze Universen an Bedeutung enthalten sein. Und was zeigt dieses Muster? Das Muster. Es ist wie ein Wald. Oder eine Truppe tanzender Mädchen. Oder Papageien. Ja, es ist wie ein ganzer Papageienschwarm, rote und grüne Papageien, jeder darauf dressiert, anders zu sprechen. Nein, nicht anders. In gewisser Weise reden die Papageien alle dasselbe. Wenn auch unterschiedlich. Wie genau reden Papageien eigentlich? Verstehe das, und du verstehst alles. Die Bedeutung des Musters. Alles ist in diesem einen Umstand enthalten. Die Sprache der Papageien. Die Antwort ist einfach! Der Schlüssel liegt darin verborgen zu wissen, wie die Papageien reden.

Pran bemerkt, dass er auf etwas Wichtiges gestoßen ist, aber im Augenblick hat er keine Ahnung, was es bedeutet. Alles scheint sich verändert zu haben. Die Welt ist mit einem Mal hektisch. Es gilt vieles auf einmal in sich aufzunehmen. So hat er sich vor ein paar Minuten noch nicht gefühlt. Da war er schläfriger. Das ist es, er fühlte sich sogar schläfrig, als sie ihn herausgeputzt haben. Und warum haben sie das getan? Das ist die Frage. Sie müssen einen Grund haben.

Dann hat Pran einen lichten Moment, der eine Antwort enthält, und in dieser Antwort liegt eine Idee, und versteckt in dieser Idee ist der Gedanke, dass das zweite Spezial-Lassi vielleicht etwas damit zu tun hat. Und als ihm gerade klar wird, dass das zweite Spezial-Lassi auf eine extreme und sehr exzentrische Art und Weise spezial ist, da hört er, wie der Türknauf sich dreht, und eine Gestalt tritt in den Raum. Danach ist er sich über gar nichts mehr sicher.

In den folgenden Tagen spielt das Spezial-Lassi in Prans Leben unablässig eine Rolle. Er wird gezwungen, es mindestens dreimal täglich zu trinken, was dazu führt, dass er einfach nie schlau daraus wird, was von den Dingen, die ihm widerfahren, real ist und was er halluziniert. Die meisten sind so unerfreulich, dass ihm das eine wie das andere egal ist.

Als er düster und gereizt das erste Mal nach einer wirren Nacht erwacht, stellt er fest, dass er in ein kleines, schmutziges Zimmer geschafft worden ist, das nichts als ein Charpai und einen emaillierten Nachttopf enthält. Der Boden ist schmutzig, und das winzige Fenster bietet die Aussicht auf ein Stück rissige Mauer vielleicht fünf Meter entfernt. Und weil es hier sonst nichts gibt, gilt dem Mauerviereck und dem diagonalen Riss, der zickzackartig von rechts oben nach links unten läuft, sein ganzes Interesse. Stunden eines von Lassi angeheizten Starrens lassen den Riss sich in ein Flussbett verwandeln, eine Honigwabe, eine Grube, aus der winzige Skelette kriechen, ein dicht gewobenes Netz aus Kricket-Knieschützern und Schlaghölzern, in ein sich wie rasend im Kreis drehendes Bild des König-Kaisers mit blassblauem Gesicht und safrangelben Haaren, in ein Ameisennest, einen Markt und in den

Hintergrund zu unzähligen epischen Dramen über Liebe, Niederlage, Bürgerkrieg und Eroberung.

Ab und zu wird er in seinen Träumen von einem Besucher gestört. Meistens ist es Balraj. Die Prozedur ist immer die gleiche. Mit rasselnden Schlüsseln schließt der Ringer die Tür auf, poltert herein, wirft Pran aus seinen traurigen, rot geränderten Augen einen mürrischen Blick zu, dann dreht er sich um und schließt die Tür wieder sorgfältig hinter sich zu. Manchmal kommt er mit Essen oder einem neuen Becher Lassi. Andere Male bindet er Pran an die Bettstelle und schlägt ihn. Er tut es mit einem Lederriemen, und bei dieser Arbeit hustet und keucht er pfeifend. Das Schlagen scheint für ihn ebenso Pflicht wie Vergnügen zu sein, und er vollzieht es mit dem überlegten, gemächlichen Gebaren eines reichen Mannes, der einen Teller voller leckerer Speisen leert. Und wenn Pran vor Schmerzen schreit und brüllt, achtet Balraj nicht darauf und schlägt hart und rhythmisch weiter, bis sein angestrengtes Atmen zu einem leisen, gurgelnden Stöhnen wird, worauf er innehält, auf den Boden spuckt und geht.

Andere Leute verschiedener Realitätsgrade erscheinen. Der Bettler schleppt sich herein und lacht. Pandit Razdan kommt zu Besuch, schüttelt den Kopf und macht ihm Vorhaltungen wegen seines unanständigen Verhaltens und der vulgären Gesellschaft, in der er sich aufhält. Auch seine Mutter kommt, das Ende ihres Saris übers Gesicht gezogen, und ihr schwerer Silberschmuck klirrt musikalisch bei jeder ihrer Bewegungen. Sie spricht nie, steht nur da und wird heller und dunkler wie eine Kerzenflamme, während Pran ihr zornige Fragen stellt. Andere Gestalten mit stinkenden, klaffenden Mündern erscheinen, krumme Messer in den Händen. Sie beugen sich zu ihm herunter und beginnen ihn abzuhäuten, indem sie zunächst Markierungslinien unter seinen Armen und um seine Handgelenke und Knöchel ritzen und ihm dann die Haut vom Rücken ziehen wie eine eng anliegende Kurta. Während er in Todesqualen schreit, halten sie die Haut gegen das Licht, das in einem unbestimmten blutigen Leuchten durch sie hindurchschimmert. Manchmal treten sie auch zusammen mit seinen

Eltern auf oder tragen deren Kleider, stämmige Männer, die in goldgesäumte Hochzeits-Saris gepfercht oder in adrette Achkans geknöpft sind, während ihre rosafarbenen Gesichter wie weiche Früchte aus den hohen Kragen wachsen. Die Mädchen aus dem Hof kommen zu dritt und viert, schweben über seinem Bett und fordern ihn zum Spielen auf. Dies sind die einzigen Besuche, die ihm Freude machen, obwohl sie immer in Enttäuschung enden und die Mädchen sich in nichts auflösen, sobald sie ihm versprechen, die Tür aufzumachen und ihn herauszulassen.

Manchmal kratzt er mit einem Nagel an der Wand herum, schabt mit der Spitze Putzplättchen ab und macht so winzige Zeichnungen von den Szenen, die er durch das Fenster sieht. Die verkratzte Wand setzt neue Bilder und Abenteuer in Gang, und die lassen den Rhythmus aus Tageslicht und Dunkelheit, Hitze und Kälte schneller kreisen. Wenn er nicht an der Wand herumpickt oder mit seinen Besuchern spricht, liegt er da, starrt ins Leere und trinkt ab und zu ein wenig aus der Wasserflasche, die Balraj einmal pro Tag auf das Fensterbrett stellt. Die Flasche ist klein, und wenn Pran sich auch müht, mit ihr auszukommen, ist sie bis zum Abend immer leer. Die Nacht bedeutet eine ausgedörrte Kehle und große Not, während die Wirkung des letzten Lassi verfliegt.

Bald verblasst die Welt draußen, bis der Straßenlärm, der in Prans drückend heißes Kabuff heraufdringt, aus einem anderen Land zu kommen scheint.

Eines Tages kommt Balraj nicht. Stattdessen erscheint Ma-ji in Begleitung eines dünnen, nervös wirkenden Mannes, der sich mit geballten Fäusten in die Türöffnung stellt, als wolle sich Pran jeden Augenblick auf ihn stürzen. Der liegt zusammengerollt auf dem Bett, die Knie zum Kinn hochgezogen, und betrachtet seine neuen Besucher mit einiger Neugier. Ma-ji hat er nicht mehr gesehen, seit sie ihn vor der ersten Nacht herausgeputzt hat. Sie sieht aus wie eine Tote, ein Bündel dürrer Stecken. Als sie in den Raum tritt, drückt sie sich ein parfümiertes Taschentuch vor die Nase und verzieht das Gesicht. Pran nimmt an, dass es in seinem Verschlag ganz übel riecht. Sein Nachttopf ist schon seit einiger Zeit nicht mehr geleert worden.

Ma-ji reicht Pran einen Becher Lassi.

»Trink.«

Pran gehorcht. Der vertraute salzig-saure Geschmack des Getränks beißt ihm in den Rachen.

»Balraj ist tot«, sagt Ma-ji stumpf. »Die Krankheit hat ihn dahingerafft.«

Zum ersten Mal, das einzige Mal, an das er sich erinnern kann, vielleicht zum ersten Mal überhaupt in seinem Leben lächelt Pran. Während seine Gesichtsmuskeln sich straffen, fühlen sie sich neu und ungewohnt an. Ma-ji hebt die Hand, als wollte sie ihn schlagen, dann lässt sie sie wieder sinken. In einer ruckartigen, blitzschnellen Bewegung dreht sie sich um und geht hinaus.

Als die Besucher weg sind, zieht Pran das Foto seines englischen Vaters aus dem Versteck unter seinem Lager hervor, betrachtet es und prägt sich die Linien des Gesichts, die Form von Augen und Mund tief ein. Im Geiste stellt er das Bild tausend Erinnerungen an seinen anderen Vater gegenüber – denn er kann nicht anders, als Amar Nath »Vater« zu nennen: Vater, der sich seine Nägel betrachtet, der Puja im Tempel verrichtet, sich die Achselhöhlen wäscht, einen Diener ruft, damit er etwas aufhebt. Das kleine steife Papierviereck bedeutet nichts neben dieser Last an Erinnerungen. Und trotzdem hat es sie an einem einzigen Nachmittag allesamt einstürzen lassen. Pran behandelt das Foto, als wäre es etwas Magisches, als wohne seine Macht auf irgendeine Weise seiner Materie inne, als seien Chemikalien und Papier mit guten und bösen Energien imprägniert. Er dreht es herum und herum, besieht es von allen Seiten, fasziniert von einem Riss an der einen Ecke, von der Art, wie aus einem ganz bestimmten Winkel die Silberschicht das Licht einfängt und das braune und gelbe Antlitz in ein gesichtsloses Leuchten verwandelt. In ein Übermaß an Licht, einen Gott, den man unmöglich direkt anschauen kann. Diesen einen Moment lang ist das Silber blendendes Weiß, all das blendende, fremde Weiß, das dieser neue Vater in sein einst bequemes Leben hat strömen lassen. Stunden bringt er damit zu, das kleine Foto so zu neigen, dass es das Licht einfängt, und das wiederholt er wieder und wieder und wieder, und jedes Mal spürt er den Schauder, die Scheu vor der Verwandlung, die durch eine winzige Bewegung seiner Hände bewirkt wird.

Pran rutscht aus dem Zentrum nach außen und kommt langsam in Schwung. Wer immer auch dafür verantwortlich sein mag, es ist sicherlich nicht er. »Er« wird in der Tat schnell ein Problem. Wie lange ist er schon in diesem Raum? Lange genug, um die Dinge sich entwirren zu lassen. Lange genug für diese wichtige Gabe zur Atrophie (nenne es Gabe zur Perlenbildung, die Gabe nämlich, um ein anfängliches Körnchen herum Individualität anzulagern), die ihren Rückstand in einem Meer der Empfindung verteilt lässt, nur ein Fünkchen, ein Impuls, die darauf warten, aus einer Ursuppe von Gefühlen und Erinnerungen neu zusammengesetzt zu werden. Nichts ist so logisch wie eine Persönlichkeit. So etwas wie Dasein vollzieht sich noch immer darin, aber nichts, woran du dich halten könntest.

Du könntest es dir als etwas Zyklisches vorstellen. Der endlos wiederholte Tag von Brahman – vor jedem Schöpfungsakt muss die alte Welt vernichtet werden. Pran ist jetzt in tausend Stücken. Ein Haufen Pran-Scherben, bereit, durch das nächste zufällige Ereignis in neuer Reihenfolge wieder zusammengesetzt zu werden.

Schon ertönt das Scharren des Riegels, der an der Tür zurückgezogen wird, vertraut wie der Ruf des Muezzin von der nahen Moschee, vertraut wie der Riss in der Mauer oder der Nachttopf oder die Kolonne der Ameisen, die inzwischen so lange schon die linke Wand als Verbindungsstraße zwischen einer Ameisenmetropole und der nächsten benutzen. Er schaut nicht auf.

Zwei hoch gewachsene Frauen blicken von der Tür zu Pran herüber. Ma-ji lungert hinter ihnen herum und ringt die Hände, wobei Finger sich durch Finger schlingen wie sich ineinander windende Maden. Die Frauen nehmen das Bild, das sich ihnen bietet, in sich auf. Dann stellen sie, ohne vor dem grauenhaften

Gestank oder der nur mit einem Messer zu durchschneidenden dicken Luft, die den winzigen Raum vollmieft, zurückzuzucken, Pran auf die Füße und führen ihn, halb tragen sie ihn, die Treppe hinunter.

Kerzenlicht-Besucherinnen? Apsaras? Wie viele Male hat Pran davon geträumt? Doch ihr Geruch nach Rosenwasser, ihr angestrengtes Ächzen, ihr fester Griff an seinen Oberarmen erscheinen sehr real.

Das Rascheln von Seide. Ma-ji kreischt wie eine eingesperrte Mungokatze etwas von Geld. Eine der Frauen dreht sich zu ihr um und sagt verächtlich: »Du bist sehr großzügig bezahlt worden.«

Und dabei bleibt es. Platschen von Wasser. Rascheln von Seide. Prans schlotternde Glieder werden abfrottiert. Auf seine zitternden Sinne stürmen die pure Abwechslung, die pure Neuheit eines anderen Zimmers, eines neuen Ortes ein. Er wird in saubere Kleider gesteckt, bekommt etwas Handfestes zu essen und wird wie ein Mensch angeredet. Jetzt ist alles vorbei. Alles wird besser.

Nur ein kleiner Haken.

Die Kleider. Ein Rascheln von Seide. Ein dichter Schleier hängt ihm vor dem Gesicht. Die Welt sieht er, neu und ungewöhnlich, durch ein Stoffgitter, das in den Schleier eingenäht ist. Dies hier sind Purdah-Kleider. Frauen-Kleider.

»Na komm, mein Schätzchen«, sagt eine seiner neuen Besitzerinnen. »Wir unternehmen eine Reise.«

Rukhsana

Die Menge auf dem Bahnsteig im Fort-Bahnhof pulsiert wie ein einziger Körper. Beamte mit schmutzigen Kragen, Straßenhändler, die Tee und Süßigkeiten feilbieten, Bettler, Zeitungsverkäufer, Taschendiebe, heisere britische Landser, eine Ansammlung aus nichts als Hitzeblattern und schweinischen Liedern, adrett gekleidete Babus, gestutzte Subalterne, die bald die Babus von ihren reservierten Plätzen schmeißen werden, verstimmte Memsahibs an der Spitze von Gepäckträgerkolonnen, die Schrankkoffer auf ihren mit Lumpen gepolsterten Köpfen balancieren, Bauernfamilien, die in drei Generationen nebeneinander schlafen, indem sie Gepäckstücke als Kissen benutzen, großspurige Mischlings-Schaffner, die sich ihren Weg bahnen, um einen Frachtbrief zu kontrollieren oder ein Abteil zuzuweisen, all die Leute in den verschiedenen Warte- und Speisesälen – erste, zweite, dritte und Purdah, veg. und nicht-veg. –, Hindus, Muslime und Engländer, alle wirbeln sie zusammen dahin, während reglos im Zentrum, geborgen in seinem Dienstzimmer, der Großmeister dieser unsichtbaren Gemeinschaft, seine erhabene Eminenz, der Stationsvorsteher, schnauzbärtig, triefend vor Würde, die Zeiten eines einfahrenden Postzugs oder eines ausfahrenden Expresszugs überprüft und diese geheiligte Information Untergebenen vorrezitiert, die sie in dreifachen, vierfachen oder Schwindel erregenden, noch vielfacheren Ausfertigungen niederlegen, bedeutsamer, als es Wesen niederen Ranges wirklich begreifen können. Und all das ist nur eine Liste der Menschen. *Die Tiere:* streunende Hunde, die zwischen Beinen umhertrotten, verängstigte Singvögel, in Käfige gesperrt, um in der dritten Klasse befördert zu werden, eine einzelne erhabene, Abfälle kauende Kuh; *die Gerüche:* von in Ghi gebratenen Speisen, von Kohlenrauch, Schweiß, Achsenschmiere und Urin; *die Geräusche:* Rufe von Straßenhändlern, Geschrei, das Ausrufen von Namen und das Kreischen von Dampfpfeifen, die dieses gewaltige Tosen dicht an dicht gedrängter Menschen durchschneiden. Ein Lärm, der so riesig ist, dass du hin und wieder darum betest, dass dieses Übermaß an Leben aufhöre, dass sich eine Gasse öffne und dir im Gewühl der Welt Platz mache, nur ein wenig Platz, nur so viel, dass du atmen und denken kannst.

Inmitten von all dem, mitten durch die Menge kommen Pran und seine neuen Besitzerinnen wie ein Trio von Hohlräumen herangeschlurft. In bodenlange schwarze Burqas gehüllt, betrachten sie die Welt durch dichte Stoffgitter und halten sich so – wie du mir, so ich dir – von den allgemeinen Blicken fern. Pran, der es nicht gewohnt ist, zu Fuß zu gehen, strauchelt, weil seine Füße sich weigern, Befehlen zu folgen. Seine Begleiterinnen halten ihn fest und packen ihn bei den Ellenbogen.

Die beiden hoch gewachsenen Frauen bewegen sich graziös, aber mit einem mutwilligen Hüftschwung, der sie kein einziges Mal das Menschendickicht um sie herum berühren lässt. Sie gehen an dem Zug entlang, vorbei an der dritten und der zweiten Klasse, vorbei am Personalwagen und dem Speisewagen zur ersten Klasse. Als sie ihr Abteil ausfindig gemacht haben, das mit einem Maschine geschriebenen Zettelchen gekennzeichnet ist, klettern sie die metallenen Stufen hinauf, schieben die Sicherung an einer dunklen Holztür zur Seite und gehen hinein in den schalen Mief aus Schweiß und heißen Polstern. Der Gepäckträger legt zwei kleine Koffer auf die Ablage, wird bezahlt, verbeugt sich, verschwindet. Sofort schieben sich Hände durch das Abteilfenster, die Nüsse feilbieten, um Almosen betteln, Hände, die immer noch da sind, als der Zug sich bereits in Bewegung setzt, langsam den Bahnsteig entlangrollt, und sich erst zurückziehen, als sein Tempo die Laufgeschwindigkeit übersteigt. Dann sind da gelbbraune Felder, die vorbeisausen, brach und unbestellt, das Gefühl der Veränderung.

»Du kannst jetzt den Schleier hochnehmen«, sagt eine der Frauen freundlich.

Pran rührt sich nicht.

»Weißt du, warum du hier bist?«, fragen sie.

Er blickt aus dem Fenster, direkt in die Sonne. Er öffnet und schließt den Mund, findet aber keine Worte.

Aus Nachmittag wird Abend. Fenster werden gegen die Kälte fest geschlossen. Ein Mann kommt, um Essensbestellungen entgegenzunehmen, er schreit durch die geschlossene Tür hindurch, dann kehrt er mit metallenen Schachteln voller Dhal und Chapatis zurück, die er draußen im Gang abstellt. Purdah, total und wasserdicht, sogar auf Reisen.

Pran schmeckt das Essen in seinem Mund, kann aber nicht sagen, was er isst. Keiner der Gegenstände um ihn herum hat einen Namen. Sie sind einfach nur Dinge, Schwingungen in Auge und Ohr. Etwas Entscheidendes in seinem Kopf ist abgeschaltet worden, und es weigert sich, die Gegenwart zu erkennen. Das ganze verkramte Bewusstsein liegt irgendwo gespeichert und träumt davon, auf dem Dach eines großen Hauses zu ruhen und dem *Swisch-swisch* des Besens einer Dienerin zu lauschen. Doch sein Körper nimmt weiter Dinge auf. Das rhythmische Holpern der Gleise, die Beschaffenheit pürierter Linsen, das Gefühl einer alten Platzwunde an seiner Stirn, all die Schmerzen und die Leere von Wochen, während er in einer Zelle lag: Diese Dinge dringen durch, klopfen an die Tür und fordern ihn auf, hinaus ins Hier und Jetzt zu treten.

Aus Abend wird Nacht. Heißer, süßer Tee, der von einem dunklen Bahnsteig durchs Abteilfenster gereicht wird. Der Tee ist kochend heiß, alle möglichen Tricks sind nötig, um ihn trinkbar zu machen, bevor die leeren Gläser in letzter Minute eilig wieder hinausgereicht werden. Die beiden Frauen heben ihre Schleier von den Gesichtern, dösen, essen gebratene Kleinigkeiten und unterhalten sich mit leiser Stimme. Einmal singen sie gemeinsam ein Lied in einer Sprache, die Pran nicht versteht. Sie haben merkwürdige Stimmen, heisere, scheppernde Falsettstimmen, die in den Ohren wehtun. Vage mustert er sie zum ersten Mal. Ihre Gesichter sind breit und flach, mit starken Kiefern und stark geschminkten Augen. Er schaut wieder weg.

Stundenlang sitzt er da und starrt in die Finsternis hinter dem rußigen Fenster. Nach und nach wird das Gefühl, sich zu bewegen, angenehm. Das metronomische Rattern der Kolben, das Rauschen der verdrängten Luft: Alle Zeichen stehen auf Veränderung, Fortbewegung. Langsam beginnt sich im Pran-Flux etwas zu verfestigen. Die Fähigkeit, eine Perle zu bilden, stellt sich wieder ein. Also, er ist auf Reisen. Etwas Neues geschieht. Es besteht noch Hoffnung. Die Frauen diskutieren.

»Wie sollen wir sie nennen?«

»Was meinst du?«

»Zia?«

»Tuhina?«

»Noor?«

»*Rukhsana.*«

»Wen?«, fragt Pran. Die Frauen lachen wie Gullys, ein herzhaftes, raues, schallendes Gelächter, das bemooste Zähne und schlangenhafte Zungen sehen lässt.

»Kleiner«, sagen sie. »Wir meinen natürlich *dich*. Rukhsana, die neue Hijra des Nawab von Fatehpur.«

Manche Fragen bleiben am besten ungefragt. Andere, wenn sie gestellt werden, bleiben am besten unbeantwortet. Alle Fortschritte, die Pran beim Wiederzusammenstückeln seines Ichs gemacht hat, all die tröstlichen Stunden des Teetrinkens und Zugfahrens fallen in einem einzigen Augenblick in sich zusammen. Pran hat Hijras gesehen. Das sind Furcht erregende Mann-Frauen, die draußen vor Hochzeitshäusern tanzen, Trommeln schlagen und die Gäste, die hineingehen und herauskommen, hänseln. Wenn ein Kind geboren wird, erscheinen sie wie durch Zauber und heißen Neugeborene mit obszönen Possen und schmutzigen Spottliedern willkommen. Wenn man will, dass sie wieder gehen, muss man ihnen Geld geben, sonst verfluchen sie das Haus. Sie sind kastenlos, altehrwürdig wie die Berge, eine menschliche Zote, die man sich erzählt und immer wieder erzählt, seit der Held

Arjun dazu verflucht war, ein Jahr als hermaphroditischer Zauberer zu verbringen. Arjun, der große Krieger, der in seinen Röcken von einem Dorf zum anderen zieht: *Also dann, Damen und Herren, wenn jemand einen Armreif hat, den er mir leihen könnte...* Manche Hijras kümmern sich um die Zenanas in reichen Adelshäusern, begleiten die Frauen auf Reisen, fungieren als Türhüterinnen, Polizisten, Anstandsdamen. Reiche Adelshäuser wie das, vielleicht, des Nawab von Fatehpur.

Pran schaut an sich hinunter, an seinem bescheiden in Schwarz gehüllten Körper. Er blickt hinüber zu den beiden allzu hoch gewachsenen Frauen mit ihren heiseren Stimmen, den ausgeprägten Wangenknochen und dem exaltierten Gang. Die Frauen lächeln zurück. Dann fällt ihm noch etwas ein, etwas wirklich Schlimmes, das andere, das jeder über Hijras weiß. Sie sind Eunuchen.

Unwillkürlich legt er eine Hand vor seinen Schoß. Die beiden Hijras beobachten ihn gebannt. Ihr Lächeln wird ein wenig breiter, als wüssten sie, was er gerade denkt.

Schnipp-schnapp.

Der Zug fährt nordwärts durch Delhi, durch Panipat, durch Ambala und in den Punjab, das Land von fünf Flüssen und unzähligen Kanälen. Er lauscht dem Singen der Gleise und beginnt bald von der Zelle zu träumen, der er gerade entronnen ist, von den Ameisen, dem Riss in der Mauer, die von seltsamen und schönen Visionen gleißt. Schließlich wird die Nacht zum Morgen, und eine dunstige, orangerote Sonne schiebt sich über gelbem Ackerland nach oben. Er richtet sich auf und sieht kleine Jungen an Feldrändern auf Erdwällen sitzen, Frauen, die sich an Brunnen die Haare waschen oder hüftschwenkend Messing-Wasserkrüge auf den Köpfen balancieren, Männer, die hinter Pflügen einhergehen und störrische Büffel durch knietiefe Reisfelder peitschen, und sie alle halten einen kurzen Augenblick inne und sehen dem Zug nach, der sich in übernatürlichem Tempo durch ihre gemächliche Welt bohrt.

Ludhiana... Phagwara... Jullundur... und dann nähert sich wieder ein Bahnsteig, und ein Schild schiebt sich in den Blick, auf dem »LAHORE« steht. Koffer werden hastig ergriffen und Schleier nach unten geschlagen. Pran wird am Arm gepackt und steigt aus dem Waggon aus.

Vor dem Bahnhof steht, umringt von gaffenden Straßenjungen, mit einem uniformierten Chauffeur steif wie ein Ladestock daneben, ein Wagen. Aber nicht bloß irgendein Wagen. Wie jeder vorbeikommende Autoliebhaber erklären könnte, ist dieses funkelnde Biest, das wie ein außerirdisches Wesen aus Metall im Staub des Marktplatzes von Lahore hockt, nichts Geringeres als der Star der kommenden Automobilausstellung in Paris, für eine astronomische Summe aus Frankreich importiert, angetrieben *(Mesdames et Messieurs)* durch einen V-12-Flugzeugmotor, ausgestattet mit einem patentierten Vierrad-Bremsmechanismus, zu einer unfassbaren Höchstgeschwindigkeit von achtzig Meilen pro Stunden in der Lage, präsentiert in reizvollem Creme mit roter Polsterung – der Hispano-Suiza H6.

»Ist der für uns?«, fragt Pran die Hijras. Und er ist es.

Der Chauffeur verstaut das Gepäck im Kofferraum, betätigt gebieterisch die Hupe und lässt den gewaltigen Motor aufheulen. Dann brausen sie in einer Wolke aus Staub und durcheinander purzelnden Straßenjungen durch die geschäftigen Straßen davon. Unter seiner schwülheißen Burqa macht Prans Herz einen Satz, und das Gefühl der Fortbewegung beflügelt seine Hoffnung, dass er den Mächten der Verwirrung, die an seinen Lenden herumschnippeln, doch noch entrinnen könnte.

Während Lahore in offenes Land übergeht, bemerkt Pran, dass in die Wagenpolster das Zeichen einer Taube und eines Halbmonds geprägt ist, und dieses Emblem wiederholt sich auf den Epauletten des Chauffeurs und, als zierliche Einlegearbeit, auf dem Armaturenbrett aus Edelhölzern. Das flache Ackerland steigt an und verwandelt sich in wellige Hügel. Sie rattern über Schotterwege voller Schlaglöcher, die dem Erreichen von rekordverdächtigen Höchstgeschwindigkeiten nicht förderlich sind, und jenseits der Straße stehen Bauern, beobachten sie und grüßen dann, indem sie sich auf die Knie herunterlassen oder tief verbeugen, während die Staubwolke an ihren Feldern vorbeidonnert.

Sie sausen durch eine kleine Ortschaft, und die Wirkung ist die gleiche, Ladenbesitzer pressen ihre Hände gegeneinander, und die Leute schieben sich rückwärts aus dem Weg, um sie vorbeizulassen. Dann, ein Stück weiter, tippt eine der Hijras Pran auf die Schulter.

»Da ist der Palast«, sagt sie.

Vor ihnen, am Ende einer langen, geraden Straße, die in Abständen von seltsamen weißen Statuen gesäumt ist, erhebt sich eine ungeheure Masse, eine verwirrende Fata Morgana aus Türmchen und Rosa. Als der Hispano-Suiza dichter heranschnurrt, wird das Rosa durch kontrastierende Farbtöne, weiße und blaue, und das gelegentliche Aufblitzen anderer Farben, hier einer Raute in Smaragdgrün, dort eines leuchtend roten Streifens, aufgebrochen. Zwei oder drei zentrale Kuppeln (es ist schwer zu sagen, wie viele genau) erheben sich über kompliziert angeordneten Mauern, die großzügig mit Zinnen übersät sind, über Schießscharten, Strebepfeilern, dekorativen Geländern, Vasen und anderen architektonischen Besonderheiten, deren Zweck nicht unmittelbar klar ist. Zu beiden Seiten der Hauptmasse der Kuppeln ragt vielleicht ein halbes Dutzend Turmspitzen und Minarette in den Himmel, von denen einige in Rajput-Kuppeln enden, einige mit leuchtenden goldenen Halbmonden besetzt sind und einer spitz in einen gotischen Glockenturm ausläuft. An der Vorderseite führt eine schwungvolle, mit Kies bestreute Auffahrt zu einer pompösen Treppe mit abwechselnd weißen und schwarzen Stufen. Der Hispano-Suiza rollt daran vorbei zu einem Seiteneingang, der unter einer hohen bunt gestreiften Mauer verborgen liegt, bekrönt von einer großen, barbusigen Frauengestalt, die einen Dreizack in den Händen hält. Hier springt der Chauffeur aus dem Wagen und öffnet den Schlag.

In *Die achte Lampe*, seiner »Kritischen Einführung in die Architektur Indiens«, schreibt G. H. Dalrymple, dass »die ungesunde Mischung aus europäischen und orientalischen Motiven, die den Neuen Palast in Fatehpur kennzeichnet, dem unglücklichen Besucher die Frage aufzwingt, ob nicht irgendein Gesetz oder Vertrag hätte herangezogen werden können, um zu verhindern, dass dieses Teufelswerk unternommen wurde«. Dalrymple, ein Schüler Ruskins, hatte »das große Pech«, im Jahr 1895 drei Wochen als Gast beim vierzehnten Nawab zu verbringen. Er habe, schrieb er, »nicht die geringste Neigung«, die Geschichte des Bauwerks zu erforschen, das ihn derart aus der Fassung brachte. Wäre er daran interessiert gewesen, dann hätte er entdeckt, dass der Palast nicht einen, sondern drei offizielle Architekten hatte.

Der erste, ein Highlander, stellte eine Reihe von Zeichnungen und Modellen im schottischen Baronial Style her, der damals in seinem Heimatland große Mode war. Ein subkontinentales Balmoral Castle war jedoch ganz und gar nicht das, was sich der dreizehnte Nawab vorgestellt hatte, er setzte den Mann an die Luft und engagierte an seiner Stelle einen Palladio-Jünger, der die Anweisung erhielt, die besten Seiten der europäischen und der asiatischen Tradition miteinander zu verbinden. Der Nawab sah den Royal Pavilion in Brighton als geeignetes Vorbild an, einen Bau, der eine akzeptable britische Vorstellung dessen, was indisch ist, verkörperte. Der Pavilion sah zwar nicht wie etwas im richtigen Indien aus, aber das allein war schon ein Vorteil, weil es ihn von den luxuriösen Palästen im florentinischen, indosarazenischen oder Rajputen-Stil unterschied, die damals von seinen Regentenkollegen errichtet wurden. Der neue Architekt erhielt also die Anweisung, so etwas Ähnliches wie den Pavilion zu bauen, nur anders. Dem Nawab lag schließlich daran, nicht als Nachahmer zu erscheinen. Ein Ausweg aus dem ganzen Problem sei, schlug er vor, alles größer zu machen. Er hatte den Buckingham Palace gesehen und zu seinem Schrecken festgestellt, dass er viel kleiner war als die Stammsitze vieler indischer Mittelklasse-Potentaten. Die

Engländer waren offenkundig viel zu zurückhaltend, in architektonischen Dingen ebenso wie in vielen anderen. Der Neue Palast sollte also so etwas wie eine *viel* größere Version des Pavilion sein, viel voluminöser, eher spezifisch orientalisch als indisch in der Anlage, und vor allem etwas, an dem Engländer Gefallen fänden, wenn sie zum Reiten oder Jagen in das Königreich eingeladen würden. Um der Klarheit willen wurde das Ganze kurz schriftlich festgehalten.

Die Aufgabe erwies sich als zu groß für den zweiten Architekten, einen Mann von zarter Gesundheit und großer künstlerischer Sensibilität. Er fertigte hunderte von Zeichnungen an, flüchtete sich in Opium und Bajaderen und nahm eines Nachts an seinem Zeichentisch Platz, um sich aus einer mit Silber eingelegten Pistole, die ihm vom Nawab geschenkt worden war, als er den Auftrag angenommen hatte, eine Kugel in die Schläfe zu schießen. Seine Papiere wurden gründlich gesäubert und dem dritten Architekten vorgelegt, einem syphilitischen italienischen Abenteurer namens Tacchini, der seine fehlenden beruflichen Qualifikationen mit einem grenzenlosen, wenn auch erratischen Enthusiasmus wettmachte.

Tacchini, der die zweiten Entwürfe für sich als Ausgangspunkt nahm, fügte mehrere Elemente aus dem ersten hinzu, darunter Strebepfeiler und einen Glockenturm, der die verkleinerte Kopie eines der Türme der Kathedrale von Chartres war. Dann schmückte er unter Zuhilfenahme eines Handbuchs mit dem Titel *Grundlagen architektonischer Stile* sein Bauwerk mit mehr oder minder allem aus, woran er Gefallen fand. Wasserspeier, Vasen, maurische Bögen, glasierte Kacheln im Moghul-Stil und zahlreiche Kopien griechischer und römischer Plastiken fanden ihren Weg in den vollendeten Bau. Der Nawab war entzückt, bestellte überglücklich farbigen Marmor aus Ferrara und Buntglas aus Oxford und stellte eine Gruppe venezianischer Mosaizisten ein, die vom Vetter des Architekten geleitet wurde.

Schon während der Bauarbeiten wurde Tacchinis Verhalten immer exzentrischer. Abgesehen davon, dass er die Pläne grundlegend änderte, am radikalsten, als er in den Bau eine Rokokogrotte einfügte, die einer Grotte in Siena nachempfunden war, begann *il maestro* (wie er partout angeredet zu werden wünschte), die Arbeiten in halbnacktem Zustand zu leiten. Schließlich wurde auf Bekleidung gänzlich verzichtet, gemäß der Theorie des *maestro*, dass kreative Energie der Haut entströmte, die freigelegt werden müsse, um gefährliche ästhetische Blockierungen zu vermeiden. Zuerst wurde das seinem künstlerischen Temperament zugeschrieben und rief sogar Lob beim Nawab hervor, der engagierte Menschen bewunderte. Als aber Tacchini verkündete, dass die Frauengemächer von Frauen erbaut werden müssten, und zwar gleichfalls im ästhetisch ungehemmten Naturzustand, wurde ein Arzt geholt. Er diagnostizierte Syphilis im dritten Stadium, und Tacchini wurde in eine Anstalt eingewiesen, in der er einige Jahre später starb, wobei er laut brüllend detaillierte Süßspeisenrezepte von sich gab. In seinem Wahn war er, scheint es, in eine frühere Phase seines Lebens zurückgekehrt, in der er in Triest als Konditor gearbeitet hatte. Der Palast, sein bleibendes Denkmal, ähnelt nach Meinung vieler Leute merkwürdigerweise einer großen rosafarbenen Eistorte.

Pran wird also in eine Torte hineingeführt, in ein Schaumgebäck, eine dreidimensionale Projektion eines zerrütteten Geistes, ein Stille-Post-Spiel, das eingefroren und aus teurem importiertem Stein üppig nachgestaltet wurde. Drinnen ist der Bau (natürlich) ein Labyrinth, in dem weite Korridore sich teilen und nochmals teilen zu irrwitzigen Rattengängen, die sich durch dunkle Höhlen schlängeln und winden und in Alkoven oder vor mit Messingbändern beschlagenen Türen oder glatten Mauern enden, welche sicherlich Geheimverschlüsse freigeben würden, wenn man seine Finger nur auf die richtige Stelle legen könnte. Die Hijras führen Pran an livrierten Wachen vorbei, die dösend an altmodischen Spießen lehnen, einige Treppen hinauf und durch einen langen, gekrümmten Verbindungsgang, der auf beiden Seiten von fein ziselierten Marmorgittern begrenzt ist. Hinter den kunstvoll gemeißelten Vögeln und Blumen kann er dann und wann flüchtig in größere Räume blicken, Festsäle, Empfangszimmer und Audienzräume, hallende steinerne Leerräume, in denen Schritte lawinenartig zu einem bedeutungslosen riesigen Donnern vergrößert werden. Noch mehr Wachen und eine gigantische bühnenhafte Tür, viel Hantieren mit Schlüsseln und rasselnden Ketten, und dann tritt Pran in die Zenana ein, die Frauengemächer des Palastes.

Kein unmittelbares Getümmel nackten weiblichen Fleisches trifft sein Auge. Der viel versprechende Duft von Rosenöl hängt in einem Vorzimmer in der Luft, das mit Fliesen in vielen Rosatönen gekachelt ist; sie haben etwas merkwürdig Glattes an sich. Auf der anderen Seite des Raumes befindet sich eine mit einer Schranke geschlossene Eingangstür, mehr ein Schlitz als eine Tür. Ein Kronleuchter aus rosa Glas hängt von der Decke.

Von der anderen Seite der Tür dringen Brunnenrauschen und helles weibliches Lachen, aber Pran ist es nicht gestattet, auch nur einen Schritt in diese Richtung weiterzugehen. Stattdessen muss er weitere Treppen nach oben steigen, die einen Turm hinauf ins Freie führen, wo er von kühlem Wind und einer atemberaubenden Aussicht auf die Berge empfangen wird.

Der Khwaja-sara, Haupt-Hijra von Fatehpur, sitzt unter einem Baldachin und blickt über die rosa Zinnen des Palastes auf die trockenen Winterfelder hinunter. Die verschrumpelte, in einen kostbaren, goldgepaspelten Sari gekleidete Gestalt ist gerade dabei, sich ein kompliziertes Paan zu bereiten. Vor ihm liegt ein mit Einlegearbeiten verziertes Messingtablett voller Zutaten, jede in einem eigenen runden Schüsselchen. Er wählt ein zartes Blättchen, bestreicht es mit einem bisschen hiervon, einem Hauch davon, mit ein wenig süßer Kokosnusspaste, einem Spritzer Limone. Dann streut er einige fleischige rote Stückchen Betel darüber und faltet alles sorgsam zu einem Päckchen zusammen, das er sich mit einem Fingerschnipsen in seine Backentasche schiebt. Pran wartet an der Treppe und schaut zu.

»Komm näher, Kind. Lass dich anschauen.«

Pran macht ein paar Schritte auf ihn zu. Der Khwaja-sara mustert ihn aufmerksam.

»Was bist du, Rukhsana?«, fragt er lispelnd. »Junge oder Mädchen?«

»Ein Junge.«

»Tatsächlich? Bist du sicher? Sieh dir doch an, was du für Kleider trägst.«

Verwirrt blickt Pran an seinem mit einer Burqa bekleideten Körper hinunter. Und dabei fällt sein Auge auf etwas höchst Unerfreuliches. Auf dem Tablett liegt zwischen den kleinen Schüsseln mit den Paan-Zutaten ein langes, scheußlich krummes Messer. Seinem entsetzten Blick folgend, hebt der Khwaja-sara es hoch und fährt mit einem schwieligen Finger über die Klinge.

»Du kannst mich nicht zum Bleiben zwingen«, flüstert Pran heiser. »Ich möchte hier weg. Ich bin gegen meinen Willen hierher gebracht worden.«

Das scheint ein Fehler zu sein. Mit einem Rauschen seiner Seidenkleider springt der Khwaja-sara auf und fuchtelt mit dem krummen Messer herum. »Wille?«, faucht er und sprüht Pran roten Betelsaft ins Gesicht. »*Wille*? Dein Wille spielt hier keine Rolle.«

»Bitte –«

»Du hast kein Recht zu bitten! Du bist *nichts*, verstehst du mich? Nichts!«

In Taillenhöhe vollführt die Hijra ein paar Stöße mit dem Messer. Für so einen alten Menschen ist sie erstaunlich behände. Pran fühlt sich einer Ohnmacht nahe.

»Also«, lispelt der Khwaja-sara drohend. »Wer bist du?«

»Ich bin Pran Nath –«, beginnt Pran, wird aber mit einem Schlag ins Gesicht jäh zum Verstummen gebracht.

»Nein!«, faucht der Khwaja-sara. »Versuch's noch mal. Wer bist du?«

»Ich –«. Noch eine Ohrfeige.

»Nein! Noch mal!«

Das geht so weiter, bis Pran – der *»bitte«*, *»hör auf, mich zu schlagen«* und sogar *»Rukhsana«* zu antworten versucht – »nichts« murmelt.

»Gut. Und wer bin ich?«

»Du bist der Khwaja-sara.«

»Eine Unverschämtheit!« Wieder eine Ohrfeige.

»Ich weiß nicht! Ich weiß nicht!«

»Gut. So ist es recht.«

Pran ist verwirrt. Es ist, als würde er gefoltert, bloß anders herum. Für den Khwaja-sara scheint weniger mehr zu sein, wissensmäßig.

»Erinnere dich, du weißt nichts. Du *bist* nichts. Also, Rukhsana, wie viele Geschlechter gibt es?«

»Zwei?«

»Dummkopf! Es gibt tausende! Millionen!« Der Khwaja-sara wird richtig munter und wirbelt auf dem Dach herum wie eine ausgediente Tänzerin. Entsetzt hält Pran den Blick auf die Klinge geheftet, die im Lampenlicht bedrohlich funkelt.

»Manche Leute«, sagt der Khwaja-sara, »haben solches Selbstmitleid.« Er singt in einem schrillen Falsett:

»Ach, dieser sterbliche Leib will mich nicht freigeben,
Niemals wird er mich loslassen.
Seidenfäden
Binden ihn fest an meine Seele.«

»So ein Schwachsinn!«, ruft er. »Alles, was nötig ist, ist ein Schnitt, ein einziger simpler Schnitt.« Er schwingt das Messer. »Diese Klinge ist ein Schlüssel, Rukhsana. Er öffnet die Tür zu unendlich vielen Körpern, einer wunderbaren Unendlichkeit an Geschlechtern. Sobald du frei bist von dem Faden, der dich bindet, kannst du tanzen und fliegen!«

Wie eine zerlumpte Seidenfledermaus flattert der Khwaja-sara über das Dach und spielt den im Dämmerlicht liegenden Hügeln und Feldern seine Art vielfältiger Freiheit vor.

»Du denkst vielleicht, du bist einmalig. Du denkst vielleicht, du bist unfähig, dich zu verändern. Doch wir sind alle unbeständig wie die Luft! Lass dich einfach los, lass deinen Körper los, und du kannst unendlich vieles sein! Eine Armee! Es gibt keine Namen dafür, Rukhsana. Namen sind lediglich die Torheit der Sprache, die eine noch größere Torheit ist als die meisten. Warum versuchen, einen Fluss aufzuhalten? Warum versuchen, eine Wolke erstarren zu lassen?«

Er hält in seinen Pirouetten inne und kommt, wieder uralt, auf Pran zugeschlurft, das Messer vor sich ausgestreckt.

»Es ist wirklich eine sehr gute Idee, weißt du. Du solltest keine Angst haben.«

Mit unwillkürlich vor seinem Gemächt verschränkten Händen weicht Pran zurück, bis er mit der Hüfte gegen die niedrige Brustwehr stößt. Der Khwaja-sara humpelt auf ihn zu, und schwarz umrandete Augen bohren sich aus dem geschminkten, schrumpeligen Gesicht in Pran hinein. Zitternd vor Erregung macht das Wesen den Versuch, sich zu beruhigen und es selbst zu werden, erst sie selbst, mit dem Zurückwerfen des langen Haars und dem Flattern einer Hand, dann er selbst, hustend und sich reckend, und sich schließlich zu etwas anderem zu entspannen, etwas Kompliziertem und Fließendem, einem Selbst ohne nähere Geschlechtsmerkmale.

»Leider haben wir uns anderen Dingen zu widmen, ehe wir dich von der Tyrannei deines Geschlechts erlösen. Du bist Rukhsana, was heißt, dass du nichts bist. Du bist hierher gebracht worden, damit du dem Staate Fatehpur einen Dienst erweist, und du wirst deine Pflicht ohne Klagen tun. Danach erhältst du deinen Lohn.« Er fuchtelt mit dem Messer herum. »Tust tu sie nicht, stirbst du. Jetzt folge mir, ich werde dir das Gesicht deines neuen Herrn zeigen.«

Pran folgt dem Khwaja-sara durch ein Gängelabyrinth in einen großen Saal. Es ist keiner von den Ballsälen, die durch das Ganze des Palastes perlen wie Luftblasen in einer Erdbeermousse, sondern ein Audienzsaal, der so schlicht und schmucklos ist, dass er zu einem völlig anderen Gebäude gehören könnte. Dieser Diwan-i-am ist im traditionellen Mughlai-Stil erbaut, dem Stil des Gründers dieses kleinen Königreichs. Die Wände aus kühlem weißem Marmor sind auf der einen Seite durch eine Reihe von Bogenfenstern durchbrochen, durch die ein leichter Wind hereinweht. Der Wind zupft an den Flammen in den reich verzierten Messinglampen, die von der Decke herabhängen, und schickt flackernde Schatten über die Gesichter der etwa fünfzig hier versammelten Höflinge. Sie ziehen ihre Tücher enger um ihre Schultern und saugen nachdenklich an ihren Hookahs. Im Hintergrund warten Diener diskret mit neuen Kohlen, Priemen aus Tabak mit Apfelaroma, schlankhalsigen Weinflakons und Silbertabletts voller Süßigkeiten.

Die Männer sind reich gekleidet, und Turbanjuwelen in kostbaren Fassungen und schwere Halsketten leuchten bedeutungsschwanger in dem gelben Licht. Doch keiner, nicht einmal der Bruder des Nawab, der gähnend mit seinen ausländischen Freunden nahe der Rückseite der Säulenhalle sitzt, reicht in seiner Prachtentfaltung an den Nawab selbst heran, der sieben Perlenketten und an seinem Finger einen Rubin in der Größe eines Wachteleis trägt, den ein Vorfahr von Kaiser Aurungzeb als Geschenk erhalten hat. Obgleich Nawab Murad, Sklave Gottes, Vater und Mutter des Volkes, Verteidiger des Wahren Glaubens und Schild des Königreichs, noch ein junger Mann ist, liegen seine Augen tief in ihren Höhlen, und seine Stirn ist tief gefurcht. Eine Atmosphäre der Melancholie hängt ihm schwerer um den Hals als die Perlen, eine Atmosphäre, die er bewusst oder unbewusst in diesem Saal wie einen staubigen Teppich um sich ausgebreitet hat. Er wirkt unwirklich, geradezu geisterhaft, und sein Kummer verleiht der Versammlung einen Anflug von Trauer, die mit solch beständigem kollektivem Blick in die Vergangenheit zurückzuschauen scheint, dass die Beteiligten das Aussehen einer persischen Miniatur annehmen, auf der ihre Gesichter zu gelassener Unbeweglichkeit erstarren und ihre Haltungen so förmlich sind wie das Blütenband aus Karneol und schwarzem Marmor, das um die Wände herumläuft.

Der Dichter Mirza Hussein, der seine neueste Ghasele vorträgt, spürt diese Stimmung und (so sind die Wege Gottes) findet sie in den Zeilen, die er zu diesem Anlass schrieb, unmittelbar widergespiegelt:

»Jeder Winkel des Hofes liegt im Schatten,
Nur mein Herz glüht durch die Nacht.«

Ein zustimmendes Gemurmel zieht durch die Mushaira.

»Wie lange, o Mirza, meinst du zu überleben
Ohne alle Hoffnung, abschwörend allen Freuden?«

Mirza beendet die letzte Strophe, in der er sich selbst, wie es die Konvention verlangt, beim Namen nennt, und seine Zuhörer ahnen das letzte Wort voraus und stimmen ein, während er es ausspricht. Der Chor der Stimmen, der mit dem Mund leise das Wort »Freuden« formt, bricht in lauten Beifall aus, und der Dichter nimmt den Applaus mit einer leichten Neigung des Kopfes entgegen. Es ist ein Moment fast totaler Vollendung, der ein flüchtiges Lächeln auf das Gesicht des Nawab bringt. Er hat diese Mushaira zusammengerufen, weil die Liebe zur Dichtung eines der wenigen erfreulichen Dinge ist, die ihm seiner Meinung nach geblieben sind, einem Herrscher ohne Macht in einer lasterhaften Zeit. Seine Höflinge scheinen wie er zu fühlen. Nur die Reihe uniformierter Engländer im Hintergrund bleibt ungerührt. Die Engländer, an deren rosa Gesichtern und gestärkten Uniformröcken sein Traum von einer Mughal-Vergangenheit zerbricht wie ein zu Boden geworfener Spiegel. Die Engländer – und Firoz, sein jüngerer Bruder, der mit den Fingern nach einem Diener schnippt und verdrossen am Zelluloidkragen seines in London maßgefertigten Hemdes herumspielt.

Die Stimmen, die »Freuden« rufen, sind das Erste, was Pran hört, als der Khwaja-sara ihn durch den letzten Hof zu der Mushaira führt.

»Gleich wirst du den Nawab sehen«, flüstert die Hijra. »Was immer auch geschieht, du musst still und schweigsam sein. Hast du verstanden?«

Pran nickt. Sie treten durch einen Bogen in den Audienzsaal und bleiben im Schatten neben einem Diener stehen, der kerzengerade aufgerichtet ein Tablett mit Leckereien auf einer Hand balanciert. Ein abgespannt wirkender Mann beginnt in präzisem, gehobenem Urdu ein Gedicht vorzulesen.

»Warum solltest du die Kammer meines Herzens verlassen,
Warum solltest du sie fliehen, deinen sichersten Hafen?«

»Das ist der Nawab, dem du jetzt gehörst«, flüstert der Khwaja-sara.

Pran mustert die melancholischen Augen und die vogelartigen Bewegungen der Hände des Mannes, während er spricht. Ein trauriges Verspaar folgt dem anderen, und der Khwaja-sara bekundet murmelnd seine Anerkennung. »Er ist ein sehr feinsinniger Dichter«, haucht er.

Pran betrachtet die Adelsversammlung. Mit ihren kostbaren Kleidern, den Falkengesichtern und ihrer stolzen Haltung bieten die Männer einen eindrucksvollen Anblick. Unwillkürlich hebt er eine Hand zum Gesicht und streicht über seinen imaginären Heldenschnurrbart.

»Wie kommt es, dass ich mich aus meinem Garten verlief
Und in diese Falle gestürzt zu sein scheine?«

»Und da drüben«, sagt der Khwaja-sara, »sitzt der Mann, für den du nach Fatehpur geholt worden bist.«

Pran folgt dem Blick der Hijra. Aufmerksam werden sie von einem älteren Mann beobachtet, dessen Bart mit Henna gefärbt ist und dessen Kleider mit noch mehr Edelsteinen besetzt sind als die seiner Nachbarn. Der Khwaja-sara deutet mit einer Geste auf Pran, und der Mann nickt.

»Der?«

»Nein, das ist der Diwan, zu ihm solltest du äußerst höflich sein. Ich meine den Mann da hinten, den fetten Engländer.«

Mehrere Ausländer sitzen halb weggedöst auf Rohrstühlen, den einzigen Stühlen im Raum. Sie sind in Begleitung eines eleganten Inders in europäischer Kleidung, dessen glänzendes schwarzes Haar mit Pomade glatt nach hinten gekämmt ist. Die meisten dieser Männer sind jung und tragen Staatsdieneruniformen. Einer, wenig mehr als ein blonder Junge, schaut herüber zu dem Khwaja-sara und zuckt wie unter Schmerzen. Neben ihm, den Kopf schlaff auf der Brust, sitzt ein rotgesichtiger Mann mittleren Alters. Er scheint fest und schamlos eingeschlafen zu sein.

»Der?«

»Ja, der. Das, mein Kind, ist der verfluchte Major Privett-Clampe, der ist hier der britische Resident. Er ist ein sehr mächtiger Mann und ein sehr dummer. In Gin mariniert, wie er ist, hält er dennoch das Schicksal unseres geliebten Königreichs in seinen Händen. Doch zum Glück, kleine Rukhsana, hat er eine Schwäche.«

»Eine Schwäche?«

»Ja. Er mag kleine Jungs-Mädchen. Wie dich.«

Nach dem Ende der Mushaira bekommt Pran zu essen und wird in einen blauen Seidensari gesteckt. »So«, sagt der Khwaja-sara, »jetzt sind ein paar Leute da, die einen Blick auf dich werfen wollen. Komm.«

Er zündet eine Lampe an und führt Pran eine schmiedeeiserne Treppe hinauf in einen Teil des Palastes, der in einem völlig verschrobenen französischen Barock ausgestattet ist. Goldgesimse schimmern aus Zimmerecken und von Decken. In Spiralen sich windendes Laub und leicht obszöne Schnörkel schlängeln sich um die riesigen Spiegelpaneele, mit denen jede gerade Fläche verkleidet ist. Hier und da bestehen sogar die Fußböden aus Spiegeln, verwirrend und tückisch beim Gehen.

Pran wird durch eine hohe Doppeltür in einen Raum geführt, in dem mehrere Männer in fast totaler Dunkelheit sitzen. Ihre Gesichter werden lediglich von zwei Öllampen erleuchtet, deren Dochte so zurückgeschnitten sind, dass sie nur ganz schwach orangerot leuchten. Pran kann den vorspringenden Bart und die Hakennase des Diwans erkennen. Das zweite Gesicht gehört einem dünnen Höfling, unter dessen hohem Turban eine metallgefasste Brille schwebt. Das dritte ist das des jungen, blonden Engländers, der in der Mushaira so verstört aussah. Jetzt sieht er noch schlechter aus. Das Haar klebt ihm schweißgetränkt am Schädel, dessen perfekte Wachsbeschichtung ihm über die Wangen rinnt und ihm das Aussehen einer lackierten Holzpuppe verleiht. Seine Uniformjacke ist bis zur Taille aufgeknöpft. Gierig saugt er an einer Zigarette.

»Himmelherrgott«, flucht er, als er Pran erblickt. »Ihr meint es ernst. Das ist doch Wahnsinn. Ihr könnt nicht erwarten, dass ich es tue.«

Die Rede richtet sich an den Diwan, der mit den Schultern zuckt. Der junge Höfling lacht. »Wir bitten demütig um Verzeihung, Mr. Flowers«, sagt er, »aber wir können.«

»Du bist ein Schwein, Foto-Wallah«, faucht der Engländer. »Ich sollte –«

»Sie sollten?«, fragt der Höfling zuvorkommend. Der Engländer stöhnt und senkt den Kopf auf den Tisch.

»*Klick-klick*«, sagt der Foto-Wallah mit einem Kichern.

»Fahr zur Hölle«, erwidert der Engländer mit durch die Unterarme gedämpfter Stimme.

Der Khwaja-sara richtet sich an Pran. »Ich möchte dir Mr. Jonathan Flowers vorstellen, der ein Angehöriger des überaus glänzenden Indian Political Service ist. Er ist einer von Major Privett-Clampes überaus glänzenden jungen Beamten. Wenn Major Privett-Clampe dich fragt, sollst du sagen, dass er dich hergebracht und in der Zenana versteckt hat. Verstanden?«

Pran nickt.

»Himmelherrgott«, wiederholt der Engländer, der den Tränen nahe zu sein scheint.

Der Diwan sieht Pran finster an. »Dies hier ist er? Ich hoffe, er ist sein Geld wert. Wo, sagtest du, habt ihr ihn her?«

»Agra«, lispelt der Khwanja-sara.

»Na ja«, sagt der Foto-Wallah befriedigt. »Da habt ihr den Salat.«

»Der Bordellbesitzer hat uns versichert, dass man ihn genau unterrichtet hat.«

»Fraglos ist er ein hübsches Kerlchen.«

»Ich habe ihnen gesagt, sie sollen das Beste besorgen, was sie kriegen können.«

Pran, dessen Mund sich plötzlich ziemlich trocken anfühlt, blickt von einem Gesicht zum anderen. Die Zwillingsgläser der Brille des Foto-Wallahs, Flowers' schweißglänzende Wangen, der Edelstein im Turban des Diwans: Unannehmlichkeiten spiegeln sie ihm allesamt wider. Außerhalb des matten orangeroten Lichtkreises der Lampen birgt die Dunkelheit weitere Spiegel. Mehr Licht würde die Dinge nicht unbedingt verbessern.

Noch einmal jammert Flowers: »Aber ihr könnt mich nicht zwingen, es zu tun.«

Der Foto-Wallah schüttelt den Kopf. »Noch mal, Mr. Flowers. Wie lange gehören Sie dem Botschaftspersonal jetzt schon an? Acht Monate? Neun Monate? Sie führen hier ein sorgenfreies Leben. Bestimmt zögern Sie nie, die Gastfreundschaft des Prinzen

Firoz in Anspruch zu nehmen – Polo, Jagd, Tennis, seine außergewöhnlichen Filmpartys. Sie sind ein unverheirateter Mann. Sie haben Sehnsüchte. Völlig verständlich. Aber die Wahl Ihrer Vergnügungen war zweifellos sehr – eigenwillig. Sie haben offensichtlich noch eine andere Gedächtnisstütze nötig.«

Er bringt einen großen braunen Umschlag zum Vorschein und zieht einen Stapel Fotos heraus. Pran sieht nicht, was sie darstellen, aber sie üben auf Flowers eine eindrucksvolle Wirkung aus, der jämmerlich aufstöhnt und seine Stirn gegen den Tisch zu hämmern beginnt. Angewidert betrachtet der Diwan dieses Verhalten und murmelt auf Urdu etwas vor sich hin über solche, die Männer sind, und solche, die keine Männer sind, und solche, die kleine Mädchen sind.

»Klick-klick«, sagt der Foto-Wallah und besieht voll Stolz, was offensichtlich sein Werk ist. »Sieht sehr unhygienisch aus«, ist sein Kommentar. »Es gibt doch sicherlich irgendeine Verordnung der indischen Regierung dagegen? Aber ihr esst und wischt euch eben mit derselben Hand. Vermutlich führt eines zum anderen.«

»Na schön, na schön«, stöhnt Flowers. »Steck bloß die verfluchten Dinger weg. Ich tu's.«

»Natürlich. Sie werden Major Privett-Clampe sagen, dass Sie den Jungen besorgt haben. Er wartet im chinesischen Zimmer auf Sie. Und achten Sie darauf, dass Sie ihm genau das sagen, was man Ihnen eingeschärft hat. Wir hören mit.«

Flowers steht von dem Tisch auf. Der Foto-Wallah folgt ihm.

»Ich werde Sie begleiten, Mr. Flowers. Ich muss meine Ausrüstung holen.«

Der Diwan spuckt gebieterisch auf den Boden.

Pran hat kein gutes Gefühl, was die Unterhaltung in dem Spiegelzimmer angeht. Diese Leute machen nicht den Eindruck, als hätten sie an erster Stelle sein Wohlergehen im Sinn. Vielleicht haben sie ihn mit jemand anderem verwechselt. Vielleicht sollte er einfach weggehen. Er macht dem Khwaja-sara diesen Vorschlag, der ihm eine Ohrfeige gibt und sagt, wenn er das versuchen sollte, würde man ihn zur Strecke bringen. Pran kommt zu dem Schluss, dass er vielleicht doch nicht fortgehen sollte.

Als sie durch den Palast zur Zenana zurückgehen, gibt es in einem der Korridore einen Auflauf. Der Khwaja-sara zieht Pran rasch hinter einen lebensgroßen Marmor-Diskuswerfer, als ein vollkommen nacktes weißes Mädchen auf einem Fahrrad vorbeiprescht, auf dessen Lenkstange sie riskant einen Spiegel balanciert. Hinter ihr jagen mehrere Männer und Frauen in verschiedenen Entkleidungsstadien her. Aus irgendeinem Grund tragen die Frauen militärische Kopfbedeckungen: Käppis, Tschakos, Bärenfellmützen und Schiffchen, die sich zusammen mit den Slips und Strümpfen seltsam ausnehmen. Alle rufen sie dem Mädchen zu, es solle mit ihrem Koks zurückkommen. Ein dunkelhaariger Mann, der mit den Überresten eines Smokings bekleidet ist, hat ein Gewehr in der Hand. »Ich knalle sie ab«, brummt er. »Geht mir aus dem Weg! Gebt mir die Schusslinie frei!« Inmitten des Getümmels sieht man den Prinzen Firoz, der sich auf einen entgeisterten Diener stützt.

»Sei kein Dummkopf, de Souza!«, sagt er gedehnt. »Wenn du sie abknallst, verstreut sie alles!«

Sie rennen schreiend und kichernd den Korridor hinunter und lassen eine kreiselnde leere Dom-Pérignon-Flasche hinter sich zurück. Der Khwaja-sara macht ein angeekeltes Gesicht.

»Siehst du, womit wir zu kämpfen haben?«, murmelt er für sich, aber ebenso an Pran gewandt. »Wieso glaubt dieser junge Schnösel, er sei fähig, Fatehpur zu regieren?«

In der Zenana hockt er sich an einen niedrigen Tisch, der mit vielen verschiedenen Töpfchen und zugestöpselten Fläschchen voll gestellt ist. Affenartig hantieren seine langen Finger mit Mörser und Stößel, lassen aus dem einen Behältnis ein wenig hineinträufeln, dann aus dem nächsten und zerstoßen die Mischung zu einem feinen roten Pulver. Pran raschelt in seinem Sari umher und tritt von einem Fuß auf den anderen. Wenn er sich vielleicht verstecken würde? Oder an der Außenmauer hinunterklettern?

»Was für ein Kind hat man mir gebracht?«, stöhnt der Khwaja-sara. »Warum muss ich alles selber machen?« Er gräbt einen kleinen Beutel aus den Falten seines Gewandes. Während er sich immer tiefer in sein voluminöses Umhängetuch sinken lässt, scheint sein Geschlecht zu verblassen, sich in den Hintergrund zurückzuziehen und ein neutrales, unbestimmtes Wesen zurückzulassen. Pran fragt sich, ob der Khwaja-sara unsichtbar werden kann, ob die Macht, sich den Blicken zu entziehen, nur eine vollkommenere Form von Androgynie ist. Schon ist das Ding vor ihm, bis auf die Hände, nur ein unwirkliches Bündel Lumpen.

Kartentrickgewandt halten die Finger eine Staubperle in die Höhe, dann lassen sie sie in den Mörser fallen und zerreiben sie. »Das«, sagen die Finger, weniger mit Worten als mit Gesten, »ist Asha, das Getränk von Prinzen. Ich habe siebenunddreißig Ingredienzen in diesem Becher zerstoßen und dafür länger gebraucht, als für jemanden von nicht königlichem Blut überhaupt verwandt werden dürfte, geschweige denn für ein mutterloses, vaterloses kleines Nichts wie dich. Jetzt trink.«

Pran zögert, die Folgen von Ma-jis Spezial-Lassi sind ihm noch deutlich in Erinnerung. Aber als er das krumme Messer in den Händen der Hijra auftauchen sieht, besinnt er sich anders und trinkt. Das Asha schmeckt scharf und bittersüß. Ganz und gar nicht unangenehm.

Das chinesische Zimmer ist nicht, wie Pran erwartet hat, mit Porzellan, Seidenstoffen und Bildern von Drachen oder Damen mit Sonnenschirmen dekoriert. Es ist fensterlos und vollkommen schwarz. Wände, Fußboden, Decke und die wenigen Möbel, die es enthält, sind alle in der gleichen pechschwarzen Farbe lackiert oder gebeizt. Ein schlichter Holzstuhl steht vor einem Schreibtisch. Auf dem Schreibtisch liegen Schreibutensilien, ein paar alte Wörterbücher und ein Stapel Plättchen mit chinesischen Schriftzeichen auf der einen und englischen Buchstaben auf der anderen Seite, Überreste vermutlich von irgendeinem Buchstabenspiel. In der Mitte des Raumes, die Szene beherrschend, steht ein bedenklich ausladendes Bett.

Zunächst fühlt Pran sich nicht niedergeschlagen. Das Asha wärmt ihn von innen und verleiht ihm ein starkes, geradezu animalisches Wohlgefühl. Er geht in dem Zimmer herum, wobei er sich durch den Sari in seinem männlichen Gang irgendwie behindert fühlt. Doch sein Selbstvertrauen geht erst ganz zum Schluss in die Brüche, als er einen Schlüssel an der zweifach verschlossenen Tür herumstochern hört.

Flowers in Begleitung von Major Privett-Clampe tritt ein. Der Major strahlt vor Glück.

»Oh, mein Junge«, sagt er heiser. »Oh, mein lieber, lieber Junge. Wie kann ich dir nur danken?«, sagt er mit belegter Stimme zu Flowers. Beide sind augenscheinlich äußerst betrunken.

»Denk dir nichts dabei.«

Der Major schaut sekundenlang besorgt drein. »Du wirst doch nichts sagen, oder? Ich meine, wenn irgendjemand dahinter käme – verstehst du – meine Frau –«

»Natürlich nicht. Hör zu, Alter, ich lass dich jetzt hier allein. Hinterher wird jemand kommen und ihn holen.«

»Prima«, sagt der Major. Flowers verlässt eilig das Zimmer und schließt die Tür. Die zwei sind allein.

Major Privett-Clampe ist ein Mann in mittleren Jahren. Er hat diese rötlich blonden Haare, mit denen so viele Nordeuropäer geschlagen sind und die auf eine Weise in ihre rötlich blonde Haut übergehen, dass der Unterschied zwischen dem einen und dem anderen seltsam verwischt ist. Diese störende Färbung wird durch einen fingerdicken Militärschnurrbart noch akzentuiert. Er trägt immer noch die gleiche Kasinouniform wie bei der Mushaira, und seine Orden und Lackschuhe funkeln ordinär in dem matten Licht. Die knapp sitzende rote Jacke und die Hosen würden bei einem Jüngeren gut aussehen, und wahrscheinlich taten sie es in einer fernen Vergangenheit auch bei dem Major. Aber die Jahre sind nicht freundlich mit ihm umgegangen, da sie nun mal aus Tagen bestanden, die eingerahmt waren von Reis mit Fisch und Eiern zum Frühstück und Port und Zigarren nach dem Abendessen, sodass sein Körper in der Gefahr zu schweben scheint, seine Bekleidung zu sprengen. Auch der Alkohol hat seiner Erscheinung nicht gut getan. Im Laufe seiner Dienstzeit hat der Major wie so viele kaiserliche Krieger den Zeitpunkt für seinen ersten Gin zum Tagesausklang immer weiter nach vorn verschoben. Seit der Zeit, als er von der Armee in den Staatsdienst versetzt wurde, hat er sich auf etwa halb zehn am Morgen eingependelt.

»Mein lieber Junge«, wiederholt er, während er seine fleischigen Hängebacken von einem beengenden Kragenknopf befreit. »Sie haben dich zu mir gebracht.« Und dann gerät seine Freude über die glückliche Gelegenheit völlig außer Rand und Band. Mit den Armen im Kreis fuchtelnd wie ein wild gewordener Dirigent, kommt er quer durchs Zimmer gehüpft.

Diskretion lässt diesen kritischen Moment für einen kurzen Überblick über die Geschichte und die Geografie des Fürstentums Fatehpur geeignet erscheinen, ein faszinierendes Thema, das der Aufmerksamkeit der Punjab-Forschung weitgehend entgangen ist. Physikalisch gesehen ist Fatehpur ein schmaler, zweihundert Meilen langer und ungefähr sechzig Meilen breiter Streifen, der hauptsächlich aus Ackerland besteht, das gen Osten allmählich in eine zerklüftete, felsige Hochebene übergeht. Im Südosten, näher zur Grand Trunk Road, liegt ein mit kleinen Seen durchsetztes Sumpfgebiet, in dem Wildvögel in Massen zu Hause sind. Diese Seen von Fatehpur, die einst als der am wenigsten produktive Teil des Königreichs galten, spielen inzwischen im gesellschaftlichen und politischen Leben des Landes eine wichtige Rolle. Das Vorhandensein eines dermaßen guten Jagdgebiets, in dem das Beutegut manchmal in Tausenden gezählt wird, bedeutet nämlich, dass jagdbesessene britische Beamte und andere nützliche Persönlichkeiten stets darauf bedacht sind, Einladungen zum Schießen zu ergattern. Natürlich sind solche Einladungen einfacher von solchen Leuten zu erhalten, die die Geschäfte von Fatehpur führen, eine Tatsache, die in den Dienststellen des Lieutenant-Governor, der Punjab States Agency und ähnlichen Orten sehr wohl (wenn auch nur stillschweigend) vorausgesetzt wird.

Fatehpurs einziges größeres Ballungszentrum ist die Stadt Fatehpur selbst. Obwohl sie ein ganzes Stück von der Verkehrsader der Grand Trunk Road entfernt liegt, die auf dem Weg vom fernen Kalkutta nach Peschawar durch den Süden des Fürstentums führt, spürt sie dennoch einige Vorteile. Ihre Weber stellten einstmals eine spezielle Art eines karierten Baumwollstoffes her, der in ganz Nordindien beliebt war. Die Konkurrenz der maschinengewebten Stoffe aus Manchester hat ihnen geschadet, aber trotzdem herrscht in der Stadt noch geschäftiges Treiben. Ansonsten sind die Untertanen des Nawab, eine Mischung aus Muslimen, Sikhs und Hindu-Jats, über zahlreiche kleine Dörfer verstreut. Ihr Wohlstand ist beträchtlich, zumindest im Vergleich mit den Bauern in weniger begünstigten Gegenden wie dem von Hungersnöten heimgesuchten Bihar oder dem von Überschwemmungen geplagten Ostbengalen. Und so haben die Nawabs immer gesalzene Steuern eintreiben und sich dennoch die widerwillige Zuneigung ihres Volkes erhalten können.

Die herrschende Familie kann ihren Stammbaum zwar bis zur Staatsgründung zurückverfolgen, doch dieses Ereignis fand vor lediglich zweihundert Jahren statt. In einem Land, in dem zahlreiche Rajput-Monarchen ihre Abstammung bis zur Sonne zurückverfolgen können und ihre Herrschaft seit tausend und mehr Jahren über exakt dasselbe Gebiet innehaben, sind sie somit nur lächerliche Parvenüs.

Die ersten Jahre des Königreichs liegen im Dunkeln, allerdings weiß man, dass 1122 Jahre nach dem Zug des Propheten Mohammed von Mekka nach Medina und etwa zwei Jahre nach dem Tod des Kaisers Alamgir, des Welteroberers, ein untergeordneter Moghul-General namens Ala-u-din Khan sich mit einem Reitertrupp in den Punjab-Bergen hilflos dem Schicksal preisgegeben fand. Nachdem er mit den Hofintrigen in Delhi in Konflikt geraten war, hatte man ihn zur Befriedung der Sikhs in den Punjab geschickt, aber diese hatten sich trotz eines Maßnahmenkatalogs, der unter anderem die Folter und Enthauptung ihres Neunten Gurus enthielt, unerklärlicherweise geweigert, sich zum Islam zu bekehren und die Macht der Moghuln anzuerkennen.

Und während er so durch die Berge ritt, stellte General Ala-u-din fest, dass ihm die Lust am Krieg völlig abhanden gekommen war. Von Natur aus Diplomat, hatte er am Kämpfen nie wirklich Geschmack gefunden und stets versucht, mit so wenig wie möglich davon in Berührung zu kommen. Das wurde ihm durch den Zusammenbruch der Moghul-Herrschaft nach dem Tod des Alten Herrn relativ einfach gemacht. Befehle kamen nicht mehr durch. Verstärkungen waren eine Sache der Vergangenheit. In Delhi, wurde gemunkelt, tobe ein wilder Machtkampf, und die Punjab-Armee sei schon seit langem keine Einheit mehr. Von den anderen Kommandeuren getrennt, beschränkte Ala-u-din sich auf das eine oder andere Geplänkel, auf ein, zwei Überfälle auf Karawanen. Einige Monate lang gaben er und seine Männer sich damit zufrieden, in dem fruchtbaren Land umherzustreifen und die Bauern um ihre Getreidevorräte und Viehbestände zu erleichtern.

Es war ein gesundes Leben unter freiem Himmel, und man kann sich vorstellen, dass der General, wie so viele Generationen britischer Soldaten nach ihm, die frischen Punjabi-Morgen und die reichen Wildvorräte genossen hat. An diesem besonderen Tag, als ihm gerade klar wurde, dass der Krieg nichts mehr für ihn sei, stieß er auf die Hütte eines Pir. Der Heilige segnete ihn, bat ihn herein und schlug ihm vor, wenn er nicht mehr Krieg führen und nicht nach Delhi zurückkehren wolle, um sich dort an den Orgien von Treubrüchen und Giftmorden zu beteiligen, dann solle er doch sein eigenes Königreich gründen. Dieser Vorschlag klang plausibel, und so ließ Ala-u-din Khan (mit gekreuzten Fingern) die Hütte des Pir dem Erdboden gleichmachen, taufte die Gegend Fateh-pur (»Stadt des Sieges«) und machte sich zu ihrem Nawab.

Das erste Jahrhundert von Fatehpur war unruhig. Das Land lag aussichtslos auf der traditionellen Einfallsroute aus Afghanistan, und nur durch saftige Tributzahlungen an den persischen Nadir Shah und später an Generationen marodierender Afghanen, Sikhs, Moghul-Restverbände und Marathas brachten es die Nawabs zuwege, sich durchzuschlagen und ihr Territorium, wenn auch nicht ihren Stolz, unversehrt zu erhalten. Als Königin Victoria zur Kaiserin von Indien proklamiert wurde, wohnte der elfte Nawab den Feierlichkeiten bei und erlangte schließlich die Anerkennung seines Königreichs als eines Elf-Kanonenschuss-Salut-Staates und die Zusicherung, dass seine Nachkommen von nun an einen Platz in der Nähe der Spitze der großen Rangliste einnehmen würden, die alle offiziellen Aktivitäten in Britisch-Indien beherrscht, von der unwichtigsten Gesundheitsamts-Teeparty bis hinauf zum erhabensten kaiserlichen Gala-Empfang.

Heutzutage schickt der Nawab von Fatehpur, wenn er (ein paar Meilen die Straße hinunter) auf direkt von den Briten regiertes Gebiet oder in andere fürstliche Staaten gelangt, einen Diener voraus, der dafür zu sorgen hat, dass elf Kanonenschüsse abgefeuert werden. Geschieht es nicht, gibt's keine Ankunft. So groß diese Ehre auch ist, sie ist, was Nawab Murad nicht vergisst, wesentlich geringer als die einundzwanzig Salutschüsse, die dem sagenhaft reichen und bedeutenden Nizam von Haiderabad zugestanden werden, freilich erfreulich größer als die neun, die man dem benachbarten Nawab von Loharu schuldet, einem anderen muslimischen Punjabi-Fürstentum, mit dem der Nawab in einem höflichen Konkurrenzkampf liegt.

Der Bau des Neuen Palastes, ein Stück weit entfernt von der Stelle, wo heute die Stadt Fatehpur liegt, war das ehrgeizigste Projekt der Khan-Dynastie. Er war auch der Anlass für eine immer deutlichere Präsenz der Briten in dem Staat. Die »riesigen und leichtfertigen« Ausgaben dafür (es sind dies die Worte von Sir Percival Montcrieff, dem ersten Residenten) führten dazu, dass das India Office voller Schadenfreude zu dem Schluss kam, es bestünden beste Aussichten darauf, dass die Nawabs sich bald als regierungsunfähig erweisen und so den Briten die Gelegenheit geben würden, Fatehpur »zum Wohle des Volkes« zu annektieren. Pünktlich wurde der dreizehnte Nawab gezwungen, laufend administrative Eingriffe zu akzeptieren, die seither unvermindert andauern. Obgleich Nawab Murad noch der Regent ist, kann er sich ohne die Zustimmung des Repräsentanten der Krone, Major Privett-Clampes, nicht einmal die Schnürsenkel zubinden. Der Major kann Europareisen verbieten und die Anschaffung neuer Wagen, Möbel, Juwelen, Polo-Ponys oder Flugzeuge zugunsten langweiliger Verwaltungsprojekte stoppen, wie etwa des Ausbaus eines Krankenhauses oder der Aufrechterhaltung der Trinkwasserversorgung in den Dörfern von Fatehpur. Wird seiner Meinung keine Beachtung geschenkt, würde ein Wort, ein Bericht ausreichen, um ernste, selbst in die Thronfolge eingreifende Schwierigkeiten auszulösen. Der Major ist in der Tat ein sehr mächtiger Mann.

Zum Glück wird Pran von dem Asha ein wenig benommen. Was er fühlt, ist trotzdem schmerzhaft, so als würde ihm ein Baumstamm mit einem Holzhammer auf den Rücken genagelt, aber wenigstens scheint es mit einigem Abstand zu geschehen, und die Schmerzbotschaften langen in seinem Gehirn wie Urlaubspostkarten an: kurz, verspätet und mit gnädig wenig Aufschluss über die wahren Gefühle des Absenders. Sein Kopf ist in die schmutzigen schwarzen Betttücher gestoßen worden, deshalb kann er das dunkelrote Gesicht des Mannes nicht sehen, der sich hinter ihm abrackert. Er bemerkt aber, dass das Stoßen rhythmisch unterstrichen wird von Schlägen auf seinen Hintern und regelmäßigem, gellendem Jagdgeschrei. Als sich die Erregung des Majors steigert, wird »Tally-ho!« durch »Los! Los! Los!« ersetzt, und die Bettstelle stöhnt unter der Anstrengung, sich ihre strukturelle Integrität zu bewahren.

Manch einer mag versucht sein, die Szene vor allem als Abbild der politischen Situation anzusehen. Es ist dies schließlich Prans erster direkter Kontakt mit dem Apparat der kaiserlichen Verwaltung. Sadisten, Mütter von schutzlosen Dienstmädchen oder Menschen mit einem unkomplizierten Sinn für Vergeltung nennen es vielleicht lieber kosmische Gerechtigkeit. Üblicherweise bekommen wir die Folgen unserer Handlungen in diesem Leben erst im nächsten zu spüren, indem uns eine rasche karmische Punkterechnung zwischen den Inkarnationen auf der evolutionären Anzeigetafel nach unten in Richtung Straßenkehrer, Hund oder Fisch sausen lässt oder nach oben in Richtung brahmanischer Erleuchtung und schließlicher Erlösung aus dem Kreislauf von Handeln und Leiden. Prans Buchhaltung vollzieht sich mit ungewöhnlicher Geschwindigkeit.

Der Major, besoffen, zu alt, herzschwach und chronisch kurzatmig, ist kein Sexualathlet. Hin und wieder muss er ein bisschen verschnaufen, und es geschieht in einer dieser kleinen Pausen, dass Pran sich umdreht und sieht, wie in der gestaltlosen Schwärze des chinesischen Zimmers an der gegenüberliegenden Wand eine Luke aufklappt. Wenig später lugt das Objektiv einer Faltkamera durch die Öffnung, dazu eine Hand mit einem Blechschälchen mit Magnesiumpulver. Wie aufs Stichwort beschließt der Major, seine Tätigkeit wieder aufzunehmen, doch da er verdammt in Schweiß geraten ist, trifft er eine blitzschnelle taktische Entscheidung, windet sich aus seinem Uniformrock und schleudert ihn mit einem durchdringenden »Ho! Hallo!« von sich. Gerade als der erschreckte Foto-Wallah Anstalten macht, sein Foto zu schießen, verdunkelt ihm die Uniformjacke die Sicht, sein Fuß rutscht von dem Hocker, und das Blitzpulver rieselt vorn an seinem Achkan herunter.

Das Gefühl kühler Luft um seine Achselhöhlen ist für den Major der Ansporn, die Sache zu Ende zu bringen, und er kommt mit einem markerschütternden Schrei zum Orgasmus. Doch kaum wird sein Gehirn von ernüchternden Hormonen überschwemmt, beginnt er seine Lage mit kritischem Auge zu betrachten. Was um alles in der Welt tut er hier? Unsicherheit schwillt zu Reue an, Reue zu schlechtem Gewissen und schlechtes Gewissen zu Panik. Er bringt seine Kleidung so schnell wie möglich in Ordnung und zieht sich vom Schlachtfeld zurück. Da er wohlerzogen ist, kommt ihm, als er halb zur Tür hinaus ist, der Gedanke, er sollte dem anderen mit einer Art Geste seine Anerkennung aussprechen. Händeschütteln scheint ihm kaum angemessen.

»Gut gemacht, mein Junge!«, ruft er barsch. »Weiter so!«

Als sich die Tür schließt, erhellt ein greller Blitz die offene Luke wie einen Schützengraben unter nächtlichem Granatenfeuer. Der flüchtige Anblick des Foto-Wallah, der verzweifelt seine brennenden Kleider zu löschen versucht, geht im wogenden Rauch unter, der sich auf Pran herabsenkt und ihn in eine Decke aus beißendem Grau hüllt.

Die Wirkung des Asha verfliegt, und Pran wird von einem schleichenden Ekelgefühl überwältigt. Benommen und wund liegt er auf dem Bett und versucht, einen Panzer über das wachsen zu lassen, was gerade passiert ist. Nach einer Weile tauchen zwei Hijras aus dem Nebel auf und führen ihn zurück in die Zenana, wo der Foto-Wallah, dessen Brokatmantel auf der Brust ein verkohltes Loch hat, sich mit dem Diwan streitet.

»Du Versager«, tobt der Diwan. »Was sollen wir denn jetzt machen?«

»Er hat nichts gesehen«, gibt der Foto-Wallah schroff zurück und betastet vorsichtig seinen angesengten Bart. »Da bin ich mir sicher. Und der Junge hat ihm gefallen. Wir sagen Flowers einfach, er soll ihn wieder herbringen.«

Der Khwaja-sara flattert herum, scheucht die Höflinge hinaus und bittet sie, leise zu sprechen. Pran wird in eine kleine Kammer gebracht, in der er sich auf ein Strohlager legt und in unruhigen Schlummer sinkt. Zwischen Halbschlaf und Halbwachen versucht er matt, so etwas wie eine Gesetzmäßigkeit in dem zu erkennen, was ihm geschehen ist, und dahinter zu kommen, wie ihm, dem stolzen Sohn auf dem Dach der Villa seines Vaters, dies hier widerfahren konnte. Wie ein kleiner Junge lässt er tröstend die Hand zwischen seine Schenkel gleiten. Wenigstens dies ist für den Augenblick ungefährlich. Was den Rest angeht, so ist ganz und gar nichts sicher.

Am nächsten Morgen geben ihm die Hijras Arbeiten auf. Er fegt Fußböden, wobei der Saum des ungewohnten Saris über den Boden schleift und das Choli am Rücken weit nach oben rutscht. Er poliert Messing und putzt Pfannen und klaubt Steinchen aus dem Reis. Der Fußboden ist der Erste, den er jemals gefegt hat. Die Pfannen sind die Ersten, die er jemals geschrubbt hat. Die Füße, die er knetet (Hijra-Füße mit silbernen Fußspangen und langen gebogenen Nägeln), wackeln mit den Zehen und erinnern ihn daran, dass alles in seinem Leben im Augenblick auf dem Kopf steht. Er ist von Scham erfüllt, doch so schockiert, dass er keine Worte findet, um sich zu beklagen. Mit jedem Besenstrich fällt Pran Nath Razdan von ihm ab. An seine Stelle setzt sich still und unterwürfig Rukhsana.

Tag für Tag erwartet Pran, wieder in das chinesische Zimmer gerufen zu werden. Die Vorladung kommt nicht, und mehrere Wochen lang ist sein Dasein durch die winzigen, engen Räume des Eunuchenquartiers umgrenzt. Zur Mardana, dem Männerflügel, hat er keinen Zugang, aber auch zur eigentlichen Zenana nicht. Rukhsana schwebt zwischen den Welten.

Hinter dem rosa Portikus liegt ein Paradies voller Frauen und fließendem Wasser. Vielleicht hundert Frauen wohnen dort, von alten Weibern bis hin zu Babys, die auf Armen getragen werden. Einige sind die Ehefrauen oder Konkubinen des Nawab. Andere sind Mägde oder Dienerinnen, Töchter von Frauen, die als Teil einer Mitgift nach Fatehpur kamen und als Eigentum des Nawab geboren wurden. Einige wenige sind mit Palastbediensteten verheiratet, haben sich aber entschlossen, ihr Leben hier statt außerhalb der Mauern zu verbringen. Wieder andere wurden durch irgendeinen Strudel im universalen Strom familiärer Verpflichtungen hereingeweht: Witwen, entfernte Cousinen, obskure Tanten, die hergekommen sind, um ihre letzten Lebenstage in den

Räumen um den kühlen Zenana-Hof zu verbringen. Die Dienerinnen trippeln hinter ihren Herrinnen drein, und die Hijras trippeln hinter allen her. Sie sind Dienerinnen, Leibwächter, Spione, Züchtiger, Schmeichlerinnen und Schlichter von Streitigkeiten, und sie leben in einem Labyrinth aus Gemächern unmittelbar außerhalb der Zenana, auf Wink und Ruf ihrer Herrinnen rasch bei der Hand. Ihre rauen Stimmen durchschneiden den Raum wie Scheren einen Stoff.

Zeit vergeht. Nachts liegt Pran wach in seiner kleinen, türlosen Kammer nahe dem Schlafgemach des Khwaja-sara. Er würde gern Fluchtpläne schmieden, weiß aber nicht, wo er anfangen soll. Seine Lage scheint hoffnungslos. Wenn es schon wieder hell wird, lauscht er den schrillen Schnarchern des Eunuchen, dem steten Jambus von Schmatzen und Röcheln, das auf seinen Nerven herumtrommelt, während er zu denken versucht. Wohin würde er gehen, wenn er wirklich fliehen würde? Er würde meilenweit durchs Land wandern müssen, ohne Geld oder Freunde. Was garantiert ihm, dass es woanders besser ist als hier? Nacht für Nacht dreht er sich in diesem Kreis wie eine Gebetsmühle, eingeschlossen in die lastende Stille von Fatehpur.

Etwas Melancholisches pulst durch den Palast. Es schwingt im Grundrhythmus des Lebens in der Zenana, dem Herzschlag, der in allen anderen kleineren Fasern strömt: die Besuche des Nawab. Sie finden unregelmäßig und plötzlich statt, aber die Prozedur ist immer die Gleiche. Das erste Anzeichen ist ein Bote, der hastig in den Hof der Hijras gerannt kommt. Sofort eilt jemand in das Gongzimmer, eine Kammer im oberen Stockwerk mit einem vergitterten Fenster, das auf den Eingangshof der Zenana selbst blickt. Der gewaltige Gong wird geschlagen, und der kleine Raum, der als Resonanzkasten dient, gibt einen tiefen, klebrigen Rülpston von sich, der sich durch den ganzen Flügel des Palastes ausbreitet und seine Bewohner auf Munterkeit und eiliges Toilettemachen einschwingt. Wenn endlich der Nawab selbst erscheint, von ein paar Chobdars und Leibwächtern begleitet, hat eine erwartungsvolle Stille Platz gegriffen.

Für Pran, der heimlich durch das Gitter des Gongzimmers späht, sieht der dünne Mann in den kostbaren Kleidern nicht wie ein Herrscher aus. Die Seidenstoffe, die mit Edelsteinen besetzten Jodhpuri-Slipper, die Perlenketten und die taubeneiergroßen Fingerringe scheinen weniger echte Zeichen der Macht zu sein als Teile eines besonders kostspieligen Maskenballkostüms. Die Leibwächter steigern das Gefühl, dass etwas nicht zusammenpasst – eine Gruppe riesiger Paschtunen mit Hennabärten, die den Nawab überragen und ihn noch schmächtiger erscheinen lassen, als er in Wirklichkeit ist. Solange ihr Herr drinnen ist, stehen die Paschtunen in Habachtstellung neben der Pforte, kratzen sich und machen den Hijras schöne Augen, die ihrerseits mit ihnen kokettieren.

Wenn der Nawab herauskommt, sieht er meistens noch weniger wie ein Herrscher aus. Nie ist er lange in der Zenana, und gewöhnlich verlässt er sie halb rennend, als sei er unter Hochdruck ausgestoßen worden, und sein Gesicht zeigt dann üblicherweise einen schlaffen, leidenden Ausdruck: den Ausdruck eines Mannes, der es versäumt hat, Erwartungen zu erfüllen. Während die Paschtunen sich gegenseitig anstoßen und die Hijras auf den Boden starren, senkt sich Verzagtheit auf den Palast herab, noch einen Hauch schwerer als zuvor.

Pran gerät allmählich in Verzweiflung. Er sitzt in Fatehpur fest; nicht in dessen Herzen, sondern in dessen Bauch, wie ein Gallenstein oder etwas irrtümlich Geschlucktes. Er steht allein da, ohne Verbindungen, ohne jemanden, der sich um ihn kümmert. Als er eines Abends hört, dass Flowers den Major wieder ins chinesische Zimmer bringen wird, zerschlägt er einen Spiegel, bohrt sich eine der Scherben ins Handgelenk und fügt sich eine tiefe Wunde zu.

Jemand hört das Klirren. Kurz darauf ist er von Hijras umringt, die ihn verbinden und ihm heißen Tee zu trinken geben. Einen Moment lang glaubt er, man werde ihn zu Bett oder zu einem Hakim bringen, stattdessen wird er ins chinesische Zimmer verfrachtet, in das Flowers, genau wie das erste Mal, Major Privett-Clampe führt und die Tür schließt. Als Pran benommen vom Bett hochschaut, kommt der Major betrunken auf ihn zugetorkelt, lallt: »Mein schöner Junge«, zieht die Stirne kraus und sinkt ohnmächtig zu Boden. Lastende Stille tritt ein. Dankenswerterweise verliert Pran selber das Bewusstsein. Er wird vom Foto-Wallah geweckt, der den Kopf durch die Luke steckt und ihm zuruft, er solle dem Major die Hosen ausziehen. Von dem Lärm wird der Major wach und erblickt den Foto-Wallah, bevor der die Möglichkeit hat, die Luke zu schließen. Erschreckt und vorübergehend außerstande, sich zu erinnern, wo er ist, tastet Privett-Clampe nach der Türklinke und taumelt hinaus auf den Flur, den er irrtümlich für das Klo hält. Erheblich erleichtert macht er sich ein paar Minuten später auf die Suche nach seinem Fahrer.

Tags darauf berichtet Flowers, dass sich der Major an keine Einzelheiten des Abends erinnern könne. Er habe jedoch in seinem Dienstzimmer bei heruntergelassenen Jalousien gesessen und sei nur daraus aufgetaucht, um Flowers zu einem langen Plausch über die Wichtigkeit der Verschwiegenheit in jeder Art Umgang mit seiner Frau hereinzubitten. Flowers denkt, die geistige Verfassung des Majors sei prekär, möglicherweise zu prekär, um ihm ein weiteres Rendezvous vorzuschlagen.

Pran erhält eine vorübergehende Atempause. Vielleicht wegen seines Selbstmordversuchs beginnen die Hijras ihn besser zu behandeln, sprechen freundlich mit ihm und lassen ihn ein wenig am Leben in der Zenana teilnehmen. Ihm wird gestattet, sich auf dem Dach zu ergehen. Er hilft, das Bad für die Begum vorzubereiten, indem er ihre silbernen Ölnäpfchen, die Töpfe mit Kräuterwasser, die Pfanne mit den parfümierten Kohlen bereitstellt, über der sie sich die Haare trocknen wird. Eines Nachmittags darf er sogar den Palast verlassen. Anlass ist die gefürchtetste aller Aufgaben der Hijras: einen Ausflug der Zenana zu begleiten.

Vor dem Haupteingang wartet eine Schlange von Rolls-Royces, neben denen die Chauffeure in ihren grauen, mit fatehpurrosa Biesen besetzten Serge-Livreen in Habachtstellung stehen. Dienerinnen und Herrinnen nehmen die ersten sechs Wagen ein, die geschlossen und verhängt sind, sodass sie während der Fahrt Purdah einhalten können. Koffer, Reisekörbe, Badminton-Ausrüstungen und Eunuchen folgen in den nächsten vier. Sobald alle und alles Platz gefunden haben und die Hijras noch einmal nach vergessenen Kämmen, Schmucksachen, Arzneien und Umhängetüchern zurückgeschickt worden sind, setzt sich der Geleitzug gemächlich in Bewegung.

Sein Ziel ist eine ruhige, mit Bäumen bestandene Stelle an einem Flussufer. Sofort nach ihrer Ankunft ergießt sich die Gesellschaft der Zenana aus den Wagen wie Infanterie aus einem Militärzug. Innerhalb von Minuten ist das gesamte Gebiet in ihrer Hand, das Badminton-Netz aufgespannt, Tische und Stühle sind aufgestellt und wohldurchdachte Arrangements von Essenskästen und Teemaschinen um das Bollwerk der Reisekörbe im Gange. Wenn ein abenteuerlustiges Grüppchen zu einem Spaziergang aufbricht, müssen Hijras mit Trillerpfeifen und großen roten Fahnen vorneweg laufen, um jedem vorbeikommenden Bauern zu signalisieren, dass er sich mit dem Gesicht nach unten auf den Boden zu legen hat, während die Frauen des Palastes vorbeigehen. Sie sind unverschleiert. Ein Bauernleben ist es nicht wert, einen verstohlenen Blick zu riskieren. Den ganzen Nachmittag werden die Hijras durch Erkundungsunternehmen dieser Art auf den Beinen gehalten, doch die meiste Zeit halten sie einen ortsfesten Purdah-Kordon aufrecht, indem sie einen Flussabschnitt standhaft als Zenana-Raum abschotten.

Es ist schön, im Freien zu sein. Der labyrinthische Wirrwarr des Palastes scheint Unsicherheiten zu erzeugen und ständig neue und subtile Möglichkeiten hervorzubringen, in die Irre zu gehen. Während der vergangenen Wochen haben Prans Erinnerungen an das Leben in Agra etwas Nebelhaftes angenommen. Es fällt ihm schwer, sich vorzustellen, woanders als in Fatehpur zu sein. Am Fluss denkt er zwangsläufig an Flucht, aber etwas an der Landschaft lässt die Idee lächerlich erscheinen. Einfacher ist es, über Unmittelbares nachzudenken. Einfacher ist es, sich auf das Flussufer zu legen und der Zenana beim Spielen zuzusehen.

Im Laufe des Nachmittags fällt Pran auf, dass sie aus zwei ganz verschiedenen Gruppierungen besteht. Die eine, die Badminton-Spielerinnen, besteht vor allem aus jüngeren Frauen, die sich um eine der untergeordneten Konkubinen des Nawab scharen. Eine ältere Gruppe hat sich ums Büfett versammelt, stochert an den erlesenen Häppchen herum und schwatzt leise miteinander. Es herrscht ein Klima gegenseitiger Feindseligkeit. Einmal kommt eine Dienerin mit einer randvollen Tasse heißen Tees von der Teemaschine zurück, als sie plötzlich lang auf den Rasen hinschlägt. Ihre Badminton spielenden Freundinnen kommen herbeigelaufen und beschuldigen die alten Damen, ihr ein Bein gestellt zu haben. Eine Weile sieht es so aus, als würde die Situation außer Kontrolle geraten, und es sind mehrere Hijras nötig, um die beiden Parteien zu trennen. Pran ist verwirrt, bis Yasmin, die Jüngste der Palast-Hijras, ihn aufklärt. Mit dieser Erklärung werden ihm viele andere Seiten von Fatehpur klar.

»Babys«, flüstert Yasmin. »Söhne. Was sonst sollte der Grund sein? Der Nawab kommt in die Zenana, kann aber nicht. Die älteren Frauen sagen, daran sind die jüngeren schuld. Die jüngeren sagen, es ist seine Schuld. Manchmal wird er sehr zornig, trotzdem kriegt er keinen hoch. Seit dem Tod seines Vaters sind fast zehn Jahre vergangen, und Fatehpur hat keinen Erben.«

»Was geschieht, wenn er ohne einen Sohn stirbt?«

»Dann fällt der Thron an seinen Bruder. Firoz wird dann Hotels und Eisenbahnen und einen Flugplatz und ein Kino bauen und ein Gesetz schaffen, das vorschreibt, dass alle Leute Hosen tragen und an moderne Industrieverfahren glauben müssen.« Angesichts dieser Aussichten klingt Yasmin recht erregt, aber sie kriegt sich wieder ein. »Es wäre sehr schlecht«, sagt sie ernst, »weil Firoz nur Dinge liebt, die in Kisten aus Europa kommen, und wenn er Nawab wird, gibt er sein Vermögen nur für diese Dinge aus, und die lange Tradition von Fatehpur geht verloren.«

»Kann der Nawab nicht jemand anderen zu seinem Erben einsetzen?«

»Es gibt einen Jungen, den er gern adoptieren würde, aber dazu braucht er die Zustimmung der Briten. Sie mögen ihn nicht. Sie sagen, er ist Anti-Raj und möchte am liebsten das moslemische Kalifat errichten und alle Ungläubigen töten.«

»Wirklich?«

»Natürlich. Die Briten ziehen Firoz vor, weil er Krawatten trägt und ihnen versprochen hat, dass sie Fabriken bauen dürfen.«

Also hat Major Privett-Clampe die Macht, die Thronfolge zu bestimmen. Eins fügt sich ins andere.

Klick-klick.

Einige Wochen bleibt Pran sich selbst überlassen, und nach und nach wird ihm die Palastpolitik klarer. Prinz Firoz umgibt sich mit einer ständig wechselnden Gruppe von Europäern, jedes Mal mit etwa einem Dutzend. Manchmal befinden sich unter den Gästen britische Beamte, aber hauptsächlich sind es aufgetakelte Miezen und Playboys, die in den Räumen des Prinzen mehr oder minder eine Dauerparty feiern. Die Partei des Nawab könnte nicht gegensätzlicher sein. Dort wird gebetet, man spricht in gedämpftem Ton von dem Mahdi, der eines Tages auf die Feinde des Islam herabfahren und sie in alle Winde zerstreuen wird wie Staub. Sie sprechen über die heiligen Stätten im Mittleren Osten und die Thronbesteigung von Emir Aman Ullah in Afghanistan. An den Abenden, wenn der Grammofon-Jazz mit dem Ruf des Muezzins konkurriert, kann man die Spannung mit Händen greifen, und die Hijras erledigen ihre Arbeit mit gesenkten Köpfen und voller Angst um die Zukunft.

Dann kommt von Flowers eine Botschaft, dass Privett-Clampe Pran wieder sehen möchte. Zur Bestürzung der Verschwörer weigert sich der Major aber, ins chinesische Zimmer zu kommen. Stattdessen wünscht er, dass der Junge zu ihm in die britische Residenz gebracht wird. Das Gelände der Residenz ist gesichert und bewacht. Zeit, Pläne zu schmieden, bleibt nicht. Widerstrebend packt der Khwaja-sara Pran in einen Wagen aus der Flotte des Nawab und zischt ihm zu, er solle alles tun, was der Major ihm sage, und dann Bericht erstatten. Diesmal wird es keine Fotos geben.

Die Residenz liegt ein Stück außerhalb der Mauern der Stadt Fatehpur. Wie es sich für den Hauptrepräsentanten der Krone ziemt, lebt Major Privett-Clampe auf ziemlich großem Fuße. Auf einem mehrere Morgen großen Grundstück, das von ganzen Gärtnerscharen liebevoll bewässert und mit englischen Blumen bepflanzt wird, steht ein weitläufiges, zweigeschossiges Haus im Tudorstil. Um die Jahrhundertwende erbaut, ist es eines dieser vorstädtischen, zugleich behaglichen und imposanten Schlösschen im Landhausstil, das ein Börsenmakler oder der Besitzer einer einigermaßen gut gehenden Fabrik für seine neuerdings wohlhabende Familie erbaut haben könnte. Irgendwo in seinen Tiefen liegt Mrs. Privett-Clampe auf der Lauer. An anderer Stelle gibt es eine Reihe von Büros, die zeitweilig von Sekretären und jüngeren politischen Beamten genutzt werden. In einem von ihnen, das beruhigend weit von den Regionen des Hauses entfernt liegt, in denen seine Frau umherwandert, hat Major Privett-Clampe Anstalten getroffen, seinen jungen Besucher zu empfangen.

Pran wird in einem taktvollen Abstand zum Hintereingang abgesetzt und von einer Hijra zu einer Seitentür gebracht. Auf ihr Klopfen antwortet die kehlige Stimme des Majors. Sie finden ihn an einem Schreibtisch in seiner Kasinouniform sitzen, die aufgeknöpft ist, sodass sein Kugelbauch hervorquillt. Auf dem Kopf trägt er eine zerknitterte grüne Krepppapierkrone, ein Überbleibsel des religiösen Festes, das die Briten an diesem Tag gefeiert haben. Der Major hat geschwitzt, und die billige Farbe der Kopfbedeckung ist ihm hier und da über die Stirn gelaufen. Ein Trinkglas und eine halb leere Flasche heimischen Whiskys (*Highland Paddock*, hergestellt in Kalkutta von der berühmten Firma Banjeri Brothers) stehen vor ihm.

»Soda ist alle«, bemerkt er, als die Tür sich hinter Pran schließt. *»Angrezi pani.«*

Pran überlegt, ob das heißt, dass er gehen und welches holen soll. Er zeigt auf die Tür. Der Major schüttelt den Kopf. »Nein, nein. Hab schon verdammt zu viel getrunken.«

Pran steht angespannt da.

»Ich bin kein lasterhafter Mensch, verstehst du«, sagt der Major und reibt sich die knollige Nase mit dem Handrücken. »Ist nicht so, als wenn ich so was wie 'n Perverser wäre.« Dann explodiert er und haut mit der Faust auf den Tisch. »Großer Gott! Warum soll ich eigentlich mit dir so eine Unterhaltung führen? Guck dir bloß das Faschingskostüm an, in das sie dich gesteckt haben. Du bist doch ein junger Kerl, kein scheiß *Mädchen*!«

Er scheint seine Gedanken zu sammeln. »Du hast was Englisches in dir. Ich sehe das. Wo – nein, nein, wenn ich's mir recht überlege, will ich es gar nicht wissen.« Er gießt sich einen doppelstöckigen Whisky ein. »Fröhliche Weihnachten«, sagt er. Und noch einmal, als wolle er die Worte prüfen: »Fröhliche Weihnachten.« Er verfällt eine Weile in Schweigen, dann sagt er zu Prans Überraschung: »Ich habe ein Geschenk für dich.«

Am Fenster liegt auf einem abgenutzten Rohrstuhl ein großes, in braunes Packpapier eingeschlagenes Paket. Der Major gibt durch Gesten ungeduldig zu verstehen, dass Pran es auspacken soll. Er findet darin eine Reihe englischer Kleidungsstücke: eine kurze Hose, ein weißes Baumwollhemd, knielange Wollsocken mit Sockenhaltern, um sie am Rutschen zu hindern. Außerdem findet er eine Krawatte und eine Mütze, beide recht alt und in demselben blau-weinroten Streifenmuster.

»Jetzt wirst du wenigstens nicht mehr wie einer aus 'm Zirkus aussehen. Na, worauf wartest du noch? Zieh sie an.«

Wenige Minuten später ist Pran als englischer Schuljunge gekleidet, ohne die Schuhe. Die nackten Dielenbretter fühlen sich rau unter seinen Füßen an. Die Kleider passen ihm ganz gut, nur der Kragen ist zu eng.

»Gut«, murmelt der Major mit leuchtenden Augen. »Sehr gut. Wir werden keine von diesen Heidenkleidern mehr dulden. Das da waren meine Farben, verstehst du. Schulfarben. Man musste mindestens in einer ersten Mannschaft spielen, um so einen

Schlips zu bekommen.« Er wartet die Wirkung seiner Worte ab. »Ich hab in vieren gespielt.«

Pran nickt, um anzudeuten, dass er beeindruckt ist.

»Das waren herrliche Zeiten«, fährt der Major fort. »Aufregende Zeiten. Unsere Welt war eine Inspiration. Steh gerade!«

Pran richtet sich auf und fragt sich, wohin das alles führen soll. Privett-Clampe gießt sich noch einmal Whisky ein, diesmal noch doppelstöckiger als das letzte Mal. Ihm zittert die Hand. Whisky spritzt auf den schartigen Saffianlederbezug des Schreibtischs.

»Du hast weißes Blut in dir«, fährt er fort und gestikuliert mit dem Whiskyglas zu Pran herüber. »Mehr als ein bisschen, so wie du aussiehst. Mit etwas Training könntest du's vielleicht begreifen. Die Sache ist, mein Junge, dass du lernen musst, drauf zu hören. Es ruft dir durch all das Schwarze zu, deinen Vorsatz zu bestärken. Wenn du drauf hörst, was das Weiße dir sagt, kannst du nicht fehlgehen.«

Dem Major kommt plötzlich ein Gedanke. Fluchend und vor sich hin murmelnd beginnt er auf dem Schreibtisch herumzukramen, dann stemmt er sich hoch und torkelt auf ein Bücherregal zu. Während er sich an der Wand abstützt, findet er, wonach er sucht: einen schmalen, blauen Band. Er wirf ihn Pran zu.

»Lies es laut vor. Seite hundertsechsundzwanzig.«

Schwer atmend macht er es sich wieder in seinem Sessel bequem. Das Buch, abgegriffen und voller Tintenkleckse, ist eine Sammlung von Gedichten. Es sieht wie ein Schulbuch aus, aus derselben Lebenssphäre des Majors wie die Mütze und der Schlips. Pran schlägt es auf der angegebenen Seite auf und beginnt laut zu lesen:

»The boy stood on the burning deck,
Whence all but he had fled.«

Privett-Clampe schnaubt empört: »Es heißt *whence*, nicht *vence*, du Trottel! Versuch's noch mal!«

»The boy stood on the burning deck,
Whence all but he had fled.«

»Nein! Steh gerade, Junge. Und sprich das verdammte Zeug, als wenn's dir ernst wäre. Das genau ist es ja, wovon ich rede. Du musst zuhören, Junge! Dem zuhören, was das Blut dir sagt!«

»The boy stood on the burning deck,
Whence all but he had fled.
The flame that lit the battle's wreck
Shone round him o'er the dead.«

»Gott schütze uns! Es heißt *o'er*, nicht *o'hier*! Noch mal!«

Und so geht die Rezitation weiter, indem Pran beginnt und angeschrien wird und innehält und wieder beginnt und angeschrien wird und nach und nach lernt, »sich aufzupumpen« und »es klingen zu lassen« und überhaupt alle möglichen Zutaten in seine Darbietung hineinzulegen, von Charakter und Mumm bis hin zu Geist und Gefühl, von denen jedes noch mehr als zuvor aus Aufpumpen und Klingenlassen besteht, bis alles Aufpumpen und Klingenlassen so bewegend wird, dass der Major sich genötigt sieht, »Tally-ho!« zu brüllen. Er verklemmt sich stöhnend unter seinem Schreibtisch, während er wie verrückt auf dem Drehstuhl herumhüpft. Als Pran bei der letzten Strophe ankommt, sackt er nach hinten, einen gelösten Ausdruck im grünlichen Gesicht.

»Du kannst jetzt gehen«, krächzt er. »Gut gemacht, mein Junge. Weiter so.«

»Gedichte?«, schnauzt der Diwan. »Was meint dieser ekelhafte Knabe mit Gedichten?«

Pran beginnt: *»The boy stood ...«* Die Faust des Diwans saust auf die Tischplatte. Die Spiegel des Barockzimmers hinter ihm funkeln boshaft.

»Das ist dein Fehler«, bellt er den Foto-Wallah an. »Die Aufgabe war ganz einfach.«

»Wieso ist es mein Fehler? Es ist der Fehler des Jungen. Er gibt sich nicht genug Mühe. Wo bleibt er denn mit seinen Tricks aus Agra? Es gibt etwas, das die Bordellbesitzer dort ihnen beibringen und was sie mit der Zunge machen – zumindest hat man mir *gesagt*, es gibt da was, was ihnen beigebracht wird. Wenn er vielleicht irgend so was versuchen würde?«

»Könnten wir nicht irgendeinen anderen Jungen einsetzen? Der hier erfüllt offensichtlich nicht die Anforderungen.«

Flowers stützt seinen Kopf in die Hände. »Er sagt aber, ihm gefällt der hier.«

»Na, und warum hat er ihn dann nicht angefasst?«

»Woher um alles auf der Welt soll ich das wissen? Solche Sachen erzählt er mir nicht. Ich weiß nur, dass er will, dass er einmal die Woche zu ihm kommt. Der alte Heuchler hat tatsächlich den Nerv gehabt, mir zu erzählen, er sei daran interessiert, den Geist des Jungen zu veredeln.«

»Seinen Geist?«

»Genau das hat er gesagt. Er ist sehr misstrauisch mir gegenüber. Gestern hat er mich einen Perversen genannt, vor allen anderen. Meine Karriere ist ruiniert, versteht ihr.«

Niemand scheint für Flowers oder seine Karriere viel Zeit übrig zu haben.

Der Khwaja-sara denkt praktisch. »Zumindest können wir uns überlegen, wie wir in seinem Büro eine Kamera installieren.«

»Sollten wir nicht vielleicht einen Brief schreiben?«, fragt der Foto-Wallah gereizt. »Würde das nicht genauso gut funktionieren?«

»Wir brauchen ein Foto«, sagt der Diwan. »Das ist das Einzige, woran diese Angrezis glauben.«

Pran beginnt, Major Privett-Clampe einmal die Woche zu besuchen, Schuluniform zu tragen, Gedichte zu rezitieren und ihn dabei zu beobachten, wie er unter seinem Schreibtisch herumwackelt. Er pumpt sich auf und lässt klingen und bekommt »Weiter so« gesagt, und allmählich verbessert sich seine englische Aussprache, und er lernt, Passagen von viktorianischen Dichtern Feuer einzuhauchen, die über soldatische Tapferkeit und die heilige Pflicht, Wort zu halten, schwärmen. Die Gedichte sind ihm ein Rätsel mit ihrer Steifheit und Gewalttätigkeit und ihren pochenden Reiterrhythmen, aber er erkennt, dass sie auf irgendeine Weise die Ursache für Privett-Clampes Wichtigkeit sind und die Wichtigkeit der Engländer überhaupt, und so wendet er ihnen seine ganze Aufmerksamkeit zu in der Hoffnung, ihr Geheimnis zu enträtseln.

Unterdessen versuchen die Verschwörer einen Weg zu finden, den Foto-Wallah in die Residenz zu schmuggeln, aber nachdem einer von Mrs. Privett-Clampes Hunden ihn gebissen hat, als er durch ihre Blumenbeete kroch, weigert er sich, noch mal dort hinzugehen. Da der Major (der, wie Flowers behauptet, wegen seiner besoffenen Entgleisungen von Schuldgefühlen gequält wird) Pran niemals anfasst, sondern bloß hin- und herhüpft und an sich herumzuppelt und Jagdschreie ausstößt, gibt es, argumentiert er, sowieso nicht viel zu fotografieren. Ihr Plan geht in die Binsen.

Unterdessen geht das Leben im Palast weiter. Der Nawab stolziert noch immer in die Zenana hinein und schleicht sich niedergeschmettert und unglücklich wieder hinaus. Erfreut wirkt er nur, wenn er sich auf seine weiße Lieblingsstute schwingt und sich zu einer der häufigen Paraden auf den Marktplatz von Fatehpur begibt. An Paradetagen zeigt sein Schritt Elastizität, und er schurigelt seine Begleiter nach Strich und Faden und fuchtelt herrisch mit seiner Peitsche herum. Der Nawab liebt seine kleine Armee, lässt sich ihre Ausbildung etwas kosten und entwirft ab und an sogar eigenhändig neue Uniformen für sie. Ein bisschen Litze hier, ein Streifen da, und das Ganze mindestens zweimal im Jahr bei einer Regimentsschneiderei in Kalkutta in Auftrag gegeben. Sein Stolz auf seine Soldaten ist so groß, dass er, als in Europa der Krieg ausbrach, seine Abneigung gegen die Briten vergaß und darauf bestand, die Armee von Fatehpur nach Frankreich zu verlegen. Seine Begeisterung währte nicht lange. Als er hörte, dass die Kavallerie gezwungen wäre, abzusitzen und in den Schützengräben zu kämpfen, und, schlimmer noch, dass sie alle schlichtes Khaki würden tragen müssen, zog er sein Angebot zurück. Folglich sind die Streitkräfte von Fatehpur noch nie in Kampfhandlungen verwickelt gewesen. Das hat natürlich eine gewisse Tradition, denn Diplomatie wurde von ganzen Herrschergenerationen des Königreichs der Gewalt vorgezogen. Und so ist der kürzlich eingestellte Große Krieg für die Zivilisation an Fatehpur mehr oder weniger vorbeigegangen, zur großen Verzweiflung von Major Privett-Clampe. Letzten Endes bestand der Beitrag des Nawab zu den Kriegsanstrengungen einzig in der Spende von drei alten Rolls-Royces, die, wie er meinte, als Mannschaftswagen von Nutzen sein könnten.

Um sich von den Militärparaden seines älteren Bruders nicht ausstechen zu lassen, initiiert auch Prinz Firoz sein gerüttelt Maß an Spektakulärem. Unter normalen Umständen würde er den größten Teil des Jahres in Europa verbringen, aber der Krieg und Major Privett-Clampes Sparpolitik haben sich offenbar dazu verschworen, ihn in Indien festzuhalten. Er ist über die Maßen wütend darüber, hat jedoch der Situation tapfer ins Auge geblickt und trocken verlauten lassen, wenn Mohammed nicht an die Riviera fahren könne, dann müsse die Riviera eben zu Mohammed kommen. Seinen Gästen scheint der Szenenwechsel zu gefallen. Vor ein paar Jahren hatte er seine Räume im damals hochmodischen Jugendstil umgestalten lassen. Jetzt hallt darin das Gejuchze Fahrrad fahrender und Zimmerhockey spielender Damen wider, Betätigungen, die ihren Tribut von der Einrichtung fordern und zu einer unangenehmen Unterredung mit Major Privett-Clampe führen, der eine Forderung nach mehr Renovierungsmitteln glattweg ablehnt.

Obgleich Firoz womöglich noch verschwenderischer ist als sein Bruder, ist er offenkundig der Liebling der Raj-Offiziellen.

Der Nawab bleibt trotz all seiner Wagen, Gesänge und Uniformen ein Mughlai-Prinz, der Typ eines traditionellen Monarchen, der sich für künstliche Bewässerung, Landvermessungen oder die vernünftige Verteilung landwirtschaftlicher Ressourcen nur wenig interessiert. Es ist für die britischen Berichterstatter offensichtlich, dass der Nawab mit größerem Vergnügen von einem Metall-Thali am Fußboden isst als von dem edlen Meißener Tafelgeschirr, das hervorgeholt wird, wenn man im Palast speist. Sie spüren die Leidenschaft in seinen Augen, wenn er ein persisches Verspaar rezitiert oder eine Emaillearbeit in den Händen dreht, und wissen, dass er sie, die Briten, in seinem Herzen als eine Störung ansieht und ihre achtzigjährige Macht über sein Land als eine Episode in einer viel längeren Geschichte unter dem Halbmond des Islam.

Firoz andererseits ist süchtig nach Neuem. Obgleich das die britischen Gefühle beunruhigt, die mehr auf Vergangenheit als Zukunft eingestellt sind, steht es (glauben sie) im Einklang mit dem Fortschrittsgeist der Zeit. Nichts versinnbildlicht die Modernität des Prinzen vollkommener als das Privatkino, das er in dem kleineren seiner zwei Ballsäle hat einrichten lassen. Mehrmals die Woche treibt er die brasilianischen Glücksspieler und die amerikanischen Schauspielerinnen, die Rennfahrer, Pilotinnen und unfähigen jüngeren Söhne in einen verdunkelten Raum, in dem sie sich, einander befummelnd und mit Martinis herumplantschend, Mack-Sennett-Komödien ansehen. Und während Fatty Arbuckle noch eine Torte ins Gesicht fliegt und Carol oder Clara so tut, als habe sie die Hand nicht bemerkt, die sich an ihrer Unterwäsche zu schaffen macht, späht Firoz durch die Dunkelheit und sagt sich, dass er kein kriecherischer Eingeborener ist, der ignoriert, wie es auf der Welt zugeht.

Tagsüber werden die Gäste mit Polo, Tennis und Shikar unterhalten, der einzigen Betätigung, an der alle Gruppierungen des Palastes, vom steifsten Briten bis zum schlaffsten Dandy, vom wildesten Mughlai-Höfling bis zur schüchternsten Erbin, teilnehmen und sich eins fühlen können. Das Blutbad unter den Wildvögeln an den Seen Fatehpurs ist eine Entlastung, ein vielschichtiges Ritual, das die Leidenschaften besänftigt, welche das Leben innerhalb der Palastmauern beherrschen. Eine Jagdpartie in Fatehpur ist immer eine fröhliche Sache. Sogar eine oder zwei der Zenana-Frauen dürfen daran teilnehmen, und so kommt es, dass auch Pran mit dabei ist und zum ersten Mal die berühmte Mrs. Privett-Clampe zu sehen bekommt.

Wie üblich liegt dem Ganzen das diplomatische Protokoll zugrunde. Von den Ehefrauen der verschiedenen Spieler in der Politik Fatehpurs wird erwartet, dass sie ihren Männern in der heikelsten Heimarbeit des Raj – dem Schließen von Bündnissen – beistehen. Und so ist Mrs. Privett-Clampe, obwohl sie zweimalige Gewinnerin des Annandale Ladies Cup war und von Gilgit bis Bharatpur überall geschossen hat, ab und zu verpflichtet, die Demütigungen des Purdah-Schießstandes über sich ergehen zu lassen. Dieser Bau, in diskreter Entfernung von den anderen Schießständen gelegen, blickt auf den Sultan Jheel, den größten der Seen Fatehpurs, und ist gegen neugierige Blicke (von Enten wie von Menschen) durch raffiniert angelegte Schutzwände gesichert. Von außen sieht er aus wie jedes x-beliebige hohe Schilfdickicht, mit denen das Sumpfland bestanden ist, aber drinnen ist er genauso gut ausgestattet wie die anderen königlichen Schießstände. Segeltuchstühle, Haken für Jacken und Hüte, ein Korb mit Erfrischungen und ein Tisch, dessen nummerierte Fächer mit Schrot und Patronen voll gestopft sind, sind dazu angetan, eine morgendliche Jagd erfreulich und angenehm zu machen. Um religiöse Verwicklungen mit Ladehelfern und Sammlern zu vermeiden, da Männer aus dem Palast diese Arbeiten offensichtlich nicht verrichten dürfen, werden stattdessen speziell geschulte Mägde und ein paar brummige Hijras dazu herangezogen.

Für Charlotte (»Charlie«) Privett-Clampe ist die Tatsache, von einem Rudel Kerlen in Saris umgeben zu sein, nur einen Hauch erträglicher, als es der Anblick von Frauen in Hosen für ihren Vater gewesen wäre. Trotzdem, die Lasten, die Engländerinnen in Indien zu tragen haben, sind schwer, und es war nie ihre Art, sich vor der Verantwortung zu drücken, vor allem, wenn »unser Zivilisierungsauftrag« auf dem Spiel steht. Während die Jagdgesellschaft an den Seen anlangt und die Positionen zugewiesen werden, beklagt sie sich nicht, als die Männer und die anderen europäischen Damen aufgeregt zu ihren Plätzen eilen, indes ihr Gatte mit einem zu Besuch weilenden Colonel vom Kavallerieregiment Hodson's Horse ein paar kameradschaftliche Schlückchen Whisky pichelt. Stattdessen beißt sie die Zähne zusammen und versucht, mit Zia Begum und Amina Begum, den jüngeren Ehefrauen des Nawab, Konversation zu treiben. Keine von beiden hat eine Meinung über das Wetter. Keine von beiden spricht im Grunde ein Englisch, das diese Bezeichnung verdient. Der Tag, fürchtet sie, wird lang.

Pran seinerseits ist ziemlich eingeschüchtert von der strengen, nicht mehr jungen Memsahib, die zwischen den beiden Hofdamen dahergeschritten kommt. Sogar Zia Begum, die für ihren miesen Charakter bekannt ist, wirkt kleinlaut und geschrumpft neben dieser athletischen Gestalt, deren verbeulter Tropenhelm die hüpfenden Häupter ihrer Begleiterinnen mindestens um anderthalb Fuß überragt. Als Mrs. Privett-Clampes Kommandostimme über den stillen See hinweg erschallt, fragt Pran sich, ob der Major Jungs vorzieht, weil er vor seiner Frau Angst hat. Eine solche Frau um eine Liebeshandlung zu bitten, könnte unklug sein.

In der Tat nimmt Geschlechtsverkehr auf Charlie Privett-Clampes Liste angenehmer Freizeitbeschäftigungen keinen hohen Stellenwert ein. Ganz bestimmt keinen so hohen, wie Enten zu schießen oder an einer Parforcejagd teilzunehmen. Sie und Gus hatten keine Kinder, aber es ist ihr nie in den Sinn gekommen, das als Enttäuschung oder Versäumnis zu werten. Ihre mütterliche Zuneigung richtet sich vor allem auf die beiden Zwölf-Kaliber-Purdeys, die sie sich rechts und links unter den Arm geklemmt hat. Als sie am Schießstand angekommen ist, trödelt sie noch eine Weile draußen herum, atmet die feuchte Morgenluft und rückt die Polsterung an ihrer Schussschulter zurecht. Ihre Ladehelferin, eine Dienerin aus dem Palast, die vor ihrem Pidgin-Urdu zusammenzuckt und aussieht, als spielten in ihrem Leben Kosmetika eine größere Rolle als Gewehrpatronen, wird sich fraglos als totaler Fehlschlag erweisen. Trotzdem, wenn sie Glück hat, könnte sie von den Gadwall-Enten, die unbekümmert über ihren Kopf hinwegfliegen, ein Pärchen oder zwei erlegen.

Zu seiner Bestürzung erfährt Pran, dass seine Aufgabe es sein wird, die geschossenen Vögel einzusammeln. Noch beunruhigter ist er, als Yasmin ihn in ein schmales Flachboot schiebt und beginnt, es ins Wasser vor dem Schießstand hinauszustaken.

»Knallen sie uns denn hier nicht ab?«, fragt er die junge Hijra, die Schwierigkeiten hat, den Staken aus dem Schilf herauszuhalten.

»Höchstwahrscheinlich«, antwortet Yasmin düster. »Amina Begum ist eine miserable Schützin. Und Zia Begum könnte absichtlich tief zielen, einfach bloß aus Jux und Tollerei.«

Das tut Prans Stimmung ganz und gar nicht gut, aber er hat keine Zeit nachzudenken, denn eine Trillerpfeife schallt über den See, und die Treiber beginnen mit ihrem fernen Getöse, das sie mit Trommelschlägen und Pfiffen veranstalten. Ein Schnepfenschwarm fliegt über das Wasser weg, und die Hölle bricht los, als fünfundzwanzig Flinten versuchen, sie zur Strecke zu bringen. Unwillkürlich schmeißt Pran sich in voller Länge auf den Boden des Bootes, womit er Yasmin um ein Haar in den See schleudert.

Die folgenden zwei Stunden kauert Pran in dem Boot und langt über die Seite, um Vogelleichen aus dem Wasser zu fischen und ihnen manchmal unter Yasmins Anleitung die Hälse durchzuschneiden, um sie halal zu machen. Er lebt in ständiger Angst, dass das nächste Opfer er ist, aber Yasmin macht ihn darauf aufmerksam, dass sie als Steuermann aufrecht stehen muss und so in viel größerer Gefahr ist als Pran. Während die Sonne höher steigt, beginnen ihre Hände und Kleider nach Vogelblut zu stinken, was den Tod noch gegenwärtiger und greifbarer erscheinen lässt.

Unterdessen erleben die Privett-Clampes in ihren jeweiligen Schießständen ein herrliches Morgenvergnügen. Der Sultan Jheel ist ein Rastplatz für alle möglichen Wasserzugvögel, und heute haben nur herzlich wenige das Glück, lebend zu entkommen. Spießbekassinen und Streifengänse fallen massenweise vom Himmel, aber die Enten sind es, die am schlimmsten dran sind. Der Tod trifft Stock-, Krick-, Tafel- und Löffelenten gleichermaßen, und bald türmen sich in Prans Boot die gefiederten Leichname. Im Purdah-Schießstand werden die beiden Palastdamen von Charlie völlig deklassiert; sie können sich nur schwer konzentrieren, weil die Amazone neben ihnen ständig ihre unterwürfige Ladehelferin anschreit, laufend Kommentare über die Leistungen der beiden Begums abgibt und unentwegt »Hurra!« und »Verflucht!« und »Mist!« und »So ist's recht!« schreit, sodass sich Zia Begum so allmählich fragt, warum die Engländer statt ihrer Söhne nicht ihre Ehefrauen in den Krieg schicken. An anderer Stelle schießt der Major, stets introvertierter als seine Frau, gleichmäßig, phlegmatisch, während er die »Gutte Schusse, Sahib!«-Rufe seines Ladehelfers mit einem Grunzen und einem Seitenblick zu Carter von den Hodsons quittiert, um zu kontrollieren, ob der seine jüngste Heldentat bemerkt hat. Hat Carter ausnahmslos, tut aber stoisch so, als hätte er nicht.

Für den Major stellt die Schlächterei des Tages eine Atempause dar, einen Augenblick abseits eines Lebens, das er immer vertrackter findet. Augustus Privett-Clampe ist ein Mann, dessen Existenz einst absehbar und unter Kontrolle zu halten war wie etwas, das man in den Händen herumdrehen und von allen Seiten betrachten kann. Es war ein Leben, erinnert er sich, wie die Taschenflasche an seiner Hüfte oder das Gewehr, dessen Lauf seine Hand durch deren ledernen Schutzhandschuh hindurch so angenehm erwärmt. Sollte man seine Akte im India Office aufschlagen, so würde man dort nichts als Erfolge verzeichnet finden. Alkohol und Sodomie kommen in den Vermerken nicht vor. Warum also trinkt der Major seinen ersten Whisky schon früh um neun? Warum lässt er sein treues Eheweib für die Verderbtheiten eines Mischlingsjungen im Stich? Warum sitzt er stundenlang grübelnd in seinem Büro und denkt (wie es bei Versagern

Tradition ist) an die Dienstpistole in der verschlossenen Schublade an seiner Seite?

Unter der sengenden Sonne der North-West-Frontier wäre so etwas unmöglich gewesen. Dort schaute ein junger Privett-Clampe, seit kurzem in Indien, seit kurzem mit der Last eines königlichen Offizierspatents auf den Schultern, zu den schneebedeckten Gipfeln des Pir-Panjal-Gebirges hinauf und glaubte, im Himmel angekommen zu sein und nie mehr von dort fortzugehen. Die Garnisonsstadt Abbotabad war ein herrlicher Ort für einen jungen Offizier, vor allem für einen, der beim ältesten Regiment des Standorts Dienst tat, der Prince Victor's Own 1st Punjab Cavalry. Peschawar, 'Pindi und Simla waren schnell zu erreichen, und auch wenn die Stadt selbst nur Durchschnitt war, so war doch die Offiziersmesse wie eine blau-scharlachrote Bruderschaft, in der anstrengende Bockspringpartien (Spiele, bei denen Zivilisten die Hosen verloren, Augen blau geschlagen, Stühle und Tische zertrümmert und jemandes Monatsrechnung schmerzlich in die Höhe getrieben wurde) nicht nur geduldet, sondern vom CO, dem Kommandierenden, gefördert wurden.

Ein Daly's-Mann (wie sie seit den Nabob-Zeiten immer noch genannt wurden, als ihr Kavallerieregiment schlicht Daly's Horse hieß) führte die Messe, und wenn die Morgenparade vorbei war, gab es nichts zu tun, als von diesem Umstand Gebrauch zu machen. Die Umgebung bot ausgezeichneten Zeitvertreib, und es war nur natürlich, nur recht und billig, dass Privett-Clampe ein eifriger Anhänger der Saujagd wurde.

Es gab, wie der dreiundzwanzigjährige Privett-Clampe jedem mitteilte, der in Reichweite kam, auf der Welt nichts Großartigeres als die Kameradschaft des Abbotabad Tent Club. Vom CO wusste man, dass er derselben Meinung war, und er verfügte, dass Wochenenden schon am Donnerstag beginnen könnten, um den zahlreichen Wildschweinjägern des Regiments mehr Zeit zu geben, ihre Kunst zu vervollkommnen. Sein sehnlichster Wunsch war, dass ein Daly's-Mann den Kadir Cup gewinnen würde, und eine Zeit lang sah es so aus, als könnte der junge Privett-Clampe,

PC genannt, ihm diesen Wunsch erfüllen. Alles an der Wildschweinjagd stimmte mit dem Temperament des jungen Offiziers überein, vom Gewicht des neun Fuß langen Bambusspeers bis hin zum Anblick der gebogenen Stoßzähne eines mächtigen Keilers, die über seinem Bett im Cantonment hingen. Nichts, erklärte er, versetze ihn in größere Erregung als der Ruf des Ober-Shikari: »*Woh jata hai!*«, wenn ein großes Wildschwein aus der Deckung hervorbreche.

Sollte er in der Messe niemanden zum Zuhören finden, spielte sich Privett-Clampe Sauhatz-Heldentaten in einer Art Schattentheater vor, wenn er nach der Parade unter seinem Moskitonetz lag. Finger wurden zu ungeduldigen Reitern, nebeneinander aufgereiht zwischen den Fahnen am Start einer Treibjagd. Die Treiber, die durch das hohe Gras schwirrten und in aussichtsreichen Dickichten mit ihren Stangen herumstocherten, wurden zu einem mit dem Mund gemachten Zischgeräusch. Danach ging es körperlicher zu, das Klatschen einer Faust in die leere Handfläche, als eine Sau ihren ersten Ausfall in die Freiheit macht, dann ein wahnsinniges Quietschen des Bettgestells, als der wilde Galopp Fahrt aufnimmt, die Sau eine erste unaufholbare halbe Meile davonprescht und der Mann an der Spitze sich im Sattel weit nach vorne beugt, um zu sehen, ob sie zu erreichen ist. Zu klein? Ein Weibchen? Dann die Enttäuschung eines waagerecht gehaltenen Speers, heftiges Ausatmen, scharfes Wenden und die Rückkehr zu einem anderen Treiben. Doch – oh! – falls es ein Renner war! (Und hier bei der Wiederholung wäre nichts als der Schrei selbst gut genug.) Der Ruf »Los! Los! Los!«, und es war an der Zeit, wie verrückt loszureiten, und die Bettstelle wurde bis in die Grundfesten erschüttert, und Mitoffiziere steckten manchmal die Köpfe durch die Tür, weil sie dachten, ganz was anderes ginge hier vor, und lachten sich schlapp, während PC in der Rolle der Sau zu ermatten begann, geschickt von links nach rechts ausbrach, die raffinierte, alte Teufelin, ihren Verfolger ins allerschlimmste Gelände lockte, ihn fast-aber-nicht-ganz in Gräben und Wasserläufe, auf verborgene Baumstämme oder in Dornen- oder Tamariskendickichte stürzen ließ, und – oh! – am Ende kam der Augenblick, aber erst, nachdem der heroische, junge Nimrod sein Ross bis an den Rand der Erschöpfung gehetzt hatte und die anderen Reiter weit, weit hinter ihm waren, erst dann machte die Sau kehrt und griff an, und es war Zeit, den Speer zu senken und ihn in die zarte Stelle gleich oberhalb der Schulter zu stoßen und den plötzlichen Aufprall ihres Gewichtes zitternd den ganzen Arm hinauf zu spüren, während sie sich in die scharfe, pikförmige Klinge rammte, und in diesem leidenschaftlichen Moment war alles vorbei, Zeit für ein rasches Glas von dem kalten Tee des Chai-Wallah und zurück hinter die Linie, um alles von vorn zu beginnen. Nichts ging drüber. Nichts auf der Welt.

Der junge PC bekam seine Tent-Club-Nadel (für zehn »erste Speere«) in seiner Anfangszeit in Abbotabad. Den Kadir allerdings gewann er nicht, er unterlag um Haaresbreite gegen einen Burschen vom Skinner's, aber sein zweiter Platz reichte aus, um ihn zum gefeierten Mittelpunkt des Regiments zu machen und ihm einen festen Platz im Herzen des CO zu verschaffen. Das Leben war wunderbar. Eine harte Schule hatte ihn gelehrt, die einzige Möglichkeit, sich einer Situation sicher zu sein, sei, sie fest zwischen die Beine zu klemmen, und nachdem er sich bei allzu vielen Malen am falschen Ende des Speers des House Captain befunden hatte, reichte Privett-Clampes Freude an der Saujagd tief. Das donnernde Pochen des großen Herzens eines Pferdes, wenn er es ungestüm über den holperigen Boden ritt, der Kitzel zu wissen, dass ein einziger Fehler zu einem Sturz oder dazu führen konnte, dass er auf entsetzliche Weise aufgespießt wurde, die köstliche Verbindung aus Vibrieren und Quieken, wenn »Old Crusty« sich auf neun Fuß gehärteten Bambus pfählte – all das erinnerte ihn daran, dass er ein Mann war, dass er die Oberhand hatte und die Welt und die Lebewesen darin ihm zur Verfügung standen, je nachdem, wie er es für richtig hielt.

Dieses gleiche Gefühl seiner Überlegenheit sah Privett-Clampe in den bewundernden Gesichtern seiner stolzen paschtunischen Sowaren widergespiegelt, wenn er sie bei der Morgenparade inspizierte. Sie waren eine fabelhafte Truppe, groß, gut gewachsen und geradezu pathologisch auf ihre Ehre bedacht. Wie alle indischen Armeeoffiziere war ihr junger Hauptmann darin geschult worden, die unterschiedlichen kriegerischen Eigenschaften der verschiedenen Rassen des Subkontinents zu erkennen. Seit der Katastrophe des Aufstandes war bekannt, dass der hinduistische Brahmane so verschlagen wie unzuverlässig war, als Soldat dem durchschnittlichen Muselmann zwischen Indus und Ganges weit unterlegen, der seinerseits dem kriegerischen Sikh und dem Paschtunen unterlegen war. Das waren die Rassen, für die der Engländer instinktiv Sympathie empfand. Indem er Rekruten fast ausschließlich unter ihnen anwarb, sorgte er für Generationen von treuen Soldaten, die ihren bevorzugten Platz in der Hierarchie aller Dinge begriffen und erbittert verteidigten. Diese Rassenunterschiede waren klar umrissen und selbst für den naivsten Inder einsichtig. Wenn man ihn mit dem glattzüngigen Kalkutta-Babu oder dem scheuen Kaschmiri verglich, war nicht zu leugnen, dass der Paschtune eine durch und durch echtere Sorte Mann war. Natürlich behandelten sie ihre Frauen abscheulich und hatten einen bedauerlichen Hang zur Sodomie, aber keine dieser Regungen beeinträchtigte die Armeedisziplin auch nur im Geringsten. Mehrmals führte Privett-Clampe seine Paschtunen ins Gebirge, brannte Dörfer nieder, um Grenzverletzungen zu bestrafen, und brachte Banden von Pferdedieben zur Strecke. Das waren die Zeiten lange vor den technisierten Schlächtereien des Stellungskrieges, als noch mit Ehre und Anstand gekämpft wurde. Privett-Clampe (und all jene, die einmal eine Unterkunft oder eine Speisetafel oder einen Eisenbahnwaggon mit ihm teilten) würde niemals den Tag vergessen, als sich einige Männer von der Infanterie mit einer Gruppe aus dem Stamm der Waziri über ein Tal hinweg einen Schusswechsel lieferten und einer von den Feinden herüberrief, die Engländer würden zu tief schießen, und sich erhob, um ihnen die Schussweite anzugeben. Das war der Paschtune, wie er leibte und lebte. Es gab keinen edleren Menschen im ganzen Empire, auch wenn er ein Feind war.

Mit Sauhatz und Paschtunen waren Privett-Clampes Herz und Hände völlig ausgefüllt. Auf die höflichen Erkundigungen der Gattin des CO nach seinen Heiratsplänen pflegte er verschämt zu antworten, er habe keine, und ihre Fragen mit der stoischen, aber traurigen Miene eines Verwundeten über sich ergehen zu lassen, der auf dem Schlachtfeld operiert wird. Dies war seine typische Reaktion auf weibliche Angelegenheiten, denn für ihn war der Umgang mit Frauen eine schwere Geduldprobe.

Das unsichtbare Kollegium reiferer Heiratsvermittlerinnen, die das gesellschaftliche Leben des Standorts dirigierten, durfte sich einen solchen Preis wie den jungen Nimrod natürlich nicht entgehen lassen. Teegesellschaften wurden mit dem einzigen Ziel abgehalten, Augustus unter die Haube zu bringen, und er wurde dazu gedrängt, zahlreiche und qualvolle Picknicks durchzustehen, auf denen junge Damen aus der »Fischereiflotte« frisch aus Southampton ihn sich mit Sonnenschirmchen und großen Augen und wohl berechneten Ohnmachtsanfällen zu angeln versuchten. PC pflegte sie zappeln zu lassen, dann ließ er sie abblitzen und brachte sie, enttäuschend unversehrt und unbehelligt, schließlich rasch zu ihren Anstandsdamen zurück.

Aber genau in dem Moment, als dic Kupplerinnenclique bösartig zu werden und ihn als plemplem abzustempeln drohte, lernte Augustus Charlotte Lane kennen. Wenn nicht Liebe, so war es doch zumindest Bewunderung auf den ersten Blick. Zuerst fiel sie ihm auf, als sie als Gast der Peschawar-Vale-Hounds-Treibjagd über einen äußerst heiklen Graben setzte. Die PVH jagten Schakale in einigen der besten Jagdgebiete Indiens. Privett-Clampe war ein geschätztes Mitglied und galt allgemein wirklich als sehr gut aussehend in seinem scharlachroten Rock mit dem blassblauen Kragen. Was ihn an dem Mädchen beeindruckte, war, wie gut sie den Sprung absolvierte. Als sich das Pferd zum gegenüberliegenden Ufer hin lang machte, beugte sie sich über dessen Hals und ließ sich sanft auf ihren Sitz zurückgleiten, als es landete. Er fand spontan, dass sie das sehr gut gemacht hatte, und sagte es ihr am gleichen Abend im Club.

Ihr gegenseitiges Werben, unter dem Zeichen des Pferdes geboren, stand von Anfang an unter einem guten Stern. Neben der Jagd trieben sie Polo, Schnitzeljagd und Tent-Pegging als Gelegenheiten, sich wieder zu begegnen, und dann taten sie jedes Mal so, als sähen sie sich zufällig, standen herum, die Hände in den Hosentaschen, und wippten auf ihren in Stiefeln steckenden Füßen vor und zurück. Keiner von beiden war aufs Tanzen versessen, aber Privett-Clampe stellte mit Entzücken fest, dass die junge Dame ebenso fabelhaft schoss, wie sie ritt. Als er sah, wie sie mit einer .275er auf hundertfünfzig Yards Entfernung eine Hirschziegenantilope niederstreckte, kam er zu der Überzeugung, dass er wohl verliebt sei. Sie war groß gewachsen und schlank, mit großen Händen und einer blonden Haarmähne, die gewöhnlich unter einen »Bombay Bowler«-Tropenhelm gestopft wurde. PC schätzte all dies ungefähr so wie eine gute Gangart oder eine elegante Fessel an einem Polopony. Wie Charlotte wohl unter ihren Kleidern aussähe, die Frage stellte sich ihm eigentlich nie, und es bedurfte jeder Menge Nachhilfen von »Büchsenöffner« Johnny Balcombe, ehe er begriff, wie und wo und wann er sie zu küssen versuchen solle.

Er war eine Pleite, der erste Kuss. Gus bereitete sich mehr oder minder darauf vor wie für einen Nahkampf und war vorher genauso nervös. Als Tatort hatte er sich den Schaukelstuhl auf der hinteren Veranda des Abbotabad Clubs erwählt, die eine eindrucksvolle Aussicht auf eine entsprechend romantische Bergkette und mindestens zwei Fluchtwege in Gestalt des Gartens und des Billardzimmers bot. Er unternahm die Attacke spätabends, während der letzten Stadien eines Abschieds-»Festes« für einen zivilen Polo-Kameraden, der den Dienstort wechselte. Zwar kamen ihm die Überraschung und der geschwächte Feind in Gestalt von Charlotte zugute, die mit mehreren Portionen eines leicht mit Alkohol angereicherten Früchtebechers traktiert worden war, dennoch war er mit seinem Mut vollkommen am Ende. Nachdem er ihre Stellung mit ein paar vom »Büchsenöffner« beigebrachten Phrasen über die Schönheit der Wildnis und die Wohlgerüche des

Abends sturmreif geschossen hatte, meinte er, er hätte seine Absichten hinreichend klargemacht, und unternahm einen Frontalangriff von solcher Heftigkeit und Ziellosigkeit, dass er mit der Stirn hart gegen ihren Nasenrücken knallte. Der Früchtebecher platschte auf das neue Kleid, gefolgt von mehreren Tropfen Blut. Beide waren vor Verlegenheit starr. Gus beorderte augenblicklich seine Truppen zurück, aber Charlotte, die von ihrer Mutter nach Indien geschickt worden war, um genau dies zu tun, war nicht bereit, so einfach aufzugeben. Sie klammerte sich an Gus' Hals und zog ihn wieder nach unten, und obgleich es eine Menge Rauch und Aufruhr und Ausflüchte gab, hatten am Ende der Kampfhandlungen beide Seiten zu einer Einigung gefunden. Eine Woche später gaben sie ihre Verlobung bekannt und wurden drei Monate später, wie es sich gehört, in der englischen Kirche von Peschawar getraut.

Die Hochzeitsnacht war genauso eine Pleite, wie sie der erste Kuss angekündigt hatte. Nach mehreren peinlichen Fehlschlägen vor den Mauern der Zitadelle versuchte Gus mit Gewalt eine Bresche zu schlagen, wurde aber von der aufgebrachten Charlotte endlich und endgültig aus dem Sattel geworfen, die das Ganze als Vergewaltigung und offenen Missbrauch empfand. Die Frischvermählten verziehen einander, war doch keiner von beiden von der nachtragenden Sorte, und machten sich daran, auf dem Bett Rommee zu spielen. Im Laufe der folgenden Wochen gediehen die Dinge ein wenig besser, aber die beiden Jungvermählten hielten sie nie für besonders vordringlich, und als sie im Jahr darauf einen langen Urlaub in Kaschmir machten, lebten sie bereits so keusch miteinander wie Bruder und Schwester.

Das Letzte, was sich den erlöschenden Entenaugen einprägt, ist immer wieder die glitzernde Lunge des Sultan Jheel mit den schwarzen Punkten der Schießstände, die in einer Bogenlinie quer über ihn hinweg angeordnet sind. Die Vögel trudeln in einem Geflatter aus Blut und Federn abwärts, klatschen ins Wasser, und Pran fischt sie heraus. Das Blutbad scheint endlos zu dauern. Als seine

Arme von Blut kleben und fast kein Platz mehr im Boot ist, sackt er erschöpft zusammen und bettet den Kopf auf das warme Kissen aus Entenleibern. Yasmin tut das Gleiche und lässt den Staken im Wasser neben sich treiben. Über ihnen geht das Gemetzel weiter, ein unregelmäßiges Geknatter von Gewehrschüssen, das von der Wasserfläche des Sees widerhallt.

Das Boot dümpelt weiter, und bald befinden sie sich in der Nähe des Schießstandes, in dem die britischen Offiziere auf der Lauer liegen. Schärfere Augen als ihre, Augen vielleicht der Geister, die die Bauern manchmal durchs Schilf huschen sehen, könnten im Stande sein, den gierigen Ausdruck auf dem Gesicht von Major Privett-Clampe zu erkennen. Er spiegelt sich auch auf anderen Gesichtern, am ähnlichsten auf dem von Charlotte Privett-Clampe, eine Gespanntheit um den Mund und ein Leuchten in den Augen, die sich in dem Moment zu verstärken scheinen, wenn der Finger den Abzug bewegt. Indem der Nawab ein Gewehr abfeuert und das nächste von seinem Ladehelfer entgegennimmt, trägt er diesen Ausdruck als grausames Schürzen der Lippen zur Schau. Selbst Firoz' Freundinnen, die mehr an die Art Vergnügungen gewöhnt sind, die man auf Tanzflächen, in Nachtclub-Toiletten oder den dunkleren Ecken von Hausparty-Gärten findet, stellen fest, dass sie der heftige Rückstoß gegen die Schultern, das Gewicht der heißen Gewehrläufe in ihren Händen sonderbar erregt. Doch niemand empfindet das Ganze stärker als der Major, für den diese Entladung für alle anderen als Ersatz dienen muss, als seine einzige Erlösung von all den Trieben, die so mächtig und fragwürdig in seinem Innern brodeln.

Die erste Zeit seiner Ehe war in Privett-Clampes Leben die glücklichste. Er hatte das Gefühl, er habe den Zenit des menschlichen Daseins erreicht und könne einer ununterbrochenen, mit Saujagden und Paschtunen ausgefüllten Ewigkeit mit seiner Frau an seiner Seite entgegensehen. Natürlich schlug genau in dem Moment das Unheil zu. Wie die Helden in Shakespeares Tragödien, die ihn in der Schule so ungeheuer gelangweilt hatten, besaß der junge PC einen tragischen Defekt. Im Gegensatz zu ihnen war seiner kein besonders dramatischer Riss durchs Dasein. Er lag unter der Oberfläche verborgen und tat sich in einer gewissen unspezifischen gravitätischen Attitüde kund, die er zur Schau trug, wenn er sich Unterhaltungen ausgesetzt sah, die er verwirrend oder unbedeutend fand. Sein Gesicht verfinsterte sich für einen Augenblick, und dann brach sich der Ausdruck edlen Nachsinnens in ihm Bahn wie ein Strahl hellen Sonnenlichts. Dieser Ausdruck hatte insofern etwas ganz Eigentümliches an sich, als, ganz gleich, was er als Nächstes sagte, und sollte er auch nur nach noch einem Glas Nimbu-Pani schreien, es sich immer so anhörte, als wäre es das maßgebliche letzte Wort zu dem gerade diskutierten Thema.

So überzeugend war diese Masche, dass sie Privett-Clampe nach und nach den Ruf eines Mannes von durchdringender Intelligenz eintrug. Der war vielleicht nicht verdient, aber der Major unternahm kaum Anstrengungen, dem entgegenzutreten. Wer würde das schon tun? Dies ist die Art kleiner Schwächen, die jeder, auch der syphilitischste Renaissancedramatiker, zu verzeihen sich verpflichtet fühlen würde. Doch sie reichte hin, um ihn aus dem Garten Eden von Abbotabad zu vertreiben und in einem Morast der Unsicherheit versinken zu lassen, aus dem er sich nie mehr befreien konnte.

Anlass zu seinem Sturz war eine Unterhaltung mit einem gewissen Mr. Wiggs; Auslöser war ein Nieser. Wiggs war im Daly-Kasino ein unwillkommener Gast, weil er beharrlich über Politik redete. Neben Frauen war Politik als Thema absolut verboten. Doch Wiggs, der als Anwalt ausgebildet war, vertrat die Meinung, dass darunter nur Parteipolitik zu verstehen sei, während sein Thema die Übel nationalistischer Agitation waren, ein Hauptgegenstand in Clubs und Gemeinschaftsräumen in ganz Indien. Genau genommen hatte er Recht. Doch unter »Politik« versteht ein Offizier der Ersten Punjab Cavalry »alles, was mich langweilt«, was Mr. Wiggs' Monolog vollkommen umschrieb. Als er forderte, dass absolut jeder Aufrührer, jeder Verteiler staatsgefährdender Schriften und jeder emporgekommene Babu zeit seines Lebens auf die Andamanen verbannt werden müsste, wurde seine Ansicht, auch wenn sie als vernünftig galt, mit steinerner Gleichgültigkeit quittiert. In uniform demonstrierter Indifferenz wurden die ganze lange Tafel entlang eingehend Fingernägel betrachtet und Oberlippenbärtchen gegen Nasenlöcher geknittert. Privett-Clampe, mit seinem auf »tiefsinnig und feierlich« getrimmten Blick im Gesicht, bemerkte nicht einmal, dass die Ausführungen sich ihrem Ende näherten. Er war zu vertieft in eine Träumerei, die sich um Victoria-Biskuittorte drehte, woran man in Indien nur mit Schwierigkeiten kam.

In diesem Moment geschah es, dass er nieste.

Der Nieser machte Mr. Wiggs auf ihn aufmerksam, der sich in der plötzlichen Eiseskälte des Kasinos nervös nach Bundesgenossen umsah. Er bemerkte den kontemplativen Gesichtsausdruck des jungen Mannes und kam zu dem Schluss, dass dies endlich jemand sei, der die Feinheiten einer Beweisführung zu schätzen wisse. Privett-Clampe, törichter Spielball des Schicksals, schaute auf und geriet in Blickkontakt mit Wiggs. Und da er meinte, er würde besser eine Bemerkung machen, sagte er: »Ja, sicher«, und nickte lebhaft.

Damit war die Sache entschieden. Wiggs (der irgendwas Todlangweiliges in Delhi machte) schnappte ihn sich zu seiner Bestürzung, als sich die Gesellschaft zum Rauchen zurückzog. In einem unangenehm dunklen und rätselvollen Ton bemerkte er, Lieutenant Privett-Clampe sei ein junger Mann, dessen Talente vergeudet würden. Privett-Clampe, der fühlte, dass kaum ein Tropfen von ihnen nutzlos vertan wurde, entschied sich trotzdem, lieber nicht zu widersprechen. Er sagte dem alten Knaben einfach tausend Dank und entwischte, sobald es irgendwie machbar war. Wie sollte er denn wissen, dass Mr. Wiggs (der trotz seiner gesellschaftlichen Fehlschläge ein Mann von Einfluss war) in der Einsamkeit seines Gästezimmers beschließen würde, »ihm auf die Beine zu helfen«? Wie konnte er vorhersehen, dass diese Absicht augenblicklich in einem Brief in die Tat umgesetzt wurde, der einen Abschnitt enthielt, in dem »ein junger Mann mit klugem politischem Urteil, mit echtem Gespür für die Probleme der Region« beschrieben wurde? Wer konnte ahnen, dass sein Empfänger, ein gewisser Colonel Brightman, den Namen des klugen Jungen in ein Memorandum setzen würde, das genau zur rechten Zeit über den Schreibtisch von niemand anderem als Sir David Handley-Scott wandern sollte? Wer hätte gedacht, dass Sir David bei diesem Namen kurz innehielte, zu dem Schluss käme, dass es sich ja tatsächlich um den Jungen aus dem PVH handele, und ihn mit einem Rotstift einkringeln würde?

Aber so geschah es. Drei Monate später wurde Privett-Clampe zum Captain befördert und zum Indian Political Service abkommandiert, einer der begehrtesten Dienststellen im Empire. Für jeden anderen wäre dies ein Anlass zum Feiern gewesen. PC war entsetzt.

Es war ein Schreibtischjob.

Da musste irgendein Fehler passiert sein. Doch sosehr er sich beklagte, sooft er auch zum CO ging oder nach London schrieb oder sich betrank und Wiggs als lästige, Süßholz raspelnde Sau beschimpfte, niemand nahm ihn ernst. Entweder dachten sie, er nehme sie auf den Arm, oder sie führten alles auf eine plötzliche Krise seines Selbstvertrauens zurück.

Es war nichts mehr dran zu ändern. Im Alter von neunundzwanzig Jahren betrat Captain Privett-Clampe in Simla eine Welt voller Schreibtischarbeiten und Intrigen, in der er bei der höllisch komplizierten Aufgabe mithalf, Beziehungen zwischen der Krone und den hunderten von indischen Staaten auszuhandeln. Beim IPS zählten nur zwei Dinge – Protokoll und Gerissenheit. Wenn man es unterließ, dem richtigen Mann zur richtigen Zeit ein Messer in den Rücken zu rammen, und zwar während man gleichzeitig peinlich genau alle Regeln der Rangordnung und der Tradition beachtete, konnte das entsetzliche Folgen haben. Ein einziger Schnitzer, ein einziges unangebrachtes Wort, und man konnte einen »Vorfall« am Hals haben. Es war verwirrend, und obgleich es nach wie vor Polospiele, Sauhatzen und die PVH gab, bemerkte

Privett-Clampe, dass ihn seine Arbeit überall hin verfolgte wie ein streunender Hund, der selbst mitten in der vergnüglichsten Jagd oder hart umkämpften Chukka eigensinnig sein Geheul hören ließ. Binnen eines Jahres gruben sich die ersten Falten in sein Gesicht, und ein regelmäßiger Whisky-Fahrplan hatte sich abzuzeichnen begonnen.

Um alles noch schlimmer zu machen, trieb die Mischung aus Langeweile und Geheimhaltung einen Keil zwischen Privett-Clampe und seine Frau. Charlotte war eine unkomplizierte, direkte Frau, die kaum verstehen konnte, was Gus mit all den Papieren *tat*, die er jeden Abend bedrückt in ihren gemeinsamen Bungalow schleppte. Ihre Fragen erfüllten ihn mit Verzweiflung. Wie sollte er ihr begreiflich machen, dass er seine Tage voller Angst zubrachte, wobei er erst eine und dann eine andere der hastig hingeschriebenen Listen konsultierte, die er in die Taschen seiner Uniform stopfte?

Charlotte beschloss, das Beste daraus zu machen, und stürzte sich in die festgelegten Aufgaben der Burra Memsahib, indem sie die Dienerschaft terrorisierte und das Ausgabenbuch des Kochs doppelt und dreifach kontrollierte. Der Mali musste sich noch mehr bemühen, um die empfindlichen englischen Blumen in der Hitze zum Wachsen zu bringen. Der Dirzi musste den Anzug des Herrn bis auf den letzten Stich genau nachschneidern und dabei weniger Stoff verbrauchen, als er gebraucht haben würde, um einen Kinderrücken zu bekleiden.

Die Jahre nahmen in einer leichten Abwärtsneigung ihren Fortgang. Trotz Privett-Clampes nicht vorhandener Befähigung für seinen Job und trotz des Rufs des IPS als eines Dienstes, in dem nur die Begabtesten sich hervortun konnten, handelte es sich in Wahrheit dennoch um reine Aktenkrämerei, bei der seine unzweifelhafte Pünktlichkeit und die eindrucksvollen Papierstapel, die sich zu beiden Seiten seines Schreibtischs türmten, ausreichten, um seine Karriere in Schwung zu halten. Wäre ihm das klar geworden, er hätte sich möglicherweise bemüht, zu spät zum Dienst zu kommen und die Füße auf den Tisch zu legen, wenn sein Vorgesetzter im Korridor vorbeikam. Leider tat er es nicht, und seine Personalakte blieb ohne Tadel.

Schließlich wurde er als zweiter Mann in einen der größeren Rajputen-Staaten abkommandiert. Zum Entsetzen der übergeordneten Machtbehörden hatte der Maharaja einen Hang zum sexuell Bizarren, und eine Reihe von Vergewaltigungsklagen waren gegen ihn angestrengt worden. Privett-Clampe sah sich augenblicklich in die Details des Privatlebens des Maharajas hineingezogen, in dem argentinische Tangotänzerinnen, Barsois und ein bestimmter Regimentslieferant für Zaumzeug aus Jaipur eine Rolle spielten. Gus war schockiert. Je tiefer er grub, desto schlimmer wurde es. Engländerinnen. Englische Hundezuchten. Er musste ein französisches Wörterbuch griffbereit haben, nur um die Berichte entziffern zu können. Als er herausfand, dass es nicht seine Aufgabe sei, dem Kerl eine gesunde Abfuhr zu erteilen, sondern vielmehr die Dinge zu vertuschen, kriegte er es mit der Verzweiflung zu tun und begab sich auf eine ungeheure Sauftour.

Vielleicht war die Sache nicht zu vermeiden. Charlotte und er hatten aufgehört, mehr als nur die allerelementarsten Höflichkeiten miteinander auszutauschen. Die Kiste Whisky war angenehm, sie wurde von einem Kameraden direkt aus Glen-irgendwo herübergebracht. Der pure Arbeitsumfang hatte ihm dies Jahr wenig Zeit zur Sauhatz gelassen. Und so fand er, den Kopf mit *cuissade* und *frottage* und *soixanteneuf* angefüllt, den Weg in ein einheimisches Bordell. Dort ließ ihn die Empfangsdame, als sie sah, dass er kein echtes Interesse an ihren Mädchen hatte, mit einem Jungen im Zimmer allein.

Am nächsten Tag suchte er voller Abscheu um die Rückversetzung zur Kavallerie nach. Die Versetzung wurde abgelehnt. Ein anstrengendes Programm, bestehend aus Tennis und Morgenritten, konnte ein schleichendes Gefühl, verdammt zu sein, nicht mildern. Und auch wenn er sie vielleicht zu unterdrücken versuchte – obszöne Gedanken, seltsam vermischt mit Sauhatz und Schülertagen, tauchten in seinem Kopf immer wieder auf. Das Einzige, was sie im Zaum hielt, war das Saufen, aber eines Abends trank er wieder zu viel und fand sich erneut in dem Bordell. Ein Kreislauf wurde in Gang gesetzt. Ein letzter Schlag wurde ihm versetzt, als er sich bei einem Sturz beim Polo ein Bein brach. Das Bein heilte schlecht zusammen und fühlte sich auf Dauer steif an. Eine Rückkehr zur Kavallerie stand nun ganz und gar außer Frage. Privett-Clampe wurde mit so etwas wie blankem Entsetzen klar, dass er mit seinen inzwischen neununddreißig Jahren den Rest seines Lebens hinter einem Schreibtisch verbringen würde.

Charlotte bemerkte das Trinken ihres Mannes und war ehrlich bestürzt darüber, dass für den alten Knaben das Reiten nicht mehr so mühelos war wie früher. Aber sie hatte gewiss nicht das Gefühl, dass sie wirklich mit ihm darüber *reden* könnte. Sie hatte ihr eigenes Leben, indem sie den Haushalt führte und sich ausgedienter Kavalleriepferde annahm, indem sie ihnen auf einem Grundstück in der Nähe von Rawalpindi Weideland besorgte und sie so vor der Leimfabrik bewahrte. PC fand das sinnlos und sentimental. Ihre Rollen wurden so starr und unveränderlich wie das Donnerstagabendessen des Kochs, bestehend aus Hammel-»Kottlett« und Pudding mit »Fanille«-Soße.

Der Kriegsausbruch ließ in beider Herzen einen Hoffnungsschimmer aufglimmen. Wenn das Heimatland in solch schrecklicher Not war, würde der Captain seinem Schreibtisch doch sicher entrinnen können? Doch als Reaktion auf Privett-Clampes Brief, in dem er seine Dienste auf dem europäischen Kriegsschauplatz angeboten hatte, beförderte ihn London und versetzte ihn nach Fatehpur. Er zerriss das Memorandum und suchte in einem zweiten Brief um Palästina nach, von dem er meinte (weil es auf halbem Wege lag), es könnte ein Kompromiss sein. Aber es kam die Bestätigung seiner Versetzung mit dem Befehl, sich unverzüglich an seinem neuen Dienstort einzufinden.

Und so stellt Fatehpur für Major Privett-Clampe das Ende der Welt dar. In dieser Öde besteht sein Personal aus einer ständig wechselnden Gruppe ICS-geschulter junger Beamter wie Flowers. Mit ihrer Arroganz der »vom Himmel Gefallenen« und ihrer Angewohnheit, in Sätzen miteinander zu reden, die ausschließlich aus Lateinzitaten bestehen, lassen sie ihn sich noch verlassener fühlen, als er es eh schon tut. Er kann sie sich kaum als Menschen denken – in ihren glatt gebügelten Hemdbrüsten und ihren steifen Gehröcken sehen sie eher wie ein Schwarm Stelzvögel aus. Und wenn er dabei ist, seinen Morgenkater zu kurieren, bringt allein schon der Anblick eines von ihnen, wie er in seiner Tür hockt, seinen Zeigefinger zum Jucken. Was die Juniors betrifft, so machen sie keinen Hehl daraus, dass sie sich *(si parva liceret componere magnis)* für weitaus kompetenter halten als das Alte Walross, und man bemerke doch nur *(pro pudor!)* die unverkennbaren Zeichen des *delirium tremens*, wenn er sich bemüht, in der Morgensitzung seine Pfeife anzuzünden.

Das Walross, blau von heimischem Whisky, hat es auch aufgegeben, gegen seine sexuellen Neigungen anzugehen. Neue Tiefen lotete er aus, als er Flowers, einem Menschen, den er als die schlimmste Spielart einer Büroschwuchtel verabscheute, gestattete, ihn mit dem hübschen Jungen bekannt zu machen, den er in seinen Gedanken Clive nennt. Clive hat so viele widerstreitende Gefühle in seiner Brust entfacht, dass er kaum weiß, wo er anfangen soll. Es gibt keinen Zweifel. Der Major hegt *romantische* Gefühle für ihn. An seinem Begehren, sagt er sich, ist nichts Ausbeuterisches. Eines der wenigen Dinge, die in seinem Kopf über die Griechen hängen geblieben sind, war ihr bewundernswerter Brauch der Knabenliebe. Seine besoffenen Plackereien erscheinen ihm in einem verklärenden Licht. Jetzt ist er sich ganz sicher, dass ein Anteil weißes Blut durch die Adern des jungen Mannes rinnt, und das Gefühl, ein Mentor zu sein, ein Führer durch die Gefahren und Fallgruben des Lebens, wird immer stärker.

Clives Abneigung zu reden wirft ein Problem auf. Der Major würde sich besser fühlen, wenn der Junge nicht derart den Eindruck erweckte, er wäre nur auf Druck da. Er träumt von Fahrten ins Gebirge. Er könnte dem Burschen sogar das Schießen beibringen! Doch trotz seiner Vermutungen, dass die meisten seiner IPS-Untergebenen und nahezu alle Palast-Edelleute es genauso treiben, ist eine gewisse Geheimhaltung vonnöten. Im Laufe der

Wochen nimmt das schlechte Gewissen den Major immer fester in den Griff. Der durch Whisky gedämpfte Verdacht, dass er etwas Verkehrtes tun könnte, wird in seinem Innern immer bedrohlicher fühlbar.

Es wird heißer, und allmählich fordert Privett-Clampe Clive immer seltener auf, sich auf den Bauch zu legen, und immer öfter, laut vorzulesen. Zu seiner Überraschung ertappt sich der Major dabei, dass er sich nach einem fast textlosen Leben bereitwillig dem geschriebenen Wort zuwendet. Natürlich hat er nichts mit solch langweiligem, hochtrabendem Blödsinn am Hut (Tolstoi, du liebe Güte! Reiner Bolschewismus!), wie er von den Jungs vom IPS propagiert wird. *Jorrocks's Jaunts and Jollities* ist eher nach dem Geschmack des Majors. Auch ein guter Reim erfüllt den Zweck, alles mit einem klaren Metrum und aufwühlendem Gefühl. Oft lässt er Clive *Gunga Din* oder *The Charge of the Light Brigade* vortragen, während er was Pädagogisches in seiner Hose veranstaltet.

Schließlich beginnt, wie es eben so geht, Privett-Clampes edle Fiktion sich mit der Wirklichkeit zu decken, und sogar das Gefummele in der Hose hört auf. Clives Akzent wird immer besser, und der Major begnügt sich damit, seinen Protegé mit verschwommenem Blick zu betrachten, während der gerade dasteht und deklamiert.

»O ja«, murmelt der Major. »Lass es klingen. So ist's recht.«

Das Surren eines Projektors. Weißes Licht ergießt sich auf eine Leinwand und wirft die Silhouetten von einem Dutzend modisch hohlen Köpfen darauf. Mit angeklatschten, gekräuselten, kurz geschnittenen und pomadisierten Haaren fläzen sich Prinz Firoz und seine besonderen Freunde in einem verdunkelten Ballsaal auf roten Plüschsesseln, schlaffe Fleischanhängsel ihrer strengen Frisuren. Die Überreste irgendeiner Betätigung liegen zu ihren Füßen: einer sportlichen oder sexuellen oder denkbarerweise irgendeiner schicken von der Riviera stammenden Kombination aus beidem. Was auch immer es war, es ist jetzt vorüber, und Diener sammeln Kamisole und Florette auf und richten den Raum für eine von Firoz' berüchtigten Filmvorführungen her. Livrierte Bedienstete haben den mit Opium voll gedröhnten Revuetänzerinnen und übersättigten Reedereierben sanft zugeredet, sich aus dem Knäuel am Boden zu lösen, sie abgebürstet und vor die Leinwand gesetzt. In Position gebracht erscheinen sie trotz einiger schief hängender Doppel-Windsors und verrutschter Stirnbänder erschreckend, beängstigend attraktiv. Diese Fähigkeit, perfekt auszusehen, selbst wenn sie unter den stärksten Drogen stehen, die man mit Firoz' Geld kaufen kann, ist die Fertigkeit, über die sie alle verfügen, das Talent, das sie aus der bloßen Modeherde auserwählt und hierher nach Fatehpur gebracht hat. Heute Abend übertreffen sie sich selbst, denn für heute Abend hat Firoz eine sehr spezielle Darbietung versprochen.

Ja, Sir, Cornwell Birch ist zurück in der Stadt. Birch, frisch eingetroffen aus der Stadt der Engel mit einer Fuhre des Allerneuesten, was es an Filmunterhaltung gibt. Birch, der in etwas gekleidet ist, worunter sich ein Schneider aus Los Angeles einen tropischen Abendanzug vorstellt (gelber Seidenanzug, grüne Gamaschen), und eine protzige Double Corona raucht. Birch, ehemals Burcz, Name in Ellis Island geändert, Cornwell, weil's so vornehm östlich klingt. Wer immer ihn mit Firoz bekannt gemacht hat, sollte sich schämen, aber er hat sicherlich etwas in Bewegung gesetzt. Birch kommt nach Fatehpur, um sein neuestes Werk vorzustellen, aber auch um etwas Neues zu machen, vielleicht so etwas wie eine kleine Wochenschau, Szenen aus dem Leben im Palast des Maharajas, diese Art Sachen, aber öfter Filme äußerst spezieller Natur, über die er lieber nicht reden würde, es sei denn, jemand am Tisch kann sich für ihn verbürgen.

Aber im Moment raucht er und hört mit halbem Ohr Firoz zu, der über die neuesten politischen Entwicklungen flucht und wütet. Politisch im weitesten Sinn. Für Firoz ist Politik hauptsächlich eine Frage der Apanage, will sagen *seiner* Apanage (deren jämmerlich unangemessene Höhe), und ob er jemals in der Lage sein wird, irgendetwas von dem Kapital, das in den königlichen Ländereien angelegt ist, in die Hände zu bekommen. Dann könnte er es in etwas Nützliches, wie zum Beispiel Manschettenknöpfe, verwandeln. Oder ein Aquarium. Was immer er auch braucht (er ist sich nicht ganz sicher, aber er weiß, *irgendetwas* braucht er), er könnte viel müheloser daran kommen, wenn er Nawab wäre. Und jetzt macht sein Bruder Schwierigkeiten. O Mächtiges Schwert und Starker Schild von Fatehpur! O Herrscher, unfähig, eine Erektion, die dieser Bezeichnung würdig wäre, beizubehalten! Wie der Versuch, eine Auster in einen Münzschlitz zu schieben, offenbar; er hat es aus gut unterrichteter Quelle. Vielleicht doch kein Aquarium. Vielleicht einen Kurort mit heißen Quellen und Bediensteten in weißen Uniformen. Sollte er jemals die Chance bekommen, richtig an Geld zu kommen, darf auf jeden Fall seinem impotenten Bruder nicht gestattet werden, einen Erben zu adoptieren.

Das ist der Punkt, wo es politisch wird.

Die neueste Meldung ist, dass in drei Tagen Sir Wyndham Braddock, der Resident für die Vereinigten Punjab-Staaten, mit Lady Aurelia eintreffen wird, um einen Tiger zu schießen, zu viel zu essen und sich auf Kosten des Staates Fatehpur einfallsreich verwöhnen zu lassen. Ein Protokollbesuch. Zweifellos wird Murad ihn um seine Erlaubnis bitten, einen Nachfolger zu adoptieren, und Sir Wyndham wiederum wird seinen Mann am Ort zurate ziehen. Und so wird die Macht, über Firoz' gesamte finanzielle Zukunft zu entscheiden, diesem widerlichen Dummkopf Privett-Clampe in den Schoß fallen. Normalerweise würde er sich keine Sorgen machen. Jedermann weiß, dass die Briten nur allzu gern Murad loswerden würden. Die Sache ist nur, dass Firoz sich nicht sicher ist, ob Privett-Clampe ihn akzeptiert. Die Renovierungskabbelei neulich kam zur Unzeit. Und der Krach um den Versuch, diesen Zeppelin zu kaufen, ebenfalls. Um Himmels willen, der Verkäufer ließ verlauten, dass er Schweizer sei!

Es gibt jedoch Möglichkeiten, das richtige Ergebnis doch noch zu erzielen. »Offensichtlich mag er Jungs«, gibt er Birch knurrend zu verstehen. »Ned Flowers hat's mir erzählt. Und da hätte ich wieder eine meiner sagenhaften Ideen! Jean-Loup? Bist du da?«

Jean-Loup ist in der Tat da, er sitzt in der letzten Reihe, zusammengerollt wie eine geschmeidige gallische Sprungfeder. Jean-Loup, in Marseille aus der Gosse gefischt, Wangenknochen wie Rasiermesser, Matrosenliebchen, bereit, absolut alles mit absolut jedem zu machen, vorausgesetzt – nein, gar nichts vorausgesetzt, wirklich. Er macht's einfach. Einer wachte in Cannes mit ihm auf, ein anderer auf einer Jacht vor Cap d'Antibes. Schließlich landete er hier und könnte die Reise sehr gut in jemandes Gepäck gemacht haben, soweit Firoz weiß. Er sagt, er ist einundzwanzig, aber die meisten halten ihn für siebzehn. Niemanden würde das eine oder das andere interessieren, hätte er nicht diese notorische Schwellung in seiner enervierend engen Hose.

»Also, Jean-Loup – meine Idee war, du solltest etwas unglaublich Verrücktes mit Major Privett-Clampe machen, und *Sie*, mein lieber Cornwell, sollten es filmen. Dann würde ich damit drohen, Sir Wyndham den Film zu zeigen, sollte mich das alte Schwein nicht als Nachfolger meines Bruders unterstützen! Was halten Sie davon?«

»Was halte ich wovon?«, fragt Privett-Clampe, der soeben im Fahrwasser des wild gestikulierenden Flowers hereingeschneit kommt.

»Er kam gerade vorbei«, haucht Flowers unhörbar. »Ich konnte ihn nicht aufhalten.«

»Hallo, Jungs«, sagt der Major, der ziemlich beschwipst ist. »Flowers hat gesagt, ihr würdet so was wie 'ne Filmvorführung veranstalten. Hatte noch nie die Gelegenheit dazu, deshalb dachte ich, ich sehe mir einfach mal an, worum's geht. Ich störe doch nicht, oder?«

»Major, natürlich nicht«, schnurrt Firoz. »Wie reizend, Sie zu sehen. Jean-Loup? Komm und leiste dem Major Gesellschaft.«

»Rukhsana? Wach auf!« Yasmin rüttelt Pran an den Schultern. »Sie haben nach dir gerufen.«

Sich die Augen reibend, marschiert Pran in das enge Gemach des Khwaja-sara, wo er den Foto-Wallah und den Diwan in ein Gespräch vertieft vorfindet. Sir Wyndham Braddocks bevorstehender Besuch löst hier ein ebenso großes Durcheinander aus wie in Prinz Firoz' Palastflügel. Der Nawab wünscht zu wissen, ob sie ihm versichern können, dass es mit der Adoption keine Probleme geben wird. Es ist von entscheidender Bedeutung, dass er seinen kleinen Vetter als Erben einsetzen kann, damit das Königreich nicht zu Firoz' Sparschwein wird. Bislang fühlt er sich keineswegs beruhigt.

»Junge«, sagt der Khwaja-sara, »es ist an der Zeit, dass du zeigst, was du kannst. Großes steht auf dem Spiel. Die Ehre des Königreichs. Deine Sicherheit. Ich habe soeben erfahren, dass Major Privett-Clampe bei Prinz Firoz ist. Jetzt haben wir die Gelegenheit zu handeln. Du musst ihn noch einmal ins chinesische Zimmer locken. Dann werden wir endlich mit dieser Sache zu Ende kommen können.«

Ehe Pran vollkommen wach ist, hat man ihn in seine Schuluniform gesteckt und ans Ende eines langen Ganges gebracht. Am äußersten Ende des zerschrammten Parketts sieht er eine Doppeltür, durch die Licht und lautes Lachen dringen. Sein Begleiter verschwindet, und Pran steht da und überlegt, was um Himmels willen er eigentlich tun soll.

Beim Näherkommen hört er deutlich den barschen Ton des Majors.

»Absolut nicht. Keine Sorge. O'Dwyer hat die Sache fest in der Hand.«

»Aber«, hört man Firoz' mährige Stimme, »diese Unruhestifter haben reichlich Unterstützung. Es gibt viele unwissende Leute, die sie auf den falschen Weg bringen können. In Fatehpur sollten wir wirklich viel mehr gegen sie unternehmen.«

»Ganz meiner Meinung. Das ist vor allem der Grund, warum wir die Rowlatt-Gesetze nötig hatten. Den Dreckskerlen mit aller Macht aufs Dach steigen. Das ist der einzige Weg.«

Pran streckt den Kopf vorsichtig durch die Türöffnung. Der Saal ist verdunkelt. Ein paar weit auseinander gezogene Stuhlreihen sind vor einer großen weißen Leinwand aufgestellt. Von der Rückseite des Raumes wirft ein summender Projektor Licht darauf, während ein Diener eine Filmrolle auf die Achse schiebt und einfädelt. Es ist sichtlich eine Party im Gange. Champagnerflaschen eiern über den Fußboden, und ein paar Körper hängen in dekorativen Posen auf den Stühlen. Unter ihnen macht Pran mehrere Leute aus, die er schon einmal gesehen hat: den Südamerikaner, das nackte Mädchen auf dem Fahrrad und den sonderbar gekleideten Mann, der am Morgen mit all den Überseekoffern angekommen ist. Major Privett-Clampe sitzt mittendrin, ein feister Schatten zwischen dürren Gestalten. Niemand bemerkt es, als Pran zur Tür hereinschlüpft.

»Sie sagen es«, antwortet Prinz Firoz und gießt Privett-Clampe einen Scotch ein.

»Danke, alter Junge«, erwidert der Major nervös. Zwar ist er dankbar für die Gelegenheit, einmal Firoz' importierten Whisky zu probieren, aber der junge Bursche neben ihm sitzt beunruhigend nahe bei ihm. Privett-Clampe hat für Franzosen nie viel übrig gehabt, und der hier hat ihm seine Hand auf den Schenkel gelegt.

Vor der Leinwand heben sich ihre Silhouetten komisch voneinander ab. Jean-Loups Kopf hängt schlaff auf die Schulter des Majors herunter, während Firoz' spitziges Profil Privett-Clampes massiges Kinn und die geschwollene Nase wie einen aufgeblasenen Ballon zum Platzen zu bringen droht. Pran schiebt sich weiter in den Raum hinein, wobei er beinahe auf irgendwelcher Damenunterwäsche ausgleitet, die sich ihm um den Fuß schlingt. Er muss sich an einen Stuhl klammern, um sein Gleichgewicht zu halten. Der Stuhl kracht gegen seinen Nachbarn, und Pran quetscht sich mit pochendem Herzen unter ihn.

»Bist du wach, de Souza?«, ruft der Prinz. »Du kommst gerade rechtzeitig zu Mr. Birchs neuester Entdeckung.«

Pran liegt ganz still. Firoz flucht laut. Dann hört man einen Aufschrei und das Splittern von Glas an der hinteren Saalwand. Offenbar hat der Prinz eine Champagnerflasche nach seinem Filmvorführer geworfen.

»Was machst du da, du blöder schwarzer Mistkerl? Wie lange brauchst du eigentlich, um das verdammte Ding zum Laufen zu bringen?«

Der Filmvorführer stammelt Entschuldigungen auf Urdu.

»Und rede Englisch mit mir! Ich hasse es, wenn Leute in dieser verdammten Affensprache reden!«

»Entschuldigung, Sahib!«

Prinz Firoz entschuldigt sich überschwänglich bei seinen Gästen. Pran späht über die Reihe der Stuhllehnen hinweg. Während der Filmvorführer seinen Apparat in Gang zu bringen versucht, politisiert Privett-Clampe die ganze Zeit weiter und sagt Dinge, die Pran nicht völlig kapiert, über die Verteidigung Indiens und Aufmärsche und Proteste und Verhaftungen ohne Gerichtsverfahren. Die anderen Gäste scheinen weniger als interessiert zu sein. Nur Firoz hört ihm anscheinend aufmerksam zu, aber unaufhörlich rutscht er auf seinem Stuhl herum, als würde er lieber etwas anderes tun.

Als Prans Augen sich an die Dunkelheit gewöhnen, erkennt er andere Personen – den störrischen französischen Jungen, der sich ständig bei den Paschtunen herumtreibt, Flowers, eine zwielichtige schwedische Tänzerin, über die die Frauen in der Zenana etwas in den Illustrierten gelesen haben.

»Aha!«, ruft Firoz. Man hört das Knacken einer Nadel, die auf eine Grammofonplatte gesetzt wird, und dramatische Klaviermusik beginnt sich in den Saal zu ergießen. Pran späht über die Stuhllehne und sieht einen Titel auf der Leinwand aufblitzen:

SYLVIA

ODER

DIE SCHRECKEN DES WEISSEN SKLAVENHANDELS

Firoz beginnt laut Beifall zu klatschen, und einer der leblosen Körper in der hinteren Reihe richtet sich taumelnd auf und reibt sich die Augen.

»Dieser Film ist sehr speziell!«, teilt Birch dem verdunkelten Raum mit. »Er wurde nicht für öffentliche Vorführungen gedreht.«

Pran hat noch nie einen Film gesehen. Die flackernden Bilder reißen ihn wie eine Faust in die Höhe und setzen ihn auf einen der Holzstühle des Prinzen. Er vergisst, wo er ist. Er vergisst, dass er in Gefahr ist. Die Leute auf der Leinwand sind wie Gespenster, Erinnerungen, aus denen alle Farben entwichen sind. Er fragt sich, wie sie dazu überredet werden konnten, derart intime Details ihres Lebens vorzuzeigen.

Sylvia, die Titelheldin, ist eine junge Einwanderin, die in den USA ankommt. Fast unmittelbar nach der Ankunft wird sie von einem jungen Mann mit Strohhut aus der Menge der Angekommenen aussortiert. Mit den Worten, er werde sie als Filmschauspielerin berühmt machen, bringt er sie zu einem großen Backsteinhaus. Pran stürzt das in Verwirrung, weil Sylvia ja bereits in einem Film mitspielt. Andererseits spielt der Film in Amerika, wo die Dinge anderes bedeuten können. Bald wird klar, dass der junge Mann absolut kein Filmemacher ist, sondern ein Wüstling, der es auf Sylvias Tugend abgesehen hat. Kaum ist sie in dem Haus, wird sie mit einer alten Frau, die Grimassen schneidet und sich reichlich Kajal um die Augen gemalt hat, in ein Zimmer eingeschlossen. Pran kann das nachempfinden. Dann kommt der Strohhutträger (der mit irgendwelchen schnurrbärtigen Komplizen Pläne gemacht hat) zurück. Es wird nur wenig Zeit damit vertan, Sylvia all ihrer Oberbekleidung zu berauben.

»Großer Gott«, wendet der Major ein. Birch lacht.

»Halten Sie sich bitte fest. Das ist nur der Anfang.«

Birch hat Recht. Bis auf ein Paar schwarze Strümpfe wird Sylvia Stück für Stück aus allen übrigen Kleidungsstücken gepult. Als der junge Mann sich ebenfalls auszuziehen beginnt, kann Major Privett-Clampe nicht länger an sich halten und springt entsetzt auf. Einen Moment lang steht er schwankend da, und seine Silhouette verdeckt fast die ganze Leinwand. Der halb bewusstlose Mensch im Hintergrund, de Souza oder wer es auch ist, nuschelt eine unverständliche Beschwerde und gibt mit flatternden Bewegungen zu verstehen, der Major solle sich hinsetzen.

»Wie um alles auf der Welt können sie – das ist ja ekelhaft.« Der Major traut offensichtlich seinen Augen nicht.

»Mir wurde gesagt, es kommt noch viel besser. Birch hat uns eine sehr pikante Szene in Aussicht gestellt, in der sie drei üblen Arabern in die Hände fällt. Der Gegensatz zwischen heller Haut und dunkler ist –«

Prinz Firoz ist zu weit gegangen. Auch wenn der Major mit dem Whisky seines Gastgebers abgefüllt ist, auch wenn der Gastgeber königlichen Blutes ist, auch wenn er der *Gastgeber* ist, trotzdem kann Privett-Clampe, Gottverdammich, derartige Sachen nicht durchgehen lassen.

»Sie Halunke!«, schreit er. Er pflanzt sich gerade auf, um dem Prinzen einen Boxhieb zu versetzen, als er durch die Leinwand abgelenkt wird. Der Strohhutträger trägt inzwischen nichts mehr am Leib als seine charakteristische Kopfbedeckung und nähert sich seitlich zur Kamera stehend Sylvia mit einer abscheulichen Erektion. Wie ein schlapper Luftballon setzt Privett-Clampe sich wieder hin, um dem Koitus zuzusehen. Auch Pran hinter ihm kriegt vor Staunen den Mund nicht mehr zu.

Die Szene endet und wird rasch durch eine andere ersetzt, in der Sylvia von einer zweiten weiblichen Gefangenen Gesellschaft erhält. Der Anblick nicht einer, sondern zweier weißer Frauen in Gefahr weckt bei dem Major Erinnerungen an seine finstersten Tage mit Maharajas und *le vice Anglais*, und schon ist er wieder aufgesprungen und bezichtigt Firoz aller möglichen Gottlosigkeiten, wobei er die Vorgänge auf der Leinwand offenkundig mit denen in Fatehpur durcheinander bringt. Den Vorschlag des Prinzen in den Wind schlagend, sich doch hinzusetzen und noch was zu trinken, beginnt er, Stühle aus dem Weg zu räumen, um zur Tür zu gelangen. Zu spät fällt Pran wieder ein, dass er ja vorsichtig sein sollte, und ehe er auch nur eine Chance hat, sich zu verstecken, steht der Major direkt vor ihm.

»Clive? Was machst du hier?«

Prinz Firoz schaut sich um und blinzelt in die Finsternis. »Wer zum Teufel ist das denn?«

»Ich –«, sagt Pran und flüchtet.

Krisenstimmung senkt sich auf Fatehpur herab. Charlotte bereitet in der britischen Residenz eine riesige Gartenparty vor. Im Palast, in dem die Braddocks wohnen werden, trifft die Dienerschaft des Nawab Vorbereitungen zu einer Parade und einem Galaempfang, während Firoz' Bedienstete letzte Hand an ein Unterhaltungsprogramm legen, das den künstlerischen Geschmack, die Umsicht und die selbstverständliche Regierungsbefähigung ihres Herrn demonstrieren soll.

Das kommt ihrem Besucher von Rechts wegen zu. Sir Wyndham Braddock, IPS, KCIE, Resident Seiner Majestät in den Vereinigten Punjab-Staaten, ist ein imperialer Halbgott. Seine Reisen durch die fünfundzwanzig Fürstentümer, die unter seiner Vormundschaft stehen, finden stets in dieser Wolke aus Geschenken, Lustbarkeiten und Galaempfängen statt und werden nach diplomatischen Etikettevorschriften durchgeführt, die so rein und edel sind, dass sie fast ätherisch genannt werden müssen: die platonische Form der Politik. Sir Wyndham kommt erst sehr spät in der Saison nach Fatehpur. Das heiße Wetter, in dem die Engländer gereizt und entschlusslos werden, steht unmittelbar bevor. Es sieht so aus, als würde man diesmal noch heftiger Freude erregen müssen als sonst. Wagen fahren hin und her, um Waren aus Lahore abzuholen. Silber wird geputzt, Gläser werden poliert. Vieles hängt von winzigen Kleinigkeiten ab.

Unter der Anhängerschaft des Nawab herrscht Verzweiflung. Sicherlich ist es inzwischen zu spät. Sie haben keine Möglichkeit,

Privett-Clampe zu veranlassen, ihren Wünschen zu folgen. Firoz wird die Nachfolge antreten, und die Zukunft wird ein europäischer Horror aus Fließbändern und grinsenden Gesichtern sein. Der Diwan kann sich nicht beherrschen und versetzt Pran einen Schlag auf den Mund, der ihm die Lippe spaltet. Pran liegt im Barockzimmer auf dem Fußboden und beobachtet, wie sich die Blutstropfen auf der Spiegelfläche neben seinem Gesicht vermehren.

An anderer Stelle im Palast tun Firoz' Freunde alles, was in ihrer Macht steht, um ihn zu beruhigen. Dom Miguel de Souza, dessen Brummschädel ihm eine Eisenzwinge um die Schläfen zu spannen beginnt, ist sich sicher, dass alles ganz hervorragend klappen wird. Firoz kann die Haltung dieser idiotischen Schnorrer nicht fassen. Ganz hervorragend? Natürlich ist es für de Souza eine Leichtigkeit, gleichgültig zu sein mit Besitzungen auf drei Kontinenten und einer Million Rindern, die im fernen Mato Grosso Gras kauen. Ganz hervorragend? Hat er eine Ahnung, wie unsicher Firoz' Finanzen eigentlich sind?

De Souza denkt, wenn Firoz sich weiter so benimmt, wird er sich eine Prärieauster kommen lassen müssen. Die könnte vielleicht helfen. Wäre es wirklich zu viel, darum zu bitten? Als Antwort schleudert Firoz ein wohl gezieltes Highball-Glas nach ihm. Kurzer Tom-Collins-Regen. De Souza duckt sich. Eine der Frauen, die berühmte Tänzerin aus dem »Osten« (schwedischer Star aus *Rite of Shiva*, der für alle gekrönten Häupter Europas aufgeführt wurde), schreit auf und rennt hinaus. Firoz findet, dass sie wirklich sehr nervös ist. Jemand wird ausgeschickt, um sie zu suchen, ehe sie sich in Schwierigkeiten bringt.

In der Dunkelheit der Stunde vor Sonnenaufgang gibt der Nawab mit von Schlaf verklebten Augen dem Chauffeur den Befehl, einen Wagen bereitzustellen. Er trägt seine Probleme in einen mit Gardinen verhängten Fond und wird eine holperige Straße hinuntergefahren, so holperig, dass er auf der lederbezogenen Polsterbank von einer Seite zur anderen rutscht.

Das Durcheinander in Fatehpur besteht aus vielen Schichten –

ein Blätterteig aus Schuldgefühlen, die viele Jahre weit in die Vergangenheit zurückreichen. Der alte Nawab hatte eines Sommers mehr Geld als üblich ausgegeben und sah sich in Schwierigkeiten, die Mittel für den ungeschliffenen Rubin aufzutreiben, der ihm von einem Juwelier in Rajput vorgelegt worden war und der das Licht *einfach so* einfing. Aus politischen Gründen musste der Kredit heimlich aufgenommen werden, und so wandte sich der Nawab an jemanden von außerhalb, einen hinduistischen Bankier aus der Kaste der Charanen. Die Bedingungen waren günstig, und der Rubin wechselte den Besitzer; er wurde, wie es sich gehört, in den Zierrat eines Turbans eingefügt, den der gegenwärtige Nawab noch immer zu offiziellen Anlässen trägt. Er ist ein Attribut heimlicher Schmach. Schmach, weil es noch andere, viele andere Gläubiger gab, und der Charane im weit entfernten Mewar wohnte. Schmach, weil der alte Nawab seine Verbindlichkeiten gegeneinander abwog und die Schulden nicht bezahlte, da er der Meinung war, es hätte keine wirklichen Konsequenzen. Schmach, weil der Charane noch immer die alten, strengen Traditionen seiner Kaste befolgte; als ihm klar wurde, dass man ihn nicht bezahlen würde, mischte er sich ein Gift und beging rituellen Selbstmord. Auf seinem Sterbebett packte er seinen Sohn beim Kragen, zog ihn so nahe zu sich herunter, dass er flüstern konnte, und verfluchte die Familie, die seiner Familie solche Schmach angetan hatte.

Auf dem Sterbebett getane Flüche sind die stärksten. Doch was war der Inhalt des Fluches? Das ist die Frage. Nur die Verwandten des Charanen wissen es mit Bestimmtheit, aber das Gerücht hält sich zäh, dass die Dynastie des Nawab dazu verdammt ist, innerhalb einer Generation auszusterben. Alle Zeichen sprechen dafür. Alle Ernten der letzten Jahre waren schlecht. Astrologen haben ungünstige Konjunktionen von Mond und Venus festgestellt. Und natürlich gibt es viele nicht so allgemein sichtbare Phänomene, die nur in der von Fackeln beleuchteten Geborgenheit der Zenana aus dem gelockerten Pyjama behutsam ans Licht gelassen werden. Kalte Schicksalsfinger umklammern fest die Hoden des

Nawab, lassen den Samen verkümmern und die Erektion erschlaffen, die Fatehpurs Zukunft sicherstellen sollte. Das Fatum hat ihn fest im Griff an seinen in Seide gehüllten Eiern.

Der Nawab ist unterwegs zu einem obskuren Bergdorf, und sein Problem liegt zusammengerollt zwischen seinen Beinen wie ein kleines krankes Tier. Als der Himmel heller wird, brummt das große britische Auto über einen tief gefurchten Rinderpfad, der zur Hütte des augenblicklich einzigen echten Heiligen innerhalb der Grenzen von Fatehpur führt. Dort wirft sich der erhabene Herrscher, der Sieger über die Finsternis und das wahre Schwert des Islam, vor einem blinden Armen in den Staub, berührt dessen schwielige Füße und bittet ihn, den Fluch von ihm zu nehmen.

Auch Charlie Privett-Clampe ist so früh auf den Beinen, denn sie möchte noch einen Morgenritt dazwischenschieben, ehe die Arbeiten des Tages beginnen. Sie wählt Brandywine zu einem kurzen Kanter und ist schon wieder zurück, gewaschen und zu ihrem Chota Hazri bereit, bevor der Chefkoch überhaupt in der Küche aufgetaucht wäre. Das bedeutet nur eine vorübergehende Verzögerung. Schon bald stehen Tee und Toast bereit, und die Burra Mem' beaufsichtigt das Auspacken von Tassen und Untertassen, Besteck und Tellern, die erste Etappe in den Vorbereitungen der morgigen offiziellen Gartenparty. Zweihundert Gäste, die auf dem Rasen gespeist und getränkt werden müssen. Eine Riesenaufgabe, kein Zweifel. Aber sie ist, was Gartenpartys betrifft, ein alter Hase und der Aufgabe mehr als gewachsen.

Charlie wäre mitten bei der Arbeit, hätte sie dieser unerträgliche Firoz nicht unterbrochen, der aus heiterem Himmel mit einer Eskorte aufgedonnerter Itaker und einem kunstvoll eingepackten Geschenk aufgekreuzt ist, das er Gus unbedingt auf der Stelle überreichen möchte. Gus, der verflixte Dummkopf, hat sich mit einem Eimer in seinem Zimmer verbarrikadiert, sieht aus wie das Opfer eines Eisenbahnunglücks und weigert sich sogar, den Boy zum Ankleiden hineinzulassen. Und so wuselt der ölige Prinz Charlie zwischen den Füßen herum, und sie muss alles stehen und liegen lassen, um Limonade auszuschenken und Konversation zu machen, während überall um sie herum die zusätzlichen Helfer sichtlich bei der Arbeit trödeln. Wie lästig!

Die Sonne steigt höher, und der Diwan stellt fest, dass für die Salutschüsse nicht genug Schießpulver da und der rote Teppich ein bisschen fadenscheinig ist und ersetzt werden sollte. Dann fallen ihm Lady Braddocks peinliche kleptomanische Neigungen wieder ein, und er gibt Anweisung, alle kleinen Gegenstände aus den Audienzräumen zu entfernen und sicher zu verwahren.

In der Zenana spielt die Frage »Was ziehe ich an?« in allen Köpfen die wichtigste Rolle, und Einkäufe neuer und schwer aufzutreibender Kosmetikartikel werden in aller Eile getätigt. Die Heerschar der Dirzis, die im äußeren Hof ihr Lager aufgeschlagen hat, näht, als hinge ihr Leben davon ab, und genau das ist manchen von ihnen so gesagt worden. Das ganze Chaos findet statt, obwohl niemand all diese Kleider wirklich zu Gesicht bekommen wird. Für die Frauen der Zenana liegt die entscheidende Bedeutung schöner Kleidung mehr in ihrer Herstellung als im wirklichen Vorzeigen. Irgendwann nimmt der Khwaja-sara rasch Prans Kinn zwischen seine mit Ringen überzogenen Finger, untersucht die geplatzte Lippe und teilt ihm eindringlich mit, dass die Zeit gekommen sei, sich zu konzentrieren. Die Entscheidung sei einfach, und Pran bekomme es nicht noch einmal gesagt. Es werde nur noch einen letzten Versuch geben. Und der müsse klappen. Wenn er Privett-Clampe verführe und sie ein geeignetes Foto bekämen, erhielte er Geld und die Erlaubnis, das Land zu verlassen. Wenn nicht, werde es künftig keine Verwendung mehr für ihn geben. Die Stille zwischen den Wörtern lastet, grau und schwer. Pran wird mit einem Gefühl der Entmutigung klar, dass seine Alternativen knapp werden.

Noch weniger glücklich wäre er, sollte er zufällig einem bestimmten Menschen über den Weg laufen, der zwanglos durch den Palast bummelt. Jean-Loup schlendert durch die Korridore, ein vorgeblich zielloser Flaneur. Er hat den Verdacht, dass er einen Rivalen hat. Jean-Loup hasst Rivalen. Jean-Loups Rivalen werden mit dem Messer traktiert. Und so sucht er im Palast nach einem gut aussehenden Jungen in englischer Schuluniform. Der wird bald nicht mehr so hübsch aussehen, hm?

Später am Morgen kommt der Nawab etwas leichteren Herzens wieder aus der Hütte zum Vorschein. Der Pir hat ihm versichert, trotz der früheren Missetaten seiner Familie sei es nicht Allahs Wille, dass er seinen Thron verliert. Sie haben beisammengesessen, und der Alte hat ihm die Hand auf das befallene Körperteil gelegt, was nicht gänzlich unangenehm gewesen ist. Er hat Murad versichert, dass seine Potenz bald zurückkehren werde. Der Herrscher hat eine kleine, aus Zeitung gefaltete Spitztüte mit einer Kräutermischung erhalten. Er ist angewiesen worden, sich vorzustellen, er sei ein Tiger. Wenn er diesen Rat befolgt, wird er bald fühlen, wie ihm die Kraft seiner Vorfahren durch die Adern rinnt. Der Pir gibt ihm mit einem Wink zu verstehen, er könne gehen, und bückt sich, um die Gold-Mohurs aufzuheben, die der dankbare Herrscher vor ihm auf den Boden gestreut hat.

Die Sonne erreicht den Zenit, und Major Privett-Clampe sagt, wie freundlich und nett, als er das gerahmte, rosa getönte Porträt des König-Kaisers auspackt. Ein vorteilhaftes, gefahrloses Geschenk. Eines, das dich wissen lässt, auf welcher Seite die Loyalität des Schenkenden steht. Prinz Firoz möchte seine glühenden Entschuldigungen übermitteln, seine aufrichtigen Entschuldigungen. Sicherlich wird der Major im Grunde seines Herzens vergeben und vergessen können. Gestern Abend? Ein geistiger Fehltritt. Eine beklagenswerte Geschmacksverirrung. Der Major grunzt barsch und übergibt das Geschenk einem Diener. Firoz nimmt Abschied, doch seine Zweifel sind noch alle da. Wenn er doch bloß gestern Abend nicht so betrunken gewesen wäre.

Firoz verbringt einen einigermaßen vergnüglichen Nachmittag damit, dass er sich Cornwell Birchs neue Filme ansieht. *Der gelbe Mann und das Mädchen, Drei kleine Negermaiden, Zuchthengst vom Lande, Die Jazz-Godiva* und den neuesten aus der Reihe *Wunderbare Hotelpagen*, die er nur seiner urteilsfähigeren Klientel vorführt.

Aber Prinz Firoz ist viel mehr an Birchs nächstem Projekt interessiert. Einem Jagdfilm. Einem *Tiger*jagdfilm.

Das Licht nimmt ab. Dunkelheit färbt Ecken und Durchgänge. Ein orangefarbener Punkt glüht in den Schatten des Außenhofs der Zenana für einen Augenblick hell auf. Die Schneider sind seit langem fertig. Alle Leute sollten eigentlich schlafen. Aber Jean-Loup wandert noch immer umher. Er wirft den Zigarettenstummel auf den Boden und tritt ihn unter der Sohle eines handgenähten, zweifarbigen, mitschuldigen Schuhs aus. Alles ist im Laufe des Tages klarer geworden. Die Zenana scheint es zu sein, wo der kleine Idiot sich versteckt. Und da kommt er ja auch schon schläfrig die Treppe heruntergeschlurft, auf dem Weg zur Latrine, und rafft beim Gehen die Röcke. *La mignonne!* Jean-Loup ist dankbar. Er fing gerade an, sich zu langweilen.

Das ist sein Einsatz. Aus einer verborgenen Hüfttasche wird ein Rasiermesser gezogen, das glitzert, als es aufgeklappt und in geübten Fingern herumgewirbelt wird. Das ist es, was man den Marseille-Griff nennt. Pran kratzt sich den Hintern und denkt im Weiterschlurfen an nichts als an seine Blase. Jean-Loup legt einen Schritt zu, holt auf, tritt von hinten an ihn heran – wird aber plötzlich von Licht und Stimmen aufgehalten. Eine Gruppe von Leuten kommt auf sie zugeeilt. Er weicht hinter eine Säule zurück.

Die nichts ahnende siebte Kavallerie besteht aus dem Nawab und zwei verschlafenen Fackelträgern. Er treibt sie an, ihre Füße in die Hand zu nehmen, weil er einen ungewohnten Aufruhr in den Lenden verspürt. Er bemerkt die kleine Hijra kaum, die sich bis zum Boden verneigt, als er vorbeieilt. Er hat über Besseres nachzudenken. Diese Frauen werden was erleben. Sie werden Herrlichkeit schauen! Platz da! Es ist herrlich, so laut im dunklen Hof herumzuschreien und das Hasten und Durcheinanderrennen zu beobachten, als die Türen geöffnet werden. Es geht nichts über eine überraschende Visite, um sie auf dem Quivive zu halten.

Lila Bai, jüngste Ehefrau, erlebt das allerböseste Erwachen. Der Nawab steht in der Tür. Schau ihn an! Der Kräutertee des Pirs hat wirklich eine bemerkenswerte Wirkung gehabt. Siehst du das da? Damaszenerstahl. Und sie weiß, wo das hinführt. Lila Bai hat kaum Zeit, um Gnade zu flehen, da liegt er auch schon auf ihr. Heute Nacht ist er fantastisch, das weiß er. Er ist erstklassig. Die Droge scheint ihn jedoch außerordentlich stimmmächtig zu machen. Nicht mit Worten. Mit *Brüllen.* Er meint, er müsse stöhnen, tiefe Stöhner aus vollem Halse, die ihm die Kiefer dehnen und den Brustkorb durchrütteln. Es ist nicht normal. Trotzdem funktioniert es. Wirklich. Wirklich. Wirklich. Es funktioniert. Und dann setzt unter mächtigem Gebrüll der königliche Orgasmus ein, und jeder Tropfen davon ist sein politisches Gewicht in Gold wert. Zugleich drückt er sie nach unten und keucht in die Höhlung zwischen Hals und Schulter. Sie streicht ihm über den Rücken. Er reißt sich zusammen, versichert ihr, dass sie nie wieder Zweifel an ihm haben werde, schlägt ihr ein paar Mal ins Gesicht und geht, sehr zufrieden mit sich. Wah!

Sir Wyndham Braddock lächelt und winkt. Lady Aurelia lächelt und winkt. Die kleinen braunen Leute lächeln und winken. Sie wedeln mit Union Jacks und starren zu dem geschmückten Elefanten hoch, der durch die Straßen ihrer Stadt paradiert. Die Kapelle, die hinter dem Elefanten her marschiert, spielt *The British Granadiers* mit diesem charakteristischen nasalen Gewimmer. Sir Wyndham zuckt zusammen. Solange er auch schon in Indien ist, Sir Wyndham wird sich nie an diese einheimischen Orchester gewöhnen.

Die Straßen sind voll. Menschen sitzen in Reihen auf den Dächern. Sie sind auf Markisen geklettert und lassen die Beine von Fensterbänken baumeln. Sir Wyndham blickt sich nervös um. In der Howdah, die von einer Seite zur anderen schwankt, fühlt er sich schutzlos. Er späht in Fenster und betrachtet forschend die wogende, sich stoßende Menschenmenge, die von Lathis schwingenden Polizisten aus seinem Weg gedrängt wird. Der Nawab hat eine richtige Volksmasse auf die Beine gestellt. Alles befohlene Beifallklatscher wahrscheinlich. Wie allen einheimischen Oberhäuptern ist auch diesem hier zweifellos Zwang nicht fremd.

Wäre es überhaupt möglich gewesen, dann hätte Sir Wyndham abgesagt. Die Lage im Punjab wird immer prekärer. Trotzdem ist es unmöglich. Die Sache ist seit Monaten geplant. Er muss da durch, auch wenn das Herumreiten auf einem Elefanten ihn sich wie eine leere Flasche auf einer Mauer fühlen lässt. Er ist der Repräsentant der Krone, und von der Krone muss man sehen, dass sie furchtlos ist. Darum geht's. Ende der Debatte. Er fragt sich, was über die Vorfälle von gestern bekannt ist. Er hat den Geheimdienst bei den Post & Telegraph-Leuten nachbohren lassen, und die haben gesagt, es wäre in der Tat möglich, dass ein Teil des Nachrichtenverkehrs nach Fatehpur letzte Nacht wirklich etwas mit Dyers Aktion in Amritsar zu tun hatte. Möglich? Diese Dilettanten. Das bedeutet, es ist verdammt noch mal mehr als wahrscheinlich. Und wer immer auch in diesem von Flöhen heimgesuchten kleinen Königreich die lokalen Kongress-Wallahs sind, sie wissen Bescheid. Was bedeutet, es kann sehr wohl Ärger geben. Was für ein Tag, um einen Staatsbesuch zu machen.

Sir Wyndham weiß nicht genau, was in Amritsar passiert ist. Nur dass ungeachtet des Verbots öffentlicher Versammlungen eine Art Treffen abgehalten wurde. Nur dass Dyer hart durchgegriffen hat. Zweihundert Tote hieß es im ersten Bericht. Muss eine blutige Angelegenheit gewesen sein. Trotzdem, jeder hat gewusst, dass es so kommen würde. Auch die Einheimischen.

Lächeln und winken.

Der Gesichtsausdruck von Lady Aurelia, die ihm gegenübersitzt, ist starr. Kleine Schweißtropfen sind auf ihrer hohen weißen Stirn deutlich zu sehen. Lady Aurelia sagt sich offensichtlich: Kopf hoch. Er beugt sich vor und tippt ihr ans Knie.

»Minty?«, fragt er mit zärtlicher Stimme.

Sie sagt nichts. Minty hat offensichtlich einen ihrer ganz speziellen Tage. Lächeln und winken.

Im Laufe der Jahre hat Sir Wyndham gelernt, wie er sich seine Frau zu deuten hat. Von Minty selbst erfährt man nichts. Man muss alles raten. Ihr ist heiß, und sie hat, vermutet er, Angst. Wenn sie so ist, lässt man sie am besten *In Ruhe*. Das ist das System, in das Sir Wyndham das Verständnis für seine Frau gebracht hat. Zwei-Wort-Überschriften. Eine Liste für jeden ihrer verschiedenen Zustände von *Tief Eingeschlafen* bis *Hysterischer Anfall*.

Wenigstens ist es ihnen gelungen, Gandhi aus dem Punjab herauszuhalten. Und die meisten der anderen Bonzen befinden sich außerhalb der Staatsgrenzen in Vorbeugehaft. Entschlossene Maßnahmen sind getroffen worden. In Zeiten wie diesen ist die Antwort ganz einfach. Sie ist einfach eine Frage der Nerven.

Lächeln –

Plötzlich hört man es rasseln und knattern. Einen Knall. Ein Zerbersten der Luft. Instinktiv geht Sir Wyndham in Deckung. Lady Aurelia tut das Gleiche, wobei ihr Hut verrutscht. Einen Moment lang sind ihre Köpfe dicht beieinander, fast im Schoß des jeweils anderen. Sir Wyndham ist sich sicher, dass er weiß, was passiert ist. Jemand in der Menge hat eine Eierhandgranate geworfen. Ein Mordversuch. Doch weder er noch Minty sind anscheinend verletzt, und ihr Mahout sieht sich spöttisch nach ihnen um, die Hacken gegen die Ohren seines Reittiers gestemmt.

In der Howdah riecht es nach frischer Farbe und Elefantenscheiße. Sir Wyndham richtet sich vorsichtig auf. Der Lärm geht weiter. Knallfrösche. Jemand hat Knallfrösche gezündet. Mehrere Männer tanzen mit in die Höhe gereckten Armen in der Menge herum. Sie haben zwischen sich Raum geschaffen, eine Lichtung, in der einige Feuerwerkskörper Funken sprühend herumhopsen. Mit noch immer klopfendem Herzen verflucht sich Sir Wyndham für seine Ängstlichkeit. Minty grabbelt an ihrem Hut herum und versucht, die Perlmuttnadel, mit der er an ihrem Haar befestigt ist, wieder an die richtige Stelle zu stecken. Sie sieht ihn nicht an. *Haltung bewahren*. Noch so eine von ihren Formeln. Sir Wyndham rückt den Rand seines eigenen Tropenhelms gerade und riskiert einen Blick nach hinten. Um zu sehen, ob jemand aus seinem Stab seine Feigheit bemerkt hat. Von der Höhe des Elefanten hinter seinem winkt ihm Vesey einen spöttischen Gruß herüber. Verdammt. Das bedeutet, die Geschichte wird innerhalb von einer Woche in allen Offiziersmessen und Gemeinschaftsräumen herum sein. Fortescue geht vor einem Knallfrosch in Deckung. Verdammt, verdammt, verdammt.

Lächeln und winken.

Er ruft sich in Erinnerung, dass er eine Pflicht zu erfüllen hat. Dies hier wird nicht wieder vorkommen. Er wird nicht wieder sehen lassen, dass er Angst hat. Während die Howdah von einer Seite zur anderen schlingert, durchströmt ihn ein körperliches Schamgefühl, eine Übelkeit in der Magengrube, die durch das zitternde Taumeln und Schwanken der massiven Hüften des Elefanten, der auf den Palast zustampft, noch verschlimmert wird. Er setzt sich aufrechter hin, wobei ihm das Gewicht der Ordenreihe auf seiner Brust unangenehm bewusst wird.

Er hat eine Pflicht zu erfüllen. Er hat zu lächeln und zu winken. Im Augenblick mag das Ganze lächerlich erscheinen, aber es ist für die britischen Vorhaben in Indien unerlässlich. Sir Wyndham hat sie an jeder Menge Dinnertafeln erläutert, die Wichtigkeit seines Luxuslebens. Seine kostspieligen Reisen, die Geschenke, die Besichtigungen, die Jagden. Nichts davon, erzählt er ihnen, gilt ihm als Einzelmenschen. Wenn man den Respekt, der einem als Beamten entgegengebracht wird, fälschlich seiner eigenen Person oder den eigenen Talenten zugute halten würde, brächte man sich in Schwulitäten. Geriete man auf den Holzweg. Lebte man im Wahn eigener Erhabenheit. Nein, man sei dort einfach eine Art von Projektion, ein Laterna-magica-Bild des Vizekönigs, der seinerseits nichts anderes als ein Laterna-magica-Bild des König-Kaisers sei.

Man findet sich einfach damit ab. Mit dem Luxus.

Der Geleitzug bewegt sich durch die Stadt und nähert sich dem Maidan neben dem scheußlichen Hochzeitstorten-Palast. Dies ist Sir Wyndhams erster Besuch in Fatehpur, und der Anblick des riesigen Bauwerks lässt ihn sich noch schlechter fühlen als sowieso schon. Das Gebäude wirkt überspannt, dekadent. Beim Näherkommen könnte er beinahe schwören, dass es pulsiert. Eine Drüse. Eine dicke, rosa Geschwulst. Auch Minty beäugt sie, eine Hand über die Krempe ihres Hutes gelegt, als wäre es sehr windig. Zum ersten und einzigen Mal auf ihrer Reise blicken Gatte und Gattin einander ins Auge. Ein kurzer gemeinsam erlebter Horror, der sofort unterdrückt wird. Auge in Auge mit der Verkörperung des ganzen galoppierenden Wahnsinns ist es ihre Pflicht in Indien, sich im Zaum zu halten.

Auf dem Maidan erwartet sie – das Allererbärmlichste von allem – noch eine Kapelle. Eine Militär-Dudelsackkapelle. In grauen Jacken und – wirklich? – ja, rosa Kilts tuten sie etwas Heiseres und Bedrohliches, das entfernt an den *Skye Boat Song* erinnert. Die im Zug mitmarschierende Kapelle erhöht ihre Lautstärke, und eine Zeit lang prallen die beiden Klänge zusammen, über die sich die Howdah wie ein Berggipfel in einer brausenden Lärmflut erhebt. Sir Wyndham ist sich sicher, dass einige Musiker die Gelegenheit nutzen, eigene Erfindungen, kleine Triller und fetzige Trommelwirbel, einzufügen, die aus dem Nichts gekommen zu sein scheinen. Eine Weile klingt es so, als spiele jeder etwas anderes, bis mit ein paar letzten gereizten Einwürfen des Blechs die Marschkapelle verstummt und die Dudelsäcke wie ein bösartiger Wespenschwarm ihr siegreiches Gesumme unangefochten über den heißen Exerzierplatz schweben lassen.

Der Salut. Einundzwanzig Kanonenschüsse heißen ihn willkommen. Heißen ihn, Wyndham, nicht als Wyndham um Wyndhams willen willkommen, sondern als des König-Kaisers Schatten. Der Schatten zuckt angesichts des Lärms unwillkürlich zusammen und versucht, das Zucken bei sich zu behalten, ein Kribbeln von Gänsehaut am Futterstoff seiner Uniform. Dann wird das erschreckte Zucken von einem kleinen stolzen Zucken durchkreuzt. Er, Wyndham, der an Salutschüssen jedem Maharaja Ebenbürtige.

Von einem oberen Fenster beobachtet Pran, wie den Braddocks am Elefantentor des Palastes aus der Howdah geholfen wird. Eine

Abordnung erwartet sie auf dem hohen Podest. Von ausgewählten Wachen und Dienern eingerahmt, steht der Nawab da, in einen ungewöhnlichen Aufzug aus blauem und weißem Paisley gekleidet. Er ist mit Perlenketten behangen, dazu mit den Schärpen und Sternen der verschiedenen Orden, die zu tragen er das Recht hat. Sein weißer Seidenturban ist mit einem riesigen blutroten Rubin besetzt. Der Diwan ist ebenso prächtig ausstaffiert, und Firoz wirkt elegant in seinem schick geschnittenen Konferenzanzug. Neben ihnen stehen Major und Mrs. Privett-Clampe, er mit einem Gesicht wie rote Bete in seiner weißen Interimsuniform, sie militärisch wie ihr Gatte, steif in einem Sommerkleid. Alle lächeln ihren Gästen gewinnend entgegen.

Als sich Sir Wyndham bückt, um aus der Howdah zu steigen, bemerkt er ihre Schuhe. Unter ihrem Staat tragen sowohl der Nawab als auch der Diwan einfache schwarze Straßenschuhe.

Wer Uniform tragen darf, trägt Interimsuniform, weiß. Wer kein Recht dazu hat, trägt Konferenzanzug. Lackschuhe sollten von allen indischen Herren getragen werden, die nicht im Konferenzanzug erscheinen.

Einfache schwarze Straßenschuhe. Während die Würdenträger einen kleinen Tanz vollführen, um in der richtigen Reihenfolge die enge Treppe von der Elefantenplattform hinunterzuschreiten, versucht Sir Wyndham in ihren Gesichtern zu lesen. Ist es Absicht? Wollen sie ihn mit ihren Schuhen zum Besten halten? Welchen Grund könnten sie haben? Er bemerkt, dass ihm jemand gerade eben eine Frage gestellt hat. Prinz Firoz, der zu plaudern versucht. Er bittet um Entschuldigung.

Sie nehmen auf einer farbenprächtig dekorierten Tribüne Platz, und die Streitkräfte von Fatehpur marschieren in ihren Fantasieuniformen vorbei. Rosa. Warum so viel Rosa? Privett-Clampe beugt sich herüber und äußert sich geringschätzig über ihre Exerziertechnik. Der Nawab beugt sich herüber und äußert sich stolz über ihre Ausstattung. Sir Wyndham denkt immer noch über Schuhe nach. Schließlich kann er es nicht mehr aushalten, dreht sich zur Reihe hinter ihm um und flüstert Vesey etwas ins Ohr.

»Ihre Schuhe. Meinen Sie, sie wollen damit irgendetwas sagen?«

Sofort wünscht er sich, er hätte nicht gefragt. Veseys Gesicht ist zunächst ausdruckslos, dann strahlt es in kaum verhohlenem Amüsement. Dieser verdammte Studentenhumor, den dieser Mann hat.

»Ihre Schuhe, Sir?«

»Ach, schon gut!«

Der Vorbeimarsch endet. Erfrischungen werden gereicht. Sir Wyndham nippt an einer Limonade und sagt »Ja, durchaus« zu den Leuten, die sich um ihn drängen. Besonders ungeduldig, diese Menschen hier. Keiner lässt es zu, dass irgendjemand anderer zu Worte kommt. Es herrscht eine Stimmung, etwas Impulsives in der Konversation, das ihn nervös macht. Schließlich ist der allgemeine Teil der Angelegenheit vorüber. Jetzt sollte eigentlich keine Gefahr mehr bestehen.

Zum Galaempfang begeben sie sich in den Diwan-i-am. Bestickte Tücher hat man zwischen die Säulen dieses riesigen Saales gehängt. Ein leichter Wind weht über den Marmorfußboden, kühlt heiße englische Wangen und zaubert zartes Lächeln auf verschwitzte Gesichter. Während sie ihre Plätze einnehmen, dringen Gesprächsfetzen an Sir Wyndhams besorgtes Ohr.

»Ich sage Ihnen, wie mein Londoner Schneider heißt«, sagt Prinz Firoz zu Vesey.

»Es war im Borders«, sagt Minty zu Mrs. Privett-Clampe. »Oder war es bei der Tennispartie im Retreat?«

»Der Nawab-Sahib hat sich auf viele große Reformprogramme eingelassen«, sagt der Diwan. Schweigen. Oh, sprechen Sie mit mir? Ich bitte um Entschuldigung. Seine Aussprache ist wirklich sehr schlecht.

»Lochinverarie«, sagt Mrs. Privett-Clampe. »Ich bin sicher, es war bei einem Dinner in Lochinverarie.«

»Das wäre zu nett«, sagt Vesey.

»Ja, durchaus«, sagt Sir Wyndham und macht es sich in seinem nachgemachten Louis-Seize-Sessel bequem, wobei er darauf achtet, die lässige Haltung des Nawab zu imitieren, der einen Fuß auf die Fußbank gestellt hat und die Arme auf den vergoldeten Armlehnen des Sessels ruhen lässt. Aus der Empore oben fühlt er die Augen der Frauen des Palastes auf sich gerichtet. Unsichtbare Frauen hinter durchbrochenen Marmorwänden. Ab und zu erspäht er einen Schatten da oben, hört er das Säuseln kaum wahrnehmbarer Flüsterstimmen.

Einer nach dem anderen werden die einheimischen Honoratioren vorgestellt. Der Schatzmeister, die militärischen und juristischen Mitglieder des Staatsrats, der Fiskalbeamte des königlichen Haushalts, der Leiter der öffentlichen Arbeiten. Sir Wyndham schüttelt Hände oder erwidert einen Adaab, indem er die Hände aneinander legt und an seine Stirn führt. Neben ihm umarmt der Nawab, nickt, drückt Hände. Hinter ihm scharren unsichtbare jüngere Beamte mit den Füßen. Dürfen wir Ihnen vorstellen: der Oberamtsarzt, der Polizeipräsident, der Gefängnisdirektor, der Leiter des Amtes für Wälder und Seen. Indische Herren in Lackschuhen.

Als der letzte stellvertretende Handelsminister, vorübergehend dem Gewerbesteueramt zugeteilt, vorüber ist, reicht Vesey Sir Wyndham ein Telegramm.

»Eben aus Simla eingetroffen«, flüstert er.

In dem Telegramm steht, dass Dyer bei einer politischen Versammlung ohne Warnung hat in eine Menge feuern lassen und dass die Anzahl der Toten im Moment auf fünfhundert geschätzt wird. Sir Wyndham faltet es sorgsam zusammen und steckt es in die Tasche.

In der Gastfreundschaft muss das notwendige Gleichgewicht gewahrt werden. Daheim und auswärts. Und so folgen auf den Galaempfang ein ritueller Austausch von Abschiedsadressen und eine kurze Trennung, bevor der Gegenbesuch durchgeführt wird. Sir Wyndham (nicht als er selbst, sondern als

England) wird den Nawab in der Residenz empfangen. Dann Lunch für zweihundert Personen im Garten. Eine große Aufgabe.

Die Ankunft des Nawab vollzieht sich langsam und würdevoll. Angekündigt durch ein Dutzend Diener. Gefolgt von fünfzig Kavalleristen des Königshauses von Fatehpur, die in dieser Saison rosa Hosen, blaue Uniformröcke und (als innovative Note) rosa gefärbte Bärenfelle tragen. Ein paar englische Blumen, die sich in den Beeten an der Zufahrt an ihr Leben klammern, werden rot wie die Landkarte des Empires zugestaubt, als der Wagen vorbeischaukelt. Vereinzelte Fahnenschwenker drängen sich ums Tor, von Türstehern in Khakiuniformen im Zaum gehalten. Dann das uhrwerkartige Salutieren des Chauffeurs, der Wagenschlag öffnet sich, ein (in einem einfachen schwarzen Straßenschuh steckender) Fuß berührt Kies – und der Nawab ist dem Wagen entstiegen. Jetzt kommt die Treppe.

Am Fuß der Treppe stehen zwei uniformierte Adjutanten bereit, doppeltes Hacken-Zusammenschlagen, auf die Millisekunde (wie machen sie das bloß?) gleichzeitig. Sie eskortieren den Nawab halb die Treppe hinauf – insgesamt elf Stufen –, wo Vesey (nicht als er selbst, sondern in seiner Eigenschaft als oberster politischer Beamter der Punjab-Staaten) salutiert und ihn die restlichen zehn Stufen hinaufeskortiert. Die ungerade Anzahl der Stufen ist Gegenstand eines langwierigen Notenaustauschs gewesen. Der Schiedsspruch aus Simla über die Bedeutung des Begriffes »halb« war nötig, um Besorgnisse hinsichtlich der politischen Implikationen des einen Teilabschnitts über den anderen zu beseitigen. Am oberen Ende der Treppe steht Sir Wyndham, der den Nawab die kurze Strecke zwischen Eingangsveranda und Salon begleitet, wo er ihm eine Erfrischung anbietet – noch eine Limonade? –, aber eine Ablehnung seines Angebots erfährt. In diesem kurzen Augenblick gibt es die Möglichkeit zu einer Vertraulichkeit (einem Gespräch, einem Blick in die Augen, einem geflüsterten *Und wie geht es Ihnen wirklich?*), eingeschränkt durch die Anwesenheit der sechs Chobdars des Nawab. Drei Diener tragen wie Pfauenfedern geformte Amtsstäbe in den Händen, drei andere recht elegante, in Silber gefasste Yakschwänze, alle haben düstere Gesichter, wie es sich für die Feierlichkeit des Anlasses geziemt. Sir Wyndham ignoriert sie gleichmütig und tut so, als müsse er sich räuspern.

»Wenn Eure Hoheit mir folgen wollen.«

In den Garten. Als sie auf der hinteren Veranda stehen, plätschert etwas Applaus aus der Menge herauf. Der Nawab und Sir Wyndham gestatten sich ein Lächeln. Und ein Winken.

Dann hinein ins Getümmel. Inder und Briten. Englische Herren und Damen. Indische Damen? Nein. Alle plaudern in kleinen Grüppchen wie eine riesige gesellige Sporenkultur, ein Experiment, das in der Petrischale des gut gesprengten Privett-Clampe'schen Rasens herangezüchtet wurde. Weiß behandschuhte Khidmutgars machen mit Silbertabletts die Runde. Ein Streichorchester spielt leichte klassische Musik neben dem neuen Aussichtspavillon, einer architektonischen Neuerung von Mrs. Privett-Clampe. Auf der einen Seite steht eine lange Tafel mit angloindischen Speisen, Currys, schlichten Hühnerteilen und Reissalaten, veg. und nicht-veg., allesamt nicht allzu scharf gewürzt, um den anwesenden unterschiedlichen Gaumen entgegenzukommen. Charlie hat Überstunden gemacht, um sicherzustellen, dass es keine Probleme gibt, keine hart gekochten Eier mit schwarzen Fingerabdrücken, keine kalten Getränke, die gesalzen statt gezuckert sind. Es sieht so aus, als habe sie ihr Ziel erreicht. Es wird heute keine Zwischenfälle geben, zumindest keine durch das Essen ausgelösten.

Als Sir Wyndham und der Nawab die Treppe zum Garten hinabschreiten, werden sie augenblicklich mit Gesprächen überzogen, als wären sie ein Kino-Komikerpaar, das volle Eimer Wasser ins Gesicht kriegt. Sir Wyndham zappelt nervös herum. Er hat Schwierigkeiten mit der Nähe anderer Menschen. Warum bestehen alle darauf, gleichzeitig zu reden? Und alle haben sie sich gegenseitig im Auge! Er kommt zu der Einsicht: Fatehpur hat zweifellos etwas Ungesundes an sich. Er kann es an der Art der Leute erkennen, die an der Party teilnehmen. So viele Kameras! Ein lauter Amerikaner fällt ihm ständig ins Wort, um Filmaufnahmen zu machen, und ruft ihm zu, er solle sich herumdrehen oder Posen einnehmen, als wäre er ein Mannequin. Ein Fatehpuri-Adliger in einem absurden gelben Outfit mit dunkler Brille fuchtelt ihm andauernd mit irgendeinem anderen Gerät im Gesicht herum. Außerdem scheinen alle Arten europäischer Wracks und Gestrandeter anwesend zu sein, die zu viel trinken und sich paarweise ins Haus verdrücken. Ein weißer Junge geht vorbei, der unsinnigerweise eine Schuluniform trägt. Wie zum Teufel ist der hierher gekommen?

»Ich weiß«, sagt der Nawab, und ein ordinäres Lächeln erscheint plötzlich auf seinem Gesicht, »dass Sie möglicherweise über das leise Trappeln kleiner Füßchen nachdenken.«

Sir Wyndham sagt zum Nawab, er verstehe nicht.

»Stille. Kein Trappeln. Das Fehlen meines so sehnsüchtig erwarteten Sohnes.«

»O ja«, sagt Sir Wyndham, noch immer verdutzt. Sohn? Dann erinnert er sich an das, was er sich gestern Abend eingeprägt hat. Kein Sohn. Der Nawab muss erst noch aus den Startlöchern kommen, sohnmäßig. Der Geheimdienst scheint der Ansicht zu sein, er schießt möglicherweise bloß mit Platzpatronen.

»Nun ja, Sir Wyndham«, fährt der Nawab fort, »vielleicht werden Sie bald eine Überraschung erleben!«

Hinter ihnen entsteht um den Prinzen Firoz herum eine Unruhe, der sein Glas fallen gelassen und seinen ganzen Anzug mit Champagner bekleckert hat. Der Nawab lächelt. Ihn ergreift plötzlich das Verlangen, sich von der Party davonzuschleichen und an einer oder zweien der anderen Konkubinen zu erproben. Wirklich, so hat er sich schon seit Jahren nicht mehr gefühlt.

»Ja«, sagt Sir Wyndham, der durch Vesey abgelenkt ist, der ihm Zeichen macht, »durchaus.«

»GGRRRHHAWW!«, röhrt der Nawab. Köpfe drehen sich herum. Sir Wyndham weiß vorübergehend nicht, wie er richtig reagieren soll.

Pran späht über den Rasen, um zu sehen, wo das Geräusch herkam. Er schlendert vorsichtig um die Partygesellschaft herum und versucht sich den Anschein zu erwecken, als amüsiere er sich. Er wird vom Foto-Wallah aufgeschreckt, der ihn fest am Arm packt.

»So, Rukhsana, jetzt geht's an die Arbeit.«

Bevor er antworten kann, werden sie von Dom Miguel de Souza rüde zur Seite geschubst; er und zwei reizende Freundinnen, deren Namen ihm entfallen sind, drängen sich durch die Party und schmettern Filmmelodien mit der ganzen hysterischen Hingabe eines Trios, das seit zwei Nächten nicht mehr ins Bett gekommen ist. In ihrem Kielwasser steuert der Foto-Wallah Pran in die Richtung von Major Privett-Clampe. Der hat eine Stellung bezogen, welche ihm eine ungehinderte Sicht auf die Bar gestattet, und unterhält sich mit Vesey, der die angespannte, belustigte Miene eines Menschen zur Schau trägt, der erfolglos nach einem Fluchtweg Ausschau hält.

»Old Crustys Lieblingstrick ist es«, verrät der Major gerade, »mit Karacho auf einen Brunnen oder was auch immer zu zu galoppieren und dann scharf zur Seite auszubrechen –« Seine Lustigkeit ist forciert. Tatsächlich geht es ihm nicht allzu gut. Er hat den ganzen Tag noch keinen Drink zu sich genommen, und nun setzt das Zittern ein. Sich auf Vesey stützend, schließt er für einen Moment die Augen. Als er sie wieder öffnet, ist die ganze Partygesellschaft über und über mit rosa und grauen Insekten bedeckt.

»Wahnsinnig interessant, alter Junge«, sagt Vesey und klopft dem Major auf den Rücken, »aber Dienst ist Dienst. Hüter der Republik und so weiter. Ich muss meine Runde drehen.«

Privett-Clampe nickt. Sie sitzen auch auf ihm. Überall. Er torkelt auf die Bar zu. Beim vierten Glas Champagner krabbeln die Insekten allmählich etwas langsamer.

»Eine Frau«, sagt der Major zu einem Burschen in einem Silberanzug, »kann eine Sau auf dem Maidan fangen, aber nur ein Mann kann eine von einem Pferd runter schießen.«

»Faszinierend!«, schnurrt Jean-Loup.

Im Innern des Hauses versuchen de Souza und die Mädchen, Prinz Firoz etwas aufzumuntern. Firoz ist überzeugt, dass alles den

Bach runter ist. Kopf hoch, aller Junge! Nimm ’ne Prise Glückspulver! Ihm gelingen zwei verdrießliche Schniefer, die lediglich dazu führen, dass er noch entschlossener als sonst ist, ja entschlossen, dass, selbst wenn dieser verwünschte Bruder das Undenkbare getan und es geschafft hat, lebensfähigen Samen zu säen, das Kind trotzdem niemals – und ja, so wahr Gott sein Zeuge ist, er meint niemals – auf dem Thron von Fatehpur sitzen wird.

»Vielleicht solltest du dich etwas beruhigen?«, schlägt de Souza erschreckt vor.

Der Diwan stürmt vorbei. Er sucht überall nach dem Nawab, der verschwunden zu sein scheint. Als er an de Souzas Grüppchen vorbeifegt, wischt er ihm mit seiner Robe das Fläschchen aus der Hand.

»He! Du hast unseren ganzen Koks verschüttet!«

Imelda (es ist doch Imelda, oder?) ist ganz und gar nicht nach billigen Späßen wie diesen zumute. Sie zieht einen Schuh aus und zielt damit, schlecht, nach dem Kopf des davoneilenden Diwans. Cremefarbener Pumps fliegt an Turban vorbei, beschreibt sodann eine elegante Kurve über die Veranda hinweg in den Garten und knallt gegen Jean-Loups Hinterkopf. Sofort schalten sich seine Straßenköterreflexe ein (wenn du nicht schnell bist, bist du ein toter Mann, hm?), und er fährt herum und hält nach seinem Gegner Ausschau.

Der Diwan ist gezwungen, an Charlie Privett-Clampe die Frage zu richten: »Haben Sie Seine Hoheit gesehen?«

»Nein, verdammt noch mal!« Und damit stürmt sie fuchsteufelswild davon. Denn Klassenprivilegien müssen zwar respektiert werden, weil ohne Rangordnungen überhaupt nichts funktionieren würde, und man könnte auch sagen, unter bestimmten Umständen ist es eine Tugend, ein Auge zuzudrücken, aber es gibt trotzdem Grenzen, und bestimmte Dinge sind einfach nicht zu tolerieren, ganz egal, wer sie begeht.

Als Sir Wyndham Mrs. Privett-Clampe auf sich zusteuern sieht, erbleicht er sichtlich. Er erkennt diese Situationen auf fünfzig Meter Entfernung. Minty hat mal wieder Dummheiten gemacht. Er knautscht das letzte Telegramm zu einem Bällchen zusammen, das Telegramm, in dem steht, dass die geschätzte Zahl der Toten in Amritsar auf achthundert gestiegen ist und die einheimische Presse das Zweifache behauptet, und versucht die Katastrophe von vornherein zu unterbinden.

»Kann ich helfen?«, fragt er, und in seiner Stimme schwingen Diplomatie, Feingefühl und List.

Charlie weiß nicht, was sie sagen soll. Genau das ist es, was Sir Wyndham bezwecken wollte.

»Nein«, sagt sie schließlich und versucht, ihre Stimme entschlossen klingen zu lassen. »Haben Sie Gus gesehen?«

»Ich glaube, er spricht gerade mit diesem Amerikaner. Diesem Film-Fritzen.«

Charlie nickt zerstreut und rennt davon.

»Gus? Gus!«

»Charlie?«

»Was um alles auf der Welt tust du da?«

»Sie sind überall, Charlie. Absolut überall.«

Charlie beachtet ihn nicht. Er gibt oft solchen Blödsinn von sich. »Gus«, zischt sie, »halt den Mund und hör zu. Es geht um – um diese Braddock. Ich habe sie in unserem Schlafzimmer ertappt, wie sie sich frech wie Oskar gerade eines meiner kleinen Lieblings-Kaschmiri-Kästchen klaute. Du weißt schon, die aus Papiermaché, die wir damals in Gulmarg geschenkt kriegten. So eine Frechheit! Als ich reinkam, schien sie überhaupt nicht zu erschrecken. Nicht im Geringsten. Sie sagte einfach: ›Hallo Darling!‹, und steckte das Kästchen in ihre Handtasche. Ich wusste nicht, was ich sagen sollte. So, jetzt bist du dran, Gus. Was gedenkst du zu unternehmen? Gus?«

Gus schlenkert mit den Armen.

»Salbe«, sagt er schwach. »Vielleicht würde die den Zweck erfüllen.«

Im Haus hat sich etwas Wunderbares ereignet. Etwas Seltenes. Eine dieser Fügungen, von denen viele Leute träumen und die zu erleben nur wenige das Glück haben. Minty hat den Nawab kennen gelernt. Offizielle Begegnungen sind das eine. Ein Mensch, mit dem man offiziell zusammentrifft, scheint sehr oft nicht mehr zu sein als die Rolle, die er darstellt. Hier und jetzt liegen die Dinge anders. Sie schlendert gerade in Richtung Garten mit einer seit kurzem prall gefüllten Handtasche. Er schreitet eben durch die Halle auf dem Weg zu seinem Wagen. Sie ist zwar keine junge Frau mehr, doch Minty Braddocks Haltung ist beeindruckend. Der Nawab bemerkt ihre langen Arme, ihre hohe weiße Stirn, die kleine hübsche Kurvenlinie ihre Mundes. Minty stellt fest, dass sein Blick sie ein wenig erbeben lässt. Dieser grimmige junge Herrscher mit seiner Adlernase und den dunklen Augen – und so ungeheuer vielen Schmuckstücken! Diese Brosche vor allem. Absolut unwiderstehlich. Als er zu ihr tritt, ihre Hand in seine nimmt und einen ungewöhnlichen, wortlosen Laut im Hals ertönen lässt, weiß sie, dass sie alles tun wird, was er verlangt.

»GRROAHH!«, sagt der Nawab zu der Stelle, wo Mintys Hals ansetzt.

»Oh, Eure Majestät!«, flüstert Minty, die Etikette vollkommen außer Acht lassend. »Oh!«

»Minty?«

Das darf nicht wahr sein. Verdammt. Die wehleidige Stimme ihres Mannes. Der alte Junge steht hinter dem Nawab, während sich sein Schnurrbart vor Verlegenheit sträubt und er so tut, als huste er in seine geballte Faust. Der Nawab fährt herum und schüttelt in einer spontanen Regung Sir Wyndham energisch die Hand.

»Bravo, Sir. Ganz große Klasse.«

Sir Wyndham, der es gewohnt ist, für Dinge gelobt zu werden, die ihm nicht gleich klar sind, bedankt sich reflexartig.

»Ich sehe Sie später bei der Jagd«, fügt er hinzu, merkt aber, dass er das Wort an den davoneilenden Rücken des Nawab richtet. Man hört einen Automotor, und der Herrscher von Fatehpur verlässt die Party in einem Gischt aus Kieselsteinen.

An diesem Nachmittag werden in ganz Fatehpur die Vorbereitungen zur Jagd durch die Brummschädel vom Mittagessen nicht ernstlich behindert. Khakikleidung und Tropenhelme werden auf Betten bereitgelegt. Die Läufe von .375er Magnum-Jagdflinten werden gereinigt, geölt und mit zusammengekniffenem Auge durchpeilt. Elektrische Taschenlampen, die Anwendung patentierter Anti-Moskito-Präparate und die sorgsame Füllung von Taschenflaschen und Essensbehältern werden überprüft. Es wird zwar noch einige Stunden hell bleiben, aber alle Gedanken sind auf eine Nacht im Wald ausgerichtet.

Na ja, nicht alle. Es gibt Ablenkungen. Charlie findet Gus noch hilfloser als sonst, unfähig, eine einzige Sache allein hinzukriegen. Im Gästeschlafzimmer bekommt Sir Wyndham kein vernünftiges Wort aus Minty heraus, auch nachdem er die klimpernde Beute, bestehend aus Kästchen, Feuerzeugen, Zigarettenetuis und Elfenbeinornamenten, aus ihrer Handtasche geschüttet hat. Im Palast ist der Nawab in der Zenana verschwunden, allerdings geben Geschrei, Geknurre und nervöses Frauenlachen seinen kichernden Dienern einen gewissen Hinweis darauf, wo er sich aufhält. In seinem Ankleidezimmer kann sich Prinz Firoz nicht zwischen der englischen Gürteljacke und dem deutschen Lodenmantel entscheiden, den ihm letztes Jahr der Markgraf von Strumpfburg geschenkt hat. Unentschlossenheit in Kleiderfragen ist bei Firoz immer ein Zeichen von Stress, und schließlich löst er das Problem dadurch, dass er beide Sachen aus dem Fenster wirft.

Manche Jäger haben offenbar kompliziertere Dinge einzupacken als andere. Mr. Birchs Diener heben vorsichtig eine Kiste in einen der Wagen, auf der in roter Schablonenschrift WARNUNG! US ARMY steht. Der Khwaja-sara seiht etwas Grünes, Schlammiges durch ein Musselinsäckchen. Pran lässt man warten, er sitzt in der nagelneuen Jägerkluft eines Weißen allein in seinem Verschlag, die Socken bis zum Knie hochgezogen, und sein übergroßer Hut verdeckt seine Augen so vollständig, dass er den Hals weit nach hinten biegen muss, um die Welt draußen zu sehen. Er hat dem Foto-Wallah gegenüber bestimmte Dinge zur Sprache zu bringen versucht, so zum Beispiel seinen Verdacht, dass der Junge im Silberanzug ihn umzubringen versucht und dass die andere Seite genauso scharf darauf zu sein scheint wie die Partei des Nawab, kompromittierende Fotos von Major Privett-Clampe zu machen. Niemand hat Zeit zuzuhören. Er lässt seine Beine baumeln und schlägt mit den Hacken nervös gegen den Steinsitz. Er freut sich kein bisschen auf die Jagd.

Jean-Loup ist oben im Palast und hilft Imelda, de Souza und der schwedischen Grotesktänzerin, den letzten Rest des Glückspulvers zu verputzen. Die meisten von ihnen haben irgendwelche Versuche unternommen, sich in Jagdkleidung zu werfen. Einige Hüte. Ein kunstvoller Khaki-Überwurf. Zumindest hat jeder eine Flinte. Das ist das Wichtigste. Sie lieben Flinten, diese Cliquen. Flinten und Koks.

Zur verabredeten Stunde, um fünf Uhr, steht eine Reihe von Wagen bereit. An den Rändern des Schauplatzes spielen sich gewisse Seltsamkeiten ab. Männer hüpfen herum und spähen in Wagenfenster. Ein elegant gekleideter Jäger bekommt plötzlich heftiges Nasenbluten, während seiner schreienden Gefährtin mit Gewalt ihre Waffe abgenommen wird. Hier weist der Khwaja-sara einen Diener mit einem Tablett mit Erfrischungen diskret an, einigen Leuten Getränke anzubieten, anderen aber nicht. Dort stehen die Chauffeure neben den Wagenschlägen, rennen dann um die Fahrzeuge herum, bringen die Motoren auf Touren und lassen die Räder im Sand durchdrehen. Pran findet sich im letzten Wagen des Konvois neben den Foto-Wallah gezwängt. Während der langen, die Knochen durchrüttelnden Fahrt in die Wälder von Fatehpur döst er vor sich hin, während der Edelmann ihm Vorträge über die Ehre des Königreichs hält und über die sagenhaften Belohnungen, die ihm dafür zufallen werden, dass er geholfen hat, diese ihre Schwestern fickenden Briten zu überzeugen, die Erbfolge des Nawab beizubehalten.

Als der Foto-Wallah ihn weckt, ist der Rest des Konvois verschwunden. Ihr Wagen hat in einer Lichtung angehalten, und der Fahrer steht daneben und raucht ein Bidi. Um sie herum erheben sich riesige Waldbäume in einen grauen Himmel. Es muss kurz nach Sonnenuntergang sein. Pran klettert aus dem Wagen, streckt seine eingeschlafenen Beine und versucht, die Fahrt aus seinen Gliedern zu schütteln. Die Straße vor dem Wagen, nur noch ein schmaler, ausgefahrener Weg, verliert sich im Nichts. Er lugt in die grüne Finsternis. Eine undurchdringliche, atmende Welt, die hier und da mit rosa und roten Rhododendronbüschen gefleckt ist. Alle Bäume um den staubigen Wagen herum sind mit flatternden Vögeln angefüllt, deren umfassende Mitteilungen alles einschließen, ein Strömen, das nur durch das plötzliche Schlagen und Rascheln eines Languren unterbrochen wird, der von einem Ast zum anderen springt. Der Foto-Wallah wirft einen verächtlichen Blick auf die Szene und schiebt seine Metallbrille zurück auf seinen Nasenrücken.

»Komm«, sagt er, und Pran bemerkt unter den Bäumen einen mageren, dunkelhäutigen Dorfbewohner, der sich vor ihnen verneigt. Der Mann hebt mehrere Kästen mit Kamerageräten auf, lädt sie sich auf den Kopf und gibt ihnen ein Zeichen, ihm in die Dunkelheit zu folgen. Sofort nimmt der Foto-Wallah sein Gewehr von der Schulter und hält es vor sich wie einen Knüttel. Er trägt Jagdkleidung aus dickem Shetland-Tweed und einen dazu passenden Tweedturban. Zwei Patronengurte hat er sich nach Banditenart kreuzweise über die Brust geschlungen. Pran sieht seinen entschlossenen Gesichtsausdruck und fragt sich einen fröstelnden Moment lang, ob der ganze Verführungsplan nicht bloß ein Trick ist und er nur hier herausgebracht wurde, um getötet zu werden.

Beim Licht einer Öllampe bahnen sie sich ihren Weg an einem ausgetrockneten Wasserlauf entlang, der durch einen Klöppelspitzenverhau aus Kletterpflanzen zu einem geschlossenen Tunnel geworden ist. Über ihnen tauscht der Wald in Schreien, Geträller und Gesumm Neuigkeiten aus und schickt die Nachricht von den drei Wanderern weit voraus in den grünen Raum. Einmal bricht etwas Großes weit über ihnen aus der Deckung hervor, etwas Nebelhaftes, das schwer in die Bäume kracht. Nach etwa einer halben Stunde, als der Foto-Wallah gerade zu keuchen und sich mit dem Ärmel über die Stirn zu wischen beginnt, legt sich allmählich der Geruch von Gekochtem über die saubere Schärfe des Waldes, und sie kommen an einer anderen Lichtung an.

Männer in Lendenschurzen lagern um ein Feuer und schaufeln sich aus großen Stahlschüsseln Reis und matschiges Dhal in die Münder. Ihre Haut ist lederartig und dunkel. Stammesangehörige. Zwei von ihren Frauen hocken ein Stück weiter weg am Boden, Ohren, Knöchel, Arme und Nasen schwer mit Silber behängt, schrubben Töpfe und flüstern miteinander. Gelbe Augäpfel sausen umher, dann lassen sie sich mit distanzierter Neugier auf den Neuankömmlingen nieder. Die Frauen ziehen sich die Pallas ihrer Saris über die Köpfe und schauen wieder weg, den Blick demütig auf den Boden gerichtet. Der Foto-Wallah beginnt Befehle zu erteilen, und die Männer stehen ohne alle Eile auf, um sie auszuführen.

Hinter ihnen erheben sich zwei große, mit Zweigen abgedeckte Hügel. Pran schlendert um das Feuer auf sie zu und wird von einem sonoren, tiefen Schnarren empfangen. Einem Grollen. Erschrocken stellt er fest, dass er sich Aug in Auge mit zwei in einen Käfig eingeschlossenen Tigern befindet. Sie sehen ihn träge, mit heraushängenden Zungen an, und ihre tränenden Augen scheinen seine Anwesenheit kaum wahrzunehmen. Er wendet sich an den Foto-Wallah, um Aufschluss zu erhalten. Alle Männer grinsen ihn an, als sei ihm ein Witz erklärt worden.

»Wenn die Angrezi zur Jagd herkommen«, lacht der Foto-Wallah, »überlässt man manche Dinge besser nicht dem Zufall.«

Einer von den Eingeborenen tänzelt zu dem Käfig hinüber, streckt den Arm durch die Gitterstäbe und streichelt eine der breiten, samtigen Schnauzen. Der Tiger reibt sich an seiner Hand wie eine Katze.

»Ihr habt ihnen doch nicht etwa eine zu hohe Dosis verpasst?«, fragt der Foto-Wallah. »Nicht, dass ihr sie hinüber zu den Hochsitzen schleifen müsst.«

»Nein, Sir. Nein. Sie sind gerade wach genug zum Schießen. Diese Fremden bemerken den Unterschied ja sowieso nicht.«

»Das stimmt«, brummt der Foto-Wallah und setzt sich hin, um zu warten.

Ein Stück tiefer im Wald nimmt die Hauptgruppe ein leichtes Abendessen zu sich. Esskörbe. Weinkühler. Klapptische werden hervorgeholt und mit weißen Tischtüchern bedeckt. Prinz Firoz schlendert zwischen den Ausländern hin und her, die noch wohlhabendere Ausländer sind als seine eigenen Gäste. Er kommt nicht zur Ruhe. Ab und zu wirft er einen Blick hinüber zu dem betrunkenen Major, der zwischen den geparkten Autos mit einem Hühnerbein und einer Taschenflasche herumwandert, wobei sein Oberkörper unbeabsichtigt ruckartige Bewegungen vollführt. Spricht er? Ja, er scheint Selbstgespräche zu führen. Jean-Loup dürfte keine allzu großen Schwierigkeiten mit ihm haben. Wenn der Mann nach dieser dummen Angelegenheit mit dem Pornofilm nicht die richtige Empfehlung abgibt, muss man eben etwas nachhelfen. Birch hat einen ganzen Berg Geräte mitgebracht, und in ebendiesem Augenblick sollte er sie an einem geeigneten Aussichtspunkt aufbauen. Es müsste eigentlich alles klappen. Es sei denn natürlich, sein verdammter Bruder sagt die Wahrheit. Es sei denn, was Gott verhüten möge, es ist ihm gelungen, eines seiner verkümmerten Spermien tief genug in eine seiner Frauen hineinzuschleudern, um sie zu schwängern. Firoz hält das für unmöglich. Und dennoch – und dennoch haben ihm seine Gewährsleute in der Zenana einige beunruhigende Berichte geliefert. Verdammt. Er wünschte wirklich, er hätte einen anderen Hut gewählt. Der hier hat so was *Indisches* an sich. Verdammt.

Auch der Diwan denkt an Fotos. Er traut dem Foto-Wallah nicht, der erst daran erinnert werden musste, dass er im Finstern arbeiten würde. Wie wird denn Ihr Apparat sehen? Oh, daran hatte er gar nicht gedacht. Natürlich, wenn dieser Idiot gleich beim ersten Mal ein gutes Foto geschossen hätte, wäre dieser ganze Firlefanz nicht nötig. Und der Major scheint nicht ganz bei sich zu sein. Krank vielleicht? Auch der Nawab-Sahib hat sich sonderbar verhalten. Kaum waren sie aus den Wagen gestiegen, da machte er sich an Lady Braddock heran und tat etwas sehr Unanständiges. Er rubbelte sozusagen an ihr. Natürlich hatten alle genügend gute Manieren, um so zu tun, als hätten sie es nicht bemerkt, aber Sir Wyndham scheint wütend zu sein. Seine gute, englische Lady-Ehefrau hätte doch eigentlich im Stande gewesen sein sollen, den Nawab daran zu hindern, ihre Brüste zu streicheln, auch wenn er in der Rangordnung über ihr steht.

Ein Zeichen wird gegeben, und die Gesellschaft hievt sich auf Elefanten, um die letzten paar Meilen bis zum Jagdrevier zurückzulegen. Das Aufsitzen geht mehr oder weniger glatt vonstatten, wenn man von ein paar Mätzchen der schwedischen Tänzerin absieht, die wünscht, vom Rüssel ihres Tieres in die Höhe gehoben zu werden. Schließlich brechen sie auf, eine lange Reihe von Tieren, die durch das hüfthohe Rispengras schwanken. Die mit Intrigen, heftiger Geheimhaltung und eiligen Berechnungen aufgeladene Atmosphäre hängt über den grauen Häuten der Elefanten wie ein elektrostatisches Feld, eine nervöse Aura aus kribbelnden Zeigefingern, unguter Gehirnchemie und paranoiden Möglichkeiten, von denen die Tiere gereizt und ungebärdig werden. Die Mahouts stoßen ihre Hacken hinter die großen, empfindlichen Ohren und flüstern ihren kleinen Lieblingen zu, beherzt auszuschreiten, keine Sorgen und keine Angst zu haben.

Das Gras geht in Wald über, und die Gesellschaft sitzt ab und läuft das kurze Stück bis zu der Stelle, die nach Ansicht des Königlichen Oberjägers des Nawab höchstwahrscheinlich einen Tiger anlocken wird. Der Oberjäger persönlich, ein alter Bediensteter mit einem sich in ausladenden Windungen beiderseits des Gesichts erstreckenden Schnurrbart, führt die Gruppe. Unterhalb einer mäßig hohen Hügelkette läuft ein trockenes Bachbett entlang, vom dem eine abgeschnürte Biegung noch mit einigermaßen frischem Wasser gefüllt ist. Um dieses Gebiet herum sind in einem unregelmäßigen Halbkreis hölzerne Hochsitze in den Bäumen errichtet worden. Die Plattformen sind groß und robust, dehnen sich weit über die unteren Äste aus und sind mit Hockern und Polstern ausgestattet. »Niemand«, ruft der Nawab in seiner ersten verständlichen Äußerung seit Stunden, »muss darben als Gast des Herrn von Fatehpur!« Er erhält ein wenig tröpfelnden Applaus.

»Genau der Ort für einen Tiger, das hier«, bemerkt Vesey zu dem Diwan mit dem gespreizten, kenntnisreichen Lächeln eines Menschen, der in seinem Leben schon ein oder zwei große Katzen erlegt hat. Der Diwan stimmt höflich zu. Er kann für die jägerische Seite des Abends leider nicht sehr viel Begeisterung aufbringen, vor allem, weil er bereits weiß, was passieren wird. Etwa zwei Stunden nach Mitternacht wird Sir Wyndham ein großes Tigermännchen zur Strecke bringen, dessen Maße von der Nase bis zum Schwanzende sich wundersamerweise als um zwei Zoll länger erweisen werden als die des Tigers, den sein Vorgänger vor drei Jahren erlegte. Wenn alles genau nach Plan verläuft, wird einer von den anderen englischen Besuchern den zweiten Tiger vor die Flinte bekommen. Dass dies alles so abgekartet ist, könnte einige der Gäste enttäuschen. Ihre Gastgeber vertreten jedoch die Ansicht, dass die Fairness der Politik gewisse Opfer zu bringen hat. Sir Wyndham muss mit Fatehpur vor allen Dingen Erfolg assoziieren. Und selbst wenn dies nicht die maßgebliche Überlegung wäre, so wäre doch ein gewisser Mangel an Spontaneität unvermeidlich: Der letzte echte wilde Tiger wurde hier im Jahr 1898 geschossen, und in den letzten Jahren hat die königliche Familie ihre Tiere aus Assam importiert, wo es einen Überschuss an Tigern gibt.

Die dünnbeinigen Kälber werden an strategisch günstigen Punkten rund um das Wasserloch angebunden. Die Jäger bringen ihnen mit Messern lange Schnitte am Rücken bei, tief genug, um Blut fließen zu lassen. Die Kälber ducken sich zu Boden und brüllen vor Angst, als wäre ihnen bewusst, dass ihre Witterung jetzt verlockend durch den Wald geweht wird. Ein kompliziertes Ballett beginnt, als der Königliche Oberjäger den einzelnen Gruppen ihre Plätze zuweist. Grund dieser Verwirrung ist zum Teil sein Schnurrbart, durch den seine eh schon exzentrische Aussprache der Namen noch undeutlicher wird, und zum Teil die Weigerung einiger Jagdteilnehmer, dorthin zu gehen, wo man sie hinschickt. Mrs. Privett-Clampe und Lady Braddock zum Beispiel scheinen sich unerklärlicherweise dagegen zu sträuben, eine Nacht zusammen auf einem Baum zu verbringen. Sir Wyndham wird in Begleitung des Nawab und des Prinzen Firoz schnell zur besten Stelle geführt. Dem Major Privett-Clampe, der große Schwierigkeiten hat, seinen Baum überhaupt zu finden, geschweige denn über die Strickleiter in seinen Hochstand zu klettern, wird schließlich von Vesey und de Souza nach oben geholfen, wobei dieser sehnsüchtige Blicke nach seinen Freundinnen wirft, die in sicherer Entfernung am anderen Ende der Reihe untergebracht sind. Als alle Jäger ihre Plätze eingenommen haben und die Strickleitern nach oben gezogen sind, ist es dunkel geworden. Alle machen es sich zum Warten bequem.

Pran schläft. Er wird vom Foto-Wallah geweckt, der aussieht, als wäre er selbst eben erst aufgewacht. Seine Stimme klingt heiser und belegt, und er wirkt aufgeregt.

»Beeil dich!«, flüstert er. »Wir sind spät dran.«

Das Lagerfeuer ist ein Haufen Asche. Die Männer sind verschwunden, die Tiger mit ihnen. Der Foto-Wallah sammelt seine Sachen zusammen, und die beiden machen sich zwischen den Bäumen hindurch davon, wobei Dornen und Schlingpflanzen nach ihren Kleidern greifen und an ihren Knöcheln zerren wie bettelnde Kinder. Pran versteht nicht die Eile, er begreift nichts von dem blinden Straucheln, außer dass es alles, was sein Leben betrifft, zu einer einzigen Handlung zusammenzieht, dem Hasten durch feuchtkalte, Widerstand leistende Dunkelheit. Der Gedanke bringt ihn zum Lachen, und er rennt keuchend und kichernd weiter, wie auf Wolken schwebend, auf närrische Weise sorglos.

Die Tigerjagd erfordert vor allem zweierlei: Stille und Geduld. Wenn ein Wechsel der Windrichtung der Beute die Witterung der Jäger entgegenträgt, wird jeder Tiger bis auf den hungrigsten Menschenfresser die Nähe meiden. Ebenso kann das kleinste Geräusch alles verderben. Lautes Gekicher zum Beispiel, oder das Knallen von Champagnerkorken. Charlie Privett-Clampe, die über das kleine bisschen Mondlicht, das den Wasserlauf erhellt, und die klare Sicht, die sie auf die gefesselten Köder hat, recht erfreut ist, will sich durch den Krach, der von dem letzten Baum herübertönt, ihre Chancen nicht kaputtmachen lassen. Was macht ihr denn da hinten? Haltet ihr eine Cocktailparty ab? Sie zischt ein »Schsch!«, wie man es vielleicht im Theater macht, aber als es auf die Festivitäten keine Wirkung zeigt, kehrt sie dazu zurück, finster an ihrem Flintenlauf entlangzublicken, sich eine bequeme Position zu suchen und Minty so weit wie möglich zu ignorieren, die sich kokett die Haare bürstet.

Es sind nicht bloß die Vergnügungssüchtigen in dem entfernten Baum, die Mühe haben, Ruhe zu bewahren. Mehrere Leute in der Jagdgesellschaft sind Opfer ziemlich unangenehmer körperlicher Empfindungen geworden, seit sie eine dieser seltsam schmeckenden Limonaden zu sich nahmen, die bei der Abfahrt herumgereicht wurden. Dieser merkwürdige Geschmack hat sich hinten im Rachen festgesetzt und nach und nach zu etwas eindeutig Metallischem entwickelt, begleitet von einer allmählichen Steigerung dessen, was man nur als »gastrische Störung« bezeichnen kann. Die Mägen (Organe, die für ihre Besitzer normalerweise nur zeitweilig in Erscheinung treten) haben einen anderen Zustand angenommen und sind beweglich, aktiv, unruhig geworden. Vesey leidet schrecklich, seine Eingeweide bekommen etwas Verräterisches und Sumpfiges, das sich, kaum ist er oben in dem Hochsitz, augenblicklich in das Gefühl eines alles umfassenden blubbernden Morasts verwandelt. Kein noch so intensives Zähne-Zusammenbeißen oder Sich-auf-was-anderes-Konzentrieren kann das Unvermeidliche abwenden. Es ist nur eine Frage der Zeit.

»Es tut mir schrecklich Leid«, sagt er zu Privett-Clampe, »aber ich muss mal eben kurz nach unten.«

Prinz Firoz spürt etwas Ähnliches, ist jedoch entschlossen, seinen Bruder nicht mit Sir Wyndham allein zu lassen. Die Unterhaltung ist bisher oberflächlich gewesen, aber das Risiko, dass Murad in seiner Abwesenheit das Thema Thronfolge aufs Tapet bringen könnte, ist zu groß. Trotzdem steht eine Krise unmittelbar bevor, und Firoz ist körperliche Beschwerden nicht gewöhnt. Er schürft tief nach ein klein wenig Ausdauer, das die Vergnügungssucht all der Jahre nicht zu Schanden geritten hätte. Doch seine Erträge sind mager, und weder heimliches Furzen noch schlückchenweises Wassertrinken schaffen Abhilfe. Er zieht die Knie zur Brust hoch und versucht, an Polo, Leichtflugzeuge und andere starke, männliche Dinge zu denken.

Die Betriebsamkeit im Unterholz wird jede Minute größer. Jäger, meistens solche, die dem Gefolge des Prinzen Firoz zugerechnet werden, folgen ihrem dringenden menschlichen Bedürfnis. Andere richten ihre Flinten nervös auf diese plötzlichen Bewegungen, erstaunt, den Dschungel so voller Leben zu finden. Imelda, die in einem Dornbusch direkt in Sir Wyndhams Schusslinie hockt, rechnet aus, wie viele Stunden sie vom nächsten WC entfernt ist, und bricht in Tränen aus. Sir Wyndham, der in fünfunddreißig Jahren Auslandsdienst noch nie eine Frau beim Defäkieren gesehen hat, beobachtet sie durch sein Visier mit einer Mischung aus Schrecken und Faszination. Minty müsste das mal machen. Großer Gott. Hinter ihm bewegt sich etwas. Der Nawab hat die Strickleiter hinabgeworfen und klettert nach unten.

»Sie doch nicht auch?«, fragt Sir Wyndham. Der Nawab gibt keine Antwort. Kaum ist er verschwunden, rappelt sich Prinz Firoz, der sich zu einer Art Fötuskugel zusammengerollt hatte, gepresst ausatmend hoch und klettert hinter ihm her, eine üble Duftwolke hinterlassend. Sir Wyndham ist nun ganz allein.

Allein ist auch Major Privett-Clampe. Vesey und de Souza sind verschwunden und haben ihn in samtene, unheimliche Schwärze gehüllt zurückgelassen. Der Major findet, seine Welt ist ausgehöhlt, als hätten sie Maden leer gefressen, und er hängt im Raum wie eine plumpe, rote, im Netz gefangene Fliege. Genauso sehen die zickzackartigen Zweige für ihn aus. Wie ein Spinnennetz. Die Schrecken vermehren sich in seinen Augenwinkeln, und er kann sie nicht alle auf einmal mit seinen Blicken bannen. Nur mit Starren, intensivem, konzentriertem Starren gelingt es ihm, das Rucken und Schlingern dieses schrecklichen Ortes zu einer herkömmlichen Anordnung der Gegenstände im Raum zu besänftigen. Die Dunkelheit macht alles schlimmer. Überall um ihn sind Gefahren. Es knistert und raschelt. Vor allem auf einem Baum ein Stück weit hinter ihm. Etwas ist dort oben, das ihn beobachtet. Der Major umfasst mit fester Hand seine Flinte und denkt an die Vierhundert und das Tal des Todes. Wenn es dazu kommt, wird er nicht kneifen. Er wird vorwärts reiten.

»*Müssen* Sie denn unbedingt summen?«, faucht Charlie Minty an. Jetzt reicht es ihr.

»Ja, und ob.«

»Nun ja, auch wenn Sie keinen Tiger schießen wollen, könnten Sie doch, denke ich, ein klein wenig auf diejenigen Rücksicht nehmen, die es möchten.«

Minty seufzt, ein lang anhaltendes, dramatisches Luftablassen, das gleichermaßen Bedauern und Langeweile signalisieren soll.

»Gott, sind Sie langweilig. Kein Wunder, dass Augustus so viel trinkt. Wissen Sie, ich glaube, ich werde einen Spaziergang machen.«

Charlie traut ihren Ohren nicht. »Einen Spaziergang? Wir sind mitten im Dschungel.«

»Ja, genau. Sehr romantisch hier. Ich denke, es wird ganz entzückend sein.«

Und damit wirft sie die Strickleiter hinab und klettert nach unten. Charlie sieht ihr durch das Visier ihrer Flinte nach, wobei sie mit einer Reihe sehr unenglischer Regungen kämpft. Rund um sie und unter ihr geht die Jagd in Auflösung über, und alle Zielstrebigkeit ist abhanden gekommen. Sie fühlt sich an diesem Ort wie der letzte Hort der Ordnung, wie eine winzige Insel in einem Meer des Chaos, ein einsamer, von schwarzen Wogen umtoster Fels, über dem ein zerschlissener Union Jack weht.

Endlich mäßigt der Foto-Wallah sein Tempo, und Pran hört vor ihnen das Muhen verängstigter Kälber. Sie haben die Stelle erreicht. Gemeinsam spähen sie durch das Laubwerk auf eine Lichtung, auf der drei bedauernswerte Tiere festgebunden sind, die aufgeregt von einer Seite zur anderen drängen. Der Foto-Wallah packt Pran am Kragen und zeigt ihm den Hochsitz des Majors.

»Der dort. Geh los. Ich komme in ein paar Minuten nach.«

Pran kommt ein Gedanke. »Was ist mit den Tigern? Sind sie schon freigelassen worden?«

»Nein. Natürlich nicht.« Er klingt nicht sehr überzeugend. »Es ist doch noch nicht geschossen worden, oder?«

Er gibt Pran einen Klaps gegen den Kopf und treibt ihn vorwärts.

In den folgenden Monaten wird man unterschiedliche Berichte darüber abgeben, was als Nächstes geschah. Einige Berichte werden Beamten diktiert, andere aufgeschrieben oder als mündliche Aussagen Vorgesetzten im öffentlichen Dienst vorgetragen. Die meisten dieser Aussagen weichen selbst in den elementarsten Dingen krass voneinander ab, allerdings werden unter Mithilfe der bürokratischen Alchimie des Indian Office diese Differenzen schließlich beigelegt, und eine vereinheitlichte Darstellung wird in Form eines zwei Seiten starken Memorandums präsentiert. Dieses Dokument, das acht Unterschriften trägt (darunter die von zwei Kabinettsministern), erhält den Stempel »Höchst Geheim« und kann fortan nur noch von den Teilen der Nachwelt in Augenschein genommen werden, die im Besitz der entsprechenden Unbedenklichkeitsbescheinigung der englischen Regierung sind. Es wird als das letzte und endgültige Wort über den Fatehpur-Zwischenfall angesehen und ist, man muss es nicht extra sagen, in fast jedem Detail unrichtig. Die Anwesenheit bewaffneter Aufständischer im Wald, der politisch motivierte Mordanschlag, die verwegene und tragische Tapferkeit gewisser britischer Dienst tuender Offiziere – nichts davon ist streng genommen wahr. Ausnahme ist das Knurren. Alle Quellen sind sich darin einig, dass das Knurren als Erstes zu hören war.

Pran hört es, als er auf den Hochstand zuschleicht, und bleibt wie angewurzelt stehen. Die Tiger, denkt er. Sie haben die Tiger laufen lassen. Dies soll für mehrere Minuten sein letzter zusammenhängender Gedanke sein, weil dem Knurren schnell eine Salve von Schüssen, Schreie, dumpfe Schläge, wütendes Rasseln und ein plötzliches lautes Zischen folgen. Eine Dampfwolke schießt von einem der Bäume nach oben, und der Himmel explodiert in einem blendenden Lichtball.

Viele Dinge werden plötzlich sichtbar.

Erstens der Bombenleger selbst. Cornwell Birch weiß, dass es im Erpressungsgeschäft keine Wiederholung der Filmaufnahme gibt. Weil er bei einem so komplizierten Nachtdreh nichts dem Zufall überlassen wollte, hat er die radikale, aber wirkungsvolle Beleuchtungstechnik angewandt, die Uncle Sams GIs an der düsteren Westfront benutzten, nämlich eine Leuchtbombe abzuschießen. Von einem benachbarten Baum aus kann er Major Privett-Clampes Hochstand ungehindert beobachten. Nur ist der Star der Show leider nicht anwesend. Die Plattform ist leer bis auf Jean-Loup in voller, auf die Verführung des Majors berechneter Aufmachung – ein Hauch Rouge, enge, kunstvoll sich bauchende Shorts, bis zur Taille aufgeknöpftes Khakihemd. Jean-Loup stolpert, die Augen mit der Hand abschirmend. Birch, der seine Kamera auf einen überhängenden Ast aufgebockt hat, schwankt und flucht – dann (echter Profi) gewinnt er seine Fassung zurück und richtet sein Objektiv auf das Geschehen in Bodennähe.

Was dort geschieht, ist, um einen Ausdruck aus Hollywood zu gebrauchen, sensationell. Die Kamera spürt den Nawab auf, der aus einem Busch tritt, nackt bis auf seinen Tropenhelm. Er hat eine mächtige Erektion und ist mit Blut beschmiert, das allerdings zum größten Teil von Minty zu stammen scheint, die, ebenfalls nackt, im Kreis um ihn herumrennt und sich die verletzte Schulter hält. Ob der Nawab die Quelle des lauten Knurrens war, wird nie völlig geklärt werden, weil der größere der beiden Tiger gleichfalls über die Lichtung trottet. Ein rascher Schwenk auf Prinz Firoz, der, heftig an seiner verschmutzten Unterwäsche zerrend und vor Angst wimmernd, vor dem riesigen keuchenden Raubtier davonkriecht. Ein paar Schüsse schlagen um den Prinzen in den Boden ein, denen weiteres Gewehrfeuer antwortet, das bizarrerweise auf die Hochsitze gerichtet zu sein scheint. Dann wird Major Privett-Clampe, der abwesende Filmstar, mit weit aufgerissenen Augen vor den Bäumen sichtbar, der nach rechts und links ballert wie der von Indianern in die Enge getriebene Tom Mix. Als Antwort kommt ein Kugelhagel vom Hochsitz seiner Frau. Minty und der Nawab gehen vor einer weiteren Salve in Deckung, die, vielleicht verständlicherweise, aus der Richtung von Sir Wyndham zu kommen scheint. Jemand brüllt vor Schmerz. Imelda schreit auf, rennt in Deckung und knockt sich dabei augenblicklich selbst an einem Baumstamm k.o. Alles ist in Angst. Alles ist in Panik.

Pran sieht dem Ganzen mit offenem Mund zu. Hinter ihm hält der Foto-Wallah den Atem an, dann rennt er unerklärlicherweise vorwärts, vielleicht weil er ein Foto machen will. Im selben Augenblick streckt ihn eine verirrte Kugel nieder, und er stürzt als zitterndes Tweedgebirge ins Unterholz. Birch schickt eine zweite Leuchtbombe in den Nachthimmel, wobei er das Gleichgewicht verliert und (ein Ereignis, das er zeit seines Lebens bedauern wird) beim Sturz aus dem Baum seine Kamera zertrümmert. Jemand ruft laut nach einem Arzt. Andere Gestalten, indische und europäische, huschen in unterschiedlichen Entkleidungszuständen zwischen den Bäumen herum. Pran sieht seltsam unbeteiligt zu. Das alles hat nichts mit ihm zu tun. Fatehpur hat ihn eingeatmet, und jetzt atmet es ihn wieder aus. Er macht einen einzelnen, traumartigen Schritt nach hinten. Keine Reaktion. Niemand wird es bemerken. Niemand wird es beachten. Er dreht sich um und macht einen weiteren Schritt, dann noch einen. Langsam, ruhig beginnt er durch den Wald davonzugehen.

Ein Krachen hinter ihm. Er fährt herum. Es ist der Major, wild und geisterhaft in dem fluoreszierenden Licht. Er blutet aus einer Wunde am Kopf und umklammert seine Flinte mit beiden Händen, sodass die Fingerknöchel am Lauf weiß hervortreten.

»Mein Junge«, sagt er mit leiser, angespannter Stimme.

»Ich bin nicht Ihr Junge«, antwortet Pran. Die Augen des Majors weiten sich, als wäre er überrascht, er sinkt auf die Knie, und die Flinte gleitet ihm aus den Händen. Dann fällt er in einer unendlich langsamen Bewegung nach hinten.

Pran steht da und betrachtet den massigen, leblosen Körper, dessen Knie und Bauch weiß in den Nachthimmel ragen. Dann geht er weiter. Nach einer Weile bemerkt er, dass er nicht allein ist. Vier glänzende Augen. Grollender heißer Atem. Die Tiger haben ebenfalls die Nase voll. Auch sie hauen ab. Zusammen wandern sie weiter, auf die Grenze Britisch-Indiens zu.

White Boy

Die Straße nach Amritsar kommt Jiwan Singh ruhig vor. Er saugt geräuschvoll an seinen Zähnen und teilt seine Beobachtung seinem Bruder mit. Abhay, einen Kopf kleiner und ein Jahr jünger, nickt argwöhnisch. Die Straße ist ruhig und friedlich. Der Tag ist heiß. Die beiden Jungen lassen ihre Beine baumeln, blinzeln in die Sonne und saugen an ihren Zähnen, deren schiefe, gelbe Menge das sichtbarste Erbe ihres Vaters ist. Der Karren zockelt träge durch den Staub, und seine Fracht aus Tontöpfen klirrt bei jedem Buckel und jeder Furche in der Straße. Der namenlose Büffel der Familie Singh zieht an der Deichsel und wedelt mit seinem Schwanz die Fliegen von seinem dürren Hinterteil.

Die Frauen im Dorf sagen, dass der Töpfer Bishen Singh kein kluger Mann ist. Das Einzige, was er kann, ist, Söhne in die Welt zu setzen. Sechs hat er, und nur zwei sind gestorben. Das ist keine geringe Leistung, doch alle Söhne haben Bishen Singhs langsamen Verstand und schlechte Zähne, was die Leistung mindert. Genau genommen ist Bishen Singhs Verstand *sehr* langsam. Nur er kann seine Söhne auf den Markt in Amritsar schicken, wenn das Land in einer solchen Lage ist. Nur Bishen Singhs Söhne können dermaßen interesselos sein, dass sie, ohne eine einzige Frage zu stellen, einen Fremden auf ihrem Karren mitnehmen, der neben ihnen vor sich hin döst.

Der Karren rollt auf Amritsar zu. Der Sahib, der nicht wie ein Sahib spricht, wacht auf und kratzt sich.

»Wie weit noch?«, fragt er.

»Noch eine Stunde, Sahib«, sagt Jiwan Singh. Der fremde junge Mann nickt und zupft an seinem durchgeschwitzten Khakihemd, um Luft an seine schweißglänzende Brust zu fächeln. Dann schläft er wieder ein. Er hat schon den ganzen Morgen geschlafen. Wäre er wach gewesen, hätte er vielleicht die nervösen Gesichter der Wachen an der Eisenbahnbrücke oder die Steintrümmer im letzten Dorf bemerkt, durch das sie gekommen sind und auf das die Sahib-Flugzeuge zur Strafe Bomben geworfen haben. Oder die unheilvolle Stille. Den ganzen Morgen ist der kleine Karren in diese Stille hineingefahren, die dick ist wie geronnene Milch und voller Angst.

Eine Stille wie diese braucht Zeit, um sich zu bilden. Sie hat sich ganz allmählich aus den schrecklichen Dingen herausgesondert, die sich hier in den vergangenen Monaten ereignet haben. Der Punjab ist die Kornkammer des britischen Raj, außerdem das Rekrutierungsgebiet seiner Armee. Diese Landschaft mit ihren flachen, von Bewässerungskanälen und niedrigen Lehmwällen durchzogenen Feldern bedeutet den Sahibs alles, und seit kurzem haben sie das Gefühl, es gleitet ihnen aus den Händen. Zuerst gab es Gerüchte, die Inder sprächen heimlich mit den Russen und Deutschen über Bolschewismus, Aufruhr – die unvermeidliche Folge davon, sagten die politisch Kompromisslosen, dass man Einheimischen Schulbildung gewährt. Flugblätter wurden an öffentlichen Orten angeklebt. *Sei bereit zu töten und zu sterben.* Dann, bald danach, kleine Vorzeichen. Eine Hindu-Prozession, der sich Moslems anschlossen. Rufe: *Mahatma-Gandhi ki-jai.* Tanzen und Trommeln auf den Straßen. Religiöse Gegner sieht man aus demselben Becher trinken. Die Sahibs begannen ihre Gewehre zu zählen und sich zu sagen, die Zeit zum Reden sei vorbei. Es gebe nicht genug von ihnen. Sehr viele Soldaten, die an der Grippe litten. So wenige weiße in solch einem gewaltigen Meer brauner Gesichter. Im ganzen Punjab wurden die Rauchzimmer der Clubs mit Reden von einer entschlossenen Regierung gefüllt, die als Erste zuschlägt, und das hart.

Die Mischung begann sich zu verdichten. Auf öffentlichen Versammlungen. Kongress-Babus riefen Streiks aus. Bei einem Kricketspiel stürmte die Menge auf das Spielfeld, riss die Rohr-Wickets aus dem Boden und fuchtelte mit gestohlenen Torstäben in der Luft herum. Dann nächtliche Verhaftungen, nationalistische

Anführer wurden außerhalb der Staatsgrenzen gebracht. Erneut eine Menge, die im Aitchison Park umherwogt, wütend, ziellos, unangenehm nahe an sensiblen Orten wie dem Bahnhof und dem Telegrafenamt. Einen Steinwurf jenseits der Gleise befanden sich die Civil Lines, adrette Bungalowreihen, in denen die adretten engelhaften Ehefrauen und ihre adrett gekleideten engelgleichen Kinderchen wohnten. Natürlich eröffneten die Soldaten das Feuer. Bald lagen überall Tote auf dem dürren, braunen Rasen. So fing es an.

Allmählich treten die Stadtmauern aus dem heißen Dunst hervor. Der Sahib erwacht, als der Karren, von den britischen Wachsoldaten mit offenem Mund beobachtet, durch das Ghi-Mandi-Tor rollt. Einer von ihnen tritt näher, das Gewehr im Anschlag, hält sie aber nicht an. Jiwan und Abhay und der Sahib fahren in die verkohlte, schweigende Stadt hinein.

»Ab hier gehe ich zu Fuß«, sagt Pran. »Vielen Dank.«

Die Jungen nicken und schlucken ihren Abschiedsgruß herunter. Sie lassen Pran an einem angekohlten Schutthaufen stehen, der zerstörten Fassade der Alliance Bank.

Furchtbare Dinge haben sich hier ereignet. Grausige. Der Ort zeigt die Erinnerungen an sie dicht unter der Oberfläche, Erinnerungen an schweres Holzmobiliar der Bank, das auf die Straße geschleift und mit Kerosin übergossen wurde. Das Bild von Mr. Thompson, dem Direktor, dessen schreiendes Gesicht von den Flammen geschwärzt wird, während er von dem johlenden Mob verbrannt wird.

Als Pran die Straße entlanggeht, bleiben Leute stehen und starren ihn an. Seit fast zwei Wochen jetzt haben die Sahibs die Stadt nur noch mit Militärpatrouillen betreten. Ihre Frauen und Kinder sind im schützenden Fort Gobind Garh untergebracht. Warum schlendert dieser Junge hier herum und besieht sich die Zerstörungen wie ein Tourist? Die schimmernde Kuppel des Goldenen Tempels lugt über die rußgeschwärzten Dächer. Ohne die Reaktionen zu bemerken, die er hervorruft, wandert Pran darauf zu.

Überall in der Stadt Erinnerungen. Brandschatzungen und Plünderungen. Nach den Banken das Postamt. Das Polizeirevier.

Die englischen Geschäfte im Hall-Basar. Weiße, die totgeschlagen wurden. Mrs. Easdon, die Ärztin aus dem Zenana-Krankenhaus, die ihr Gesicht mit schwarzer Tinte bespritzte und sich in einen Sari zwängte, während unten in der Krankenhausapotheke Flaschen zerschlagen und die angloindischen Krankenschwestern vergewaltigt wurden. An einer anderen Stelle, in der stillen Stadt Jullunur, wird die Dinnerparty des Generals durch ein Telegramm gestört. Ja, sagt er zu dem ängstlichen Überbringer. Genau das habe ich erwartet. Es steht uns ein großes Schauspiel bevor. Seine Gäste treten mit ihren Drinks auf die Veranda des Flagstaff House, um ihm zum Abschied zuzuwinken.

Pran geht nicht die Seitengasse in den Jallianwala Bagh hinunter. Er spürt die Last der Abwesenheit über dem Ort und geht eilig vorbei. Die einzige Bewegung ist in der Luft zu bemerken, zwei Falken, die noch immer voller Hoffnung herumschweben, obgleich sich das Ganze schon vor einer Woche zugetragen hat. Der Zugang ist winzig, und dahinter liegt das, worüber Pran nichts weiß; trotzdem möchte er es nicht sehen. Ein weiter, offener Platz, der von hohen Mauern umgeben ist, bestens geeignet für öffentliche Versammlungen.

Eine Woche zuvor. Die Nachmittagsschatten wurden länger, während nicht weniger als fünfzigtausend Menschen einer Rede zuhörten, die dem jüngst vom General erlassenen Kriegsrecht zum Trotz gehalten wurde. Der Zugang war so schmal, dass der General die Panzerwagen nicht hineinfahren lassen konnte, was ihn ärgerte, weil er gehofft hatte, ihre großkalibrigen Maschinengewehre einsetzen zu können. Es war höllisch heiß, und er litt, wie üblich, insgeheim an Schmerzen. Die Schmerzen des Generals waren stetig und heftig, und das schon seit Jahren. Obgleich ihm seine sklerotischen, zweimal zerschmetterten Beine Ströme winziger Dolche den Rücken hinauf in den Kopf sandten, war er der Befehlshaber und sah es als eine Frage der Ehre an, vor Untergebenen keine Schwäche zu zeigen. Er ließ sich folglich nichts anmerken, sondern rückte mit fünfzig Schützen, Sikhs und Gurkhas, an und ließ sie in einer Reihe Aufstellung nehmen.

Der Redakteur Durgas Das stand auf der Rednertribüne und schaute zu dem Beobachtungsflugzeug hinauf, das über ihm kreiste. Er hatte seine Rede unterbrochen. Der Lärm der Propeller war zu laut, als dass er sich verständlich machen konnte. Als die Soldaten im Eilschritt den Jallianwala Bagh besetzten, blickte er über die Menge hinweg und hob die von Druckerschwärze dunkle Hand an seine Stirn. Leute drehten sich um, um gegen die Störung zu protestieren. Die Soldaten gingen auf die Knie, und als ahnte man das Furchtbare, trat für einen ganz kurzen Augenblick Stille ein.

Dann begannen sie ohne Warnung zu schießen.

Durgas Das sah die erste Welle der Leiber fallen, als fahre eine Windbö in ein Kornfeld. Dann wurde er fortgerissen. Der einzige Ausgang aus dem Jallianwala Bagh lag hinter der Kette der Soldaten. In Panik geratene Menschen trampelten aufeinander, um über die Mauer zu klettern. Der General wies seine Männer an, dorthin zu zielen, wo die Menge am dichtesten war. Die Männer feuerten und luden nach, feuerten und luden nach, und ab und zu, zwischen den Salven, wenn sie die Magazine wechselten, trat wieder eine kurze Stille ein.

Der stellvertretende Polizeidirektor stand neben dem General und sah zu. »Sie erteilen diesen Leuten eine Lektion«, sagte er. »Die werden sie nicht so schnell vergessen.« Der General nickte. Seine Kompanie gab 1650 Schuss ab.

Wie der stellvertretende Polizeidirektor hielt der General seine Kugeln für erzieherisch. Ethisch gesehen sind die dunkelhäutigen Rassen wie Kinder, und der General erfüllte soeben die wichtigste Pflicht des weißen Mannes in Asien, was heißt, dass er eindeutige Richtlinien aufstellte. Seine Kugeln erinnerten an die Bedeutung des Gesetzes. Sprecht es mir nach.

Nach etwa zehn Minuten gab der General den Befehl zum Rückzug. Als er zum Abendessen zurückkehrte, kreisten die Falken und Geier schon am Himmel. Die Toten wurden an den Mauern des Jallianwala Bagh entlang zu Haufen aufgeschichtet. Der Brunnen in der Ecke war mit Leichen verstopft. Als die Dunkelheit hereinbrach, wurden diejenigen, die nach ihren Verwandten suchten, von Schakalen und wilden Hunden angefallen. Unter Kriegsrecht herrschte um acht Uhr Ausgangssperre. Die meisten Bewohner der Stadt hatten inzwischen zu große Angst, sie zu umgehen, und so blieben auch die Verwundeten bis zum nächsten Morgen liegen. Das Jubilee Hospital wurde von Europäern geführt. Niemand ging dorthin, um sich behandeln zu lassen.

Am Tag darauf wurden die Leichen zu je fünf auf Scheiterhaufen verbrannt. Die Leute beseitigten in aller Eile jegliche Hinweise darauf, dass Verwandte von ihnen an der Versammlung teilgenommen hatten. Kein Mensch wusste, wie viele Tote es gegeben hatte. Die Europäer hielten eine Konferenz ab, auf der der Krankenhauschirurg um Unterstützung für die Bombardierung der Stadt zu werben versuchte. Er würde der Sache ein für allemal ein Ende machen, wenn er entscheiden könnte. Am Nachmittag zitierte der General indische Anführer zum Kotwal, dem Polizeipräsidenten. Ich bin Soldat, teilte er ihnen in schneidigem Exerzierplatz-Urdu mit. Für mich sind die Schlachtfelder Frankreichs und Amritsars das Gleiche. Sagen Sie es klipp und klar, wenn Sie Krieg wünschen. Wenn Sie Frieden wünschen, lassen Sie augenblicklich Ihre Geschäfte wieder öffnen. Sie werden uns über alle Übeltäter informieren. Ich werde sie erschießen lassen. Widersetzen Sie sich nicht meinen Befehlen.

Pran geht eilig weiter. Eine Woche Kriegsrecht hat einen Gestank in Amritsar zurückgelassen. Angekohltes Holz. Nicht eingesammelter Müll. Der süße Geruch verbrannten Fleisches und der beißende Gestank angekokelter Sariseide, die, mit Puder bestäubt, zum Stillen von Blutungen benutzt wurde. Flüchtig sieht er Gold und Wasser am Ende der Straße aufschimmern, den Tempel inmitten seines riesigen Bassins. Ein Schneider sitzt vor seinem Laden, ausdruckslos und gleichmütig. Einige Leute gehen in der engen Straße an ihm vorbei. Sie gehen zu Fuß, da der General alle Tongas und Fahrräder zu militärischen Zwecken beschlagnahmt hat.

Als Pran um eine Ecke biegt, sieht er sich einem ungewöhnlichen Anblick gegenüber. Drei englische Soldaten, kräftige, backsteinfarbene Männer aus Somerset, stehen über einem Sikh-Arbeiter. Sie gehen ihm langsam hinterher, während der Mann die Gasse auf dem Bauch entlangkriecht.

»Jaldi! Jaldi, du braunes Arschloch!«, schnauzt der Sergeant. Der Kriechende beschwert sich, dass er hier wohne und warum sie ihn nicht aufrecht gehen ließen. Die Weißen machen nicht den Eindruck, als verstünden sie ihn.

»Kriech weiter und halt die Schnauze!«

Aber er kann keinen anderen Weg nehmen. Wieso muss er das jedes Mal über sich ergehen lassen? Seine Frau traut sich nicht mehr aus dem Haus. Gott der Barmherzige weiß, das kann nicht gerecht sein. Über der Gasse lugen Gesichter aus hoch gelegenen Fenstern, dann verschwinden sie wieder. Die beiden jungen Soldaten folgen dem Mann auf beiden Seiten und piken ihn gelegentlich mit ihren Gewehren. Seine weiße Kurta ist bereits dreckverschmiert. Er versucht, einen weiteren Kothaufen zu umrobben, aber der Stiefel des Sergeanten stemmt sich auf sein Kreuz und presst ihn fest hinein. Er kriecht schweigend weiter.

Pran ist hier in eine weitere Lektion hineingestolpert, diesmal veranlasst durch den Glauben des Generals an die Heiligkeit der Frau. Die ist fester Bestandteil seines Glaubens, den seiner Meinung nach jeder Mensch haben sollte. Leider hält man sich nicht überall daran. Während des Aufruhrs wurde hier in dieser Straße einer Frau Gewalt angetan. Die Missionarin, Miss Sherwood, fuhr gerade auf ihrem Fahrrad vorbei (typische Scheiß-Missionarin, die versucht, »im Kreis ihrer Herde zu leben«, und was hat sie jetzt davon?), als sie von dem Mob angegriffen wurde. Der General hat sie im Jubilee Hospital besucht, und seine Visite hat ihn sehr wütend gemacht. Eine Engländerin, schwach, blutverschmiert, wie eine Mumie in Binden gewickelt, ringt um ihr Leben. Er schritt in dem antiseptisch riechenden Gang auf und ab und durchforschte sein Gehirn nach einer angemessenen Strafe. Nach etwas Abschreckendem. Nach etwas, das dem Verbrechen entsprach. Und so hat er als Vorbereitung auf eine Reihe öffentlicher Auspeitschungen auf der Hälfte der Straße ein Schanddreieck aufstellen lassen und angeordnet, dass jeder Einheimische, der daran vorbeigehen möchte, das auf allen Vieren tun muss. Wenn sie sich wie Tiere benehmen, wird man sie auch so behandeln. Der Befehl gilt seit zwei Tagen. Die Wasserträger und die Kloakenreiniger meiden das Gebiet. Niemand außer den in der Falle sitzenden Anwohnern trotzt den Soldaten. Die Rinnsteine, die in der Sommerhitze dampfen, sind mit Müll und Exkrementen verstopft.

»Zum Teufel noch mal«, sagt einer der Soldaten. »Was machst *du* denn hier in dieser Gegend?«

Pran bemerkt plötzlich voller Angst, dass der Mann ihn angesprochen hat. Der Sergeant und der zweite Soldat drehen sich herum, den gleichen erstaunten Ausdruck in den Gesichtern. Jeden Augenblick werden sie über ihn herfallen, ihn festnehmen und über den Boden kriechen lassen wie den Mann zu ihren Füßen. Es gelingt ihm nicht, seinen Mund dazu zu zwingen, Worte zu bilden. Er sollte einfach weglaufen.

»Bist du verrückt?«, fragt der Sergeant. »Du solltest in dein Viertel zurückgehen oder wo du auch wohnst. Wo kommst du denn her?«

Pran versteht. Sie denken, er ist einer von ihnen. Trotz des Schweißes, des Drecks von fünf Tagen Reise in ein und denselben Kleidern, trotz der Art, wie er Kopf und Hände hält, trotz der Schreckensmiene in seinem Gesicht denken sie, er sei einer von ihnen.

»Ist alles in Ordnung, Junge? Wo sind denn deine Eltern?«

Pran darf nicht reden. Sobald er spricht, werden sie es merken. Sie werden ihn an dem Schandpfahl auspeitschen. Wie können sie denn so blind sein? Wieso merken sie es denn nicht?

»Sieh mich an, Junge«, sagt der Sergeant, und der freundliche Ton in seiner Stimme klingt dem besudelten Mann, der zu seinen Füßen auf dem Bauch liegt, unheimlich in den Ohren. »Ist alles in Ordnung? Kannst du mir deinen Namen sagen?«

Stumm schüttelt Pran den Kopf. Er muss etwas sagen. Er spürt, wie die Farbe aus ihm entweicht wie Schweiß. Er beschwört seine

Poren, sich zu schließen. Die Haut, zu Stein zu erstarren. Zu weißem Marmor. Undurchdringlich. Er steht so reglos da wie möglich. Eine einzige Bewegung wird ihn verraten. Aber er muss sich bewegen. Sonst werden sie ihn fortschaffen.

Er deutet die Straße hinunter in die Richtung der Civil Lines. Er versucht, Privett-Clampes Stimme in seinen Mund zu bannen.

»Ich gehe ja schon«, sagt er. »Es geht mir sehr gut.«

Die Soldaten stehen da und sehen ihn an. Der Mann am Boden kriecht mit seinen schwieligen Hacken im Dreck herum.

»Es geht mir sehr gut. Ich verschwinde ja schon. Auf der Stelle.«

Pran setzt sich in Bewegung. Der Sergeant ruft ihm nach: »Pass auf dich auf.«

Pran dreht sich um und nickt, wobei er versucht, nicht in Laufschritt zu verfallen, bevor er nicht um die Ecke ist. Kaum sind die Männer außer Sichtweite, kann er es nicht unterdrücken. Seine Füße berühren kaum den Boden. Das Herz hämmert in seiner Brust. Die Bewohner von Amritsar sehen ihn vorbeihetzen, ein irres Grinsen im Gesicht. Ihn erfüllt Heiterkeit. Er denkt kaum an den Mann am Boden, und jeder Laufschritt scheint ihn weiter von ihm zu entfernen, ein weiteres Stück aus sauberem, gestärktem Raum.

Alles, was er jetzt tun muss, ist, von hier wegzukommen. Fatehpur hat er ohne jeden Plan verlassen, ohne wirklich zu glauben, dass er es schaffen könnte. Fünf Tage lang ist er jetzt schon draußen in der weiten Welt, und es hat ihn in diese tote Stadt gespült wie ein Haar im Abfluss des gefliesten Badezimmers eines Briten. Aber er darf hier nicht bleiben. Hier wird er getötet. Er stoppt und fragt eine verwunderte Frau, wo der Bahnhof ist. Wortlos zeigt sie ihm den Weg. Er läuft in der Richtung weiter, die sie ihm gewiesen hat, trabt immer langsamer und langsamer, bis die labyrinthischen Straßen abrupt vor den toten, braunen Rasenflächen des Aitchison Parks enden. Auf der gegenüberliegenden Seite sieht er den Bahnhof und die überkorrekten Bungalowreihen der Civil Lines.

Hinein ins Weiße. Trotz seines Glücks mit den Soldaten muss

er dafür seinen ganzen Mut zusammennehmen. Beim Näherkommen sieht er, dass die Fenster des Bahnhofs mit Sandsäcken verbarrikadiert sind und dass englische Soldaten am Eingang eine Geschützstellung aufgebaut haben. Einen Moment lang zögert er. Wie kommt er nur dort hinein? Aber er hat keine Wahl. Niemand stellt ihm eine Frage, als er vorbeigeht.

Der Bahnhof ist gedrängt voll mit Leuten, die auf ihre Evakuierung warten. Schweißgestank schlägt ihm ins Gesicht wie eine Faust. Verängstigte Leute sind auf den Bahnsteigen, in den Wartesälen, dem Bahnhofsrestaurant, der Fahrkartenhalle zusammengepfercht. Zusammengepresst wie in einem schwarzen Loch. Der Gestank ihrer Körper, plötzlich von allen anderen üblen Gerüchen Indiens isoliert, ist entsetzlich. Ein einziger Hauch Rosenöl am Glasstäbchen eines Parfümeurs roch roh, eklig und ungemischt. Pran ist das Lied beigebracht worden. *Fee fie foe fum. Be he 'live or be he dead.* Sei er lebendig oder tot. Dies ist der Geruch von Engländern, ein Anreiz für den Mob, den Riesen im Märchen, über sie herzufallen. Hauptsächlich sind es Frauen und kleine Kinder, und sie kampieren hier wohl schon seit Tagen. Jede Familiengruppe hat ihr kleines Stück Fußboden abgeteilt, indem sie aus Decken und Betttüchern provisorische Wände errichtet haben, um sich gegen ihre Nachbarn abzuschirmen. Wie von einem Instinkt getrieben, von der animalischen Neigung, die Welt in Abschnitte zu teilen, den Raum zu rastern und zu ordnen. In das kleine rosa Territorium jeder Familie, eingezeichnet in die Landkarte des Bahnhofs von Amritsar.

Sie sehen dürr und elend aus. Die Kinder hängen schlaff an ihren stummen Müttern, deren schmutzige Gesichter auf den ersten Blick Masken der Niederlage und Sorge zu sein scheinen – die zermürbende Wirkung von Stunden und Tagen des Wassermangels, miserabler Hygiene und ständiger Todesangst. Doch wenn man sie näher betrachtet, leuchten die Augen der Frauen. Unter ihrem Schmutz hat die Not in diesen Memsahibs seelisch etwas aufgerichtet. Es verbindet sie mit der Geschichte, mit ihren Großmüttern aus der Zeit des Sepoy-Aufstandes, mit dem symbolhaften Schicksal der Engländerin in tropischen Klimazonen, und das heißt, sich bescheiden, die Sache durchstehen. Allmählich werden sie zu den Engeln, die ihre Ehemänner in ihnen sehen. Heilig. Es wert, Blut für sie zu vergießen.

Diese Frauen machen Pran fast ebensolche Angst wie die Soldaten, die sie bewachen. Er ist ein Unbefugter, ein schwarzer Kuckuck im Nest. Er versucht so wenig aufzufallen wie möglich, wobei ihm nur allzu bewusst wird, dass es hier ansonsten keine Jungen seines Alters gibt. Die echten englischen Jungen sind allesamt »daheim« in Internaten. Einige von den Frauen werden auf ihn aufmerksam, durchstöbern sichtlich ihr Erinnerungsvermögen und versuchen, sein Gesicht irgendwo unterzubringen. Jedes Mal, wenn er sieht, dass jemand ihn fest ins Auge fasst, geht er weg und stellt sich woanders hin. Lange steht er unter einem abblätternden Plakat. *Besucht Bombay. Das Tor nach Indien.*

Gerade als er das Gefühl hat, dass er nun jeden Moment angesprochen wird, durchbohrt das Schrillen einer Dampfpfeife den Mief. Pran geht hinaus auf den Bahnsteig und sieht schnaubend einen Zug in den Bahnhof einfahren. Sofort wird alles eilig und betriebsam. Soldaten strecken sich und klettern aus einem Güterwagen, der zu einer Maschinengewehrstellung umgebaut worden ist. Lebensmittel und Nachschub werden von Sikh-Soldaten entladen, von ihren englischen Offizieren jedes Mal scharf überwacht, wenn ihre Arbeit sie in die Nähe von Frauen oder Kindern führt. Inmitten des ganzen Durcheinanders schlüpft Pran in den Zug. Bald sieht er auf der Fahrt nach Süden Felder vorbeigleiten.

Pretty Bobby

Hinter den hohen Mauern eines Bombayer Mietshauses öffnet sich ein kleiner Innenhof wie ein aus einem Tonklumpen ausgeschnittenes Blumentöpfchen. Auf der gegenüberliegenden Seite tobt das ganze Nachmittagsgetöse und -chaos der Falkland Road. Auf dieser Seite fegt ein junger Mann den Fußboden. Er tut das sehr nachlässig, wobei er den Besen verdrießlich von seinen langen Beinen fortbewegt, um den Staub von seiner neuen, europäisch geschnittenen Hose fernzuhalten. Dies hier ist nicht seine Aufgabe. Es ist die Aufgabe der Reinemachefrau.

Nach ein paar Minuten hält der junge Mann seine Arbeit für erledigt. Er wirft den Besen zur Seite, richtet sich auf und zündet sich eine Zigarette an, die er elegant zwischen den Fingern hält, und hat sich im selben Augenblick von einem Diener in einen Cocktailpartygast verwandelt. Um das Bild zu vervollständigen, lehnt er sich an die Mauer neben sich und kreuzt ein Bein über das andere. Ein Modefoto. Ein Mensch mit Muße.

Die Mauer ist unansehnlich und schlecht gebaut. Sie erhebt sich mehr oder weniger bis zur Augenhöhe eines Erwachsenen und teilt den Hof, der sowieso schon eng ist, in zwei ungleiche Teile. Auf der kleineren Seite, gegen die der junge Mann sich lehnt, biegt sich die Mauer in der Mitte Besorgnis erregend durch. Brüchiger Mörtel bröckelt zwischen den Ziegeln heraus, die planlos, mit wenig Sorgfalt oder handwerklichem Geschick übereinander geschichtet sind. Die Armseligkeit der Mauer scheint zu den Gebäuden beiderseits von ihr nicht zu passen, die robust sind, auch wenn sie verputzt und gestrichen werden müssten.

Während der Junge wieder kraftlos an seiner Zigarette zieht, wird er durch ein bärtiges weißes Gesicht auf der anderen Seite der Mauer aufgeschreckt.

»Robert?«, fragt der Bärtige. »Habe ich es dir nicht schon gesagt? Habe ich es dir nicht oft genug gesagt? Tabak ist eine Brechstange, die der Teufel benutzt, um dein Herz für sich aufzustemmen!«

»Ja«, antwortet Robert und tritt die Zigarette murrend mit seiner Sandale aus.

»Ja, was?«

»Ja, Sir, Reverend Macfarlane.« Obgleich sich die beiden überhaupt nicht ähneln, gleicht die Aussprache des Jungen auffallend der des Bärtigen und hat all die gezierten Betonungen eines gebildeten Tieflandschotten. Reverend Macfarlane hebt eine seiner buschigen Augenbrauen, was aussieht, als löse sich ein kleines haariges Tier von seiner Herde. Mit einer Grimasse bückt sich Robert und lässt die platt getretene Zigarettenkippe in seine Hosentasche gleiten.

»Ich bin sehr enttäuscht von dir, Robert«, fährt Reverend Macfarlane fort. Während er dies sagt, hüpft er auf der anderen Seite der Mauer herum und stellt sich auf die Zehenspitzen, um seine Moralpredigt an den Mann zu bringen. »Ich weiß, man kann von dir nicht erwarten, dass du dich über ein bestimmtes Niveau erhebst. Glaube ja nicht, dass ich keine Nachsicht übe. Aber du bist ein gescheiter Junge. Du hast gute Aussichten, dich über die Beschwerden hinwegzusetzen, die Gott in seiner Weisheit dir aufzubürden für angebracht gehalten hat. Doch das wird nur geschehen, wenn du kämpfst. Du musst gegen sie kämpfen, Robert! Kämpfen!«

Reverend Macfarlanes Tonfall und Lautstärke steigern sich, bis seine Stimme bei seiner Ermahnung zu kämpfen mit einer Kraft durch den Hof hallt, die er sich durch jahrelanges Straßenpredigen erworben hat. In diesem Moment erscheint in der Tür auf Roberts Seite der Mauer eine Frau. Sie ist Europäerin, trägt jedoch einen Sari. Jünger als der Reverend, dessen explosionsartiges drahtiges Grauhaar von vielleicht sechzig Jahren Kampf zeugt, ist ihr strohblondes Haar aus dem Gesicht nach hinten zu einem strengen Knoten zusammengebunden.

»Chandra?«, ruft sie.

»Ja, Ambaji?«, antwortet Robert.

»Bist du mit den Hausarbeiten fertig?«

»Ja, Ambaji.«

»Braucht er dich zu irgendwas?«

Reverend Macfarlane knurrt: »Sag ihr, ja, ich brauche dich. Neue Sachen sind angekommen. Ich möchte sie ausprobieren.«

»Ja, er braucht mich, Ambaji.«

»Wieder Schädel? Na schön. Sag ihm, er soll dich nicht zu lange festhalten.«

Chandra-Robert wendet sich wieder dem Bärtigen und der Mauer zu: »Sie sagt –«

»Hab's gehört«, murmelt der Reverend. »Jetzt kletter herüber und hilf mir die Sachen auspacken. Sie sind direktenwegs aus *Edinburgh* angekommen.« Er betont den Namen der Stadt, als wollte er deren Bedeutung und Besonderheit unterstreichen.

Der junge Mann zieht eine Packkiste dicht an die Mauer und klettert von ihr aus hinüber, wobei er mit dem Fuß einen lockeren Ziegelstein lostritt. Der Reverend krempelt in Erwartung schwerer Arbeit die Ärmel hoch und geht dem Jungen voran in einen niedrigen Saal, der als Kirchenraum eingerichtet ist. Die Möbel sind schlicht und schmucklos, ein schwerer Tisch und ein Lesepult vor einer Reihe lehnenloser Bänke. Zu beiden Seiten liegen stapelweise Gesangbücher in Bücherregalen. An der hinteren Seite führt eine Flügeltür zur Straße, sie ist mit einem schweren Holzbalken versperrt. Stadtgeräusche, Tonga-Räder und Fahrradklingeln und die Rufe von Straßenhändlern dringen durch einen zwei Zoll breiten Spalt unter ihr nach drinnen. In dem peinlich sauberen, über die Maßen spartanischen Raum ist das einzige Zugeständnis an Komfort ein Deckenventilator.

»Du musst meine Frau mit ihrem richtigen Namen anreden«, fährt Macfarlane ihn an. »Ich möchte von dir diesen Blödsinn nicht hören, den sie sich da zugelegt hat.«

»Ja, Sir, Reverend Macfarlane.«

»Sie ist Mrs. Macfarlane. Alles andere bestärkt sie nur. Und lass dich von ihr auch nicht Chin-so-und-so rufen. Robert. Elspeth und Robert. Absolut passende Namen.«

Staubteilchen tanzen im Licht und wirbeln um sie herum, als sie durch die Kirche gehen und die schmale Treppe zu einem Zimmer hinaufsteigen, das dem Reverend als Schlafraum und Laboratorium dient. Robert bleibt in der Tür stehen, als Macfarlane über den knarrenden Fußboden zu den Fensterläden geht und sie aufstößt. Der Straßenlärm springt näher heran, und der düstere Raum wird in all seiner dürftigen Pracht sichtbar.

Reverend Andrew Macfarlane ist ein Mann, der glaubt, dass Aufräumen eine Unterart des Betens ist, Dienerin höherer Formen wie Frühlingsputz und Freiübungen. Und so lebt er in einem Raum, dessen Einrichtung mit einer Art rechtwinkligem Nachdruck angeordnet ist: Die hunderte von Büchern sind in genauer alphabetischer Reihenfolge auf säuberlich staubgewischten Borden abgestellt, das harte Feldbett mit soldatischer Genauigkeit gemacht, auf dem abgewetzten Schreibtisch liegen keine Papiere herum, und die Schränke, die seine nicht so oft gebrauchten wissenschaftlichen Gerätschaften enthalten, sind fest verschlossen und verriegelt. Kein Götzenbild befleckt die weiß gestrichene Reinheit der Wände, und weder ein frivoler Teppich noch eine Strohmatte verunzieren die ehrlichen Dielen des Bodens. Was die Dinge persönlicher Eitelkeit angeht, so sind sie in einen metallenen Reisekoffer eingeschlossen und werden zweimal im Monat in die Freiheit entlassen, um den kleinen Exerzierplatz rund um einen Rasierspiegel herum einzunehmen, der, wenn er nicht benutzt wird, mit dem Gesicht nach unten zum Waschtisch gedreht wird. Würde das Barttrimmen häufiger stattfinden, könnte Sündigkeit die Folge sein. Fromme Vorkehrungen und nicht etwa Zügellosigkeiten wie Bequemlichkeit oder (behüte Gott) echte ästhetische Neigung bestimmen den Zustand des wilden patriarchalischen Haarwuchses des Reverend. Wie in dem Zimmer ist nichts an dem Mann das Ergebnis von Zufall oder Nachlässigkeit.

Doch durch eine kleine Ritze ist Gefühl in diese luftlose Welt eingedrungen. Bilder fehlen nicht ganz und gar. Ein im Basar erstandener Messingrahmen mit Klappständer steht auf dem Schreibtisch. Er enthält zwei Fotografien. Robert, der schon oft in diesem Raum gewesen ist, schlendert dennoch hinüber, um einen Blick auf sie zu werfen, die beiden jungen Infanteristen, die undeutlich in die Kamera starren. Zwei verschiedene Fotostudios. Zwei verschiedene Brauntönungen. Die toten Söhne. Er findet ihre Gesichter unsagbar faszinierend, obgleich nichts Besonderes an ihrer durchschnittlichen Mischung aus den Gesichtszügen ihrer Eltern das Auge gefangen nimmt. Sie sind erstarrt und machtvoll, das Sammelbecken aller zurückgehaltenen Emotionen, die das Leben dieses Hauses regieren. Sie sind, sagt er sich, der Grund, weshalb Ambaji ihn aufgenommen hat, und der Grund, weshalb der Reverend ihm zu bleiben erlaubt.

»Du sollst mir helfen und nicht hier herumstehen und träumen.«

Macfarlanes Stimme bringt ihn zur Erde zurück, und er hilft, eine kleine Transportkiste aufzustemmen, und legt den Deckel sorgfältig zur Seite. Sie heben verschiedene Teile aus schmalen, geriffelten Holzleisten und einige kleine Lederfutterale heraus, die Greifzirkel, feststellbare Klammern und schwere Messingwinkelmaße enthalten. Außerdem kommt eine spanische Wand auf einem Metallständer zum Vorschein, ganz ähnlich der, die Robert zum Projizieren von Kinobildern gesehen hat, nur schwarz.

Macfarlane greift in seine Tasche, zieht Schlüssel hervor und schließt damit einen von zwei großen Holzschränken auf. In seinem Inneren sieht man, säuberlich in Fächern aufgereiht, mehrere Reihen menschlicher Schädel. Der Reverend betrachtet sie zärtlich.

»Ah, mein kleines Golgatha. Hallo.«

Er bückt sich und zieht unten aus dem Schrank eine schwere Werkzeugkiste.

»Zuerst setzen wir mal das Lamprey-Gitter zusammen. Du hältst es, und ich ziehe die Schrauben an.«

Während Robert auf die Holzlatten drückt, blickt er hinauf zu den Toten. Die Toten blicken auf ihn herunter. Wie sehr er sich auch Mühe gibt, er kann sich an die Sammlung des Reverends nicht gewöhnen. Die Vorstellung, dass sie alle in diesen Schrank gepackt sind, erfüllt ihn mit Grauen. Männer und Frauen, die einmal herumliefen und Abendbrot aßen und Musik machten und sich stritten, sind allesamt nichts weiter mehr als wissenschaftliche Beispiele. Als er sie das erste Mal zu Gesicht bekam, hätte er beinahe laut aufgeschrien. »Primitiver Aberglaube«, sagte Macfarlane dazu und versetzte nachdenklich Roberts Kopf einen Knuff mit den Knöcheln. »Ganz natürlich für einen Verstand wie deinen.« Robert riss sich los. Die Geste ließ ihn frösteln. Er hatte das Gefühl, als wäre in den Augen des Reverend sein eigenes Herumlaufen, Essen, Streiten nur zeitlich begrenzt, und die Grenze, die ihn von dem Schrank mit den Musterstücken trennte, könne ohne weiteres überschritten werden. Jetzt hilft er Macfarlane unter dem hohlen Blick der Schädel, Seidenfäden durch den Holzrahmen zu ziehen, um ein schachbrettartiges Gitter herzustellen, das sie vor der schwarzen spanischen Wand auf ein Stativ montieren.

»Das hätten wir«, sagt Macfarlane sehr zufrieden. »Jetzt kann ich endlich richtige fotografische Studien machen. Du, junger Mann, wirst die Ehre haben, mein erstes Objekt zu sein.«

Robert windet sich unbehaglich. Er hat dem Reverend schon früher geholfen, und die Arbeit ist wirklich weder schwer noch quälend, aber sie macht ihn jedes Mal beklommen. Mehrere Male haben sie ein Experiment durchgeführt, das Macfarlane »das Treten in die Fußstapfen des großen Morton« nennt und bei dem die Schädel herumgedreht und mit feinem Bleischrot gefüllt werden. Das Schrot wird fest zusammengepresst und dann vorsichtig in geeichte Glasgefäße zurückgeschüttet. Auf die Weise haben sie herausgefunden, dass der Schädel der Frau vom Stamm der Naga weniger Schrot fasst als der des Bihari-Bauern. Der des Gujarati Kayastha fasst mehr als der des Bihari. Der des tibetanischen Hirten fasst mehr als der des Kayastha oder des Bihari oder der Naga-Frau oder des Fischers aus Orissa. Alle diese Entdeckungen bestätigen nach Ansicht des Reverend die Größe des großen Morton, allerdings scheint ihn der Riesenumfang des tibetanischen Schädels zu irritieren. Die ganze Zeit über erschien Roberts Hilfe streng genommen nie wirklich notwendig. Seine Rolle besteht hauptsächlich darin, dem Reverend zuzuhören, wenn er seine Theorien darlegt, hergeleitet aus der riesigen Bibliothek mit all den Büchern zu anthropologischen Themen, die er in den dreißig Jahren seines Lebens als Missionar erworben hat.

Es stellt sich heraus, dass die Kraniometrie mit Hilfe ihrer unbestreitbaren naturwissenschaftlichen Methodik die Grundlagen der Beherrschung der Welt durch das britische Empire ans Licht gebracht hat. Der Umfang der Schädelfassungskraft, den Reverend Macfarlane für ausgewählte, den Briten untergebene Rassen Indiens festgestellt hat, kann, erklärt er, zu dem Beweis erweitert werden, dass unterschiedliche Gehirngrößen auf der ganzen Welt dem Umfang an Zivilisation und der Fähigkeit, rational zu denken, exakt entsprechen. Ganz unten zeigen atavistische Kreaturen wie der Südjavaner und der Hottentotte Schädelkapazitäten (sowie Gesichts- und Kieferstrukturen), die sich von denen höherer Affenrassen wenig unterscheiden. Die hindustanische Gruppe, zu der die meisten der Toten des Reverend einmal gehörten, steht irgendwo im oberen Mittelfeld dieser Weltliga. Die Spitze nimmt der Europäer ein, dessen ausgezeichnete Fassungskraft von hundert Kubikzoll ihm Platz zu einer Gehirnentwicklung bietet, die weit über der so unbedarfter Typen wie dem Peruaner mit seinen einundneunzig oder dem halb wilden Tasmanen mit seinen sechsundachtzig Kubikzoll liegt. Daher das Empire. Natürlich erkennt der Reverend an, dass einfache Fassungskraftmessungen grob und altmodisch sind, aber er hat bis jetzt darauf warten müssen, die Werkzeuge in die Hand zu bekommen, die seine Forschungen auf die nächste Stufe heben werden.

Er stellt Robert seitlich vor das Gitter, fixiert seinen Hals und Rücken mit starren Stahlklammern und lässt ihn einen Arm, gleichfalls ruhig gestellt, vor sich ausstrecken. Dann montiert er in einiger Entfernung eine Kamera auf ein Stativ und macht eine Reihe von Fotos. Der Junge scheint eine Abneigung dagegen zu haben, sich fotografieren zu lassen, und Macfarlane muss ihn anschreien, damit er aufhört, sein Gesicht in Falten zu legen. Schließlich gibt er nach. Durch den Sucher betrachtet, leuchtet seine marmorweiße Haut geradezu vor dem schwarzen Kaliko-Hintergrund. Dem Reverend erscheinen seine fein geschnittene Nase und die schmalen, scharfen Lippen merkwürdig rein. Für einen Mischling unglaublich rein. Wirklich fast zu rein. Fast europäisch.

»Sehr, sehr bemerkenswert«, murmelt er. »Wirklich, Robert, dein ererbtes Blut tritt fast überhaupt nicht in Erscheinung.«

Robert wird losgeschraubt und auf einen Stuhl gesetzt, dann unternimmt der Reverend mit seinen neuen Instrumenten Messungen an den verschiedenen Parametern seines Kopfes. Der Gesichtswinkel wird auf dreiundneunzig Grad festgelegt, die Nase befindet er als leptorhin und die Augen als mesosemisch mit einem gewissen Schwung nach oben in den Augenwinkeln, der als verräterisches Anzeichen asiatischer Abkunft gilt. Der Kiefer ist erfreulich orthognath im Gegensatz zu dem deutlich prognathischen Kiefer des Negerschädels, der in dem Buch *The Indigenous Races of the Earth* von Nott und Gliddon abgebildet ist. Dieses interessante Buch bekommt Robert zum Durchblättern, während der Reverend seine Ergebnisse notiert. Er besieht sich die Bilder von edlen griechischen Statuen und verzerrten pechschwarzen Niggergesichtern und spürt wie so oft eine eigentümliche Erleichterung darüber, dass er den einen ähnelt und nicht den anderen.

Wie die meisten Bücher des Reverend ist *The Indigenous Races of the Earth* sehr alt, und sein einst feiner Schweinslederrücken ist durch die Monsune vieler Jahre rissig und schimmelig geworden. Mit seinen Fingern fährt Robert über die Buckel und Blasen auf dem Deckel, nicht unzufrieden mit der Wendung, die der Nachmittag genommen hat. Zumindest verheißt das Eintreffen des Lamprey-Gitters und der Messgeräte, dass sich die Obsession des Reverend, den menschlichen Körper zu vermessen, von den Toten auf die Lebenden verlagern könnte. In der Vergangenheit waren damit ein paar unangenehme Gänge ins St.-George-Hospital verbunden, Wege zurück durch die belebten Straßen mit dicken, in braunes Papier eingeschlagenen Paketen, die ihn sich wie einen Leichenschänder oder Mörder fühlen ließen.

Während Robert über den Tod nachdenkt, macht sich Macfarlane eine Notiz über »die ungewöhnlich leuchtende Leukochroizität der Haut der untersuchten Person« und überlegt, ob nicht gerade die Feinheit der Gesichtszüge, das Unheimliche an ihnen sie einer der Kategorien von Verbrechertypen des großen Lombroso zuordnen könnte. Die verbrecherischen Neigungen der Mulatten sind schließlich in ganz Amerika gut belegt, und Roberts ganz eigene verkappte Mischform könnte asoziale Neigungen aller Arten kaschieren. Seine übertriebene Aufmerksamkeit, die er auf sein persönliches Erscheinungsbild verwendet, und sein Gefallen am Tabak weisen sicherlich in diese Richtung, wogegen eine Untersuchung von Nase und Ohren eine gewisse falkenartige Adlerhaftigkeit an jener und spitze Knötchen an diesen offenbart (deutlicher am linken als am rechten Ohr), die der italienische Anthropometriker als Merkmale des geborenen Verbrechers ansieht. Einen Moment lang fragt er sich, ob es nicht klug wäre, den Jungen wieder aus dem Haus zu jagen, der schließlich völlig unerwartet in der Mission aufgekreuzt ist. Andererseits wohnt er hier nun schon über ein Jahr, ohne dass es Zwischenfälle gegeben hätte. Und er ist ein gescheiter Junge. Sogar gescheiter vielleicht als Duncan, als er so alt war. Sicherlich gescheiter als Kenneth.

Kaum erhebt dieser treulose Gedanke sein Haupt, unterdrückt Macfarlane ihn auch schon. Besser gar nicht zu denken, als so zu denken. Er beschließt, nichts zu unternehmen. Soll der Junge doch bleiben, auch wenn er nur ein Halbeuropäer ist.

»Na schön. Keine Zeit heute für Unterricht. Du kannst gehen. Morgen werde ich dich in der *Aeneis*, Buch fünf, und in deinen Kenntnissen des Paulusbriefs an die Korinther prüfen. Solltest du mit meiner Frau sprechen, so erinnere sie daran, dass ich ihr verboten habe, mit dieser Pereira zu verkehren. Ich habe die Vermutung, dass sie sich das für heute Abend vorgenommen hat. Ich erwarte von dir, dass du sie davon abhältst. Hast du verstanden?«

»Ja, Sir, Reverend Macfarlane.«

Robert rast die Treppe hinunter, zwei Stufen auf einmal nehmend. Behände springt er über die Mauer und flitzt in eine Tür auf der anderen Seite des Hofes. In einem kleinen Salon, der mit gerahmten Drucken und Vasen voller Blumen geschmückt ist, findet er Elspeth Macfarlane, die zusammen mit Shobha, der Reinemachefrau, Gemüse hackt. Beide blicken auf, als er hereinplatzt.

»Gehst du weg, Chandra?«, fragt Elspeth.

»Ja, Ma'am.«

»Gut, aber bleib nicht so lange fort. Ich möchte, dass du mich um acht zu Mrs. Pereira begleitest.«

»Der Reverend hat gesagt –«

»Ja, natürlich hat er das. Wie sieht's mit deinem Schädel aus?«

»Sehr gut, Amba – ich meine, Mrs. Mac – ich meine, sehr gut. Ich bin fast ein Engländer.«

Sie blickt unvermittelt auf.

»Ich meine, ein Schotte.«

»Du solltest zufrieden sein, dass du ein Inder bist, was du ja auch mehr oder weniger bist. Das ist was Wunderbares. Ich weiß aus zuverlässiger Quelle, dass du in all deinen vergangenen Inkarnationen ein Inder gewesen bist, abgesehen von einer, als du ein Ägypter warst, und einer zweiten auf dem Planeten Merkur. So, und nun sieh zu, dass du um acht wieder da bist, um mich abzuholen.«

»Ja, Ambaji.«

Chandra-Robert verschwindet nach oben in sein Zimmer, eine kleine Mansarde, die fast völlig mit Illustriertenporträts tapeziert ist. Amerikanische Filmschauspielerinnen, Politiker, Soldaten, Jockeys, berühmte Schriftsteller und Maler, Artisten, Damen der Gesellschaft und Kricketspieler hängen zwischen religiösen Bildern, Ganpati, Vivekananda, dem heiligen Franz Xaver, Buddha, Shiva Nataraj. Farbpostkarten von Ansichten aus England sind um den Waschtisch herumdrapiert. Hyde Park Corner, Lake Windermere, »Nachmittag im New Forest«, Balmoral aus der Luft. Mitten zwischen all den Gesichtern versteckt hängt irgendwo ein Gruppenfoto, das aus einer Zeitschrift namens *The Harvest* ausgeschnitten ist und eine Missionars-Teegesellschaft auf Hampstead

Heath zeigt. Mr. und Mrs. Macfarlane, die mit ihren Tassen und Untertassen in der Hand im Hintergrund stehen, sind zwischen all den Halbton-Gestalten nur gerade so zu erkennen.

Für ein paar Minuten legt er sich mit hinter dem Kopf verschränkten Armen auf sein Bett und betrachtet seine glänzende Versammlung. Manchmal spielt er ein Spiel, in dem er die Augen halb schließt oder schnell auf- und zumacht, sodass die Gesichter ineinander fließen oder flackern und ganz neue, fantastischere, interessantere Gesichter bilden. Er beginnt mit dem Spiel, aber dann fällt ihm ein, dass er sofort aufbrechen sollte, wenn er sich ein bisschen Geld verdienen und rechtzeitig bis acht Uhr wieder zurück sein will. Er springt auf, stellt sich vor das Spiegelviereck, das an der Rückseite seiner Tür hängt, und fährt mit einem Kamm sorgsam durch sein dichtes Haar. Dann schaufelt er sich einen kleinen Klecks Wachs auf die Finger, streicht sich damit durch die Haare und kämmt sie noch einmal, wobei er den Kopf so dreht, dass das Licht den Hauch Kupfer in der glänzenden Schwärze betont. Er schleudert seine Sandalen von den Füßen, zieht sich Argyll-Socken über und holt ein Paar schwarze Oxford-Schuhe unter dem Bett hervor. Es sind schwere, gut gemachte Schuhe, wie man sie an indischen Füßen selten sieht, und wirklich sehr selten an denen der unteren Schichten. Kurz zieht er Kragen und Schlips in Erwägung, kommt aber zu dem Schluss, dass er keine Zeit hat, und rennt wieder nach unten und aus der Tür hinaus, gefolgt von den missbilligenden Blicken der Frauen in dem Salon.

Auf der Straße bleibt er einen Augenblick an der Flügeltür der Kirche unter dem abblätternden gemalten Schild stehen.

UNABHÄNGIGE SCHOTTISCHE HEIDEN-MISSION (USHM)

Falkland Rd. Bombay. Indien.
Pfarrer – Revd. A. J. Macfarlane

»Können wir sie im Dunkel sterben lassen,
wenn wir das Licht Gottes besitzen?«

Der Text ist stellenweise nicht zu lesen, durch rote und gelbe Farbkleckse unkenntlich gemacht, ein Überbleibsel des Holi-Festes vom letzten Jahr, als feiernde Hindus (alle natürlich in vergnügter Stimmung) die Mission fast gestürmt hätten. Robert zieht etwas aus seiner Tasche – eine Armbanduhr mit einem braunen Lederarmband. Er wirft einen verstohlenen Blick hinter sich, um zu sehen, ob ihm einer von den Macfarlanes gefolgt ist, dann schnallt er sie sich ums Handgelenk, haucht auf das Glas und reibt es an seiner Hose blank. Jetzt ist er fertig, seine Ausgeh-Identität ist komplett. Der junge Herr betritt sein Reich. Pretty Bobby, der Kronprinz dieses berüchtigtsten aller Rotlichtviertel, der Kloake Indiens: Falkland Road.

Die Straße durchläuft gerade ihre allabendliche Verwandlung vom Tageschaos zum Nachtchaos. Die Änderung des Rhythmus ist subtil, vielleicht für den Außenstehenden nicht wahrnehmbar. Noch immer latschen die Straßenverkäufer die Straße hinauf und hinunter und bieten eiskaltes Wasser, Obst, Snacks und Bidis feil. Die Handkarren und Tongas, die Fahrräder und ungeduldig hupenden schwarzen Autos schieben und drängen sich noch immer durch die störrische Menge und malmen glitschige Abfälle knirschend in den Dreck. Der Geruch von muffigen gebratenen Zwiebeln und Lampenöl schwebt noch immer über allem, und die Hauptattraktionen der Straße, die Mädchen auf den Treppen und hölzernen Balkonen, kreischen natürlich immer noch jedem ihr »Na komm, Kleiner« und ihre Beleidigungen entgegen, auf den ihr Auge fällt. Doch wenn das Licht schwächer wird und die Tageshitze nachlässt, verändert sich die Zusammensetzung der Menschen auf der Straße. Die Ansammlungen von Männern vor den Paan-Ständen werden dichter, ihre Gespräche laden sich mehr und mehr mit Geheimnissen auf. Frauen, gewöhnliche Frauen, schon tagsüber selten zu sehen, sind völlig verschwunden. Einzelne Passanten eilen weiter, ohne sich umzusehen, und ziehen sich in ihre Häuser zurück, um zu Abend zu essen und ihren Frauen von den Ereignissen des Tages zu erzählen. Die Falkland Road gehört den Gruppen sich an den Händen haltender Jungen, die mit vom billigen Palmwein funkelnden Augen langsam an den offenen Toren vorbeibummeln, wobei die Lautstärke ihrer dreckigen Witze steigt und sinkt je nach der Nähe zu den Mädchen und den Gruppen finsterer Typen, die in Erwartung irgendeiner Klopperei oder einer schnellen Rupie träge an der Ecke herumhängen.

Robert begibt sich mitten hinein und schlängelt sich mit dem raschen Schritt eines Stadtbewohners und flinken Blicken nach rechts und links gewandt die Straße entlang. Ihm ist nicht völlig klar, wohin er will, er muss es auch nicht wissen, weil er Zweck und Ziel wie immer ohne allzu viel Nachdenken und Mühe erfahren wird.

»Bobby? Bobby!«

Er winkt zu Maria Francesca hinauf, die mit einem neuen Mädchen, das er noch nicht kennt, am Fenster im ersten Stock des Goa House sitzt. Sie beugt sich über das wackelige Geländer, und ihre dicken, weichen Brüste quellen aus ihrer engen Bluse.

»Hallo, Maria!«

»Hallo, Pretty! Gut, dass du gerade hier vorbeikommst! Einer von den Kunden will 'ne Flasche haben! Kannst du für uns zur Ecke laufen? Ich werfe dir das Geld runter!«

Sie wickelt ein paar Münzen in einen Lappen, knotet das Ganze zusammen und wirft es ihm zu, wie eine Geliebte ihrem Schatz eine Kusshand zuwirft. Robert fängt das Bündel auf und macht sich in Richtung Schnapsbude auf den Weg. Das Wechselgeld kann er behalten.

Zehn Minuten später hat er, nach Marias mit Rum und Rosenwasser getränkter Dankeschön-Umarmung riechend, schon wieder einen Auftrag, diesmal aus einem der teureren Etablissements. Mamma Pauls angloindische Mädchen haben einen jungen britischen Handelsmatrosen allzu gut amüsiert, und jetzt brauchen sie jemanden, der ihn sicher zu seinem Schiff zurückbringt. Mamma drückt Bobby ein paar Münzen in die Hand. Hauptsache, der Mann wird nicht auf der Straße ohnmächtig oder ist plötzlich der Meinung, er sei beraubt worden, und hetzt ihr die Polizei auf den Hals.

»Und ist er beraubt worden?«, fragt Bobby frech und betrachtet die zusammengesunkene Gestalt am Fußboden des Salons. Mamma Paul tut, als wolle sie ihm eine Ohrfeige geben, und zieht eine Grimasse.

»Wir glauben, er heißt Norman, aber wir verstehen nicht genau, was er sagt.«

Der Matrose ist so betrunken, dass er kaum stehen kann. Sobald sie auf der Straße sind, behauptet er, dass er sich nicht erinnern kann, wo sein Schiff liegt.

»Sein Name? Wie heißt es denn?«, fragt Bobby und schwankt ein wenig unter der Last des Mannes.

»Wen interessiert 'nn das, hä? Mich bestimmt nicht.«

»Morgen früh wird's dich schon interessieren.«

Diese Bemerkung ist unklug. Der Matrose macht ein streitlustiges Gesicht und bemüht sich, ohne Hilfe auf den Füßen zu bleiben.

»Du kleines Arschloch!«

Bobby lässt ihn los. Der Mann fällt schwer gegen einen Passanten und löst eine kurze, schlecht koordinierte Keilerei aus. So geht die Reise weiter, und als Bobby den Mann am Regierungskai vor einem irgendwie passend aussehenden Schiff abgesetzt hat, zeigt seine Armbanduhr (ein »Geschenk« von einem anderen betrunkenen Matrosen) Viertel vor acht. Verdammt. Er beginnt zu laufen. Mrs. Macfarlane ist ein bisschen scharfsichtiger als ihr Mann, und sie hat allmählich den Verdacht, dass ihr Diener engere Bekanntschaft mit den Nachbarn der Mission pflegt, als es sich eigentlich gehört.

Seit dem Abend, als Bobby vor der Tür der Mission ankam und fragte, ob er gegen Essen arbeiten könne, hat er sich erheblich verändert. Er hatte damals einen anderen Namen und behauptete, ein ins Unglück geratener englischer Junge zu sein. Elspeth Macfarlane glaubte ihm nicht. Er war ganz offensichtlich ein Mischling, Kind von irgendeinem Tommy, das auf der Straße aufgewachsen war, aber er hatte feine Gesichtszüge, und seine Manieren waren gut, und so gab sie ihm im Salon Reis und Dhal zu essen und kam in der halben Stunde, in der sie ihm beim Essen zusah, zu der

Überzeugung, dass sie einen Diener brauchte. Nach hinduistischer Manier beschloss sie, ihn nach dem Vollmond zu benennen, der gerade durch das Fenster schien, und als er seinen Teller leer gegessen hatte, sagte sie zu ihm, er könne bleiben.

Als Chandra sich in dem kleinen Zimmer oben einrichtete, war sie überrascht, welch heftige Freude sie darüber empfand, dass ein junger Mann in ihrem Hause wohnte. Das Poltern seiner Füße auf der Treppe, der Anblick seiner dünnen Unterarme, die auf dem Tisch lagen, während er in einem Buch las, ja selbst der schale Geruch seiner schmutzigen Betttücher, die er für den Dhobi herunterbrachte, konnten ihr einen Stich versetzen, als fühle sie plötzlich wie durch ein Druckventil Schmerz und Liebe strömen. Völlig unpassende Empfindungen natürlich. Dumme Weibergedanken. Dies hier war nicht ihr Sohn. Ihre Söhne waren tot.

Als ihr Mann dahinter kam, was sie getan hatte, vergaß er vorübergehend die christliche Tugend der Nächstenliebe und bestand darauf, dass sie dem schnorrenden kleinen Herumtreiber sagte, er habe das Haus auf der Stelle zu verlassen. Da jedoch Jahre vergangen waren, seit er das letzte Mal direkt mit seiner Frau gesprochen hatte, war es nicht so einfach, ihr seine Ansicht zu übermitteln. Chandra blieb, und nach einigen Monaten kam Andrew davon ab, den Jungen heimlich über seine lächerliche Mauer hinweg zu beobachten, sondern ließ ihn Gänge erledigen, hielt ihm Vorträge über Kernfragen der Moral und unterrichtete ihn schließlich in Latein, Geschichte und englischer Grammatik.

Und so kann Elspeth gegen ihren Willen nicht allzu böse sein, als Chandra außer Atem und mindestens zehn Minuten zu spät nach Hause kommt.

»Wo bist du gewesen?«, fragt sie und sammelt ihre Sachen zusammen, die sie zu Mrs. Pereira mitnehmen will.

»Ich – ich habe einen Spaziergang gemacht. Zum Apollo Bunder. Um mir die Schiffe anzusehen.«

»Du verbringst zu viel Zeit dort. Hast du denn nichts Nützlicheres zu tun? Nichts für den Unterricht zu lernen? Ist dein Zimmer aufgeräumt?«

»Ja, Ambaji. Nein. Ja. Nichts.«

»Wir kommen zu spät zu der Versammlung.«

»Es tut mir Leid.«

Sie schüttelt den Kopf, dann brechen sie zu Mrs. Pereira auf. Auf dem Weg beobachtet Elspeth, wie Chandra alles, was es auf der Falkland Road zu sehen und zu hören gibt, gierig in sich einsaugt. Mehrere Ladenbesitzer nicken ihm freundlich zu. Der Junge ist ein solches Chamäleon. Alles, was er berührt, scheint er in sich aufzunehmen. Als er zu ihnen kam, war er so linkisch, so *fremd*. Inzwischen gehört er zum Ort. Als sie in die Grant Road einbiegen, bemerkt sie, dass unter einer seiner ordentlichen weißen Manschetten eine Armbanduhr hervorlugt, und macht sich nicht zum ersten Mal Sorgen um ihn.

Mrs. Pereira wohnt ziemlich versteckt in einer eng verschachtelten Gegend hinter der Grant Road, und ein zerzauster Paternosterbaum im Hof verbirgt ihre Geschäftsbeziehungen zur Unterwelt vor neugierigen Blicken. Die Nachbarn halten ihre Kinder von Mrs. Pereiras Tür fern, aus Angst, sie könnten zu viel Krach machen und die alte Hexe könnte sie mit dem bösen Blick belegen. Die Mutigeren unter ihnen holen sich manchmal bei ihr Rat, andere wiederum besorgen sich woanders Gegenzauber, um die Zauber abzuwehren, mit denen sie sie ihrer Meinung nach behext hat. Es erübrigt sich zu erklären, dass sie keine Zauberin nach, sondern eine *Wissenschaftlerin* ist. Es erübrigt sich auch zu sagen, dass es bei ihr um keinen Hokuspokus, sondern um eine Verkündigung von Hoffnung geht. Inzwischen gibt sie sich nicht mehr mit Erklärungen ab, sondern zieht es vor, sich über Gerüchte erhaben zu fühlen. Ihr Ruf hat seine Vorteile, so zum Beispiel Ungestörtheit, und sie ist eine Frau, die Höheres im Sinn hat: In der Zurückgezogenheit ihres mit grünen Behängen drapierten Salons hat Mrs. Pereira den Tod besiegt.

Bobby folgt Mrs. Macfarlane in den dritten Stock hinauf und bleibt einen Schritt hinter ihr stehen, während sie anklopft. Hinter der Tür hört man es singen. Elspeth sieht ihn vorwurfsvoll an. Die Versammlung hat bereits begonnen. Sie haben sich verspätet.

Ein Riegel wird zur Seite geschoben, dann bittet sie Mabel, Mrs. Pereiras Tochter, nach drinnen. Ihre Mutter, massig, fahl, in eine ausgewaschene gelbe Seidenrobe gehüllt, dirigiert die Teilnehmer in einem mehrstimmigen Gesang. Während sie mit ihren geschwollenen Fingern in der Luft herumfuchtelt wie ein Kapellmeister, wirft sie den Neuankömmlingen einen grimmigen Blick zu und gibt Elspeth ein Zeichen, sich in den Kreis einzureihen. Bobby macht kehrt, um zu gehen und draußen zu warten, doch zu seiner Überraschung fragt Elspeth die Gastgeberin mit einem Blick um Erlaubnis und winkt ihm dann zu bleiben. Das hat sie noch nie getan. Er tritt von einem Fuß auf den anderen, nicht ganz sicher, ob er an dem Experiment teilnehmen möchte.

Die singenden Leute, die um Mrs. Pereiras schlichten Tisch herum stehen, bilden eine bunte Gruppe. Der große, nicht mehr junge Engländer steht steif wie ein Ladestock da, hat die Hände feierlich hinter dem Rücken verschränkt und stößt die Worte wie ein Präfekt hervor, der ein Schullied singt. Der elegante junge Hindu neben ihm fummelt ständig an seinem gestärkten Kragen herum. Die stille, hagere Mabel steht neben dem jungen Hindu und schickt ihm aus ihren eingesunkenen Augenhöhlen rasche sehnsuchtsvolle Blicke zu. Auf die Bitte ihrer Mutter hin dreht sie an der Kurbel des Grammofons, und alle singen:

»Sieh den Engelreigen leuchtend kreisen,
Frieden bringen allem Volk auf Erden,
Tod und Leben Hand in Hand beweisen:
Gebannt sind Furcht und all' Beschwerden.«

Die andere Europäerin scheint den Text nicht zu kennen. Ihre Augenbrauen, erschrockene schwarze Bögen, die sie sich in halber Höhe auf die Stirn gemalt hat, sind in angestrengte Falten gelegt. Sie formt, was sie an Text kann, mit ihren geschminkten Lippen, und wie um ihre Bereitwilligkeit, sich voll und ganz zu beteiligen, unter Beweis zu stellen, wiegt sie sich ein wenig zu der Musik. Bobby meint sie schon einmal irgendwo auf der Straße gesehen zu haben. Als die Grammofonnadel in die Mitte gleitet, klappt Mrs. Pereira den Tonarm zur Seite und legt eine andere schwere Schellackplatte auf den Teller. Aus dem Messingtrichter ertönt knackend fernes Orgelspiel, das die Gruppe in einem zweiten Lied begleitet.

»O Geister, weise Geister, den Weg uns weist.
Wir Sucher der Wahrheit, von Dunkel umkreist,
Wir lüften den Schleier, ohne Traurigkeit dreist
Euch mächtige Geister unser Mund nun preist.«

Als sie vier oder fünf dieser holperigen Strophen gesungen haben, von denen Bobby noch weniger mitgesungen hat als die junge Weiße, steckt Mrs. Pereira die Platte in ihre Hülle zurück und pflanzt ein wenig schnaufend ihre Leibesfülle auf einen der Holzstühle am Kopf des Tisches.

»Wir befinden uns jetzt in harmonischem Einklang. Die Atmosphäre ist positiv. Ich heiße die Neuen herzlich willkommen. Mademoiselle Garnier und –«

»Chandra«, sagt Mrs. Macfarlane.

»Chandra. Willkommen. Nehmen Sie doch bitte alle Platz. Chandra, wenn du auf meine linke Seite kommen würdest. Mr. Arbuthnot auf meine rechte. Mabel neben Chandra. Dann Mr. Shivpuri, ja, so ist es recht. Mademoiselle Garnier zwischen Mr. Shivpuri und Mr. Arbuthnot. So, Mabel, mein Schatz, würdest du jetzt das Licht ausmachen?« Das Mädchen steht auf und dreht die Lampe auf dem Büfett herunter, und die Flamme verlöscht in ihrer Glasglocke und taucht den Raum in Dunkelheit. Jemand hustet. Mademoiselle Garnier kichert nervös.

»Als Erstes muss ich Sie bitten, Ihre Hände zu vereinigen. Bitte, legen Sie sie fest flach auf den Tisch. Fassen Sie sich nicht bei den Händen, sondern legen Sie sie aufeinander. Was wir gleich tun werden, ist sehr machtvoll, ich darf Sie also an die Spielregeln erinnern. Sollten Sie sie nicht befolgen, kann das ernste Konsequenzen haben, vor allem für mich, da ich die Geister der Toten in meinem Körper empfangen werde. Durchbrechen Sie bitte den Kreis auf gar keinen Fall. Machen Sie vor allem keine plötzlichen Bewegungen oder etwa gar Licht. Ich muss das nochmals betonen. Machen Sie in diesem Raum auf keinen Fall Licht.«

Mrs. Pereira ruht sich auf ihren Vokalen aus und zieht die Wörter zu langen, federnden Flüssen auseinander, die sich um den Tisch herumzuwinden scheinen, besänftigend und gefährlich zugleich, wie Wasser, das über ein Wehr fließt.

»Halten Sie Ihre Hände vereinigt und Ihre Füße sehr fest am Boden. Die Füße am Boden sind äußerst wichtig, da wir gemeinsam eine Batterie bilden sollen, die sich mit seelischer Energie auflädt. Die Füße am Boden sollen uns erden. Also, lassen Sie sie dort. Weder übereinander geschlagene Beine noch hochgehobene Füße. Sehr wichtig. Sie können sprechen, wenn Sie möchten, aber wenn ein Geist sich durch mich an Sie wendet, rate ich Ihnen, höflich zu sein. Ich denke, wir haben keine Lästerzungen unter uns, und ich bin sicher, wir werden echten Kontakt herstellen, aber Höflichkeit, Höflichkeit, Höflichkeit. Sehr wichtig. Und noch einmal, bitte nicht vergessen, dass dies alles sehr gefährlich ist, und wenn Sie den Fluss auf irgendeine Weise unterbrechen, besteht die Gefahr, dass ein böser Geist in mich fährt. Ich werde mich jetzt in Trance versetzen und meine Geisterführer herbeibeschwören.«

Gegen seinen Willen ist Bobby unbehaglich zumute. Von rechts drückt Mrs. Pereiras fette Schinkenhand fest und schweißig auf seine, von der anderen Seite tut Mabels trockene Klaue das Gleiche. Unter seiner Hand fühlt er das raue, schartige Holz der Tischplatte. Der Atem des Mediums klingt mühsam und stoßweise im Dunkeln.

»Blaue Perle? Blaue Perle? Kannst du mich hören? Ich bin es, Rosita, die dich ruft. Blaue Perle, komm ans Portal. Rosita möchte mit dir in Verbindung treten.«

Bobby starrt in die Finsternis. Er kann nichts sehen. Mrs. Pereiras Hand drückt immer fester auf seine, zerquetscht sie fast. Am liebsten würde er sie wegziehen. Die Luft kommt ihm schwül und stickig vor, aber wahrscheinlich liegt das nur an dem überwältigenden Parfüm des Mediums, das ihm den Atem nimmt und Hals und Nasenlöcher mit billigem Moschusgeruch umgibt.

»Blaue Perle? Blaue Perle? Bist du es, die ich höre?«

Mehrere heftige Schläge dringen durch das Dunkel. Die um den Tisch Sitzenden rutschen aufgeregt auf ihren Stühlen hin und her. Mrs. Pereiras Stimme bekommt etwas Heiser-Klebriges.

»Blaue Perle?«

Noch mehr Klopfgeräusche. Dann eine andere, tiefere Stimme.

»Bist du es, reizende Rosita? Riefest du? Bist du es, die mich fortrief aus dem Licht?«

Mrs. Pereira gibt einen tiefen, gurgelnden Laut von sich.

»Ich habe deinen Kreis von hoch droben beobachtet. Meine Brüder im Reiche des Lichts sind höchst zufrieden mit deinen Forschungen.«

Mrs. Pereiras Stimme ist wieder klar und deutlich.

»Ich danke dir, Blaue Perle. Vielen Dank. Du erweist uns allen eine große Ehre.«

»Ich habe eine Botschaft für einen unter euch. Für den, der die mächtigen Maschinen anspannt.«

Mr. Arbuthnot ruft erregt: »Dat is mich! Ich meine, das bin ich, Blaue Perle. Arbuthnot, der Lokomotivführer. Was möchtest du mir mitteilen?«

»Ich habe eine Botschaft von dem, den du verloren hast.«

»O Gott, David? Du hast mit David gesprochen? Was sagt er?«

»David ist hier neben mir. Noch hat er nicht die Macht, von sich aus zu sprechen. Er sagt, ich soll dir mitteilen, dass er hier im Reiche des Lichts mit großen Ehren behandelt wird. Er möchte, dass du weißt, dass er über dich wacht.«

»O Himmel. Vielen Dank. Vielen Dank. Und hat er dort oben auch seine Mutter gesehen? Ist Thomasina bei ihm?«

»Die zwei sind vereint, und sie schicken dir ihren Segen. David ist jetzt aller Schmerzen ledig. Er wurde aus dem eiskalten Wasser emporgetragen. Er hat gegen die Wogen angekämpft und ist ein Held geworden, jetzt und in alle Ewigkeit. Er ist dem Kreislauf von Geburt und Tod entronnen.«

»O vielen Dank. Vielen Dank.«

Mr. Arbuthnots Stimme schnappt über, und Bobby hört von der anderen Tischseite unterdrücktes Schluchzen. Dieser schmerzliche Moment wird durch einen plötzlichen heftigen Schlag unterbrochen. Die Tischplatte beginnt zu schwanken und zu bocken wie ein wildes Tier. Neben sich hört Bobby Mrs. Pereira heftig ein- und ausatmen, als vollbringe sie irgendeine schwere körperliche Arbeit. Seltsamerweise scheint ihr Atem von irgendwo in der Nähe seiner Knie zu kommen. Ihre Hand hat sich in eine andere Position verdreht, und ihr Handballen drückt schmerzhaft auf seine Finger.

»Achtung!« Es ist Mabel, deren Stimme plötzlich laut und aufgeregt ist. »Nicht den Kreis unterbrechen. Meine Mutter ist in der Gewalt irgendeines anderen Geistes.« Die Leute am Tisch schreien verängstigt auf.

»Gebt auf sie Acht!«, ruft Mabel. »Passt auf sie auf!«

Der Tisch beginnt in die Höhe zu steigen, bis Bobby seine Hände fast vor der Nase hat. Dann fällt er polternd auf den Fußboden zurück. Mrs. Pereira macht wieder gurgelnde Geräusche.

»Passt auf!«, schreit Mabel. »Es ist ein junger Geist, der seine Macht nicht kennt!«

Der Tisch hört auf, sich zu bewegen, und eine oder zwei Minuten lang ist das einzige Geräusch im Raum das angestrengte Atmen des Mediums. Dann hört man so leise, dass es fast nicht zu vernehmen ist, das Klingen von Glöckchen. Und die Stimme eines kleinen Mädchens, unterbrochen von schleimigem Husten, dringt aus Mrs. Pereiras Kehle.

»Tra-la-la! Ich bin es!«

Die Umsitzenden sind still.

»He-la. Wie lustig, wie lustig! So traurig, so traurig, warum so traurig?«

Mr. Shivpuri beginnt mit zitternder Stimme zu sprechen. »O Geist? Wer bist du bitte?«

»Wer ich bin? Bin ich? Na, ich bin natürlich ich selbst! Du dummer Dummkopf.«

»Ich frage noch einmal, wer bist du?«

»Man nennt mich Kleine Orchidee, du Dummkopf, und ich bin jung seit dem Anbeginn der Welt. Ich liebe Spaß! So viel Spaß! Spaß für dich und Spaß für mich!«

»Bitte?« Es ist Mademoiselle Garniers Stimme. »Ist es dort sehr schön?«

»Ganz schön schön! Alles ist Licht und Glückseligkeit. Alles ist Freude, tra-la-la!«

»Bitte?«, fragt Mademoiselle Garnier. »Gibt es dort vielleischt jemangd aus Charleroi?«

Mrs. Pereira bekommt plötzlich einen Hustenanfall. Bobby spürt, wie sie sich auf ihrem Stuhl bewegt. Wieder hört man das Klingen ferner Glöckchen, und der Tisch beginnt zu vibrieren.

»Bitte?« Mademoiselle Garnier klingt verzweifelt. »Charleroi? Du 'ast gesehen? Bitte? Du 'ast gesehen?«

Mademoiselle Garnier wird leider enttäuscht. Kleine Orchidee spricht nicht wieder. Nach noch mehr Glöckchen und Schaukeln ertönt wieder die Stimme von Blaue Perle im Zimmer.

»Wahrlich, die geistigen Schwingungen sind rege heute Abend. Die goldene Kette zwischen den zwei Welten erweist sich als stark. Ich habe noch zwei Geister hier, dahingerafft in ihrer Maienblüte. Junge Krieger, die eine Mutter suchen.«

»O Gott!«, flüstert Elspeth. »Kann es wahr sein?«

»Sie haben noch nicht die Macht der Rede, denn es ist schwer, die geistige Spannung im Fluss zu halten.«

Man hört Klopfen und Klappern auf dem Tisch.

»Schnell!«, ruft Mabel. »Meine Mutter ist am Ende ihrer Kräfte. Ich weiß nicht, wie lange sie noch das Portal offen halten kann. Vielleicht können wir über den Geistercode in Verbindung bleiben. O Geister, Geister! Wir flehen euch an, antwortet auf unsere Fragen. Klopft einmal für ja, zweimal, wenn ihr es nicht wisst, und dreimal für nein. Habt ihr verstanden?«

Ein einzelnes Klopfen.

»Gibt es jemanden in diesem Zimmer, mit dem ihr zu sprechen wünscht?«

Ein Klopfen.

»Ist eure Mutter hier unter uns?«

Ein Klopfen.

Elspeth Macfarlanes Stimme ist vor Emotion erstickt. »Kenneth? Duncan? Seid ihr es?«

Wieder ein einzelnes Klopfen. Elspeth bricht in unbeherrschbare Tränenfluten aus.

Lange bevor Gott sie trennte, brachte Er Andrew Macfarlane und Elspeth Ross zusammen. Elspeth und ihre Schwester waren von den Johnstone-Jungs zu einem Ausflug zur Melrose Abbey eingeladen worden, um sich die Ruinen anzusehen und, wie Petie Johnstone es ausdrückte, »sich einfach mal eine Vorstellung davon zu machen, wie die alten Mönche und Nonnen früher die Tage zugebracht haben«. Die Mädchen meinten, nie, auch nicht in einer Million Jahren, würde man ihnen das erlauben, doch ihr Vater hatte in einer seiner seltenen Anwandlungen von Gutmütigkeit (und weil die Johnstone-Jungs die Söhne des Drogisten waren und Aussichten boten) seine Einwilligung gegeben. Als jedoch die beiden aufgeregten Mädchen am verabredeten Samstagmorgen ihre Gardinen aufzogen, war die Welt draußen nass und grau. Schwere Wolken hingen tief über den Bäumen am Abhang, und Regenwasser floss in Bächen über das Kopfsteinpflaster der Straße unter ihrem Schlafzimmerfenster. Da war nichts zu machen. Der Ausflug wurde abgesagt.

Hinterher hätte Malcolm Johnstone sich einen Tritt geben können. Immer pflegte er es so auszudrücken, wenn er die Geschichte erzählte. Ich hätte mir einen Tritt geben können, der mich von hier geradewegs zur Border bugsiert hätte. Dennoch war es seine Idee gewesen, bei einem öffentlichen Vortrag im Kirchensaal vorbeizuschauen. Besser als gar nichts, hatte er gedacht. Wenigstens hatte er so die Möglichkeit, eine Stunde lang neben

Elspeth zu sitzen, eine Stunde, in der er sicherlich sechzig Minuten lang die Gelegenheit haben würde, ihre Hand zu berühren oder mit seinem Bein ihres zu streifen oder seinen Fuß Zentimeter für Zentimeter über das Parkett zu schieben, bis er mit der Seite seines Schuhs ihren Schuh an der Seite berührte. Er tat all das. Auf der anderen Seite von ihm taten Petie und Susan genau das Gleiche, aber mit einem großen Unterschied. Als Peties suchende Finger absichtlich-unabsichtlich mit Susans Fingern in Berührung kamen, fanden sie sich ihrerseits höchst absichtlich berührt. Es folgte Händchenhalten. Es folgte das Drücken von Wade gegen Wade. Was Malcolm nicht direkt sehen konnte, erkannte er an der Farbe von Peties Gesicht. Rot wie rote Bete, der Glückspilz.

Malcolm andererseits kam keinen Schritt weiter. Elspeth ignorierte ihn mit einer Entschlossenheit, die so unerhört wie verletzend war. Sie saß da und hörte dem rauschebärtigen Missionar zu, als hätte der sie behext. Er war ein Mann aus der Gegend, aus Kelso, ein kleines Stück den Tweed hinunter, der das bleiche, wässerige Licht Schottlands gegen die sengende Sonne Indiens eingetauscht und, obgleich noch jung, bereits zehn Jahre im Kampf gegen das schrecklichste Elend zugebracht, monatelang die Dschungel Asiens durchstreift und unter wilden Eingeborenen gelebt hatte, die Teufel anbeteten und bemalte Kinderschädel als Schmuck vor ihre Hütten hängten.

Blind gegen den stummen und sehnsüchtigen Malcolm an ihrer Seite lauschte Elspeth den Erzählungen von armen, rückständigen Menschen, die sich vor Götzen in den Staub werfen und den Ränken eingeborener Priester vertrauen, und sie verliebte sich. Während Reverend Macfarlane seine Geschichte erzählte, brannten seine Augen mit solcher Leidenschaft, dass sich die vagen Eindrücke von Malcolm, die sich in ihrem Bewusstsein gerade zusammenzuschmieden begonnen hatten, Eindrücke, die sämtlich mit dem Läuten von Johnstones Ladentürglocke und dem Geruch kalter Medizinen und parfümierter Seife vermischt waren, in wenigen Augenblicken vollständig in Rauch auflösten.

Für sie war der Reverend vom selben Moment an Andrew, noch als sie unten in dem Saal saß, Malcolms fragenden Zeh ignorierte und dem Vortrag zuhörte, noch bevor sie ein einziges Wort mit ihm gesprochen hatte.

Andrew.

Andrew hatte drei Wochen lang in der Hütte eines Wilden gelegen und gebetet, Gott möge ihn von den fiebrigen Wahnbildern der Malaria befreien. Andrew hatte die Eingeborenenfrauen in Assam schamlos ihre Nacktheit zur Schau stellen sehen und sie aufgefordert, sich zu bedecken. Andrew hatte ihre Kranken geheilt und sich ihren Medizinmann zum Todfeind gemacht, der Schlangengift sammelte und seine Knochenrassel schüttelte, um den mächtigen weißen Teufel, der sein Ansehen ruinierte, mit einem Fluch zu belegen. Mit seinen eigenen Händen hatte Andrew Dschungelbäume gefällt und die Balken für die Missionskirche aufgerichtet, um das Wort Gottes zum ersten Mal in der Geschichte in diesen gottverlassenen Winkel des Empires zu bringen. Andrew erzählte von alledem mit wunderbarer Demut und sagte, dass es seine Pflicht sei, der Maßstab seines christlichen Glaubens, das Mindeste, was von jemandem erwartet werden könne, der das Glück habe, im Bewusstsein von Gottes Gnade geboren zu sein. Als er mit seinem Vortrag zu Ende war und alle bat, zusammen mit ihm einen kurzen Choral zu singen, da sang Elspeth so laut und begeistert mit, dass die Leute in der Reihe vor ihr sich nach ihr umdrehten. Hinterher hing Malcolm niedergeschlagen im hinteren Teil des Saales herum, während sie neben dem Rednerpult stand, von einem Fuß auf den anderen trat, dem Redner hundert Fragen stellte und sich schließlich bei ihm erkundigte, ob er nicht vielleicht Lust hätte, zum Tee ins Haus ihres Vaters zu kommen. Im nächsten Frühjahr, als Petie und Susan heirateten, hatten Andrew und Elspeth sich bereits nach Indien eingeschifft.

Zunächst wogen die Freuden schwerer als die Enttäuschungen. Die strenge Klarheit von Andrews Glauben ließ die Welt sicher und verlässlich erscheinen. Elspeth fühlte sich durch seine festen Regeln gewappnet, beschützt durch seine Entscheidungen, dass dieses Sünde und jenes der einzig gangbare Weg für einen Christenmenschen sei. Sie liebte seine raue, sonnengebräunte Haut, sein grimmiges, patriarchalisches Gesicht, ja selbst den Schweiß, von dem sein schlafender Körper troff, wenn das alte Fieber gelegentlich wiederkehrte. In der Ungestörtheit des Ehebettes erfuhr ihr achtzehnjähriger Leib Offenbarungen, wenn ihr Gatte sich seine Rechte mit einer Hemmungslosigkeit nahm, die ihr, hätte man ihr nicht versichert, alles sei legal, geradezu als Inbegriff fleischlicher Sünde erschienen wären.

Elspeths Vertrauen in Andrew war grenzenlos, und so schluckte sie ihre Enttäuschung herunter, als sie in dem kleinen Zimmer, das sie in Mrs. Butlers Fremdenpension in St. Pancras bewohnten, erfuhr, dass sie nicht nach Assam gehen würden. Irgendein Streit mit der Missionsgesellschaft hatte dazu geführt, dass Andrew nicht mehr Pfarrer der Kirche im Dschungel war. Im Übrigen sei, wie er sanft erläuterte, seine Arbeit dort erledigt. Den Job, die eingeborenen Seelen fest auf den Herrn eingeschworen zu halten, mache jetzt ein anderer. Andrews Berufung führe ihn auf neue Wege. Während er über die rußgeschwärzten Dächer von King's Cross und die Londoner Stadtsilhouette hinwegblickte, die in grünlichen Nebel gehüllt war, malte er das Bild einer anderen, noch dunkleren Stadt. In den von Menschen wimmelnden Slums von Bombay würden Seelen nach dem Worte Gottes schreien, Seelen, die nichts als drei Millionen Hindugötzen besäßen, jede einzelne diabolischen Ursprungs, um ihre geistigen Sehnsüchte zufrieden zu stellen. Auf seiner Vortragsreise hatte Andrew genügend Geld zusammengebracht, um mitten im Kern der Slums, wo der Verfall und die Lasterhaftigkeit am schlimmsten waren, eine Mission zu errichten. Er bat Elspeth, darüber nachzudenken, über die Ehre, echtes Christentum in eine Stadt zu bringen, in der Sekten, die das Feuer anbeteten, ihre Toten den Vögeln überließen, damit sie ihnen das Fleisch von den Knochen pickten, und Jesuitenpriester, die beinahe ebenso götzendienerisch seien wie die Hindus selbst, Sein Wort in entstellter Form unter die Armen und Bedürftigen brächten. Er wisse, die Straße, die sie nun gehen würden, sei beschwerlich, aber er würde nie auch nur im Traum daran gedacht haben, Elspeth zu bitten, mit ihm gemeinsam die Reise zu unternehmen, wenn er nicht vorbehaltlos an ihre Seelenstärke glaubte. Sie senkte den Kopf und sagte zu ihm, sie werde ihm folgen, wohin er sie auch führe.

Ihre erste leise Ernüchterung verspürte sie ein paar Wochen später, als sie auf dem Deck des Peninsular & Oriental-Dampfers spazieren ging und ins grelle Licht des Roten Meeres blinzelte. Die Gummisohlen ihrer Deckschuhe quietschten bei jedem Schritt, den sie vorbei an den Erste-Klasse-Passagieren machte, welche sich, von eifrigen jungen Stewards in gestärkten weißen Uniformen bedient, auf Liegestühlen räkelten. Als sie das erste Mal die Gangway hinaufgestiegen war und die Passagierliste überreicht bekommen hatte, erschauerte sie bei dem Gedanken, dass sie unter so hochstehenden, interessanten Leuten verkehren würde. Regierungsbeamte, Offiziere der indischen Armee, die ganze Aristokratie des Raj. Sehr rasch wurde ihr indessen durch plötzliches Stillschweigen, durch Sitzordnungen und gallige Höflichkeit begreiflich gemacht, dass die Frau eines Missionars nicht die hoch geehrte Stellung einnahm, wie man sie glauben gemacht hatte. Ihre Zweite-Klasse-Kabine auf der Steuerbordseite des Schiffes, der schlechteren Seite, die die volle Sonne abbekam, stempelte sie als nicht geeignet ab, mit den Hochgeborenen oder Business-Nabobs zu speisen oder etwa gar zu reden, die jeden Abend in ihren Fräcken zum Abendessen erschienen, um den Ballsaal in Beschlag zu nehmen und ihre gleißenden Ehefrauen und Töchter in prächtig maßgeschneiderten Armen herumzuwirbeln. Und als sie eben an einer Gruppe älterer Memsahibs vorbeikam, die einigen jungen Leuten beim Wurfringspiel zusahen, hörte sie eine schrille englische Stimme anmaßend laut und gleichgültig, ob sie zu hören war oder nicht, zu einer anderen sagen: »Da. Die dort.«

»Die? Das ist die Frau von diesem Gottes-Langweiler? Armes kleines Ding. Er ist doch wohl absolut unerträglich.«

»Das denke ich mir. Arthur sagt, er kann den Mund einfach nie halten.«

Es hätte sie nicht treffen sollen, aber das tat es doch. Irgendwie hatte sie angenommen, jeder sähe Andrew so wie sie. Der Gedanke, dass er langweilig sein könnte, war ihr nie gekommen. Natürlich erzählte sie ihm nichts davon, und als sie in dieser Nacht wach lag und die Erinnerung daran tief in ihr Inneres verbuddelte, sagte sie sich, es sei eine von Gott geschickte Erprobung ihres Glaubens gewesen. Trotzdem erinnerte sie sich an die Worte, und etwas in ihr begann, Distanz zu gewinnen und genau hinzusehen.

Bombay erschütterte sie noch mehr. Ihr Bild vom Orient war extrem vage gewesen, eine verschwommene Vision von Palmen, Kokosnüssen und bunt gekleideten Eingeborenenfrauen. Sie wusste, dass die Stadt schrecklich sein würde, aber in ihrer Abstraktheit hatte sich das Entsetzliche als eine erregende Herausforderung dargestellt, der mit zusammengebissenen Zähnen und einem Gebet zu begegnen war, als eine Prüfung, die sich angesichts einer anständigen schottischen Entschlossenheit wie ihrer bald in nichts auflösen und in einen harmonischen christlichen Orient voll harter Arbeit und lächelnder brauner, vom Licht des Herrn leuchtender Gesichter verwandeln würde. Das Gewühl der Gepäckträger am Apollo Bunder, die hunderte von Bettlern, die an ihrem weißen Baumwollkleid zerrten, die Gluthitze und die fremden Gerüche, alles traf sie, als habe ihr eine schmutzige, schwarze Hand eine Ohrfeige gegeben. Als sie Andrew in die allerschlimmste Gegend folgte, wo die Straßen sich zu stinkenden Gassen verengten, dachte sie zuerst, sie würde ohnmächtig werden – und dann wurde sie es und machte mitten in einer Menge schlapp. Sie kam in dem verfallenen Hof wieder zu sich, der die nächsten dreißig Jahre ihr Zuhause sein sollte.

Lange Zeit lebte sie wie eine Art Scheintote und verließ sich völlig auf Andrew. Sie folgte seiner Leitung in allen Gedanken und Taten und führte den Haushalt automatisch nach seinen Anweisungen. Soweit es ihr möglich war, schloss sie den albtraumartigen Ort, an dem sie lebte, aus, hielt ihn von sich weg wie einen dreckigen Lumpen, den man ins Waschhaus trägt. Wenn sie sich überhaupt am Leben fühlte, dann in ihrer Fantasie, die sie mit zerschlissenen englischen Büchern nährte, von Erspartem bei Trödlern auf dem Crawford-Markt erstanden. Meist waren es Romane, Märchen und grausige Schauergeschichten, je übertriebener, desto besser, die sie vor ihrem Mann versteckte und an die Bücher-Wallahs weiterverkaufte, wenn sie sie ausgelesen hatte.

Als sie schwanger wurde, ließ Andrew sich erweichen und erlaubte ihr eine Dienerin. Die alte Frau half ihr hier und da beim Kochen und fegte den Fußboden der behelfsmäßigen Kirche, an deren Tür er jeden Sonntag stand und wartete, um eine Gemeinde willkommen zu heißen, die erst noch Gestalt annehmen musste. Nachts tröstete sie sich mit Erinnerungen an graue Berge und weiße Gesichter. Gedanken an Malcolm Johnstone und hohe Glasgefäße voller kleiner parfümierter Seifenstückchen stellten sich oft bei ihr ein und brachten schmerzliche stumme Tränen mit.

Duncans Geburt war schwer. Fast wäre Elspeth in der stickigen Station des Frauenkrankenhauses gestorben, und obwohl Andrew viel daran lag, dass sie an ihre Arbeit in der Mission zurückkehrte, brauchte sie zwei Monate, um sich zu erholen, lag auf einem Feldbett an einem oberen Fenster, gab schwach ihrem Baby die Brust und beobachtete das Straßenleben, das sich unter ihr abspielte. Vielleicht war es dieser engelsgleiche Abstand, dieses Gefühl, über der Welt, die sie betrachtete, zu schweben, was es ihr zum ersten Mal möglich machte, Indien zu lieben. Sie sah die Leute ihren Geschäften nachgehen, kaufen und verkaufen, Essen kochen, um Almosen betteln, ihre Kleider waschen, in der Gosse hocken und sich die Zähne putzen und fand schließlich an der Falkland Road etwas Vielschichtigeres als nur eine Masse unbekehrter Menschen. Tag für Tag sah sie genauer hin, sah Leute Bretter voller Teegläser, Tragmulden voller Backsteine, Baumwollballen, Pappmachégötzen und mit Blumen bestreute Leichname schleppen und begann Staunen darüber zu empfinden, wie voll diese Welt war, wie angefüllt mit Dingen, von denen sie nichts begriff.

Andrew war überglücklich über ihre Gesundung. Sie stürzte sich mit neuer Kraft auf die Missionsarbeit und versuchte sich zum ersten Mal mit den Menschen anzufreunden, unter denen sie lebte. Jetzt hatte sie wahrhaft das Gefühl, Andrew dafür zu lieben, dass er sie hierher gebracht hatte, und er reagierte darauf, indem er sie mitnahm, wenn er die Slums auf der Suche nach Bekehrungswilligen durchstreifte.

»Was ist es denn, was ich, ein Mensch aus dem fernen Schottland, zu tun beabsichtige? Nur euch erwecken will ich! Nur euch an der Hand nehmen und den Weg weisen! Nur eure Herzen erheben, indem ich zu jener Charakterstärke beflügele, die eine Hauptstütze des schottischen Wesens ist! Darauf gebe ich euch mein Wort! Ich werde unter euch leben als ein Beispiel der Rechtschaffenheit, und wenn ihr in meine Kirche kommt, wird man, wenn ihr wieder in die Welt hinausgeht, von euch sagen – er ist ein guter Mann, sie ist eine gute Frau ...«

Manchmal blieben Passanten stehen und hörten zu. Öfter gingen sie aber vorbei. Weil Andrew Englisch sprach, fand seine Botschaft bei den meisten Menschen, die er zu erreichen versuchte, keine Beachtung. Und obgleich Elspeth ihn darauf aufmerksam machte, schien er sich dagegen zu sträuben, die Sprache zu erlernen, geschweige denn in ihr zu predigen. Er erklärte das damit, dass die englische Sprache ein ihr innewohnendes moralisches Wesen besitze, dass sie an sich ein Weg zu Gott sei. Elspeth fragte ihn, was er denn unter den Eingeborenen in Assam getan habe, und er sagte, er habe sich natürlich einiges von ihrer Sprache angeeignet, sich aber darauf konzentriert, sie seine eigene Sprache zu lehren. Englisch und Jesus Christus. Jesus Christus und Englisch. Untrennbar.

Elspeth schien dies keine sehr befriedigende Methode zu sein. Und noch etwas daran bekümmerte sie. Sie hatte gedacht, in ihrer Ehe sei Andrew der Aufgeschlossene, derjenige, der wirklich in dem Indien lebte, das sie von sich zu weisen versuchte. Nun begann sie in ihm einen anderen Menschen zu sehen, arrogant und verschlossen. Aufgrund der Macht der religiösen Traditionen Indiens hatten hier Missionare immer schon einen harten Stand gehabt. Es war nicht wie in Afrika, wo die Leute sich, wie sie gehört hatte, nach einer einzigen Predigt zu hunderten dem Glauben unterwarfen. Doch Andrew hatte offensichtlich ungeheuer wenig Erfolg. Als Elspeth nach fast drei Jahren im Land von neuem schwanger wurde, hatte es die Unabhängige Schottische Heiden-Mission gerade einmal zu zwei Konvertiten gebracht, beides Unberührbare, die auf dem Gelände gegen Essen Gelegenheitsarbeiten verrichteten und am Sonntag oft aus dem Paan-Laden an der Ecke zum Gottesdienst geschleppt werden mussten.

Andrew entschied, dass es zu gefährlich für sie sei, wieder in Bombay niederzukommen, aber sie hatten zu wenig Geld, um zusammen nach England fahren zu können. Und so wurde verabredet, dass sie und der kleine Duncan bei Gavins wohnen sollten, einem ehemaligen Missionarsehepaar in Edinburgh. Kenneth solle dort das Licht der Welt erblicken. Als sie Andrew vom Deck eines nach Liverpool auslaufenden B & I-Dampfers zum Abschied zuwinkte, spürte sie die Erregung in sich hochwallen. Sie fuhr nach Hause! Sie gab sich große Mühe, das Bild ihres Mannes in sich gegenwärtig zu halten, aber allzu oft schwand es während der Reise, ausgelöscht durch einen Schwarm Delfine oder die verzwickte Handlung des Marie-Corelli-Romans in ihrem Schoß.

Schottland war wunderbar und fremd. Auf dem Schiff hatte sie Angst gehabt, sie würde dieses Land zu sehr lieben, um es jemals wieder zu verlassen, aber als sie angekommen war, wurde ihr zu ihrer Verwunderung klar, dass ein Teil von ihr in den Slums von Bombay Wurzeln geschlagen hatte. In die Heimat zurückzukommen war für sie, als käme sie zu sich als Kind zu Besuch, rührselig und ein wenig peinlich zugleich. Die erste Mahlzeit, Roastbeef mit Kartoffeln, ließ sie in Tränen ausbrechen, und als Petie und Susan zu Besuch kamen, umarmte sie die beiden so fest, dass Petie fragte, ob sie wirklich vorhabe, gleich zu Beginn ihres Besuchs das Leben aus ihnen herauszuquetschen. Vater war zu krank zum Reisen. Eine Woche später saß sie neben ihm in der alten guten Stube, weinte wieder und hielt seine Hand, während er verwirrt aus dem Fenster starrte und sie schon zum dritten Mal fragte, ob sie nicht Mrs. Ferguson kommen lassen wolle, damit sie ihm sein Essen brächte.

Gavins hatten Andrew in Assam kennen gelernt, und sie sprachen von ihm auf eine Art und Weise, die sie manchmal verstörte. Wie steht's denn um seine Glaubensfestigkeit, fragte Mrs. Gavin. Es müsse doch an einem solchen Ort sicherlich furchtbare Versuchungen geben. Elspeth antwortete, sie habe noch nie eine solch entschlossene Glaubensfestigkeit gesehen wie bei Andrew, und Mr. Gavin prustete in seinen Tee. Mehrere Male erwähnte Mr. Gavin Andrews Entschluss, unter gefallenen Frauen zu arbeiten, als wäre das irgendetwas Bedenkliches. Aber er hat doch Elspeth, erinnerte Mrs. Gavin ihren Mann. Sie ist seine Stärke.

Kenneths Geburt war fast ebenso schwierig wie Duncans, und der Krankenhausarzt sagte der jungen Mutter, dass sie ihr Leben aufs Spiel setzen würde, sollte sie sich ein solches Martyrium noch einmal zumuten wollen. Enthaltung, sagte er. Es mag für Ihren Mann schwer sein, aber er ist schließlich Geistlicher und liebt Sie. Ich bin sicher, er wird es verstehen. Und man gab ihr einen Brief, in dem die Gefährdung ihrer Gesundheit dargelegt wurde. Der Arzt blickte über den Rand seiner Brille hinweg, als er ihn ihr über den Schreibtisch schob. Vielleicht hilft das ja, ihn zu überzeugen, sagte er.

Als sie mit ihren beiden Söhnen nach Indien zurückkam, merkte sie, dass sich alle Übereinkünfte geändert hatten. Vor ihrer Abreise war Elspeth eng um Andrew gekreist, von ihm eingefangen wie ein Mond vom Schwerefeld eines großen gasförmigen Planeten. Kaum roch sie Bombay vom Deck des Dampfers aus, den schwachen Duft von Holzrauch, der über das Meer herüberwehte, wusste sie, dass das alles nicht mehr stimmte. Indien war Teil ihrer persönlichen Umlaufbahn geworden.

Elspeths neues Gravitationsfeld veränderte die Mission bis zur Unkenntlichkeit. Ohne auf Andrews Klagen zu achten, engagierte sie einen Munshi, der sie in der Landessprache unterrichten sollte, und begann, die Slums und Bordelle zu durchstreifen, um auf eigene Faust den Ort zu erkunden, in dem sie lebte. Sie ließ verbreiten, dass jeder, der medizinische Betreuung brauche, zu ihrem Mann kommen solle, und dass nach dem Sonntagsgottesdienst

Englischunterricht abgehalten werde. Innerhalb weniger Monate war die USHM das reinste Bienenhaus, und mehrere neue junge Konvertiten waren gewonnen worden.

Elspeths Erfolg begeisterte und erschreckte sie zugleich. Warum war er so einfach zu erringen gewesen? Er zeigte ihr einen neuen Andrew, einen verirrten Andrew, der unter seiner Tünche aus Überzeugungen unentschlossen war. Die Wachsamkeit in ihr nahm zu, ein Abstand, der durch die im Brief des Arztes angekündigte körperliche Distanz noch verschärft wurde. Das Gesicht ihres Mannes, als er ihn las, war dunkelrot vor unterdrückter Wut. Es gab nichts zu sagen. Nachts spürte sie ihn neben sich, verkrampft vor Groll. Dann versuchte sie ihn zu trösten, aber er schob ihre streichelnden Hände weg. Schlimmer als nichts, murmelte er. Schlimmer als zu der Zeit, bevor du kamst.

Er gab ihr das Gefühl, als sei es ihr Fehler, als habe sie es mit Absicht getan. Er begriff nicht, dass es auch für sie eine Einbuße war. So waren doch immer ihre Beziehungen zueinander gewesen. Sie hatten ihre Körper dazu benutzt, alles Übrige in die rechten Bahnen zu lenken: wenn er wütend war, wenn sie Zweifel hatte. So trauerte auch sie, auch wenn die Wachsamkeit in ihr den Atem anhielt, insgeheim erleichtert darüber, dass sie sich nicht hingeben musste, jetzt, da ihr Glaube an den Gatten langsam dahinschwand. Manchmal ertrug sie es nicht und rief ihn zu sich, aber es ging immer schlecht aus, mit ungeschicktem Gefummel, Gereiztheiten, Entschuldigungen. Zusammen zu sein wurde schlimmer als allein zu sein.

Ein paar Jahre lang lag das alles unter dem hektischen neuen Leben in der Mission begraben. Ständig wartete eine Schlange von Leuten auf Andrews grobe Verarztungen, die hauptsächlich in Vorträgen über Körperhygiene bestanden. Die Frauen von der Falkland Road begannen die Schule als eine Art Gelegenheitskrippe für ihre Kinder zu benutzen, und die Mission fand nach und nach eine Nische im Ökosystem der Straße. Elspeth lächelte die bunt gekleideten Mütter an, und sie lächelten ihr zu, während beide versuchten, ihre gegenseitige Faszination zu verbergen. Elspeth bemerkte auch, wie Andrew die Frauen ansah. Verzweifelte Blicke. Forciertes Missfallen. Sie fragte sich so langsam, welches Spiel er spielte, welche Art Prüfung er sich gestellt hatte.

Er schien Gewalt auf sich zu ziehen. Einmal löste er beinahe einen Aufstand aus, als er einer am Missionstor vorüberziehenden Muslim-Prozession eine flammende Predigt hielt. Ein andermal streckte ein junger englischer Polizist den Kopf durch Elspeths Wohnzimmertür. Entschuldigung, wenn ich störe, aber sie hätten ihren Mann in Gewahrsam. Ein, ähem, *Krawall* mit einem katholischen Priester. Als er Elspeth zum Kotwal begleitete, konnte er sein Grinsen kaum verbergen. Es war immer dasselbe. Andrew gegen den Rest der Welt. Er im Recht und alle anderen im Unrecht.

Die Jungen wuchsen heran. Es wurde Zeit, erst für Duncan und dann für Kenneth, dass sie zurück nach Schottland auf die Schule geschickt wurden. Nachdem ihre kleinen Söhne sich zu mit Taschentüchern winkenden Pünktchen am Horizont aufgelöst hatten, gab es für Elspeth nichts mehr, was sie von ihrem Ehemann ablenken konnte. Die Wahrheit war, sie hatte sich verliebt. Nicht in einen anderen Mann, sondern in eine andere Denkungsart, und das war schlimmer. Allmählich waren die Besuche bei dem Munshi durch tiefer gehende Untersuchungen ergänzt worden. Ausflüge ins Museum und zu historischen Ruinen führten bald zu Vorträgen, Sitzungen nächtlicher Lektüre. Sie befreundete sich mit Indern und ging zu ihnen zum Abendessen, wobei sie ein ausgelassenes Vergnügen darüber empfand, am Boden zu sitzen und mit den Händen zu essen. Sie ging an den Strand und sah dem Ganpati-Fest zu, von Gläubigen umdrängt, als die riesigen Ganesha-Darstellungen ins Meer getaucht wurden. Sie spähte in das Allerheiligste von Tempeln und versuchte, die öligen, mit Ghi beschmierten Gestalten der Götter im Dunkeln zu erkennen. Eines Jahres kam Andrew während des hinduistischen Frühlingsfestes Holi in den Hof und stellte seine grinsende Frau zur Rede, deren klatschnasse, am Körper klebende Kleider mit Farbe bekleckert waren. Du wirst eine von ihnen, schrie er. Sie ziehen dich hinab in den Sumpf.

Für Elspeth hatte das alles mit Magie zu tun. Die neue Welt, die sie entdeckt hatte, war voller Geheimnisse. Ihr Gefühl hatte sie immer schon zum Fantastischen hingezogen, und nun wurde ihr klar, dass es genau das Gegenteil von allem war, was Andrew dachte – und war. Seine Gewissheit, die einst so anziehend gewesen war, erschien ihr jetzt als kindische Vermessenheit. Wie konnte er es nur wagen? Wie konnte er seine Narrenkappen- und Balsaholz-Reinheit gegen die unendlichen Mysterien des Universums geltend machen?

Während ihr kleines Sternbild in alle Winde zerstob, begann Andrew, von Gegenkräften getrieben, von Wissenschaft und Verstandesreligion und der Überlegenheit des europäischen Geistes über den asiatischen zu sprechen. Als genügend Geld zusammen war, um die Jungen in den Ferien herüberkommen zu lassen, fanden diese die Eltern höflich zueinander, mehr oder weniger. Aber als sich die Familie von neuem trennte, nachdem sich ihre Mitglieder eine Spur weniger fremd geworden waren als vorher, kehrte das Leben in der USHM zum Zustand verhaltener Feindseligkeit zurück. Die Mission begann darunter zu leiden. Elspeths Zentrum hatte sich nach außen verlagert, und sie sah keinen Grund, andere Menschen zu einem Glauben zu ermuntern, den sie selbst gerade aufgab. Als sie dies zum ersten Mal so schonungslos formulierte und die Worte in ihrem Kopf formte, während sie eine belebte Straße hinunterradelte, hatte sie das Gefühl, unbändig wenig schlechtes Gewissen zu empfinden, aber erfrischend kühlen Verratsschweiß, der ihr unter den Armen und zwischen den Brüsten aus den Poren brach und die letzten Reste der Missionarsfrau in Bächen davonschwemmte.

Stell dir eine Geheimlehre vor. Stell dir uralte Gelehrsamkeit vor. Die Ideen waren nicht ihre eigenen. Auch nicht reiner Hinduismus. Elspeth war mit anderen Suchenden bekannt gemacht worden, Leuten, die glaubten wie sie, an Wunder, an die mystische Verknüpfung von allem. Sie besuchte Vorträge, denen sie so verzückt folgte wie vor Jahren dem Vortrag in dem Kirchensaal, nur dass sie jetzt Geschichten von der Großen Weißen Bruderschaft der Meister des Himalaja, dem Herrn der Welt, von Buddha, Mahachohan, Manu, Maitreya lauschte. Der Redner, ein begeisterter Engländer in einem schlichten weißen Kurta-Pyjama, erzählte von dem Schlüssel, den Adepten besäßen und den sie nur nach langem esoterischem Studium und mittels äußerster geistiger Disziplin erhielten, dem Schlüssel, der Unsterblichkeit verleihe und die Möglichkeit, sich in die erlauchte Gemeinschaft Cagliostros, Abrahams, Laotses, Mesmers und Platons einzureihen. Schon allein die Namen waren Schwindel erregend. Hilarion der Grieche. Der schöne Serapis und der blauäugige Koot Hoomi. Böhme und Salomo. Konfuzius und der syrische Jesus. Es schien, als hätten vom Anbeginn der Zeiten bis heute Männer und Frauen nach einem tieferen Weltverständnis gestrebt, nach einer flüchtigen Einsicht in die Schwindel erregenden Abgründe von Bedeutungen und Hierarchien, die unter der Oberfläche des Lebens lagen. In der modernen Zeit verbanden sich Ost und West in der Theosophie, einer wissenschaftlichen Geistigkeit, die nach der einzigen wahren Weisheit suchte, der Kenntnis der okkulten Gesetze, die das Universum beherrschen.

Elspeth trat nicht bei, noch nicht. Es war alles zu weit weg, eine zu große Umstellung von dem, was sie kannte. Nüchterne weiß getünchte Wände gegenüber kunstvollen Schnitzereien. Mäßigung in allen Dingen gegenüber freudigem Überschwang. Sie versteckte sich vor Andrew genauso wie er sich vor ihr, und während sie in dieser Stagnation verharrten, außerstande, einander völlig zu entgehen, verkam die Mission. Bekehrte trieb es zu ihrer alten Lebensweise zurück, oder sie wurden von dynamischeren Slumkirchen abgeworben, von den Baptisten oder dem amerikanischen lutherischen Pastor, der sich an der Grant Road niedergelassen hatte. Dann kamen der Krieg und die Nachricht, dass Kenneth und Duncan sich freiwillig gemeldet hatten. Andrew war stolz. Elspeth war nur zornig. Ihre Söhne waren schon den größten Teil ihres Lebens fort gewesen, und jetzt wurden sie noch weiter von ihr entfernt, kleine Jungen mit weißen Taschentüchern, die zwischen den verwischten Lettern der Nachrichtenmeldungen abhanden kamen. Es gab nichts, was sie dermaßen verabscheute. Auf schwarzweiße Kürze reduzierte Lebensläufe, Körper, die sie gebadet und gewiegt hatte, in die Zwangsjacke aufreizend abstrakter Berichte über »Kampfhandlungen«, »Fronten« und »Offensiven« gesteckt.

Eine Zeit lang beteten sie und Andrew gemeinsam; schon lange schliefen sie nicht mehr im selben Bett. Es war eine Geste. Elspeth verbrachte ihre Abende im Kreis von Theosophen und anderen Wahrheitssuchern, meditierte über die Truppen und versuchte so, einen seelischen Schutzschild über die Menschen zu breiten, die sie liebte. Schreckliche Dinge hörte sie über den Krieg, dass die Deutschen Diener der Herren mit den dunklen Gesichtern seien, unversöhnliche Gegner der Wahrheit, dass der tote Kriegstreiber Bismarck magnetische Talismane an seinen Grenzen aufgepflanzt habe, um dem okkulten Widerstand gegen die teutonische Vorherrschaft zuvorzukommen. Als Meldungen von Gefallenen durchsickerten, wurden einige von ihren Theosophenfreunden unsichtbare Helfer, die in ihren Astralleibern an der entlegenen Front Patrouille gingen und die Seelen der Toten ins Leben nach dem Tode führten. Voll entsetzlicher Ahnungen versuchte sie, mit Kenneth und Duncan Kontakt aufzunehmen. Nur einmal. Nur (sie konnte den Gedanken nicht aussprechen) ein letztes Mal. Aber sie konnte ihren Körper nicht verlassen, konnte sich von Bombay nicht lösen. Vielleicht, folgerte sie, mangelte ihr geistige Technik.

Die beiden Telegramme kamen rasch hintereinander. Kenneth in Ypern. Duncan in Loos. Allein der Gedanke der Wiedergeburt hielt sie aufrecht. Jemand machte sie auf Mr. Leadbeaters Buch *Lives of Alcyone* mit seiner Liste von Reinkarnationen aufmerksam, berühmte, durch den ganzen Kosmos ineinander verschlungene Lebensläufe von vierzigtausend Jahren vor Christus bis in die Gegenwart. Julius Caesar. Mrs. Besant. Leben, die auf dem Mars, in Peru, auf dem Mond gelebt wurden. Das Riesige daran war tröstlich. Dieser Horror jetzt war schlicht und einfach das Ende einer einzelnen Fleischwerdung ihrer Söhne. Sie waren sich vorher begegnet und würden sich wieder begegnen, hunderte von Begegnungen, hunderte von entschwindenden Gestalten, die ihr über die Zeit hinweg zuwinkten. Mit den zwei Telegrammen vor sich auf dem Wohnzimmertisch stellte sie fest, dass sie keine Angst mehr hatte, und erzählte Andrew, woran sie glaube, breitete gleichmütig alles vor ihm aus wie einen Teppich, der für einen zu Besuch kommenden Würdenträger über eine Treppe ausgerollt wird.

Er war entsetzt. Er sagte zu ihr, sie sei von Satan verführt worden. Sie seien nicht länger Mann und Frau. Am gleichen Nachmittag schleppte er Tröge voller Backsteine in den Hof, zog sich bis aufs Hemd aus und begann eine Mauer zu errichten.

Als Bobby zu ihnen kam, staunte er über dieses Bauwerk, das solche Macht über seine neuen Arbeitgeber hatte. Es war eine unförmige Mauer, brüchig und mit einem Bauch in der Mitte, doch mit dem Leben des Mannes auf der einen und dem der Frau auf der anderen Seite erschien sie so absurd wie auf mystische Weise zwingend. Inzwischen hat er den Verdacht, dass nicht einmal der Reverend erklären könnte, wie er sie zustande gebracht hat. Sie ist einfach fix und fertig aus Leid erwachsen.

Die Mauer bedeutete für ihn ebenso sehr, sich ins Haus einzuschließen, wie sie aus dem Haus herauszuhalten. Keiner verstand das. Als er die Backsteine einen auf den anderen klatschte, kam er sich vor wie der allerletzte Mensch. Die Dreckflut hatte sogar seine Frau verschlungen. Sogar Elspeth.

O Gott.

All seine Verfehlungen. All die früheren Mauern. Keine von ihnen wäre nötig gewesen, hätte er nicht so schwer gefehlt und so oft. Was der Rest der Welt in ihm sah, wusste er nicht, und es interessierte ihn eigentlich auch nicht. Was Gott sah, das allein zählte, und er wusste, wie er vor diesem gewaltigen blauen Auge erscheinen musste. Ein tropfender Eimer. Ein lecker Hautsack.

Einen Moment überlegte er, ob er die Backsteine nicht zu

einem Viereck mauern sollte. Zu einer Gruft. Und sich einmauern. Es kam nicht dazu. Verzweiflung gehört zu den Dingen, die Gott nicht zulässt. Also schichtete er die Backsteine bis auf Augenhöhe, trug seine letzten Sachen in den Bodenraum über der Kirche und begann Elspeth dabei zu beobachten, wie sie sich nach und nach auf das Niveau der Affen herabließ.

Er hätte endgültig einen Strich ziehen können. Jeder von ihnen hätte es gekonnt, indem er wegzog oder nach England zurückging. Er hätte seinen Willen bei ihr durchsetzen können, indem er ihr das Geld vorenthielt, das von ihrer Schwester kam. Von Susan und Petie, die mit ihrer Drogeriekette reich geworden waren. Doch etwas in ihnen beiden sträubte sich dagegen. Das Leben beiderseits der Mauer machte es provisorisch, unfertig. Sie zögerten den letzten Augenblick ihres Scheiterns hinaus.

Auf Elspeths Seite war ein ständiges Kommen und Gehen. Andrew beobachtete die Leute heimlich aus einem der oberen Fenster oder indem er sich hinter der Mauer auf die Zehenspitzen stellte. Immer kamen sie in Gruppen, diese Theosophen. Sie schienen es nötig zu haben, sich zusammenzurotten. Auch wenn immer wieder dieselben Gesichter zu sehen waren, taten sie es unter verschiedenen Fahnen. Töchter Indiens, Orden der Aufgehenden Sonne, Vorbereitungsklasse der Heiler, Gebetskreis, Bruderschaft der Künste. Was für ein Hokuspokus. Was für ein Durcheinander. Männer und Frauen, Inder und Europäer, bunt zusammengemischt. Er begriff nicht, wie Elspeth das aushielt.

Er war nie zu Vagheiten fähig gewesen. Darauf war er nicht stolz. Es war ein Zeichen dafür, dass er in seinem Glauben schwach und unsicher war. Sein ganzes Leben hatte er gewusst, wenn er nur ein einziges Mal nachgäbe, wäre er verloren. Die barocken Mysterien, die sich auf der anderen Hofseite ereigneten, waren das Werk des Teufels, dessen war er sich sicher, aber stets hatte er auch harmlosere Formen der Abweichung gemieden. Schrankenlosigkeit. Verwischung. Vielfalt. Für ihn waren dies nur andere Bezeichnungen für Zweifel.

Als er fiel, fiel er hart.

Eine Lampe flackert in einer Hütte an einem Berghang in Assam, ölig-gelb entwischen Reflexe durch die lose verbundenen Bambusstäbe. Der junge Andrew läuft drinnen hin und her, den Abdruck seines nackten Körpers hat er als schmutzigen Schweißfleck auf den Laken seines Feldbetts hinterlassen. Er trinkt Wasser aus dem zugedeckten Krug auf dem Tisch. Er kniet zum Gebet nieder. Seine Hände streichen über seinen Körper, abgekaute Nägel kratzen seine von Moskitos zerbissene Brust. Jede Berührung versengt ihm die Haut. Das Tropenklima verrichtet sein gottloses Werk, löst Europa in Hitze und Feuchtigkeit auf und macht aus diesem Mann Gottes ein geiles Etwas, einen triefenden nackten Leib, von dem ein pochender steifer Schwanz absteht. Er wälzt sich stöhnend am Boden. Er ist vierundzwanzig Jahre alt. In anderen Nächten wie dieser hat er sich geschlagen gegeben und schuldbewusst seine Hände ihre Arbeit verrichten lassen, bis es vorbei war. Heute Nacht hört er ein Geräusch vor seiner Tür, und er merkt, dass er beobachtet wird. Er schlingt sich ein altes Hemd um die Taille, macht die Tür auf und steht Aug in Auge vor Sarah, einem der Mädchen aus der Mission. Kleine, katzengesichtige Kindfrau, die beide Hände vor den Mund hält, um ihr Gekicher zu unterdrücken. Sie hat ihr buntes Baumwollkleid ausgezogen, die Missionskleidung, die zu tragen er und die Gavins die Mädchen nur mit Mühe überreden können. Sie hockt da, ein Binsenwirrwarr um die Taille, schwere Messingringe in den lang gezogenen Ohrläppchen. Im Übrigen nackt. Seine Augen wandern hinunter zu den kleinen Knöpfen ihrer Brüste, ihrer von Binsen gesäumten Scham. Es ist zu viel. Er schließt seine Hand um ihren Oberarm und führt sie nach drinnen.

Es geschah einmal, zweimal, ein drittes Mal. Dann nicht wieder. Mittlerweile ekelte es ihn vor sich selbst. Es sei vorbei. Das schwor er. Aber ein paar Monate später sah man die kleine Sarah auf dem Gelände herumwatscheln und mit den Händen über den ausgeblichenen, mit Rosen bedruckten Kattun streichen, der sich über ihren Bauch spannte. Er mied sie. Die Gavins wussten, dass sie nicht verheiratet war, aber sie schoben es auf irgendeine Verfehlung auf der Seite des Mädchens, auf wieder so einen Vorfall im Stamm, der sich außerhalb oder unterhalb der Grenzen europäischer Verständnismöglichkeiten zugetragen hatte. Vielleicht hatte sie ja einen Mann, mutmaßte Mr. Gavin eines Tages. Irgendeinen Burschen, der kein Konvertit war. Er hatte nicht bemerkt, wie die anderen jungen Mädchen in der Mission den jungen Macfarlane ansahen. Er hatte keine Ahnung, was sein junger Assistent hörte, wenn er nachts wach lag und Gebete in die feuchte Dunkelheit flüsterte. Das Kratzen an seiner Tür wie von Krallen kleiner Tiere. Sarah, und nicht allein Sarah. Alle wollten sie seine Gunst. Wollten die Frau des jungen weißen Priesters sein.

Ein kleines Mädchen wurde geboren, und Sarah hielt es seinem Vater entgegen, als er vorbeischritt; er wagte nicht, ihr ins Gesicht zu sehen. Es war ein bleiches kleines Geschöpf. Er meinte, die Gavins könnten das doch kaum übersehen. Sie sagten nichts. Das Kind war immer da, spielte im Dreck und klatschte in seine pummeligen Hände. Ihn anklagend.

Er hatte Dörfer in der Nähe der großen Teeplantagen gesehen, in denen sich ganze Familien mit Mischlingskindern am Wegesrand aufstellten, um die Missionare vorbeireiten zu sehen. Jungen und Mädchen unterschiedlicher Größe standen einander bei den Händen haltend vor ihren Hütten, und jedes wies die verräterische Hakennase oder die abstehenden Ohren des Plantagenverwalters oder des Ingenieurs oder des Bezirksamtsarztes auf. Ein schockierendes Gespräch mit einem Mann im schimmeligen Raucherzimmer eines Clubs im Landesinneren. Hilft doch, die langen Abende totzuschlagen, oder? Gibt ja sonst nix zu tun.

Aber für ihn doch! Von ihm erwartete man, dass er besser wäre.

Er beschloss, sich mehr Mühe zu geben. Er stürzte sich in die Arbeit, er entwickelte ein Projekt zum Bau eines eigenen Missionskrankenhauses. Vier massive Ziegelwände mit kompletter Einrichtung, groß genug, um für den ganzen Bezirk auszureichen. Er setzte sich durch. Seine Gedanken hatten eine Richtung gefunden. Dann kam eines Abends Mr. Gavin zu ihm und fand die Mädchen vor der Tür, drei Mädchen zusammengerollt wie Welpen auf der Veranda, während Macfarlane drinnen in aller Unschuld Geldbittbriefe an die Behörden in Darjeeling schrieb. Warum waren sie dort? Was für einen perversen Harem unterhielt er hier? Schließlich überzeugte ihn das Gesicht seines Schützlings, dass die Dinge nicht so schlimm lagen, wie er gedacht hatte, aber der Schaden war da.

Eines Tages das unvermeidliche Gespräch, als sie Vorräte holen fuhren, während der Monsunregen von ihren breitkrempigen Hüten troff und tiefgrüne Dschungelgerüche ihnen tief in die Nasenlöcher stiegen. Dies ist ein schwieriges Land für einen allein stehenden Mann. Vielleicht ist es nicht der Ort, den dir Gott bestimmt hat. Geh zurück, Andrew. Such dir eine Frau. Wir werden dich natürlich voll unterstützen, aber ich muss dir sagen, die Missionsgesellschaft wird für dich vielleicht keine andere Stelle hier in den Bergen finden können.

Er war gefallen. Doch er würde sich nicht geschlagen geben. Er fuhr zurück nach England und versuchte Unterstützung für seine eigene Mission zu erhalten. Und wie es sich gehört, wurde seine Beharrlichkeit belohnt. In seiner Gnade bescherte Gott ihm eine Frau, und aus Dankbarkeit beschloss er, sich einer Prüfung zu unterziehen und sich so ernsthaft wie möglich zu bemühen, sich des Gottesgeschenks würdig zu erweisen. Ein Plan reifte. Er würde sich unter die Huren begeben, sich am lasterhaftesten Ort, den er kannte, niederlassen. Und so, indem er der Versuchung widerstand, würde er seine Stärke beweisen und sich in den Augen des Herrn wieder reinwaschen. Es war derselbe Drang, der andere Leute dazu führt, schwere Gewichte zu stemmen oder sich im Krieg freiwillig zu gefährlichen Aufgaben zu melden. Er fragte niemanden um Rat, und so gab es niemanden, der ihn fragen konnte, ob es sich wirklich um Seelenstärke handelte oder bloß um den Wunsch, an seinen Schwächen wie an einem Grind oberflächlich herumzukratzen.

Elspeth kam in dem zugigen Kirchensaal zu ihm und saugte sich Fragen an ihn aus den Fingern. Und es wurden Spenden für eine Mission in Bombay gesammelt. Beides schien Teil einer einzigen Sache zu sein: das Ende seiner Unwürdigkeit. Er konzentrierte sich auf dieses geistige Ziel, und die Welt nahm um es herum Gestalt an. Man feierte Hochzeit und erstand zwei Zweite-Klasse-Passagen bei der P & O. Erst als er wieder in Indien war und seine hysterische junge Frau in einem baufälligen Wohnblock an der Falkland Road abgeladen hatte, hielt er inne, um nachzudenken, Atem zu holen und sich das Problem, das er sich aufgeladen hatte, genau zu betrachten.

In Wirklichkeit wusste er nicht mehr ein noch aus. Er hatte keine Ahnung, was er tun sollte. Genauso war es viele Male in Assam gewesen. Er wünschte sich eine Kraft, gegen die er ankämpfen könnte, schwere Arbeit, die ihm helfen würde, etwas über sich zu erfahren. Stattdessen war er ohne Gegenwind, ein mit den Armen fuchtelnder Rollschuhläufer, der von der Stadt über ihre eigene undurchdringliche Oberfläche geschubst wurde. Das Problem waren die Menschen. Er brauchte sie, um etwas zu leisten, was hieß, eine Gesamtheit zu bilden, ein Ziel für sein geistiges Ringen. Stattdessen blieben sie starrköpfig fremd. Die unerlösten Männer und Frauen Bombays sahen ihm beim Predigen zu oder auch nicht, kauten Betel, schlurften davon, tauschten Bemerkungen aus und schienen mit jedem Anzeichen von Belustigung oder Gleichgültigkeit allein ihre Individualität zur Schau zu tragen. Wie konnten sie das? Dies hier war das ameisenhafte Asien, wo das Individuum nichts galt. Er schrie auf der Straße erschrockene Rikschafahrer an und empfand sein Geschrei als Abglanz von Gottes eigenem Zorn. Das Ganze war ein Affront, der umso ärgerlicher war, weil diese Leute anderen Mächten gegenüber so servil waren: Geld, falscher Religion, dem Bleigewicht ihrer Traditionen und den anderen Weißen gegenüber, die sie regierten. Er fragte sich, ob ihm irgendeine entscheidende Fähigkeit abging, die diese anderen Leute besaßen, irgendein Organ der Weißhäutigkeit und Kommandogewalt.

Vielleicht war er die Sorte minderwertiger Weißer, die ihr kostbares Blut verwässerte.

Alles verknotete sich in eines. Pflicht. Das Misslingen der Mission, Fuß zu fassen. Sperma. Kichernde einheimische Frauen. Er wollte die genaue Gestalt seiner Sünde kennen lernen und fand sie in naturwissenschaftlichen Büchern. Andrew Macfarlane, zu den Leukodermen gehörig, Haar: zymotrikös, Kopf: mesozephal, hatte mit Sarah von den Xanthodermen kopuliert, die exotisch leiotrikös, aber jämmerlich brachyzephal war. Ihre Tochter war ein Fehlschlag. Ein Schandfleck.

Im Vergleich zu dem Elternteil der höheren Rasse sind die Kinder ein minderwertiges Erzeugnis. Wenn die Mischung allgemein und dauerhaft Generationen hindurch fortgesetzt wird, hat sie in den Nachkommen unfehlbar geringere Kraft zur Folge. Die Nettobilanz der zwei Konten wird einen Verlust aufweisen, wenn man sie mit dem Ergebnis von Verbindungen unter der höheren Rasse allein vergleicht.

Was hatte er nur in die Welt gesetzt? Er konnte sich nicht erinnern, wie die Kleine aussah. Nach und nach war ihr Gesicht durch die seiner beiden kleinen Söhne getilgt worden, die heil und durch die frühere Verfehlung ihres Vaters unbefleckt zur Welt gekommen waren. Sie waren sein ganzer Stolz, doch manchmal erschien der Preis zu hoch. Dass sich ihm der Leib seiner Frau verweigerte, war eine Qual. Er hatte zwar den Brief des Arztes, aber etwas in Elspeths Betragen sagte ihm, sie würde sich ihm auch ohne das Schreiben versagt haben. Die Falkland Road wurde ein Ort voller Fallstricke.

Die Zeichen rassischer Minderwertigkeit sind folgende: Einfache Struktur und frühes Zusammenwachsen der Schädelnähte; weite Nasenöffnung mit Synostose der Nasenknochen; Vorwölbung der Kiefer; Zurückweichen des Kinns; frühes Erscheinen, Größe und Dauerhaftigkeit der »Weisheits«zähne.

Folgendes ist Teil der Frauen. Hohe Stirnen. Mit Kajal umrandete Augen. In enge, farbige Blusen geknöpfte Brüste. Nackte Bäuche. Rote, saugende Münder, offen, erwartungsvoll.

Eine flache und zurückweichende Stirn ist ebenfalls ein »niedriges« Merkmal, aber eine ziemlich stark gewölbte Stirn, wie sie für Neger charakteristisch ist, deutet nicht zwangsläufig auf hohe intellektuelle Fähigkeiten hin.

Seine junge Frau blühte auf. Ihre Energie schien grenzenlos zu sein. Sie war ein pulsierendes, lebendiges Ding, und sie wurde ihm verweigert. Doch von Rechts wegen gehörte sie ihm. Es war unmöglich. Unmöglich. Seine Eifersucht wurde wie ein lebendes Wesen.

Der Europäer hat sich im Laufe seiner Eroberung der Welt mit jeder bekannten Menschenrasse gekreuzt. Diese Rassenmischung hat eine unentwirrbare Masse von Mischlingen zur Folge gehabt, absolut vergleichbar mit unseren Straßenkötern und Dachkatzen.

Fucking. Bilde die Form des Wortes mit deinem roten Mund. Dabei schnellt die Unterlippe von den Zähnen weg, und der hauchige Vokal tropft in ein ersticktes Klicken im Hals. *Fuck. Fucking.*

Bei der Untersuchung von Winkel und Richtung der Vagina der Negerin und dem entsprechenden Winkel und Bau des männlichen Geschlechtsteils kann man deutlich sehen

Fucking. Die Hure, an der er eines Morgens vorbeiging, hob ihren rosafarbenen Rock hoch und zeigte ihm ihre

periodische Übererregbarkeit der Sexualzentren

Der unter den Huren wandelnde Missionar. Das Tal der Münder. Ohne Furcht vor dem Bösen.

die Schamlippen sind sehr flach und schmal und nähern sich im Typ denen weiblicher Menschenaffen

Fucking.

Der Missionar müht sich auf einem gespreizt daliegenden Mädchen ab. Fingernägel graben sich tief in braune Haut. Englische Wörter. *Schnatter-schnatter, glucker-glucker.* Schreien. Er macht eine Faust. All die Jahre. Schlag fest zu. Fester. Irgendwo anders seine verbotene weiße Frau. O Herrgott.

Männer kamen und zogen ihn weg. Braune Männer, die nach Schweiß und Knoblauch rochen und ihm in den Bauch boxten und das Gesicht zerschnitten, ihn nach draußen zerrten und auf einen Abfallhaufen warfen. Während er mit seinen nackten Füßen in Scheiße und verfaulten Orangenschalen herumstapfte, suchte er nach seiner Hose. Der Missionar, von einem kleinen Pulk Straßenkinder beobachtet.

Elspeth erzählte er, er habe Streit mit hinduistischen Schlägern gehabt. Er sah, dass sie ihm nicht glaubte. Es war um diese Zeit herum, dass er ernstlich die Ideen der Polygenisten zu übernehmen begann.

Vielleicht, schloss er, habe es noch andere Stammeltern neben Adam und Eva gegeben. Der heilige Verfasser der Schöpfungsgeschichte hatte keine Veranlassung gesehen, sich um diese Geschöpfe zu kümmern, und so hatten sie die Zeiten hindurch ungenannt und unerinnert existiert. Die niederen Rassen von heute wiesen so deutliche und eigene Merkmale auf, dass man kaum zu einem anderen Schluss kommen konnte, als dass sie wirklich eine ganz eigene Spezies seien, Nachkommen dieser weniger menschlichen Menschen. All das ließ die Rassenmischung doppelt unnatürlich erscheinen, nicht besser als Sodomie. Wie tief er gefallen war! Wenigstens waren sich die meisten Autoritäten darin einig, dass die Erzeugnisse zur Unfruchtbarkeit neigten. Er stellte sich vor, dass seine großköpfige, gelbhäutige Tochter im Dreck des Dschungels einen Wurf zur Welt brachte und seine eigenen Merkmale sich allmählich mehr und mehr deformierten, bis sich die Linie in einer letzten abscheulichen Totgeburt verlor.

Unterdessen entfernte sich Elspeth immer weiter von ihm. Sie hörte auf, ihn um Erlaubnis für etwas zu bitten, und redete mit den Affenmenschen in raschen Silben, denen er nicht folgen konnte. Ihn wollte sie nicht berühren, aber Affenkinder wiegte sie auf ihren Knien. Es war, als sähe man seiner Frau dabei zu, wie sie sich mit einem Hund oder einem Pferd entwürdigt. Später wurde ihm klar, dass der Ausbruch des Krieges ihn davor bewahrt hatte, etwas Schreckliches zu tun. Alle möglichen Ideen geisterten ihm im Kopf herum, alttestamentarische Bilder voller Blut und Rache. Der Kaiser wischte sie fort oder gab ihnen vielmehr eine andere Richtung, wobei die Karikatur des blutrünstigen Ungeheuers mit der Pickelhaube in den *Illustrated News* das erreichte, was den Menschen Bombays nie gelungen war, nämlich die Mächte der Finsternis zu benennen und sichtbar zu machen. Er begann die Deutschen mit einer alles übersteigenden Leidenschaft zu hassen.

Eine Zeit lang bildeten sie das einzige Thema seiner Predigten an der Straßenecke. Leute sammelten sich, um ihn über die Übel der Hunnen wüten zu hören, und beglotzten seinen Spuckesprühregen und die geballten Fäuste, die sich auf dem Markt auf eine Teekiste stützten. Er war sogar bereit, die okkulten Aktivitäten seiner Frau zu übersehen, vor allem, als zum ersten Mal seit Jahren sie beide zu einem gemeinsamen Gebet niedergekniet waren.

Trotz seines eifrigen Eintretens für den Krieg vermutete er, dass Opfer von ihm verlangt würden. Ein Opfer war schließlich das, was er ersehnte. Es war vielleicht mangelnde Fantasie, aber obwohl Kenneth und Duncan in Frankreich waren, kam er nie auf den Gedanken, Gott würde sie fordern. Abraham hatte Isaak auf den Altar gelegt, aber der Herr hatte ihm die Hand festgehalten. Andrew wurde nie die Gunst einer solchen persönlichen Prüfung gewährt, und nichts hielt die deutschen Maschinengewehrschützen auf. Die Telegramme erfüllten ihn mit allzu großer Trauer, als dass er wütend sein konnte. Als Elspeth ihm sagte, sie glaube absolut nicht mehr an seinen Gott, und ihm ihr Märchen von der Wiedergeburt und silbrigen Geistern darlegte, hätte ein Teil von ihm am liebsten die Hand ausgestreckt und sie an sich gezogen. Wenn nur die Jungen zurückkommen könnten. Wenn nur etwas die Kluft überbrücken könnte, die sich zwischen ihm und der Welt aufgetan hatte.

Stattdessen errichtete er die Mauer. Ein Backstein klatschte auf den anderen und schloss die letzten Fetzen seiner Tugend ein, ein Sperling in der Glasglocke eines Experimentators, der umherflattert, während die lebenserhaltende Luft herausgepumpt wird. Er war der Meinung, er habe keine andere Wahl. Die Mauer verschaffte den beiden Macfarlanes eine Art Gleichgewicht, indem sie Elspeth Raum ließ, um zu versuchen, sich auf der Astralebene wieder mit ihren Söhnen in Verbindung zu setzen, und Andrew, um über Gott und Schuld und Vernunft nachzusinnen. Allmählich kam er dabei auf ein Projekt, das umfassend genug war, um ihn für den Rest seiner Zeit auf Erden zu beschäftigen: die Suche nämlich nach einem physiologischen Fundament der Geistigkeit.

Sicherlich, überlegte er, rühre doch die einzigartige Glaubensfähigkeit der Weißen von irgendeiner Eigenschaft des Geistes oder des Körpers her. Die vergleichende Anatomie müsse den Schlüssel enthalten. Er begann ernstlich zu forschen.

Als der Junge zu ihnen kam, quälte Andrew sich gerade, dem Wahnsinn nahe, mit Statistiken und Kalibrationen herum. Er hörte im Hof ein Geräusch, kam aus seinem Laboratorium herunter, um über die Mauer zu gucken, und sah, wie Elspeth dem schmutzigen, in Khakisachen steckenden Strolch ihre Hälfte der Mission zeigte. Später bemerkte er, dass sie ihn im Haus arbeiten ließ. Sofort war er misstrauisch, und als er dahinter kam, dass der Junge trotz seiner hellen Haut und seines feinen Äußeren minderwertiges Blut in sich hatte, fand er alle seine schlimmsten Vermutungen bestätigt. Elspeth stieg auf der Leiter immer tiefer. Sie würde ausgeraubt und betrogen werden. Er schrieb einen Brief, in dem er seine Einwände detailliert darlegte, und schob ihn unter der Tür durch. Sie gab nicht zu erkennen, ob sie ihn bekommen oder gelesen hatte. Der Junge blieb.

Andrew bespitzelte ihn über die Mauer und beobachtete ihn dabei, wie er die Hausarbeiten erledigte. Er war wie ein Geist, der hergekommen war, um ihn zu verfolgen. In solcher Nähe zu etwas leben zu müssen, das er am meisten fürchtete: weiß und doch nicht weiß, ein Mittelding zwischen seinen toten Söhnen und seiner ekelhaften Tochter. Eines Tages reparierte der Junge im Hof einen zerbrochenen Stuhl. Elspeth kam heraus, blieb hinter ihm stehen und sah ihm bei der Arbeit zu, ein eigentümliches Halblächeln im Gesicht. Fast ohne es zu wissen, streckte sie die Hand aus und fuhr ihm durchs Haar. Der Junge blickte auf und lächelte sie an. Andrews Herz zog sich zusammen. Am gleichen Nachmittag rief er den Jungen und befahl ihm barsch, seine Hofseite zu fegen.

Wenig später lehrte er Robert, zu schreiben und richtiges Englisch zu sprechen, und vermittelte ihm die Grundlagen der Geistesbildung. Er tat es in erster Linie unter experimentellen Gesichtspunkten: Welche Auswirkung hatte das Mischlingserbe des

Jungen (über das er verständlicherweise nicht gern redete) auf seine intellektuellen und moralischen Eigenschaften? Beim Unterrichten studierte er seinen Schüler. Der Junge war erstaunlich schnell und eifrig, beinahe *wütend* darauf aus zu lernen. Zu seinem Erstaunen ertappte Andrew sich dabei, wie er Lob, aber auch Mahnungen erteilte. Und natürlich übernahm der Junge die Aufgabe eines Boten, eines himmlischen Mittlers zwischen seiner Welt und der seiner Frau.

Ein Engel.

Auf die Regenfälle folgt kaltes Wetter. Hitze folgt auf die Kälte. Im Laufe des Jahres nach dem Besuch bei Mrs. Pereira und dem Eintreffen von Reverend Macfarlanes wissenschaftlichen Geräten wird Bobbys Körper straffer und sein Gesicht hager. Die Frauen auf der Falkland Road rufen ihm immer noch hinterher, wenn er vorbeigeht, aber ihr Ton hat sich verändert. In ihren dreckigen Witzen ist etwas Hungriges, etwas Sehnsüchtiges und Taxierendes. Er ist aus seinen alten Sachen herausgewachsen und hat sich neue gekauft. Kleider gefallen ihm. Er liebt das Gefühl von einem sauberen Hemd am Leib, den Glanz eines Kragenknopfes. Die Wahl einer Krawatte aus der Sammlung, die im Inneren seiner Schranktür hängt, hat etwas Rituelles. Punkte oder Streifen. Wen stelle ich heute dar.

Obgleich er immer noch in der Mission wohnt, weiß jeder, dass Bobbys Stellung als Diener bei Macfarlanes nur dem Namen nach so heißt. Die beiden sind mehr als nur halb in ihn verliebt, wird geklatscht. Na, da stehen sie nicht allein da. Ich hätte nichts dagegen. Ich auch nicht. Was ich ihm beibringen würde, wenn ich die Gelegenheit hätte …

Bobby ist sehr beschäftigt gewesen. Seine geschäftlichen Interessen in Bombay haben sich erheblich ausgeweitet. Er ist nicht reich. Wer hier ist das schon? Aber er ist vielleicht sogar etwas Besseres als reich: Er hat Beziehungen. Noch immer macht er Besorgungen für die Etablissements, aber kleinere Jungen werden jetzt ausgeschickt, um Paan und Flaschen zu holen. Bobby arbeitet auf Provision, besorgt Geschäfte und vermittelt Dienste, an die schwierig zu kommen ist, an Leute mit dezentem Auftreten und offener Brieftasche. Ob dir der Sinn nach den üppigen Rundungen von Madame Noors Bagdad-Jüdinnen *(Habibi! Habibi!)* steht, nach der abgetakelten Geisha im Japan House oder den sehr speziellen und schmerzhaften Aktivitäten, für die nur der Blaue Schmetterling passende Ausrüstung besitzt – Bobby kann dich in die richtige Richtung schicken. Es geht das Gerücht, dass er selber kleinen freiberuflichen Arbeiten nicht abgeneigt ist. Weiß der Himmel, die Angebote sind da. Doch er tut so, als sei er nicht interessiert, und die Leute akzeptieren es mehr oder weniger.

Niemandem gelingt es, irgendetwas über Bobbys Vergangenheit herauszubekommen. Daran ist nichts Ungewöhnliches. Man würde nicht im Traum daran denken, Shyam Sen zu fragen, warum er nicht nach Kalkutta zurückkann, oder China-Tony wegen seiner verstümmelten Finger zu löchern. Manche Dinge sind eben privat. Aber Bobby hat eine Eigenschaft, die etwas anderes ist als Verschwiegenheit. Wenn er mit dir redet, scheint er sich dem Rhythmus deiner Stimme anzupassen. Er steht da, wie du dastehst, und macht Bemerkungen, die irgendwie auf deinen Humor zugeschnitten zu sein scheinen. Bei all seiner Angeberei und Schönheit und Extravaganz hat Bobby etwas, das nach Unsichtbarkeit verlangt.

Bobbys Nachahmungskünste sind ihm bei seiner Arbeit behilflich. Er kann britische Soldaten zu Lachkrämpfen bringen, wenn er Dialekte nachmacht. *Oroight there, mate? Och ye dinnae wanna worrit yersel'*. Na dann, meine Herren, wenn Sie mir bitte folgen wollen, ich weiß ein sehr gutes Lokal ... Bobby benutzt genau gezeichnete Stereotypen. Manchmal hängt er in der Nähe der Türen von teuren Lokalen herum und bezahlt die Türsteher dafür, dass sie ihn bleiben lassen. Er führt kurze, einseitige Unterhaltungen. »Wie geht es Ihnen heute, Sir?« – »Guten Abend, kann ich

Ihnen zu Diensten sein?« Und oft hat es wirklich den Anschein, als könnte er etwas arrangieren. Vor allem spätnachts vor dem Green's oder dem Watson's oder an einem Renntag im Byculla Club.

Bobby ist ein Geist, der vor Türschwellen spukt und dort, wo elektrisches Licht hinfällt. Er treibt sich an der Grenze der Wahrnehmung herum, wird in seinem Schlips und Kragen sichtbar wie jemand, der nur halb real ist, körperlos genug, damit du ihm deine Geheimnisse anvertraust, im sicheren Wissen, dass er sich im prallen Sonnenlicht wieder auflösen würde. Bobby ist nie im Inneren der Häuser gewesen, die er beobachtet. Er schnappt sich nur die Leute, die aus ihnen herausfallen. Doch er kennt einen der Kellner im Royal Bombay Yacht Club und steht einmal einen ganzen Abend dort drin und sieht einem Ball zu. Brennende Fackeln stecken im Rasen und Glühlampenketten erleuchten einen Tanzboden aus Holzdielen, auf dem die Mitglieder ihre Ehefrauen und Freundinnen herumschwenken, ein Wirbel weißer Rücken und Arme, von zwanzig indischen Augenpaaren aufmerksam beobachtet.

Manchmal ist Bobby tagsüber Schüler. Unter Reverend Macfarlanes Knopfaugen sagt er dann wichtige Daten der Geschichte auf. Die Schlacht von Hastings. Magna Charta. Glorreiche Revolution und Krieg um Jenkins' Ohr. Seine Kenntnisse der lateinischen Grammatik sind hervorragend. Als Gegenleistung für seinen Unterricht bringt er dem Reverend Fotoobjekte. Die Sprüche sind jedes Mal dieselben. Sag ihnen, ich zahle nichts, sagt er, aber dann tut er's doch, allerdings nur, wenn die Person aus einer Kaste oder Klasse stammt, die er noch nicht behandelt hat, und sie unverhüllt posieren.

Bobby fragt sich, was in Macfarlane vorgeht. Was mag er wohl von den Straßenfreunden seines Schülers halten? Oder von seinen Kleidern oder seinen Manieren oder seinem Eifer, die Lektionen des Reverend zu lernen? Wenn Macfarlane ihn ansieht, ist es nicht gerade liebevoll. Es ist eine Kampfansage. Eine Taxierung.

Tatsächlich ist Macfarlane äußerst erstaunt darüber, wie genau

Bobby seine naturwissenschaftlichen Bücher studiert. Eines Tages schielt er heimlich in ein Notizbuch und findet zwischen Listen mit Substantiven der zweiten Deklination und den Schlachten des englischen Bürgerkriegs die Wortfolge: *Eskimo, paläarcticus oder ugrisch, Sinicus, Nord-Indianer, Turktataren, Palä- oder Südmongolide, Polynesier, Neo-Indianer, Tehuelche, Nordwest-Indianer* ... und so weiter. Alle Rassenuntergruppen, wie Haddon sie auflistete. Und anderes mehr. Diagramme. Tabellen über Verbreitung und Häufigkeit. Er scheint von Klassifizierungen fast ebenso fasziniert zu sein wie Macfarlane.

Kein belangloses Wort wird im Unterricht gesprochen. Die beiden tauschen Gedanken über unausgewertete Daten, Faktenströme, Typologien aus. Obgleich Macfarlane denkt, er sollte sich eigentlich geschmeichelt fühlen, findet er es sonderbar. Er hat einen Schüler, aber an seiner Konzentration ist etwas beinahe allzu Leidenschaftliches. Etwas Aggressives. Instinktiv geht er in Deckung. Es ist, als würde ihm heimlich das Mark aus den Knochen gesogen.

Während sie in Macfarlanes Dachstube über Ergebnisse nachdenken, kommt dies beiden unheimlich vor. Vielleicht, denkt Bobby, ist es so eine Art Augenspiel. Wer zwinkert zuerst? Er versteht nicht, warum er so beharrlich dabeibleibt. Was ist die Ursache der bizarren Faszination, die er an dem Unterricht bei Macfarlane empfindet? Einer Antwort am nächsten fühlt er sich, wenn er den Reverend bei der Arbeit an einer Fotostudie beobachtet. Wie er mit seinen Klauenhänden das Modell arrangiert und einen Körper vor seinem Gitter festklammert. Wie sie die Maße abnehmen. Die Breite eines Beckens. Den Winkel einer Brust. Maße werden kalibriert, dann in ein Hauptbuch eingetragen. Wenn Macfarlane in seine Kamera blickt, ist sein gebeugter Altmännerkörper nur noch ein massives grauhaariges Vehikel für das Auge. Eine einzelne Kraftlinie, die durch die Objektivöffnung gezogen ist wie ein Draht. Sein Gesicht zeigt immer Anspannung, wenn es wieder auftaucht. Einmal beginnt ein Mädchen ihn zu reizen. Sich zu streicheln und obszöne Posen einzunehmen. Er tritt von der

Kamera weg und glotzt erstaunt. Er scheint entsetzt zu sein, außerstande zu denken. Schließlich jagt Bobby sie aus dem Zimmer, aus Furcht, dass Macfarlane jeden Moment etwas Schreckliches tun könnte.

Dienstags und donnerstags weist Mrs. Macfarlane Bobby in die wissenschaftliche Spiritualität ein. Die Theosophische Gesellschaft kommt in einem großen Saal zusammen, mit Fahnen ausgehängt, die die Weisheit der Meister vom Himalaja und die Würde des hermetischen Strebens verkünden. Bobby besucht diese Treffen zusammen mit seiner Herrin und wird sehr bewundert. Wie seine Seele durchscheint, flüstern die ältlichen Damen und Herren. Er ist sicherlich zum Adepten bestimmt. Bobby findet heraus, dass gut aussehende Jungen seit jeher eine bedeutende Rolle in der Arbeit der Gesellschaft spielen. Der Welt-Lehrer selbst, augenblicklich auf Vortragsreise in Europa, ist nach allem, was man hört, ein äußerst hübscher junger Mann.

Sie singen Lieder, sammeln Geld und lauschen Vorträgen über die Bedeutung der Pyramiden, die Geltung der Veden in der heutigen Welt und die Notwendigkeit eines Zusammenwirkens von östlichem und abendländischem Denken, um die seelischen Wunden des Krieges zu heilen. Manchmal hört Bobby zu. Manchmal schaut er sich bloß um und wundert sich über die Eigentümlichkeit dieser Gemeinde, in der Europäer und Inder miteinander umgehen, ohne anscheinend Notiz davon zu nehmen. Die Atmosphäre ist aufgeregt, erwartungsvoll. Die gesamte Weltgeschichte hindurch haben die Menschen laut nach einem Schlüssel, einem Weg verlangt. Jetzt ist die Zeit da, dass dieser Wunsch in Erfüllung geht. Jetzt, mit der Spaltung der Welt und der kriegsbedingten Zunahme des Verkehrs zwischen Toten und Lebenden, zwischen dem Astralen und der groben Stofflichkeit des Physischen, ist es endlich an der Zeit, dass die Gesellschaft die Menschheit vorwärts in die Seligkeit führt. Die Zahl der Mitglieder steigt. Die Versammlungen sind bis auf den letzten Platz gefüllt, und vom Rednerpult aus verlesen die Vorstandsmitglieder Depeschen aus Australien, den Niederlanden, Kalifornien, Brasilien. Richten Sie Ihre

Gedanken nach Westen, drängt ein Redner von Adyar. Den Fluten des Pazifik wird eine zukünftige Rasse entsteigen, die die indoarischen Führer von heute ablösen wird.

Streit entsteht, als eine Deutsche das Wort ergreift. Schweizerin, betont der Vorsitzende über den Tumult hinweg. Frau Doerner ist eine anerkannte Eurythmielehrerin. Und sie ist Schweizerin. Einige Mitglieder verlassen protestierend den Saal, doch Frau Doerner wird zu sprechen gestattet, und sie zupft nervös an der Bordüre ihres Saris, während sie ihre Philosophie von der sinnlichen rituellen Bewegung und der Befreiung von den Trieben darlegt.

Politik und Spiritualität sind seltsam vermischt, seit der Kongress auf der materiellen Ebene innerhalb eines Jahres Swaraj, die nationale Selbstregierung, versprochen hat und Bombay alle paar Wochen durch einen neuen Streik gelähmt ist. Fabrikarbeiter, Dockarbeiter und Seeleute gehen auf die Straße, und ein Generalstreik legt die Stadt für mehrere Tage lahm. Gewerkschaftsfunktionäre klettern auf theosophische Tribünen und ergreifen das Wort nach Rednern, die sich über okkulte Chemie und Jesu Ausbildung zu einem ägyptischen Steinmetz verbreitet haben. Theosophen werden gedrängt, für die indische Selbstverwaltung zu arbeiten, denn so lautet die Botschaft, die der Herr der Welt an Mrs. Besant richtete, als der unsterbliche Rishi Agastya (Himalaja-Meister mit besonderer Verantwortung für Indien) für sie in Shamballa, dem geheimen Gebirgs-Hauptquartier der Bruderschaft, ein Interview arrangierte. Politische Freiheit für Indien bedeutet geistige Freiheit für die Welt. Stecken Sie bitte Ihre Münzen in die Büchse.

Bobby stellt fest, dass für Leute, die dermaßen auf Geist und Seele fixiert sind, die Theosophen immer noch ungewöhnlich viel Zeit für den Körper übrig haben. Während auf einer Nachmittagsparty alle anderen in ihren Festkleidern herumstehen und Tee trinken, lotst ihn die Furcht einflößende Mrs. Croft (Gemahlin des stellvertretenden Inspektors der öffentlichen Bauten) in einen Abstellraum. Dort teilt sie ihm mit, sie sei ein Medium und wisse daher von seiner heiligen Mission. Aber er solle sich keine Sorgen machen, denn sein Geheimnis sei bei ihr sicher. Dann reißt sie sich die Bluse auf und zeigt ihm ihre Brüste. Salbe mich, Chandra, haucht sie. Lege deine Lippen auf diese rosigen Aureolen. Bobby, dessen Kopf mit Bildern von Gerichtssälen und nur aus Weißen gebildeten Geschworenenjurys erfüllt ist, sagt zu ihr, er habe ein Gelübde abgelegt. Welchen Inhalts, fragt sie. Ich glaube, ich höre jemanden kommen, lügt er. Sie sollten Ihre Bluse besser wieder zuknöpfen. Bei anderer Gelegenheit stößt der junge Mr. Avasthi im WC zufällig auf Bobby und fragt ihn, ob er nicht wenigstens einmal um die Erlaubnis bitten dürfe, ihm einen speziellen Dienst zu erweisen. Bobby lässt ihn auf die Knie gehen, dann sagt er ihm, wenn er ihm nicht eine bestimmte Summe Rupien gäbe, würde er den anderen Mitgliedern von den Bedingungen ihrer Vereinbarung erzählen. Mr. Avasthi zahlt und flüchtet. Hinterher verspürt Bobby leichte Gewissensbisse. Mr. Avasthi ist schüchtern und arbeitet als Angestellter in einer Reederei. Doch leider ist Geschäft zuallererst Geschäft.

Mrs. Macfarlane ist erfreut über Chandras Wissbegier und seine rührende Bereitwilligkeit, sich mit höheren Dingen zu befassen. Wahrscheinlich wäre sie enttäuscht, wenn sie erführe, dass für ihn der Hauptgrund, theosophische Veranstaltungen zu besuchen, der ist, für Mrs. Pereira zu spionieren. Mrs. P. hat viele theosophische Kunden und findet Informationen über ihr Privatleben, ihre Vorlieben, Abneigungen, Hoffnungen und Träume immens hilfreich für die Herstellung befriedigender Kontakte mit der Geisterwelt. Sie unterhält ein Netzwerk aus Fahrern, Hotelportiers, Ayahs, Dienern und Zimmerfächer-Wallahs, die sie mit kleinen, interessanten Neuigkeiten versorgen. Bobby ist ein engagiertes Mitglied des Teams seit der Woche nach seiner ersten Séance.

Bobby machte es zur Bedingung seiner Dienste, dass Mrs. P. ihm zeigte, wie sie es macht. Es bedurfte langer Debatten, aber schließlich setzte sie sich unter reichlichem Ächzen und Knurren an ihren Séancetisch und demonstrierte ihm bestimmte technische Aspekte im Leben eines Mediums, die dem allgemeinen, an einer Séance teilnehmenden Publikum nicht bekannt sind. Mit einer ungewöhnlichen Beweglichkeit für eine so dicke Frau wie sie zeigte sie ihm, wie man einen Tisch zum Kippen bringt, indem man ihn mit dem Nacken hochhebt, wie man seine Hand der Kontrolle des neben einem Sitzenden entzieht und wie man mit verschiedenen Körperteilen das Klopfen von Geistern erzeugt; kurz führte sie auch die Vorteile des Leichtbaus eines Tisches aus, wenn man ihn zum Schweben zu bringen versuche. Mit einem gewissen Stolz zog sie den Teppich beiseite, um ein System aus Glöckchen und elektrischen Schaltern vorzuzeigen, das sie installiert hatte, um kompliziertere Erscheinungen hervorzurufen. Sich immer heftiger für ihr Thema begeisternd, deutete sie sogar (dankenswerterweise ohne Vorführung) einige der Methoden an, Ektoplasma zu produzieren und zu speichern, Techniken, die erklären, warum weibliche Medien auf diesem sich rasch erweiternden Gebiet solch einen Vorteil haben. Mrs. P. erklärte, dass sie keine ektoplasmischen Erscheinungen mehr durchzuführen pflege seit einem Streit, bei dem ein Skeptiker sie zwang, vor der Sitzung eine Tasse Kaffee zu trinken, und der Musselin dann braun herauskam. Bobby ging vollkommen aufgeklärt von dannen, um Mrs. Macfarlanes willen freilich auch ein bisschen niedergeschlagen.

Wegen der ungewöhnlich wankenden moralischen Einstellung, die ihm seine Arbeit aufzwingt, kommt Bobby sich oft verloren vor. Zwar haben ihm die Macfarlanes ein Zuhause gegeben, doch bestehen für eine gefühlsmäßige Aufrichtigkeit gewisse Hindernisse. Niemand sonst interessiert sich für ihn. Er gehört zu keiner Gruppe oder Clique. Es gibt nicht viel, womit er sich überhaupt verbunden fühlt. Bombay ist groß, und die Gewaltströme, die es durchbrausen, reichen hin, um bestens ausgebildete britische Verwaltungsbeamte mit Uniformen und Ehrenkodizes und Porträts des Königs, die ihnen den Rücken stärken sollen, in Angst und Schrecken zu versetzen. So überrascht es kaum, dass Bobby manchmal vor Schatten zurückzuckt und immer wieder von Spinnweben und davon träumt, dass er durch Wälder gejagt wird.

Wenn ihm so zumute ist, geht er Shuchi besuchen, die ein Jahr älter ist als er und im Red House arbeitet. Wenn sie keine Kunden hat, rollt sie sich mit ihm auf ihrem Bett zusammen und beobachtet ihn beim Schlafen. In ruhigen Nächten kreuzt er auch manchmal bei Madame Noor auf, um das Mädchen zu besuchen, das die anderen Gul nennen. Madame Noor hat ihm das früher von seiner Provision abgezogen, tut es aber nicht mehr. Irgendetwas muss in diesem Leben gratis sein, sagt sie und zieht philosophisch an ihrer Wasserpfeife.

Eines Morgens kommt Bobby aus der Mission geschlendert, um einen neuen Anzug abzuholen. Er ist voller Vorfreude, doch dann sieht er beunruhigt, dass jemand rote Farbe über die Kirchentür geschmiert hat. Einen Hammer und eine Sichel. Reverend Macfarlane wird nicht erfreut sein. Er hat bereits den Verdacht, dass seine Frau bolschewistische Sympathien hat, und glaubt, dass die neuen Gewerkschaften, die überall in der Stadt entstehen, von satanischem Geist erfüllt sind. Bobby zuckt die Schultern. Ist nicht sein Problem. Heute ist ein schöner Tag, zu schön, um ihn sich von einer der Launen des Alten kaputtmachen zu lassen. Später wird er beim Red House vorbeigehen und Shuchi vorführen, wie er aussieht. Vielleicht unternimmt er sogar einen Spaziergang mit ihr. Er stellt sie sich wie eine Engländerin gekleidet vor, in einem langen bestickten Kleid mit einem großen Strohhut auf dem Kopf. Und einem Sonnenschirm. Amüsiert von der Idee springt er die Stufe hinauf in den Laden von Shahid Khan, vorbei an den über ihre Nähmaschinen gebeugten Lehrlingen und ruft nach dem Schneider, der im Hintergrund Tee trinkt.

Der Anzug ist ein Gedicht. Shahid Khan hat das cremefarbene Leinen mit gelber Seide gefüttert, und das für die Hälfte des Preises, den er ursprünglich als das Mindeste gefordert hatte, um auch nur einen einzigen Tag in diesen schlechten Zeiten weiterleben zu können. Das Jackett ist eng und zweireihig, seine Pattentaschen schick abwärts geneigt. Die Hosenbeine enden in breiten Aufschlägen, die sich auf Bobbys Lederschuhen gerade eben so stauchen. Des Lobes voll zahlt Bobby, und Shahid Khan sagt, er stehle seinen Kindern das Essen vom Munde weg, sieht aber trotzdem zufrieden aus, so wie ein Schneider immer zufrieden aussieht, wenn seine Arbeit von jemandem getragen wird, der sie vorteilhaft zur Geltung bringt.

Bobby beschließt, die Hornby Road entlangzuspazieren, um einen Blick in die Schaufenster der europäischen Geschäfte zu werfen. Er gleitet die Straße entlang in dem Gefühl (mit einiger Berechtigung), dass er tausendmal besser aussieht als alle die schwitzenden Engländer und die ungepflegten Inder, an denen er auf der belebten Durchgangsstraße vorbeikommt. Er besieht sich gerade eine Auslage tragbarer Schreibmaschinen (»leicht und robust genug für den Gebrauch auf Reisen und im Felde«), als die Ladentür aufgeht und ein älterer Weißer in der Uniform eines Infanterieoffiziers mit einem in Papier eingeschlagenen Paket in der Hand herauskommt.

»Guten Morgen«, sagt er.

»Guten Morgen«, antwortet Bobby, erstaunt, angesprochen zu werden.

»Herrlicher Tag«, sagt der Offizier. »Sind Sie sicher, dass Sie ohne Hut ausgehen sollten? Schrecklich heftige Sonne, nicht wahr. Vorsicht zahlt sich aus.«

Bobby will gerade etwas sagen, aber der Mann hat sich schon, unmelodisch vor sich hin pfeifend, die Straße hinunter in Bewegung gesetzt. Er ist verwirrt. Dieser merkwürdig kumpelhafte Ton. Von Mann zu Mann. Keine Distanz. Keine Zurückhaltung. Ein Hut? Dann wird es ihm klar. Der Mann dachte, er sei Engländer. Zwei Engländer, die über das Wetter plaudern. Eine Stunde später geht Bobby ins Laidlaws und kauft sich einen riesigen Curzon-Tropenhelm, der ihm auf dem Kopf sitzt wie ein kleines antikes Denkmal. Statt Shuchi zu besuchen, verbringt er den Nachmittag, indem er durch die Gegend flaniert und vor Engländern grüßend gegen die Hutkrempe tippt. Und manchmal tippen sie grüßend zurück.

Nach dem Vorfall mit dem Hut beginnt Bobby ein neues Spiel. Er hält sich an Orten auf, an denen Engländer zu finden sind, und versucht sie in ein Gespräch zu ziehen. Nicht um des Geldes, sondern um des Vergnügens willen. Der Apollo Bunder ist dafür ein guter Ort. Wenn die großen Postschiffe anlegen, wimmelt es am Kai von Menschen, und darunter sind immer viele Neuankömmlinge, die Hilfe brauchen. Sich zwischen Bergen von Postsäcken und mit Kreide markierten Gepäckstücken hindurchwindend, hält er nach Kandidaten Ausschau, wobei er die meidet, die von Freunden begrüßt werden, und die sucht, die erhitzt und verstört aussehen und dankbar für einen hilfreichen, jungen Mann sein werden, der ihnen die aufdringlichen Aufreißer vom Hals hält und ein gutes Hotel empfiehlt.

Es kommt ihm darauf an, dass er ihnen eine Geschichte erzählt. Jede Geschichte ist recht, solange es eine englische Geschichte ist. Oder vielmehr eine Geschichte darüber, Engländer *zu sein*. Hallo, ich heiße Walker, Peter Walker. John Johnson. Clive Smith. David Best, aber nennen Sie mich ruhig Bestie. Das tun alle. Ich arbeite für eine Erdölfirma. Eine Gummifirma. Die Schulbehörde. Ein Kaufhaus. Ich bin hier zu Besuch bei meiner Cousine. Einem alten Schulfreund. Und Sie?

Tatsache ist, sie glauben ihm. Sie hören eine Sprache und sehen ein Gesicht und eine Reihe von Kleidungsstücken und setzen sie zu einer Person zusammen. Nach einer Weile spüren manchmal einige, dass irgendetwas nicht stimmt, aber sie können es nicht genau benennen. Sind Sie in den Kolonien aufgewachsen, Mr. Best? Selten verfestigt sich dieses Gefühl zu etwas Konkretem, und da ist Bobby schon wieder weg. Es sei denn, er macht einen Fehler.

Wie bei der Geschichte mit der Alten und ihrer Nichte. Er ist am Kai und sieht zu, wie ein Automobil mit einem Kran aus dem Frachtraum gehoben wird. Aus seiner Transportkiste gehievt, steht es auf einer Holzpalette und schimmert kostbar. Ketten sind darunter durchgezogen worden, die sich mit einem Ruck stramm ziehen, während Schauerleute einander zurufend den Wagen herumwuchten. Er steigt vom Deck in die Höhe und schwankt bedenklich in der Luft, ein großer schwarzer Schatten, der zitternd über den Kai hinwegzieht. Bobby hört ein erschrockenes Atemholen und sieht zwei Engländerinnen rasch zur Seite huschen.

»Oh – mein Koffer!«

Bobby flitzt zurück, rettet einen kleinen Koffer und reicht ihn (an seinen Hut tippend) einer älteren Dame. Er wird mit einem freundlichen Lächeln belohnt.

»Oh, sehr freundlich.«

»Keine Ursache. Eben angekommen?«

»Ja. Mit der *Viceroy*. Sie auch? Wir haben Sie gar nicht an Bord gesehen.«

»O nein. Ich hatte meine Schwester erwartet. Ich meinte, sie wollte mit dem heutigen Schiff eintreffen, aber ich muss mich wohl im Datum vertan haben. Ich bin ein solcher Trottel, was Daten angeht.«

»Oh, ich weiß genau, was Sie meinen. Sie armer Junge. Aber ich bin sicher, sie wird schon noch kommen.«

Bald trommelt er Gepäckträger zusammen und sorgt dafür, dass ihr Gepäck zum Taj Mahal Hotel transportiert wird. Sie vertrauen ihm blind. Nigel Watkins, Geometer. Die alte Dame fuhrwerkt aufgeregt herum, verliert alles Mögliche, findet es wieder, ängstigt sich, dass sich jemand mit den kleineren Gepäckstücken »davonmachen« könnte, und dankt ihrem weißen Ritter die ganze Zeit überschwänglich. Die Junge, die hübsch ist, lächelt verführerisch unter ihrem Hut hervor. Alles läuft großartig. Vielleicht zu großartig. Ehe er es recht weiß, befindet sich Bobby im Innern des Hotels und folgt seinen neuen Freundinnen durch einen der kleinen Innenhöfe. Sie müssen bleiben und Tee mit uns trinken. Ein Nein lassen wir als Antwort absolut nicht gelten. Ich bin sicher, Virginia hat hundert Fragen über Bombay an Sie.

Während sie fort sind, um sich in ihren Zimmern einzurichten, wartet er an einem Tisch unter einem großen Segeltuchschirm und schaut hinauf zu den Reihen der Schmiedeeisengalerien, die den Garten an allen Seiten überragen. Er kommt sich vor wie auf einem Gefängnishof. Diener schlafen auf Matten vor den

Zimmern ihrer Herren oder hocken plaudernd in Gruppen zusammen. Allmählich fragt er sich, ob nicht einer der Männer, die sich müßig über die Geländer lehnen, ihn kennen könnte. Nicht unmöglich. Viele Leute kennen Pretty Bobby. Langsam wird er nervös, fühlt sich ausgeliefert. Vielleicht ist das hier keine so gute Idee. Gerade als er sich entschlossen hat zu gehen, kommen die Engländerinnen zurück und setzen sich zu ihm. Virginia fängt an über Tiger und Schlangenbeschwörer und andere Dinge zu reden, von denen sie gehört hat, dass es sie in Indien geben soll. Er antwortet zerstreut. Ja, es stimmt, dass Skorpione gefährlich sein können, aber solange man daran denkt, am Morgen die Schuhe auszuschütteln, ist es unwahrscheinlich, dass man gestochen wird. Ein Ober bringt Tee. Und zwinkert ihm zu, dessen ist er sicher. Der Mann geht wieder, und sein Puggaree hüpft auf seinem Kopf auf und nieder, als er in einem Gang verschwindet. Wahrscheinlich ist er bereits auf dem Weg zum Hoteldirektor, um ihm von dem Trickbetrüger im Garten Meldung zu erstatten.

»Was sagten Sie, woher Ihre Familie stammt?«

Es ist die Tante, und ihre Teetasse schwebt zwischen Untertasse und Kinn in der Luft. Über diese Seite seiner Geschichte hat er sich keine Gedanken gemacht, und er antwortet, ohne nachzudenken: »London.«

»Ach wirklich, woher denn da?«

»Aus dem – dem Osten der Stadt.«

»Aus East End? Das überrascht mich. Wo denn dort?«

»Wo?«

»Ja, wo.«

Bobby hat vom East End gehört. Es ist das Gegenteil vom West End. Aber Straßennamen von East End sind ihm böhmische Dörfer.

»Brighton«, sagt er unsicher. Es ist offensichtlich die falsche Antwort. Die beiden Frauen sehen ihn fragend an.

»Ich meine, Sie hätten London gesagt«, fragt die Nichte mit diesem koketten Vergnügen, junge Männer aufs Glatteis zu führen, das hübsche englische Mädchen im Internat beigebracht bekommen.

»Habe ich das?«

»Ja.«

»Na ja – meine Vorfahren stammen von dort. Ich bin in Indien aufgewachsen, zum größten Teil jedenfalls.«

»Aber – Sie haben doch gesagt, Sie wären gerade erst hierher gekommen, um ihre jetzige Stellung bei der Baubehörde anzutreten.«

Bobby könnte das ohne weiteres gesagt haben. Er weiß es nicht mehr.

»Oh, das müssen Sie falsch verstanden haben. Ich bin schon lange hier. Hören Sie, es war mir ein Vergnügen, Sie kennen zu lernen, aber ich habe ganz vergessen – ich habe vergessen, dass ich um drei eine Verabredung habe. Ich muss wirklich gehen.«

Er weiß, er benimmt sich höchst merkwürdig, aber er kann's nicht ändern. Seine Nervosität überträgt sich auf die Tante. Warnglocken klingeln sichtbar in ihrem Kopf. Wie sie den Blick durch den Garten schweifen lässt, scheint sie nach jemand Offiziellem Ausschau zu halten. Bobby steht auf. Ihr Gesicht verfinstert sich mit einem plötzlichen rasenden Verdacht.

»Virginia? Habe ich meine Handtasche nicht hier gelassen? Ich bin sicher, ich hatte meine blaue Handtasche bei mir.«

»Ich glaube, du hast sie mit nach oben genommen, Tante Dorothy.«

Tante Dorothy sieht Bobby scharf an. Er gibt den Blick matt zurück. Sie bemerkt die Anspannung in seinem Gesicht und nimmt sie als Zeichen seines schlechten Gewissens.

»Mr. Watkins. Haben *Sie* meine Tasche gesehen?«

»Absolut nicht. Und jetzt, wenn Sie gestatten –«

»Ober? Ober?«

Tante Dorothy ist überzeugt, sie ist einem Komplott auf die Schliche gekommen. Sie starrt Bobby wütend an. Schon nähern sich zwei oder drei Hotelangestellte dem Tisch. Obwohl Bobby nichts Unrechtes getan hat, glaubt er keine Aufklärung mit unbeteiligtem Gesicht durchstehen zu können. Schurrend schiebt er seinen Stuhl über die Steinfliesen nach hinten und flüchtet.

»Haltet den Dieb!«, schreit Tante Dorothy mit glockenartiger Stimme.

Bobby läuft schnell in Richtung Haupteingang. Zum Glück ist in der Lobby niemand besonders wachsam, und er erreicht die Straße, ohne aufgehalten zu werden. Einziges Opfer ist sein Curzon-Tropenhelm, der ihm beim Hinausstürmen vom Kopf fällt. Er läuft durch die Nachmittagshitze und ist bald im Labyrinth der Wohnblocks verschwunden. Später, als er sich in Madame Noors Etablissement bei Gul verkrochen hat, kommt er zu der Erkenntnis, dass der Hut kein großer Verlust ist. Echte Engländer scheinen sie gar nicht zu tragen, es sei denn, sie nehmen an irgendeiner offiziellen Veranstaltung teil. Ein paar Tage später geht er aus und kauft sich als Ersatz einen schlichten Sauhatz-Tropenhelm. Eine wesentlich weniger imposante Kopfbedeckung. Understatement, so wird ihm allmählich klar, ist das Geheimnis.

Zum Glück für Bobby sind Zwischenfälle wie der mit Virginia und Tante Dorothy äußerst selten. Einmal beugt sich ein Steuerinspektor in mittleren Jahren, im Lande geboren, zu ihm herüber und sagt: »Sie sind doch Inder, oder?«, aber meistens steht es Bobby frei, sich neu zu erfinden, in eine neue Identität zu schlüpfen wie in eines der Jacketts von Shahid Khan. Seine Maskeraden sind zuerst ziemlich durchsichtig, und bald lernt er, dass Aussehen und Sprache nicht genug sind. So gibt es zum Beispiel die Frage des Geruchs. Wie alle hat auch Bobby sich immer über den grimmigen Kampf der Briten gegen die Kochkunst gewundert, ihre unerklärliche Vorliebe für fade Fleischklumpen, ungewürztes Gemüse und süße Mixturen aus Mehl und Fett. Eine Unterhaltung mit einem Marinematrosen enthüllt ihm eine Nebenwirkung einer Kost ohne Knoblauch und Zwiebeln. Bobby gibt sich gerade als Mann von Einfluss aus, Erbe einer Edinburgher Import-Export-Firma. Der Seemann prustet vor Lachen und sagt ihm frei heraus, ob er nun Geld besitze oder nicht, er stinke wie ein Nigger. Entweder du bringst dich auf Vordermann, Junge, sagt er, oder du stirbst als Scheiß-Junggeselle. Bobby ist zu fasziniert und neugierig, um beleidigt zu sein. Wie stinken denn Nigger? Gibt es einen typisch englischen Geruch? Die Frage fesselt ihn. Er beginnt, Knoblauch zu meiden (wenigstens bevor er ausgeht), und versucht, heimlich die Gerüche der Leute in sich aufzunehmen, die er auf den Kais anspricht. Es reicht ihm nicht. Verzweifelt zahlt er eines Tages einem Dienstmann im Watson's Hotel ein paar Annas, damit er ihn an den Dhobi-Bergen schnüffeln lässt. Der Mann denkt, Bobby ist ein Perverser, ist aber auf jeden Fall bereit, sein Geld anzunehmen. Das Gesicht in der Unterwäsche von Burra-Mem's und den schmutzigen Oberhemden von Burra-Sahibs vergraben, findet Bobby einen Namen für den Geruch. Ranzige Butter. Vielleicht mit einem Hauch rohem Rindfleisch. Der dem Empire zugrunde liegende Duft.

Man kann sich dazu entschließen, die Selbstbeobachtung zu meiden. Wenn Bobby sich für andere unsichtbar macht, indem er die Erscheinung wechselt, den Namen ändert und seine Motive verborgen hält, so tut er es sich gegenüber nicht weniger. Verschwiegenheit lässt Tiefe vermuten, und das ist es, worüber die Leute Spekulationen anstellen, wenn sie ihn sehen. Die Huren und die theosophischen Damen, die Cook's-Touristen und die Tagediebe im Paan-Laden, alle sind sie Gefangene der Überzeugung, dass sie, wenn sie nur intensiv genug hingucken, ausfindig machen könnten, was unter der schönen Maske von Bobbys Gesicht versteckt liegt. Es ist eine Art Sucht. Es macht ihn unwiderstehlich, kostbar. Doch diese Aura wäre nicht vorhanden, wenn Bobby wüsste, warum er tut, was er tut. Es ist natürlich Feigheit, aber er sagt sich, er möchte es gar nicht verstehen. Besser ist es, denkt er, ein unerforschtes Leben zu führen. Sonst läuft man Gefahr, überhaupt nicht zu leben.

Bobby ist also ein Geschöpf der Außenfläche. Ein gegen die Sonne gehaltenes Seidenpapier. Er deutet Durchsichtigkeit an, als wenn es auf der anderen Seite, auf der Innenseite, etwas zu entdecken gäbe. Vielleicht gibt es etwas, vielleicht nicht. Vielleicht sollten alle Leute, die ihn nicht richtig kennen, statt sich Tiefe vorzustellen, akzeptieren, dass Bobbys Haut keine Grenze zwischen etwas ist, sondern die Sache selbst, eine Projektionsfläche, auf der gewisse Wirkungen stattfinden. Äußerliche Kuriositäten. Lichttäuschungen.

Flick dir ein Individuum zusammen. Baumwollarme. Holzkopf. Mit Hut und einer Reihe aufgeschnappter Meinungen. Wie absolut unmöglich es in Indien ist, einen guten Rasen zu ziehen. Die positive moralische Auswirkung des Mannschaftssports. Die unbeschreibliche Schändlichkeit von Mr. Gandhi und die mangelnde Hygiene bei so ungefähr allem. Lege sie aus, eine nach der anderen, als spieltest du Patience. Es ist gleichgültig, ob du an sie glaubst. Eine feste Überzeugung ist nichts als ein abgeschmacktes Gefühl im Bauch. Dennoch, während Bobby sich seine Marionetten baut und bewohnt, begreift er, dass an englischen Menschen etwas Wunderbares ist. Ihre Leben sind wie Werke der Ingenieurskunst konstruiert, wie Lokomotiven oder Dampfer, die an den Quellen neuer Flüsse ausgepackt und zusammengenietet werden. Jedes einzelne ist fest und sicher, nach Entwürfen der Klasse und Mitgliedschaft erbaut, die in ihrer Unveränderlichkeit, ihrer eisernen Unbeweglichkeit geradezu edel sind. Edel zumindest in der Art, in der eine Hängebrücke oder ein Viadukt edel ist. Englische Leben, siegreich und funktionell. Leben für den industriellen Gebrauch.

Bobby treibt auf irgendetwas zu. Es vollzieht sich in nicht wahrnehmbaren Etappen, eher in einem Kontinuum als in einem Sprung, doch wenn so etwas stattfindet wie das Überqueren einer Linie, dann passiert es an dem Abend, an dem er Philips, den Pflanzer aus Singapur, kennen lernt. Das Schicksal galvanisiert die Begegnung, denn Philips spricht Bobby an, statt andersherum, und bittet ihn um Feuer, als er den Marine Drive entlangspaziert. Bobby holt sein neues Benzinfeuerzeug hervor, und der Mann wölbt seine Hände um die Flamme. Eine kleine Unterhaltung überwächst die Oberfläche der Begegnung, eine Unterhaltung des Schöner-Abend-heute-Abend-Typs, und eine Weile stehen sie da und rauchen und beobachten die Positionslichter der Dhaus auf der Back Bay. Philips stellt sich vor, und Bobby tut dasselbe. Bobby

Flanagan von Johnson & Leverhulme, Handelsgesellschaft in Kalkutta. Philips ist auf dem Weg nach Hause, das erste Mal seit zehn Jahren, und um ehrlich zu sein, nichts für ungut, er hält nicht viel von Bombay. Mit Singapur nicht zu vergleichen. Viel mehr los da drüben, und Herrgott noch mal, der Mensch braucht ein bisschen Leben. Aber durch einen glücklichen Zufall hat er ein paar Typen kennen gelernt, die ihn eingeladen haben, beim Billard-Turnier heute Abend mitzumachen. Bobby kenne es doch sicher. Das im Majestic. Einzige Schwierigkeit ist, er muss noch einen Partner finden. Entsetzlich ungehörig, aber hätte Bobby nicht vielleicht Lust…?

Philips hat ein beängstigend glattes Gesicht, rund wie ein Fußball, und sein Haar ist mit irgendeiner Art Paste straff auf eine Seite gestriegelt, dass es im Mondlicht wie eine Schallplatte schimmert. Er raucht in der steifen Haltung eines Clubmenschen, eine Hand hinter dem Rücken, als wolle er im nächsten Moment einen Vortrag halten. Schellack-Mann. Bobby ist nicht überzeugt, doch etwas an dem Zusammentreffen funkelnder Oberflächen, des Wassers, der bleichen Straße, Philips' absurden schimmernden Haaren, nötigt ihn zu nicken. Sie nehmen ein Gharri und machen sich in Richtung Majestic auf den Weg.

Bobby hat sich oft um den Eingang des Majestic Hotels herumgetrieben. Es ist traditionell ein Ort, an dem Inder außer als Personal normalerweise nicht willkommen sind. Wenn es um Billard geht, wird diese inoffizielle Regel strikt angewandt. Als Bobby sich durch die Lobby in den Spielsaal begibt, begrüßt ihn ein Meer rosafarbener Gesichter halb betrunkener Männer in Hemdsärmeln, die Queues mit Kreide einreiben und in großer Menge Drinks in sich hineinschütten. Engländer, die sich entspannen und allen Frustrationen und Ängsten gegenüber Indien in alkoholischem Wettstreit Luft machen. Mit Schrecken wird ihm klar, dass es, bis er damit durch ist, keinen Weg geben wird, von hier wegzukommen.

Philips findet die Männer, die ihn eingeladen haben, dann wird zwischen reichlich Händeschütteln und vielen spendierten

Drinks auf ein Brett unter die Namen der übrigen Teilnehmer mit Kreide »Philips und Flanagan« geschrieben. Ein Glück für Bobby ist, dass die Grundbegriffe vom Billard relativ leicht zu erfassen sind und dass das Spielniveau bei den allwöchentlichen Majestic-Turnieren bekanntermaßen niedrig ist. Bald schon bewegt sich Bobby um den grünen Filztisch herum und lauscht den Engländern, die lachen und sich gegenseitig Geschichten über abgeschlossene Geschäfte, hereingelegte Einheimische, erlegtes Wild und noch zu leistende Dienstjahre erzählen. Bobby vollführt einen schwierigen Stoß, und Philips gibt ihm einen Klaps auf den Rücken, wobei seine Hand wie zufällig nach unten fährt und ihm über den Hintern streicht. Bobby dreht sich herum und findet auf dem Gesicht seines Partners ein listiges Grinsen.

»Erfreut, Sie kennen gelernt zu haben, junger Freund.«

Bobby nickt stumm und reicht ihm die Queue.

Sie gewinnen die erste Runde, und Bobby schlüpft hinaus auf den Balkon, um eine Zigarette zu rauchen. Er ist beschwingt, elektrisiert von der unterdrückten Energie, wie sie der erfolgreiche Spion verspürt. Das Selbstvertrauen der Billardspieler hat auf ihn abgefärbt, und er wendet sich an einen vorbeikommenden Kellner, bestellt kurz angebunden einen Gin-Tonic und empfindet das eines Weißen würdige Vergnügen an der tiefen Verbeugung des braunen Mannes. Während er an dem Drink nippt, als er kommt, stemmt er in unbewusster Nachahmung Philips' eine Hand in seinen Rücken. Der Kellner verschwindet, und Bobby schwenkt die Eiswürfel im Glas herum, deren leises, helles Klimpern wie Geld klingt. Plötzlich hört er weibliches Lachen durch den Bass der Männerunterhaltung im Billardzimmer hindurch. Ein Paar ist auf einen der Nachbarbalkone getreten. Der Mann macht irgendeine Bemerkung, und die Frau wirft den Kopf belustigt zurück, während ihr langer weißer Arm den Nacken ihres Partners streichelt. Sie wirken intim, ohne miteinander vertraut zu sein. Bobby hat den Eindruck, dass sie sich eigentlich gar nicht kennen. Die Frau ist hübsch. Ihr dunkles Haar ist verwegen kurz, und ihr enges Kleid macht ihren Körper zu einem Schauspiel aus blassgelber Seide und nackter Haut, die im Schein des elektrischen Lichts lüstern leuchtet. Sie schraubt eine Zigarette in eine Spitze, und Bobby stellt fest, dass er zu atmen vergisst, so drängend ist ihre Gegenwart. Der Mann ist viele Jahre älter und wirkt neben seiner Begleiterin massig und schwerfällig. Wie macht er das nur? Wie kann er gegenüber der opernhaften Nahezu-Nacktheit dieser Frau so unempfindlich sein? Einen Moment lang fängt Bobby seinen Blick auf, und der Mann neigt den Kopf, als nehme er Bobbys überwältigte Reverenz zur Kenntnis.

»Na, hören Sie.«

Es ist Philips, ein glänzender Bote, der Bobby zu ihrer zweiten Spielrunde zurückholen kommt. Beim Klang seiner Stimme dreht sich die Frau um, und eine Sekunde lang schaut Bobby ihr in die Augen. Ausdruckslos erwidert sie seinen Blick, ohne dass ihr anmaßend schönes Gesicht die Andeutung einer Reaktion, gar einer Abschätzung zeigt. Pretty Bobby ist solche Gleichgültigkeit nicht gewohnt. Mit einer bewussten Geste dreht sie sich wieder ihrem Begleiter zu und führt ihn hinein.

In der zweiten Spielrunde werden Flanagan und Philips vernichtend geschlagen. Es ist hauptsächlich Flanagans Schuld, und sein Spiel ist peinlich unbeständig im Vergleich zu seiner sicheren Erstrunden-Leistung. Philips ist betrunken und voller Nachsicht, schreit »Pech gehabt« und »Macht doch nichts« und hält sich dabei an einem der Diener fest, als wäre der Mann eine Säule oder eine Mauer. Bald unternimmt Flanagan einen Versuch zu entkommen, aber sein Partner eilt ihm hinterher und quetscht ihn besoffen gegen eine Wand an der Haupttreppe des Majestic, blind gegen die entsetzten Blicke der Männer und Frauen, die auf ihrem Weg ins Bett an ihnen vorbeikommen. Der Zusammenstoß nimmt hässliche Formen an, und als Flanagan eilig das Gebäude verlässt, wobei er das Angebot des Türstehers, ihm ein Taxi zu rufen, unwirsch beiseite wischt, ist der Aufschlag seines Jacketts zerrissen. Doch etwas anderes hat sich im Laufe dieses Abends zusammengefügt. Pretty Bobby weiß, was er sein möchte.

Die Frau aus dem Hotel lässt Bobby keine Ruhe. Ihre Selbstbeherrschung und ihre Gleichgültigkeit. Ihr langer weißer Rücken und das ovale Gesicht. Er überlegt, wie alt sie wohl ist, und kommt zu dem Schluss, dass sie wahrscheinlich nur ganz wenig älter ist als er. Was würde es bedeuten, mit ihr auf einem Balkon zu stehen? Was würde es bedeuten, über die rauchenden Schlote des Fabrikenviertels hinwegzusehen und die Gegenwart so vieler zehntausender von Menschen zu fühlen, die niemals so hoch steigen werden?

Er möchte nicht länger Pretty Bobby sein. Er stellt seine Besuche bei Gul und Shuchi ein, lässt, wann immer es möglich ist, die Käfige der Falkland Road vollkommen hinter sich und eilt in die besseren Gegenden der Stadt, um in den Arkaden herumzuschlendern und Weiße mit einem Tippen gegen seine Hutkrempe zu grüßen. Ständig sucht er nach dem Mädchen. Er stellt sie sich wohlhabend vor, als die Tochter irgendeines reichen Engländers, und betet, dass sie noch in Bombay ist. Er späht durch das Fenster von Evans & Fraser in der Hoffnung, dass er sie beim Kleiderkauf entdeckt. Im Cornaglia's isst er ein Eis und wünscht sich mit seiner ganzen Willenskraft, dass sie hereinkommt und sich an eines der Marmortischchen setzt. Seine verschiedenen Jobs werden vernachlässigt, die Hausarbeiten für Elspeth Macfarlane vergessen. Um das verloren gegangene Geld wieder hereinzuholen, verdingt er sich an den Kais als Fremdenführer und fährt mit Touristen über die Bay zur Insel Elephanta hinüber.

Auf dem Ausflugsboot bleibt er ruhig sitzen, bis es in den verschlungenen Mangrovensaum der Insel hineingleitet. Am Landungssteg scheucht er die anderen Möchtegern-Fremdenführer weg, hilft seiner Gruppe die sich windende Steintreppe hinauf und redet erst, wenn er ihnen die Höhlen zu zeigen beginnt. Nach dem Aufstieg kann der Anblick der monumentalen in Stein gehauenen Gesichter auch die sich an ihre Reiseführer klammernden Touristen zum Schweigen bringen, zumindest für eine Sekunde oder zwei. Bobby führt sie an dem dreiköpfigen Shiva am Eingang vorbei und zeigt ihnen die hermaphroditische Gestalt des Gottes, Mann auf der einen, Frau auf der anderen Seite. Er tritt zurück, während die Frauen kichern und die Männer dreckige Witze machen. Heimlich, wenn sie nicht gucken, streckt er dann die Hand aus und berührt den Stein, damit er ihm Glück bringt.

Er ist zu sehr anderweitig beschäftigt, um über Politik nachzudenken, und registriert kaum, dass um ihn herum die Erregung gegen die Briten kritische Ausmaße erreicht. In Mrs. Macfarlanes Wohnzimmer drängen sich andere junge Männer, Studenten, die dem Ruf, ihre von Engländern geleiteten Schulen zu verlassen, gefolgt sind und den ganzen Tag für die Befreiung arbeiten. Es sind gepflegt gekleidete und ernste junge Parsen, Muslime und Hindus aus den oberen Kasten, die sich zusammensetzen, laut aus Broschüren vorlesen und über die neuesten Erklärungen Gandhis, Patels und der anderen Führer diskutieren. Elspeth bringt ihnen Tee, von der Kraft der Sache durchglüht, die sich um sie herum abspielt. Und Bobby, der ins Zimmer und wieder hinausschlendert, fühlt ihren Blick sich in seinen Rücken bohren. Die unausgesprochene Frage: Möchtest du dich uns nicht anschließen?

Bobby spürt die Abneigung der jungen Nationalisten gegen seine gut geschnittenen Anzüge und seine frisch geschliffene Sprache, die in solchem Gegensatz steht zu ihrem bewusst indischen Aufzug: Kongresspartei-Mützen, weiße Kurta-Pyjamas und Achkans mit Stehkragen. Als er eines Abends gerade weggehen will (um vor dem Byculla auf das Mädchen aus dem Hotel zu warten), stellen sich ihm ein paar von ihnen in den Weg. Bruder, wo gehst du denn hin? Genosse, willst du nicht bleiben und für dein Land arbeiten? Er schüttelt den Kopf und drängt sich durch sie hindurch. Als er davongeht, spucken sie auf den Boden und murmeln Verwünschungen. Bastard, Briten-Speichellecker. Wenn der Tag kommt, schreit ihm einer hinterher, werden du und deinesgleichen hinweggefegt.

»Ich mache mir Sorgen um dich«, sagt Elspeth, als er eines Morgens zum Essen herunterkommt. »Du verlierst die Richtung.« Bobby sieht sie ungläubig an. Sie müht sich weiter. »Du solltest stolz sein auf deine Nation. Denke an ihre Zukunft. Du solltest stolz auf das sein, was du bist.«

»Und was bin ich?«, fragt er, dann knallt er die Tür zu und verlässt das Haus, ohne auf eine Antwort zu warten. Er wandert zum Maidan hinüber, auf dem ein Hockeyturnier ausgetragen wird. Eine muslimische Jugendmannschaft spielt gegen ein Team von der Eisenbahn. Eine Gruppe britischer Soldaten steht an der Seitenlinie, lässt eine Flasche kreisen und feuert die Angloinder an.

»Haut ran, Eisenbahn! Haut ran! Gebt's den schwarzen Scheißkerlen! So ist's richtig!«

Die von der Eisenbahn spielen hart, mit stolzgeschwellter Brust. Angewidert betrachtet Bobby ihre fanatischen Gesichter. Ihre Anhänger würden ihnen augenblicklich untreu werden, wenn sie gegen eine Mannschaft mit hellerer Haut spielen würden. Sie sind die wahren Bastarde, die für Krümel mit dem Schwanz wedeln.

Eines Abends werden Bobbys Gebete erhört. Sie betritt das Green's am Arm eines sehr bekannten Jockeys. Rasch folgt er ihr nach drinnen, wobei er den argwöhnischen Türsteher, der kurz überlegt, ob er ihm den Zugang verwehren soll, wütend anstarrt. Die Bar ist überfüllt. Jede Seite der Bombayer Gesellschaft ist vertreten, von dem Tisch mit jungen ICS-Männern, die diesem Lieblingslokal der Halbwelt einen gewagten Besuch machen, bis zu den beiden russischen Huren, die nahe der Bar langsam miteinander tanzen, während ihre Augen die Menge absuchen, um zu sehen, wer von den Männern ihnen zusieht. Das Mädchen und der Jockey setzen sich zu einer großen Gruppe von Pferderennliebhabern, die sich den besten Tisch des Hauses gesichert haben und für den Rest der bewundernden Klientel eine große Show abziehen. Zwei Kellner mit weißen Handschuhen legen letzte Hand an eine Pyramide aus Sektgläsern, während ein dritter die Stanniolkapsel von einem Jereboam von Krug löst, bereit, einen Champagnerbrunnen rieseln zu lassen. Der Gastgeber, ein reicher parsischer Züchter, feiert heute offensichtlich etwas Besonderes. Als das Mädchen und ihr Begleiter eintreten, küsst er ihr überschwänglich die Hand und macht ihnen neben sich Platz frei. Wie aufs Stichwort knallt der Champagnerkorken, und unter allgemeinem Beifall steigt der Weinkellner auf einen Stuhl und beginnt zu gießen.

An Tischen in der Nähe sitzen, wie geringere Monde, die um diese besondere Sonne kreisen, kleinere Lichter der Bombayer Welt des Pferdesports, Buchmacher, Trainer, gierige Glücksspieler auf der Suche nach Tipps. Bobby entdeckt einen fetten Engländer, der das Geschehen mit besonderem Interesse verfolgt. Er setzt sich neben ihn und fragt ihn, was hier passiert.

»Readymoneys Pferd hat schon wieder gewonnen.«

»Welches denn?«

»Welches? Na, Goldtopf natürlich. Wäre es Ihnen recht, wenn Sie den Platz wieder freimachten? Ich erwarte jemanden.«

»Selbstverständlich. Aber sagen Sie, war Torrance der siegreiche Jockey? Er ist offenbar ein Glückspilz. Seine Frau ist hinreißend.«

Der Fette lacht.

»Diese Frau? Die ist so wenig seine Frau wie ich oder Sie. Aber machen Sie sich bloß keine Hoffnungen. So wie Sie aussehen, können Sie sie sich nicht leisten. So, würden Sie jetzt bitte gehen?«

Bobby steht auf und schiebt sich hinüber an die Bar, wo er sich einen Softdrink bestellt und Torrances Nicht-Ehefrau anstarrt. Sie ist, wenn überhaupt, noch schöner als neulich, als er sie das erste Mal sah. Ihr Haar ist hinten kurz geschnitten, fällt ihr nach vorn ins Gesicht und entblößt einen so sinnlichen Hals, dass er in seiner Weiße geradezu unanständig erscheint. Wenn sie lacht und ihrem Begleiter zutrinkt, funkeln ihre Augen schalkhaft.

»Bobby? Bobby! Was machen Sie denn hier?«

Das zugespachtelte Gesicht von Mrs. Pereiras belgischer Kundin. Die Junge, die ständig Neues über ihre Schwester erfahren will – wie heißt sie noch gleich? – Ga – Gal – Gan – Gannay? Sie ist aufgekratzt und wissbegierig und betrunken, und ihre fahrigen Hände ziehen einen Schweif aus Zigarettenasche und Gin-and-it-Pfützen hinter sich her, wenn sie in der Luft herumfuchteln. Er rät ins Blaue hinein.

»Miss Garnier?«

»Bobby! Ich hätte nicht gedacht, dass ich Sie in solchen Lokalen treffe. Nicht in – so *teuren* Lokalen!«

»Vielleicht sollte ich dasselbe von Ihnen sagen.«

Ihr Gesicht wird starr. »Ich bin oft im Green's. Ich bin schließlich Europäerin.«

»Und Sie kennen viele Leute hier?«

»Natürlich«, sagt sie abwehrend. Bobby bemerkt dunkle Ringe unter ihren Augen.

»Zum Beispiel die Leute dort drüben bei Sir Readymoney?«

»Das ist Readymoneys Jockey und Elvin, einer der Stewards im Gymkhana, und –«

»Und die Frau bei Torrance?«

»Warum wollen Sie über sie etwas wissen?«

»Kümmern Sie sich um Ihre eigenen Angelegenheiten.«

Miss Garniers Mund bildet ein kleines empörtes »O«, und sie macht auf dem Absatz kehrt. Sich verfluchend schnappt Bobby sie am Arm. Sie windet sich und sieht ihn wütend an. Er versucht seinen schmelzendsten Blick aufzusetzen.

»Tut mir Leid.«

»Lassen Sie mich los.«

»Verzeihung. Ich wollte nicht so unhöflich sein.«

»Das hoffe ich.«

Ihre Entschlossenheit gerät ins Wanken. Sie gibt unter seinem Griff leicht nach. »Bitte, lassen Sie meinen Arm los.«

Bobby tut es. Statt zurückzutreten, macht Miss Garnier einen Schritt auf ihn zu. Sie hat irgendein schweres Orangenwasserparfüm aufgelegt, und er lehnt bald mit dem Rücken über der Bar, um Luft zu bekommen.

»Sie sind sehr verdorben«, teilt sie ihm mit. »Ich glaube, Sie sind bereits sehr verdorben.«

»Bereits?«

Sie gibt einen missbilligenden Laut von sich. »Sie sind noch sehr jung.«

Eine Hand mit Zigarette streichelt seine Wange und verfehlt

knapp sein Auge. Sie lächelt ihn gierig an und will gerade noch etwas sagen, als ein Mann erscheint und ihr barsch auf die Schulter tippt. Sein Gesicht ist gerötet und pockennarbig.

»Los, komm, Diane, oder wie du auch heißt. Ich hab nicht den ganzen Abend Zeit.«

Er funkelt Bobby wütend an. Miss Garnier zuckt zusammen, formt aber ihren Mund zu einem Lächeln.

»Natürlich, Liebling. Ich komme ja schon.«

»Wie heißt sie, Diane?«, fleht Bobby. »Sagen Sie mir ihren Namen?«

Sie sieht ihren Begleiter an, der auf das Zifferblatt seiner Uhr tippt. Dann wendet sie den Blick wieder Bobby zu. Plötzlich wirkt sie unendlich müde, die Architektur ihres Gesichts steht kurz vor dem Zusammenbruch.

»Ihr Name ist Lily Parry. Und meiner ist nicht Diane. Sondern Delphine.«

Bobby nickt. Sie sagt es noch einmal, indem sie die Silben voneinander trennt. *Del-phi-ne.* Dann verlässt sie die Bar, von dem ungeduldigen Mann halb hinausgeschoben. Eine Sekunde nach ihrem Verschwinden hat Bobby sie vergessen, durch Lily Parry wie zur Salzsäule erstarrt.

Sie ist vollkommen. Und Bobby ist sicherlich nicht der Einzige, der so denkt. Es ist, als hätte sich die Bar auf raffinierte Weise um sie herum verwandelt, Säulen neigen sich vor, Geländer schlagen Wellen, und Stühle bringen die auf ihnen Sitzenden schlurfend in Reih und Glied. Die Männer an ihrem eigenen Tisch neigen sich ihr zu wie die in Smokingjacketts gehüllten Hänge eines Berges. Um den überfüllten Hauptraum und draußen auf der Terrasse ist jeder Aussichtspunkt, wo ein Beobachter zwanglos stehen und rauchen könnte, besetzt, und diese Art der Betätigung scheint derart in Mode zu sein, dass mehrere von den Stehern und Lümmlern zum Schlendern und Flanieren gezwungen sind, was an einem Samstagabend in dem beengten Raum des Green's ganz entschieden die Wahl zweiter Klasse ist.

Miss Parry selbst stört die Aufmerksamkeit nicht, die sie erregt, denn das ist die Atmosphäre, in der sie lebt. Ja, sie hofft kurz, mehr davon zu erhalten, und das in einem formelleren Ambiente, sofern nur dieser alte Geizhals Readymoney sein Versprechen hält und ihre musikalische Show finanziell unterstützt. Und als sie auf dem Weg zur Toilette durch einen sehr jungen Mann in Erstaunen versetzt wird, der sich vor ihr verneigt, ist sie nicht so sehr über die Verbeugung als solche erstaunt als über das unverblümt Theatralische an ihr. Als wolle er sich über sie lustig machen. Als sie herauskommt, tut er es wieder. Unglaublich! Natürlich ignoriert sie ihn vollkommen.

Offensichtlich braucht ihre Technik, jemanden abzuservieren, eine Auffrischung, zumal Miss Parry sich in den nächsten zwei oder drei Wochen auf diese Weise recht oft in Erstaunen versetzt fühlt. Eine Epidemie verstohlener Verbeugungen bricht in ganz Bombay aus. Der sich Verbeugende erscheint ohne die leiseste Vorwarnung im Willingdon, im Yachtclub, unter den Arkaden an der Rampart Row, ja er schießt sogar hinter einer Palme hervor, als sie zu einer Party fährt. Lily Parry führt ein ungewöhnlich rühriges gesellschaftliches Leben, und überall, wo sie hinkommt, sind die Menschen erfreut, sie zu sehen. Aber es sollte Grenzen geben, selbst für Schmeicheleien, und obgleich der sich so emsig verneigende Junge erfreulich hübsch ist, repräsentiert er etwas, was sie in ihr Leben nicht hereinlassen möchte.

Um seinen plumpen Umwerbungsfeldzug durchzuführen, hat Bobby sein gesamtes Netzwerk in Bewegung gesetzt. Dienstboten, Lastenträger, Türsteher, Tonga-Fahrer und ganze Legionen kleiner Jungen werden zum Dienst gezwungen. Seine zufälligen Begegnungen werden durch das einfache Mittel bewerkstelligt, dass man Lily von ihrer Wohnung aus nachgeht, einer hübschen Villa auf dem Malabar Hill, die ihr von irgendeinem Verwandten des Gouverneurs überlassen worden ist. Was ihre Vergangenheit angeht, so erzählen ihm seine Informanten, dass sie vor zwei Jahren als Verlobte irgendeines Staatsbeamten aus dem Hinterland nach Bombay gekommen sei. Die Verlobung ging bald in die Brüche, und seitdem ist sie schnell, wie es einer der Empfangschefs im

Watson's formuliert, »zu einer der berühmtesten jungen Damen in Bombay« aufgestiegen. Und diese Position scheint sehr einträglich zu sein. Obgleich der Jockey Teddy Torrance den Großteil seiner Preisgelder darauf verwendet, seine Lily zu vergolden, werden seine Geschenke durch die eines gewissen Colonel Marsden mehr als wettgemacht und durch die von Mr. Barratt, dem Regierungsbaumeister, wahrscheinlich noch übertroffen. Und zu Torrances großer Betrübnis ist dies noch lange nicht das ganze Bewerberfeld. Seine Pferdenippes werden völlig in den Schatten gestellt durch die luxuriösen Geschenke von Gebler, einem total vernarrten deutschen Schiffseigner, aber gegen die absurde Großzügigkeit des Raja von Amritpur sind selbst sie es nicht wert, in die Bilanz aufgenommen zu werden. Bei Gelegenheit leistet auch Sir Pervez »Readymoney« Mistry seinen Beitrag zu Miss Parrys Wohlergehen. Wenn ich an Torrances Stelle wäre, schließt Bobby, fühlte ich mich entmutigt.

Merkwürdigerweise wendet er dieselbe Logik nicht auf sich selber an. Zwar hat er das meiste von dem gelernt, was die Falkland Road zum Thema Liebesaffären lehren kann, aber er hat es (spät auf jeden Fall) immer von einer Position der Nüchternheit aus getan. Liebe, echte Liebe, kam darin nie vor. Doch wenn er Lily Parry beim Lachen zusieht oder über ihren bemerkenswerten Hals und die scharlachrote Amorbogenform ihrer Lippen nachdenkt, hat er das Gefühl, dass Liebe unzweifelhaft die Bezeichnung für das ist, was er empfindet. Es macht ihn, folgert er, anders als andere Leute. Alle diese Rajas und Bauunternehmer und die anderen alten Ekel müssen ihre erotischen Anliegen mit Geschenken untermauern, weil sie logischerweise sonst niemals einen Fuß auf die Erde kriegten. Liebe gibt es für sie nicht. Sie sind einfach zu dämlich, um das zu sehen. Für ihn andererseits wird es eine leichte Sache sein. Er braucht nichts weiter zu tun, als sich oft genug Lily in den Weg zu stellen, und der Rest geschieht ganz von selbst. Sein Kopf ist angefüllt mit romantischen Kutschfahrten, verschlüsselten Zeichen mit dem Fächer, Rosenlauben (was immer das auch ist) und anderen Dingen, die er aus der Lektüre der Romane kennt, die in Mrs. Macfarlanes Bücherregal verstauben.

Auf der Rennbahn entscheidet er eines Tages, nun sei Lily reif zu einer Unterhaltung. Teddy Torrance stellt sich soeben auf Wicked Lady, Readymoneys zweitbestem Araber, zum dritten Rennen auf. Durch eine Kombination aus Bestechung und Frechheit ist es Bobby gelungen, Zugang in die für Clubmitglieder reservierte Abteilung zu bekommen, wo Lily gerade mit einer Gruppe englischer Pferderennliebhaber plaudert, die allesamt (natürlich) um ihre Aufmerksamkeit wetteifern. Einer hält ihr Champagnerglas, ein zweiter ihren Sonnenschirm und ein dritter ihre Handtasche, während sie kleinere Korrekturen an ihrem neuen Hut vornimmt. Ein vierter ist ausgeschickt worden, um einen Handspiegel zu beschaffen, der nicht mehr gebraucht wird, als er wieder zurückkommt, und ein fünfter hat, obwohl sie von einem dichten Schwarm Dienstboten umgeben sind, darauf bestanden, ihr persönlich ein Glas Eiswasser zu holen. Plötzlich erinnert sich Lily, dass sie doch dem Rennen zusehen sollte, und mit gespielter Gereiztheit, sodass niemand es für angeraten gehalten hat, sie an Teddys unmittelbar bevorstehende sportliche Bemühung zu erinnern, führt sie ihren Drohnenschwarm hinauf auf die Tribüne. Bobby ist voller Selbstvertrauen, als er ihnen nachgeht. Shahid Khan hat ihm noch einen neuen Anzug gemacht, die Kopie eines sehr eleganten Stücks, das er sich zu diesem Zweck kurzfristig beim Dhobi-Wallah des Taj Mahal ausgeliehen hatte. Seine Krawatte (Seide, dunkelrot) ist gleichfalls neu. Er muss den richtigen Augenblick einfach nur wählen. Wie kann er da Schiffbruch erleiden?

Auch Lily versucht zu wählen – unter den fünf Ferngläsern, die ihr entgegengestreckt werden, damit sie das Rennen verfolgen kann. Als sie zu einem greift, macht sein Besitzer vor befriedigtem Verlangen fast schlapp, während die unterlegenen Rivalen ihre Enttäuschung zu verbergen versuchen und dem Sieger und seinem überlegenen Gerät neidische Blicke zuwerfen. Ein erwartungsvolles Raunen erhebt sich aus der umzäunten trubeligen

Hauptabteilung und rollt, an Lautstärke und Wucht zunehmend, durch die billigeren Tribünenplätze der Einheimischen. Die Buchmacher nehmen hektische allerletzte Wetten an, und die Teekioske sind verwaist, als die Leute sich zu den Barrieren vordrängen, um einen Blick auf den Start zu erhaschen. Bobby bezieht zwischen Lily und der Rennbahn Position, das heißt, er setzt sich zwei Reihen vor sie, sodass sie ihn im Blickfeld haben muss.

Als die Pferde die staubige erste Gerade hinunterdonnern, weiß er, dass er erfolgreich gewesen ist. Lily nimmt ihr Fernglas herunter und starrt ihn direkt an. Er lüpft den Hut und schaut zu ihr zurück, ohne von dem Rennen auch nur die leiseste Notiz zu nehmen. Eine Zeit lang sieht sie stoisch über ihn hinweg, aber als Wicked Lady mühsam als Vierte durchs Ziel geht, scheint sie sich zu entschließen, wegen des heimlichen Verehrers etwas unternehmen zu wollen. Sie ruckt mit dem Kopf in die Richtung der Clubbar und entzieht sich geschickt der Gesellschaft ihrer Galane, die, vorübergehend vom Sport abgelenkt, mit ihren Programmen herumfuchteln und aufeinander einschreien. Bobby folgt ihr, und sein Herz pocht erwartungsvoll. Statt in die Bar hineinzugehen, führt sie ihn an der Tür vorbei und hinter ein großes Küchenzelt. Kaum sind sie einigermaßen außer Sichtweite, fährt sie mit grimmig funkelnden Augen herum.

»Na schön, du. Was zum Teufel meinst du eigentlich, was du tust?«

Bobby hat sich eine Eröffnungsrede über den herrlichen Glanz der Morgenröte und Lilys Ähnlichkeit vor allem mit dieser zurechtgelegt. Und da er sich durch ihr wütendes Gesicht nicht den Schwung nehmen lassen will, legt er einfach los, redet sie mit »Geliebtes Herz« an und faltet die Hände als Zeichen seiner Aufrichtigkeit.

»Halt den Mund!«, schnauzt sie. »Vermutlich denkst du, ich werde dir Geld geben?«

Bobby ist verdutzt. »Geld?«

»Hör zu. Ich weiß, was du bist. Du denkst vielleicht, du bist verdammt gut, aber ich sehe durch dich hindurch. Ich kenne Leute in dieser Stadt, und ganz egal, was du über mich verbreitest, du kannst mir nicht schaden.«

»Dir schaden? Warum sollte ich dir schaden? Ich liebe dich.«

Jetzt ist die Reihe an ihr, ein verdutztes Gesicht zu machen. »Was um alles auf der Welt meinst du damit? Also, wie ich schon sagte, ich kenne Leute, und die Sache könnte mit einem ernsten Schaden für dich enden –«

»Wirklich. Ich liebe dich, Lily. Du bist die schönste Frau, die ich jemals –«

»Fang bloß nicht mit solchem Quatsch an. Dass wir gleich sind, du und ich. Also was? Das heißt doch nur, dass du weißt, was ich tun musste, um es bis hierher zu schaffen. Und du musst wissen, ich lasse es nicht zu, dass du mich wieder runterziehst. Dorthin gehe ich nicht wieder zurück. Warum lässt du mich nicht in Ruhe? Dreh dich um und geh.«

Bobby ist wirklich völlig durcheinander. Meint sie denn –? Das kann sie doch nicht – das kann sie nicht sein. »Aber ich liebe dich«, sagt er wieder. Das scheint ihm ein sicherer Ausgangspunkt zu sein. Zumindest ist er sich so weit sicher. Und als er das Gefühl hat, es sei eine kleine Pause zu überbrücken, versucht er es zur Abwechslung mit »Ich bete dich an«. Dann: »Das tu ich wirklich«, was sich irgendwie flau anhört. Dann verstummt er. Lily Parry, die hastig nach einem der Seile des Zeltes gegriffen hat, um Halt zu suchen, lacht hemmungslos.

»Ach komm«, sagt sie immer wieder kichernd, »sag's noch mal.«

»Ich liebe dich«, wiederholt Bobby, plötzlich zaghaft.

»Du liebst mich? Ach Liebling, liebst du mich wirklich?«

Vielleicht bewegt sich ja doch alles in diese Richtung. Bobby macht die Arme breit.

»Bleib bloß da drüben, kleiner Krieger. Du liebst mich? Gott, du armer Junge. Du armes kleines Halbblut. Du hast keinen Schimmer, stimmt's?«

»Doch«, protestiert Bobby wenig überzeugend. Halbblut? Warte mal. Was meint sie denn damit?

»Oh, keine Bange«, sagt sie, als sie sein Gesicht sieht. »Du bist sehr gut. Sehr überzeugend. Du kannst sie hereinlegen« – sie wedelt mit der Hand zu der für Clubmitglieder reservierten Abteilung hinüber – »aber ich bin anders.« Sie kramt in ihrer Handtasche nach einer Zigarette und zündet sich sie an. »Du hast wirklich keine Ahnung, oder? Schon die Idee. Dass du mich ansprichst. Als hätte ich dir etwas zu geben. Es ist ja sicher lieb, aber hinter was bist du her, Yaar? Na los, du kannst es mir ruhig sagen.« Sie sieht ihn mit seltsamer Offenheit an. Während sie noch redet, haben sich ihre Stimme, ihr prononciertes Englisch, das seinem so sehr ähnelt, verändert, entspannt, sie sind undeutlicher und wärmer geworden. Das ganze nordische Eis und Fett fällt von ihnen ab.

»Nichts«, sagt Bobby, der sich immer noch an sein Skript zu halten versucht. »Ich bin hinter absolut gar nichts her.«

Sofort macht ihr Gesicht zu. Als sie spricht, ist ihre perfekte Stimme wieder da, und sie ist wieder Lily Parry, die berühmteste junge Dame in Bombay.

»Hau ab, Kleiner«, sagt sie. »Na los. Zieh Leine und komm nicht wieder. Sollte ich dich noch mal zu Gesicht kriegen, hier oder sonstwo, sag ich's denen. Sie stecken dich ins Gefängnis. Niemand mag Nigger, die weißer Mann spielen.«

Einen Augenblick zögert er und sucht blindlings nach irgendeiner Wendung, die die Dinge wieder ins Lot brächte. Er findet keine. Entmutigt, zerschmettert zieht er vor ihr den Hut und geht davon.

»He!«

Als er ihre Stimme hört, dreht er sich um. »Was ist?«

»Mach das nicht mit deinem Kopf. Damit verrätst du dich auf der Stelle. Die beiden Grundregeln sind, nie den Kopf wiegen und dich nie dabei ertappen lassen, dass du auf deinen Hacken hockst. In Ordnung?«

Bobby nickt in stummer Dankbarkeit und geht und lässt die schöne Lily Parry ihre Zigarette zu Ende rauchen, bis aufs letzte Ende herunterrauchen.

Als Bobby die Rennbahn verlässt, versucht er sich einzureden, dass es Lily Parry nie gegeben habe. Mit jedem Schritt begräbt er sie ein wenig tiefer. Er ist entschlossen: Mit der Hand stößt er ihr Gesicht unter die Erdoberfläche. Als Gulab Miah, der Lastenträger, ihn am nächsten Tag nach der wunderschönen Memsahib fragt, fährt Bobby ihn an und schwört, er würde ihm seinen verdammten Hals durchschneiden, wenn er sie noch einmal erwähnte. Gulab Miah nickt nervös, dreht aber dem davongehenden Bobby eine Nase hinterher. Später in der Palmweinkneipe, in die er nach der Arbeit geht, erzählt Gulab seinen Saufkumpanen, dass Prinz Pretty Baby endlich auf die Schnauze gefallen sei und dass er dem Jungen ja immer schon gesagt habe, diese Zeit würde kommen, weil Gott es so wolle.

Bobby denkt nicht über Gott nach. Er denkt über andere Dinge nach. Er braucht dringend Geld, und so geht er zu Mrs. Pereira. Mabel mit ihrem blassgelben Gesicht lässt ihn mit dem Ausdruck unverhohlener Freude im Gesicht ein. Huschhusch hin, huschhusch her. Hallo Bobby, wie geht's dir, Bobby, lange nicht gesehen. Ihre Mutter sitzt im Salon, tief in einem durchgesessenen Sessel versunken, und malträtiert die abgestorbene Haut an ihren Füßen. Als er hereinkommt, stellt sie das Gepule ein und winkt ihm zu, er solle sich setzen.

»Na, sehr elegant, wie ich sehe. Du bist ja ziemlich lange nicht hier gewesen.«

»Ja.«

»Nichts weiter? Bloß ja? So ein begabter Junge, und kein Fetzchen Unterhaltung? Du bist nicht sehr glücklich. Trotzdem, ich kann nicht sagen, dass ich überrascht bin.«

Mabel bringt Tee und streift wie eine übergroße Katze gegen Bobbys Bein, als sie das klimpernde Tablett absetzt. Er weicht vor ihrem in bedrucktem Baumwollstoff steckenden Hinterteil zurück und gräbt in seiner Tasche nach Zigaretten.

»Was meinen Sie damit?«

»Du bist nicht der Einzige in Bombay, der Augen und Ohren hat. So musste es doch kommen. Was hast du denn gedacht? Sie, eine reiche englische Lady, und du, ein Straßenjunge, auch wenn sie – was ist denn so komisch?«

Bobby hat das Gesicht zu einem bitteren Grinsen verzogen. »Nichts, Amma, nichts. Also, haben Sie irgendwelche Arbeit für mich?«

Mrs. Pereira grunzt, und während Mabel Tee eingießt, macht sie sich daran, etwas Ungesundes aus ihrem Hacken zu pulen. Unterdessen erzählt sie Bobby von Mr. Dutta, einem Theosophen, der verzweifelt auf eine Botschaft von seinem toten Bruder hofft. Irgendetwas über eine Eigentumsurkunde zu einem Haus. Sie erwartet nicht, dass Bobby irgendetwas Bestimmtes herausfindet, nur ein bisschen Lokalkolorit, das ihr verstehen hilft, wie der Bruder bei der Séance erscheinen sollte. Bobby schreibt sich die Adresse auf. Vielleicht, denkt er, kennt er den Mann sogar. Hat er ihn nicht mal sich mit Mrs. Macfarlane unterhalten sehen? Ehe er geht, führt ihm Mrs. P. voller Stolz ihren neuesten Trick vor, einen Klingelknopf unter dem Teppich, der Sphärenklänge auf einem Grammofon im Schlafzimmer zum Tönen bringt. Es funktioniert noch nicht perfekt. Die Nadel springt manchmal unversehens weiter, aber sie ist sich sicher, dass es sich als großer Hit erweisen wird. Bobby sagt, sehr hübsch, und er werde sich in ein paar Tagen wieder sehen lassen.

Die Aufgabe ist nicht schwierig. Als er wieder zu ihr geht, kann er ihr mitteilen, dass der Bruder vor drei Jahren in Kalkutta gestorben ist und den genauen Aufbewahrungsort von ein paar Besitzurkunden, die in der alten Familienvilla eingemauert waren, mit ins Grab genommen hat. Es scheint, dass die Dokumente der Schlüssel zu Mr. Duttas zukünftigem finanziellem Glück sind, und es ist eher dies als Bruderliebe, was sein Begehren antreibt, mit dem Jenseits Kontakt aufzunehmen. Es gibt noch ein paar weitere Details, die Mabel sorgfältig in Mr. Duttas Akte einträgt. Ihre Mutter nickt in stummer Zufriedenheit, während sie sich mit einer Hand am Busen kratzt und mit der anderen mechanisch Reis und Dhal in den Mund schiebt. Als sie mit Essen fertig ist, kramt sie im Inneren ihres Kleides herum, zieht ein paar schmierige Geldscheine aus einem dicken Bündel und gibt sie ihrem Besucher.

Unglücklicherweise läuft Bobby, als er die Pereira'sche Wohnung verlässt, Mr. Dutta persönlich in die Arme. Sie vollführen Seite an Seite ein linkisches Tänzchen, als sie in dem engen Treppenhaus aneinander vorbeizukommen versuchen. Dutta nickt in verwirrter Wiedererkennung, während er offensichtlich versucht, ihn irgendwo unterzubringen. Mit der denkbar kürzesten Erwiderung eilt Bobby weiter.

Er denkt nicht weiter drüber nach, bis er einen oder zwei Tage später von Elspeth Macfarlane zur Rede gestellt wird. Sie baut sich regelrecht vor ihm auf, als er sich durchs Wohnzimmer schleicht, seine übliche List, um sich vor einem Gespräch zu drücken.

»Ich möchte mit dir sprechen, Chandra.«

Bobby seufzt und scharrt mit den Füßen. »Amma, ich bin müde. Ich will rauf, mich hinlegen.«

»Sieh mich an.«

Er sieht sie an und ist beunruhigt von dem, was er sieht.

»Ein Freund von mir hat mir erzählt, du wärest um sein Haus herumgeschlichen und hättest mit den Dienstboten geredet.«

»Nein.«

»Chandra.«

»Na und? Ich habe auch einen Freund dort. Den – den Türsteher.«

»Ich verstehe. Und er sagt, er hätte dich aus Mrs. Pereiras Wohnung kommen sehen. Ich wusste gar nicht, dass du sie ohne mich besuchst. Sieh mich an.«

Er hebt den Blick wieder.

»Ich habe mir aus der Hand lesen lassen. Ich möchte über meine Zukunft Bescheid wissen.«

»Warum glaube ich, dass du mich belügst?«

»Ich? Lügen? Ich lüge nicht. Warum sollte ich dich belügen?«

»Ich weiß nicht, Chandra.«

»Ich lüge nicht.«

»Du machst mich so wütend.«

»Es tut mir Leid, Ambaji.«

»Was tut dir Leid?«

Bobby sagt nichts. Mrs. Macfarlane lässt sich schwer auf einen Stuhl nieder.

»Es tut dir Leid? Was in deinem Leben bringt dich wirklich dazu, dass dir etwas Leid tut? Und *was* tut dir Leid?«

»Ich bin müde, Amma.«

»Du? Um acht Uhr abends? Du stehst doch erst um elf auf.«

Bobby starrt auf seine Füße und lauscht dem Straßenlärm. Nach einer Weile bemerkt er, dass Mrs. Macfarlane weint.

»Warum bist du so, Chandra? Ich habe dich hier aufgenommen. Ich habe dir geholfen, und jetzt sieh dir das an. Warum bist du so? Mr. Dutta meint, du bespitzelst ihn. Ich musste ihm sagen, er soll doch nicht so töricht sein. Denn du bespitzelst ihn doch nicht, nicht wahr? Oder, *Robert*? Was tust du? Was tust du die ganze Nacht?«

Ihre Fragen strömen heraus, eine nach der anderen, wie ein Damm, der bricht. Bobby ist zu Tode erstarrt. Nur ein einziges Mal hat er sie bisher weinen sehen.

»Mr. Dutta sagt, du erledigst Botengänge für Mrs. Pereira. Er meint, dass du ihn für sie bespitzelst und dass du uns alle für die Briten bespitzelst und dass dich jemand aus dem Weg räumen sollte. Er sagt, Mrs. Pereira ist eine Betrügerin, und er wird die Polizei rufen. Ich sagte zu ihm, er soll doch nicht töricht sein, Mrs. Pereira sei eine sehr bedeutende – sie ist sehr sensibel. Und er sagt, auch wenn sie dich nicht ins Gefängnis stecken und einfach laufen lassen, werden wir alles erfahren, und du wirst der guten Sache keinen Schaden zufügen können. Mrs. Pereira hat eine Gabe, Chandra. Du meinst doch auch, dass sie eine Gabe hat, nicht wahr? Nicht wahr?«

Jetzt hat sie ihn. Er sollte Ja sagen, aber er kann es nicht. Sie tut ihm Leid, diese Frau mit ihren toten Söhnen, und auch all die anderen Leute, die sich über das Nichts hinweg an ihre Toten klammern, mit Mrs. Pereira, die an ihren Füßen polkt, in ihrer Mitte.

»Mrs. Macfarlane, Sie sollten nicht mehr zu Mrs. Pereira gehen. Sie ist keine rechtschaffene –«

Ehe er diesen Satz auch nur zu Ende bringen kann, schlägt sie ihn ins Gesicht.

»Hast du mich auch bespitzelt? Ist das der Grund, warum du hier bleibst? Damit du mich bespitzeln kannst?«

Er kann nicht antworten, versucht, ein Nein über seine Lippen zu bringen. Sie sagt, sehr ruhig: »Du kannst jetzt gehen. Nimm deine Sachen und verlasse das Haus.«

»Amma –«

»Ich bin nicht deine Amma.«

»Mrs. Elspeth Macfarlane? Entschuldigen Sie, Mrs. Macfarlane?«

Hinter ihnen steht ein äußerst verlegener englischer Polizeihauptmann mit zwei indischen Wachtmeistern an der Seite. Elspeth dreht sich erstaunt um.

»Mrs. Macfarlane, ich muss Sie leider bitten mitzukommen. Wir haben den Befehl, Sie nach dem Gesetz zum Schutze Indiens in Vorbeugehaft zu nehmen.«

Mrs. Macfarlane darf noch rasch ein paar Kleidungsstücke zusammenraffen, dann wird sie hinaus zu einem Lastwagen geführt. Hinten drin sitzen schon drei indische Verhaftete, die stumm auf die große Menschenmenge blicken, die sich versammelt hat, um die Festnahme zu beobachten. Die Stimmung ist gereizt, und Bobby sieht, wie der britische Polizeihauptmann den Lederriemen an seinem Holster öffnet, um schnell zu seinem Revolver greifen zu können.

Während seine Wachtmeister Zuschauer beiseite drängen, hilft der Hauptmann Mrs. Macfarlane in den Wagen hinauf. Er nimmt ihre Tasche und führt sie zu ihrem Platz auf der schmutzigen Bank, wobei sein Verhalten sonderbar kriecherisch ist, wie das eines Platzanweisers im Theater, der sich plötzlich in Uniform wiederfindet. Die ganze Zeit über berieselt er sie mit einem

Schwall verlegenen Geredes, indem er ihr versichert, dass nichts allzu Schreckliches geschehen werde, dass es nur achtundvierzig Stunden dauere, dass sie seine persönliche Garantie bezüglich diesem und sein Ehrenwort bezüglich jenem habe. Sie würdigt ihn keines Blickes, sitzt steif wie ein Ladestock da und stopft gelöste Strähnen ihres grauen Haars zurück in den Knoten.

Schließlich hört der Hauptmann mit seinem Gequassel auf und springt vom Wagen herunter. Er wendet sich kurz an die Menge, fordert sie auf, in aller Ruhe auseinander und wieder nach Hause zu gehen und die Beamten des König-Kaisers ihre Pflicht tun zu lassen. Dann schlägt er mit der flachen Hand auf die Seite des Lastwagens und sagt den Letzten von seinen Leuten, sie sollten einsteigen. Als der Motor hustend anspringt, läuft Bobby an die Ladeklappe, doch wie oft er auch winkt oder Ambajis Namen ruft, er kann sie nicht dazu bewegen, ihn anzusehen. Schließlich steht einer der Wachtmeister auf und zieht die Segeltuchklappe zu. Der Fahrer lehnt sich auf die Hupe, setzt den Wagen langsam in Bewegung und schiebt die vordere Stoßstange in die sich drängende Menschenmenge hinein, die sich widerstrebend teilt. Dann fährt der Lastwagen in die Dunkelheit davon.

Bobby findet den Reverend an der Kirchentür, von wo aus er zu einer Gruppe Jugendlicher hinüberstarrt, die auf der gegenüberliegenden Straßenseite herumlungern.

»Na los!«, schreit er sie auf Englisch an. »Haut ab! Gottloses Geschmeiß.«

»Reverend«, fleht Bobby. »Mrs. Macfarlane ist verhaftet worden.«

»Ja, ich hab's gesehen. Na *los*! Haut ab, ehe ich euch allesamt mit der Peitsche auseinander treibe!«

»Was sollen wir machen?«

»Machen? Nichts, mein Junge. Sie erntet, was sie gesät hat, indem sie sich an Bolschewisten und Satanisten gehängt hat. Wo bist du denn gewesen? Ich habe dich heute Nachmittag erwartet. Du solltest mir bei einem Experiment helfen.«

Einer der Jugendlichen wirft einen Stein, der gegen die Kirchentür poltert. »Imperialist!«, schreit er. »Kapitalistendiener!«

Reverend Macfarlane läuft über die Straße, und die Jungen stieben auseinander und rufen im Weglaufen weitere kommunistische Parolen. Der Reverend kommt mit rotem Gesicht und außer Atem zurück und versucht Bobby das Versprechen zu entlocken, dass er ihm am nächsten Morgen bei der Arbeit hilft. So bald wie möglich sucht Bobby einen Vorwand, um hinauf in sein Zimmer zu gehen.

Seine Fotocollage schaut auf ihn herunter, all die hunderte Illustriertengesichter, Sterne am Himmel. Sie geben ihm das Gefühl, ein Langweiler zu sein, ein unbedeutendes Insekt.

Er macht sich Sorgen um Mrs. Macfarlane. Sie ist alt. Sie liebt ihn. Doch sobald sie nach Hause zurückkommt, wird er obdachlos sein, und so ist es vielleicht gut, dass man sie verhaftet hat. Ist es schlecht, so zu denken? Er hat das Gefühl, als bräche etwas zusammen, als stürze ein Gerüst ein. Etwas Ähnliches ist schon einmal passiert, aber da kam es plötzlich und unvorhergesehen. Jetzt scheint es ihm, als habe er ein Leck, als liefen all die Einzelheiten, die Pretty Bobby ausmachen, aus ihm heraus, um nichts als ein leeres Gefäß zu hinterlassen. Eine Hülse. Als er endlich einschläft, sind die Wasserträger bereits auf den Straßen zu ihren frühmorgendlichen Lieferungen unterwegs.

Am nächsten Tag hat Bombay geschlossen. Nur die europäischen Geschäfte im Fort bleiben geöffnet, und die Besitzer stellen Männer vor die Tür, um Störungen abzuwehren. Die Gewerkschaften haben einen eintägigen Streik ausgerufen, der hauptsächlich darauf zielt, die Produktion in den Baumwollspinnereien lahm zu legen. In den Straßen drängen sich aufgebrachte Arbeitermassen. Mrs. Macfarlane und ihre Freunde sind verhaftet worden, um sie am Marschieren und Redenhalten zu hindern, aber trotz der Verhaftungswelle ist die Stadt zum Stillstand gekommen. Bobby verbringt den Morgen damit, mit Reverend Macfarlane Schienbeine zu vermessen und ihm unaufmerksam zuzuhören; als Nächstes will der Reverend Graduierungen moralischer Rechtschaffenheit bei nordindischen Volksgruppen bestimmen, indem er (post mortem) Teile vom Stirnlappen des Gehirns wiegt. Durch das offene Fenster hört man Motoren, Mannschaftswagen, die vorbeidröhnen, um Züge britischer Soldaten an strategischen Punkten rund um Bombay einzusetzen.

Zur Mittagszeit ist die Falkland Road eine Gerüchteküche mit dem Paan-Kiosk als Mittelpunkt. Klatschmäuler voll roter Betelspucke sagen, ein paar Streikende hätten versucht, eine Versammlung auf dem Maidan abzuhalten, sie sei aber durch einen Angriff der Polizei aufgelöst worden. Sie sagen, Anarchisten hätten versucht, eine von Readymoneys Spinnereien in Brand zu stecken, seien aber erschossen worden. Oder es waren Kommunisten, und die sind entwischt. Motilal Nehru werde eine Rede halten. Eine Frau sei von einem Militärfahrzeug überrollt worden. Der Gouverneur habe die Stadt verlassen. Die Briten würden Flugzeuge einsetzen. Hindu-Fanatiker gingen in den Vorstadtslums auf Muslime los.

Die Leute sind erregt, angespannt. Als Bobby aus dem Haus geht, spürt er ein Klima der Feindseligkeit. Es ist eigentümlich, kaum greifbar, aber Leute, die ihn normalerweise grüßen, meiden seinen Blick. Seine bösen Vorahnungen verstärken sich im Laufe des Nachmittags, als er feststellt, dass die Steine werfenden Kommunisten der vergangenen Nacht vor der Mission herumhängen und zu den geschlossenen Läden des Fensters von Reverend Macfarlane hinaufsehen.

Bei Dunkelwerden steigt deutlich sichtbar eine Rauchsäule aus den Slums in der Nähe der Tata-Spinnerei auf. Die Falkland Road ist ungewöhnlich voll, und irgendetwas an dem Hin und Her der vielen Menschen kommt Bobby merkwürdig vor. Man hat nicht den Eindruck, es gehe um Spaß oder die Aussicht auf Vergnügen. Diese Leute sind bereit und warten auf etwas. Etwa eine Stunde nach Sonnenuntergang zieht ein zerlumpter Haufen vorbei, mit Girlanden behängte Satyagrahis, die zum Klang von Trommeln und jaulenden Trompeten die Fäuste in die Luft recken. Die Gruppe hinterlässt eine unruhige Heckwelle von Männern und Jungen, die nach Betätigung, nach einem Brennpunkt suchen, nach irgendetwas, was den Streiktag zu einer Klimax treiben könnte.

Mit Müll wird auf der Straße ein Feuer entzündet, und Leute stehen in dem orangefarbenen Schein darum herum. Aus seinem Fenster sieht Bobby ein Automobil um die Ecke biegen, hinter dessen Steuerrad ein weißes Gesicht zu sehen ist. Der Wagen bleibt abrupt stehen, wartet, dann wendet er und fährt dorthin zurück, wo er hergekommen ist. Nach und nach scharen sich immer mehr Leute um das Feuer. Bobby erkennt Männer mit Knüppeln in den Händen, einer hat ein langes, gebogenes Messer. Dann brummt ein Lastwagen mit Polizisten die Straße hinunter, und die Menge zerstreut sich und lässt das Feuer allein herunterbrennen. Die Wachtmeister warten ein paar Minuten, treten die Glut mit den Stiefeln breit und spähen hinauf zu den hohen, baufälligen Holzhäusern. Dann verschwinden sie.

Danach beruhigt sich alles. Vielleicht geht die Nacht doch noch friedlich vorüber. Bobby findet es langweilig, am Fenster zu sitzen. Er braucht Luft, Raum zum Nachdenken, und so zieht er sich ein Leinenjackett über, bindet sich eine Krawatte um und macht sich auf zu einem Spaziergang. Kaum tritt er vor das Haus, spürt er den Unterschied. Die Leute starren ihn an, und ein-, zweimal versuchen Männer, ihm den Weg zu verstellen, bis er sie anspricht oder jemand anderer sie beiseite nimmt und ihnen erklärt, wer er ist. Es ist nicht gut, heute Abend in Bombay englisch auszusehen.

Bobbys Spaziergang führt ihn ins Fort. Hier hat er die Straßen ganz für sich. Die Fenster der Büros sind dunkel, die Straßenbahnen fahren nicht, und von ein paar Bettlern und einem dann und wann vorbeihuschenden Fahrradfahrer abgesehen, könnte er sich vorstellen, dies sei der Augenblick unmittelbar nach dem Ende der Welt, und Pretty Bobby wandere auf einer Bühne herum, die von allen anderen Schauspielern geräumt worden ist. Er findet sein Vergnügen darin, den Raum auf entsprechend herrische Weise in Besitz zu nehmen, indem er mitten auf der Straße entlangspaziert und die Arme ausstreckt, um sich so breit wie möglich zu machen. Pretty Bobby, Herr von Endzeit-Bombay.

Die menschenleere Stadt mit Riesenschritten durchmessend,

gelangt er zur Flora Fountain. Eine Palisade aus Gaslaternen erhellt diese alles andere als überwältigende Szenerie, eine kleine, verdreckte Anhäufung von Skulpturen, die sich aus einer Asphaltebene erhebt. Als er darauf zugeht, bemerkt er, dass er nicht der einzige übrig gebliebene Nebendarsteller ist. Unter den Laternen gibt es noch zwei, die auf Teufel komm raus ihre Rollen durchhalten, ein junger Engländer und eine Kuh.

»Gott du Allmächtiger«, lallt der Junge. »Was muss man denn tun, um in diesem Kaff von Stadt zivilisiert behandelt zu werden? Primitiv, das ist sie. Verdammt primitiv.«

Er scheint mit dem Tier zu reden. Bobby tritt vorsichtig näher, bis er den Rand des Lichtflecks erreicht. Der Junge taumelt im Stehen, während er in seinen Taschen kramt. Er stößt auf eine Taschenflasche, trinkt daraus und scheint zu einem Entschluss zu kommen.

»'n Ordnung, Kuh. Wenn du dich nicht an die Spielregeln hältst, wird's ernst. Ich sage dir – bloß als Schuss vor'n Bug, verstehste – *Meerrettichsoße und Yorkshire-Pudding.*«

Die Kuh sieht ihn ausdruckslos an. Der Junge macht ein verärgertes Gesicht.

»Steak, du Idiot! Dörrfleisch! Schmorbraten! Ich mach keinen Quatsch. Ich mach mir einen Scheiß aus euren verdammten Rinderschutzbünden oder aus dem ganzen Rest eures Hindustani-Fanclubs. Ich werde dich verdammt noch mal essen, du Sau von einer Kuh.«

Es sieht aus, als wolle er in eine Boxerstellung gehen, um der Kuh eins auf die Nase zu geben, da sieht er Bobby. »Halleluja!«, schreit er. »Jemand mit Stimmbändern. Bridgeman mein Name. Dies Vieh hier ist eine verdammte Schande. Also, du weißt nicht zufällig, wo man hier in der Gegend 'ne Ische auftreiben kann, oder?«

Bobby nickt vorsichtig. Bridgemans Gesicht erhellt sich. »Ha!«, schreit er wie jemand, der gerade in einem Spiel einen besonders schwierigen Punkt gemacht hat, und haut der Kuh befriedigt aufs Hinterteil. »Bring mich sofort da hin. Was haste gesagt, wie du heißt, alter Junge?«

Bobby hat nichts gesagt und muss erst noch davon überzeugt

werden, dass er irgendjemanden irgendwohin bringt. Dieser Bridgeman ist in einem erbärmlichen Zustand. Obwohl er nicht älter als zwanzig sein kann, ist seine zerklüftete Haut aschgrau von den Auswirkungen einer ganztägigen Sauftour, und seine Kleider sind mit den Überresten von mehr als einer im Stehen genossenen Mahlzeit verziert. Selbst nüchtern würde sein Gesicht nicht viel Vertrauen einflößen. Es hat etwas Teigiges, Unfertiges, und kleine Augen und eine stumpfe Schweinenase schwimmen darin herum wie Klößchen in irgendeiner Fettsuppe. Besoffen wirkt sein ganzer Kopf unangenehm beweglich unter den glatten, braunen Ponyfransen. Geleeartig. Labil.

Was er jedoch hat, ist Geld. Er beweist es, indem er es aus seiner Tasche zieht und damit herumwedelt. »Robert, alter Freund«, lallt er, »wir machen uns jetzt einen großen Spaß. Ein grandioses Finale. Gut, aber wo ist das verdammte Rindvieh hin?«

Er besteht darauf, dass sie die Kuh mitnehmen. Selbst als ihm klar wird, dass sie davongetrottet ist, scheint er sie suchen gehen zu wollen. Schließlich akzeptiert er ihren Verlust und lässt sich von Bobby in die Richtung des Rotlichtviertels führen. Dabei sprudelt ein unentwegter Redeschwall aus ihm heraus, der Bobby mit Staunen (über dessen Umfang, Gewandtheit, totale Gleichgültigkeit gegenüber seinem Zuhörer) und mit einem schleichenden, unmissverständlichen Gefühl der Todesnähe erfüllt.

Ehe sie am Ende der Esplanade Road angekommen sind, hat Bobby bereits das meiste davon herausbekommen, was es über Jonathan Bridgeman zu wissen gibt, von seiner verfrühten Geburt auf dem Fußboden einer Herberge in Bihar bis zu den Gründen seiner heftigen Betrunkenheit in Bombay fast achtzehn Jahre später. Er ist, stellt sich heraus, nur einen Monat älter als Bobby und Säufer in der zweiten Generation. Als Sohn eines quartalssäuferischen Teepflanzers und seiner ebenfalls dem Trinken zugeneigten Ehefrau verbrachte er seine Kindheit oben in den Bergen in der Nähe von Darjeeling, wo er seinem Vater half, unter den Augen des mächtigen Himalaja eine Reihe von behelfsmäßigen Destillierapparaten zusammenzubauen.

Nachdem Mutter Bridgeman von der Veranda gefallen war und sich das Genick gebrochen hatte (was sich ereignete, als Jonathan noch klein war), schwor ihr trauernder Gatte, seinen Sohn niemals auf eine Schule in England zu schicken, ja das »Einzige, was ihm geblieben ist«, niemals aus den Augen zu lassen. Und so konnte Jonathan im Alter von zehn Jahren reiten, schießen und einen exzellenten Gin-Tonic mixen, aber er konnte weder lesen noch schreiben. Das störte seinen Vater nicht. Belesenheit war nach seiner Auffassung die Ursache für das Hinscheiden seiner Frau gewesen, weil sie auf einem Exemplar der Zeitschrift *Blackwood's* ausgerutscht war, die jemand achtlos auf die Eingangstreppe geworfen hatte.

In den Augenblicken, in denen Bridgeman sen. zu bewusstem Verhalten im Stande war, widmete er seine Kräfte ausschließlich dem einen Projekt, aus Teeblättern einen neuen Schnapstyp zu destillieren. Perfektioniert würde dieses Elixir den schottischen Whisky auf der Beliebtheitsskala der britischen Bevölkerung ablösen und seinem Erfinder einen Reichtum bescheren, der selbst die geldgierigsten Träume übersteige. Leider hatten auf Grund von Fehlern im Produktionsprozess oder wegen der natürlichen Ungeeignetheit von Tee für diesen Zweck die meisten Chargen von »Bridgeman's Old Malt Tisky« die Tendenz, zu Lähmungen oder vorübergehender Blindheit zu führen, und sein Erzeuger beschloss am Ende, das Rezept mit dem Zusatz von Reis zu verbessern.

Mr. Bridgeman, der unter schweren Depressionsschüben litt, während derer er seine Plantagenarbeiter mit einem Kleinkaliber-Jagdgewehr melancholisch unter Beschuss nahm, wurde schließlich klar, dass auch Reis seine Träume nicht vor dem Ruin retten werde. Die Enttäuschung machte ihn noch verdrießlicher als sonst, aber nach Verhandlungen mit dem Bezirksgouverneur (unterstützt von einem Zug Gurkha-Infanteristen) ließ er schließlich seine Geiseln frei und gestattete, dass man ihn in die Obhut der Kleinen Schwestern von der Heftigen Zerknirschung überstellte, die eine einfühlsame Institution in Kalkutta führten. Der kleine

Jonathan wurde in ein nahe gelegenes Internat gesteckt und erhielt die Anweisung, seinen kränklichen Vater einmal im Monat zu besuchen.

In den ersten paar Jahren prügelte Bradshaws Calcutta Boys Academy die Rudimente einer gewissen Bildung in den jungen Bridgeman hinein, so zum Beispiel, mit geschlossenem Mund zu kauen, sich mit römischen Zahlen und dem Alphabet einigermaßen herumzuschlagen und auch während der längeren Morgenandachten in der Kapelle den Mund zu halten. Jeder erwartete, dass er in die Berge zurückkehren und sich irgendeinen ruppigen Zeitvertreib, vielleicht militärischer Natur, schaffen werde, idealerweise an einem entlegenen Ort, wo seine ungehobelten Manieren und sein bereits blühender Alkoholismus den wenigsten Ärger bereiten würden. Doch sie machten ihre Rechnung ohne die wunderbaren Heilungskräfte der Kleinen Schwestern und ihrer leitenden Psychiaterin, Mutter Agnes.

Agnes, eine stämmige slowenische Nonne mit einem Gesicht wie eine polierte Walnuss und dem Gemüt eines Lastkamels, hatte keine Mühe mit Verrückten. Sie, die sich nach den überkommenen Sitten und Gebräuchen ihres rauen Bergdorfs richtete, wandte ein aus kalten Bädern, Einkerkerung und frommen Schmähungen bestehendes Verfahren an, das bei ihren Patienten erstaunliche Resultate zeitigte. Es wurde (ironisch) behauptet, sie ängstige sie buchstäblich dermaßen, dass sie von allein wieder richtig im Kopf würden. Nur wenn plötzliche Temperaturwechsel und ein eindringlicher Vortrag über die Höllenqualen sich als ungenügend für eine Heilung erwiesen, war ihr letztes Mittel die Ringkampfgrube. Nachdem sie sich ausgezogen und eingeölt hatte, ging sie mit ihren widerspenstigeren Schützlingen hinters Kloster und verpasste ihnen dort eine tüchtige Tracht Prügel, wobei sie systematisch der Reihe nach die Würfe, Griffe und Fesseln anwandte, die einst so wirkungsvoll ihre Keuschheit gegen die Übergriffe heimischer Schafhirten verteidigt hatten, welche die einsamen Monate auf den Hochalmen regelmäßig in den Wahnsinn trieben.

Es war diese Methode, die Jonathans Vater wieder zum Verstand brachte. Nachdem er um Gnade gefleht und versprochen hatte, nie wieder zu trinken, erholte er sich in eindrucksvollem Tempo. Niemand hatte erwartet, dass er jemals entlassen würde, doch kurz nach dem fünfzehnten Geburtstag seines Sohnes tauchte er anständig gekleidet und nüchtern an den Schultoren auf, um zu erklären, er wünsche, dass Jonathan seine Ausbildung fortsetze und später nach England gehe, um an einer der großen Universitäten zu studieren. Er war wahrhaftig ein ganz anderer Mensch geworden. Die Lehrer schüttelten ihm die Hand, zogen die Augenbrauen über das große silberne Kruzifix in die Höhe, das er um den Hals trug (fanatisches Bekenntnis zur Kirche Roms war eine Nebenwirkung von Mutter Agnes' Kur), fanden aber insgeheim die Hoffnungen, die er in seinen Sohn setzte, lächerlich. Jonathan jedoch tat sein Bestes, machte sich verschiedene mehrsilbige Wörter zu Eigen und erwarb sich einen Hauch von Geist und Kultur, der selbst die harschesten Kritiker von Bradshaws Academy beeindruckte.

Leider aber hatte der jahrelange Tiskygenuss seinen Tribut von Mr. Bridgemans Gesundheit gefordert: Ein Jahr nach seiner Entlassung aus der Obhut der Schwestern starb er. Bei der Testamentseröffnung stellte man fest, dass er die eine Hälfte seines Vermögens Mutter Agnes und die andere (eine überraschend hohe Summe) seinem Sohn vermacht hatte, die vom Anwalt der Familie Bridgeman in London, einem gewissen Mr. Spavin, treuhänderisch verwaltet wurde.

»Und deshalb, alter Junge, bin ich hier«, sagt Jonathan und schlägt Bobby herzhaft auf den Rücken. »Morgen früh geht's mit dem Schiff nach England. Dieser komische Spavin soll mein Vormund sein, bis ich einundzwanzig bin. Offen gesagt, weiß ich nicht, was ich davon halten soll. Hab den Kerl noch nie gesehen. Irgend so was wie 'n Freund von meinem Großvater. Ich meine, was ist, wenn er ein alter Tyrann ist? Verdammt unbequem, ihn jedes Mal anbetteln zu müssen, wenn ich ein paar Schillinge brauche. Und ehrlich gesagt gefällt mir nicht sehr, was ich von der Heimat höre. Ich weiß, man soll's nicht sagen, aber ich höre, es ist verdammt kalt dort. Du warst wahrscheinlich schon mal da?«

»Ja«, sagt Bobby. »Das heißt, nein. Eigentlich nicht. Ich habe überwiegend hier gelebt.«

»Hmm«, nickt Bridgeman weise. »Dachte, du wärst auf dem Lande geboren. Kann man immer erkennen.«

»Also, du hast überhaupt keine Verwandten mehr?«

»Nicht, dass ich wüsste, alter Junge. Letzter des Geschlechts. Auf jeden Fall, ob Streik oder nicht, es war aussichtslos zu denken, ich würde meine letzte Nacht in der Freiheit in irgendeinem muffigen Hotelzimmer verbringen. Mein ganzes Zeug ist schon auf 'm Schiff, und solange ich morgen früh rechtzeitig zur ärztlichen Untersuchung komme, ist es doch wurscht, in welcher Verfassung ich bin, oder?«

»Ich nehme es an.«

»Es ist verdammt wurscht! Und ich sage dir auch ganz offen, meine Eier sind wie zwei reife Melonen. Hab versucht, in der Eisenbahn 'ne kleine Halbblut-Krankenschwester zu bumsen, aber sie war nicht dafür zu kriegen. Sagte zu mir, sie würde die Notbremse ziehen, die frigide Zicke. Man sollte doch denken, sie würde dankbar sein, aber manchen von ihnen kann man's wirklich nicht recht machen. Aber was ich wirklich brauche, ist 'n dickes Mädel. Verstehste, eine, die vorne und hinten 'n bisschen zusätzlichen Ballast drauf hat. Genau so mag ich sie. Nichts ist schlimmer als 'n mageres Weibstück, hab ich Recht?«

Als sie in das Labyrinth der Seitengassen abseits der Falkland Road einbiegen, sieht Bobby sich nervös um. Er geht ein großes Risiko ein, wenn er diesen Bridgeman heute Nacht hierher bringt. Im Moment scheint alles ruhig zu sein. Ein paar Leute sehen sie vorbeigehen, und Bobby versucht lässig weiterzuschlendern, während Bridgeman bedächtig einen Fuß vor den anderen setzt. Zwei großspurige englische Jungs, die einen Spaziergang machen.

Das richtige Etablissement für dicke Mädchen ist das Goa House. Maria Francesca ist erstaunt, sie zu sehen, und wirft Bobby einen nervösen Blick zu, als Bridgeman die Stufen herauf und zur Tür herein poltert. Es sind keine anderen Kunden da, und so sitzt das ganze Haus im Salon, trinkt Tee und knabbert klebrige Kokosnusssüßigkeiten. Eine Reihe lächelnder, kauender Gesichter. Bridgeman klatscht beim Anblick eines solchen Angebots an molligem, nacktem Fleisch freudig in die Hände und zerrt im selben Augenblick Tereza, bei weitem die Dickste in diesem Prasser-Haushalt, durch den Glasperlenvorhang in eines der Schlafzimmer. Bobby geht nachdenklich rauchend auf und ab, während er mit halbem Ohr einer Geschichte von Twinkle über einen Kunden zuhört, der jedes Mal mit einer Mango erscheint.

»Bist du wahnsinnig?«, fragt Maria Bobby. »Warum bringst du heute Abend diesen Kerl hierher? Die Leute sind auf Blut aus, das weißt du doch.«

»Nichts wird passieren«, schnauzt Bobby. »Ich bring ihn nach der Sache hier nach Hause. Wir müssen alle was essen, verstehst du«, sagt er und gestikuliert bissig zu dem geplünderten Süßigkeitenteller hinüber. »Was ist das Leben ohne Risiko?« Er mag den Klang dieser Redensart, die er in einem von Mrs. Macfarlanes Romanen gefunden hat. Sie klingt so männlich, abenteuerlustig. Maria schnaubt verächtlich.

»Sieh dich an – du Kokosnuss. Du darfst den Engländer nicht alleine lassen, auch wenn das heißt, dass man dir vielleicht die Kehle durchschneidet.«

»Fick deine Mutter.«

»Das überlasse ich jedem anderen. Nein, ich nehme es zurück. Keine Kokosnuss. Du bist auch außen weiß.«

Sie sagt es mit einem Lächeln, und Bobby lässt die Beleidigung auf sich beruhen. Aus dem Schlafzimmer dringt ein tiefes Lustgestöhn, als würde eine Melone ausgequetscht, und dazu Terezas professionelle Triller und Verzierungen. Ein paar Minuten darauf taucht Bridgeman wieder auf, ein beseligtes Lächeln im Gesicht.

»'n Drink, Alter?«, fragt er Bobby und nimmt einen Schluck aus seiner Taschenflasche. Auf diesen vertraulichen Ton hin machen die Mädchen beeindruckte Gesichter. Pretty Bobby, so verbindlich, dass ihn selbst die Europäer als einen der Ihren behandeln. Der Form halber nippt Bobby ein bisschen und spürt, wie ihm die Flüssigkeit beim Hinunterrinnen den Schlund verbrennt. Es kommt ihm ein unangenehmer Gedanke.

»Dies ist doch nicht – oder?«

»O nein«, lacht Bridgeman. »Old Malt Tisky? Nein, den gibt's schon seit Jahren nicht mehr. Das hier ist *mein* Rezept.«

Bobby beruhigt die Auskunft nicht. Bridgeman dagegen ist in allerbester Stimmung. Ohne sich dessen bewusst zu sein, dass er der Einzige ist, der hier trinkt, leert er den Rest aus seiner Taschenflasche und fragt Maria mit frech taxierendem Blick, ob sie für besondere Kunden nicht irgendeinen Rabatt bereithielte. Obgleich er so undeutlich spricht, dass sie ihn nur mühsam versteht, bekommt sie schließlich mit, dass er »noch mal gehen« will, diesmal mit ihr. Es folgt eine weitere Schlafzimmer-Episode, die von Marias einzigartigem Lustgeschrei interpunktiert wird. Sie gibt dem Affen richtig Zucker, indem sie ein paar eindrucksvolle, alle Register durcheilende Stöhner loslässt, die im Salon besonders gut ankommen. Arré, sagt Tereza, sie hört sich ja an wie eine Fabriksirene. Nach einer Weile tritt Stille ein. Ohne sich die Mühe zu machen, sich etwas überzuziehen, kommt Maria heraus und teilt Bobby mit, dass sein Freund ohnmächtig geworden sei.

»Hier kann er nicht bleiben«, sagt sie, rollt die Augen und droht Tereza verächtlich mit dem Fingerchen. Tereza antwortet mit derselben Geste, und alle Mädchen kringeln sich vor Lachen. Bobby schickt eine von ihnen etwas Wasser holen.

Eine Stunde später sind er und Bridgeman wieder auf der Straße. Bobby muss ihn fast tragen, und Bridgeman hat ihm seinen fleischigen, postkoitalen Arm über die Schulter gelegt, schwer und feucht wie ein Baumast. »Der Haken«, erzählt ihm Bridgeman gerade, »an der guten alten Heimat ist, dass es dort anders ist als hier.« Die Straße ist menschenleer, trotzdem ist ihm mulmig zumute. Die Luft riecht verbrannt, und als sie aus dem Goa House taumeln, stoßen sie auf einen einzelnen Schuh, der einsam mitten auf der Straße liegt. Jetzt, da die Mehrzahl der Rupien dieses besoffenen

Idioten den Weg in seine Tasche gefunden hat, möchte Bobby ihn sich vom Halse schaffen. Sobald sie irgendwo in der Nähe der großen Hotels sind, wird er ihn sich selbst überlassen.

Nicht zu machen.

Bridgeman sinnt gerade darüber nach, ob die Berge in der Heimat wohl wie die Berge hier sind, und nimmt an, dass sie ihnen nicht das Wasser reichen können, als sich einer der Schatten vor ihnen teilt und wieder zu mehreren kleineren Schatten zusammenfließt, von denen jeder einen Stock oder eine Flasche oder ein Messer in der Hand hat. Bobby erstarrt. Sieben, acht Männer? Selbst von weitem riechen sie nach Rauch und Palmwein. Ihr Anführer hat sich einen Stofffetzen um den Kopf gebunden und hält eine Eisenstange in der Hand. Er hat Blut an der Backe, als hätte er sich heute Nacht schon geprügelt. Als er ins Licht tritt, sieht Bobby, dass seine Augen von Haschisch blutunterlaufen sind.

»Scheiß Weiße«, faucht er.

Eigennutz ist in den meisten Menschen tief verwurzelt und in Bobby tiefer als in den meisten. Der Entschluss, den halb bewusstlosen Bridgeman fallen zu lassen, wird mehr oder weniger in der Zeit gefasst, die entsprechende Reizübertragungen benötigen, um vom Gehirn zu den Beinen zu wandern.

Er rennt los.

Und hört hinter sich Schreie, dumpfe Schläge, Geräusche zum Übelwerden.

Also rennt er schneller.

Nach einer Weile ist ihm klar, dass sie nicht hinter ihm her sind, und bleibt stehen. Er umfasst seine Knie, und sein Atem geht in gewaltigen, unregelmäßigen Stößen. Als er seine Fassung wieder hat, bekommt er ein schlechtes Gewissen. Er hätte bei Bridgeman bleiben sollen. Er hätte den Eisenfresser herauskehren, sein Rapier schwingen und sie in die Flucht schlagen sollen. Alle acht? Fluchend nimmt er seinen Schlips ab und klemmt sich sein zusammengerolltes Jackett unter den Arm. Dann macht er sich vorsichtig zurück auf den Weg, den er gekommen ist.

Die Männer sind verschwunden. Davon überzeugt er sich als

Erstes. Bridgeman haben sie in eine Gasse gezerrt, zwischen die hohen Mauern eines Mietshauses und einen Bauhof. Er liegt auf dem Rücken, die Arme schlaff und gerade an den Seiten. Er sieht friedlich aus – von weitem. Still. Bobby wartet und beobachtet ihn mehrere Minuten. Ja, sie sind weg. Es ist ungefährlich, näher heranzugehen.

Tot sieht Bridgeman nicht besser aus als lebendig. Die linke Seite seines Gesichts ist eine einzige riesige Quetschung, schwarz und verschwollen. Sein Kiefer hängt zur einen Seite, die andere ist durch einen Schlag nach innen gedellt. Das schmuddelige Hemd, einstmals mit Essensflecken verziert, glänzt jetzt in uniformem Blutrot. Bobby untersucht ihn mit einer Art distanziertem Mitleid. Der junge Alkoholiker, der nach England fahren sollte. Eine letzte vergnügte Nacht. Ein seltsames Detail: Durch die ganze Geschichte hindurch ist es ihm irgendwie gelungen, seine Taschenflasche zu behalten. Bobby bückt sich und windet sie ihm aus den toten Händen. Als er sie umdreht, entziffert er die in die Seite gravierten Initialen JPB, und sie lassen ihn sich von neuem schuldig fühlen, jedenfalls einen Moment lang.

Bridgemans leere Brieftasche liegt in der Nähe. Voller Angst, dass er neben einer Leiche entdeckt werden könnte, will Bobby weggehen, da lässt ihn etwas innehalten. Neben seinem Fuß liegt eine kleine Ausweistasche. Darin findet er das Schiffsticket nach England, einen Pass auf den Namen Jonathan Pelchat Bridgeman und ein leeres Blatt Briefpapier mit geprägtem Briefkopf: »Spavin & Muskett – Rechtsanwälte und Notare« in der Gray's Inn Road, London.

Er besieht sich das Foto im Pass. Ein dunkelhaariger junger Mann starrt in die Kamera, dessen Gesicht so verwaschen ist, dass es fast leer wirkt. Keine große Ähnlichkeit mit Bridgeman.

Es könnte jeder sein.

Er steckt die Dokumente in die Tasche und macht sich auf den Weg zurück zur Mission. Die Idee ist bereits vollkommen fertig, bevor er auch nur am Ende der Straße angekommen ist. Er weiß, was er tun wird.

Er riecht Petroleum in der Luft. Bridgeman, der tatsächliche, physische Jonathan Bridgeman, verblasst bereits. Jemand, den man nur für ein paar Stunden gekannt hat. Ausgeräumt und neu bezogen. Er grinst. Wie leicht es ist, ein Leben abzustreifen und in ein neues zu schlüpfen! Kinderleicht, wenn es nichts gibt, das einen bindet. Er wundert sich über die Existenz von Menschen, die sich selbst finden, indem sie niederknien und eine Hand voll Erde hochnehmen. Der Mensch wurde aus Staub erschaffen, sagt der Reverend. Doch wenn Männer und Frauen aus Staub gemacht sind, dann ist Bobby nicht einer von ihnen. Wenn sie ein Pulsieren an ihren nackten Fußsohlen spüren und dieses Gefühl Heimat nennen, wenn sie auf eine vertraute Landschaft blicken und sich darin wiedergespiegelt finden, dann ist er nicht einer von ihnen. Der Mensch aus Erde, sagt der Reverend. Die Erde aus dem Menschen, sagen die Veden, so wie Sonne und Mond und die ganze übrige Schöpfung aus dem Leib des ersten Menschen geboren wurden. Aber er fühlt, dass er absolut nichts von der Erde in sich hat. Wenn er sich über sie hin bewegt, berühren seine Füße nicht ihre Oberfläche. Folglich muss er von etwas anderem herstammen, von irgendeinem anderen Element.

Als er in die Falkland Road einbiegt, hört er ein Geräusch, das sich wie schwerer, durch die Bäume fallender Regen anhört.

Die Straße ist voll sich drängelnder und schreiender Menschen. Über ihre erdfarbenen Gesichter fällt von irgendwoher ein fahler orangefarbener Lichtschein. Bobby ist dermaßen von seiner Verwandlung in Anspruch genommen, dass er sich schon mitten in der Menge befindet, ehe er merkt, was los ist.

Die Mission steht in Flammen.

Flammen kriechen über ihre Holzfassade wie Finger über die Saiten eines Instruments. Sie geben ein Prasseln von sich, ein tiefes, furchtbares Brausen, das hin und wieder zu einem Rauschen, einem Krachen aufbricht. Die Sprache von Riesen. Er versucht sich nach vorn zu drängen, plötzlich entsetzt über den Verlust seiner Wohnung, seines Zimmers mit seiner Sammlung von Halbtongesichtern, dem Schrank mit den Kleidern, dem vertrauten

Weg die Treppe hinunter ins Wohnzimmer. Das Missionsschild ist halb verbrannt, nur ein paar Wörter sind noch lesbar: *Können wir sie im Dunkel sterben lassen, wenn wir das Licht.* An der Spitze der Menge schwenkt jemand eine selbst gemachte rote Fahne. Petroleumgestank dringt ihm in Nase und Mund. Was wird Mrs. Macfarlane sagen? Nach all ihrer Arbeit, ihrer Liebe? Und der Reverend?

Wie als Antwort auf seine Frage fliegen mit einem Mal die Fensterläden der Mansarde über der Kirche auf. Die Menge brodelt und drängt, die an der Spitze versuchen zurückzuweichen, um sich vor der sengenden Hitze zu schützen, während die weiter hinten sie nach vorn drängen. Er wühlt sich vorwärts, während er spürt, wie sein Gesicht, *Bobbys* Gesicht, durch den glühenden Wind gedörrt wird. Fäuste boxen in die Luft. Singsang. »Brenne! Brenne!« Leuchtende Gesichter, gebleckte Zähne, schreiende rote Münder. Auf dem Balkon erscheint taumelnd der Reverend wie eine Vision der Verdammnis. Gesicht und Kleider sind mit Ruß bedeckt, Haare und Bart stehen ihm in einem Dunst rauchigen Graus vom Kopf ab. Sein Blick ist wild, und er schreit irgendetwas zu dem Mob herunter, das im Lärm des Feuers nicht zu hören ist. Bei seinem Anblick weicht die Menge zurück, und einige Leute versuchen wegzulaufen. Der Singsang gerät ins Stocken und verstummt. In seinen Armen wiegt er einen Stapel Totenschädel. Für einen Augenblick erstarrt die Szene, und Bobby wird sich später stets so an sie erinnern, starr und stumm wie eine Fotografie. Dann stürzt mit einem Grauen erregenden Bersten der Balkon nach innen, und der Reverend verschwindet wie ein Haufen Lumpen in den Flammen.

Bobby drängt sich rückwärts durch die Menge, kämpft sich frei. Hier gibt es nichts mehr für ihn, nichts, was ihn halten könnte. Er spürt, wie die Erde sich schnell und reibungslos unter seinen Füßen dahinbewegt.

Jonathan Bridgeman

Jonathan Bridgeman steht an der hinteren Reling der SS *Loch Lomond* und schaut auf die Heckwelle, die aussieht wie eine auf das schwarze Wasser gemalte Linie aus weißer Tünche. Zwar überquert er das schwarze Wasser, Kala Pani, aber er spürt keine ungünstigen Auswirkungen, kein Versickern von Kaste oder Verdienst. Dicht unter der Reling erscheint das aufgewirbelte Weiß eher als bleiches phosphoreszierendes Grün, die Farbe von Geistern oder Radium-Allheilmitteln. Die Nachtluft ist warm, und unter den geschrubbten Deckplanken treiben Turbinen gigantische Schrauben an, die Milliarden von Leuchtalgen kostbar glitzern lassen, nur für ihn, wie um zu beweisen, dass Wasser auch das ganze Gegenteil von schwarz sein kann, wenn es will. Bridgeman lächelt und zieht den Kragen seiner Jacke über den Kopf, um sich zum Anzünden einer Zigarette Schutz vor dem Wind zu verschaffen.

Und so schleudern die schwarzen Schlote immer weiter Kohlenrauch aus und verdunkeln die Sterne, und Paare schlendern weiter über das lederbraune Deck, und das Schiff trägt Jonathan Bridgeman in die Mündung des Roten Meeres und durch den Suezkanal und befördert ihn sacht hinaus ins Mittelmeer, das so genannt wird, weil es der Mittelpunkt der Welt ist und an seinen Gestaden aus einer Zusammenballung von Krieg, Gesetzen, demokratischen Institutionen und geordneter Naturbetrachtung die Zivilisation geboren wurde. Wenn das schwarze und lederfarbene Schiff das Mittelmeer verlässt, wird es das Cabo de Finisterre umrunden, *finis terrae*, das Ende der Welt, denn jenseits davon, jenseits der Erde, liegt England.

Ach, der mystische Okzident! Land der Wolle und des Kohls und der lüsternen, rundäugigen Mädchen! Die Mädchen müssen eine ziemliche Wucht sein, falls man das nach Bridgemans Empfang an Bord der *Loch Lomond* beurteilen kann. Die Anwesenheit eines »ungebundenen Mannes«, dazu eines so erstklassigen (so *sehr* ungebundenen, so *sehr* männlichen), hat die Verliererinnen der Fangflotte des letzten Herbstes, die schmählich »mit leeren Händen Zurückkehrenden«, allesamt in helle Aufregung versetzt. Noch immer gattenlos, nachdem sie das »kalte Wetter« in Indien verbracht haben, können sie in der Heimat nichts anderem entgegenblicken als einer weiteren Periode der Gattenlosigkeit und danach einem irgendwie gearteten Kompromiss. Weniger hoch gewachsen. Weniger reich. Weniger gebildet. Bridgeman scheint trotz der Tatsache, dass er sehr jung aussieht und dass ihm seine Kleider außerordentlich schlecht passen, »mehr« darzustellen. Eine oder zwei von denen mit den leeren Händen sind recht entschlossen, und er ist gezwungen, wenn er nachts schlafen geht, einen Stuhl unter die Klinke seiner Kabinentür zu klemmen. Trotz dieser Maßnahme glauben beide, Miss Emily Howard und Miss Barbara Hollis, dass sie mit ihm zu einer Übereinkunft gekommen sind, und Miss Amanda Jellicoe, die einiges mehr vom Leben (und von Jonathan) gesehen hat als jene beiden, ist der Ansicht, wenn sie morgen sterben müsste, so würde sie es zufrieden tun. Während der ungebundene Mann die leuchtende Heckwelle sich in der Dunkelheit verlieren sieht, nimmt Amanda wieder am Tisch von Mr. und Mrs. Devereaux, ihren Reisebegleitern und Anstandspersonen, Platz, die denken, sie habe sich in ihrer Kabine ein bisschen hingelegt, statt unter der Persenning eines Rettungsbootes auf dem Unterdeck mit Jonathan handgemein zu werden. Mrs. Devereaux bemerkt soeben, wie *wohl* sie aussehe, und Amanda hofft, dass sie weder den feuchten Fleck an ihrem Kleid noch den durchdringenden Männergeruch wahrnehmen wird, der von ihrem Körper aufsteigt.

Amanda ist eine Ausnahme. Jonathan hat versucht, solche Begegnungen zu meiden, um wirklich alles zu unterlassen, was Aufmerksamkeit auf ihn lenken könnte. Er verbringt so viel Zeit wie möglich in seiner Kabine, und wenn er aufs Deck hinausgeht, vergräbt er sich in die abschreckendsten Bücher, die er in der Schiffsbibliothek finden kann. Wirklich selten gibt es eine leer Ausgegangene, die noch viel zu sagen findet, wenn die Antwort auf ihr augenflatterndes »Ach-was-lesen-Sie-denn-da?« lautet: »Band zwei von Motleys *Aufstieg der niederländischen Republik*.« Amanda, wendiger als die anderen, kaschierte ihre Unwissenheit in der Geschichte des siebzehnten Jahrhunderts damit, dass sie über Windmühlen und ihr Haus in Suffolk plauderte und eine Postkartenansicht davon erfand, die sie ihm nach dem Abendessen einfach zeigen müsse.

Wenn Amanda wüsste, was sie für Jonathan darstellt, würde sie vielleicht ihre Sache noch energischer betreiben. Für ihn ist sie eine Premiere, eine Offenbarung, eine ebenso bedeutsame Überquerung wie die des schwarzen Wassers. Ihr Geruch, ihre Farben, ja selbst die Art, wie sich ihr Haar anfühlt, sind allesamt winzige Siege für ihn, und als er, ihren Geruch in seinen Nasenlöchern, an der Reling steht, fühlt er sich jedes Mal, wenn er die Zigarette an den Mund hebt, wie ein Forschungsreisender.

Sosehr er sich auch müht, Jonathan hat Schwierigkeiten, an Bord auch nur ansatzweise unauffällig zu bleiben. Bridgemans Gepäck war eine einzige Enttäuschung für ihn, denn es bestand aus einem Koffer voller Schraubverschlussflaschen mit einer braunen alkoholischen Flüssigkeit und einem viel kleineren Koffer mit schmutzigen Kleidern. Außer einem Tennisschläger in einem Spanner, einer Flinte, Munition und dem Schädel irgendeiner Hirschart stellt dies seinen ganzen Besitz dar, und nachdem er die Flaschen hatte über Bord gehen lassen, bildeten die Überreste einen jämmerlichen kleinen Haufen auf seinem Kabinenbett. Das Schlimmste an der Sache ist, dass ihm die Kleider nicht passen. Die Taille des vorherigen Bridgeman war weiter. Seine Füße waren größer und seine Arme kürzer. Für eine Inkarnation, der besonders an guter Schneiderarbeit liegt, ist das eine Qual. Man erträgt es nicht lange, in einem Smokingjackett mit einem Zigaretten-Brandloch im Revers und einer Hose herumzulaufen, bei der man den Bund eingerollt hat und deren ausgefranste Aufschläge einem ungebührlich um die Knöchel schlackern.

Verzweifelte Umstände verlangen nach verzweifelten Maßnahmen. Zum Glück zählt auch Ganesh, der zweite Kabinensteward, zu Jonathan Bridgemans Bewunderern, der hinter geschlossenen Türen zu der Annahme ermutigt worden ist, auch er sei im Besitz einer gewissen Übereinkunft. Ganesh ist dazu bewegt worden, gewisse Gegenstände aus den Kleiderschränken einiger der besser ausgestatteten Passagiere mitgehen zu lassen. Eine Hemdbrust hier, ein Paar Hosenträger da. Noch gewagter ist das System hoch gefährlicher zeitweiliger Leihgaben, das er ins Leben gerufen hat. Und so geschieht es, dass Merriwether, der junge Bezirksbeamte aus Kerala, manchmal feststellt, dass er sein zweitbestes Leinenjackett verlegt hat und dass Dickie Carson etwas verflixt Bekanntes am Schnitt von Bridgemans Dinnerjackett bemerkt. Doch da Dickie drei dieser Jacketts sein Eigen nennt, zieht er nicht die richtigen Schlüsse, und Jonathan ist in der Lage, wenigstens angemessen (wenn auch nicht wirklich *gut*) gekleidet aufzutreten.

Ganeshs Kleider-Ausleihservice zieht so seine eigenen Probleme nach sich, und als er hinter Aden Bezahlung und körperliche Entspannung von den Belastungen des Stewarddienstes zu fordern beginnt, muss Jonathan sich etwas Spezielles einfallen lassen. Geld stellt eine besondere Schwierigkeit dar. Er besitzt fast keines, und obwohl bestimmte Dienste an Bord gratis sind und andere angeschrieben werden können, ist Bestechung eine Unternehmung, die nur mit Bargeld funktioniert. Er denkt, er wird die Lösung in den regelmäßigen Pokerpartien im Maschinenraum finden, aber bei seinem zweiten Gastspiel erwischt ihn einer der Heizer beim Schummeln, und die Situation wird wirklich sehr unangenehm. Der Kapo kann nicht mehr tun, als die Jungs daran zu hindern, den kleinen Scheißkerl zu erdrosseln und die Leiche über Bord zu werfen. Wie die Dinge liegen, wird Jonathans Gesicht derart übel zugerichtet, dass er bis hinter Gibraltar nicht in der Öffentlichkeit erscheint, und für den Rest der Reise muss er im Auge behalten, wer hinter ihm geht, wenn er sich vom Hauptpassagierdeck weg irgendwo anders hinwagt.

Ein Sturm im Golf von Biscaya macht die Lage etwas weniger

unangenehm, weil er die meisten Passagiere in kotzende Wracks verwandelt, die mit ihrem eigenen Elend viel zu beschäftigt sind, um Bridgemans blaue Flecken oder seine plötzlich wiedergekehrte Abgerissenheit zu bemerken. Die Stimmung an Bord der *Loch Lomond* hebt sich erst wieder, als die weißen Felsen von Dover in Sicht kommen. Einer oder zwei der besonders seekranken Passagiere fassen erst hier wirklich wieder Mut (obgleich die englische Küste schon seit einiger Zeit zu sehen ist), und es gibt reichlich Unterhaltungen über die Schönheiten der Heimat und darüber, was die Leute als Erstes nach der Ankunft tun werden. Amanda Jellicoe steht neben Jonathan an der Reling und fragt: »Na, bist du froh, wieder zurück zu sein?« Jonathan antwortet Ja, und hört, wie wenig überzeugend er klingt, als er das sagt.

Als er über das Wasser hinweg zu den grün eingefassten Kalkfelsen hinüberblinzelt, überkommt ihn so etwas wie Ehrfurcht. Für die Menschen um ihn herum hat das Bedeutung. Erst jetzt wird ihm klar, dass er zwar England wie besessen studiert hat, aber richtig an es geglaubt hat er nicht. Das Land hatte immer etwas Abstraktes wie eine philosophische These oder ein Problem aus der Geometrie. Stelle dir einen Würfel vor, der um seine Achse rotiert … Stelle dir den Lake District und die Norfolk Broads und die weißen Felsen vor, die aus dem grüngrauen Wasser aufragen, von Möwen umkreist. Er versucht das zu fühlen, was die anderen fühlen, und fragt sich nervös, was aus ihm geworden ist.

Samuel Spavin benutzt ein Quintett langer weißer Finger dazu, im Bartkranz unter seinem Kinn herumzutrillern. Sein Sessel knarrt ehrwürdig, eine empfindsame Verzierung in der Fuge aus Alter und Tradition, welche die ganz eigene Musik der Kanzlei Spavin & Muskett ist. An der Wand hinter ihm hängt das Porträt eines frühviktorianischen Herrn mit stechendem Blick und hohem gestärktem Kragen. Besucher äußern sich oft über die

Ähnlichkeit zwischen Mr. Spavin und dem Mann auf dem Bild, wobei die meisten davon ausgehen, dass der Dargestellte, den man neben einem Tisch mit Büchern und Urkunden erblickt, ein Vorfahr der Familie Spavin ist, ein längst verblichener Anwalt, dessen Weisheit und Rechtschaffenheit einen Teil des professionellen Erbes der Kanzlei bilden. In Wirklichkeit ist Mr. Spavin, obwohl er die Ähnlichkeit in Auftreten und Erscheinung kultiviert, mit dem Mann auf dem Bild nicht verwandt. Das Gemälde hat er ganz am Anfang seiner beruflichen Laufbahn bei einem Räumungsverkauf erstanden, um eben den Eindruck eines alteingesessenen Unternehmens zu vermitteln, den seine Klienten daraufhin so tröstlich und ermutigend fanden.

Am heutigen Tag blickt Mr. Spavin auf die andere Seite seines Schreibtischs und muss sagen, dass er angenehm überrascht ist. Das hätte er niemals für möglich gehalten. Sicher, der Junge ist ein bisschen dreckig, aber schließlich ist er eine Waise. Dreck, glaubt Spavin, ist ein natürliches Attribut des Waisenkindes, eine der Nebensächlichkeiten, die dem zur Waise Gewordenen sein ganz besonderes Pathos verleihen. Spavin ist ein Bewunderer von Dickens, und Jonathan Bridgemans Äußeres stimmt vollkommen mit dem Klischee überein, das der Alte von solchen Leuten hatte. Ein bisschen zu alt vielleicht. Und männlich. Pikanter wäre es sicherlich, wenn er ein Mädchen wäre. Die klassischste Dickens-Voraussetzung, Anwalt zu sein, erfüllt Mr. Spavin ja bereits, und nun wird er gleich Bridgemans Vormund werden. Einen Augenblick wie diesen, wenn das Leben die Strenge literarischer Kunst annimmt, muss man besonders auskosten. Spavin schüttelt den Kopf in stiller Verwunderung über die Tiefe seines eigenen Gefühls. Seine Aufgeschlossenheit für solche Dinge ist so lebhaft, dass er sich manchmal fragt, ob er nicht den falschen Beruf gewählt hat.

»Da und da.«

Er zeigt auf die Stellen in der Urkunde, auf die Jonathan seine Unterschrift setzen soll, und sieht geduldig zu, wie der Junge seinen Namen schreibt. Er ist zögerlich, malt die Lettern langsam und bedächtig, sich zweifellos der besonderen Erregung des Augenblicks genauso bewusst wie sein Beschützer.

»So, mein Junge. Alles erledigt. Genau wie es dein lieber verstorbener Vater gewünscht hätte.«

Bridgeman nickt. Er ist wirklich ein ziemlich hübscher Kerl, was an und für sich schon ein Wunder ist. Spavin ruft sich den Tag ins Gedächtnis, als der Großvater dieses Bridgeman, ebenfalls Jonathan mit Namen, mit seinem Fettkloß von Sohn in dieses Büro marschiert kam und verkündete, dass er Vorbereitungen treffen wolle, ihn im Teehandel zu etablieren. Selbst der nachsichtigste aller Beobachter, eine Klasse, zu der sich zu zählen Spavin die Ehre hat, würde wenig Lobenswertes am jungen Bridgeman gefunden haben. Ein unschöner Bengel, ungehobelt und rüpelhaft, mit einem Äußeren, das als *irisch* bezeichnet werden könnte. Seine Betrunkenheit (um elf Uhr morgens!) steigerte den negativen Eindruck noch obendrein. Wer würde gedacht haben, dass den Lenden eines solchen Grobians eine so feine Gestalt wie die hier entspringen könnte? Spavin kann sich nicht erinnern, ob er jemals der armen Frau begegnet ist, die die Mutter dieses Jungen war. Wahrscheinlich nicht, denn die Ehe wurde erst nach dem Umzug nach Darjeeling geschlossen. Doch klar ist, dass sie ungewöhnlich schön gewesen sein muss. Wie es sich für einen Menschen mit poetischem Feingefühl geziemt, glaubt Spavin, dass sich der Charakter in der Physiognomie zu erkennen gibt. Man sah im Nu, dass der kartoffelgesichtige Tölpel, der sich vor zwanzig Jahren durch das Gespräch nuschelte, es nie zu etwas bringen würde. Aber der hier… Was für eine Frau muss die Mutter gewesen sein!

»Besitzt du eine Fotografie von deiner lieben Mama, Jonathan?«

»Nein, leider nicht. Mein Vater hielt nicht viel von Fotos.«

»Er hielt nicht viel von ihnen? Ich verstehe. Wie sonderbar.«

»Ja, genau. Ich besitze keine einzige. Nicht eine.«

»Das ist in der Tat schade.«

Schade in der Tat. Soweit er sich erinnern kann, war auch der Großvater nicht gerade ein Bild von einem Mann. Wie stolz wäre er gewesen, wenn er gewusst hätte, dass sein Geschlecht sich in so etwas wie diesem Jungen fortsetzen würde! Ein Profil wie das des Apollo vom Belvedere! Der Gedanke der Kontinuität veranlasst Mr. Spavin, den Blick über den juristischen Krimskrams in seiner Kanzlei schweifen zu lassen, die Aktenbündel, die Regale mit den in Saffianleder gebundenen Büchern, das ganze Gewirr aus Siegelwachs und rotem Band, das sein Arbeitsleben darstellt. Ja, er weiß über Kontinuität Bescheid. Jede Facette seines Daseins, von dem Schreibpapier mit Briefkopf, auf dem er seine Korrespondenz durchführt, bis hin zu dem regelmäßigen leichten Ein-Uhr-Lunch, den er zusammen mit Mr. Muskett im Steakhaus an der Ecke einnimmt, zeugt von seiner Position als eines Wächters der Tradition, einer kleinen, aber ehrenwerten konservativen Macht im Leben einer großen Nation.

Es ist alles eine große Wohltat. Als das Telegramm mit der Mitteilung kam, im Hafen gebe es irgendwelche Schwierigkeiten und ob er nicht die Summe von mehreren Guineen schicken könne, um die Entlassung seines Mündels aus dem Gewahrsam zu veranlassen und den Abschluss der Ausschiffungsformalitäten zu ermöglichen, erfüllten ihn düstere Vorahnungen. Könnte der Sohn genauso ein Tunichtgut wie der Vater sein? Trotzdem schickte er seinen Verpflichtungen gemäß das Geld, und der Junge kreuzte mit einer herzerweichenden Geschichte auf, die seine Befürchtungen sofort zerstreute. Er sei in einer Bombayer Gasse von einer Mörderbande überfallen worden, und obwohl er sich heldenhaft verteidigt und zwei der Männer niedergeschlagen habe, ehe er überwältigt wurde, hätten sie ihm fast sein ganzes Reisegeld geraubt. Das Missverständnis um den Anzug habe ein schlichter und übereifriger indischer Steward zu verantworten, der ihn dem Not leidenden Jungen zum Geschenk gemacht habe, ohne ihm zu sagen, dass der Anzug einem anderen Passagier gehöre, jenem Mr. Carson, der die Anzeige erstattet hatte. Spavins Intervention hatte die Angelegenheit ins Reine gebracht, und Carson nahm eine Entschuldigung an.

»Was hättest du ohne mich getan, he, mein Junge?«

»Das weiß ich wirklich nicht, Sir.«

In London sind die Straßen mit Gold gepflastert – elektrisches Licht spiegelt sich in den nassen Steinplatten. Passanten lassen grelle Leuchtspuren zurück, Blitzlichterinnerungen an Arme in Regenmänteln und bespritzte schreitende Beine. Piccadilly wird kreuz und quer von Kräften durchschnitten, die so modern und zweckmäßig sind wie Fabrikmaschinen, und selbst die Tauben, so fett und grau und rattenartig sie auch sind, scheinen mit etwas Gebieterischem und Rarem, einer gewissen Taubenbedeutsamkeit umherzueilen, die ihrem Stolzieren und ihrer aufgeblasenen Wissbegier Antrieb verleihen. In London funkelt der Regen von atmosphärischen Energien, und das schmutzige Wasser, das in den Rinnsteinen strömt, ist beachtenswert, weil es Londoner Wasser ist und Morsecode-Krimskrams, Reklamezettel, Bonbonpapierchen und Zigarettenkippen mit sich fortträgt, die Hinweise auf das Londoner Leben und Denken signalisieren.

Jonathan weicht Fußgängern und Taxis aus, während er dem metallischen Trommeln des Regens auf seinem großen schwarzen Regenschirm lauscht, einem Geräusch, das so anders ist als das Tosen des indischen Monsuns, dass er nie vergessen kann, was er getan hat, wie er hierher gekommen ist und sich selbst leichtsinnig, Schwindel erregend leichtsinnig neu erschaffen hat.

In London gibt es blau uniformierte Polizisten und rote Autobusse mit Reklamen an den Seiten. Die Parks, die sich zwischen den hohen Gebäuden ausdehnen, geben weite, üppig grüne Rasenflächen frei, und zum ersten Mal begreift er, was die Briten in Indien erfolglos zu kopieren versucht haben. Samtgrün. Vibrierend vor Leben. Das Heimweh, das die braunen, löcherigen offenen Flächen in Indien bei diesen Leuten auslösen müssen! Hier, am eigenen Ort, im Mief ihrer Feuchtigkeit, sind sie endlich einleuchtend. In ihrem London kannst du das Regenwasser von deinem Regenschirm schütteln und in eine Lyons-Teestube eintreten, wo blasse Mädchen in schwarzweißen Uniformen Kuchen, so schwer und feucht wie die Rasenflächen, zu braunem, milchigem Tee servieren, der so ungefähr das Einzige in dieser Stadt ist, was sich nicht subtil von seinem indischen Namensvetter unterscheidet. Sie werden *nippies* genannt, diese Mädchen, und Jonathan fragt sich, ob das an ihrem spitzigen, verkniffenen Aussehen liegt. Es ist ein Typ des Englischen, der ihm vollkommen neu ist. Gesichter dieser Art, verwaschen und dürftig, werden nicht exportiert, um das Empire zu regieren.

Überall entdeckt Jonathan die Originale der Kopien, mit denen er aufgewachsen ist, all die Absurditäten von Britisch-Indien, die durch ihre natürliche Umgebung plötzlich Sinn bekommen. Dunkle Anzüge und hohe Kragen zu tragen ist hier genau richtig. Hier führen dicke schwarze Türen von den elektrischen Straßen weg in voll gestopfte Wohnzimmer mit schmalen Fenstern, die die Plätze im kalten, wässerigen Londoner Licht rahmen. In einem Ledersessel vergraben, versteht Jonathan zum ersten Mal das englische Wort *cosy*, behaglich, das ihnen von ihrem Klima eingeimpfte Verlangen, ihre blau geäderten Körper mit Schichten aus Rosshaar und Mahagoni, Blumentöpfen und Sofadeckchen, Geschichte, Tradition und Aktienzertifikaten zu polstern. Brite zu sein, folgert er, ist vor allem eine Frage der Abschottung.

Mr. Spavin hat für ihn in Bayswater eine Mansarde gemietet, in der er sein eigenes Fensterchen mit einem Blick auf Dächer und Schornsteine hat. Es soll ihm nur für kurze Zeit dienen, denn ab September geht er zur Schule, um sich auf die Universität vorzubereiten. Davon wird gesprochen, als würde ein Topf gebrannt oder ein Möbelstück gefirnisst, eine letzte handwerkliche Umformung, der er sich unterziehen muss, bevor er verkäuflich ist. Er wird zwei Semester in der Werkstatt von Chopham Hall zubringen und als Oxford-Student daraus entlassen werden.

Als er die Tür dieses Zimmers zum ersten Mal hinter sich schließt, steht er da und blickt auf den leeren Kaminsims und den ordentlich geschwärzten Feuerrost und den Teppich und den Waschtisch mit dem fleckigen Spiegelviereck darüber. Bis zu diesem Moment hat er über den Inhalt seines neuen Lebens nicht nachgedacht. Das Leben als solches, *ein englisches Leben*, war ihm genug. Der Anblick all dieser leeren Dinge, die darauf warten, dass er sie mit seinem Wesen füllt, stößt ihm ein Messer der Panik in die Brust. Er verriegelt die Tür und sackt an ihr herunter. Er hat sich dieses Leben geschnappt: Er ist ein Engländer. Aber es bestehen weitere Erfordernisse, Dinge, die bisher seiner Aufmerksamkeit entgangen sind. Das leere Bücherregal neben dem Bett. Das dunkle Rechteck auf der Tapete, wo einmal ein Bild gehangen hat – wo ein Bild hängen *muss*. Was für ein Bild? Was sollte dort hängen? Er weiß es nicht, und die Antwort, die anderen Leuten einfiele, den echten Leuten (*Irgendein Bild, das mir gefällt*), kann sicherlich nicht die richtige Antwort für ihn sein. Er hat das Gefühl, dass ihm nichts gefallen darf, ohne dass er genau nachprüft, ob es ihn nicht verrät. Ehe er *ist*, ist er ein Engländer und sollte den Geschmack eines Engländers haben.

Und der wäre?

Darüber denkt er lange und intensiv nach. Ein Engländer würde einen Jagdstich oder ein Porträt des Königs oder ein Ölgemälde seiner verstorbenen Verwandten aufhängen wie das Bild des backenbärtigen alten Mannes über Mr. Spavins Schreibtisch. Da er kein Gemälde hat, begnügt er sich mit dem König, an einer Bude in der Berwick Street erstanden und in einen Goldrahmen geklemmt. Und so schläft er in seinen ersten Monaten zwischen Rasenflächen und regenblanken Straßen unter dem handkolorierten Bildnis Georges V. ein, wobei er der Versuchung widersteht, zu ihm zu beten und den vorspringenden gefärbten Bart zu bitten, ihm den Weg zur Eigenpersönlichkeit zu weisen.

Bis September hat er nichts zu tun. Jonathan ist ziemlich froh darüber. Der Gedanke an Chopham Hall erfüllt ihn mit Angst; wenn Briten über die Schule reden, gebrauchen sie Wörter, die andere Leute für Gefängnisse benutzen. Spavin jedoch ist bemüht und bittet den jungen Mr. Muskett, den Sohn seines Kompagnons, Jonathan herumzuführen. Und so erscheint nach einem höflichen Notenwechsel zur verabredeten Zeit ein blondhaariger junger Bursche in Tenniskleidung auf der Schwelle in Bayswater. »Hallo«, sagt er und späht mit sichtlichem Abscheu in die düsteren Tiefen der Diele. »Du musst Bridgeman sein. Ich dachte, wir könnten vielleicht ein paar Sätze spielen.«

Muskett steht in der dunklen Diele und nimmt die Huldigungen von Mrs. Lovelock, der Vermieterin, entgegen. Mrs. Lovelock findet ihn offensichtlich beeindruckend und wirbelt in einer Art Hüpftanz um ihn herum, der Hochachtung und Freude ausdrücken soll. Muskett nimmt keine Notiz von ihr, völlig davon in Anspruch genommen, seine schön geformte Unterlippe über die Ausstattung der Diele in verächtliche Falten zu ziehen. Als ihm im vorderen Salon ein Sessel angeboten wird, lehnt er ab mit den Worten, wenn es Mrs. Lovelock nichts ausmache, würde er lieber stehen. Seine Unterlippe ist erneut beschäftigt, als Jonathan zurückkommt, braune Schuhe an den Füßen.

»Hast du keine Tennisschuhe?«

»Leider nein.«

»Na schön. Wir können unterwegs sicher welche erstehen.«

Ein Umweg über den Piccadilly, und dann schlendern die beiden auf einen elastischen Rasenplatz, der auf der guten Seite von Regent's Park hinter einem Haus versteckt liegt. Jonathans Füße sind in frisches weißes Segeltuch gehüllt. Der Griff seines Schlägers trieft bereits von Angstschweiß. Das Spiel ist eine Katastrophe. Er wirft sich nach dem Ball, jagt ihm rechts und links hinterher und kracht leibhaftig ins Netz, ohne auch nur einen einzigen von Musketts Schlägen retournieren zu können. Nach einer Weile mustert der goldblonde Junge die keuchende Gestalt auf der anderen Seite und fragt, indem er seine ausdrucksvolle Lippe erneut in Anspruch nimmt, ob er vielleicht eine Pause einlegen wolle. Jonathan nickt stumm.

»Ich meinte, du hättest gesagt, du hast Praxis.«

Jonathan hält sich zurück.

»Ich bin überrascht. Ihr Typen aus den Kolonien seid doch normalerweise so sportlich. Die gesunde Lebensart im Punjab und so weiter.«

Reumütig erinnert sich Jonathan an die britisch-indische Gewohnheit, Tennisplätze auf jedem irgendwie geeigneten Stückchen Land anzulegen, selbst im Gebirge, wo sie sie in die Berghänge hineinhauen, wie es die Jainas mit ihren Heiligenstatuen tun. Es ist unvorstellbar, dass er nicht spielt. Ihm fällt kein plausibler Grund für sein Versagen ein, und so sagt er, er habe sich die Hand verletzt, in der Hoffnung, das reiche aus, um ihn zu retten. Muskett glaubt ihm offensichtlich nicht, verbirgt aber höflich seine Verachtung und schlägt vor, sie sollten sich doch auf die Terrasse setzen und Lemon-Barleywater trinken.

Jonathan fühlt sich bemüßigt, ab und zu sein Handgelenk zu massieren, und Muskett redet über Partys und die Leute, die zu den Partys gehen, und ihre Beziehungen zu den Gastgebern und zueinander und zu ihm. Muskett hat Geld und ein Auto und für die nächsten fünf Wochenenden Einladungen »aufs Land«, wohin sie alle gehen, wenn sie nicht zu Partys oder auf den Tennisplatz gehen. Muskett erzählt von dem Ball bei Lady Kynaston und vom Ball bei Mr. und Mrs. Huntington und die amüsanten Dinge, die sich bei dem Dinner ereigneten, das die Waller-Waltons zuvor gegeben haben. Es hat den Anschein, dass alle diese Ereignisse sterbenslangweilig und die meisten Leute bei allen dreien anwesend waren, bis auf die, die eine Einladung zu dem Empfang in der schwedischen Botschaft hatten, die Muskett nicht hatte. Es war ihm gleichgültig, weil er erwartete, dort würde es noch langweiliger werden (Botschaftsdinge sind das immer), und natürlich sagten hinterher alle, dass es genau so war. Muskett hat schon zwei Jahre an der Universität hinter sich, und er hat Schulden, die sein Alter begleichen wird, und ein Übereinkommen mit Anne Waller-Walton, und er nimmt an, dass er, wenn er fertig ist, wahrscheinlich in »die City« gehen wird, was, wie Jonathan folgert, nicht das Gegenteil von »aufs Land« ist, sondern etwas sehr viel Technischeres, das kontrollierten Kapitalfluss, Dividenden und Lunches umfasst.

Muskett sagt, er werde nächste Woche wieder anrufen, tut es aber nicht. Jonathan weiß, dass er eine Art Prüfung nicht bestanden hat, und sagt sich, dass er noch eine Menge zu lernen hat, ehe er fit für derlei Kreise ist, in denen sich der junge Mr. Muskett bewegt. In einem Notizbuch hält er seine Schwächen fest: *Tennis, Tanzen, Automobil.* Der Großteil seines Taschengeldes ist bereits für Kleidung draufgegangen, doch er beginnt damit, eine kleine

Summe für Unterrichtsstunden beiseite zu legen. Tennis oder Tanzen? Tanzen ist billiger, vor allem, wenn er nach Shepherd's Bush hinausfährt, wo, wie er einer Kleinanzeige in der *Post* entnimmt, eine Frau namens Madame Parkinson einen Montagabendkurs abhält. Madame Parkinson hat, wie sich herausstellt, leuchtend rotes Haar und einen französischen Akzent, dessen Unechtheit sogar Jonathan erkennt, aber sie ist trotzdem eine gute Lehrerin. *Links zwei drei, rechts zwei drei, und mit Elehgaangs – oui!* Bald verbringt er ganze Abende im Palais de Dance in Hammersmith, wo die pomadisierte Band Foxtrotts in den Zigarettenrauch stanzt und Mädchen mit Herrenschnitt sich von ihm auf die Füße treten lassen und dann mit ihm hinunter an den Fluss gehen, wo es dunkel und still ist.

Nach und nach beginnt er, sich entspannt auf die Stadt einzulassen, und seine Sinne stimmen sich auf die verschiedenen Eigenarten von Groß-London ein. Die Leute haben hier andere Grenzlinien als in Bombay, andere Schwellen gegen Einmischung und Wut. Er fährt mit der U-Bahn und zwingt sich, nicht den Atem anzuhalten, dieselbe nonchalante Miene aufzusetzen wie die anderen Fahrgäste, die in dieser Metallkapsel unter der Erde dahinsausen. Er sitzt im Kino, in weißes Licht getaucht, zitternd vor Erregung, wenn der Organist Gewehrschüsse und knarrende Fußbodendielen aus seinem futuristischen Instrument hervorkitzelt. Während er zwischen knutschenden Paaren in der letzten Reihe ein Eis lutscht, fühlt er, wie das Englischsein an ihm zu haften beginnt und seine Haut wie mit einem Rußfilm überzieht. Dies ist es, was er gewollt hat. Das reicht.

Alles endet abrupt, als Mrs. Lovelock das Palais Mr. Spavin gegenüber erwähnt, der ihn in sein Büro kommen lässt und ihm erklärt, das sei nicht das Verhalten, das er von seinem Schützling erwartet habe. Jonathan weiß nicht, wo genau das Problem liegt, entschuldigt sich aber überschwänglich aus Furcht, nun werde ihm alles weggenommen. Mr. Spavin glaubt, dass der Junge aufsässig zu werden beginnt und es das Beste wäre, wenn er sich auf der Stelle nach Chopham Hall begibt. Disziplin ist das, was er nötig hat. Disziplin und die Strenge des Internatslebens. Es wäre sinnlos, die Sache hinauszuzögern. Er wird den Frühzug ab Liverpool Street Station nehmen.

Im Augenblick seines Todes soll Sir Peregrine Haldane kerzengerade in seinem großen Bett in Chopham Hall gesessen und geschrien haben: »Züchtige sie! O Herr! Verschone sie nicht!« Diese letzten Worte wurden später unterschiedlich gedeutet. Der Gemeindepfarrer von Chopham Constable (ein Mann, den Sir Perry stets gefährlicher und gleichmacherischer Ideen verdächtigt hatte) meinte, sie ahnten prophetisch das Schicksal jedes reichen Mannes voraus, und hielt eine Predigt, die eingehend auf das Los der Einwohner von Sodom und Gomorrha einging. Ein anonymer Londoner Pamphletist behauptete, »Sir Syphilitikus Halbmast« hätte sich in Wirklichkeit in die Szenerie einer seiner legendären Fünf-Huren-Orgien zurückgedacht, eine Ansicht, die von den meisten Leuten der Londoner Gesellschaft geteilt wurde, und zwar trotz der mutigen Proteste von Freunden, die die Ansicht verfochten, Sir Peregrine habe eigentlich sagen wollen: »Züchtige *mich!* O Herr! Verschone *mich* nicht!«, habe aber in seinem Todeskampf die Dinge durcheinander gebracht.

Wie immer auch die Wahrheit lautete, nach der Testamentseröffnung konnte niemand leugnen, dass der alte Herr Reue gefühlt hatte. Als er den Inhalt des Testaments hörte, erkannte Oliver de Tassle-Lacey, Sir Perrys Neffe und Erbe, dass er ruiniert war. Nachdem er in Erwartung seines Erbes schwer wiegende Verpflichtungen eingegangen war, sah er, dass er keine andere Wahl hatte, als sich umzubringen, sprang von einer Loge des Theatre Royal in die Tiefe und bohrte sich auf einen Speer, den in einer Inszenierung von *Alexander und Poros* ein Diener in der Hand hielt. Die Kombination aus Sir Peregrines entsetzlichem und Olivers bizarrem Tod hielt die Testamentsangelegenheit für einige

Wochen im Blick der Öffentlichkeit. Dass der alte Wüstling es vorzog, eine Schule für »die Söhne der verdienstvollen Armen« zu gründen, statt sein Haus und Land an die nächste Generation weiterzugeben, betrachtete man als so exzentrisch, dass es fast schon närrisch war. Dennoch, manche am Hof fanden die Sache rührend, und der König ließ sich sogar einen Bericht über die Schulgründung während seiner morgendlichen Darmentleerung vorlesen.

Im Laufe der folgenden zweieinhalb Jahrhunderte hat Chopham Hall viele Veränderungen erfahren. Das erste Vermächtnis wurde durch verschiedene andere ergänzt, und eine Zeit lang war die Schule vornehm genug, um Söhne des Kleinadels an ihre Pforten zu locken. Leider sind an dem Augustnachmittag, als Jonathans Zug in den verschlafenen Bahnhof von Chopham Constable einfährt, diese Zeiten längst vergangen. Chopham Hall hat es sich in der Hierarchie englischer Public Schools in einer Nische irgendwo in der Mitte bequem gemacht, ein ganzes Stück unter den Harrows und Etons und Winchesters, doch auf der sozialen Leiter immer noch weit genug oben, dass die Dorfbewohner vor den jungen Masters ihre Mützen ziehen und manchmal hinter ihnen ausspucken.

Jonathan kommt es so vor, als sei Norfolk sehr weit von London entfernt. Während der Zug durch das flache Land rattert, fühlt er sich an den Punjab erinnert, und diese Erinnerungen machen ihn beklommen. Als er Briggs, den Hausdiener der Schule, sieht, der ihn abholen gekommen ist, eine steife Gestalt mit Rauschebart und Melone, ist er fast geneigt, im Zug sitzen zu bleiben und sein Glück in Kings Lynn zu versuchen. Doch er wappnet sich, steigt aus, stellt sich vor und wird, wie es sich gehört, in einem uralten Ponywägelchen durchs Dorf kutschiert.

Die Unterhaltung ist schütter. Briggs macht eine einzige allgemein gültige Äußerung zum Wetter, das er ganz schön findet, in Anbetracht der Tatsachen. In Anbetracht *welcher* Tatsachen genau, fragt Jonathan nicht, und Briggs hält es nicht für nötig, es ihm zu sagen. Sie kommen schweigend vor dem Schultor an.

Die ersten Eindrücke sind erfreulich. Das Gelände ist weitläufig, eine Reihe von Rugby- und Kricketfeldern erstreckt sich bis an den Brand, den kleinen Fluss, der den Park im Osten begrenzt. Das elisabethanische Herrenhaus hat sich seit Sir Perrys Tagen wenig verändert, auch wenn Generationen von Rektoren Annehmlichkeiten wie die neuen Wohngebäude und die Turnhallen-Kapelle hinzugefügt haben. Die architektonische Kuriosität, diese beiden zusammen in einem viktorianisch-gotischen Gebäude unterzubringen, entstammt der Theorie eines Pädagogen über die enge Beziehung zwischen Gottesdienst und körperlicher Ertüchtigung, die er mit der Unterstützung durch ein fortschrittliches Kollegium und einen Spendenfonds in die Tat umsetzte. Der Glockenturm, ein runder Bau mit einem leichten Knick und einer merkwürdig knolligen Spitze, ist alles, was von Sir Perrys Narrheit noch übrig ist; er wurde auf dem Höhepunkt der apokalyptischen Tage des Alten errichtet. Mit Strebepfeilern verkleidet und einem Kreuz bekrönt, nennen ihn die Dorfbewohner trotzdem noch immer *Big'un*, den Dicken, und es hält sich die Legende, dass er eine anatomisch korrekte Darstellung von Sir Perrys Lieblingsanhängsel ist, die ausgeführt wurde, um die Gunst der Herzogin von Devonshire zu gewinnen.

Während Briggs den Koffer von dem Ponywägelchen hebt, spaziert Jonathan in die eichengetäfelte Eingangshalle und riecht zum ersten Mal die Kombination aus Karbolseife, Schlamm und gekochtem Kohl, die das einzigartige Aroma englischer Internate ist. Da noch drei Wochen Zeit sind, ehe das Semester beginnt, ist alles totenstill. Die Blattgoldnamen auf der Ehrentafel und die Gipsbüsten früherer Rektoren blicken auf eine Szene überirdischer Ruhe herab wie Posten bei einem Waffenstillstand. Jonathan späht in einen Glaskasten mit Sporttrophäen, bis Briggs ihm laut ins Ohr hustet und vorschlägt, sie könnten vielleicht auch erwägen, nach oben zu gehen, in Anbetracht der Tatsachen. Er folgt dem alten Hausdiener nach oben, vorbei an Reihen geschlossener Türen und durch den höhlenartigen, verschrammten Junior-Vorbereitungssaal. Schließlich kommen sie in einem Flügel an, in dem einmal die Gästezimmer der Familie Haldane lagen und heute die Sechstklässler-Studios des School House untergebracht sind.

Eine Tür. Wieder ein leeres Zimmer, das darauf wartet, von ihm ausgefüllt zu werden.

Er erhält Zeit, es sich bequem zu machen, und die Mitteilung, dass ihn der Rektor in einer Stunde in den Glashäusern zum Tee erwartet. Nachdem er diese Botschaft ausgerichtet hat, bleibt Briggs wartend in der Tür stehen, bis Jonathan ihm eine Münze in die Hand drückt, woraufhin er den Korridor hinunter davonschlurft.

Die Glashäuser, die sich hinter der Haupthalle erheben, sehen aus wie ein Miniatur-Kristallpalast, der in der Sonne funkelt. Wie hypnotisiert geht Jonathan quer über die hintere Rasenfläche auf sie zu, als eine Stimme losbrüllt und ihn wie angewurzelt stehen bleiben lässt.

»Junge! JUNGE!«

Er fährt herum und sieht einen Mann mit rotem Gesicht, der sich aus einem oberen Fenster beugt.

»Was um alles auf der Welt glaubst du eigentlich, was du da tust?«

»Gehen –«

»Was?«

»Gehen –«

»WAS? Ich glaube kaum, dass du über den *Rasen* irgendwohin *gehen* solltest! Guck! Was du angerichtet hast!«

Jonathan blickt nach unten und sieht, dass seine Schuhe auf der glatten, grün gestreiften Fläche eine Spur kleiner Druckstellen hinterlassen haben.

»Rasen!«, schreit der Mann. »Nur für Eltern, Lehrer und älteres Hauspersonal! Ausnahmen! Präfekten an Sonntagen! Alle Oberstufenschüler am Gründertag zwischen zwei und vier am Nachmittag! Und jetzt scher dich runter!«

Vorsichtig stakst Jonathan zu einem Kiesweg hinüber. Das Fenster wird zugeworfen. Er überlegt einen Augenblick, zieht sein

Notizbuch heraus und schreibt: *Weitere Bekundung über den tieferen Sinn von Rasenflächen.* Das Englischsein dringt ihm etwas tiefer in die Haut.

Die Glashäuser zu finden ist *eine* Sache, den Weg hinein eine andere. Der Bau scheint in drei Abschnitte unterteilt zu sein, und jeder ist mit Blattpflanzen voll gepfropft. Manche Bereiche sind mit Stoffblenden gegen das Licht abgeschirmt. Andere sind von innen derart beschlagen, dass man unmöglich hineinsehen kann. Durch ein kompliziertes, über den Kiesweg verlaufendes Rohrsystem wird Hitze herausgepumpt. Endlich macht Jonathan eine Gestalt mit einem gelben Hut aus, die drinnen hin und her läuft. An der Außenseite entlang gehend, entdeckt er eine Tür und wird zurück ins Regenzeit-Indien versetzt, wo die Luft so schwer und dicht ist wie Flanell.

Dr. Noble, Rektor und Orchideenzüchter, findet er gerade beim Hybridisieren. Er hält ein üppiges rotes Dendrobium bei den Blütenblättern und streicht ihm mit einem Zahnstocher, der mit Pollen überzogen ist, über seine Sexualorgane, während er ihm leise zuredet wie einer widerspenstigen Varietétänzerin. Seinen breitkrempigen gelben Panama hat er nach hinten geschoben, wodurch sein knochiger, nackter Schädel und eine einzige graue Haarlocke zum Vorschein kommen. Vollkommen auf seine Arbeit konzentriert, blickt er missmutig an seiner langen, ausgeprägten Nase entlang und scheint Jonathans Ankunft nicht bemerkt zu haben. Erst als die Pollenübertragung beendet ist, richtet er sich von seiner Werkbank auf. Er streckt sich und betrachtet seinen neuen Schüler mit einem postkoitalen Lächeln.

»Bridgeman«, intoniert er. »Frisch aus den Tropen.«

»Ja, Sir.«

»Kürzlich aus Asien eingetroffen, wie meine neue Kiste Paphiopedileen.« Er zeigt auf eine Holzkiste am Boden, und beide blicken sie hinein. Jonathan sieht ein unschönes Gewirr aus Erde und Knollen. Was Dr. Noble auch immer erblicken mag, es erregt ihn offensichtlich, denn er lässt ein leises Stöhnen hören.

»Prachtvoll«, murmelt er.

»Ja, Sir.«

»Folge mir ins Alpenhaus, wo wir sicherlich den Tisch von Mrs. Dodd für den Tee gedeckt finden werden.«

Sie bahnen sich den Weg durch die Laubmassen. Überall sind Orchideen, sie stehen aufgereiht in langen Pflanzbecken, hängen aus Körben herab und winden sich über Holzstämme und kunstvolle Gebilde aus Rinde und Draht. Sie haben jede nur denkbare Form und Farbe, große wächserne Blüten mit hängenden Wurzeln, winzige Sternchen, Sporne, Fächer, Säulen und Rosetten, Blüten in Beutelform und Blüten mit kleinen spitzen Schwänzen. Sie recken aus Moosbeeten gekräuselte Lippen in die Höhe, schweben in der Luft und lassen Luftwurzeln in Büscheln herunterhängen, die nach Jonathans Gesicht und Haaren greifen. Der Doktor scheint eher ihr Anführer als ihr Gärtner zu sein, der seine Horden kraft seines Willens kommandiert.

Die Pflanzen im Alpenhaus sind rund um kleine Felsentableaus angeordnet, und die Temperatur hier ist um gute zwanzig Grad kühler als in der Tropenabteilung nebenan. Dr. Noble gießt Tee ein und erläutert die Philosophie der Schule, die im Wesentlichen besagt, dass die Jungen fleißig arbeiten, fleißig Sport treiben und unter keinen Umständen den Blauen Dachs oder Edith's Café betreten sollen, die Amüsieretablissements von Chopham Constable. Sein Vormund habe, sagt er, eine gewisse Neigung Jonathans zu Amüsierbetrieben angedeutet. Ihm sei versichert worden, dass Chopham Hall hier Heilung bringen werde.

Nachdem der formelle Teil erledigt ist, kehrt Dr. Noble zu den Orchideen zurück und schildert seinen Plan, bestimmte schwierige Cattleya-Arten miteinander zu kreuzen. Und das Ergebnis Kew Gardens zu präsentieren. Die Hybride soll *C. haldaniensis* oder vielleicht *C. emiline* genannt werden, nach einem Mädchen, das er in Oxford gekannt hat. Die Erwähnung der Universität bringt ihn zurück auf das Thema von Jonathans Ausbildung, und er schaltet auf Griechisch um, beginnt eine lange Rede in dieser Sprache und hält dann erwartungsvoll inne. Er scheint eine Antwort zu erwarten. Als Jonathan gesteht, dass er nichts verstanden hat, wird ihm gesagt, das sei äußerst bedenklich, und der Vorgang wird auf Lateinisch wiederholt. Gemeinsam bringen sie eine gestelzte Unterhaltung über den kriegerischen Charakter der Germanii östlich des Rheins zustande, doch dann verliert Dr. Noble das Interesse daran und beginnt über die Riesenzahl Pflanzen zu reden, die er während der jüngsten Dürre verloren hat. Die Einbuße unter den tropischen Epiphyten war besonders schwer. Während Dr. Noble die Verluste schildert, denkt Jonathan für einen Augenblick, gleich werde er in Tränen ausbrechen, doch er sammelt sich wieder, gießt Tee nach und verkündet, seiner Meinung nach sei Jonathan am besten in *history sixth* aufgehoben, in der sechsten Klasse, historischer Zug.

»Das wirst du auch auf der Universität belegen. Klassische Philologie ist nichts für dich. Mir ist klar, dass das vielleicht eine Enttäuschung darstellt, da du auf deiner Reise über die gewundenen Wege des Lebens Menschen begegnen wirst, die glauben, eine Neigung zu den antiken Klassikern sei das Kennzeichen eines Gentleman. Doch du musst deren spitze Bemerkungen mit Fassung tragen und mir vertrauen, wenn ich dir sage, dass es das Beste für dich ist. Obgleich die Bienen in unserem Garten Pollen wahllos von einer Blüte auf die andere übertragen, gibt es bei uns dennoch keine Kreuzungen zwischen Dahlien und Rittersporn oder zwischen Geranien und Enzian. Und warum? Weil sie in ihrer innersten Natur verschieden sind. Und genauso wie bei Blumen ist es bei Jungen. Jeder Junge hat seine eigene innerste Natur, und deine, Bridgeman, ist historisch. Natürlich, als Beobachter der Schöpfung müssen wir diese Begrenzungen als positiv ansehen. Denn gäbe es keine, würden die Blumen ihre Identitäten in einer hybriden Masse verlieren, und die Natur wäre in einer verzweifelten Klemme.«

Jonathan denkt einen Moment darüber nach.

»Geschichte geht in Ordnung, Sir.«

»Das ist die richtige Einstellung. Jetzt kannst du gehen und deine Sachen auspacken.«

Jonathan verbringt die drei Wochen bis zum Semesterbeginn damit, dass er in der Bibliothek liest und Dr. Noble in den Glashäusern hilft. Er schmirgelt und streicht vergammeltes Holz und lernt, die tropischen Pflanzen bei Sonnenaufgang und -untergang mit Wasser zu besprühen. Noble scheint eine Zuneigung zu seinem neuen Schüler gefasst zu haben. Oder wenn nicht wirklich eine Zuneigung, so doch zumindest ein Interesse an ihm. Jonathan stellt fest, dass der Doktor ihn, wenn er zum Beispiel lacht oder eine bestimmte Bewegung macht, aufmerksam betrachtet. Analysiert. Durch all die Generationen hindurch bis zu den reinen botanischen Formen zurückverfolgt, von denen er abstammt.

Eines Nachmittags hilft Jonathan, mikroskopisch kleine Samen in wässerige Geleeschichten einzubetten, und der Rektor setzt sie in verkorkte Ballonflaschen und redet währenddessen mit ihnen, wobei sich sein lispelnder Tonfall vollkommen von der abgehackten Sprache unterscheidet, die er Menschen gegenüber gebraucht. Diese potenziellen Orchideen sind Kaiserinnen, Königinnen der Nacht; sie sind Huris und Göttinnen und einmal, verblüffenderweise, »schwarzbrüstige Madonnen des Dschungels«. Dr. Noble scheint sich dessen nicht bewusst zu sein, dass der Junge hören kann, wie er sein mit solcher Sinnlichkeit angefülltes Innenleben offen legt.

Nachts geht Jonathan auf dem Schulgelände spazieren, raucht Schmuggelzigaretten und hüllt sich fest in die Ferienstille. Chopham Hall wirkt auf ihn angespannt, erwartungsvoll. Am ersten Semestertag wird es explosionsartig lebendig.

Der Tag bricht damit an, dass Briggs hustend auf die vordere Veranda schlurft. Dann ist es eine Stunde still, bis in der Ferne ein unheilschwangeres Grollen zu hören ist. Wie einfallende Panzertruppen rauscht ein Konvoi elterlicher Automobile in die Auffahrt und spuckt strenge Väter, tränenüberströmte, in Fuchspelze gehüllte Mütter, ihre Söhne, Chauffeure, Dienstmädchen und Hunde in einem Gewühl aus Kricketschlägern und Paketen aus. Die Väter verfrachten die Mütter wieder in die Wagen und fahren davon. Und dann beginnen die Dinge im Ernst. Koffer werden rumpelnd Treppen hinauf- und hinuntergeschleppt. Kleine Jungen werden vom Schlafsaal zum Bad, von der Kapelle zum Frühstück, vom Klassenzimmer zur Aula geprügelt und getrieben, während die Größeren, die Prügler und Treiber, fünf Meilen weit über die Spielfelder rennen oder mit Holzgewehren exerzieren oder in Reihen gegeneinander aufgestellt werden und sich in ein Rugbygewühl werfen müssen. Das Chaos wird von Lehrern kontrolliert, die in ihren Kappen und Roben aussehen wie gerupfte schwarze Krähen, und von Präfekten überwacht, in Westen steckenden Sadisten, die das kleinste Zeichen von Aufmüpfigkeit sofort notieren. Jonathan lernt schnell, dass die Präfekten die wahren Masters dieses Universums sind und dass er als neuer Sechstklässler eine verdächtige Anomalie darin ist.

Über School House, dem anzugehören Jonathan die Ehre hat, wird von einem gewissen Fender-Greene die Aufsicht geführt, einem strohblonden Flegel mit schütterem Schnurrbart und einer protzigen grünen Seidenkrawatte, beides Symbolen seiner privilegierten Stellung. Als er Jonathan in sein Studio ruft, verabreicht er ihm einen zermalmenden Händedruck und hält eine kurze Ansprache des Inhalts, dass er ja nicht wisse, was für ein Leben Jonathan bisher geführt habe, dass er aber jetzt Teil von etwas Größerem als er selbst sei und man von ihm erwarte, dass er sich gemäß den Grundsätzen des Hauses verhalte. Dann holt er Luft und schreit *»Boooooy-up!«* durch die offene Tür, worauf schwer atmend ein Elfjähriger, der als Fuchs dient, mit Tee herbeigeeilt kommt. Während der Junge mit Tassen und Untertassen klappert, grinst ihn Fender-Greene voller Besitzerstolz an.

»Ist doch ’n süßes Herzchen, nicht? Putzt auch Stiefel und macht ’n super Omelett.«

Nach dem Tee begleitet Fender-Greene Jonathan vor das versammelte Haus, dem er ihn vorstellt; er wird beklatscht und bekommt ein Lied zu hören:

»Nach Ehre wir streben,
Nach Ruhm wir glühen,
Unser Bestes wir geben
Mag das School House erblühen.«

Und dann richten Fender-Greene und seine Präfekten ihre Aufmerksamkeit darauf, die neuen Zecken zu schikanieren, und lassen Bridgeman frei, damit er nach oben huschen kann.

In seinem Studio findet er einen dunkelhaarigen Jungen, der auf so etwas wie einer unförmigen Gitarre eine Melodie zupft. Die unbenutzte Hälfte des Zimmers hat sich wunderbarerweise mit Büchern und Bildern gefüllt, dazu mit einer Reihe ungewöhnlicher Gegenstände, wie zum Beispiel einer Schreibmaschine und der kleinen Bronzebüste eines Mannes mit Spitzbart. Der Junge hört auf zu spielen, steht auf und streckt die Hand aus.

»Hallo. Ich bin Gertler. Dass ich Jude bin, kannst du auch gleich wissen.«

»Bridgeman. Grüß dich.«

»Dir muss es ja nicht gefallen, aber so ist es nun mal«, sagt er und greift wieder zu seiner Gitarre.

»Mir ist es egal.«

»Das wird die Sache einfacher machen.«

Gertler macht sich wieder ans Üben, wobei er dauernd dieselbe Wendung wiederholt und gereizt auf den Körper des Instruments schlägt, wenn ihm seine Finger den Gehorsam verweigern.

»Und was bist du?«

»Wie bitte?«

»Church of England wahrscheinlich.«

Jonathan gibt keine Antwort. »Wer ist das?«, fragt er und zeigt auf den Bronzekopf.

Gertler lächelt. »Genosse Wladimir Iljitsch Lenin. Ich bin auch Kommunist. Du kannst ja darum bitten, in ein anderes Zimmer verlegt zu werden, wenn du magst. Sie erlauben's dir wahrscheinlich, und mir ist es natürlich egal. Fender-Greene will mich sowieso hier raushaben. Der alte Hoggart hält mich bloß in School House, weil mein Vater reich ist.«

»Wenn dein Vater reich ist, warum bist du dann Kommunist?«

»Könntest genauso gut fragen, warum ich lebe. Ich glaube, alle Menschen sollten gleich sein. Geld sollte keine Rolle spielen. Das tut es, aber das sollte es nicht. Wie klingt das so als Überraschung?«

»Überraschung?«

»Dass ein Jude es sagt, meine ich.«

Jonathan versteht nicht. Gertler grinst ihn höhnisch an.

»Glaubst du denn an etwas?«

»Nein«, sagt Jonathan.

Gertler schnaubt verächtlich und wendet sich wieder seiner Gitarre zu.

Und so beginnt der tägliche Trott. Jonathans Jahr in Chopham Hall wird von zwei Dingen beherrscht: Zahlen und Listen. Die Schule ist eine Maschine, die Zusammengehörigkeit schafft, und dementsprechend wird alles in Gruppen unternommen, vom Duschen am Morgen bis zum Aufsatzschreiben beim abendlichen Erledigen der Hausaufgaben. Jede Geste Jonathans wird durch zweihundert Jahre institutionelle Evolution, die so ähnlich wirkt wie eine Oberschichtversion von Mr. Taylors Fabriksystem, auf ihr funktionales Minimum heruntergeschliffen. An totale Freiheit gewöhnt, fragt er sich oft, wie lange er das durchhalten wird. In sein Notizbuch schreibt er: *Englisch sein heißt gleich sein*. Und: *Die Wohltat des Auswendiglernens.*

Zahlen und Listen: Listen mit Schulvorschriften, Lehrernamen, Präfektennamen, Namen der Schul-Elf (Kricket) und -Fünfzehn (Rugby), Listen der Schulfarben, Listen von Zonen, die nicht betreten werden dürfen, Listen der Daten von Schlachten des englischen Bürgerkriegs und Listen seiner Ursachen. Von allen diesen Dingen wird erwartet, dass Jonathan sie auswendig hersagen kann, wenn er dazu aufgefordert wird. Manchmal kann er es. Manchmal kann er es nicht. Seine Strafe bei Versagen ist milder als die, die neue Jungen im ersten Jahr erhalten, die oft dafür geschlagen werden, dass sie meinen, die Farben der Rugbymannschaft der

Middle-School enthielten einen schmalen goldenen Streifen, oder dass sie in der Hierarchie des Lehrerkollegiums Mr. Russell über Mr. Hoggart setzen.

Mr. Hoggart ist der rotgesichtige Schreier, und sein erster Eindruck von Jonathan bessert sich nicht. Da Mr. Hoggart der Master des School House ist, stellt das ein Problem dar.

»Bridgeman! Was *bitte* soll *das* denn sein?«

»Das, Sir? Schuhe, Sir.«

»Schuhe Sir? Schuhe! Nein! Sie sind eine Beleidigung! Ein Verstoß!«

»Sie sind aus Lackleder, Sir. Ich habe sie in London gekauft.«

»Schulvorschriften! Kleidung! Alle Überspanntheiten in der Kleidung sind *verboten*. Sie sollen verschwinden, Bridgeman. *Verschwinden.*«

Ernste Schwierigkeiten bleiben Jonathan erspart, und das aus einem Grund: Ganz gleich, wie schlecht seine Führung auch ist, Gertlers ist immer noch schlechter. Jonathan mag zwar Probleme mit der Uniform haben, mit Betragen, Engagement, Gesinnung und anderen wichtigen Eigenschaften, die für das School House in seinem Kampf gegen die barbarischen Horden, die die Zitadelle belagern, unabdingbar sind, aber Gertler beteiligt sich aktiv an der Verschwörung, die Barbaren hereinzulassen. Er liest in der Vorbereitungsstunde Marx, weigert sich, mit dem Kadettenkorps zu exerzieren, und obwohl er vom Gottesdienst freigestellt ist, predigt er trotzdem laut und häufig den Tod Gottes und das Schreckgespenst, das Europa heimsucht. Dafür wird er von Fender-Greene gehasst, und es wird ihm (mit Hoggarts schweigender Billigung) vom Rest des Hauses generell übel mitgespielt. Tinte wird in seine Bücher gekippt, und in sein Essen wird gespuckt, ehe es ihm im Speisesaal vorgesetzt wird. Im Korridor werden ihm Beine gestellt, und ständig findet Fender-Greene einen Vorwand, ihn mit dem Rohrstock zu züchtigen, nur um sich von Gertlers Angewohnheit, in Lachen auszubrechen, wenn die Rute durch die Luft pfeift, in maßlose Wut versetzen zu lassen.

Jonathan notiert all dieses: *Adel der Disziplin; Ehrfurcht vor Reli-*

gion wichtig, aber Glaube freigestellt; als Erstes deinen Teller kontrollieren. Seine Notizen erstrecken sich über alle Gebiete des Schullebens, von den Regeln des Rugby bis hin zum Aufbau eines Marmeladenbrotes. Woche für Woche nimmt sein Verständnis dieser Welt zu, und die weißen Flecken auf seiner Landkarte füllen sich mit Wegen und Grenzzeichen.

Sein Platz in *history sixth* könnte nützlich sein, wenn er dem synchronischen Verständnis seines Themas (das Englischsein) ein diachronisches, historisches Verständnis hinzufügen könnte. Aber in der verschlafenen Klasse von Mr. Fox, Pfeifenraucher und Sonntagsmaler, geht es bei Geschichte nicht so sehr um Veränderung als um ewige Wiederkehr. Den Jungen wird beigebracht, das Schicksal ihrer Insel mit Hilfe einer Reihe von Andachtsbildern zu verfolgen, kleinodartigen Augenblicken, die aus Rasse und Blut hergeleitete Quintessenzen, Prinzipien und Axiome erkennen lassen. Von dem vor Elizabeth knienden Drake bis zur Versammlung auf der Wiese von Runnymede, von Wolfe in Quebec bis zu Victorias Krönung zur Kaiserin von Indien wird die Vergangenheit als ein verschwommenes Gebilde großer und an sich uninteressanter Mächte dargestellt, das nur in ganz bestimmten Momenten deutlich wird, wenn es zu Standfotos mit leuchtenden Gesichtern und üppigem Faltenwurf erstarrt. In Mr. Fox' Geschichtsmodell sind selbst gerade eben geschehene Ereignisse wie der Krieg, der die Onkels und älteren Brüder seiner Schüler überfiel, zu dieser künstlichen Zweiheit verblichen: langen nebeligen Strecken vager sportlicher Aktivität – meist erbitterter und schlammverschmierter Ausdauer –, die Brocken geistiger Verwandlung auswerfen. Fleisch, das sich zu Öl-und-Firnis-Bedeutsamkeit verfestigt. Mohnblumen aus Flanderns Schlachtfeldern.

Wie der Zeugnistag soll die Geschichte ein Ansporn für künftiges Handeln sein, für *Erfolg in der Welt nach der Schule.* Solch ein Erfolg ist das Geburtsrecht der Ehemaligen Chophamiten, die ihn in so verschiedenen Berufen wie Handelsbanker und Rancher in Argentinien gefunden haben. Die bedeutende Tradition der Schule aber, sofern sie so etwas überhaupt hat, liegt in der Vorbereitung junger Männer auf den Dienst in den Kolonien. In seinen Morgenansprachen nennt Hoggart gern die Orte, an denen frühere Schulmitglieder gegenwärtig Dienst tun. *Die Goldküste. Hongkong. Bengalen. Burma. Kapstadt. Bermuda.* Dort, unter fremden Sternen, helfen die Tugenden der schulischen Bildung, Geduld und Tapferkeit im Mannschaftssport, Britanniens Überlegenheit in der Welt aufrechtzuerhalten. Es geschieht für das Empire, dass man den neuen Präfekten Beifall spendet und sein Bestes daransetzt, bei den Interhouse Rugby Sevens die Jungs von Frobisher und Hawkins zu schlagen.

So wie Gertler tut sich Jonathan durch Nichtanwesenheit an der Seitenlinie hervor. Als einer, der lediglich in Chopham Hall ist, um sich auf die Universität vorzubereiten, hat er so etwas wie eine Sonderstellung, aber weder Hoggart noch Fender-Greene sind bereit zuzulassen, dass ihm das in den Kopf steigt. Es ist, haben sie das Gefühl, etwas Zweifelhaftes an ihm. Das Einzige, was ihn rettet, ist seine Fähigkeit, fleißig zu lernen, und das ist an sich schon suspekt, hat es doch etwas Semitisches an sich, etwas Streberisches und Raffgieriges.

Zu Beginn der Winterferien braut sich ein Sturm zusammen.

Jonathan selbst bemerkt nichts davon. Als er nach London zurückfährt, um unter den Augen von Mr. Spavin ein kaltes und langweiliges Weihnachtsfest zu verbringen, hat er das Gefühl, dass die Ängste der ersten paar Monate hinter ihm liegen. Er lebt nicht mehr in ständiger Furcht, entlarvt zu werden. So allmählich wird er zu dem, was zu sein er vorgibt, wobei ihm klar ist, dass die Wahrheit so unwahrscheinlich ist, dass trotz seiner gelegentlichen Eigentümlichkeiten und Schnitzer sie niemand jemals erahnen würde. Er beginnt, eins mit seinem Schatten zu werden.

Das Frühjahrssemester beginnt recht ruhig, und ein paar Wochen lang befriedigen Jonathan seine Fortschritte, ja sie regen ihn geradezu an. Der Wechsel nach Oxford nimmt ungehindert seinen Lauf. Aufsätze werden zur Aufgabe gestellt, geschrieben und an Dr. Nobles guten Freund, den Zulassungstutor am Barabbas College, geschickt. *Erörtern Sie die eventuellen Fehler in der Behandlung der amerikanischen Krise der Jahre um 1770. Beurteilen Sie den folgenden Satz: »Eher Gold als Kriegstüchtigkeit war das Fundament der spanischen Macht im 16. Jahrhundert.«* Die Frage des Griechischen (Fehlanzeige) wird zur Sprache gebracht, besprochen und ad acta gelegt. Eine kurze Pause, dann kommt der Bescheid, dass mehrere Schüler des Doktors, darunter auch Jonathan Bridgeman, zum Herbstsemester am Barabbas erwartet werden. Die übliche Kiste Rotwein wechselt den Besitzer, und Dr. Noble setzt sich hin und schreibt Glückwunschbriefe an Eltern und Vormünder.

Jonathans Leben fühlt sich leichter an als Luft, seine Aufwärtskurve verläuft unzweifelhaft und perfekt. Dann klopft eines Nachmittags ein atemloser Fuchs an die Tür seines Studios.

»Hallo, Bridgeman. Ich hab eine Nachricht für dich.«

Jonathan, in der Rolle des herrischen Oberstufenschülers, legt sein Buch weg und seufzt äußerst gelangweilt.

»Worum geht's denn?«

»Der Rektor lässt dir sagen, deine Großtante ist zu Besuch da, und sie wartet in seinem Dienstzimmer.«

Er denkt, er hat sich verhört.

»Meine was?«

»Deine Großtante, Bridgeman. 'schuldigung, hab ich was falsch gemacht?«

Gertler klimpert dramatisch auf seiner Balalaika herum. »Brennt's irgendwo, Johnny?«

»Nein.«

»Ich wusste gar nicht, dass du eine Tante hast.«

Jonathan auch nicht. Mr. Spavin hatte nie was von einer Tante gesagt. Es gebe, dachte er, keine lebenden Verwandten. Was hatte der andere Bridgeman noch gesagt? *Der Letzte des Geschlechts, alter Junge.* Er stöhnt leise. Er hätte es wissen sollen, dass so etwas passieren könnte. Er hätte darauf vorbereitet sein sollen. Um klare Gedanken bemüht, zerrt er den Fuchs aus seinem Studio auf den Korridor, spaziert mit ihm in Richtung der Schulleiterwohnung und fordert ihn auf, noch einmal genau zu wiederholen, was der Rektor gesagt hat. Die genauen Worte. Ganz genau. Andauernd vergisst er zu atmen. Der Fuchs wimmert, nichts, Bridgeman, nichts, ehrlich, während er mehr oder weniger mitgeschleift wird und über seine blanken, schwarzen Schulschuhe stolpert. Bridgeman, ich hab doch nicht, sagt der Fuchs, Bridgeman, er hat nichts gesagt, aua, Bridgeman, du tust mir weh, und so weiter den ganzen Weg bis zur Tür des Rektors, wo Jonathan schließlich akzeptiert, dass der Kleine wirklich nichts weiß und außerdem schreckliche Angst hat und sich vielleicht sogar gleich in die Hose macht, und so lässt er ihn los, und der Fuchs flitzt davon, reibt sich den Arm und sagt, aua Bridgeman.

Jonathan klopft an und wünscht sich gleich, er hätte es nicht getan, denn die Haushälterin des Rektors öffnet die Tür und führt ihn sofort ins Wohnzimmer, auf der Stelle, ohne jedes Warten, und sein Gehirn und sein Körper schreien unisono, zu schnell, aber da ist sie schon, eine alte Dame, in Vorkriegs-Crêpe gewandet, einen verschimmelten Blumenhut auf dem kartoffelförmigen Kopf. Es ist ein Kopf mit den mulchigen Gesichtszügen und den winzigen, seichten Augen, welche die unverkennbaren genetischen Merkmale eines Bridgeman sind. Eines echten.

»Guten Tag, kleiner Jonathan«, sagt die Tante.

Es ist lange her, dass ihm der frühere Jonathan Bridgeman klar vor Augen stand. Oft kommt es ihm so vor, als seien Bridgeman und er immer schon ein und dieselbe Person gewesen. Die Gegenwart der Tante beraubt diese falsche Vorstellung augenblicklich jeder Realität und nimmt ihm damit jede Persönlichkeit und Seele, jede Fähigkeit zu sprechen und zu handeln. Er steht in der Tür, außerstande, noch einen einzigen Schritt weiter ins Zimmer zu machen, und klappt in dem vergeblichen Versuch, den Zauber zu bannen, den Mund auf und zu. Die Augen der Frau heften sich auf ihn wie zwei schwarze Knöpfe.

»Guten Tag«, bringt er endlich heraus, »Tante.«

»Tante Berthilda«, grunzt ihn die Tante uncharmant an. »Du wirst dich nicht an mich erinnern. Komm und gib mir einen Kuss.«

Als er sich zu ihrer gepuderten Wange hinunterbeugt, schlägt ihm ein scharfer Modergeruch aus ihren Kleidern entgegen. Unwillkürlich stellt er sich vor, dass sie nach und nach in ihnen mumifiziert worden ist, indem man jeweils eine neue Schicht aus papierdünnem grünem Stoff über die alte gepappt hat, sobald diese fadenscheinig wurde.

»Jonathan«, sagt sie verwundert. »Also, ich muss ja sagen, du schlägst nicht nach unserer Seite der Familie. Kräftige Gesichter haben wir Bridgemans, Herr Rektor. Angelsächsische Gesichter.«

»Wie faszinierend«, sagt Dr. Noble. »Möchten Sie ein wenig Tee?«

»Tee? Wie können Sie nur – damit hat sich sein Vater zugrunde gerichtet. Eine Tragödie. Tee! Also, wirklich!«

»Aber gewiss. Ich bitte sehr um Entschuldigung.«

Dr. Noble findet den Besuch der Tante allmählich genauso unangenehm wie Jonathan. Abgesehen von ihrem Geruch sind es ihre undisziplinierten Vokale, die sie vollkommen zügellos um ihren Gaumen herumgleiten lässt, und ihre sonderbare Angewohnheit, ihre krustigen Röcke unter ihrem Hinterteil zum Knistern und Knacken zu bringen, wenn sie auf ihrem Stuhl von einer Seite zur anderen rutscht. Sie ist wirklich ziemlich Furcht erregend.

»Du schlägst aber auch nicht nach deiner Mutter«, sagt sie und schielt hinüber zu dem Jungen in der Tür. »Erbärmliches, kleines Ding war sie, nach den Fotos zu urteilen.«

»Fotos?«, fragt Jonathan schwach.

»Ja. Hier hab ich eins von dir.« Sie beginnt in ihrer geräumigen Handtasche zu kramen, holt Taschentücher, Pillenfläschchen, eine grässlich aussehende Schneiderschere und verschiedene andere persönliche Habseligkeiten hervor und türmt sie zu einem unappetitlichen Haufen auf Dr. Nobles Beistelltisch.

»Ah, hier ist es ja.«

Sie bringt ein zerknittertes Familienfoto zum Vorschein. Ein pausbäckiges, kartoffelgesichtiges Baby wird auf den Knien einer blässlichen jungen Frau geschaukelt, während sich ein kartoffelgesichtiger junger Mann unsicher auf die Lehne ihres Stuhls stützt. Die Knopfaugen des Babys starren vorwurfsvoll aus dem Rahmen.

»Du warst ein süßes Würmchen«, sagt Tante Berthilda.

»Ja«, flüstert Jonathan heiser.

»Weißt du, deinen Vater habe ich praktisch großgezogen. Seine Lieblingstante – ich nehme an, er hat dir ein paar von den Geschichten erzählt?« Als Jonathan keine Antwort gibt, erzählt sie selber eine, nämlich wie Bridgeman sen. immer auf Nanas Knien gesessen und Nana ihn an ihrem Gin habe nippen lassen wie einen erwachsenen Mann.

»Wie bezaubernd, Sie beide zusammen zu sehen«, sagt Dr. Noble. »Ein Familientreffen. Ich muss Ihnen sagen, Miss Bridgeman, für mich ist es eine Überraschung, dass Jonathan Familie hat. Seine geschäftlichen Dinge werden durch einen Anwalt geregelt.«

Tante Berthilda macht ein leicht verschlagenes Gesicht. »Ja«, sagt sie.

Noble setzt eine Miene auf, die, gäbe es ein Herrenbrevier für den richtigen Gesichtsausdruck, den Abschnitt »Misstrauisch« bebildern könnte. Tante Berthilda rutscht auf ihrem Stuhl vor und zurück, wobei ihre Röcke viel sagend knistern.

»Ob der kleine Jonathan und ich wohl irgendwo unter vier Augen reden könnten?«

Mit sichtlicher Erleichterung macht Dr. Noble den Vorschlag, dass die beiden doch einen Spaziergang über das Schulgelände machen sollten. Die alte Dame packt Jonathan am Arm und hüllt ihn in ihren Mief ein, der sich selbst im Freien hartnäckig zu halten scheint. Als sie ein Stückchen von der Halle entfernt sind und der Lärm der Haushälterin, die alle Fenster aufreißt, kaum noch zu hören ist, rückt die Tante mit dem Zweck ihres Besuchs heraus.

»Dein Vater hat mich sehr gern gehabt, Jonathan. Und so fühle ich mich natürlich auch dir herzlich zugetan, obwohl wir uns nie begegnet sind. Du bist für mich fast so etwas wie mein eigener Sohn. Blut ist dicker als Wasser, eh?«

»Ja, Tante Berthilda.«

»Nana. Dein Vater hat mich immer Nana genannt.«

»Ja. Richtig. Nana.«

»So ist's brav. Und dein Vater wäre niemals damit einverstanden gewesen, wie sie mich behandelt haben. Mein Bruder, dein Großvater, war ein sehr herzloser Mann. Er hielt von den Menschen nur das Schlechteste. Es war mein Baby! Aber das war nun schon alles so lange her, und Mr. Cox und mir – die meisten Leute kennen mich als Mrs. Cox, obwohl wir's nie amtlich gemacht haben –, uns ging's gut mit der Fremdenpension, bis er starb, aber die Wahrheit ist, Jonathan, eigentlich hätten sie mich nicht an so einen Ort schicken sollen. Das hätten sie nicht tun sollen. Und du weißt, wie schwierig heutzutage an gute Pensionsgäste zu kommen ist. Na, und jetzt tauchst du plötzlich aus dem Nichts mit all dem Geld auf, das dir dein Vater hinterlassen hat, und hier bin ich, seine Lieblingstante, die es sich nicht mal leisten kann, dass das Dienstmädchen öfter als einmal die Woche kommt und die Fußböden wischt.« Sie legt eine bedeutungsvolle Pause ein. »Wir haben nur noch uns auf der Welt, Jonathan.«

Er traut seinen Ohren nicht.

»Du willst Geld?«

»Nicht nötig, unfein drüber zu reden. Ein bisschen, um mir wieder auf die Beine zu helfen. Wenn ich die Augen schließe, sehe ich eine wunderhübsche kleine Terrasse an einer Gipfelpromenade und mich davor, wie ich meinen kleinen Engel in den Armen wiege –«

»Ich habe überhaupt kein Geld. Mr. Spavin hat es in Verwahrung, bis ich einundzwanzig bin.«

Tante Berthilda spuckt auf den Weg. »Samuel Spavin. Immer

nur Samuel Spavin. Dieser Mann ist mir nicht wohlgesinnt, Jonathan. Er ist ein herzloser Mensch. Also, er hat dein Geld, nicht wahr? Wie wär's denn, wenn du mal mit ihm sprechen würdest, wenn du ihm erzählen würdest, dass ich dein Tantchen bin und dass dein Vater mich geliebt hat – wie wär's damit?«

»Was meinst du damit, dass er dir nicht wohlgesinnt ist?«

»Es ist eine alberne Geschichte, Jonathan. Sie sind alle sehr herzlose Menschen.«

»Was meinst du damit?«

»Ich habe nichts weiter getan, als sie zu stark unter Druck zu setzen! Es gab keinen Grund, mich an so einen Ort zu schicken!«

Und da dämmert Jonathan plötzlich mit freudiger Erleichterung der Gedanke, dass sie, ganz egal, was sie sonst noch ist (und einige der Möglichkeiten machen ihm Sorge), ziemlich sicher durch den Wind ist. Mag sein, dass dies die Art von Schlussfolgerung ist, die unwillkürlich auf dem Gesicht des Schlussfolgernden zu sehen ist, oder vielleicht hat Tante Berthilda auch bloß ein gutes Wahrnehmungsvermögen. Wie auch immer, etwas an Jonathan erscheint ihr mit einem Mal in einem ungünstigen Licht.

Selbst als sie über ihn herfällt, kann er sich ein Grinsen nicht ganz verkneifen. Sie ist verrückt, und er ist aus dem Schneider! Kratz nur weiter, Berthilda! Berthilda, jammer nur immer weiter! Gellend schreit sie unzusammenhängendes Zeug, was Lehrer und Schüler über den Rasen herbeieilen lässt, während ihre erstaunlich kräftigen Finger an seinem Gesicht zerren und ihre steifen Röcke sich an seiner Uniform verhaken und ein Geräusch machen, das wie atmosphärische Störungen klingt. Während zwei von den Rugby-Masters sie vom Gelände führen, schreit sie zu ihm Beleidigungen zurück, wobei sie in einem dieser klaren Momente, die Verrückte manchmal haben, sogar einmal keift: »Er ist nicht mit mir verwandt! Er ist nicht von meinem Blut!«

Dr. Noble fragt Jonathan, ob mit ihm alles in Ordnung sei. Jonathan sagt, es gehe ihm gut, danke. Dr. Noble sagt, es (womit er Tante Berthilda meint) sei bedauerlich. Jonathan stimmt ihm darin zu. Danach hält Dr. Noble seine pastoralen Pflichten für erfüllt und steckt Tante Berthilda in den Sack mit den Dingen, über die man nicht redet – einen Sack, den alle Engländer wie Briefträger hinter sich herschleppen. Eine Woche später erhält Jonathan einen Brief von Mr. Spavin, in dem er ihm von weiteren Kontakten mit Tante Berthilda abrät, wozu er seinen Teil beigetragen habe, indem er sie in eine Irrenanstalt auf der Halbinsel Gower habe einweisen lassen. Es war eine bedauerliche Geschichte, schreibt er. Vielleicht hätten wir sie nicht an so einen Ort schicken sollen.

Das ist die englische Art: geradlinig und vorwärts gerichtet rollt sie auf den Laufrollen der Tradition und der guten Manieren voran. Folge den Anweisungen, und du gleitest unbegrenzt weiter, von einer Art sozialer Dauerbewegung getragen. Ignoriere sie, und du krachst gegen Mauern.

Paul Gertlers Oxford-Bewerbung wird abgelehnt.

Er und Jonathan hatschen knirschend einen vereisten Weg am Fluss entlang, und Gertler erzählt ihm ausführlich, wie wenig es ihm ausmache und dass die alten Universitäten sowieso bloß elitäre Einrichtungen seien. Jonathan sagt, es täte ihm Leid. Gertler schildert, wie es nach der Revolution sein werde, wenn jeder Arbeiter Zugang zur Bildung habe und ein verantwortungsvoller Staat richtig für das Volk sorge. Sie schütteln Zigaretten aus einem Päckchen und stehen da, die Schultern in ihren Jacken hochgezogen und die unbeschäftigten Hände in die Taschen geschoben, während sich ihr Atem und der Zigarettenrauch zu lockeren weißen Wölkchen vermischen. Winter ist für Jonathan etwas Unglaubliches. Die versilberten Blattoberflächen und die weiße Decke, die über die flachen Felder Norfolks gebreitet ist, machen es ihm schwer, sich auf Gertlers Utopia zu konzentrieren. Das Notizbuch in seiner Brusttasche enthält Eintragungen zu *Weihnachtsliedern* und *Schlittschuhlaufen*.

»Ich habe einen Wagen«, sagt Gertler, plötzlich das Thema wechselnd. »Er ist bei der Autowerkstatt geparkt.«

»Das ist nicht dein Ernst.«

»Doch. Er gehört meinem Vater. Ich bezweifele, dass er überhaupt gemerkt hat, dass er nicht mehr da ist.«

»Und was willst du machen?«

»Wie hört sich London für dich an?«

Und so rauschen sie ab, in Schals und Hüte gemummelt, wobei das Steuerrad den in Wollhandschuhen steckenden Händen Gertlers fast entgleitet. Der Wagen ist ein Vorkriegs-Wolseley, geräumig und pompös. Gertler hat dem Mann von der Autowerkstatt eine Guinee fürs Parken gezahlt, und der steht mit verschränkten Armen und unergründlichem Gesicht da und sieht ihnen beim Wegfahren zu. Die Scheinwerfer erhellen zwei flatternde Kreise auf der vereisten Straße. Im Übrigen Finsternis. Es ist eine ereignisreiche Fahrt. Einmal rutschen sie vollkommen von der Straße herunter, schlittern ganz geruhsam um eine Kurve und bleiben in einer Hecke hängen. Irgendwo in der Nähe von Colchester fängt es an zu schneien. Als London sich um sie zusammenzuschließen beginnt, sind sie durchgefroren und müde und lassen die niedrigen Backsteinhäuser ohne jeden Kommentar an sich vorüberziehen. Erst als die Silhouetten der Häuser höher und die Straßenlaternen heller werden, kommen sie wieder zu sich und überlegen, was sie machen wollen.

Kaffee und Sandwiches an einer Bude irgendwo in Islington. Dann …

DAS
WEST
END!

wo es nicht drauf ankommt wie spät es ist und sie parken den Wagen in der Nähe eines Pubs namens Coach and Horses drängen sich hinein und vor zur Bar und tragen zwei Bier über den Kopf haltend weg so voll ist die Kneipe und Entschuldigung Entschuldigung gegen eine Säule gezwängt haben die zwei Herren Interesse an nein danke ganz wie ihr wollt gleichfalls wieder hinaus auf die Straße Leute in Hauseingängen Musik dröhnt schlurfend synkopierend aus Kellern Mädchen die lächelnd sagen warum kommt ihr nicht mit uns nach Hause wir haben eine gemeinsame Wohnung in Shepherd's Market bestehen aber darauf woandershin zu gehen um einen Cocktail zu trinken erst im Egyptian Room ihr könnt doch warten oder es ist sehr modern ganz nach amerikanischer Masche oh und was weiß man schon von der amerikanischen Masche dann stehen sie irgendwie vor einem Lokal namens Mother Taylor's ohne Schild draußen nur eine Klingel die Mädchen sind verschwunden Pauls Brieftasche Hut und alles andere auch und die Leute fließen aus den eisigen Straßen ab wie Blut aus einer Wunde.

Gertler schreit *Hol euch der Teufel, hol euch alle der Teufel!* zu den Fenstern in St. James's hinauf, was sie fraglos hinter Gitter bringen wird, es sei denn, Jonathan, der weniger heftig getrunken hat, kann ihn davon überzeugen, dass sie zum Frühstück zurück in die Schule müssen, was bedeutet, dass sie unbedingt jetzt aufzubrechen haben. *Na, komm schon, Paul.* Jonathan ist der Ansicht, dass jede Minute Verspätung negative Energie für sie speichert und dass er später auf diesen Moment zurückschauen wird als den Augenblick, wo seinem Freund die Dinge zu entgleiten begannen. Sie lassen sich zurück nach Soho treiben, und Gertler tritt gegen eine Mülltonne, die die ganze Beak Street hinunterscheppert. Dann drückt Jonathan ihm die Schlüssel in die Hand und sagt ihm, er soll fahren. Was er auch tut.

Die Fahrt zurück nach Norfolk ist viel, viel schlimmer als die Herfahrt. Gertler ist so betrunken, dass ihm der Kopf unentwegt aufs Steuerrad sinkt. Alle paar Minuten entgehen sie einer Krise – einem Milchwagen, einem wendenden Taxi – nur um Haaresbreite. Jonathan ist überrascht, dass sie es überhaupt aus der Stadt heraus schaffen.

»Sie hassen mich alle wie die Pest«, sagt Gertler irgendwo in Essex, als sie schließlich gegen einen Baum fahren. Jonathan meint, er sei vielleicht ein paar Sekunden oder eine Minute lang bewusstlos gewesen, aber als er die Augen aufmacht, redet Gertler immer noch, als wenn nichts geschehen wäre. »Sie alle – was meinst du, warum sie es tun?«, fragt er. Die Windschutzscheibe ist zertrümmert, und er hat eine Schramme an der Stirn, aus der ihm etwas Blut ins linke Auge rinnt. Die vordere Stoßstange des Wolseley ist verbogen, aber irgendwie läuft der Motor immer noch, und sie sind mehr oder weniger unverletzt. Einige Minuten später könnte, wenn man vom Wind, der durch die leere Frontscheibe hereinbläst, und von dem getrockneten Blut in Gertlers Gesicht absieht, das Ganze auch nur ein Traum gewesen sein.

Als sie in Chopham Constable ankommen, sieht sie der Mann von der Autowerkstatt, der zum Kirchgang gekleidet ist, erstaunt an. Zwei vollkommen kaputte, verstörte Jungs. Leicht verletzt. Sie steigen aus dem Wagen und gehen an der maroden Schulmauer entlang, um nach einer Stelle zum Hinaufklettern zu suchen. Sonntagmorgen auf dem Land. Vögel in aufgedrehter Lautstärke wie eine äußerst hoch gestimmte Jazzband. Jonathan ist halb über die Mauer, als er sieht, dass sie jemand durch die Bäume hindurch beobachtet. Das engelgleiche Gesicht ist nicht zu verkennen. Von kastanienbraunen Locken umrahmt, von schlauen, berechnenden Augen durchbohrt: Waller, das House-Flittchen.

Als Gertler neben ihm landet und sich brummend zur Seite fallen lässt, zeigt Jonathan auf Waller. Der sieht, dass er entdeckt worden ist, und duckt sich hinter einen Busch. Huschendes Flitzen eines Jungen zwischen Baumstämmen. Gertler setzt ihm fluchend nach. Entgeistert sieht Jonathan zu, wie er den Kleineren einholt und niederschlägt. Schlechte Idee. So eine schlechte Idee. Waller ist ein besonderer Schützling von Fender-Greene, und Gertler fällt über ihn her und verliert wirklich jede Kontrolle. Waller windet sich zwischen Erde und faulem Laub herum, spuckt, faucht: *Ich krieg dich noch, ich krieg dich noch*, während ihm Gertler auf der Brust kniet und ins Gesicht boxt. Jonathan rennt hin und reißt ihn weg. Sie sehen Waller in Richtung Schule wanken, das Taschentuch auf die blutende Nase gepresst. Dann drehen sie sich einander zu und beschuldigen sich gegenseitig, alles zu versauen. Ohne ein Wort schleichen sie Seite an Seite über das Grundstück zurück zum Haus.

Natürlich lässt der Ärger nicht lange auf sich warten. Zur Mittagszeit erscheint ein Fuchs in ihrem Studio und fordert sie auf, zu Fender-Greene zu kommen. Er empfängt sie in großer Aufmachung, eine neue Weste und eine protzige goldene Uhr demonstrieren den Ernst des Anlasses. Er hat zwar seine Vermutungen, aber zum Glück kann er nichts weiter beweisen, als dass sie ohne Erlaubnis das Gelände verlassen haben. Dafür stehen Einschüchterungen zu Gebote. »Irgendwie typisch für dich, Gertler. Irgendwie *unchristlich.*« Jonathan ist reumütig, Paul gleichgültig. Verlust von Privilegien, eine Tracht mit dem Rohrstock, und die Sache scheint erledigt zu sein. Das heißt jedoch, nur nach außen. Jonathan weiß, dass sie einem von Fender-Greenes besonderen kleinen Lieblingen wehgetan haben, Jungen, die persönliche Dinge für ihn erledigen, und zwar so, wie er sie erledigt haben möchte. Und Waller ist kein üblicher Liebling, sondern die Theda Bara des School House, eine exotische Giftpflanze, die bereits den Rausschmiss von zwei Jungen der Oberstufe auf dem Gewissen hat und nur geduldet wird, weil Fender-Greene die Hand über ihn hält und weil es den Waller-Pokal für besondere Leistungen in der House-Laienspielgruppe gibt, den sein Vater kürzlich (und eiligst) gestiftet hat.

Waller ist ein gefährlicher Feind und darf im Verbund mit Fender-Greene nicht unterschätzt werden. Aber so sehr Jonathan auch versucht, Gertler dies klarzumachen, seine Warnungen werden ignoriert. Paul scheint das Gefühl zu haben, dass er nichts mehr zu verlieren hat. Er hört auf, seine Schulaufgaben zu erledigen, weigert sich, einen Schlips zu tragen, und verbringt die nächsten paar Tage damit, im Studio hin und her zu laufen, über die Taiga, Wodka und den Sturz der Herrschaft des Kapitals zu reden, Russland und den Kommunismus durcheinander zu werfen, bis sie in eines zusammenfließen, ein freies Land des Geistes, wo er von Frost und Schule und Fender-Greene weit entfernt sein kann. Er ist nie in Russland gewesen. Er würde morgen hingehen, wenn er könnte. Jonathan hört schweigend zu und zieht sich allmählich in sich selbst zurück. Wenigstens einer von ihnen sollte auf der Hut sein.

Fender-Greenes erster Schritt erfolgt zwei Tage später am Morgen, als Jonathan im Badehaus unter einem dieser das Rückgrat stärkenden eiskalten Rinnsale bibbert, die Duschen vorstellen sollen. Er meint, er sei allein, hört dann aber zu seinem Erstaunen jemanden unter der nächsten Dusche, und als er sich umdreht, sieht er Waller, der, aus dem Nichts aufgetaucht, einen gewaltigen Ständer einseift und ihm eine laszive Schnute macht. Während Jonathan noch Wasser aus seinen Augen blinzelt, tritt Waller näher und reckt sich ihm entgegen, als wollte er ihn küssen. Obwohl er noch im Halbschlaf ist, handelt Jonathan schnell, stößt Waller zur Seite und greift zu einem Handtuch – im selben Moment, als er Hoggart, gefolgt von zwei Präfekten, hereinstürmen sieht. Das Ganze ist offensichtlich ein abgekartetes Spiel und Hoggart sichtlich enttäuscht, Bridgeman und Waller in den entgegengesetzten Ecken des Raumes zu finden. Trotzdem hält er einen Vortrag über *Unmoral! Enthaltsamkeit! Sünde!*, fuchtelt mit dem Finger drohend vor Jonathans Gesicht herum und attackiert ihn mit seinem übel riechenden Atem. »Mit dir stimmt irgendwas nicht, Bridgeman, ganz egal, was Dr. Noble sagt. Irgendwas ist krank.«

Gertler hält noch drei Tage durch. Am Samstag, ein paar Minuten vor dem Mittagessen, kommt Jonathan in das Studio geschlendert und findet Paul mit aschgrauem Gesicht vor seinem Koffer knien, zwei von Fender-Greenes Bütteln neben sich. Er packt gerade seine Leninbüste auf ein Durcheinander aus Kleidern und Papieren.

»Du solltest mal deine Sachen durchsehen, Bridgeman«, sagt Porter, der größere der zwei Präfekten, der eine Weste und einen Schnurrbart ganz nach dem Vorbild seines wunderbaren Bosses trägt, »falls der verdammte Jid damit durchbrennen wollte.«

Jonathan sieht Gertler an, der zuckt die Schultern.

»Mach schon. Sieh nach, wenn du möchtest.«

»Sei kein Idiot.«

Gertlers Augen sind rot. Es sieht aus, als habe er geweint.

»Dein Schaden«, mischt sich Porter ein. Manning, der am Fenster steht, prustet vor Lachen.

»Sie sagen, ich hätte aus Wallers Brieftasche einen Fünfpfundschein gestohlen«, murmelt Gertler.

»Wir *sagen* überhaupt nichts«, höhnt Manning. »Wir haben das Scheißding bei dir gefunden. Verdammter Dieb.«

»Was passiert jetzt?«

»Es ist schon passiert. Briggs fährt mich zum Bahnhof, damit ich den Vier-Uhr-Zug kriege.«

»Ich helfe dir. Ich gehe zu Dr. Noble.«

Gertler sieht unendlich müde aus. »Es hat ja doch keinen Zweck«, sagt er.

Jonathan beharrt darauf. Voller Entschlossenheit macht er sich zu Dr. Nobles Wohnung auf den Weg, doch unterwegs geschieht etwas. Er ertappt sich dabei, dass er den Schritt verlangsamt, zögert. Vielleicht, denkt er, ist er unbedacht. Vielleicht genießt es Gertler, ein Außenseiter zu sein. Seinen Kommunismus trägt er wirklich wie eine Medaille zur Schau. Seine Familie hat Geld. Sicherlich wird ihm nichts allzu Schlimmes widerfahren. Jonathan andererseits möchte nichts unternehmen, was Aufmerksamkeit auf ihn lenken könnte. Er sollte eins werden mit dem Hintergrund, nicht grundlos viel riskieren. Nachdem er eine angemessene Zeit gewartet hat, geht er zurück und sagt Gertler, Dr. Noble wolle seine Meinung nicht ändern.

»Danke, dass du's versucht hast, Johnny«, sagt Gertler. »Ich werd's dir nicht vergessen.« Er gibt Jonathan die Adresse seines Vaters, und Jonathan verspricht zu schreiben, obwohl er bereits weiß (ein Wissen, das wie ein Übelkeitsgefühl in seinem Magen immer heftiger wird), dass er es nicht tun wird. Sie treiben in entgegengesetzte Richtungen auseinander, er und Paul; einer bricht aus, der andere wühlt sich hinein. Um halb vier stehen sie neben dem Ponywägelchen, während Briggs den störrischen alten Gaul anschirrt.

»Auf Wiedersehen«, sagt Gertler.

»Hör zu, Paul«, beginnt Jonathan. Er möchte ihm von sich erzählen, um ihm etwas Wahres mit auf den Weg zu geben. Aber es ist zu kompliziert, um auch nur anzufangen. »Viel Glück«, schließt er lahm. Sie geben sich die Hand.

»Grüße Oxford von mir. Sag ihnen, ich komme und brenne es nieder.«

Und damit wird Paul Gertler davonkutschiert. Jonathan geht zurück in sein Studio und starrt auf den abgeräumten Schreibtisch, das halb leere Bücherregal. Er hat sich selten so einsam gefühlt.

»Die Orchideen«, sagt Dr. Noble, »können viele Formen annehmen.« Eine Woche ist seit Gertlers Schulverweis verstrichen, und er spannt ein Netz aus Drähten über einen Holzblock, um einem neuen Epiphyten Halt zu bieten. »Sie können auch scheinbar vielerlei verschiedene Dinge sein. Das spiegeln ihre volkstümlichen Namen wider, die sich oft nach einer wahrgenommenen Ähnlichkeit, einer Verbindung zwischen der Blüte und irgendeinem anderen Aspekt der Natur richten. Ich denke zum Beispiel an die Tauben-Orchidee, die Tiger-Orchidee, die bezaubernde Vogelschwarm-Orchidee, die verschiedenen Frauenschuh-Orchideen und vor allem an *Aceras anthropophorum*, die so genannte Menschen-Orchidee mit ihren Trauben kleiner gelber Blüten, die so unbedingt an den menschlichen Körper erinnern. Ganz so wie die Alraunwurzel wahrscheinlich, freilich kenne ich keine vergleichbaren abergläubischen Bräuche, die etwa mit dieser Spezies verbunden wären.«

Jonathan reicht ihm eine Gartenschere.

»Andererseits sind einige Orchideen von Natur aus hinterhältig. Die Becher-Orchideen locken Insekten mit betörenden Sexualgerüchen an, schließen sie ein und entlassen sie erst, wenn sie mit Pollen voll beladen sind. Die Begierde der kleinen Fliege wird im Sinne der egoistischen Bedürfnisse der Blume grausam manipuliert. Dekadent und schön. Und doch, sie alle werden von dir überragt, mein Schatz, so elegant und doch sittlich so verdorben.«

Jonathan hört ein dumpfes Klirren. Irgendwie hat er einen Blumentopf auf den Holzfußboden gestoßen.

»Ungeschickt, Bridgeman«, sagt Noble und schüttelt den Kopf.

Jonathan geht auf die Knie und liest die Topfscherben auf. Während er um Nobles abgetragene braune Halbschuhe herumkriecht, wird ihm klar, dass die Rede an die kleine Erdbewohnerin in dem Blumentopf vor ihm gerichtet war, deren leuchtende Blütenblätter abwechselnd gelb und rot sind.

»*Ophrys apifera*, allgemein als Bienen-Orchidee bekannt. Ja, mein Liebling. Natürlich meine ich dich. Mit deinem genauen Abbild einer empfängnisbereiten Biene, deinem betörenden Duft. Genau richtig, um den armen liebeskranken Arbeiter hereinzulegen. Genau richtig, um ihn hineinzulocken.«

Noble beugt sich von der kleinen Blume herab, um Jonathan am Boden zu betrachten.

»Wir werden nicht geboren, Mr. Bridgeman. Wir werden gemacht. Ich zum Beispiel sah mich nicht immer zu einem pädagogischen Schicksal bestimmt. Ich war einer von neunzig aus der Generation – Treibhausblumen wir alle. Wir lebten für künstliche Paradiese, das Exotische, das Bizarre. Aber als deutlich wurde, dass mein Bild von mir als Ästheten nicht standhielte, bin ich an die Schule gegangen. Und da bin ich nun, Mr. Bridgeman. Da bin ich nun.«

Er wendet seine Aufmerksamkeit wieder der Bienen-Orchidee zu und streichelt mit verzückter Hingabe die üppige Pseudoinsekten-Unterlippe der Blüte.

»Warum nach Naturalismus streben? Das war unsere Frage. Wahre Kunst sollte sich nie verleugnen. Also, Bridgeman, Mr. Hoggart hat mir angedeutet, dass er nicht glücklich ist, dich in seinem Haus zu haben. Er glaubt, dass du und Paul Gertler eine lähmende Wirkung ausüben. Was hast du darauf zu sagen?«

»Sir? Ich habe nichts getan. Und Paul auch nicht.«

»Paul *hat*, Bridgeman. Gertler ist weg. Er wird vielleicht woanders einen geeigneteren Ort finden. Und was das Nichts-getan-Haben angeht, so ist das vielleicht genau das Problem. Untätigkeit zeugt alle denkbaren Übel. Wenn wir Zeit zum Grübeln haben, sind wir am verletzlichsten. Du bist ein interessanter Fall, Bridgeman. Zumindest finde ich das. Mr. Hoggart ist offensichtlich anderer Ansicht. Aber du musst versuchen, bestimmte Dinge besser zu kaschieren, und größere Mühe darauf verwenden, dich einzufügen.«

»Ich –«

»Ich schlage Kricket vor. Und genau das werde ich Mr. Hoggart mitteilen. Jetzt, da dir der Platz an der Universität sicher ist, ist dein unmittelbares Ziel in Chopham Hall erreicht. Trotzdem ist das jetzt keine Zeit für Selbstbelobigungen. Zu deinem eigenen Nutzen musst du deine Aufmerksamkeit weiter aufrechterhalten. Sonst kommst du in Gefahr, Bridgeman. Schreckliche Gefahr. Übermäßige Innerlichkeit. Faulheit. Dies, wirst du begreifen, ist ein allgemeines Problem, aber eines, für das die englische Public School im Laufe mehrerer Jahrhunderte eine Lösung entwickelt hat. Kricket ist diese Lösung. Bridgeman. Du musst deine Aufmerksamkeit auf Schläger und Ball richten. Jeder Aspekt am Kricket erweist es als ein wunderbares Spiel: seine formale Strenge, seine lange Dauer, die reduzierte Farbpalette, die uns eine weißgrüne Welt präsentiert, welche um einen flitzenden roten Punkt angeordnet ist. Ein Geniestreich das, Bridgeman, Beweis einer höheren Intelligenz! Kricket ist ein Relikt aus einem bedächtigeren Zeitalter, das hervorragend abgestimmt war auf die Schwingungen der höheren Bewusstseinsebenen, eines Zeitalters, das sich Muße gönnte, um über das Wesen von Zeit und Raum nachzudenken. In seiner Kompliziertheit, seinem ornamentalen Wesen könnte man Kricket als die letzte Blüte des Barock bezeichnen. Was könnte erhebender sein? Ein Spiel wie – wie ein perfekter Automat, jedoch ein Automat, der irgendwie von Geist durchdrungen ist. Ein Spiel, das Spieler und Zuschauer auch außerhalb des Spiels selbst etwas angeht, weil es hinter dem Schleier der groben Materie der Musik der Sphären lauscht. Was könnte schöner sein? Es ist das Leben selbst!«

Er seufzt, verstummt und lässt den Kopf auf seinen Händen ruhen. Nach einer Weile beginnt er leise auf seine Werkbank zu weinen. Jonathan beobachtet ihn und scharrt mit den Füßen. Hau am besten ab, denkt er und geht auf Zehenspitzen hinaus. Dr. Noble hat offenbar über Dinge nachzudenken.

Für ein so liebenswertes Spiel hat Kricket eine katastrophale Wirkung. Als Jonathan am ersten sonnigen Tag des Semesters aufs Spielfeld hinausgeht, tränen ihm die Augen, und aus der Nase läuft ihm dünner, farbloser Schleim. Beide sind bald rot vom Reiben, und die Ärmel seines weißen Hemds sind schleimig und nass. Der ganze Nachmittag ist eine einzige Qual. Es ist ihm unmöglich, sich auf das Spiel zu konzentrieren, das durch den wässerigen Nebel in ein paar Meilen Entfernung stattzufinden scheint. Aufs Außenfeld abgestellt, hat er nichts weiter zu tun, als sich selber zu bemitleiden, und als er ein paar Stunden später zum Schlagen an die Mallinie gerufen wird, knallt ihm der erste Ball gegen die Beine, ohne dass er ihn richtig bemerkt hätte, so beschäftigt ist er mit seinem Elend. Als er zum Platzpavillon zurückgeht, spenden ihm Spieler der gegnerischen Mannschaft vereinzelt Beifall, schlagen ihre Stiefel zusammen und grinsen höhnisch.

Heuschnupfen ist für ihn eine völlig neue Erfahrung. Es ist wie ein Schock, so als wolle das englische Land Rache nehmen und irgendwas beweisen hinsichtlich Leuten, die dazugehören, und Leuten, die vielleicht nur so tun, deren Körper sie aber verraten. Im Verlauf des Semesters beginnt er die Spielsamstagnachmittage zu fürchten, an denen er darauf beschränkt ist, sich mit einem Buch im Haus zu verstecken oder Handverletzungen oder (Indien ist da hilfreich) plötzliche Fieberanfälle zu simulieren. Natürlich sind seine Leistungen auf dem Spielfeld grauenhaft, und es besteht niemals die Gefahr, dass er in eine Mannschaft gewählt wird.

Kricket ist notwendig, aber Kricket ist unmöglich. Zwickmühle. Der gordische Knoten wird von Fox, dem Historiker, zerschlagen.

»Ein Schreiber, Bridgeman. Ein Mönch in der Schreibstube. Du wirst der Bewahrer der Erinnerung sein.«

Und so wird Jonathan Punktezähler; dazu sitzt er auf den Pavillonstufen mit einem Berichtsbuch im Schoß und einem Stapel metallener Zahlentafeln zu seinen Füßen. Wenn man ihn in Ruhe lässt, geht die Allergie geheimnisvollerweise zurück, und er kann dann sogar Gefallen am Kricket finden. Den Verlauf eines Spiels festzuhalten hat etwas Meditatives. Er hat das Gefühl, als habe er seinen Platz in der Kricketwelt gefunden. Weder drinnen noch draußen, weder Teilnehmer noch unbeteiligter Zuschauer, wird er zu einem kleinen alles notierenden Gott, der die Taten anderer mit leidenschaftsloser Aufmerksamkeit beobachtet und als Pünktchen oder kleine Zahlen in seinem Buch mit den Rechteckkästchen verzeichnet. Ohne Partei zu ergreifen, betrachtet er die Männergeschäfte aus der Ferne, notiert die Art ihres Durchgangs – Schlagmann ausgemacht, Läufer ausgemacht, Schlagball gefangen –, ihre siegreichen Sechser und Vierer, und verbindet die sechs Dominopunkte eines perfekten Laufes zu einem einzigen *M* oder *W*.

Ball für Ball strebt das Sommersemester seinem Ende zu. Neben dem großen Spielberichtsbuch gibt es noch seine eigenen Aufzeichnungen. Das erste Notizbuch ist voll, und ein zweites angefangen mit Eintragungen über *Victoria-Biskuit*, *Hummel*, *Fairplay* und *Platzwart*. Manchmal scheinen die beiden Aufzeichnungsprozesse sich aufeinander zu beziehen, das heimliche Entschlüsseln der Welt und die distanzierte Beobachtung höflich sich bekriegender Kricketspieler. Zusammen erinnern sie an eine Grammatik des Verhaltens, eine soziale Sprache, die man aufschreiben und wieder entziffern könnte, um eines Tages in ferner Zukunft Chopham Hall aus niedergelegten Mustern aus Pünktchen und Zahlen zu rekonstruieren.

Hin und wieder denkt Jonathan an Paul. Seit seinem Rausschmiss hat er nicht geschrieben. Jonathan überlegt, ob er Dr. Noble um die Adresse bitten soll, aber dann tut er es nicht. Er sagt sich, es würde ein schlechtes Licht auf ihn werfen, was stimmt, aber das ist nicht der wahre Grund. Er hat das Gefühl, er hat seinen Freund im Stich gelassen. Indem er ihn nicht verteidigt hat. Indem er ihm nicht die Wahrheit gesagt hat.

Dieses Gefühl wird eines Abends noch verstärkt, als Fender-Greene an seinem Arbeitszimmer anklopft. Jonathan hört ihn, ehe er da ist. Das verräterische Kreischen und Poltern eines seiner Lieblinge, der durch den Junior-Vorbereitungssaal gejagt wird, tönt durch den Fußboden nach oben, gefolgt von schweren rumpelnden Schritten auf der Treppe. Fender-Greene ist offensichtlich betrunken. Er taumelt in das Arbeitszimmer wie ein Schlafwandler, und eine Seite seines Hemds hängt ihm über die Hose wie eine zerknitterte weiße Gardine.

»Johnny? Da bist du ja, Johnny.«

»Was möchtest du?«

»Johnny. Da bist du ja. Keine Ressentiments, Johnny-boy. Nicht zwischen dir und mir.«

Jonathan sagt nichts.

»Keine Ressentiments, Johnny-boy. Du bist ein hübscher Bengel. Und du magst mich, wirklich, oder? Du magst mich.«

Er stützt sich schwer auf den Kaminsims.

»Hör zu, Bridgeman. Komm mal hier rüber. Du bist ein hübscher Bengel. Du siehst immer so hübsch aus.«

»Bleib mir vom Leib.«

»Du bist so hübsch.«

»Hau ab, Fender-Greene.«

Fender-Greene macht einen Schritt vorwärts, dann sieht er den Blick in Jonathans Augen. Er zögert einen Moment und schwankt auf dem Kaminvorleger hin und her.

»Ich krieg dich noch«, sagt er. »Ich bin nächstes Jahr oben in Christ Church.« Dann torkelt er wieder zur Tür hinaus.

Am Gründertag, dem letzten Tag des Semesters, spaziert Jonathan zwischen zwei und vier auf dem Rasen herum und wird nicht angebrüllt. Jungen und Eltern vermischen sich, stoßen mit ihren Teetassen an und ordnen sich in Gedanken gegenseitig in Hierarchien ein. Mrs. Dodd dirigiert ihre Mädchen zwischen Küche und draußen hin und her, und sie schleppen große Platten mit Gurkenbroten herbei, während ein Streichquartett aus der Fünften unter einer gestreiften Markise Mozart zersägt. Da Mr. Spavin nicht anwesend ist, kann Jonathan allein in der Menge herumschlendern und das Gefühl genießen, dass die Bande sich lockern, dass Chopham Hall sich von ihm löst, Backstein für Backstein. Um ihn her schwebt ein Schimmer bissiger Unterhaltungen. Obgleich Dr. Noble auf einem Podium steht und eine Rede über die

Themen *Lange Wege* und *Hehres Beispiel* hält, fühlt Jonathan keine Notwendigkeit, sich Notizen zu machen. Das sind Dinge, über die er jetzt Bescheid weiß, die unter seiner Haut ihre Wirkung getan haben. Er stiehlt sich stattdessen fort und steht allein in der Eingangshalle, die Hände (herausfordernd, verbotenerweise) in den Taschen, und betrachtet gleichmütig die ausgeblichenen Fotografien, die nebeneinander aufgereiht im eichengetäfelten Eingangskorridor hängen. Alte Schulmannschaften, die Rücken gestreckt und die Arme verschränkt, die Auserwählten des Rugby, des Verbandsfußballs, der Leichtathletik und des Krickets, die in ferne Sepia-Vergangenheiten zurückreichen. Rugby, Verbandsfußball, Leichtathletik – *Kricket.* Dort im Jahr 1893. Dort steht, aufgeschossen und schwerfällig in seiner weißen Kricketkleidung, das Gesicht wie ein grob gespaltener Backstein, *F. M. V. Bridgeman.* Vater von. Eilig geht Jonathan weg und übersieht deshalb den blassen Jungen, der schmächtig und in Schuluniform neben den elf in Weiß gekleideten Gestalten steht, ein großes, in Leder gebundenes Buch in der Hand. Der Bildunterschrift zufolge handelt es sich um *R. A. Forrester, Punktezähler.* Wenn man genau hinsähe, würde man sehen, dass seine Augen von Heuschnupfen verschwollen sind.

Bridgeman, J. P. (Barab.)

Sein Vater war im – ich meine, es war der Colonial Service. Möchte offensichtlich in seine Fußstapfen treten, aber wie dieses Herumgealbere mit all den – also, wisst ihr, ich will nicht schlecht über Theateraufführungen reden, aber Der Sommernachtstraum *ist ja wohl kaum das Zeug, aus dem das Empire errichtet worden ist, habe ich nicht Recht? Oh, natürlich seid ihr anderer Meinung. Wie konnte ich nur – ja, absolut, der englische Charakter, absolut – ja, ja, es hat mich auch gleich völlig gefangen genommen, aber trotzdem muss ich sagen, es ist ja nicht gerade so, dass wir Shakespeare rübergeschickt hätten, um die unkultivierten Hindus zu zivilisieren. In gewissem Sinne vielleicht ja. Aber nein, nein! Also wirklich, Willoughby, ich denke, du stellst dich jetzt absichtlich dumm …*

Harold sagt, er sieht fabelhaft aus. Ja, irgendwie südländisch. Gewissermaßen marmorn. Mmmm. Wo? Oh, Christ-Church-Anger. Harold lehnte sich gerade aus dem Fenster seines Zimmers, und der Bursche kam vorbei – schwebte gewissermaßen – praktisch traumartig, sagt Harold …

Solide? Ziemlich, aber er kommt aus dem Nichts. Wer hat euch das erzählt? Beaumonts Familie ist aus diesem Teil der Welt. Du kommst doch aus der Nähe von Lechlade, stimmt's nicht, Boomer? Wenn er auch nur irgendwie bekannt wäre, würde Boomer ihn kennen. Und du kennst ihn nicht, oder? Also stimme ich mit Nein. Aus – aus prophylaktischen Gründen. Ich denke, das ist fair. Ehrlich gesagt glaube ich nicht, dass er der Satyricon-Typ ist. Nachdem all die Dinners wirklich ziemlich – ja, genau. Wenn man besoffen ist, möchte man halt einfach nicht, dass jemand – ich meine, wenn das weitererzählt würde …

Wenn ihr mich fragt, würde ich sagen müssen, dass er ein ziemlich sündiger junger Gentleman ist – allerdings, Gerechtigkeit muss sein, recht ordentlich in seinen Gewohnheiten. Nicht wie einige von denen an diesem Treppenaufgang – man könnte meinen, sie wären in einem Schweinestall groß geworden, so wie die sich benehmen. Rühren von alleine keinen Fin-

ger, weder um eine Jacke auf den Bügel zu hängen noch um eine Tasse ins Regal zu stellen. Die Schweinerei, die dieser junge Honourable anrichtet – ich will damit nicht sagen, dass er nicht höflich wäre, Gott bewahre – Manieren eines Engels – aber einmal bin ich reingegangen und – sündig? Na ja, man putzt für die jungen Herren nicht schon so lange wie ich, ohne die Zeichen zu erkennen. Ich denke, wenn ihr diesen kleinen rothaarigen Fratz fragen würdet, der Mrs. Parker in der Küche hilft – wie? Man kann es an den Betttüchern riechen. Und einmal …

Ein ziemlich guter Historiker. Also ja, ich glaube, er wird den akademischen Abschluss schaffen. Freilich, würde ich sagen, neigt ziemlich zum Schwärmen. Hat ein paar komische Ansichten zur Zivilisation. Na ja, Willoughby, rassenpolitische Ansichten, wenn du schon fragst – also, wirst du jetzt den Madeira mal weiterreichen, oder muss ich auf die Karaffe dort etwa so was wie eine Attacke reiten? Na?

Wirklich, FG sagt, er hätte es nicht mal bis zur dritten College-Kricketmannschaft gebracht. Rugby auch nicht. Sehe also keinen irgendwie gearteten Grund für Jock, ihn zu Vincents einzuladen. Rudert ja nicht mal. Ja, ganz genau. Worüber sollte man da reden?

Er war viel zu. So dick. Halt's Maul, Ethel. Er war. Riesenhaft. Du denkst, ich hab ihn nicht gesehen, Ethel Smith, aber ich habe …

Ja, geliebtes Herz, je vous jure. Cyril und Harold sind die ganze Nacht aufgeblieben und haben Sextette oder so was geschrieben – vielleicht waren es auch Stanzen – nur über sein Profil. Ja, ich habe – und ich muss sagen, ich stimme voll und ganz zu. Entzückend. Cyril will ihn zum Tee einladen. Mmmm? Oh, sehr putzig. Und dann ist da die Geschichte von Harolds neuer Hose. La-la sagt, sie sieht lächerlich aus, aber Harold schwört, bis zum Sommersemester ist sie der letzte Schrei. Hat sie zusammenhauen lassen von dem kleinen Schneider an der Turl …

Sir? Sir?

Schließ die Augen. Warm. Versuche, dich tiefer sinken zu lassen.

Sir?

Sonnenlicht auf gelbem Stein. Wässeriges Licht, das durch Glas sickert. Im Fenster gerahmt grüne Winkel einer Schuppentanne.

»Sir? Fünfundzwanzig Minuten nach sieben, Sir.«

»Ach, hauen Sie ab, Willis.«

Moderiger Eigengeruch steigt aus den Laken auf. Leicht metallischer Geschmack im Mund. Rotwein. Sich aufrichten wird nicht angenehm sein. Willis' Missbilligung dringt unter die Decke wie ein kalter Wassertropfen.

»Dürfte ich mir zu erinnern gestatten, dass Sir heute Morgen ein Frühstück gibt? Die anderen jungen Herren werden bald hier sein.«

Frühstück.

Teufel noch mal.

Trotz des Frühsommers sind die Morgen in Oxford feucht, und weil Mr. Bridgeman in den Tropen aufgewachsen ist, heißt das, dass er friert. Willis hat im Kamin des Studios ein kleines Feuer gemacht, und sein Schützling schlurft hinüber und stellt sich daneben auf, die Arme schlecht gelaunt über dem Morgenmantel verschränkt. Der Hausdiener klappert geräuschvoll mit Wasserkrügen und -schüsseln, und nach und nach lässt sich Mr. Bridgeman dazu erweichen, sich zu rasieren und anzuziehen. Gegen fünf vor acht sitzt er schlaff am Kopf eines verschrammten runden Tisches, der mit einem weißen Leinentischtuch bedeckt ist; Toastständer, Teetassen und eine große silberne Kaffeekanne sind darauf angeordnet.

Zehn Minuten später ist die Luft blau von Pfeifenrauch, und Willis gabelt Schinken, Eier, panierte Lammkoteletts, Würste und gegrillte Tomaten auf die Teller einer schnatternden Schar junger Gentlemen, die durch eine hitzige Debatte über die jeweiligen Verdienste von Middleton und Marlowe als Tragödiendichter in Anspruch genommen sind. Die jungen Herren sind alle gleich gekleidet: graue Flanellhose, helles Hemd, Weste und Jackett aus leichtem schottischem Tweed. Ihre Beine haben sie elegant übergeschlagen. Abwechselnd saugen sie an ihren schweren Bruyèrepfeifen und benutzen sie, um wichtige Argumente zu unterstreichen. Ein zufälliger Beobachter hätte Schwierigkeiten, sie auseinander zu halten.

Ein Fachmann andererseits würde bestimmte verräterische

Zeichen bemerken, die den Platz dieser Gruppe in der Ökologie der Universität kenntlich machen. So zum Beispiel das Vorherrschen von Wildlederschuhen. Und die Farbenfreude der Krawatten, von denen einige aus Seide sind. Außerdem die ungewöhnliche Haarlänge, die sich in einigen Fällen (skandalös, gefährlich) dem Kragen nähert. Dies sind die unverwechselbaren Kennzeichen der Ästheten. Diese Exemplare sind noch nicht flügge, denn sie sind Erstsemester, aber später werden einige der Engagierteren ihr volles Federkleid anlegen, das heißt breitkrempige Hüte, flatternde Hosen und Jacketts von ungewöhnlicher Machart und Provenienz. Statistisch gesehen wird wahrscheinlich mindestens einer damit beginnen, Parfüm zu benutzen.

Den meisten werden, wenn sie dabeibleiben, von Athleten ihre Zimmer demoliert und die flatternden Hosen mit Gewalt ausgezogen werden. Der Ästhet ist des Athleten natürliche Jagdbeute. Der Ästhetizismus wird vom Athleten als eine Art Krankheit angesehen, als ein Zeichen moralischer und geistiger Entartung. Hose-Ausziehen und Zimmer-Demolieren ist eine vernünftige Reaktion auf ein solches Zeichen des Niedergangs, so etwas wie ein sozialer Schuss vor den Bug, der den Ästheten mahnen soll, mehr Zeit auf dem Rugbyfeld und weniger bei der Lektüre von Huysmans zu verbringen. Von Bridgemans Freunden hat bislang nur Levine dieses Schicksal erlitten (Skizzenblock und provozierend gelbe Socken im Speisesaal), allerdings hat die Crew des Universitäts-Achters ihre Bereitschaft angedeutet, mit jedem Barabbas-Mann das Gleiche zu tun, der sich zu weit auf künstlerisches Gebiet begibt. Allgemein gilt, dass extremer Ästhetizismus, das heißt alles, was mit schwarzen Messen, japanischen Textilien, pornografischer Grafik oder jenen Gedichten von Catull zu tun hat, die in Schulausgaben nicht enthalten sind, unausweichlich zu Gewaltanwendung führt. Diese Einstellung wird insgeheim vom Professoren-Fellows-Zimmer unterstützt.

Bridgeman weiß das alles und ist in seiner Achtsamkeit, nicht Opfer des Hose-Ausziehens zu werden, geradezu paranoid. Obwohl seine Schuhe aus Wildleder sind, ist sein Haar kurz und seine

Seidenkrawatte von einem akzeptabel dezenten Burgunderrot. Diese Freunde, seine Ästheten-Freunde, stellen nur eine von mehreren Gruppen dar, mit denen er in einem ausgedehnten, aber stark untergliederten Bekanntenkreis Umgang pflegt. Das heutige Frühstück gibt er für Levine und die anderen Vorstandsmitglieder der Barabbas-College-Theatergruppe, die ihn in ihrer demnächst geplanten Othello-Inszenierung mit der Rolle des Jago besetzt haben – als Gegenspieler Levines selbst, der mit schwarz geschminktem Gesicht den Mohren spielen wird. Heute Abend dagegen muss er bei der Union speisen und morgen mit ein paar Tory-Schreiberlingen im Carlton Club. Gestern war er bei einer Demonstration drahtloser Telegrafie zugegen, und letzte Woche ist er sowohl zu Monsieur Emile Coués Vortrag über Autosuggestion als auch zu Captain McLaglans Jiu-Jitsu-Kurs im Rathaus (vom Polizeipräsidenten von Oxfordshire empfohlen) mitgegangen.

Bei all seinen verschiedenartigen Aktivitäten ist Bridgemans Losung Tradition. An einem Ort, an dem jeder ungestüm danach verlangt, bemerkt zu werden, achtet er darauf, sich so gut wie möglich einzufügen, aber nicht mehr. In der neuesten Version seiner selbst hat er darauf geachtet, alles hervorzuheben, was aufrichtig, echt und englisch ist. Man sieht ihn über Neuerungen die Stirn runzeln und hört ihn über den augenblicklichen Niedergang der gesellschaftlichen Normen Klage führen. In der Literatur ist er Georgianer und in der Politik ein Tory. Über seine Familie spricht er wenig, lässt aber durchblicken, dass er einer alten Bauernfamilie in Gloucestershire entstammt. Er ist auf jede nur denkbare Weise ein Durchschnittsstudent.

Trotz allem bleiben ihm einige Türen verschlossen. Seit ihrer Geburt sind seine Kommilitonen in ein so dichtes und alles umschließendes Netz aus Symbolen und Beziehungen eingesponnen, dass sie sie kaum noch bemerken. Bridgeman andererseits kennt niemanden – und niemand kennt ihn. Das ist ungewöhnlich, ja tadelnswert. Als das Gegenteil von Bekanntsein, was (zumindest in Gloucestershire) mit einer Art Existenzbedingung a priori gleichzusetzen ist, bedeutet Nicht-Bekanntsein Täuschung, Distanz und ein gestörtes Verhältnis zwischen Ich und sozialer Umwelt. Es besteht immer die Möglichkeit, dass so ein Zustand des Nicht-Bekanntseins nicht unbedingt Zufall ist. Bewohner der Grafschaft und ihre Söhne empfinden diesen Zustand intuitiv als einen Quell enormer Probleme, als etwas Undurchsichtiges und potenziell Gefährliches, das schon vor der Sprache existierte und ihnen eine Art Urangst einflößt. Und so ziehen sie es alles in allem vor, einen Burschen zu meiden, der bei ihnen dieses Gefühl auslöst. Deshalb findet die Jagdclique vom Bullingdon Club Bridgeman verschlagen. Er wird nie den rosa Frack des Bollinger oder den hellblauen des Satyricon Club tragen. Sein fehlender Umgang, sein Erscheinen in der Welt von Oxford, so erschreckend bar jeder Verbindung oder Unterstützung, lässt viele Leute zögern. Selbst diejenigen, die mit ihm die koloniale Vergangenheit teilen und über Indien und Distanz und Einsamkeit Bescheid wissen, erahnen manchmal eine Schicht mit etwas Verborgenem. Noch schlimmer ist, dass Bridgeman trotz eines qualvollen Sommers, in dem er Tennisspielen zu lernen versucht hat (sowie Französisch, das Neue Testament, Pfeiferauchen und die Namen englischer Vögel), nicht als Athlet nach Oxford gekommen ist und wenig dazu getan hat, einer zu werden.

Das ist ein ernstes Versäumnis. Obgleich die Universität im Allgemeinen als eine Institution verstanden wird, die sich hervorragenden wissenschaftlichen Leistungen verschrieben hat, ist sie in Wahrheit eine Maschine, die den Charakter bildet. Der Unterschied ist subtil. Charakter ist nicht Gescheitheit. Der Sport ist in dessen Ausbildung fast immer erfolgreicher als Bücher, und Sportsleute (die solche Dinge können, wie zu Pferde zu sitzen, langsam auf ein Maschinengewehr zuzugehen und Eingeborenen gegenüber eine feste Hand zu zeigen) besitzen höheres Prestige als solche Leute, die lediglich Gedichte zitieren oder Faktoren von *x* aufzählen können. Hinter Bridgemans Büfett liegt die neueste Nummer der Universitätszeitschrift *The Isis*, deren »Isis-Idol« wie immer ein Sportler ist. »Nachdem er seine Entwicklungsjahre in der Hügellandschaft von Shropshire damit zugebracht hat, auf Bäume zu klettern und Wilddiebe zu verjagen, ist der unbezähmbare Gerald Fender-Greene, OUCC, OURFC, OUBC … aus dem akademischen Treibhaus der Schule Chopham Hall zu uns gekommen … allen nur als FG bekannt … seine flotte Kleidung … überragende Tüchtigkeit sofort erkannt … forsche Innings« usw., usf. Das ist Charakter im Großformat. Dieselbe Ausgabe enthält einen kurzen Bericht über die Debatte in der Union in der letzten Woche zu dem Antrag: »In diesem Haus herrscht die Meinung, Amerikaner seien menschlich«, der (passim) den ersten Diskussionsbeitrag von J. P. Bridgeman (Barab.) wiedergibt, der »als Erwiderung auf Mr. Barkers Erwähnung der Wichtigkeit des Völkerbundes das Haus mit einer langen und etwas überflüssigen Erklärung traktierte, in der er die Aufgabe des weißen Mannes hervorhob, ›die Welt zu bewirtschaften‹. Er sollte in Zukunft vermeiden, hysterisch zu erscheinen, und darauf achten, beim Thema zu bleiben.«

Ja, es ist etwas Schrilles an Jonathan Bridgeman. Etwas Angestrengtes. In der Union war er mit trockenem Mund und unwillkürlich um seinen engen Kragen flatternden Fingern aufgestanden und hatte begonnen, über Amerika zu reden, eine Rede, die sich bald dem Abendland zuwandte und dann in den Konflikt zwischen den Hautfarben und die Flut von Rassenbewegungen an den Ufern der Menschheit und der Weißen Weißen Weißen abglitt, bis er merkte, was er da tat, und sich wieder hinsetzte. Manchmal sprudelt es einfach so heraus, das schlechte Gewissen. Er muss darauf Acht geben.

Die Unterhaltung um den Frühstückstisch springt von der Schauspielkunst zum Vorschlag des Disziplinarbeamten der Universität, Grammofone am Fluss zu verbieten, dann zu dem ewigen Thema »türkischer oder Virginiatabak?« und dem neuesten Jux, den man den Studentinnen gespielt hat und in dem es irgendwie darum ging, dass man ein Schwein ans hintere Tor eines der Frauencolleges gebunden hatte. Bridgeman, der Gastgeber, wird mit eingeschlossen, geachtet, ist Teil all dieser Angelegenheiten. Doch als die Frühstücksgäste abziehen, sitzt er da und blickt mit eingefallenem, ausdruckslosem Gesicht auf das Durcheinander der beschmierten Teller und leeren Tassen. In den kurzen Minuten, ehe Willis hereinkommt und abzuräumen beginnt, besteht eine Leere, eine Ahnung davon, dass Bridgeman wie ein Baum im Wald nur da ist, wenn man ihn betrachtet. Hinter seinem Gesicht, darunter, könnte es noch etwas anderes geben, aber es ist unzugänglich.

Es dauert nur einen Augenblick.

Die Gestalt, die auf dem Vorhof erscheint, ist flott und unbeschwert. Die Hände tief in den Taschen vergraben, die Pfeife verwegen im linken Mundwinkel baumelnd, schlendert er hinüber zum Pförtnerhaus und blättert seine Post durch. Nichts Wichtiges. Eine Mahnung wegen einer unbezahlten Lebensmittelrechnung vom College, eine Nachricht, in der die Gründung eines Bergsteigervereins angekündigt wird. Das einzig Interessante ist ein Briefchen vom Duce der Oxforder Fascisti, der die Rede in der Union gehört hat und den Redner gern zum Tee einladen würde. Der Redner fühlt sich geschmeichelt, und während er auf dem Weg zu einer Vorlesung die Broad Street entlanggeht, versucht er zu ergründen, ob Faschismus etwas Traditionelles ist. An manchen Abenden kann man die Oxforder Gruppe, stolz in ihren schicken schwarzen Uniformen, auf dem Weg zu Versammlungen sehen. Levine sagt, das Ganze sei lediglich eine Verschwörung gegen die Wäscherei. Man könne ein und denselben Kragen tagelang tragen.

»Gib doch Acht, wo du verdammt noch mal hinläufst!«

Er ist gegen einen abgehärmten jungen Mann gestoßen, der an einem Spazierstock aus dem Trinity herausgehumpelt ist. Der murmelt eine Entschuldigung und eilt weiter. Gespenst. In Oxford gibt es viele solcher Gestalten, die im Krieg gekämpft haben und wieder nach Hause gekommen sind. Die meisten von ihnen wohnen so weit vom Stadtzentrum entfernt, wie es die Regeln erlauben, und haben wenig mit den anderen Studenten zu tun, ja sie bilden so etwas wie eine Paralleluniversität, vergrübelt und melancholisch. Die beiden Ebenen überschneiden sich, nehmen denselben Raum ein, ohne sich je ganz zu berühren. Schabernack und Jazz und Cocktails. Schlamm und verwestes Fleisch. Nicht vergleichbar.

»Biber!«

Das Gespenst zerflattert. Ein fetter Mann mit buschigem Bart schaut sich gereizt um. Zerschlissene Roben verschwinden unter leisem Studentengelächter um die Ecke.

Lächelnd überquert er St. Giles. Dann geschieht urplötzlich etwas Seltenes und Bedeutsames. Wie einer dieser kleineren Himmelskörper, deren Bahn man nur mit Rechenschiebern und Umrechnungstabellen errechnen kann, erleidet Jonathan, heimatloses Teilchen, einen Zusammenprall. Es ist ein Ereignis, das alles verändert, für immer.

Alles beginnt mit einer Klingel und einer Kette, die dringend geölt werden müsste. Vor dem Ashmolean Museum biegt ein Fahrrad um die Ecke, und auf dem Fahrrad sitzt ein Mädchen. Bridgeman weicht ihr aus, und einen Moment lang blickt sie ihm direkt in die Augen. Blaue Augen. Seine Welt dreht sich sirupartig und zähflüssig. Sie trägt ein weißes Sommerkleid, und darüber eine Studentenrobe. Auf ihrem Kopf sitzt ein breitkrempiger Strohhut, der mit gelben Seidenblumen garniert ist. Während sie in Richtung Cornmarket davonschwankt, bestätigt er sich, dass sie hübsch ist, und eine Streichergruppe formiert sich in seinem Vorderhirn, die ihn in eine große, abstrakte Gefühlserregung stürzt. Die Wangen unter ihrem Hut sind von der Anstrengung des Radelns gerötet, und während ihre Füße in die Pedale treten, dehnt sich der Baumwollstoff ihres Kleides über die Linie ihrer Schenkel, eng und locker, eng und locker. Ihr Gesicht ist wie ein Puppengesicht, fein und oval, auf das die Gesichtszüge mit äußerster Zartheit gemalt sind. Eine Locke feiner blonder Haare wippt über einem Auge. Bridgeman bleibt stehen und glotzt hemmungslos. Sie ist Elgar und Teerosen in einem. Sie ist hügelige grüne Felder mit Trockenmauern drum herum, sie ist Weidenbäume, Früchtebecher, Sonnenuntergang über – der Metaphernstrom reißt ihn mit, und er ertappt sich dabei, wie er wie verrückt an seiner Pfeife saugt, geradezu übersprudelnd vom Ästhetizismus des ganzen Bildes. Das Muster, das Urbild, der schiere Inbegriff des englischen Mädchens.

Die Gedanken an das Mädchen sperren die italienischen Kriege aus. Die Vorlesung geht zum einen Ohr rein und zum anderen wieder hinaus. Allianzen werden geschlossen und gebrochen und Städte geplündert, ohne eine Spur in seinem Bewusstsein zu hinterlassen, das ganz und gar mit blondem Haar und weißem Baumwollstoff beschäftigt ist, der sich strafft und lockert, strafft und lockert. Er überlegt, ob er sie nicht suchen sollte. Es gibt nur ein paar Frauencolleges, und es würde nicht allzu viel Zeit in Anspruch nehmen, aber die Idee bringt schlechte Erinnerungen zurück, an Warten im Dunkeln, an Verbeugungen hinter Büschen hervor. Er sagt sich, dass Oxford eine kleine Stadt ist und er sicher sein kann, ihr wieder zu begegnen. Früher oder später.

Es geschieht früher, am letzten Abend von *Othello*. Eine Woche lang hat Jonathan jeden Abend Levine schöngeredet und ihn beobachtet, wie er dem grünäugigen Monster Eifersucht erlag, ehe er Percy Twigg, einer schmachtenden (wenn auch breitschultrigen) Desdemona, das Licht auslöschte. Obwohl die Collegeleitung die Erlaubnis verweigerte, dass eine echte Frau die Rolle übernähme, ist es mehreren Studentinnen gelungen, sich in die Dernierenparty zu schleichen, und sie haben ihr damit etwas Gewagtes, Verbotenes verliehen. Abgehalten wird sie in Levines Zimmer, das er zu diesem Zweck in venezianischem Stil dekoriert hat, was er hauptsächlich dadurch erreicht, dass er Musselin über seine verschrammten Möbel drapiert und große Obstschalen auf das Büfett gestellt hat. Um seine tragische Wirkung zu steigern, läuft Levine im Kostüm herum und lässt sein Rapier gegen die Schenkel der Leute schlagen, sodass sie ihre Drinks verschütten. Voller Champagner und künstlerischem Triumph besteht er darauf, jedermann nach französischer Sitte auf beide Wangen zu küssen, was große schwarze Flecken hinterlässt. Ein eulenhafter Junge vom Balliol ruft über den unvenezianischen Grammofon-Jazz Jonathan zu: *Du machst ha ha machst das so gut mit dem Geheu-*

chel, dass einem richtig kalt wird – als die Tür aufgeht und sie hereinkommt. Während sie sich im Zimmer umblickt, denkt Jonathan einen unlogischen, erregten Augenblick lang, dass sie ihn sucht. Dann läuft sie los und schlingt ihre Arme um Levine.

»Liebling!«

»Liebling!«

»Du warst –«

»Ich weiß.«

Jonathan befreit sich von der Eule und geht auf die beiden zu, um Levine zu nötigen, ihn ihr vorzustellen. »Aber wirklich«, sagt das Mädchen gerade mit lauter Stimme, »so eine edle Wildheit. So triebhaft.«

Levine lächelt affektiert und spielt mit der Quaste seines Säbels. »Star, du bist zu freundlich.«

Jonathan erscheint an der Schulter seines Freundes. Das Mädchen redet immer weiter über Levines schauspielerische Leistung. Sie trägt ein blassgrünes Kleid und ein paar ungewöhnliche, aus Holz geschnitzte Armreifen an den Handgelenken, die klappern, wenn sie gestikuliert. Als sie Levines »schöpferische Kraft« und sein »Gefühl für die Seele des Negers« beschreibt, hört sie sich an wie ein Abakus, was ihren Charme nur steigert. Obgleich sie viel Wimperntusche und pistaziengrünen Lidschatten aufgelegt hat, schafft sie es trotzdem irgendwie, typisch englisch auszusehen. Ihr Teint unter der Schicht aus weißem Gesichtspuder ist rosig und gesund. Es ist nichts Ausgewaschenes an ihrem Haar, das von gelbem Leben pulst wie ein Kornfeld im September, ein sich wiegendes, wogendes Feld im warmen Abendlicht, wenn die müden Schnitter heimwärts wandern, die Sensen auf den Rücken und, ja, ein Bauernliedchen pfeifen – Jonathan macht sich von diesem innerlichen Wessex frei und versucht sich zu konzentrieren. Levine, der sich in Lobsprüchen sonnt, macht keine Anstalten, einen Teil davon dadurch auf seinen Freund umzulenken, dass er ihn zur Kenntnis nimmt, und schließlich wird klar, dass Jonathan die Sache selbst ins Rollen bringen muss. Er streckt seine Hand aus und sagt: »Hallo.«

Levine macht ein ärgerliches Gesicht. Das Mädchen staucht ihn zurecht.

»Du bist sehr grob, Veenie.«

»Entschuldigung, Star. Jonathan Bridgeman, Astarte Chapel.«

Sie sagen »Wie geht's?« zueinander, und sie lächelt aufmunternd. Jonathan wagt eine Frage.

»Astarte?«

Sie seufzt und wendet sich an Levine. »Warum tun sie das alle?«

Levine schüttelt den Kopf. »Wir haben alle unser Kreuz zu tragen.«

Jonathan merkt, dass er etwas Geheimnisvolles falsch gemacht hat.

»Hör zu, Veenie«, sagt sie plötzlich, »muss lossausen. Bloß 'ne Stippvisite und so – ich bin sicher, der Pförtner wird gleich hier sein, und dann kommen alle in schreckliche Schwulitäten.«

»Absolut, Star. Du musst flüchten, sonst unternimmt Jonathan hier Anschläge auf deine Keuschheit. Er ist ein absoluter Unhold.«

»Ach ja?«

Sie zieht neckisch eine Augenbraue hoch, gibt Levine einen Kuss zum Abschied und rauscht davon, und Jonathan steht mit rosigem Gesicht da und versucht ein verblassendes Bild von Pistaziengrün und schwarzen Schmierflecken auf einer weißen Wange festzuhalten.

»Das war unfair, Levine.«

»War's das? Entschuldigung.«

»Und du hast mir nie erzählt, dass du so jemanden kennst.«

»Na ja, ich kenne viele Leute. Im Übrigen bist du schon ins Fettnäpfchen getreten. Raus aus dem Spiel, würde ich sagen.«

»Was habe ich denn getan?«

Levine zuckt die Achseln. »Sie ist sehr empfindlich, wenn's um ihren Namen geht. Jeder fragt. Nervt sie entsetzlich.«

»Es ist ein sehr merkwürdiger Name.«

»Mmm. Daran ist ihr Vater schuld. Professor im anthropologischen Fachbereich. Ziemlich verrückt. Der Name ist noch das Wenigste.«

»Aber was bedeutet er denn?«

»Astarte? Oh, irgendwas Uraltes und Anthropologisches. Warum schlägst du's nicht nach?«

Astarte: *Semitische Gottheit. Phönizische Liebes- und Fruchtbarkeitsgöttin. Verwandt mit der babylonischen* **Ischtar** *und der griechischen* **Aphrodite**. *Eine aus einer Gruppe antiker Muttergöttinnen, zu denen namentlich* **Kybele**, **Demeter** *und* **Ceres** *(s. d.) gehören. In einigen Formen des Kultes wird auch eine männliche Gottheit, ihr Geliebter, verehrt. Der Opfertod und die Auferstehung dieses männlichen Partners gelten als Symbol des Erneuerungszyklus der Erde.*

Die Enzyklopädie klappt mit einem Bums zu, und Jonathan stellt sie ins Bibliotheksregal zurück. Gerade rechtzeitig zu den Prüfungen ist die Sonne herausgekommen. Die langen Schreibtischreihen sind voll besetzt, an denen die Studenten des letzten Jahres sich unlustig durch ihre Prüfungsvorbereitungen schwitzen. Großzügigerweise hat der Bibliothekar gestattet, dass die Fenster geöffnet werden, und von draußen fliegen quälende Gesprächsfetzen herein, und jede ungetrübte Lachsalve zeichnet neue Qualen in die Gesichter der Gefangenen hier drin. Jonathan ist erleichtert, dass es ihm freisteht, die steinerne Treppe hinunter und hinaus ins Freie zu gehen. Als er im Bibliothekshof steht, mit den Münzen in seiner Tasche klimpert und überlegt, wie er den Nachmittag verbringen soll, rennt eine Gruppe von Erstsemestern an ihm in Richtung des Sheldonian Theatre vorbei. Spontan geht er ihnen nach und findet sich am Rande einer lachenden, rempelnden Menge wieder.

Ein Jux. Gerade ist eine Vorlesung im Sheldonian vorbei, und die Zuhörer sind herausgekommen und haben festgestellt, dass jemand sorgfältig alle Damenfahrräder aussortiert und Draht so um die Rahmen gewunden hat, dass jedes mit einer primitiven Querstange versehen ist. Die Menge hat sich versammelt, um dem Schauspiel zuzusehen, wie ein Dutzend verlegener Frauen versuchen, das Durcheinander zu entwirren und so schnell wie möglich wegzukommen. Sie pfeifen und buhen und brechen in Jubelgeschrei aus, als eine der Frauen aufgibt und »als Mann« davonfährt. »Na los, Leute!«, schreit eine Schar Jungen in Blazern und weißen Kricketanzügen, die sich in der allgemeinen possenhaften Lustigkeit aneinander geklettet haben. Jonathan lächelt – und bemerkt währenddessen, dass eines der Opfer Astarte Chapel ist. Sie kniet neben ihrem Fahrrad (*dem* Fahrrad), kämpft mit ihm, und ihr Gesicht ist zu einer Maske ohnmächtiger Wut erstarrt. Als hätte ihr das Schicksal das Stichwort gegeben, schaut sie hoch, und als sie Jonathan grinsen sieht, wirft sie ihm einen Blick zu, der ahnen lässt, dass sie mehr als glücklich wäre, wenn sie ihn abmurksen und seine Leiche unterpflügen könnte, um den Lauf der Jahreszeiten zu garantieren.

Schnell versucht er, seine Gesichtszüge zu einem Musterbild an Missbilligung zu ordnen, schafft es aber nur zu einer merkwürdig verzerrten Maulsperre, so als hätte ihn eine Schlange gebissen und seine Muskeln seien im Krampf erstarrt. Mit Gesten versucht er ihr begreiflich zu machen, dass er sich von dem, was hier gerade passiert, distanziert, indem er Stoßbewegungen vollführt, die seine totale Ablehnung von jedem und allem signalisieren sollen, der an Fahrrädern herummanipuliert. Beklommen stellt er fest, dass er wie ein Geistesgestörter aussehen muss, und drängt sich durch die Menge, um ihr zu helfen.

»Du kommst dir vermutlich wahnsinnig komisch vor«, faucht sie.

»Ehrlich«, stammelt er, »ich hatte nichts – ich meine, es ist furchtbar – schrecklich. Wirklich. Es war nicht ich –«

»Oh«, höhnt sie, »vermutlich haben sie dich dazu gezwungen.«

»Aber Astarte –«

Sie ist an seinen Erklärungen nicht interessiert. Sie versetzt dem Draht einen letzten Ruck, schwingt ein arrogantes Bein über den Sattel und ruckelt die Straße hinunter davon. Ihr Kleid ist über die

Schenkel nach oben gerutscht, und Jonathan sieht sie davonfahren. Seine Brust ist ein Schlachtfeld verwirrter Gefühle. Er weiß, dass dies das Ende bedeutet, dass sie ihm nie verzeihen wird und alle seine Hoffnungen zunichte sind, aber all das lässt den Anblick ihrer wütend strampelnden Rückseite nur desto ergreifender erscheinen, als entschwinde sie die Broad Street hinunter in eine andere Welt, verloren und für immer unerreichbar.

Von diesen hochtrabenden Gedanken wie versteinert, bemerkt er nicht, dass ein Exemplar von *Les Fleurs du Mal* (von Levine geliehen) aus seiner Jackentasche gefallen ist.

»Was in Teufels Namen haben wir denn hier?«

Er dreht sich um und sieht, dass sein schlechter Tag drauf und dran ist, noch schlechter zu werden. Hinter ihm, an der Spitze einer Phalanx von Kricketspielern, steht Gerald Fender-Greene. In seiner Hand, zwischen Daumen und Zeigefinger geklemmt wie ein sehr übel riechender Fetzen, befindet sich sein Buch.

»Hallo, FG«, sagt er vorsichtig.

»Ausländischer Mist«, erklärt Fender-Greene. Die anderen Kricketspieler recken die Hälse, um zu sehen, was er gefunden hat.

»Baudelaire«, liest einer. Es entsteht eine Pause, während der die Information verarbeitet wird. Dann das Verdikt: »Schwuler.«

Die Versammlung gerät in eine bedenkliche Stimmung. Athleten nehmen zwar nicht viel Notiz von Büchern, vor allem nicht von den subversiven und moralisch unterminierenden, wie sie von den Ästheten bevorzugt werden, doch der Name Baudelaire ist berüchtigt genug, um einen Eindruck hinterlassen zu haben. Jonathan wünscht sich so allmählich, er hätte sich für seinen ästhetischen Nachmittagstee ein anderes Requisit gewählt.

»Und«, sagt Fender-Greene, als verkünde er ein Todesurteil, »du hast Süßholz geraspelt.«

»Süßholz geraspelt?«

»Vor diesem – Mädchen da.« Er sagt es mit all der Gehässigkeit, die ein männlicher Mann, ein Mann, dessen Schenkel stets hübsch in Hosen stecken werden, für jemanden empfinden kann, um dessen nackte Beine bald ungehindert Luft zirkulieren wird. Es tritt eine Pause ein, und plötzlich sind ein Dutzend Augen auf den schmalen Ledergürtel gerichtet, der Jonathans Hose an seinem unwürdigen, Gedichte lesenden, sexuell zweifelhaften Körper festhält. Derselbe Gedanke kommt Schlagmann und Werfer gleichermaßen: Wenn ein Typ darauf besteht, sich effeminiert zu geben mit seinen Franzmann-Büchern und hübschen Freundinnen, mit welchem Recht trägt er dann solche flanellenen Symbole der Männlichkeit? Da besteht ein Ungleichgewicht. Das muss korrigiert werden.

»Zieht ihm die Hose aus!«

Ertönt der Ruf als Erstes, oder ahnt Jonathan ihn voraus? Wie auch immer, er legt einen Sprintstart hin, der eines Sportlerasses würdig wäre, und fegt die Broad Street hinunter, bevor die Uni-Elf überhaupt merkt, dass er weg ist. Sie setzen ihm nach, schreien unverständliches Zeug und schwenken Schläger und Schutzpolster über ihren Köpfen wie Regimentsfahnen. Passanten gehen vor ihnen in Deckung, denn sie erkennen eine Kriegspartei, wenn sie eine zu Gesicht bekommen. Jonathan rennt die Turl entlang, indem er sich zwischen erschrockenen Käufern hindurchschlängelt und einen klapprigen Altphilologiedozenten in die Ladentür eines Schneiders drängt. Der alte Fellow rappelt sich in gewandtem Küchenlatein fluchend wieder hoch, nur um von der Kricketspielerhorde von neuem über den Haufen gerannt zu werden, wobei sich seine Mappe mit unkorrigierten Übersetzungen und die Fahrradklammern in einem wirren Durcheinander über das Kopfsteinpflaster verteilen. Wenig später keuchen mit roten Gesichtern zwei Universitäts-Wachleute, ehemalige Armeeangehörige mit Melonen und schlechter Laune, in wilder Jagd hinter den Übeltätern her. Ihnen folgt eine Zahl untätig herumspazierender Studenten, die gierig darauf sind, Blut zu sehen. Jonathan rennt, ohne das Tempo zu verlangsamen, quer über die High Street, wobei er einem Taxi und einem Milchwagen gerade eben so ausweichen kann. Er wirft einen raschen Blick nach hinten und sieht, dass die Kricketspieler, die ja genau für diese Art von Gelegenheiten hart trainieren, ständig Boden gewinnen. Rosa und laut schreiend, wirken sie wie eine Schar übergroßer psychotischer Babys, aus deren Gesichtern die erschreckende Schlichtheit ihres Willens zum Hose-Ausziehen jeden anderen Ausdruck getilgt hat. Jonathan sieht, dass sie ihn einholen werden. Er ist drauf und dran, diese äußerste Demütigung auf sich zu nehmen. Er hat keine Chance mehr.

Doch das Schicksal, das heutzutage chronisch unentschlossen ist, gibt den Dingen wiederum eine neue Wendung. Vor sich sieht er eine Fata Morgana – Astarte Chapel, die mit Hilfe eines vorbeikommenden Geistlichen ihr Fahrrad von dem Draht befreit hat.

»Na los, Johnny-boy! Spring auf!«

Er kann es nicht glauben, aber wenn ihn das Leben eines gelehrt hat, dann, dass Glauben Privatsache ist. Er setzt sich rittlings auf ihren Gepäckträger, und einen Augenblick später saust er die High Street hinunter immer schneller seinen Verfolgern davon, die Arme um das Objekt seiner Begierde geschlungen in einem wundervollen, himmlischen Doppelritt.

Später, wenn er besser über die Gewohnheiten von Miss Astarte Chapel Bescheid weiß, wird er nach und nach ein Muster in den Ereignissen des Tages entdecken. Äußerlich entzieht sich die Mischung aus Gift und Nächstenliebe einer Erklärung. Ist sie wütend? Versöhnlich? Gleichgültig? Das sind schwer zu beantwortende Fragen – und diese Schwierigkeit ist vielleicht der springende Punkt, jedenfalls soweit es Astarte selbst betrifft. Sie hält viel davon, Jungen im Unklaren zu lassen. Beziehungen zu ihr bestehen aus einer Reihe von Paarbegriffen, positiv und negativ, die durch ein starkes Band zusammengehalten werden, als wenn einer den anderen durch eine physikalische Kraft, die noch genauer zu analysieren wäre, anzieht. Wenn sie dich ihre Hand halten lässt, haut sie dir zwei Stunden später eine runter. Wenn sie schwört, sie werde nie wieder mit dir reden, erscheint sie am nächsten Nachmittag garantiert an deiner Tür, für ein Picknick gekleidet. Und nachdem Jonathan über sie gelacht hatte, fasste sie natürlich den Entschluss, ihn zu retten und sich von ihm zum Tee einladen zu lassen.

Wie jedes wohl erzogene englische Mädchen hat man Astarte gelehrt, Qualitäten wie Vermögen oder Kinderstube über bloße Attraktivität zu stellen. Trotzdem gefällt ihr Jonathans Aussehen. Auch sein Ästhetizismus, denn Astarte ist dieses halbmythische Ding, von dem jeder schlaflose Maler- oder Dichterstudent träumt – die künstlerische Schönheit. Jonathan entdeckt dies während des Tees, eines Rituals, bei dem es Astarte wie bei vielen anderen Dingen in ihrem Leben gelingt, angestrengt bohemehaft und gleichzeitig äußerst britisch zu sein. Sie muss den Tisch mit Aussicht haben. Sie nimmt keine Milch. Sie sagt mit lauter Stimme, viel lieber wäre sie in Paris und würde einen Kräutertee trinken. Dann steckt sie sich geziert ein Plätzchen in den Mund, sagt »Lecker« und macht ein Gesicht wie ein kleines Mädchen in einer Pears-Seifenreklame. Sie und Jonathan sprechen über wichtige Dinge, oder vielmehr, sie spricht, und Jonathan beobachtet, wie sich ihre Lippen bewegen. Fast eine Stunde lang stützt er das Kinn auf seine Hände und stimmt ihr wortlos in allem zu, was sie sagt, wobei er versucht, sich nicht von den Geigenfantasien forttragen zu lassen, zu denen ihre Augen oder ihr Haar oder die Krümel inspirieren, die ihr im Mundwinkel hängen geblieben sind.

Paris spielt eine große Rolle in Astartes Unterhaltung. Ihr Vater möchte unbedingt, dass sie kosmopolitisch ist, eine Eigenschaft, die im traditionellen englischen Erziehungssystem zu kurz kommt. Wenn es ums Kosmopolitische geht, ist Paris das Zentrum der Welt, und dieses Jahr wird sie den ganzen Sommer dort verbringen. Sie ist natürlich früher schon da gewesen, aber nicht den ganzen Sommer. Paris, erfährt Jonathan, ist eine Stadt mit Élan, Ésprit und mehreren anderen Dingen, die mit Energie und Lebenskraft zu tun haben. Der Schlüssel zum Leben ist, mit dieser Kraft in Kontakt zu bleiben, die durch das Leben von heute verzettelt wird. Der moderne Mensch ist degeneriert (durch Zugreisen und Illustrierte), und die Lebenskraft zu erneuern ist inzwischen besonders dringend geworden. In diesem Licht betrachtet, ist ein Sommeraufenthalt in Paris etwas besonders Wertvolles. Astarte nennt all dies ihre Ästhetik. Jonathan ist noch nie einem Mädchen begegnet, das seine eigene Ästhetik besitzt.

Jeder nennt sie Star. Jonathan nennt sie Star. Sie schockiert gern, aber was ihn schockiert, sind nicht das Pistaziengrün oder die Armreifen (vom Volk der Fotse in Afrika, ein Geschenk von ihrem Vater), sondern ihre Ideen über die europäische Degeneriertheit. Er versteht nicht, wie jemand, der so aussieht wie sie, so denken kann.

»Aber habt ihr – haben wir denn keinen zivilisierenden Einfluss auf die anderen Rassen?«

»Ach, du dummer Johnny, die Zivilisation ist doch das Problem! Sie erstickt uns! Wir haben zu fühlen vergessen. Wir haben – verstehst du – den Kontakt zur Erde verloren. Wir sollten alles niederreißen und zu unseren primitiven Gefühls-Ichs zurückkehren, nackt über den Strand des Lebens laufen!«

An dieser Stelle kommt heraus, dass es an der Côte d'Azur einen Ort gibt, wo man das tun kann. Star ist selber noch nie an der Côte d'Azur gewesen, aber Edies älterer Bruder Freddie wohnt dort in einem Bauernhaus. Das heißt, eigentlich sind es mehrere Häuser, die zu einer Villa umgebaut worden sind, doch sehr rustikal und primitiv. Edie ist letzten Sommer runtergefahren und mit einer von Freddies Freundinnen nackt herumgerannt, und Jonathan muss versprechen, Edies Eltern nichts zu erzählen, die sehr rigoros sind, wenn's um Primitivität geht. Jonathan verspricht es, was ganz einfach ist, da er niemanden von diesen Leuten kennt, über die sie spricht.

So plötzlich, wie Star in seinem Leben aufgetaucht ist, verschwindet sie auch wieder daraus. Er versucht ihr gerade zu sagen, wie Leid es ihm tue wegen der Fahrräder, als sie ihn auf beide Wangen küsst, »Hab einen schönen Sommer!« sagt und aus der Teestube hinausrauscht, wobei das Glöckchen über der Tür hinter ihr her bimmelt. Er überlegt, ob er etwas falsch gemacht hat, es fällt ihm aber nichts ein. Sie hat nicht verstimmt gewirkt. Sie schien glücklich zu sein. Verwirrt, doch in Hochstimmung schlendert er zum College zurück. Ungefähr auf halbem Wege fallen ihm die Kricketspieler wieder ein, und er zieht das Tempo an und wird erst wieder langsam, als er in seinem Zimmer ist.

Am nächsten Tag geht er hinüber zu Stars College, um für sie ein Briefchen abzugeben. Als er es dem Pförtner gibt, erfährt er, dass Miss Chapel zu den großen Ferien abgereist ist und nicht vor September in Oxford zurückerwartet wird. Die Nachricht löst eine merkwürdige Krise aus. Er steht vor dem Tor und fühlt sich verletzt und betrogen. Star hat ihn einen kurzen Blick auf etwas werfen lassen und es dann sofort wieder weggenommen. Er stapft zum Barabbas zurück, setzt sich verzweifelt in den Garten und sieht der College-Schildkröte zu, wie sie würdevoll über den Rasen zockelt. In der Nacht hat er einen Albtraum von den Kricketspielern. Sie haben sich um das Hundertfache vermehrt, und Legionen von Männern in weißem Flanell hetzen ihn durch die Straßen. Der Traum ist ungeheuer deutlich und kommt mehrere Nächte wieder. Er spult sich in seinem Hirn ab wie ein Horrorfilm. Er bleibt auch am Tag lebendig, und Jonathan ertappt sich, dass er zu Hause bleibt, weil er fürchtet, Fender-Greene auf der Straße zu begegnen. Als er schließlich das Gefühl hat, die alten steinernen Mauern würden ihn jeden Moment erdrücken, nimmt er den Zug nach London und verbringt im Alkoholnebel ein schlafloses Wochenende zwischen Kneipen und Nachtclubs. Er fängt zwar im West End an, es zieht ihn aber stetig nach Osten und Süden, bis er den Abend unter einem Tisch in einer Kaschemme namens Fishy Mitten in einer Gasse in der Nähe der Ostindien-Kais beendet. Dort endlich fällt er in einen seligen, traumlosen Schlaf.

Eine Woche später wird sein Koffer in einen Zug nach London verfrachtet, und langweilige Sommerferien nehmen ihren Anfang. Mr. Spavin macht sich über Jonathans Zukunftspläne Gedanken und findet, es wäre das Beste, wenn er die Nase ein wenig in die Welt der Arbeit steckte. In Paris zu arbeiten, wie Jonathan es vorgeschlagen hat, wird als undurchführbar abgelehnt. Seine Argumente, es gelte die Degeneration des europäischen Menschen zu bekämpfen, beeindrucken Mr. Spavin nicht. Was soll denn der Junge tun? Er hat angedeutet, dass er nicht mehr wünscht, in den Colonial Service einzutreten. Fürs Militär scheint er nicht geeignet zu sein. Die Antwort ist klar: Jura. Juristische Erfahrung ist das, was er braucht, und zufällig benötigt die Kanzlei Spavin & Muskett eine Schreibhilfe. Was könnte da einfacher sein?

Zwischen Hauptbüchern lebend begraben, quält sich Jonathan durch die Tage. Während er Akten von einem Zimmer ins andere schleppt, rennt er in Gedanken nackt an der Côte d'Azur herum. Ihn schaudert bei der Vorstellung, was Star von Spavin & Muskett halten würde: Zivilisation an ihrem absoluten Tiefpunkt. Die anderen Gehilfen sind bleiche Schatten, die entweder über Fußball oder Geld reden, und die beiden Partner mit ihrer blühenden Gesichtsfarbe und der ewig gleichen Geschäftsroutine scheinen ihm nichts zu besitzen, was einem starken Gefühlsleben ähnlich sehen könnte. Jonathan besieht sie sich genau in der Hoffnung, zumindest *ein* inneres Verlangen aufzuspüren – er entdeckt keines. Mr. Muskett schreit gelegentlich die Stenotypistinnen an, aber das scheint eher auf fettes Essen und mangelnde körperliche Bewegung zurückzuführen zu sein als auf einen Ausbruch nordischer Seelenfülle. Aus Juli wird August. Dicke Hummeln schlagen gegen die schmutzigen Fensterscheiben, und die Jurisprudenz entzieht ihm allmählich alles Leben, bis sogar seine Haut gelb zu werden und die Farbe von Schenkungsurkunden und Testamenten anzunehmen scheint.

Eines Nachmittags schwebt der junge Muskett durchs Büro, wie üblich in Tenniskleidung. Während er sein Profil in die vorteilhafteste Stellung bringt und sich auf den Hacken wiegt, schildert er einen herrlichen Urlaubstag im Automobil. »In Cornwall herumgebrettert«, so drückt er es aus. Im Wolseley eines Freundes in Cornwall herumgebrettert. Er ist nur eben auf der Durchreise in London, das bei der Hitze einfach grauenhaft ist. Er weiß gar nicht, wie Bridgeman das aushält. Zum Glück wird er es selbst nicht lange ertragen müssen, denn morgen reist er ab zu einer Landhausparty an der Côte d'Azur. Jonathans gequälter Gesichtsausdruck verrät ihn. Armer Bridgeman, lacht Muskett. Armer Bridgeman mit seinen Tintenfingern, der den ganzen Sommer für Vater arbeiten muss. Wünsche nächstes Mal mehr Glück, alter Junge.

Danach hat Jonathan das Gefühl, die Kanzlei Spavin & Muskett sei eine lebende Hölle. Er läuft in einer Wolke aus Eifersucht herum, von Visionen gepeinigt, in denen Star und Muskett sich im zweitwichtigsten Teil Frankreichs darauf einigen, ihre primitiven Ichs zu akzeptieren. Eine von den Stenotypistinnen versucht ihn zu trösten, indem sie mit ihm zum Papierschrank geht und ihm klarmacht, dass es keinen Beweis gibt, dass die beiden sich überhaupt kennen. Trotz ihrer größten Bemühungen bleibt er untröstlich. Um die Zeit, als das Semester wieder beginnt, hat er seine Verdächtigungen zu einer dreiaktigen Orgie weiterentwickelt, in der die beiden ein Liebespaar sind, das sich in den heftigen Kämpfen einer gymnastischen, teuer finanzierten Leidenschaft auf einem silbernen Strand herumwälzt.

Als Jonathan nach Oxford zurückkommt, ist alles verändert – oder gleich geblieben, es ist schwer zu sagen. Rudolph Valentino gibt es noch immer im Kino in der George Street, allerdings in einem anderen Film. Die »Biber«-Manie ist durch, und bärtige Männer können sich ohne Furcht vor Spott auf den Straßen bewegen. Jemand hat die Mode kreiert, Pullover zu tragen. Ein unternehmungslustiger Mensch mit Sinn für Eigenreklame hat einen Bus gemietet, der im Stadtzentrum herumfährt und an dessen Seiten sein Name gemalt ist. Es gibt neue Gesichter, nervöse junge Männer, die fragen, wie man zu Plätzen kommt, vor denen sie stehen, aber sie sehen genauso aus wie die alten Gesichter, die sie ersetzt haben.

Jonathan hört sich Geschichten von Wandertouren durchs Berner Oberland und Besuchen von Kirchen in Italien an. Jemand war in der Karibik segeln. Jemand anderer ist in New York gewesen. Er gesteht nicht, dass er in einem Büro gearbeitet hat, sondern zieht es vor, Andeutungen darüber fallen zu lassen, dass er aus einem Strudel geheimnisvoller und eleganter Londoner Partys gar nicht herausgekommen sei. Er findet nicht, dass er sich überzeugend anhört. Als er am dritten Semestertag mit einem Mahjongg-Lehrbuch unter dem Arm aus einem Buchladen tritt, sieht er Astarte Chapel, von oben bis unten in Blassgelb gewandet, die High Street entlangradeln. Er ruft ihr hinterher. Sie dreht sich um und winkt unschlüssig.

»Star, du bist zurück!«

»Natürlich, Chéri. Wie du siehst.«

Den Sommer über hat sie sich einen sehr seltsamen Akzent zugelegt. Ihre Haarmähne ist verschwunden, zu einem strengen, geometrischen Bubikopf getrimmt. Farblich ist sie in fabelhafte Harmonie gebracht. Sogar ihre Schuhe sind blassgelb.

»Wie wunderbar. Hast du dich denn gut amüsiert?«

Sie seufzt und rollt die Augen, als wollte sie der Unmöglichkeit Ausdruck verleihen, die Freuden der vergangenen drei Monate in Worte zu fassen. Das unwillkommene Bild des jungen Muskett tritt ihm plötzlich vor Augen.

»Bist du in Paris geblieben?«

»Oui, Chéri.« Sie lacht melodisch. »Tut mir furchtbar Leid. Ich bin gar nicht mehr gewohnt, englisch zu sprechen. Ja, ich bin in Paris geblieben. Es war göttlich.«

»Du bist nicht in den Süden gefahren?«

»Oh, doch doch – für zwei Wochen. Ich hab bei Freddie gewohnt.«

»Oh.« Jonathans Inneres entwirft ein rasches Pastell von ihr in umherwandernder Strandnacktheit, das er sofort wieder übermalt. Sie schaut sich ungeduldig um, als suche sie nach anderen Leuten, die sie begrüßen könnte. Dann seufzt sie.

»Also, Chéri, kommst du mit?«

»Mitkommen, wohin?«

»Zum Vortrag meines Vaters. Er spricht über seine Afrikaner.«

Natürlich geht Jonathan mit. Er geht neben ihr, während sie ihr Fahrrad übers Pflaster schiebt. Sie reden über Professor Chapels Arbeit bei den Fotse, einem Stamm, der in einer entlegenen und unzugänglichen Gegend Westafrikas lebt.

»Sie müssen wunderbar primitiv sein.«

»Ja, es ist ein Jammer um die armen Schätzchen. Die meisten tragen noch nicht mal Kleider, es sei denn, sie verlassen das Dorf. Bloß jede Menge Glasperlen und diese ziemlich hübschen Armreifen.« Sie fuchtelt mit den Armen, was das Klickern hervorruft, das er so sehr liebt.

»Aber – ich dachte, du wärst für Primitivität.«

»Du bist ein komischer Junge! Die Fotse sind Wilde! Ich meine, sie haben nie auch nur ein Badezimmer zu Gesicht gekriegt. Daddy muss jedes Mal ein zusammenklappbares mitnehmen, wenn er sie besucht. Natürlich behandeln sie ihn wie einen großen Häuptling. Es ist anscheinend sehr beeindruckend …«

Das hohe Ansehen, das Professor Chapel bei den Fotse genießt, beschäftigt sie, bis sie im Hörsaal sind. Der Professor ist offensichtlich ein beliebter Redner, denn der Saal ist dicht mit ernsthaften, jungen, sich drängelnden, in den Gängen sitzenden und auf den Fensterbänken hockenden Anthropologen gefüllt. Stars Auftritt ist spektakulär und löst einen Wirbel von Begrüßungen und eifersüchtigen Blicken in Richtung Jonathan aus. Er nimmt neben ihr in der ersten Reihe Platz, auf einem Stuhl, der von einem trübselig grinsenden jungen Fellow geräumt wird, und einen Moment lang hat er das Gefühl, das Leben entschädige ihn für seinen Sommer bei Spavin & Muskett. Während er es sich bequem macht, ein Bein über das andere schlägt und die Bügelfalten seiner Hose glatt zieht, wirft er verstohlen einen Blick zu Star hinüber. Ihre Augen sind mit dickem Tutanchamun-Schwarz umrandet, und sie sieht noch schöner aus, als er sie in Erinnerung hatte, irgendwie raffinierter und wissender. Er versucht, an keine Gegend in Frankreich südlich des Midi zu denken.

Jonathan ist gerade in einen quälenden Traum über Cap d'Antibes vertieft, als die Tür auffliegt und Professor Chapel durch die

Zuhörerschaft zur Vorderseite des Saales schreitet. Star winkt und artikuliert mit den Lippen: »Hallo, Daddy.« Der Professor ist ein eindrucksvoller, bulliger Mann, nicht groß, aber schwer, mit prallem Brustkorb und Bauch, die sich unter seinem zerknitterten Tweedanzug blähen. Der Kopf ist ein dicker Klotz, die Gesichtszüge derb und ausgeprägt. Er grüßt seine Tochter mit einem väterlichen Lächeln und blinzelt Jonathan, den er vergeblich unterzubringen versucht, grimmig an. Dann schlurft er weiter, fischt in seiner Aktentasche nach seinen Notizen und zieht, als er sie schließlich mit einem lauten »Aha!« findet, einen Kamm hervor, kämmt ein paar weißblonde Haare über seinen fast kahlen Schädel, trommelt mit den Fingern auf das Rednerpult und beginnt.

Die sozialen Sitten und Gebräuche der Fotse, erklärt er, sind so komplex wie undurchsichtig. Sie hüten Ziegen in einer trockenen und bergigen Region, und da ihre Gebiete fern der traditionellen Handelswege liegen, sind sie von der größeren Welt weitgehend in Ruhe gelassen worden. Sie sind noch heute, stellt er mit zufriedener Miene fest, nahezu unverdorben. Die Fotse leben voneinander getrennt in Gehöften, die aus kegelförmigen Hütten bestehen, wobei jeder Hauptwohnplatz von kleineren Speichern und Lagerräumen umgeben ist. Die dicht beisammen stehenden spitzen Dächer lassen ihre Wohnstätten wie Loireschlösser aus Lehm und Stroh erscheinen. Der Professor hat drei Reisen ins Land der Fotse unternommen, und jedes Mal hat er diese Formen sehr ansprechend gefunden. Um jede Fotse-Siedlung herum findet man stets Felder, auf denen Hirse angebaut wird, viel weitläufigere Weideflächen und ein befestigtes Gehege, in das am Abend die Ziegen, Hauptquelle des Reichtums der Fotse, getrieben werden.

Der Professor betont ausdrücklich, dass seine Darstellung vereinfacht ist. Trotz umfangreicher Studien ist die Erbschaftspraxis der Fotse noch immer nahezu unentwirrbar. Das Problem liegt in dem Begriff »Fo«, der für jedes Verständnis des Weltbildes der Fotse entscheidend ist. Ja, schon das Wort »Fotse« ist eine Zusammensetzung aus »Fo« und »Tse«, »Das Volk, das Fo spricht / macht / tut.« Die Fotse benutzen das Wort »Fo« zwar auch, um ihre Sprache zu benennen, aber im Allgemeinen bezieht es sich auf einen Prozess von Tauschgeschäften und Unterhandlungen, die erst nach dem Tod eines Fotse abgehalten werden.

Sitte ist es, die Ziegen, Ländereien und Besitztümer eines toten Fotse unter mindestens zwölf nahen Verwandten zu verteilen. Die Aufteilung wird sehr ernst genommen, und die Anteile (deren Proportionen von den Fotse-Ahnen festgelegt wurden) müssen ganz genau sein. Das bedeutet, dass Erben sich oft im Besitz abstrakter Größen finden, wie zum Beispiel drei Vierteln eines Stiers oder eines Drittels einer Ehefrau. Im Laufe der Jahrhunderte ist Fotseland und vor allem das Land, in dem Wohnstätten errichtet werden, so viele Male unterteilt worden, dass einzelne Parzellen nicht größer als zwei oder drei Quadratfuß sein können. Dasselbe trifft auch auf die meisten anderen Güter und Dienste zu. Zur Sitte des Fo gehört die Zusammenlegung dieser winzigen Anteile zu nutzbaren Größen – ganzen Ehefrauen, bestellbaren Feldern und so weiter – durch die Praxis des Tauschhandels. Da Erben eines verstorbenen Fotse eine Verpflichtung haben können, Fo-Erträge mit ihren eigenen Verwandten zu teilen, die ihrerseits eine Reihe von Fo-Verpflichtungen haben, können diese Verhandlungen verteufelt kompliziert werden, eine Kompliziertheit, die durch die Liebe der Fotse zur Spekulation noch weiter gesteigert wird.

Während der Zeit des Fo (die praktisch ständig herrscht, da die meisten Fo-Erbschaften zu ihrer Lösung länger als ein Jahr brauchen und einzelne Fotse üblicherweise mit mehreren parallelen Fo-Verhandlungen beschäftigt sind) ist es zulässig, »Gofo« einzuleiten – »auf« oder »oberhalb von« Fo. Dabei handelt es sich um ein System, auf künftige Fo-Ergebnisse zu wetten und zu versprechen, bestimmte Grundstücke oder eine Anzahl von Ziegen zu tauschen, wenn ein bestimmtes Fo-Erbe fällig wird. Wenn ein Fotse glaubt, dass sein Nachbar drei Regenzeiten später ein Stück Land erben wird, an dem er interessiert ist, kann er sich verpflichten, eine feste oder wechselnde Zahl von Ziegen (oder abstrakten Ziegen-Anteilen oder ihrem Gegenwert in Handelswaren) gegen dieses Stück Land zu tauschen, vielleicht mit der Klausel einer guten (oder schlechten) Hirseernte, oder dass eine andere Fo-Verhandlung ihn nicht verpflichtet, das Stück Land aufzugeben, mit dem er das Stück Land zusammenzulegen plant, welches Gegenstand der Gofo-Verhandlung ist.

Gofo-Zusagen ihrerseits können ebenfalls getauscht werden, und gewöhnlich ist es so, dass eher durch die Zusammenlegung von Versprechungen als durch die Güter selbst Fotse-Vermögen entstehen. In der Legende der Fotse ist der Schwindler/Held Lifi so gerissen im Manipulieren von Gofo-Verhandlungen, dass er oft im Besitz aller Fotse-Herden und -Ländereien ist; allerdings verliert er sie normalerweise auch gleich wieder wegen seiner Liebe zum Hirsebier. Inhalt eines großen Liederzyklus (für dessen vollständigen Vortrag Fotse-Barden bis zu drei Wochen benötigen) ist die Aufzählung der gewitzten Verhandlungen, durch die Lifi die Hand der Himmelsfürstin Neshdaqa gewinnt, indem er einen winzigen Anteil an der gefleckten Lieblingskuh ihres Onkels übernimmt. Fo-Verpflichtungen werden in Glasperlenketten festgehalten, wobei verschiedene Farben und Perlenarten unterschiedliche Stadien der Geschäfte anzeigen; hierbei variieren die genauen Muster leicht von einem Distrikt zum nächsten. Und so geben die Fotse ein buntes Bild ab, vor allem bei Beerdigungen.

Professor Chapel glaubt, dass Fo der Grund dafür ist, dass die primitiven Fotse technisch und gesellschaftlich so wenig entwickelt sind. Fo-Unterhandlungen sind so Zeit raubend, dass sie die meisten anderen Belange verdrängen. Das völlige Fehlen eines Nützlichkeitsbegriffes in der Kultur der Fotse bedeutet, dass das Aussterben des Stammes seiner Ansicht nach schließlich unvermeidlich ist. Er schweift in eine Schilderung von Fotse-Hochzeitszeremonien ab (die Ehe wird von den Fotse nur als Unterform des Gofo aufgefasst), und Jonathan wirft heimlich einen Blick auf Star, die eingeschlafen zu sein scheint.

Auch der Professor ist innerlich woanders. Er hat seinen Vortrag »Allgemeine Einführung in die gesellschaftliche Gliederung der Fotse« dutzende Male gehalten, und während er die Worte, die in seinem vergilbenden Typoskript niedergelegt sind, ausspricht, ist er weit weg und erkundet gerade eine Reihe vergnüglicher geistiger Assoziationen, die in seine Zeit als junger Lehrbeauftragter zurückreichen, heroischen Zeiten, bevor die Anthropologie als Fach gänzlich aus ihrer Larvenhülle geschlüpft war. An bestimmten Stellen seines Vortrags tauchen Bilder in seinem Inneren auf, die mit den Fotse oder ihren Sitten und Gebräuchen überhaupt nichts zu tun haben. Es sind Erinnerungen, Empfindungen, die durch die Wiederholung der vertrauten Worte freigesetzt werden wie die elektrische Spannung aus einer Batterie. Sie sind lebhaft, direkt und merkwürdig zwanghaft; wenn sie eintreten, hat der Professor das Gefühl, als winde sich etwas in seinem Innern, was ihm ziemliches Wohlbehagen bereitet.

Psychologie hat nie zu Henry Chapels Interessensgebieten gehört, doch wenn, dann hätte er versucht sein können, seine Kindheit nach einer Erklärung zu durchforschen. Als ein Baby, das seine Klapper hundertmal hintereinander aus seinem Kinderwagen warf, hatte er jedes Mal dasselbe Vergnügen, wenn sein Kindermädchen sie aufhob und ihm wiedergab. Die Rückgabe der Klapper löste ein Glücksgefühl aus, das Prickeln des Voraussehbaren, des Beherrschten. Später wurden Nähkästchen ausgeschüttet und neu geordnet, alle blauen Knöpfe in das eine Fach, alle Fingerhüte in ein anderes. Noch später wurden Sammlungen angelegt – von Münzen, Briefmarken, Schmetterlingen und anderen ungewöhnlichen Dingen wie Eintrittskartenabschnitten und Kirschkernen. Was dem kleinen Henry solches Vergnügen bereitete, war nicht, wie es bei anderen Kindern der Fall ist, die Komplettierung einer Serie, das Streben nach Vollständigkeit. Es hatte etwas mit Beschäftigung zu tun, mit der Handbewegung, einen Klebefalz auf die Rückseite einer roten One-Penny-Marke zu kleben oder den Silberdollar in die Höhe zu heben, um ihn im Licht funkeln zu lassen. Jedes Mal war das Vergnügen dasselbe Vergnügen, genau dasselbe Vergnügen, das die ganze Erregung und Freude von damals wieder wachrief, als die Handlung zum ersten Mal vollzogen wurde. Trage den Kasten mit den Münzen ins Wohnzimmer. Hebe den Dollar mit der linken Hand in die Höhe, nicht mit der rechten… Wie schön! Wie nett von Onkel Alfred, dass er ihn mitgebracht hat! Um die Zeit, als er zehn war, hatte er hunderte dieser Rituale, jedes dazu da, eine kleine Gefühlsladung abzufeuern, alle mit einer einzigartigen frommen Hingabe durchgeführt.

Die Ereignisse (vor allem eine schlechte Auffassungsgabe für Mathematik) verschworen sich gegen die Pläne des jungen Henry, Physiker zu werden, und so zog es ihn zum Studium der Kulturen und Völker, bei denen er dieselben rigorosen Klassifizierungen gebrauchte, die er auf Sterne und Elementarteilchen anzuwenden gehofft hatte. Es machte ihm nicht allzu viel aus, denn das Vergnügen, die schlampigen Formen des Lebens in die sauberen Schemata einer Theorie einzupassen, war das Gleiche, ganz egal, was der Untersuchungsgegenstand war.

Silberdollar… Kirschkern… Zylinderspule… Bewohner der Andamanen…

Aha!

Oxford winkte, und später dann Afrika, obgleich Afrika erst wirklich wichtig wurde, als für ihn Oxford erschöpft war. Für einen Geist wie Professor Chapel bekommen Orte schnell etwas unordentlich Überfülltes. Wenn man sich irgendwo an irgendetwas erinnert fühlt und es nichts weiter braucht als eine Handbewegung, einen Geruch, ein Wort oder ein Fetzchen Musik, um die alten Gefühle voll wiederherzustellen, ist es oft verlockend, einfach die Handbewegung auszuführen, das Wort zu sagen oder in der Tasche ein altes Taschentuch zu haben, das einen einzigartigen Moschusgeruch verströmt, um den Dingen weiterzuhelfen. Sollte ein dreimaliges Klopfen mit dem Stock gegen den Bordstein vor dem Worcester College einen glücklich machen, weil es an den Nachmittag erinnert, an dem man die Anstellung auf Lebenszeit erhielt, ist es ein natürlicher Zug, jedes Mal mit dem Stock dagegen zu klopfen, wenn man vorbeikommt. Wenn sich solche Assoziationen allzu dicht auf jedem Fleckchen Erde festsetzen, kann der Weg die Beaumont Street hinunter Stunden in Anspruch nehmen.

Poetische Franzosen sind von ähnlichen Zuständen geplagt worden, aber Chapel ist aus härterem Holz geschnitzt. Er ist in der Lage, sich zu beherrschen, außer in Fällen äußerster Erregung, und normalerweise sind die kleinen Marotten unauffällig genug, um verborgen zu bleiben. Vielleicht haben einige Leute bemerkt, dass er im Käsegeschäft unweigerlich die »Ode an die Freude« pfeift (Erotik, der Duft von Cheddar, ein intimer Augenblick 1899) oder dass er vor Christ Church immer erst drei Fahrzeuge vorbeifahren lässt, ehe er über die Straße geht (Erleichterung, schrecklicher Verkehrsunfall, Mann, der nicht geguckt hat, 1908). Aber nicht viele. Es liegen jedoch überall in der Stadt weniger diskrete Landminen der Erinnerung vergraben. Jedes Mal, wenn er das Barabbas College betritt, verspürt er den Drang, sich mit der nächstbesten dunkelhaarigen Person auf etwas einzulassen, was nur als Liebkosen bezeichnet werden kann, weil es ihn an etwas erinnert, das sich 1902 bei einem College-Festessen zugetragen hat. Es gibt auch eine Stelle im Park der Universität, wo er 1897 über ein Liebespaar gestolpert ist. Heute meidet er die Stelle vollkommen, da er inzwischen eine ungesunde Faszination dafür entwickelt hat.

Das war eine dunkle Phase. Als er um ein Haar von einem Polizisten geschnappt wurde, ehe er Zeit genug hatte, seine Hose wieder anzuziehen, wusste er, dass er etwas unternehmen musste. Oxford war zu einem Palimpsest geworden. Jedes Mal, wenn er durch Oxfords Straßen ging, war er gezwungen, sich all die vorangegangenen Male, die er sie durchschritten hatte, in kleinen Ritualen zu Bewusstsein zu führen, einer Kaskade von Ticks, gemurmelten Worten und abrupten Gesten, was den Klatsch im Professorenzimmer schwere Überarbeitung diagnostizieren ließ. Chapel fühlte sich in der Falle und begann davon zu träumen, an einen neutralen Ort zu entfliehen, der ihm vollkommen, absolut gleichgültig wäre.

Afrika!

Der Gedanke, einige von den Völkern, über die er gearbeitet hatte, tatsächlich zu besuchen, war ihm noch nie gekommen, aber Feldforschung kam gerade in Mode, und nirgendwo schienen ihm die Gegenden neutraler als in den Wüstenländern nördlich der Ölflüsse in Britisch-Westafrika. Die Fotse waren von einem französischen Missionar kurz beschrieben worden, der Wissenschaft aber ansonsten unbekannt. Voller Erregung stellte Chapel, als er über einer Landkarte brütete, fest, dass nichts an ihrem Land ihn an das geringste bisschen erinnerte. Der größte Teil der Karte war leer und weiß. Und sobald die nächsten langen Ferien nahten, machte er sich auf den Weg.

Das war vor vielen Jahren. Trotz der Entbehrungen des Lebens der Fotse entdeckte Chapel in Afrika, was er gesucht hatte. Alles war neu. Alles war wohltuend unbekannt. Die Eingeborenen, die sich zu seiner Begrüßung unter dem großen Jasminbaum in der Mitte ihres Dorfes versammelten, sahen vollkommen anders aus als der übliche Raum voller Professoren oder ein Hörsaal voller Studenten oder eine Teegesellschaft oder eine Kirchengemeinde oder ein Theaterpublikum. Das Land dehnte sich in alle Ewigkeit, ein einförmiges, exotisches Rot. Als er zum Herbstsemester nach Oxford zurückkehrte, fühlte er sich wie neu – oder vielmehr Oxford erschien ihm wie neu. Der Reinigungseffekt hielt mehrere Jahre an. Als es wieder schlimm wurde, unternahm er weitere Feldforschungen. Es ergab sich ein Rhythmus, der nur durch den Krieg unterbrochen wurde. Alle paar Jahre verbrachte der Professor die Ferien in Fotseland, machte Aufzeichnungen über das Volk und versuchte, kein unabgekochtes Wasser zu trinken: Sie hatten die ärgerliche Angewohnheit, es ihm zu offerieren, und das selbst noch, nachdem er ihnen erklärt hatte, dass es ihn krank mache.

Bei seinem vierten Besuch kam er zu einer Erkenntnis, die seinen Ruhm begründete und ihn als einen der bedeutendsten Afrikanisten seiner Generation bestätigte. Die Erkenntnis drehte sich ums Wasser. Die Sache war langsam absurd geworden. Überall, wohin er in Fotseland kam, rannten die Leute mit Bechern heraus und schrien, er solle nehmen, trinken, seinen Durst löschen. Auf seiner ersten Reise hatte er vermutet, es handle sich einfach um traditionelle Gastfreundschaft, und pflegte mit wohl durchdachten und ermüdenden Höflichkeitsfloskeln abzulehnen. Dann kam er nach und nach dahinter, dass die Flüssigkeit in den dargereichten Kalebassen und Bechern viel schmutziger war als das meiste Wasser in Fotseland. Es war, als würden die Dorfbewohner sich große Mühe geben, es so schmutzig zu machen. Eine Zeit lang beherrschten ihn paranoide Gedanken. Erst als ihm, als er das vierte Mal im Land war, ein Krug mit grün-braunem Schleim gereicht wurde, auf dessen Oberfläche etwas nicht zu identifizierendes braunes Festes schwamm, da ließ er durch einen Dolmetscher fragen, ob es dafür einen Grund gebe.

Gofo, war die Antwort.

Nach stundenlangem Nachfragen kam er dahinter, was das Wort bedeutete. Ganz allmählich, Woche für Woche, kam die Wahrheit zum Vorschein. Es war offenbar so, dass bald, nachdem er das erste Mal ins Land gekommen und von dem Stamm aufgenommen worden war, seine Überlebenschancen debattiert und als schlecht bewertet worden waren. Dorfälteste der Fotse meinten, dass Krankheit, Hitzschlag oder ein Leopard den weißen Mann mit großer Sicherheit innerhalb von ein paar Wochen töten würden. Dieses Urteil galt nicht als strittig, weil es bisher immer so gewesen war. Auf dieser Grundlage und davon ausgehend, dass er praktisch ein Einzelgänger ohne Clan oder soziale Bande war (er war ohne Ziegen, Frauen oder Söhne an der Spitze einer Kolonne von Hausa-Trägern angelangt), nahmen sie eine Bewertung seiner Kleidung und Besitztümer vor, die sie in Nominalmengen von Ziegen, Ehefrauen und Hirse umrechneten. In Erwartung seines alsbaldigen Todes wurden diese Fo-Summen unter den angeseheneren Dorfältesten aufgeteilt und augenblicklich Gegenstand heftigster Gofo-Tauschgeschäfte.

Als Chapel lebend abreiste, herrschte große Enttäuschung. Der Gofo hatte ganz nach Gofo-Weise mehrere gewaltige Anhäufungen von Versprechungen auf sich gezogen, die bedeutende Teile an Fotseland und -besitztümern umfassten. Die auf dem Spiel stehenden Summen und Mengen waren inzwischen ungeheuer angewachsen, und weil ein Paar von Chapels Reitstiefeln von zwei rivalisierenden Clanoberhäuptern unterschiedlich bewertet wurde, hatte der Streit politische Dimensionen angenommen. Doch solange er am Leben blieb, konnte nichts entschieden werden. Und so war, als er zwei Jahre später zurückkam, die Begrüßung ekstatisch. Dies war (wie er in *Einige Monate in einer Hütte ohne Wasserleitung*, seinem populären Bericht über die ersten beiden Reisen, geschrieben hatte) nicht etwa »ein Ausbruch unbeherrschter Freude über die Rückkehr eines großen Häuptlings«, sondern pure Erleichterung darüber, dass die strittigen Verhandlungen, die zu einer schwärenden Wunde am Gemeinwesen der Fotse geworden waren, endlich die Chance hatten, beendet zu werden. Aber wieder wurden die Fotse enttäuscht, und die nächsten paar Jahre erzeugte die Angelegenheit weiterhin Spannungen zwischen Clans im Norden und Süden. Während dieser Zeit fand eine gewisse Auffächerung der Positionen statt, entsprechend nahm die Zahl der potenziellen Erben zu, bis (wie der Gewährsmann schüchtern verriet) inzwischen fast jeder in Fotseland Aussicht darauf hatte, nach Chapels Tod eine kleine, aber bedeutsame Pauschale zu erhalten. Doch damit war es mit der Kompliziertheit noch nicht am Ende. Wegen der Zusammenlegung einer Reihe von Unterhandlungen, bei denen es um im Süden gelegenes Weideland am Fluss ging, musste auf bestimmte Bedingungen eingegangen werden. Nur wenn eine der vielen in Fotseland endemischen, durch Wasser übertragenen Krankheiten den Tod Chapels verursachen würde (der Weidelandfall drehte sich um einen obskuren Streit über die Todesrate der an solchen Krankheiten eingegangenen Ziegen, den man mit der strittigen Bewertung der Stiefel verknüpft hatte, einer Zahl, die weitgehend von der zu ihrer Herstellung nötigen Ledermenge abgeleitet war, nämlich dem Sechzehntel einer Kuh), würde der Gofo die lange erwartete Massenverteilung an Reichtümern auslösen.

Die Entdeckung, dass ihn alle wegen seiner Stiefel mit Bilharziose anzustecken versucht hatten, war beunruhigend. Der Professor war sich nicht sicher, ob er richtig verstanden hatte. Die meisten Feinheiten von Gofo entgingen ihm, und eine Zeit lang meinte er, er laufe Gefahr, ermordet zu werden, weswegen er mit einem Revolver unter dem Kopfkissen schlief. Er überlegte, ob er nicht abreisen solle, wurde aber von seinem Dolmetscher überzeugt, dass eigentlich niemand einen Groll gegen ihn hegte. Der Dolmetscher versicherte ihm, dass er vielmehr sehr beliebt sei, und der Wunsch, dass er sich ein Fieber zuziehen und sterben möge, sei nichts als eine geschäftliche Angelegenheit und habe keineswegs etwas mit seinen persönlichen Beziehungen zu irgendjemandem zu tun. Der Dolmetscher erinnerte ihn daran, dass es für einen Fotse unehrenhaft sei, ihn zu töten. Das beruhigte ihn – ein wenig.

Obgleich direkter Mord außer Frage stand, räumte der Dolmetscher ein, dass die Verabreichung schmutzigen Wassers durchaus als akzeptierter Einsatz gerade noch erlaubter Mittel gelte. Niemand erwarte im Ernst, dass er sterben werde, da er im Laufe der Jahre große Mengen schmutziges Wasser getrunken habe, ohne es zu wissen, in seinem Essen und so weiter, und jetzt gebe es Gerüchte, dass irgendwelche Spekulanten in der Eidechs-Gesellschaft eine profitable Wette um die Behauptung aufstellten, dass er ein langes und gesundes Leben führen werde. Er solle nach Zeichen Ausschau halten. Wenn ihm zum Beispiel zum ersten Mal die klein gehackten männlichen Geschlechtsorgane eines Kamels aufgetischt würden, dann wäre das ein Signal für eine positive Veränderung. An die Stelle des Wassers von früher träten nun bald Hoden, um ihm Zeugungskraft zu verleihen. Professor Chapel war immer schon ein Phlegmatiker gewesen, der verstand, wie wichtig es ist, im Leben die Geschäfte von den Gefühlen zu trennen. Und so trotzte er dem Sturm und kehrte am Ende des Sommers nach Oxford zurück, um über seine Entdeckungen nachzudenken.

Was ihn beeindruckte, war nicht Gofo, den er eher für Zeitverschwendung hielt, sondern die Tatsache, dass sich die Fotse über die Übertragung von Krankheiten durch Wasser im Klaren waren. Sein Buch *Magie und Medizin unter den Fotse*, das er daraufhin schrieb, sollte ein früher anthropologischer Klassiker werden. Zu der Zeit, als er seine nächste Reise unternahm, war er bereits eine akademische Legende, von seinesgleichen umworben, von Studenten in Massen heimgesucht und ausgezeichnet mit der Pargetter-Medaille für Fortschritte in der Erforschung rückständiger Völker.

Gedanken an seine ruhmreiche Karriere, leicht ausgeschmückt, treffen immer mit dem letzten Absatz des Vortrags über die »Soziale Organisation« zusammen und erinnern den Professor, dass es Zeit ist, zum Schluss zu kommen. Er endet mit seinem üblichen rhetorischen Schnörkel (ansteigender Ton, ein paar verwegen südeuropäische Handbewegungen) und erhält höflichen, aber enthusiastischen Beifall – was in einer Zuhörerschaft von Anthropologen als Ekstase gilt. Dann wird er, wie üblich, von eifrigen, fragenden Gesichtern umringt und von seiner Tochter umarmt, die ihm vor allem einen ihrer jungen Freunde vorstellen möchte. Der fragliche Freund ist einigermaßen vorzeigbar und scheint zumindest kein Jude oder geschminkt zu sein wie die meisten dieser höchst unpassenden Typen, die Astarte mit sich herumschleppt.

»Daddy«, zirpt sie, »das hier ist Jonathan Bridgeman, und er ist wahnsinnig, wahnsinnig interessiert an deiner Arbeit.«

»Ja«, sagt der junge Freund, der wie die meisten von Astartes jungen Freunden leicht benommen zu sein scheint. »Ja, absolut. Das bin ich.«

Chapel streckt ihm die Hand hin, die einen festen Händedruck erfährt. In einem Anfall von Bonhomie lädt er seine Tochter und ihren Freund zum Mittagessen ein.

Jonathan kann sich nicht erinnern, jemals so glücklich gewesen zu sein. Star und ihr Vater reden miteinander, vielmehr, sie reden *aufeinander ein*, getrennten, aber merkwürdig parallelen Gedankengängen folgend. Das Restaurant dreht sich um ihre Unterhaltung herum, und die anderen Tische beschreiben langsame Kreise um ihr Zentrum wie kleine Satelliten in einem Planetarium. Ein Gespräch, das mit Namen gespickt ist: mit Namen von Städten, Namen von Leuten, denen Astarte begegnet ist, und Büchern, die sie gelesen hat; ein riesiger Apparat von Namensnennungen und Namensgruppierungen, der ihn durch seine Größe und Vielfalt einschüchtert. Was hat sie nicht alles getan und besucht und kennen gelernt. Was geht nicht alles über diesen Tisch hin und her.

Der Kellner eilt mit Brötchen und Besteck herbei und wird wieder weggeschickt, ohne dass der Fluss unterbrochen wird. Jonathan hat das Gefühl, er ist ins innerste Allerheiligste hineingeraten, wo die Strukturen rational und klar sind und wo die Bewohner weitab von ihren drangsalierten, umgetriebenen Nachbarn leben. Bei den Chapels ist alles einfach. Eine Weinkarte wird gebracht. Eine Party wird gemacht. Wenn man nach Frankreich möchte, öffnet sich ein Weg, der mit einem automatischen Laufband ausgestattet ist.

Anthropologie, zu dem Schluss kommt er, ist das allerhöchste Zeichen von Zivilisation. Professor Chapels Vorlesung mit ihren mühelosen Vergleichen zwischen Sitten und Gebräuchen der Fotse und denen der Bewohner der Trobriand-Inseln, der Inuit und der Karen-Bergstämme in Birma stellt das Ende einer langen Reise dar, einen mühsamen Aufstieg zu einer schwindelnden Höhe, von der es endlich möglich ist, die Welt und die Menschen darin zu überschauen. Die ganze Erde ist verfügbar. Jeder und jedes hat seinen Platz. Was könnte es Schöneres geben, als auf dieses Tal der Vergangenheit hinunterzublicken? Welchen besseren Beweis dafür, dass du deinen eigenen Platz eingenommen hast und am Ende deiner eigenen Reise angelangt bist?

Während er den Chapels zuhört, gleicht Jonathan seinen Körper ihren selbstbewussten Haltungen an, schmeckt er in seinem Mund ihre wohlige Pflaumensüße. Er hört seine englische Stimme Star um etwas Meerrettichsoße bitten und sieht mit einer Art Verwunderung ihre Finger das kleine Schüsselchen umfassen und es ihm reichen.

Nur allzu schnell ist es vorbei: die Teller abgeräumt, ein Durcheinander aus Kaffeetassen und Servietten. Er verabschiedet sich steif von Stars Vater und lange und zögernd von Star selbst, die ihn auf die Wange küsst und verspricht, ihn in ein oder zwei Tagen zu besuchen. Er geht zurück ins Barabbas wie ein siegreicher Prinz und feiert die Geschichte, indem er in der Kantine Levine betrunken macht. Irgendwann am Abend werden sie unter Androhung einer Geldstrafe zum Gehen aufgefordert.

Am nächsten Morgen macht er es sich mit seinem Kater gemütlich, um auf die nächste Fortsetzung seines neuen Lebens zu warten. Aber Star kommt ihn nicht besuchen. Sie kommt nicht am nächsten Tag. Sie kommt auch die ganze übrige Woche nicht. Schließlich geht er hinüber zu ihrem College, um gesagt zu bekommen, dass Miss Chapel nicht mehr dort wohnt. Sie habe sich entschlossen, ihr Studium abzubrechen und in London ein Innenarchitekturbüro zu eröffnen.

Er ist wie vom Donner gerührt. Wieder hat sie's mit ihm gemacht. Innenarchitektur? Bei dem Mittagessen hat sie nichts davon gesagt. So eine wichtige Entscheidung, die Universität zu verlassen, *ihn* zu verlassen – ein total anderes Leben anzufangen. Trotzdem hat sie nichts gesagt. Vergebens durchforscht er seine Erinnerung an das Restaurant danach, dass sie Teppiche oder geheizte Handtuchtrockner erwähnt hätte, irgendetwas, das diese Neuigkeit hätte ahnen lassen können. Sie hat viel über Rauchen geredet, das sie gerade aufgegeben hat, und über so etwas wie einen vibrierenden Schlankheitsgürtel, den ihr eine Freundin kaufen wollte, aber über Innenarchitektur – kein Wort. Er fragt sich, ob die Nähe, die er während des Mittagessens verspürt hat, eine Illusion war.

Fast fünf Monate sieht er Star nicht wieder. In dieser Zeit hat er das Gefühl, sein Leben ist leer. Es geht seinen gewohnten Gang, einen Kreislauf aus Vorlesungen, Saufgelagen, Union-Versammlungen und -abendessen, aber es ist gewichtslos, unwirklich. Dann kreuzt sie eines Nachmittags so beiläufig, als wären tatsächlich nur ein oder zwei Tage vergangen, in seinem Zimmer auf, hält ihm die Wange zum Kuss hin und fragt, ob er den ganzen Tag so dastehen oder sich seinen Hut aufsetzen und sie zum Tee ausführen wolle.

Er setzt sich den Hut auf.

London bekommt ihr offenbar. Sie trägt ein Ensemble, das eher geschmiedet als genäht wirkt, glatte Flächen und spitze Winkel von oben bis unten, ein Stück Präzisionsmaschinerie aus steifem grauem Stoff. Ihr Gesicht schwebt gelangweilt und verletzlich über dem Kragen und zeigt einen typisch Londoner Gesichtsausdruck, der nur mit dem Mund hergestellt wird. Es ist ein Gesichtsausdruck, den die meisten modebewussten Studenten (Jonathan eingeschlossen) zur Schau zu tragen versuchen, der ihnen aber kaum dermaßen vollkommen gelingt. Er weiß sofort, dass Star sich nur in den allerbesten Kreisen bewegt.

Wie er befürchtet hatte, erfüllt die Teestube nicht ihre Ansprüche. Obgleich es dieselbe ist, in die sie ihn letztes Jahr mitgenommen hat, und vollkommen unverändert ist, findet sie sie jetzt mit vulgärem und unnötigem Zierrat voll gestopft und unangenehm mit »Pöbel« angefüllt. Pöbel kommt in Stars Unterhaltung reichlich vor und bildet den Gegensatz zu den »Leuten«, einem Wort, das sie nur für diejenigen in ihrer unmittelbaren Umgebung gebraucht. Leute werden immer mit ihren Vornamen genannt, vor allem wenn sie berühmt sind. Jonathan lauscht aufgeschlossen und hakt innerlich David, den aufstrebenden Dramatiker, John, den geistreichen jungen Politiker, und Pamela, die hinreißende Operettendarstellerin, ab. Er fragt Star nicht, warum sie aus Oxford weggegangen ist. So viel ist klar.

Abrupt unterbricht sie ihre Namensflut. Mit besonders aufgesetzter Beiläufigkeit erkundigt sie sich, wie er mit ihrem Daddy zu Rande komme. Jonathan fragt sich, ob sie seinem Leben mehr Aufmerksamkeit geschenkt habe, als es den Anschein hat, und der Gedanke macht ihn glücklich. Ihrer Gegenwart beraubt, hat er nämlich das Nächstbeste getan und sich Professor Chapel angeschlossen. Er ist in den Vorlesungen des Professors ständiger Zuhörer, der ganz vorn sitzt und langatmige Zwischenfragen stellt und hinterher vor dem Rednerpult auftaucht, um eine Schreibweise überprüfen zu lassen oder nach einem Punkt in einer Bibliografie zu fragen. Nach und nach ist er mit einem kleinen Gespräch belohnt worden, einem gelegentlichen Spaziergang, die Hände in den Taschen, die Parks Road hinunter.

Viel von seiner freien Zeit hat er auch im Pitt-Rivers-Anbau des Universitätsmuseums zugebracht, einem Schatzhaus voller Artefakte, die frühere Anthropologen, Archäologen und Forschungsreisende zusammengetragen haben. Die Mahagonischränke dort sind randvoll mit dem Schutt von Weltkulturen gefüllt, einer verwirrenden Ansammlung von Gegenständen für jede Art sozialen Gebrauchs. Er hat ein Notizbuch mit einer einzigen, langen, sich dahinschlängelnden Liste gefüllt, in der aufgeführt werden: *magische Samenkapseln, chirurgische Instrumente, chinesische Spielplättchen, gehörnte Schädel der Naga, eine Rassel, ein Jadeanhänger, ein Helm aus der Haut eines Igelfischs von Eingeborenen der Gilbert-Inseln, ein Flaschengeist aus Gloucestershire, eine Knochenpfeife der Arapaho, ein Satz stählerner Sikh-Chakras, marokkanische Kacheln, die Selbstschussfalle eines norwegischen Wolfjägers, eine aus dem Penisknochen eines Walrosses geschnitzte Seehundskeule, Handelszierrat, Gewichte, Armreifen, Bumerangs, Bronzehalsringe, Quipus, Bismars, Knochenwürfel, Karten aus Palmblättern, Ohrringe, Kanus, eine Kriegsflagge aus Benin, ein Hocker der Ashanti, ein Äskulapstab, eine Penis-Kürbisflasche, Schnupftabakflaschen, Federn zum Fächeln von Qualm, Teekannen, Räucherfässer, Klöppelhölzer, Essstäbchen, Löffel, Fächer, Matten, Masken, Mandolinen, Zithern und Axteisen, Aseri-Kelims, persische Gabbehs, turkmenische Kästchen, dagestanische Samoware, anatolische Töpfe, Hüte aus Astrachan, ein georgianisches Kreuz, ein Lao-Buddha, ein Lingam, ein Rosenkranz, Fingerhüte, Ringe, Musketenkugeln und Schneeschuhe, Totempfähle und Astrolabien, eine Kriegskeule der Maori und eine sibirische Schamanenrassel.* Um Vergleiche zu ermöglichen, sind alle diese Dinge neben andere ihrer Art angeordnet, und das Auge erhebt sich hoch über die Welt, die es überblickt, und vermag Wellen von Einflüssen, Familienmerkmalen, Handelsrouten und Abstammungslinien zu erkennen. Die ganze Erde in einem einzigen Raum. Alle erwarten, dass er es ordnet und sich darin ordnet.

»Dein Vater und ich kommen sehr gut miteinander aus«, sagt er zu Star. »Die Anthropologie ist ein interessantes Thema.«

»Das freut mich. Du solltest dabeibleiben. Sie passt zu dir.«

»Danke. Was meinst du mit ›sie passt zu mir‹?«

»Nun ja, Daddy sagt, du bist wie er, du nimmst Rassen und Abstammungen und so sehr ernst.«

»Tatsächlich?«

»Na ja, es stimmt doch, oder?«

»Ja, vermutlich. Ich muss aber nicht.«

»Was meinst du damit?«

»Falls – ich meine, falls es dir nicht gefällt.«

»Natürlich gefällt es mir. Daddy hat mich dazu erzogen, dass es mir gefällt. Sitten und Gebräuche und so weiter – ich schwärme dafür.«

Jonathan lächelt erleichtert. Irgendetwas in ihrer Unterhaltung bringt Star auf das Thema der Empire-Ausstellung, die gerade in einem Stadtteil Londons namens Wembley eröffnet wird. Sie wird sie am Wochenende mit einem mit ihr befreundeten Dichter besuchen. Der Pöbel wird dort sein, und er möchte an ihm Studien treiben. Jonathan versucht seine Eifersucht auf den Dichter zu verbergen, indem er packend über die Morphologie der Kultur und die Bedeutung primitiver Praktiken für das Verständnis der modernen Zivilisation spricht. Star beschreibt eine Wohnung in Mayfair, die sie wie eine ostafrikanische Jagdhütte mit Bambus und Zebrafellen ausgestattet hat. Er spricht über die Bedeutung der Erbmasse für die Bildung des Nationalcharakters, dann überlegt er laut, ob die Empire-Ausstellung nicht vielleicht eine gute Gelegenheit wäre, sich eingehender mit dem Thema zu beschäftigen. An welchem Tag geht sie denn hin? Sie zieht die Stirn kraus und sagt, das wisse sie nicht. Es hänge von Selwyn ab, dem Dichter. Die Wohnung in Mayfair gehöre seiner Mutter. So habe sie ihn auch kennen gelernt. Wembley, findet sie, ist eine komische Gegend, um was zu besitzen. Sie ist nie dort gewesen. Auch niemand, den sie kennt. Wieder erwähnt er sein Interesse an der Ausstellung. Wieder fordert sie ihn nicht auf, und er muss sich darauf beschränken, in Umrissen die Diskussion über die Entwicklung kultureller Merkmale zu skizzieren, ob unabhängig entstanden oder von einer einzelnen Primärquelle aus verbreitet. Er hat erst einige Anfangsbegriffe definiert, als ihr einfällt, dass sie einen Termin bei der Schneiderin hat, und sich zum Gehen erhebt. Als sie seine bedrückte Miene sieht, seufzt sie.

»O Jonathan, ich wünschte wirklich, du wärst nicht ganz so langweilig. Es macht deinen ganzen Charme kaputt.«

Draußen winkt sie einem Taxi und weist den Fahrer an, zum Bahnhof zu fahren.

»Wir sehen uns in ein, zwei Tagen«, sagt sie. Er nickt trübsinnig und gesteht sich sein jämmerliches Scheitern ein. Dann küsst sie ihn rasch, fast geistesabwesend auf den Mund. Ehe er etwas sagen, geschweige denn reagieren kann, ist sie verschwunden. Als das Taxi wegfährt, weiß er nicht, ob er himmelhoch jauchzend oder zu Tode betrübt sein soll. Sie hat ihn geküsst. In der Nacht kann er nicht schlafen. Ist er langweilig oder charmant oder beides? Ist das ein Problem? Sollte er sich ändern? Am Samstag, immer noch sehr durcheinander, nimmt er den Frühzug nach Paddington mit dem Plan, ihr wie zufällig über den Weg zu laufen.

Wembley, als er schließlich dort ankommt, stellt sich als ein stiller Vorort mit niedrigen Backsteinhäusern heraus, die sich am Schienenstrang der Metropolitan Railway entlangziehen. Eine Reihe von Besuchern tröpfelt aus dem Bahnhof auf das neue Stadion zu, einer Art moderner römischer Arena, die für motorisierte Wagenrennen oder Gladiatorenkämpfe mit Maschinenpistolen geeignet ist. Darum herum ist eine Fantasielandschaft aus Beton angelegt worden. Familien sitzen auf Betonbänken vor Beton-Erfrischungskiosken und trinken Tee, während ihre Hunde gegen Beton-Laternenmasten links und rechts von einem breiten Beton-Gehweg pinkeln. Die Menge scheint von der Masse rauen, gesichtslosen Graus eingeschüchtert zu sein und sich an so einem unsympathischen Ort nur mit Widerwillen niederlassen zu wollen. Schilder weisen den Weg zum Technik-Palast, zu den Palästen der Künste und Industrie und zu HM Regierungsgebäude, riesigen Hallen, die die kleineren Pavillons, jeweils für eine Kolonie des Empire, überragen. Jonathan wandert den ganzen Morgen durch die Ausstellungen, bleibt vor mit Seilen abgegrenzten Arealen stehen und sieht Chinesinnen bei der Herstellung von Fächern und kanadischen Eskimos zu, die so tun, als nähmen sie ein ausgestopftes Rentier aus. Schließlich steht er vor einer Absperrung und betrachtet eine Gruppe von Negern in kurzen Khakihosen, die vor einer kegelförmigen Hütte melancholisch um ein Feuer sitzen. Auf ihrem Schild steht:

Fotse-Dorf
Fotseland
Britisch-Westafrika

Unbehaglich besieht er sich die kauernden Männer mit ihren ausdruckslosen Gesichtern und den von der Regierung gestellten Shorts. Sind dies die Objekte der Forschungen von Professor Chapel? Er hatte an die Fotse immer nur auf sehr vage Weise gedacht: als eine Ansammlung von Attributen, eine Reihe von Praktiken und Geräten, die nur undeutlich mit lebenden Menschen zu tun hatten. Auf die Weise waren sie ihm recht edel erschienen – Hüter der Vergangenheit, im Besitz uralter Weisheiten. Doch hier sieht er in all ihrer Entsetzlichkeit nichts als schwarze Haut. Einer der Männer – sicherlich entgegen den Vorschriften – macht ihm ein Zeichen, und die anderen drehen sich herum. Ihre roten Augäpfel und die mattschwarze Haut, ihre flüsternden Münder voller gelblichweißer Zähne, jeder Gesichtszug gewöhnlich und abscheulich – Jonathan macht auf dem Absatz kehrt und eilt davon, froh über die Enge des Kragens um seinen Hals und das Blitzblank seiner polierten Schuhe vor ihm auf dem Pflaster. Er ist wütend auf Star, dass sie ihn hat herkommen lassen. Volksstämme und Abstammungen? Es klingt wie ein schlechter Scherz. Warum sollte er ihr zuliebe so viel Zeit mit Gedanken über Wilde zubringen müssen? Es ist wie ein Blick ins Toilettenbecken auf das, was er ausgeschieden hat.

In dieser Stimmung schließt er sich der Menge an, die ins Stadion strömt, um sich das Empire-Festspiel anzusehen. Diese Darbietung ist schlecht besucht. Lockere Grüppchen sprenkeln die Tribünen, und er stellt fest, dass er ganz allein in einer weiten leeren Betonkurve sitzt, weit weg vom nächsten Zuschauer. In der Arena spielt eine Militärkapelle einen Marsch, dann spricht ein Mann in Smoking in ein Mikrofon, und seine verstärkte Stimme tönt in dem riesigen Rund wider. »Dies hier«, sagt er, »ist ein Familienfest des britischen Empires – das erste Familienfest seit dem Großen Krieg, als die Welt ihre erstaunten Augen öffnete und sah, dass ein Empire mit hundert Sprachen und Rassen nur eine Seele und einen Geist besaß. Willkommen!« Es gibt schütteren Applaus.

Der Ansager steigt vom Podium herunter. Soldaten und Pfadfinder stellen die Geburt des Empires dar, indem sie Britannia auf einem großen Festwagen in die Mitte der Arena ziehen. Danach führen sie Schaubilder über das Größerwerden des Empires auf, bei denen ihnen echte Eingeborene der jeweils neu eroberten Gebiete zur Seite stehen. Maori-Krieger tanzen einen Haka, dann ergeben sie sich Pfadfindern, die als Marineoffiziere kostümiert sind. Zulus rennen mit Speeren und Lederschilden herbei, dann fallen sie hin, als sie von Queen Victorias glorreicher Kavallerie besiegt werden. Die Kavallerie reitet im Stadion im Kreis herum und schießt mit Platzpatronen wie Darsteller in einer Wildwest-Show.

Die Darbietung nähert sich ihrer Schlussapotheose, einem Festumzug, der das Empire heute darstellt. Da entdeckt Jonathan mit heftigem Herzklopfen Star. Sie sitzt in einer Loge ein Stück vor ihm. Neben ihr lümmelt ein magerer, dunkelhaariger Mann, der einen Arm lässig hinter die Lehne ihres Sitzes gelegt hat. Jonathan kann ihre Gesichter nicht sehen. Die Bürger des Empire, die mit Schildern, welche ihre Herkunft anzeigen, vorbeiparadieren und zu den Tribünen hochwinken, ziehen direkt unter dem Paar vorbei. Jonathan kommt es so vor, als richte sich das ganze Spektakel ausschließlich an sie, eine Huldigung, die sie je nach Gefallen annehmen oder ablehnen können. In seiner Fantasie verwandelt sich Stars unsichtbares Gesicht in ein einziges riesiges Auge, das gierig Licht einsaugt. Als die indische Abordnung vorbeimarschiert, steht er auf und geht.

Als er wieder in Oxford ist, treibt ihn die Erinnerung an die Fotse-Dorfbewohner um. Er möchte sich von ihnen befreien, als hätten sie nur dadurch, dass sie in seine Gedanken eingedrungen sind, eine Verbindung zu seinem Leben hergestellt. Warum sollten sie an ihm zerren? Noch immer besucht er Professor Chapels Vorlesungen, er tut es jedoch voll Unbehagen. Wenn der Professor über Tabus oder Hochzeitsgebräuche spricht, sieht Jonathan sich im Hörsaal um, aus Angst, er könnte jemandes Aufmerksamkeit auf sich gelenkt haben oder ein Grinsen im Gesicht von jemandem sehen, der *Bescheid weiß* – der versteht, dass er durch sein unreines Blut von schwarzer Haut und Primitivität angezogen wird. Star besucht ihn nicht, und die einzige Verbindung zu ihr hat er über ihren Vater. Allmählich zieht Chapel ihn in den inneren Kreis seiner Bewunderer, ehrgeiziger junger Männer, die in seinem verwinkelten Haus im Norden Oxfords zu Gast sind, um im Garten zu sitzen, zu diskutieren und Sherry zu trinken. Und obgleich er sich an diesen anthropologischen Diskussionen beteiligt, hat er das Gefühl, er müsse dafür einen Ausgleich leisten. Es ist wichtig zu zeigen, wem seine Treue gilt.

Außerhalb der Grenzen Oxfords hat die Politik von Großbritannien Besitz ergriffen, denn das Land erlebt sein erstes Jahr unter einer sozialistischen Regierung. Jonathans Freunde sind darüber entsetzt. Macdonald und seine Clique seien bereits dabei, Verträge mit den Sowjets zu unterzeichnen. Sie sind ganz offensichtlich Werkzeuge des Bolschewismus, sagen sie, und es ist nur eine Frage der Zeit, wann sie versuchen werden, die gesamten Fundamente der britischen Demokratie zu untergraben. Binnen Monaten werden sie die Armee auflösen, die Industrie zu riesigen Lohnerhöhungen zwingen, den öffentlichen Dienst säubern und das Empire niederreißen. Es ist Sache rechtschaffener Briten, diesem Blödsinn Einhalt zu gebieten. Jonathan wirft sich in den Kampf, indem er im Studentenaufenthaltsraum laut polemisiert und eine lärmende öffentliche Versammlung im Oxforder Rathaus besucht. Die Union Nationaler Bürger hängt das ganze Haus mit Fahnen voll. Ein Grammofon spielt »Jerusalem«, was den Lärm der am Saalende mit Zwischenrufern kämpfenden Ordnungskräfte übertönt. Jonathan singt den Text laut und deutlich mit. Sicherlich würde ihn niemand für etwas anderes halten können als einen aufrechten Briten.

Eines Morgens hört er von dem Professor, dass Star nach Paris zurückgegangen ist. Sie denke daran, für immer dorthin zu ziehen. Die Nachricht bedrückt ihn, und als einige seiner politischen Bekannten den Vorschlag machen, dass er mit ihnen zu einer Kundgebung nach London fährt, sagt er zu, weil er hofft, es wird ihn auf andere Gedanken bringen. Er zwängt sich zusammen mit einer bunten Schar Studenten, einem Weidenkorb mit Proviant und einem riesigen Union Jack, den sich jemand beim Offiziersausbildungskorps ihres College ausgeliehen hat, in einen Eisenbahnwaggon. Als sie in Paddington ankommen, ist der Korb entzwei, und leere Champagnerflaschen kullern auf dem Gang vor ihrem Abteil herum. Einige aus der Gruppe stimmen ein Medley aus Rudererliedern an, womit sie den Bahnsteigschaffner verärgern, der droht, er werde sich ihre Namen notieren.

Vom Bahnhof nehmen sie ein Taxi nach East End, wo die herrschaftlichen Wohnblocks der Marylebone Road und von Regent's Park in die rußigen Mietskasernen von Islington übergehen. Allmählich werden die Häuser schäbiger und die Straßen schmaler, bis sie sich in Whitechapel befinden, dem jüdischen Viertel. Gegenüber vom Krankenhaus an der Mile End Road hat sich eine Menge von mehreren hundert Leuten versammelt. Fahnen rahmen eine provisorische Rednertribüne ein, von der aus eine stupsnasige Frau in halbmilitärischer Uniform eine flammende Rede hält. Sie hält ein Foto des Premierministers in die Höhe, den sie als Rattenfänger, als Werkzeug der jüdisch-bolschewistischen Verschwörung beschimpft. Jonathans Freunde klatschen und schreien Beifall. Auch Jonathan klatscht und schreit Beifall. Er blickt auf die Namen auf den Ladenschildern hinter dem Podium: *Silver's Kosher Delicatessen*, *Bloom's Bakery*, und er stellt sich die Weisen von Zion vor, wie sie zwischen den Würsten und Mehlsäcken Komplotte schmieden. Eine ältere Frau erscheint, die dieselbe Uniform wie ihre Vorgängerin trägt. Sie spricht über die Notwendigkeit, die Marine aufzubauen und sich dem verweichlichenden Einfluss der internationalen jüdischen Hochfinanz zu entziehen. Sie fuchtelt mit der Faust. Ein Gesicht taucht an einem der oberen Fenster auf und verschwindet rasch wieder. Mitarbeiter der Faschistischen Partei verteilen Zettel, auf denen für eine Abendveranstaltung mit Tanz geworben wird, und Mitglieder einer Gruppe namens Britische Arbeiterliga verkaufen in einer Bude Bücher. An den Rändern der Menschenmenge versuchen ein paar Polizisten halbherzig zu verhindern, dass durch die Demonstration die Straße blockiert wird. Als die Frau in ihrer Rede zum Schluss kommt, sind sie allesamt verschwunden.

Ein dritter Redner, ein alter Soldat mit einer Reihe von Kriegsauszeichnungen auf der Brust, ermahnt die Menge gerade, die Nation gegen ausländische Konkurrenz zu schützen, als eine Welle von Leuten Jonathan nach vorn in Richtung Podium schiebt. Man hört Geschrei, und eine Flasche fliegt im Bogen über seinen Kopf hinweg. An der Rückseite der Versammlung ist eine handfeste Keilerei im Gange, und während einige Leute die Beine in die Hand nehmen, um der Sache zu entrinnen, drängen andere gegen sie an und versuchen sich zu den Streitenden durchzuzwängen, um mitzumachen. Einer von Jonathans Freunden zupft ihn entsetzt am Ärmel. Er presst eine Hand gegen seine Schläfe, an der eine Wunde klafft. Einen Moment lang sind die beiden der einzige Ruhepunkt in einem brodelnden Gewühl. Von Schwarzhemden mit Stöcken und Gummiknüppeln bedrängt, schwanken sie auf das Podium zu. Die Redner sind von einer Phalanx von Männern umgeben, von denen einige Uniform, einige Armbinden tragen, auf denen »Defence Force« steht. Jonathan macht einen Bogen um sie und schafft es, aus der Menge herauszukommen. Als er sich umdreht, sieht er eine rote Fahne mitten im Kampfgetümmel flattern. Ein neuer Trupp Angreifer rennt auf sie zu, junge Männer mit Mützen, aufgekrempelten Ärmeln und roten Tüchern um den Hals.

Er stürmt eine Seitenstraße hinunter, und die erschrockenen Jungen aus Oxford rennen hinter ihm her. Hinter ihnen verstummen der Lärm und das Chaos so plötzlich, als werde ein Fenster zugeschlagen. Sie laufen, bis sie die Demonstration weit hinter sich gelassen haben. Niemand folgt ihnen.

Eine Stunde später sitzen sie in der Geborgenheit einer Kneipe in Bloomsbury, trinken Bier und erzählen sich gegenseitig tolle Geschichten über den Krawall und die Anzahl der Scharfmacher, die sie zur Strecke gebracht haben. Allmählich interpretieren sie ihre Rollen neu und verwandeln sich. Wenn sie ins College zurückkommen, werden sie allesamt Helden sein: standhafte Bogenschützen mit Herzen aus Eiche. Nur Jonathan ist stumm, wie versteinert von der Erinnerung an das, was er gesehen hat, als er sich die Gasse hinunter davonmachte. Der Mann, der den Angriff leitete, war Paul Gertler.

Was am Tag von Pauls Rausschmiss begann, hat sich vollendet: der lange, langsame Prozess des Verrats. Am liebsten würde er zurücklaufen und ihm sagen, er habe es nicht so gemeint, er hasse ihn nicht und wolle nicht, dass er sterbe oder untergehe. *Es war nur eine Maskerade, Paul, es war nur ein Spiel.* Er kann sich nicht losmachen von der Erinnerung an das Gesicht seines Freundes, den entsetzten Blick, als Paul ihn erkannte, die rasche Aufeinanderfolge von Schmerz, Wut und Verachtung. Die Einsamkeit erdrückt ihn wie eine körperliche Last.

Nach der Kundgebung zieht Jonathan sich von der Politik zurück. Die Sache ist zu verwirrend. In diesem Oktober verliert die Labour Party, durch Gerüchte über Spione und Gold aus Moskau beschmutzt, die Parlamentswahlen. Oxford stößt einen kollektiven Seufzer der Erleichterung aus. Der konservative Erdrutsch hat Gott in seinen Himmel wieder eingesetzt, und die kosmische Hierarchie ist wiederhergestellt. Eines Morgens, kurz nach Beginn des neuen Semesters, stellt Willis eine Einladung an die Kaffeekanne auf dem Frühstückstisch. Selwyn Tredgold ersucht um das Vergnügen von Jonathan Bridgemans Gesellschaft anlässlich einer Cocktailparty und Dichterlesung in Lady Tredgolds Wohnung in Mayfair. Auf die Rückseite ist etwas gekritzelt, das aussieht wie: »Komm bitte, Liebling – A.« Im selben Augenblick sind alle seine

Entschlüsse – sie zu vergessen, sich auf seine Arbeit zu konzentrieren – Schnee von gestern.

An dem festgesetzten Abend trifft Jonathan bei der Adresse auf der Einladung ein und wird von einem Butler in eine verchromte Diele geführt, die mit Großwild-Jagdtrophäen angefüllt ist. Hörner, Stoßzähne, Geweihe und ganze ausgestopfte Köpfe ragen aus den glänzenden Wänden. Ein Gorilla fletscht ihm über der Tür zum Empfangszimmer, das mit Leuten voll gestopft ist, die Zähne entgegen. Er übergibt dem Diener seinen Mantel und tritt ein in eine Luft, die grau ist von Zigarettenrauch. Durch den Nebel sind die Tierstiche und die holzgeschnitzten Götzenbilder von Stars Jagdhüttendekor vage sichtbar wie die Kulissen zu einem Horrorfilm. Alle Gäste sind übertrieben elegant gekleidet, und viele Gesichter kennt man aus Wochenschauen oder von den Klatschseiten der Illustrierten. Der einzige Mensch, den er persönlich kennt, ist Levine, der, zwischen ein ausgestopftes Giraffenbaby und ein Zwergpalmenarrangement geklemmt, einen berühmten Produzenten dazu zu überreden versucht, sein Theaterstück auf die Bühne zu bringen. Eine Weile verharrt Jonathan am Rande ihrer Unterhaltung. »Leichte Komödien sind die charakteristische Mode unserer Zeit. Was ich geschrieben habe, ist eine Art *jeu d'esprit*, das in einer Etikette-Akademie für Damen spielt. Die Personen sind zwei Zwillingspaare …« Der Produzent macht ein beeindrucktes Gesicht. Den Erfolg in der Nase redet Levine weiter, während er Jonathan mit einem kurzen Winken zur Kenntnis nimmt.

Plötzlich kommt Star auf ihn zugeschossen und rennt beinahe einen Kellner mit einem Tablett mit leeren Highballgläsern über den Haufen. »Gott sei Dank, dass du gekommen bist«, zischt sie. »Es ist hier absolut langweilig. Selwyn wird gleich seine Elegie vorlesen, und er hat jede Menge Kritiker, Verleger und so eingeladen. Oder ist es eine Eulogie? Na egal, er brennt jedenfalls darauf, dich kennen zu lernen, und du musst mit mir mitkommen. Wo hast du deinen Drink?«

Jonathan hat keinen Drink, also bekommt er einen Cocktail,

etwas Neues und Amerikanisches mit viel Gin drin. Ohne ihn nach irgendetwas Persönlichem zu fragen oder irgendetwas darüber mitzuteilen, wie es ihr die letzten sechs Monate ergangen ist, schiebt sie ihn auf Selwyn zu, der an einem gewaltigen Ebenholz-Fetisch lehnt und sich mit einer Gruppe bedeutender Intellektueller unterhält. Als sie näher kommen, setzt Selwyn eine mürrische Miene auf. Er macht nicht den Eindruck, als habe er darauf gebrannt, Jonathan kennen zu lernen. Star stellt sie vor, und Selwyn bringt ein knappes »Wie geht's« heraus und streift Jonathans Finger leicht mit seinen.

»Es ist wichtig«, brummt er, während er sich wieder einer Frau mit Hakennase und einem gewaltigen Seidenturban zuwendet, »die Hoffnung zu verlieren. Tun wir es nicht, leugnen wir die Grundbedingungen, unter denen wir leben. Wir sind Menschen der Nachkriegszeit. Was könnte Hoffnung für uns schon sein?« Es wird Zustimmung gemurmelt, und er geht breiter auf sein Thema ein, schildert das Verlangen nach einer neuen Art Mensch, einer neuen Art Gesellschaft und einer neuen Art Kunst und bietet sich und seine Lyrik als »eine Art Prototyp« dafür an. Während er redet, hat Jonathan eine erste Gelegenheit, seinen Nebenbuhler in Augenschein zu nehmen. Selwyn ist klein und dunkelhaarig, er wirkt geradezu wild. Beim Sprechen malen seine mageren Hände träge Muster in die Luft. Sein wenig ansprechendes Äußeres gleicht er durch ein überaus selbstbewusstes Gehabe aus. Er verströmt Selbstvertrauen in den Raum und toastet seine Zuhörer wie Muffins darin. Es scheint für ihn selbstverständlich zu sein, dass er ein großer Dichter ist.

Star schenkt Selwyns Rede nur sehr wenig Aufmerksamkeit, nippt an ihrem Drink und mustert voller Unruhe die Anwesenden. Auf Jonathan wirkt sie schöner denn je. Ihr Gesicht ist gepudert, die Lippen hat sie zu einem winzigen Amorbogen geschminkt, und ihr rückenfreies Kleid im Tigermuster bildet einen spektakulären Kontrast zu ihrem Aussehen, das einer englischen Rose gleicht. Die Wirkung ist erregend, als werde eine Jungfrau von wilden Tieren bedroht. Nach einer Weile zieht sie ihn von der literarischen Unterhaltung fort und fragt ihn endlich, was er die ganze Zeit »im spießigen alten Oxford« gemacht habe. Selwyn scheint gar nicht wahrzunehmen, dass sie weggegangen sind, und Jonathan bemerkt, dass er kein Wort zu Star gesagt, ja sie kaum angesehen hat, als sie neben ihm standen. Mit plötzlich neuem Mut stürzt er sich in eine Reihe von Geschichten über seine College-Freunde. Er beschränkt sich auf alles Amüsante und Schöne, ahmt ihre Gewohnheit nach, nur Vornamen zu gebrauchen und gibt sich alle Mühe, Themen zu vermeiden, die sie langweilen könnten. Es klappt eine Weile, aber seine Namen scheinen nicht dieselbe Faszination auszuüben wie ihre. Schon bald spielt sie an ihrer Halskette herum und blickt nachdenklich auf ihr leeres Glas.

Eine Achtung gebietende Frau begibt sich zur Mitte des Raumes und läutet mit einer kleinen silbernen Tischglocke. Lady Tredgold erbittet die Aufmerksamkeit ihrer Gäste und verkündet, dass das Hauptereignis des Abends gleich beginne. Ihr Sohn werde jetzt aus seinem demnächst erscheinenden Werk *Morgendämmerung eines Erdteils* lesen. Selwyn steigt auf eine geschnitzte hölzerne Fußbank. Er bringt einen Augenblick damit zu, theatralisch eine stahlgerahmte Brille zu putzen und sie in seinem Gesicht anzubringen. Dann zieht er ein Notizbuch aus seiner Jackentasche, räuspert sich und beginnt mit sonorer, nasaler Stimme zu deklamieren:

»Eju!
Eju!
Das Bildnis des Mars
Schwimmt über
Das Antlitz
Des halb vollen Mondes.
Bewaffnet, grausam.
Lasst uns,
Die magnetischen Menschen
Unseren Stahl von neuem
Schmieden.
Eju!«

Eine gewisse Ernsthaftigkeit senkt sich über die Gesellschaft. Einige von den jüngeren Männern nehmen gequälte Andachtsposen ein, legen die Hände vor die Augen und pressen die Knöchel in ihre Schläfen. Und als Selwyn in Fahrt kommt, schwillt seine Stimme an, bebend von unterdrücktem Gefühl.

»Lasst uns auch,
Uns elektrische Menschen,
Les beaux, les dynamistes,
Tadeln
Verhöhnen,
Diese blasierten
Traditionalisten.
Die Kritiker,
Lasst sie schreien.
Eju!«

Bei der mutigen Nennung der Kritiker macht Selwyn eine Pause und lässt den Blick durch den Raum wandern. Star scheint nicht beeindruckt zu sein. »Immer nimmt er sie rein«, flüstert sie Jonathan zu. »Er sagt, sie hören gern, dass er an sie denkt.« Während Selwyn fortfährt, verschiedene Menschengruppen zu tadeln und zu verhöhnen, wird sie langsam unruhig. »Weißt du was?«, sagt sie laut. »Seine Augen sind vollkommen in Ordnung. Die Brille da soll nur Effekt machen.« Einige Leute drehen sich um. Jonathan bemerkt, dass sie ihre Worte vernuschelt. Selwyn setzt seine Schilderung der Lage der anti-poetischen Gesellschaftsklassen fort, die es nicht wert sind, *»Zu lecken die Stiefel / Den Söhnen des Morgen / Radiumglänzend / Und neu«*, und sie seufzt und hüpft von einem Fuß auf den anderen. Schließlich drängt sie sich aus dem Raum und kommt mit einer vollen Flasche Champagner und einem Kellner zurück, der hinter ihr herrennt und die Flasche zu öffnen versucht. Als Selwyn die letzte Strophe deklamiert: *»Dennoch in diesem Zwielicht Europas / Zerschmettern wir unsre Lyren / Eju!«*, lässt sie den Korken knallen, der neben seinem Kopf gegen die Wand fliegt. Er duckt sich, verliert auf der Fußbank den Halt und taumelt nach hinten gegen seine Mutter. Lady Tredgold fixiert Star mit einem tödlichen Blick, und ihre Wangen und die Stirn durchlaufen der Reihe nach und deutlich abgehoben alle Schattierungen heftiger Erregung von Braunrot bis Magenta.

»Liebe Güte«, sagt Star.

Im Zimmer ist es vollkommen still. Einige georgianische Dichter, die aus Protest gegen Selwyns Verwendung des *vers libre* versucht haben, aus dem Zimmer zu stürmen, kommen zurück, um nachzusehen, warum es niemand bemerkt hat. Jemand fängt an, Beifall zu klatschen, hält aber wieder inne, von Lady Tredgolds Gesichtsausdruck eingeschüchtert. Star gibt Jonathan die Champagnerflasche und steckt ihre Hände hinter den Rücken.

»Jonathan«, sagt sie tadelnd, »du solltest mir solche Dinge nicht zum Aufmachen geben. Sie gehen völlig ohne Warnung los.«

Lady Tredgold richtet ihren Basiliskenblick von Star auf Jonathan. Dann wieder auf Star. Sie lässt sich nicht so einfach auf die falsche Fährte locken. Als Star ahnt, dass ihr Trick nicht funktioniert hat, schnappt sie sich die Champagnerflasche wieder. Dann schnappt sie sich ihren Mantel, schnappt sich Jonathan und eilt zur Tür. Wäre Jonathan ein bisschen weniger durcheinander, hätten sie einen sauberen Abgang schaffen können, aber er ist sich nicht sicher, warum sie weggehen, und während sie noch versuchen, einem Taxi zu winken, erscheint Selwyn an der Haustür. Star wirft einen Schuh nach ihm.

»Hau ab«, schreit sie.

Selwyn macht ein paar Schritte auf sie zu. Er sieht wütend aus. »Warum um Gottes willen hast du das getan? Ich kann's nicht glauben. Hast du nicht gesehen, dass einige Leute tatsächlich rausgegangen sind? Das war mein großer Augenblick. Ich war gerade dabei, meinen eigenen *succès de scandale* zu erringen, da kommst du und stiehlst mir die Schau. Jetzt reden sie alle über nichts anderes als dich – du – du – Zicke!«

Jonathan tritt vor. »Rede nicht so mit ihr.«

»Ich rede mit ihr, wie es mir passt.«

»Ich verlange eine Entschuldigung.«

»Tja, ich werde dir keine geben.«

Jonathan wirft Star einen heimlichen Blick zu. Sie beachtet keinen von ihnen. Sie steht auf der Straße und winkt mit dem ihr verbliebenen Schuh vorbeifahrenden Autos zu. Als er sich wieder umdreht, sieht er, dass Selwyn ihn hämisch angrinst.

»Du wirst enttäuscht sein, glaub's mir.«

»Was meinst du damit?«

»Von ihr.«

»Halt's Maul, Selwyn«, schreit Star. Ein Taxi fährt an die Bordsteinkante. »Du bist so ein Schwein«, sagt sie und steigt ein. Jonathan schickt sich an, ihr zu folgen.

»Na los«, ruft Selwyn ihm hinterher. »Renn ihr nach. Sie wird dir massenweise Versprechungen machen, aber sie lässt sich in Wirklichkeit nicht von dir anfassen.«

»Untersteh dich!«, sagt Star und steigt wieder aus dem Taxi aus.

»Red nicht so mit ihr«, wiederholt Jonathan.

»Sie macht's nicht mit dir, Bridgeman. Sie ist frigide. Sie lässt sich von dir nicht mal betatschen.«

»Schwein!«, schreit Star.

»So verdammt verknöchert. Du kannst nicht mal die Hand an ihre –«

»Schwein!«

»Zicke!«

»Schwein!«

Es muss erst noch eine Gestalt in der Haustür erscheinen, um die Sache abzubrechen.

»Selwyn Arthur Tredgold, komm sofort nach drinnen!«

Die Schande, dass sich ihr Sohn auf der Straße streitet wie ein Angehöriger der arbeitenden Klassen, hat Lady Tredgolds Gesicht einen Violettton verliehen, der schon leicht über das sichtbare Spektrum hinausreicht. Sie ist monumental, Furcht erregend. Selwyns Schultern sinken schlaff herab.

»Ja, Mutter.«

Star und Jonathan nutzen den Augenblick, werfen sich in das

Taxi und rufen dem Fahrer zu, so schnell wie möglich loszufahren. Als sie endlich außer Gefahr sind, brechen sie in erleichtertes Gelächter aus. Star küsst ihn auf die Wange.

»Wirklich, Jonathan, ich kann dich einfach nirgendwohin mitnehmen.«

Sein Herz saust durch die Decke.

Von da ab sieht er Star fast jeden Tag. Sie zieht wieder zu ihrem Vater nach Oxford und sagt, sie habe London satt. Nach Levines Ansicht hat London mittlerweile auch sie ein bisschen satt. Die »Tredgold-Affäre« ist nur der jüngste einer Reihe ähnlicher Zwischenfälle. Die Londoner Kunstwelt mag im Grunde die Boheme nicht, sie liest höchstens gern von ihr, und auch dann nur, wenn Ausländer daran beteiligt sind. »Weißt du, Johnny«, sagt Levine zu ihm, »ich glaube, sie ist nicht die Richtige für dich. Sie ist verdammt schnell. Guck dir an, was sie mit dem armen Tredders gemacht hat. Er ist bloß noch ein Schatten, ein Schatten ohne Hoffnung. Von Sehnsucht zugrunde gerichtet und vollkommen außerstande zu arbeiten. Du bist ein solider Mensch. Warum suchst du dir nicht ein ordentliches Mädchen, eine, die reitet und deine Partnerin beim Bridge sein kann? Schlag dir Astarte Chapel aus dem Kopf. Ich gebe ja zu, sie stellt ziemlich was dar, aber sie wird bei irgendeinem ausländischen Typen landen. Denk an meine Worte.« Jonathan sagt zu Levine, er soll sich um seine eigenen Angelegenheiten kümmern. Sie trennen sich verstimmt.

Wenn man Jonathan fragt, so ist Astarte genau die Richtige für ihn. Inzwischen scheint es so, als empfinde sie zum ersten Mal genauso. Er hilft ihr bei Besorgungen am Cornmarket und wird mit den neidischen Blicken anderer junger Männer, wenn sie vorübergehen, belohnt. Als sie sich vor dem Kino in der George Street in die Schlange stellen, lässt sie ihn ihre Hand halten. Auf ihren Plätzen hinten im Parkett küssen sie sich. Zu seinem Geburtstag schenkt sie ihm ein Paar emaillierte Manschettenknöpfe in Form von kleinen Neger-Jazzmusikern, einem Saxophonisten und einem Trompeter.

Es ist ein wichtiger Geburtstag. Er ist einundzwanzig geworden. Er ist jetzt volljährig. Mr. Spavin unternimmt einen letzten Versuch, ihn zu Jura zu überreden, muss sich aber schließlich eingestehen, dass die Schlacht verloren ist. Bei einem nüchternen Zusammentreffen in seiner Kanzlei hält er eine Moralpredigt zum Thema Besonnenheit, Weitblick und die guten Aussichten der Aktien einer bestimmten kanadischen Holzfirma. Dann übergibt er Jonathan das Kapital seiner Erbschaft, eine Summe von mehreren hundert Pfund. Als sie sich die Hand geben, weicht Jonathan seinem Blick aus, weil er plötzlich ein schlechtes Gewissen wegen des anderen Bridgeman hat, der tot und namenlos in Bombay ruht.

Das schlechte Gewissen geht schnell vorüber. Als er wieder in Oxford ist, hat es sich völlig gelegt, und er gibt in einem Privatzimmer im Randolph Hotel ein festliches Abendessen, bei dem Astarte Ehrengast ist. Von bewundernden Studenten umringt, brilliert sie, als sei der Geburtstag ihrer. Hinterher begleitet Jonathan sie betrunken nach Hause, wobei er sie unterwegs zu einer günstig gelegenen dunklen Stelle führt. Zuerst widersetzt sie sich seinen Küssen, und nach einer Weile schiebt sie keuchend und errötend seine Hand weg. Es gibt jedoch eine gewisse Zeitspanne dazwischen, die Selwyn Tredgold äußerst eifersüchtig machen würde.

In diesem Semester ist Jonathan der siegreiche Held, und die Welt liegt vor ihm ausgebreitet wie ein weißes Tischtuch. Er sieht seine Zukunft sich in die Ferne erstrecken wie ein unendlich langer Goldfaden. Während langer Nachmittage, an denen er eigentlich fürs Examen pauken sollte, klöppeln Zeit und Raum an einem Bild voller bewundernder Gesichter und interessant gestalteter Innenräume mit Astarte Chapel, die stolz, doch ein wenig unterwürfig an seiner Seite steht. Er schläft jetzt auch besser. Als er eingeladen wird, Weihnachten bei den Chapels zu verbringen, nimmt er es als ein Zeichen.

In der Dorfkirche spricht er stumm die Worte der Weihnachtslieder mit, den süßen Geschmack vom besten Port des Professors auf den Lippen. *Wi-ir drei Könige…* Kerzen und bunte Glasfenster, und draußen ein knackiger Cotswold-Heiligabend. Drei weitere Tage im Paradies hat er noch vor sich, der Schnee liegt rundherum tief und frisch und gleichmäßig, und die welligen Hügel glitzern matt in der Dunkelheit hinter der hundertsten Generation von Engländern und Engländerinnen, die ihrem Pfarrer die Hand drücken. *O Stern voll Wunder …* wandert sie mit ihm den Feldweg entlang, ihr Atem dampft, und ihre Hand liegt in seiner, heiß durch den feuchten Fausthandschuh hindurch. Als der Professor am Kaminfeuer eingeschlafen ist, stoßen die beiden die eisige Finsternis des Bootshauses auf und entzünden eine Kohlenpfanne, ziehen Korbstühle dicht zusammen und lauschen dem Gurgeln des Flusses vor der Tür. Jacken werden geöffnet, Knöpfe aufgeknöpft, Schichten aus Wolle und Baumwolle nach warmer Haut durchsucht. Ihre Hand schlängelt sich in seine Hose, und er zieht ihr den Petticoat bis zur Hüfte hoch, während er wahllos ihr Kinn, ihren Hals, ihr Ohr küsst. Bald reibt sie sich, seinen Schenkel zwischen ihren, heftig an ihm und krümmt sich stöhnend. »Ja«, schluchzt sie, als Jonathans Fingerspitzen in sie hineinschlüpfen, »ja, du geiler Bock – mach's mir – *make jelly roll with me*, Baby!« Sein Gesicht ist in ihren Brüsten vergraben, und er hört nichts außer dem Pochen des Blutes in seinen Ohren. »Mmmm?«, keucht er, denn er versteht nicht recht. Ihr Rhythmus gerät ins Stocken. »Nichts. Nicht aufhören. Bloß – bloß ein Lied.« Sie stöhnt. »Bitte, hör nicht auf.« Er macht weiter, den Blick auf ihr Gesicht gerichtet, das in dem matten Licht rot und golden flackert. Die Augen hat sie fest zu. Beunruhigend fest zu. Als wäre sie nicht bei ihm, sondern träumte vielmehr von – aber er hat keine Zeit, seinen Gedankengang fortzusetzen, weil sich die geschlossenen Augen mit einem Mal weit öffnen und sie in seinen Armen vollkommen steif wird. »O Gott«, sagt sie, »das ist mein Vater.« Und genauso ist es, er ruft ihre Namen durch den Garten, und seine Stimme kommt schnell näher.

Sie machen sich hektisch ans Werk. Ein paar Sekunden später haben sie es, völlig bekleidet, halbwegs zum Haus zurück geschafft. Ihre Gesichter sind Muster engelhafter Unschuld. Der Professor scheint nichts Außergewöhnliches zu bemerken.

»Ah, da bist du ja, Astarte. Was um alles auf der Welt habt ihr denn im Bootshaus gemacht? Ich fürchte, ich werde dir Mr. Bridgeman abspenstig machen müssen. Es gibt etwas, worüber wir reden müssen.«

»Ich dachte, du schläfst, Daddy.«

»Das habe ich auch. Doch nun ist Zeit für Geschäftliches. Kommen Sie, mein Junge.«

Jonathan lässt sich widerstrebend ins Arbeitszimmer führen. Dort wandert der Professor mit gequältem Gesicht hin und her. Selbst an ein Nickerchen ist in diesen Tagen nur mit Mühe zu kommen. In letzter Zeit haben sich die Dinge wieder sehr verschlechtert, die Welt füllt sich mit Analogien, Ähnlichkeiten und Bedeutungen an, die es ihm unmöglich machen, die einfachsten Dinge zu tun, ohne außer sich zu geraten. Der Versuch, an seinem Schreibtisch Platz zu nehmen, versetzt ihn in einen taumelnden Strudel von Assoziationen, die ihn zwingen, eine Reihe halb unfreiwilliger Rituale durchzuführen. Jonathan sieht amüsiert zu, wie er den alten hölzernen Globus in der Ecke dreht und leise etwas vor sich hin murmelt. Er nimmt einen Band *Punch*-Hefte aus dem Regal, liest laut drei politische Witze vor, stochert im Feuer, unternimmt einen verlegenen Versuch, mit den Fingern seine Zehen zu berühren, dreht den Globus entgegen dem Uhrzeigersinn und lässt sich dann eilig, fast schuldbewusst, in seinen Sessel plumpsen. Nach weiteren ein oder zwei Minuten, in denen er die Gegenstände auf seinem Schreibtisch in Reih und Glied anordnet und dann wieder auf ihren ursprünglichen Platz zurückstellt, blickt er auf und presst sich die Finger in die Schläfen.

»Also, wo war ich stehen geblieben?«

»Ich weiß nicht, Sir.«

Er zieht die Stirn kraus. »Ihr Hosenschlitz ist offen.«

Glühend rot knöpft Jonathan ihn zu.

Chapels Stirnrunzeln vertieft sich. »Ich habe nachgedacht, Bridgeman. Ich halte Sie für einen sehr intelligenten und aufgeweckten jungen Mann.«

»Danke, Sir.«

»Außerdem sind Sie uns vertraut. Ich meine, nicht nur mir, sondern auch meiner Tochter.«

Jonathans Herz beginnt zu pochen. Geht es hier um seine Absicht, Star zu heiraten?

»Ich habe das Gefühl, Sie verstehen meine Arbeit, und Sie würden einen angenehmen Gefährten abgeben –«

»Ja, Sir?«

»Einen angenehmen Gefährten auf einer langen Reise. Bridgeman, die Zeit ist gekommen, dass ich wieder eine Reise nach Fotseland machen muss. Ich habe vor, im nächsten Sommer, am Ende des Sommersemesters aufzubrechen. Es wird eine lange Expedition werden, die bis ins folgende Jahr andauert. Ich hätte Sie gerne als meinen Assistenten.«

»Ihren Assistenten, Sir?«

»Ja, genau. Das heißt, falls Astarte Sie entbehren kann.«

Der Professor lacht. Jonathan lacht auch, womit er plötzlich aufkommende Befürchtungen in Schach zu halten versucht. Fotseland? Er erinnert sich an die rotäugigen Männer, die auf diesem Gelände in der Empire-Ausstellung hockten. Mit einem Mal kommt ihm das Zimmer feucht und kalt vor.

»Na, mein Junge, was sagen Sie dazu?«

Was soll er dazu sagen? Er kann keinen einzigen klaren Gedanken fassen.

»Danke, Sir.«

»Na schön, das wäre also abgemacht. Jetzt können Sie zu dem zurückkehren, was Sie gerade tun wollten. Sicherlich habt ihr beide doch nicht vorgehabt, Boot zu fahren, oder? Doch nicht jetzt? Ich meine, es ist mitten in der Nacht.«

Jonathan verlässt das Arbeitszimmer wie benommen. Fotseland? Es ist, als neige die Erde sich zur Seite und lasse ihn auf einen Ort zugleiten, wohin er seiner Meinung nach nicht gehen darf. Er sucht nach Star, um ihr zu erzählen, was passiert ist, aber sie ist schon zu Bett gegangen. Eine Stunde oder länger sitzt er allein in dem Bootshaus und horcht auf das Rauschen des Flusses, der ins Dunkel fließt.

Am Silvesterabend sitzen sie im Park des Barabbas College auf einer Bank, Gäste einer Party, die der Rektor gibt. Ein Streichquartett spielt Haydn. Jonathan lächelt, und Star tippt mit dem Fuß auf den Boden, denn die Musik teilt ihre uhrwerkartige Selbstsicherheit allen beiden mit. Um sie herum haben Leute Sektgläser in den Händen und machen optimistische Konversation. Der Professor ist irgendwo drinnen, in Reichweite des kalten Büfetts. Sie warten ungeduldig darauf, dass die Uhr Mitternacht schlägt, denn dann werden die Collegebediensteten die ersten Raketen des Feuerwerks anzünden. Das Jahr 1925 ist weniger als eine Minute entfernt.

»O Star«, sagt Jonathan.

»O Johnny«, sagt Star.

»Ich bin so glücklich.«

»Bist du das?«

»Na, bist du's etwa nicht?«

»Natürlich bin ich glücklich. Pass auf – jetzt geht's los.«

Leute stimmen einen Sprechchor an: *Noch dreißig Sekunden … zwanzig Sekunden …* Der Chor schwillt an, als Leute aus der Halle in den Garten strömen. Steif sinkt der Hauptpförtner auf ein Knie, während er ein Streichholz mit der Hand abschirmt. Als die Zählung bei Null ankommt, steckt er eine Zündschnur an, und eine Rakete schießt in die Höhe und explodiert über der Kapelle zu einem dicken weißen Feuerball. Man hört Hochrufe und Applaus. Jonathan nimmt Star in seine Arme. Überall um sie herum wird auf Rücken geklopft, werden energisch Hände geschüttelt. Sie hat nie schöner ausgesehen.

»Ich liebe dich«, sagt er und küsst sie.

»Liebling«, murmelt sie. »Wie wundervoll von dir.«

»Ja? Meinst du das wirklich?«

»Natürlich, Johnny. Ich finde, es ist absolut wundervoll.«

»Also – du willst?«

»Will was?«

»Wie dumm von mir. Ich werde schon ganz konfus. Mich heiraten, meine ich. Willst du mich heiraten?«

»O Johnny, du lieber, lieber Junge.«

»Also willst du?«

Star schaut hinauf zum Feuerwerk, das den Himmel gerade eben patriotisch mit roten, weißen und blauen Rosetten übersät.

»Es erscheint wirklich alles ziemlich vollkommen, nicht wahr? Wir hier in diesem Garten mit all dem Feuerwerk und der Party und so weiter.«

»Sag Ja, Star. Sag einfach Ja.«

»Nun ja, die Sache ist die, Johnny, ich gehe wieder weg.«

Er ist wie vor den Kopf geschlagen.

»Du gehst weg?«

»Mach nicht so ein Gesicht. Ich gehe wieder nach Paris. Dort gib es eine wundervolle amerikanische Lady, Mrs. Amelia DeForrest aus Chicago. Sie und ich, wir gründen eine Firma. Sie hat jede Menge Geld, und sie bewundert uneingeschränkt meine Entwürfe. Ich habe gesagt, ich lasse sie die Stoffe machen, und ich mache alles Übrige.«

»Firma?«

»Ja, genau, eine Firma. Wirklich, Johnny, ich wünschte, du würdest es nicht so sagen, als wäre es etwas Unanständiges. Viele junge Frauen tun das.«

»Entschuldigung. Das heißt – wann fährst du?«

»Ziemlich bald, würde ich sagen. In ein, zwei Monaten. Du und Daddy könnt mich auf euerm Weg zu den Fotse ja besuchen.«

»Aber wie kannst du – nachdem wir – ich meine, ich dachte – du hast doch gesagt …«

»Och, du bist so süß, ganz Schmollmund und Enttäuschung. Nur weil ich dort drüben bin, heißt es doch nicht, dass ich dich vergesse. Schließlich bist du wahnsinnig hübsch. Und aufmerksam.«

»Aber ich möchte bei dir sein.«

»Du kannst doch immer noch bei mir sein, wenn du aus Afrika zurückkommst. Wenn du dich nicht mehr um Daddy kümmern musst, solltest du, denke ich, fest nach Paris kommen. Es ist viel besser als London. Man hat dort einen exquisiten Geschmack, und es gibt wundervolle Nachtclubs. Du musst überhaupt nicht zu Bett gehen, wenn du es nicht willst.«

»Also – du denkst darüber nach?«

»Natürlich, Johnny. Ich bin sehr gerührt. So, nun komm, wir sollten mal nach Daddy suchen.«

Am Morgen ist ihm so benommen um den Kopf, und seine Erinnerungen an die Party sind so verschwommen, dass er gar nicht mehr weiß, ob er erfreut sein soll oder nicht. Sie hat gesagt, dass sie ihn liebt, oder? Auf jeden Fall haben sie eine Abmachung. Er und Astarte Chapel sind praktisch verlobt. Das ist vermutlich ein Geheimnis. Bei Abmachungen ist Geheimhaltung so etwas wie Tradition. Trotzdem heißt das doch nicht, dass er es einem Freund nicht erzählen darf. Einige Tage nach Neujahr isst er mit Levine zu Mittag.

Bis zum Semesterbeginn ist die Neuigkeit in der ganzen Universität herum. Bridgeman ist mit Miss Chapel verlobt, und nicht nur das, er ist dazu ausersehen, ihren berühmten Vater auf seiner nächsten Expedition zu begleiten. Ein simpler Studienanfänger! Es ist schwer zu sagen, was unter dem Klüngel von Chapels jungen Adepten mehr Eifersucht auslöst, der Job oder das Mädchen. Bissige Bemerkungen fallen in der Bibliothek, und mehr als einmal wird Jonathan von Leuten die kalte Schulter gezeigt, von denen er dachte, sie seien seine Freunde. »Das ist der Preis des Erfolges, alter Knabe«, sagt Levine. »Du kannst nicht erwarten, dass alle glücklich sind, wenn so etwas passiert.« Er spricht mit der Stimme der Erfahrung. Sein Stück soll in London inszeniert werden, und der Neid, der durch die Theatergruppe der Universität fegt, ist heftig und zerstörerisch.

Als eine Studentenzeitschrift eine Witzzeichnung von Jonathan bringt, auf der er in einem Kochtopf sitzt, umgeben von grinsenden Kannibalen, legen sich seine Befürchtungen. Er ist eine Berühmtheit: »Beau« Bridgeman von Afrika, Liebhaber und Forschungsreisender. Er schneidet die Zeichnung aus und schickt sie Star, die ihm zurückschreibt, sie hätten seine Nase zu groß gemacht. Nur allzu schnell kommt der Tag, an dem er ihr in Waterloo Station Adieu sagen muss. Sie küssen sich züchtig, und er verspricht, sie im Juni zu besuchen, wenn er und ihr Vater auf dem Weg zu ihrem Schiff in Marseille durch Paris kommen. Er steht noch lange, nachdem ihr Zug abgefahren ist, auf dem Bahnsteig und kommt sich vom Schicksal gebeutelt und überaus wichtig vor. Andere Leute können doch sicherlich sehen, dass er von heftiger Leidenschaft ergriffen ist, einer großen und literarischen Romanze? Zu seiner Enttäuschung scheinen die Reisenden, die nach ihren Waggons suchen, seine Gefühlswallungen nicht zu bemerken.

Als Star weg ist, wird es höchste Zeit, sich an die Arbeit zu machen. Die Vorbereitungen auf sein Schlussexamen müssen ebenso sein wie sein Studium von Hausa, der Verkehrssprache der Fotse-Region. Jonathan erlernt einige nützliche elementare Redewendungen (*Wo ist das Konsulat? Ich hätte gern Lamm zum Abendbrot*) und verbringt ein paar Abende beim eifrigen Studium des einzigen bekannten Glossars der Fotse-Sprache, das sich im Besitz von Professor Chapel befindet und von Père Antoine Bertrand zusammengetragen worden ist, einem französischen Jesuiten des 19. Jahrhunderts, der später von einem der lokalen Emire enthauptet wurde. So wie sich das Manuskript darbietet, war Bertrand bereits um seine persönliche Sicherheit in Sorge, als er es verfasste. Seine Handschrift ist fast unleserlich, und seine Beispiele sind so exzentrisch, dass Jonathan der Text als Hilfe zum Erlernen der Sprache völlig nutzlos erscheint. Immer wieder finden sich Redewendungen, die sich auf Gefahren und Bedrohungen beziehen. Es gibt auch eine ganze Seite mit Begriffen um die Zauberei: *Ich bin von einem bösen Geist / einem guten Geist / dem Geist eines ungeborenen Kalbes / einer Pferdebremse / eines Akazienbaums besessen …* Die Vorstellung, dass jemand in diesem Land von einem Gebüsch besessen sein kann, hat etwas Entnervendes. Jonathan schreibt die Wendungen in ein Notizbuch von derselben Art ab, wie er sie früher für seine Beobachtungen am Englischen benutzt hat.

Er und Professor Chapel werden nicht die einzigen Teilnehmer an der Expedition sein. Eines Abends wird er aufgefordert, mit seinen neuen Kollegen, den Doktoren Morgan und Gittens, im Jesus College am Honoratiorentisch zu speisen. Jonathans kurze Studentenrobe wirkt recht jämmerlich unter all den wallenden Talaren der älteren Fellows, die mit geneigtem Kopf dasitzen, während sie dem Tischgebet lauschen. Jonathan, der zwischen den beiden jungen Gelehrten sitzt, ist nervös, er sieht die langen Refektoriumstische hinunter und fängt die Blicke von Studenten auf, die miteinander flüstern und sich gegenseitig auf ihn aufmerksam machen.

Morgan ist recht umgänglich, ein großer, hohlwangiger Waliser, der eher einem Bauern als einem Gelehrten gleicht. Das ist nur natürlich, denn sein Fachgebiet ist Ackerbau. Er gießt Jonathan das Glas immer wieder mit College-Bordeaux voll und erzählt ihm von den Schönheiten der Herfordshire-Rinder, mit denen er aufgewachsen ist: ihrer Robustheit, ihren freundlichen, weißen Gesichtern, ihrer grandiosen Fähigkeit, Gras in mageres rotes Fleisch umzuwandeln. Dies wird seine erste Reise nach Afrika sein, wo er die westafrikanischen Kurzhornrinder aus der Nähe zu sehen und die Techniken der Fotse-Bauern studieren zu können hofft. Gittens, der zwar ebenfalls seine erste Reise macht, ist ein weniger angenehmer Zeitgenosse – ein Spezialist für Initiationsrituale, der Bridgemans Teilnahme an der Expedition offensichtlich missbilligt. »Wie alt sind Sie?«, fragt er. »Was haben Sie publiziert?« Als Jonathan antwortet, er habe nichts publiziert, schnaubt Gittens verächtlich. »Wenn Sie nichts dagegen haben, dass ich frage«, sagt er scharf, »aber was werden Sie eigentlich in Fotseland *tun*?« Darauf hat Jonathan keine Antwort.

Professor Chapel andererseits hat eine klare Vorstellung von der Rolle seines Assistenten. Expeditionen haben eine nützliche Funktion, nämlich den Vorwand für eine Flucht aus Oxford zu liefern. Aber sie zu organisieren ist eine Qual und sollte jemand anderem übertragen werden. Und so ist es Jonathans Aufgabe, die Reise vorzubereiten und Ausrüstung und Vorräte zu beschaffen. Der Professor schickt ihn zu Walters & Co. an der Turl, wo er um Sturmlampen, Zelte, Weidenkörbe und X-brand-Klappwaschtische feilscht. Er kauft grüne Segeltuch-Feldbetten und Blechschüsseln, Äxte und Campinghocker, Kernseife, einen Koffer voll Besteck, Fahrtenmesser und einen Satz Kochgerätschaften, die vier Stahlkästen füllen. Außerdem ein offenes Zelt für die Küche und zur Behandlung von deren Nachwirkungen einen wasserdichten Medikamentenkasten mit lauter kleinen Glasfläschchen. Für sich selbst kauft er Khakihemden, -shorts und -wickelgamaschen, ein Paar Moskitostiefel, zwei Garnituren wollene Jaeger-Unterwäsche der leichtesten Art, einen Korkhelm für das Lager und einen doppellagigen Filzhut mit breiter Krempe für die Jagd. Der Stapel auf dem Ladentisch wächst zu einem Berg. Lehrlinge werden ausgeschickt, um mehr braunes Packpapier zu holen. Der Verkaufsgehilfe meint, dass Jonathan den Fragen der persönlichen Gesundheit nicht genügend Aufmerksamkeit geschenkt hat, und so ersteht er noch einen Choleragürtel aus Flanell, um seinen Unterleib gegen übermäßige Feuchtigkeit zu schützen, und ein Wirbelsäulenpolster, das man im Hemd trägt und das die schädlichen Lichtstrahlen der Sonne abwehren soll. Elastikbinden und ein Thermometer kommen zusätzlich in den Medikamentenkasten hinein. Schließlich wählt er noch eine Metallbrille mit geschwärzten Gläsern. Im Spiegel sieht er damit drohend und geheimnisvoll aus wie eine Fliege.

Am Tag, bevor die Schlussexamen beginnen, ist er unten in London, um Sportgewehre und Munition bei einem Händler in St. James's zu kaufen. Während er zusieht, wie der Gehilfe Patronen auf den Teakholzladentisch zählt, wird ihm zum ersten Mal klar, worauf er sich eingelassen hat. Alles, was er gewollt hat, war, nach England zu kommen und sich in einem behaglichen Leben einzurichten, dem Leben, wie es auf den Ansichtskarten dargestellt war, die er über seinen Waschtisch in Bombay gepinnt hatte. Und nun lässt er es hinter sich. Wofür? Er sagt es sich wieder – *für*

Astarte Chapel. Als er vereinbart hat, wohin die Gewehre geliefert werden sollen, nimmt er ein Taxi zur Regent Street, wo er einen Verlobungsring kauft. Wenn er schon nach Afrika gehen muss, will er wenigstens einen Grund haben wiederzukommen.

Die Prüfungen gehen vorüber wie in einem Nebel. Es ist unmöglich, sich auf die Reconquista oder den Sacco di Roma zu konzentrieren, wenn das Wiedersehen mit Star nur wenige Tage entfernt ist. Er kritzelt Antworten auf die Seiten, ohne sich weiter um das zu kümmern, was er vorbringt, ob die Daten, die er Ereignissen zuordnet, real sind oder aus dem Teil seines Gehirns stammen, der sich mit Ticketpreisen und Dampferfahrplänen befasst. Manchmal driftet er vollkommen weg, und die hohen Decken der Prüfungssäle ziehen ihn nach oben und lassen ihn in Bilderwelten eintauchen, von denen er dachte, er hätte sie völlig verdrängt: düstere Palastkorridore, der Geruch von Gin und Limettensaft. Oxford erscheint flüchtig und zerbrechlich. Nach der letzten Prüfung wird er von einem Gewühl ausgelassener Studenten mitgerissen, die sich gegenseitig mit Mehl bewerfen und Champagner aus der Flasche trinken. Seine Akademikermütze mit einer Hand fest umklammernd, rennt er durch Straßen mit Kopfsteinpflaster und an Häusern vorbei, die so wenig wirklich sind wie eine Bühnendekoration.

Der Zug gleitet durch die Landschaft von Kent, die grün und hell ist wie ein Kirchenlied. Der Professor sitzt mit einer ungeöffneten Zeitung im Schoß da und hat ein Schulbubengrinsen im Gesicht.

»Jetzt geht's los, eh, Bridgeman? Endlich geht's los!«

Zwischen Waterloo Station und Dover ist das alles, was er sagt, und er wiederholt es in Abständen die ganze Reise über. »Jetzt geht's los, Bridgeman. Jetzt geht's los.« Jedes Mal, wenn er es sagt, reibt er sich die Hände. Schließlich hat Jonathan das Gefühl, er sollte was sagen. »Sie scheinen sehr erfreut über die Abreise zu sein, Sir.« Chapel wirft ihm einen entsetzten Blick zu und murmelt: »Erfreut?«, als wäre der Gedanke ein wenig unanständig.

In Dover treffen sie auf Gittens und Morgan und beaufsichtigen zwei Stunden lang das Verpacken der Expeditionsausrüstung in große Holzkisten. Morgan hat sich bereit erklärt, die Kisten bis Marseille zu begleiten, aber Gittens fährt mit ihnen nach Paris. Jonathan ist darüber nicht glücklich. Während er mit Bestandslisten und Frachtbriefen in der Lagerhalle herumläuft, folgen ihm die Augen des Mannes, dessen Mundwinkel ein gönnerhaftes Lächeln umspielt. Auf der Fähre macht Gittens mit Professor Chapel Konversation und schneidet Jonathan jedes Mal das Wort ab, wenn er sich zu beteiligen versucht. Als sie in Calais ankommen, hat er klipp und klar zu verstehen gegeben, dass er ihn für zweitklassig hält, eher für den Laufburschen des Professors als für einen akademischen Kollegen.

Im Hafen werfen die gelangweilten französischen Beamten kaum einen Blick auf ihre Papiere und winken sie durch eine hohe Zollabfertigungshalle durch auf den Bahnhof zu, von dem der Paris-Express abfahren soll. Hinter einem Nebelschleier aus Dampf finden sie ihren Waggon und nehmen im selben Moment ihre Plätze ein, als die Pfeife ertönt. Bald ist der durch die Fähre unterbrochene Rhythmus wiederhergestellt, und Felder breiten sich beiderseits der Geleise aus wie riesige Teppiche. Gittens doziert über die Architektur von Notre-Dame, dann lässt er beiläufig den Namen eines Antiquariats in der Rue Saint-Jacques fallen. Offenbar will er damit prahlen, wie gut er sich in Paris auskennt, einer Stadt, die er »viele, viele Male« besucht hat. Chapel hört ihm interessiert zu. Jonathan macht sich gereizt in den Speisewagen auf.

Er setzt sich, der Kellner nimmt seine Bestellung entgegen und fällt übergangslos ins Englische, kaum dass Jonathan den Mund zum Reden aufgemacht hat. Ein Whisky-Soda wird rasch serviert, aber etwas am Verhalten des Mannes ist beunruhigend. Jonathan schwenkt die Eiswürfel in seinem Glas herum und horcht auf das leise Gemurmel von Unterhaltungen. Die Felder sausen vor dem Fenster vorüber. Er nippt am Whisky. Die Fahrgäste unterhalten sich. Ab und zu wirft er verstohlen einen Blick zum Kellner hinüber, der ganz und gar nichts Ungewöhnliches tut. Dennoch wird seine Unruhe immer größer. Vielleicht hat es ja nichts mit dem Kellner zu tun. Vielleicht hat es seinen Ursprung irgendwo tiefer, etwa in der Melodie des gesprochenen Französisch oder im ungewohnten Schriftbild der Speisekarte, die in dem Ständer auf seinem Tisch steckt. Als sie in Paris ankommen und durch die Vororte mit ihren grauen Ziegeldächern rattern, hat sich seine Unruhe zu einer herzbeklemmenden Paranoia ausgewachsen.

Star ist nicht zur Gare du Nord gekommen, um sie abzuholen. Jonathan ist erleichtert, nur allzu sehr davon in Anspruch genommen, mit seinem Panikanfall fertig zu werden (*aaiin-atmen, ausssatmen …*), als dass er der Begrüßung der Frau gewachsen wäre, die er heiraten will. Sie nehmen ein Taxi zur Rue du Faubourg Saint-Honoré und steigen im Hotel Bristol ab, das zwar teuer, aber das gewohnte Standquartier des Professors in der Stadt ist. An der Rezeption finden sie eine Nachricht vor, dass Star zum Frühstück zu ihnen kommen wird. Dem Professor und Gittens, die die Gobelins in der Eingangshalle bewundern, teilt Jonathan mit, dass er sich nicht wohl fühle und auf seinem Zimmer zu Abend speisen werde. Er schließt die Tür hinter sich ab und wirft sich auf das Bett.

Was er möchte, ist schlafen, aber Schlaf will sich nicht einstellen. Im Zimmer ist es stickig. Die protzigen Möbel und die üppig gemusterten Tapeten bedrücken ihn. Am Waschtisch kühlt er sein Gesicht mit Wasser und öffnet das Fenster. Die Geräusche des Verkehrs dringen von der Straße herauf.

Es klopft. Er öffnet zwei Kellnern die Tür, die einen Klapptisch aufstellen, ein steifes, weißes Tischtuch darüber breiten und zum Abendbrot decken. Kaum sind sie weg, macht er sich an die Zwiebelsuppe und das Stück Fisch mit der ungewohnt gehaltvollen Soße. Das Essen ist gut, aber gerade seine Güte scheint ein Teil seines Problems zu sein. Verzweifelt zieht er sein Jackett über und stürmt hinaus auf die Straße. Draußen überall helle Lichter, aber keine Fußgänger. Er stapft die Straße entlang, dem Strom schwarzer Wagen entgegen. Die Haussmann-Fassaden von Ministerien und Firmenbüros werden durch die erleuchteten Fenster noch spät arbeitender Funktionäre und Angestellter durchbrochen, doch auch dieses lautlose Leben scheint in weiter Ferne zu existieren. Autos und Gebäude kommen ihm wie Panzer vor, wie Schilde, die dazu da sind, ihn von menschlicher Wärme fern zu halten. Er wandert ziellos weiter, fort von diesen unpersönlichen Außenflächen, und begegnet niemandem außer zwei Gendarmen, die ihn so aufmerksam betrachten, dass er auf der Stelle kehrtmacht und zum Hotel zurückgeht.

Als er am nächsten Morgen nach unten kommt, sitzt Star im Frühstückszimmer. Er hat so viel Zeit damit zugebracht, über sie nachzudenken, dass ihre Anwesenheit ihm einen Schock versetzt. Ihre Gegenwart ist direkt, plump körperlich wie die eines Amputierten oder von jemand sehr Berühmtem. Ihr Vater, in die Morgenzeitung vertieft, sitzt neben ihr. Sie hält Jonathan ihre Wange zum Kuss hin. Wie erwartet hat sie sich zu einer perfekten Pariserin stilisiert, eine winzige Kaffeetasse in der einen Hand und eine Zigarettenspitze mit einer leuchtend grünen Zigarette in der anderen. Sie machen gespreizten Smalltalk, der vollkommen versandet, als Gittens erscheint. Er zieht sich einen Stuhl an die andere Seite von Star und fängt sofort an zu plaudern. Wundervoller Morgen. Was für ein Glück Sie haben, dass Sie hier leben. Wenig später beugt er sich vor und teilt ihr in vertraulichem Ton mit, dass sie, seit er sie das letzte Mal gesehen hat, »zu einer bezaubernden jungen Frau erblüht« ist.

»Und wann war das?«, fragt Jonathan mit zusammengebissenen Zähnen. Gittens nimmt eine übermütige, kapriziöse Haltung an wie ein schlechter Varieté-Conferencier. »Gar nicht lange her. Zwei Jahre mindestens.« Der Professor beginnt über eine Meldung in *Le Monde* zu reden, was Gittens zwingt, ihm eine Weile seine Aufmerksamkeit zu schenken. Doch unentwegt schickt er ein kleines Lächeln zu Star hinüber. Warum, schlägt er vor, verbringen sie nicht alle zusammen den Tag mit Besichtigungen? Er hätte die Idee, dass sie die Museen besuchen könnten. »Ein glänzender Gedanke«, sagt der Professor.

Und so beginnt ein Morgen voller Erklärungen. Es ist, als habe Gittens sich sein ganzes Leben darauf vorbereitet, als sei er zu dem alleinigen Zweck auf die Welt gekommen, sie durch die Glanzpunkte des Louvre zu führen. Er schreitet von einem Ausstellungsstück zum nächsten, während er mit vor Liebe zu den Wundern abendländischer Kultur umflortem Blick Baedecker-Prosa von sich gibt. Zwischen Tatsacheninformationen werden persönliche Bemerkungen eingestreut, die zeigen sollen, dass er nicht nur ein Gelehrter ist, sondern auch eine empfindsame Seele, ein Mensch, der es unter anderen Umständen durchaus zum Künstler hätte bringen können. Von einer Renaissance-Madonna behauptet er, sie sei von »funkelnder Schönheit«. Eine Passionsdarstellung bringt ihn in Berührung mit seinem »höheren Ich«.

Diese Perlen kritischer Würdigung richten sich natürlich sämtlich an Star. Sie gibt sich geschmeichelt. Jonathan leidet. Während sie durch die Galerien wandern, flammt in seiner Brust die Panik der vergangenen Nacht wieder auf. Er schleicht hinter Gittens und Star her mit dem Gefühl, dass die Gemälde drohend auf ihn herunterblicken, eine endlose Parade von Königen und Helden, die in Haltungen gelassener, heiterer Größe posieren. So allmählich begreift er, was ihn seit seiner Überfahrt nach Frankreich quält. Er ist fremd hier. Selbst als Jonathan ist er fremd hier. Und hinter diesem Land liegt noch wieder eines und noch wieder eine andere Hauptstadt mit einer Gemäldegalerie und Bibliotheken und Boulevards mit vornehmen Gebäuden. Es ist Schwindel erregend, grauenhaft.

Die Dinge geraten allmählich ernstlich ins Rutschen. Der Professor geht weg, um sich die ägyptischen Säle anzusehen. Gittens ergreift Star am Ellbogen und lotst sie zu den Aktdarstellungen. Alles ist ihm recht, scheint es. Er baut sie vor Venussen, Haremsdamen und Nymphen auf, die aus antiken Himmeln herabtrudeln wie ganze Löffel voll durch die Luft fliegender Marshmallows.

Lange bringt er vor einem besonders abgeschmackten Fragonard zu, einer Gruppe nackter Badender, die aus nichts als blondem Haar und rosa Fleisch mit Grübchen bestehen. Während er ihre »hinreißenden Posen« und die »blendende Technik« des Malers rühmt, stellt er sich dicht an ihr Ohr und beginnt etwas über die ungezügelte Sinnlichkeit der Kunst zu murmeln. Jonathan, der etwas braucht, um einzuhaken, glaubt, dies könnte es durchaus sein.

»Hören Sie, Gittens, ich finde, das ist wirklich nicht drin.«

»Drin?«, fragt Gittens. »Was meinen Sie mit drin?«

»Ich meine – ich finde, das ist nicht die Art, wie sich ein Gentleman benimmt.«

»O Johnny«, sagt Star, »sei doch nicht so *englisch.*«

Englisch? *Englisch?* Er muss sich hinsetzen. Der Raum beginnt sich zu drehen, ein Wirbel, der sich schneller und schneller dreht, mit ihm im Zentrum…

Er wacht auf und findet sein Gesichtsfeld mit Köpfen ausgefüllt. Star, Gittens, ein uniformierter Wärter, ein Mann mit angeklatschtem schwarzem Haar und gewachstem Schnurrbart. Jonathan liegt auf dem kalten Marmorfußboden. Jemand hat ihm den Kragen gelockert. Star spricht in schnellem Französisch mit jemandem, den er nicht sehen kann. Gittens schaut mit dem Ausdruck echter Besorgnis zu ihm herunter.

»Sind Sie in Ordnung, alter Junge? Sie hatten einen kleinen Schwindelanfall.«

Jonathan sitzt auf seinem Bett, gegen das Kopfteil mit einem Berg Kissen abgestützt. Ja, es geht ihm viel besser, danke. Das ist hauptsächlich Star zu verdanken, die ihn besuchen gekommen ist. Sie räkelt sich in einem schweren vergoldeten Sessel und bläst Zigarettenrauch aus dem offenen Fenster. Es ist weniger ihre Anwesenheit (so angenehm sie ist), die ihn wieder aufleben lässt, als die Art, wie sie über Gittens spricht.

»Gott, Johnny, er ist so langweilig! Redet und redet und redet wie eine Lehrerin! Kein Wunder, dass du ohnmächtig geworden bist. Ich war fast drauf und dran, es selber zu probieren. Und wie überzeugt er war, der große Kenner zu sein mit seinem Gestreichel und Geatme an meinem Hals. *Quelle horreur!*«

»Weißt du, einen Moment lang dachte ich –«

»Oh, wie konntest du! Er ist überhaupt nicht mein Typ. Sieh dich an! Du lächelst. Da kannst du ja nicht gar so krank sein. Nein, dir geht's anscheinend schon wieder großartig.«

»Ja, das stimmt. Ich weiß gar nicht, was passiert ist.«

»Das Reisen, nehme ich an. Ich hasse es auch. Die ganze Montparnasse-Clique hasst es. Und die aus Saint-Germain, aber wenn man Cole Porter ist oder der Aga Khan oder was weiß ich, dann fliegt man wahrscheinlich. Hör zu, ich habe Daddy und Dr. Gittens gesagt, dass wir beide diesen Abend absolut zusammen verbringen müssen. Dr. Gittens hat ziemlich schockiert geguckt. Er hat beteuert, dass er keine Ahnung gehabt hätte, dass du und ich befreundet wären, und hätte er es gewusst und so weiter und so weiter. Ich denke, ich glaube ihm sogar. Viele Leute werden von Paris derart gepackt, wenn sie nicht dran gewöhnt sind. Sie finden es überstimulierend.«

Sie verlässt Jonathan, damit er sich anziehen kann. Als er sich die Krawatte umbindet, steckt Gittens den Kopf durch die Tür und erkundigt sich nach seinem Befinden. Sie führen eine kurze Unterhaltung, an deren Ende Jonathan überzeugt ist, dass er Gittens vollkommen missverstanden hat. Er ist in Wirklichkeit sehr anständig. Pfeifend bürstet er sein Jackett ab und lässt den Verlobungsring behutsam in eine Innentasche gleiten. Das kleine viereckige Kästchen macht eine Beule an seiner Brust, und er holt es wieder hervor und steckt es in die linke Seitentasche. Perfekt. Er fühlt sich ausgeruht und erfrischt, zu allem bereit.

In einem schimmernden grauen Abendkleid wartet Star in der Lobby. Ihre Fotse-Reifen trägt sie am Arm. Ihr Haar umrahmt ihr Gesicht mit der Präzision eines Reklamebildes. Sie sagt: »Heute Abend, Johnny-boy, werden wir uns beide wundervoll amüsieren«, und es klingt wie eine Herstellergarantie. Ein Taxi fährt sie an einer Reihe voll besetzter Straßencafés vorbei den Hügel hinauf nach Montmartre. Paris ist plötzlich voll: Zigarettenverkäufer, Männer auf Fahrrädern, elegante Damen mit kleinen Hunden auf dem Arm, Bürger jeder Art eilen die Straßen entlang, ergießen sich aus den prunkvollen Métro-Toren wie frisch erlöste Christenseelen. Diese Stadt scheint nichts mit dem Netz leerer Straßen zu tun zu haben, durch die er vergangene Nacht gewandert ist. Sie strotzt, sie brodelt vor Leben.

Star sagt dem Fahrer, er solle sie an einer Ecke absetzen, und geht Jonathan durch eine Gasse voran zu einer Tür, an der rote Papierlampions hängen. Durch einen Perlenvorhang betreten sie einen düsteren, niedrigen Raum. Hinter einem Tresen hacken Männer mit Zöpfen und weißen Jacken mit hohen Kragen Gemüse und schwenken es in großen eisernen Pfannen. Der Raum ist voller Dampf und Lärm. Tische drängen sich im Halbdunkel aneinander. Dies ist das erste chinesische Restaurant, das Jonathan betritt, und der Anblick gefällt ihm überhaupt nicht.

»Wollen wir hier wirklich essen?«, fragt er. Für ein romantisches Abendessen erscheint ihm das Lokal nicht ideal.

»Absolut. Und wir nehmen beide das Chop Suey. Ist das nicht wundervoll?«

Jonathan ist sich nicht so sicher. Der kleine Raum ist brechend voll und rauchig. Im Vergleich zu den übrigen Gästen sind er und Star viel zu elegant gekleidet. Es werden ihnen große blau-weiße Schüsseln mit einem Essen vorgesetzt, das er nur mit Mühe in den Mund bekommt, ohne sich das Hemd mit Soße zu bekleckern. Ein schrumpeliger Chinese am Nachbartisch zwinkert ihm unentwegt zu und funkt ihm das Zeichen mit dem nach oben gestreckten Daumen herüber. Star dagegen scheint in ihrem Element zu sein. Sie isst mit nach außen gespreizten Ellenbogen und grinst ihn zwischen den Bissen an. Er grinst zurück und betastet die Ringschachtel in seiner Tasche. Vielleicht jetzt? Nein. Das Beste ist, noch etwas zu warten.

»Jetzt«, sagt Star, als sie durch den Vorhang raschelnd wieder auf die Straße treten, »ist es Zeit für ein echtes Vergnügen.« Sie winken wieder ein Taxi herbei und fahren die Rue Pigalle hinauf in ein Viertel mit niedrigen, baufälligen Häusern, die beinahe jedes eine Bar oder ein Cabaret zu enthalten scheinen. Petroleumgeruch hängt in der Luft, und auf der Straße drängen sich Partygäste. Betrunkene taumeln nach draußen, grell gekleidete Huren stehen in Grüppchen herum, und ihre Zuhälter sitzen rauchend und eingebildet in ihren Autos. Die Gegend ist wechselhaft, aufdringlich. Unbewusst fällt Jonathan in eine jüngere Daseinsstufe von sich zurück, zieht den Schlips straff und versucht das chaotische Kommen und Gehen zu entschlüsseln. Zwischen die weißen Gesichter sind unverhältnismäßig viele schwarze eingestreut, heulende Straßensänger aus irgendwelchen südamerikanischen Ländern, Paare gut gekleideter Neger, die sich durch die Massen schieben, als gehöre ihnen das Pflaster. Jonathan schüttelt sich, versucht sich aus seinem momentanen Rückfall zu befreien. Er hat das alles hinter sich gelassen. Der Ring in seiner Tasche wird bald das Siegel darauf drücken. Warum also hat ihn Star in so eine zwielichtige Gegend gebracht? Die Schwarzen mit ihren Stöckchen und Seidenhemden erscheinen ihm wie ein böses Omen.

Das Taxi setzt sie vor einer kleinen Bar namens Le Grand Duc ab. Über der Tür hängt ein dreieckiges beleuchtetes Schild, auf dem in Rot das Wort BRICKTOP! hervorgehoben ist.

»Ich bin sehr stolz auf das Duke«, sagt Star. »Noch kennt es kaum jemand. Und Brick ist so ein Schatz.«

Ein uniformierter Türsteher begrüßt sie. Das Lokal ist klein, nur etwa ein Dutzend Tische stehen um eine leere Fläche, an deren einer Seite sich eine Bar befindet. In der Mitte der Fläche singt eine groß gewachsene Rothaarige zur Begleitung eines Schlagzeugers und eines Pianisten. Die meisten Tische sind besetzt, aber ein Kellner führt sie an einen freien Tisch ganz hinten in einer Ecke. Jonathan schaut sich beklommen um. Alle im Le Grand Duc – Sängerin, Musiker, Angestellte und Gäste – sind schwarz.

»Ähmm – *Star*«, flüstert er eindringlich, »das scheint hier ein Negerlokal zu sein.«

»Ja, das ist es, Liebling. Ihr Oxforder Jungs habt eine so gute Beobachtungsgabe. Hallo, Brick? Brick, Schätzchen?«

Sie winkt der Sängerin zu, die ihr ihrerseits eine Kusshand zuwirft.

»Ich meine, was machen wir denn hier?«

»Feiern, Johnny. Und mach nicht so ein Gesicht.«

Sie bestellen Champagner, und Jonathan versucht gegen seine schlechte Stimmung wie gegen eine steigende Flut anzukämpfen. Als wollte sie ihn verhöhnen, stimmt die Sängerin ein trauriges Lied an:

»Why do people believe in some old sign?
Why do people believe in some old sign?
To hear a hoot owl holler, someone is surely dyin'.«

Sie hat einen amerikanischen Akzent. Um sie herum mischt sich gedehntes amerikanisches Englisch mit Französisch. Jonathan fragt sich, woher all die Leute sind, der herablassende Geschäftsführer, der junge, braunhäutige Pikkolo, der ständig durch die Küchentür lugt. Er fühlt sich bedroht, eingeengt. Es ist, als strecke Afrika bereits die Hand nach ihm aus, ehe er sich seinen Platz in Europa gesichert hat.

»To dream of muddy water, trouble is knockin' at your door,
To dream of muddy water, trouble is knockin' at your door,
Your man is sure to leave you, and never return no more.«

Eine Frau an einem Tisch in der Nähe pfeift Beifall. Sie schaut herüber zu Star und sagt etwas zu ihrem Freund, der lacht. Jonathan funkelt sie wütend an, aber Star scheint gar nichts bemerkt zu haben. Hingerissen lauscht sie der Musik.

»Macht dich das inwendig gar nicht kribbelig? Diese Traurigkeit. Man kann fühlen, wie sehr sie gelitten haben.«

»Wer?«

»Die Neger, Dummerchen. Das ist nicht wie bei dir oder mir.

Das Schlimmste, mit dem wir jemals kämpfen mussten, ist, dass das Badewasser am Morgen nicht heiß ist.«

»When your man come home evil, tell you you are gettin' old,
When your man come home evil, tell you you are gettin' old,
That's a true sign he's got someone else bakin' his jelly roll.«

Was hat sie da gesungen? *Jelly roll?* Er blendet zurück in das Bootshaus, zu Stars Gestöhne, als sie im Dunkeln herumfummelten. Wie lange kommt sie wohl schon hierher? Er ringt mit etwas, irgendeinem heimlichen Verdacht, als eine gut gekleidete Gruppe Weißer hereinkommt. Im selben Moment schaltet Bricktop auf eine leichte, populäre Melodie um, und der Pianist nimmt ihren Rhythmus auf. Die Stimmung wird heiterer. Jonathan beobachtet die weiße Gesellschaft. Sie wird offenbar von einem Paar angeführt, die Frau zierlich und blond, ihr Mann älter, der strahlend den Blick über die anderen Tische schweifen lässt, als wollte er sagen: *Seht ihr, wie ich meine Frau verwöhne, so charmant, so originell…* Offensichtlich wollen sie vor ihren Freunden mit Le Grand Duc protzen. Bricktop stellt sich an ihren Tisch und singt nur für sie.

»Sie haben etwas, findest du nicht auch? Etwas, das wir verloren haben.«

Star scheint entschlossen, über Neger zu reden. Jonathan umfasst den Ring in seiner Tasche. Jetzt oder nie.

»Star, Liebling, ich habe eine Frage an dich.«

»Ja, Johnny?«

»Die Sache ist die, Star, wir kennen uns ja inzwischen eine ganze Weile, und du weißt, dass ich –«

»He, meine Süße! Na, wie hab ich erraten, dass ich mein Baby im Duke finden würde?«

Mit einer einzigen Bewegung, geschmeidig wie eine Katze, hat sich ein Mann auf den Stuhl neben Star gezwängt. Er schiebt einen Arm um ihre Schulter, zieht sie an sich und küsst sie voll auf den Mund. Jonathan klappt der Kiefer nach unten. Dieser Mann küsst sie. Dieser Mann. Küsst. Sie. Küsst Star. Und er ist (das kann nicht sein, dies hier geschieht absolut nicht) – *schwarz*. Schwarz wie die Nacht, wie Teer, Kohle, Pech, Lakritze und die Anzüge von Beerdigungsunternehmern. Schwarz wie die Bibel schimmert seine Haut im Kerzenlicht, wie etwas aus poliertem Holz. Die Innenflächen seiner schwarzen Hände sind im Gegensatz dazu rosa, und seine dicken Lippen sind auf ihre gepresst, küssen sie, küssen Star. Küssen. Star. Schwarzer Mann. Star.

»Star?«, fragt Jonathan. Seine Stimme klingt klein und weit weg.

»Sweets«, schluckt Star. »Was machst du hier?« Sie wirkt irritiert, wütend.

»Baby«, sagt Sweets vorwurfsvoll. »Ich wollte dich sehen. Warum sonst sollte ich nach Dunkelwerden in dieser großen alten Stadt herumlaufen?«

Jonathans Kiefer beginnt zu schmerzen. Er merkt, dass er seinen Mund nicht zugemacht hat. Sweets dreht sich herum und streckt ihm seine innen rosige Hand hin. Er lacht, ein mächtiges, sattes Lachen voller Humor und Selbstvertrauen.

»Elvin T. Baker zu deinen Diensten, aber meistens nennen mich alle Sweets. Bis' du 'n Freund von mei'm kleinen leuchtenden Star?«

Jonathan sitzt da wie festgewachsen. Er ergreift die Hand nicht. Sweets' gute Laune scheint zu schwinden.

»Sweets«, sagt Star. »Ich meine, ich hätte dir gesagt, du sollst dich nicht blicken lassen, solange mein Vater in der Stadt ist.«

»Das hier dein Vater? Sieht mächtig jung aus, um irgendjemands Daddy zu sein.«

»Sei nicht blöd. Das ist Jonathan. Er ist mein – mein Freund.« Sie macht ein gekränktes Gesicht.

»Star«, sagt Jonathan. »Wer ist dieser Mann?«

»Oooh!«, fällt Sweets immer lauter sprechend Star ins Wort. »Du möchtest wissen, wer dieser Mann ist? Er ist *ihr* Mann, genau das ist er.«

»Sweets!« Star schreit beinahe. Die Welt scheint auf die Bremse zu treten. Jonathan nimmt Einzelheiten wahr: Sweets' zusammengekniffene Augen, seine Diamanten-Manschettenknöpfe, den

Schnitt seines schön geschneiderten Anzugs. Andere Dinge: Köpfe, die sich verrenken, um den Streit zu beobachten, die rothaarige Sängerin, die dem Türsteher ein Zeichen gibt.

»Johnny«, sagt Star. »Hör zu.«

Aber Jonathan ist schon halb von seinem Stuhl hoch.

»Was machst du? Was machst du mit diesem – diesem –«

»Kleiner, sag das N-Wort, und du bist ein toter Mann«, sagt Sweets eisig. »Du bis' hier auf keiner englischen Teegesellschaft.«

»Sweets!«, schreit Star. Dann: »Johnny!«

Jonathan steuert auf die Tür zu, Star rennt hinter ihm her.

»Johnny, warte!«

Er fährt herum.

»Ich wollte es dir erzählen, Johnny. Das wollte ich wirklich. Ich hatte keine Ahnung, dass er herkommen würde.«

»Was meinst du mit ›du hattest keine Ahnung‹? Er ist – er ist ein Schwarzer, Himmelherrgott. Was machst du mit ihm? Du wirst doch nicht etwa – o Gott – aber ja, nicht wahr? Wie – wie lange schon?«

»Eine Weile.«

»Ich kann's nicht glauben. Ich meine, was würde bloß dein Vater sagen?«

Star weicht keinen Zentimeter. »Hör zu, mir ist egal, was mein Vater sagt, und um ehrlich zu sein, wenn du dich weiter so benimmst, ist mir auch egal, was du sagst. O Johnny. Ich hab dich gern, das weißt du doch – es ist halt nur – na ja, Sweets ist anders. Er spielt Klavier. Du solltest ihn mal spielen hören. Er ist wundervoll. Und er ist anders. Exotisch. Stark. Mir ist noch nie jemand wie er begegnet.«

»Anders? Als wer? Als ich?«

Star sieht ihn mitleidig an. »Ja, Johnny, anders als du. Ach komm. Ich kenne dich, Johnny. Ich habe das Gefühl, ich kenne dich in- und auswendig. Gloustershire, Chopham Hall, Oxford, bla bla bla. Du bist sehr lieb, aber du bist genau wie alle anderen. Du machst dieselben Dinge wie alle anderen, und du sagst dieselben Dinge wie alle anderen. Ich weiß, wenn ich bei dir bliebe, würden wir schließlich heiraten und auf dem Land wohnen mit Pferden und einem Rosengarten und langsam verkümmern, bis wir ein Paar rüstiger alter Narren wären, die nach Hundehaaren riechen und im Gemeinderat den andern auf die Nerven gehen.«

»Aber Star, du bist doch Engländerin. Ich dachte, genau das wolltest du.«

»Wann habe ich das gesagt?«

»Dass du Engländerin bist? Das *bist* du einfach, das ist alles.«

»Ich meine, über das Wohnen auf dem Land. Das habe ich nie gesagt. Das ist nicht das, was ich mir wünsche, es ist das, was *du* dir wünschst. Du bist der konventionellste Mensch, den ich kenne, Johnny. Ich finde das in Ordnung, aber es ist nichts für mich. Du folgst gern den Regeln und hast alles genau so. Ich möchte davon weg. Es ist lähmend, das zu tun, wozu man geboren wurde, und sich genau dran zu halten von der Geburt übers Heiraten bis zum Tod, als führe man auf Schienen. Ich will Leidenschaft, urwüchsige Gefühle. Ich möchte an den Ursprung der Dinge rühren. Verstehst du? Sweets, der ist – hör zu, Jonathan, er ist auf der Straße groß geworden. Er weiß gründlich Bescheid. Er hat sogar einmal jemanden erschossen. Und seine Familie war schrecklich, schrecklich arm. Dinge wie die widerfahren Negern. Deshalb haben sie Seele.«

Jonathan stammelt: »Aber ich habe auch Seele.«

»Nicht wirklich, Johnny. Engländer haben *eine* Seele, deshalb gehen sie sonntags in die Kirche, aber wir haben nicht *Seele*. Sweets hat es mir erklärt. Es hat was mit Musik und Leid zu tun. Und es hat auch was mit Essen zu tun, aber das ist ein ganz klein wenig anders. Jedenfalls, du hast es nicht, und Sweets hat es.«

»Aber klar hab ich's«, sagt Sweets, der näher gekommen ist und sich neben Star aufgestellt hat. Er legt eine Hand auf ihre nackte Schulter. Jonathan starrt darauf, schwarze Haut, die weiße Haut berührt, und er erwartet fast, dass sie sie versengt.

Auch der Geschäftsführer hat sich zu ihnen gesellt. Argwöhnisch betrachtet er Jonathan von oben bis unten.

»Alles okay hier, Sweets?«

»Klar, Gene. Kein Problem.«

»Gut. Wenn du hier fertig bist mit deinen – ähm – *persönlichen Angelegenheiten*, könntest du mir dann den Gefallen tun und mit Bricks weitermachen? Jackson sagt, er muss mal telefonieren.«

»Klar, Gene. Klar.«

»Star«, sagt Jonathan verzweifelt. »Du musst mir unbedingt zuhören.« Er sieht Sweets an. »Meinst du, du könntest uns einen Augenblick allein lassen?«

»Geh nur, Sweets«, sagt Star. »Ich komme schon klar.«

»Okay, Baby.« Er schlendert hinüber zur Band und tauscht mit dem Pianisten den Platz.

»Star, was wäre, wenn ich dir sagen würde, dass du nicht alles über mich weißt.«

»Sei nicht starrköpfig, Johnny.«

»Star, hör mir zu. Was wäre, wenn ich dir sagte, dass ich nicht der bin, für den du mich hältst? Dass ich auch auf der Straße groß geworden bin. Dass ich alle möglichen Dinge getan habe.«

»Aber es wäre nicht wahr. Ich weiß, deine Eltern waren in den Kolonien, und auch wenn ich anerkenne, dass es vielleicht manchmal hart gewesen ist, zählt es nicht wirklich.«

»Das meine ich nicht. Ich heiße eigentlich nicht Jonathan Bridgeman. Ich bin nicht einmal – Star, würdest du mich mehr lieben, wenn ich wie Sweets wäre?«

»Aber das bist du nicht. Johnny, ich weiß nicht, wovon du redest.«

»Ich meine, wenn ich nicht so englisch wäre. Wenn ich nicht so – *weiß* wäre.«

»Aber du bist es, Johnny.«

»Star, ich bin es nicht. Ich liebe dich, und wenn ich vielleicht auch nicht so schwarz bin wie er, bin ich schwärzer, als du denkst. Ehrlich. Ich habe Seele, Star. Die habe ich.«

»Nein, die hast du nicht. Du führst dich jetzt albern auf. Dumme Spielchen ändern jetzt auch nichts mehr. Tut mir Leid. Ich habe mich entschieden. Ich möchte dir nicht wehtun, aber so ist es nun mal. Ich denke, es ist das Beste, wenn du gehst. Sweets kann ganz schön eklig werden.«

»Star –«

»Bitte, Johnny, geh einfach.«

Sie sieht ihn flehend an. Wie betäubt macht er kehrt und geht hinaus. Hinter sich, durch die Tür, hört er die beschwingten Töne eines Klaviers.

Wenn du dir dein ganzes Leben als Leiter eingerichtet hast (mit, zum Beispiel, etwas Strahlendem und Weißem oben und klebriger Schwärze unten), dann hat es Folgen, wenn sie dir jemand unter den Füßen wegkickt. Jonathan ist dem Zusammenbruch nahe. Er wandert in Montmartre herum, ohne auf Rufe und Angebote zu achten, kaum in der Lage, das Pflaster von der Gosse zu unterscheiden.

So etwas geschieht. Diese schreckliche Vernebelung setzt ein, wenn Grenzen durchbrochen werden. Pigmente sickern durch die Haut wie Tinte durch Löschpapier. Man kann unmöglich unterscheiden, was wertvoll ist und was nicht.

Du bist der englischste Mensch, den ich kenne. Der Witz ist wirklich gut. Er muss unwillkürlich lachen, lachen, bis er sich krümmt, sich nach vorn beugt, die Hände auf die Knie gestützt, und mit heftigen Stößen atmet. Die Leute weichen ihm aus, dem Irren, der grundlos auf der Straße herumbrüllt.

Als er aufschaut, steht ein Riese mit einem Astrachanhut vor ihm. Von den aufwärts gebogenen Spitzen seiner roten Stiefel bis zur Schaffellweste, über die um seine ansehnliche Hüfte ein Gürtel geschlungen ist, ist er eine beeindruckende Erscheinung.

»Cabaret, Monsieur?«, sagt der Riese. *»Cabaret russe?«*

Warum nicht. Es ist alles egal. Tritt ein, nimm Platz an einem Tisch mit Blick auf eine wackelige Bühne mit langen, silberfarbenen Papierschlangen als schäbigem Rückprospekt und einem Kreis aus Parkett davor, auf dem andere Riesen einen athletischen Tanz vorführen. Sie gehen in die Hocke und werfen ihre in roten Stiefeln steckenden Füße in die Luft, ethnografisch perfekt, der Kosak auf seinen Kern kondensiert, der auch vom betrunkensten oder begriffsstutzigsten Touristen in dreißig Sekunden mühelos zu erfassen ist. Ein Glas Wodka. Ein zweites. Eines schliert ins andere. Was statisch ist, wird in Bewegung gesetzt. Was fest ist, schmilzt, entfaltet sich, gebiert sich aus sich selbst... Und was ist mit Star? Er hat alles richtig gemacht, sich so perfekt angepasst. Er hat aus sich ein genaues Faksimile des richtigen Mannes für sie gemacht, nur um am Ende Sweets zu finden, der schon auf ihn wartet, eine schwarze Hand auf ihrer Schulter. Ist es zu spät für einen Wandel? Vielleicht sollte er zu einer früheren Inkarnation zurückkehren. Oder sollte er vorwärts gehen? Ist Sweets' Schwärze nur eine andere Art Haut, die er sich überstreifen und bewohnen könnte?

Die Kosaken beenden ihren Tanz, und die Band beginnt einen langsamen Walzer. *Voulez vous danser, m'sieur?* Sie ist eine falsche Blondine mit riesigen, traurigen, schwarz umrandeten Augen und hohlen Wangen, die vermuten lassen, dass es unter dem papierdünnen Lächeln schon eine ganze Weile her ist, seit sie das letzte Mal etwas gegessen hat. Ihr Name ist Sonja, und man kann ihr, wenn man will, am Ende jeder Nummer ein Trinkgeld geben. Sie klammern sich aneinander wie Ertrinkende und schlurfen in müden Figuren auf der Tanzfläche herum. Sie redet ein bisschen über Filmstars, über ihre Familie, die reich war vor der Revolution. Weißrussen. Das ist auch ein guter Witz. Weißrussen. Hast du verstanden? Nein, natürlich nicht. Sie lässt ihn stehen, der sich die Seiten hält, sich an eine Säule lehnt, sie gibt den Rausschmeißern ein Zeichen, dass, nein, er nicht gefährlich ist. Lasst ihn in Ruhe. Er wird gleich wieder zur Vernunft kommen.

Er geht zurück an den Tisch. Schütterer Applaus begrüßt die Ankunft eines nichts sagenden kleinen Mannes auf der Bühne, dem es gelingt, in seinem weißen Frack weder elegant noch besonders schmuddelig zu wirken. Der ist nur ein Kostüm, ein Satz Arbeitskleidung. Von einem wackeligen Punktscheinwerfer angestrahlt, der einen blassen Lichtkreis auf den silbernen Prospekt wirft, steht er sehr aufrecht da und hält eine bombastische Einleitungsrede in einer Sprache (Russisch?), die Jonathan nicht versteht. Dann macht er eine Pause. Er wendet sich von den Zuschauern ab, dreht sich wieder um und hat ein falsches Schnurrbärtchen auf der Oberlippe kleben. Sich gebärdend, als sei er eine sehr bedeutende Persönlichkeit, ein König oder Politiker, hält er eine Rede. Ein wenig Gelächter. Ein paar Zwischenrufe. Er dreht sich wieder weg und hat plötzlich keinen Schnurrbart mehr. Mit dünner, schriller Stimme tremoliert er ein paar Worte, während er das Gesicht wie erstarrt schief hält.

Jonathan versteht nichts von dem, was der Mann sagt, aber er kann den Blick nicht von ihm losreißen. Eine nach der anderen erscheinen Figuren. Eine mit einer tiefen Baritonstimme. Eine andere mit einer kleinen Mütze und Kommandostimme. Jede dauert ein paar Sekunden, eine Minute. Jede löscht die vorangehende aus. Der Mann schlüpft so nahtlos in die Rollen dieser anderen Leute, dass von ihm nichts sichtbar bleibt. In Jonathans Därmen breitet sich eine Kälte aus, die den Wodka durchdringt. Er sieht genau hin, und gleichzeitig betet er, dass er sich irrt, dass ihm etwas entgangen ist. Aber er kommt um die Tatsache nicht herum. Zwischen jeder Imitation, genau in dem Moment, in dem eine Rolle abgelegt und die nächste noch nicht übergestreift ist, ist der Imitator absolut inhaltslos. Er ist nichts als eine leere Hülle.

Der Imitator

Der Bug des Dampfers ragt undeutlich vor dem Hafen auf, ein starrer schwarzer Keil, der die lehmfarbenen Häuser winzig erscheinen lässt. Gegen die zerklüftete Linie der Blechdächer erscheint er fremdartig, bedrohlich. Als er auftaucht, laufen Frauen mit Schubkarren, Schalen voller Bananen und Erdnüssen und geräucherten Fischen, die in Palmblätter gewickelt sind, darauf zu. Schauerleute bilden eine Kette, über die sie Säcke und Kisten in die Lagerhäuser weiterreichen, und die Frauen setzen ihre Lasten ab und hocken sich hinter die Männer. Als die Weißen aus der Barkasse auf den Kai treten, hat sich bereits ein Markt inklusive Bettlern und Hunden und einem Polizisten mit einem Stock gebildet, der den Weg zum Zollgebäude freihält. Die Weißen schlurfen umher und blinzeln in die Sonne, während die Marktfrauen so tun, als sähen sie nicht zu ihnen hin, insgeheim befriedigt über die Schweißflecken, die sich unter den Achseln ihrer frischen Hemden bilden, und darüber, wie nervös sie sich umblicken aus Furcht, sie könnten jemandem auffallen.

Jonathan richtet das Auge mit ängstlichem Wiedererkennen auf Afrika, wobei der Schirm seines Tropenhelms einen schwarzen Halbkreis aus dem Bild ausschneidet. Den ganzen Kai entlang scheiden verbeulte Frachter aus ihren Bäuchen Konserven und rostige Eisenplatten aus, wofür sie im Gegenzug in gleichem Umfang mit Palmöl und Baumwoll- und Tabakballen gefüttert werden. Ameisenartige Menschenschlangen beladen sie, die über die schaukelnden Fallreeps hin- und herrennen, angetrieben von Vorarbeitern mit Ladeverzeichnissen in den Händen und Pistolen in den Holstern. Vor einem der Schiffe sitzt ein Kontingent Soldaten aus Westindien in der Hitze und wartet auf den Befehl, an Bord zu gehen. Über ihnen, gegen Beschuss von der Seite erbaut, befindet sich ein weiß getünchtes Sklavenfort, das nach Saint James benannt ist; es hätte aber genauso gut auch Saint George oder John sein können, einer dieser englisch klingenden Heiligen, die sich im Kampf stets nichts gefallen ließen und sich immer heldenhaft geschlagen haben. Von der bröckelnden Brustwehr des Forts ragt die Mündung einer modernen Sechs-Zoll-Belagerungskanone aufs Meer hinaus. Der Inhalt dieses Anblicks ist neu für ihn, aber irgendetwas an seiner Anordnung ist ihm vertraut. Nach Jahren in Europa ist er zurück in einer Welt mit zwei Geschwindigkeiten, deren einer Teil sich stur stellt, während der andere Teil vorwärts stürmt. Er kennt die Logik, die hier herrscht, das System ist ihm in die Haut geätzt.

Im Zollgebäude warten die Anthropologen auf die Bearbeitung ihrer Papiere, während Beamte eine riesige Schnapsladung kontrollieren, aus der der Gingeruch versehentlich zerbrochener Flaschen die heiße, geschäftige Halle durchzieht. Jonathan steht da und beobachtet zerstreut das bunte Treiben. Gegenstände, die ihm England vertraut gemacht haben, Hauptbücher und Stempelkissen und Uniformen, sind in Fremdheit zurückgeworfen. Schirme schützen Menschen vor Sonne statt gegen Regen, und die Gesichter ihrer Besitzer sind schwarze Nichtse über ihren gestärkten Kragen.

Der Professor läuft umher, klopft mit seinem Spazierstock gegen Kisten und gerät den Trägern zwischen die Füße. Morgan, dem aus seinem neuen Korkhelm der Schweiß in die Augen rinnt, beugt sich zu Gittens hinüber.

»Sehen Sie sich Bridgeman an.«

Gittens sieht sich Bridgeman an. Der schlendert niedergeschlagen und mürrisch im Zollgebäude herum.

»Stimmt, er ist nicht auf der Höhe.«

»Das sehe ich – aber so geht's jetzt schon seit Wochen. Sollten wir nicht vielleicht was sagen?«

»Und was?«

»Ich weiß nicht. Ihn fragen, ob irgendwas nicht in Ordnung ist.«

Gittens wirft ihm einen vernichtenden Blick zu. Morgan hebt

die Hände, um jede Anschuldigung zu akzeptieren – Sentimentalität, Neugier, Verweichlichung –, die gegen ihn vorgebracht werden könnte. Auf der Reise von Marseille hat Gittens ihm klargemacht, dass ihm gewisse Qualitäten abgehen. Takt zum Beispiel. Zurückhaltung. Es hat den Anschein, als wäre es nicht das Richtige, Bridgeman zu fragen, ob irgendetwas nicht in Ordnung ist.

Ein Straßenhändler schiebt sich vor sie und hält einen Korb mit kleinen Holzfiguren in die Höhe. Sie winken ihn weg, und er geht zu Bridgeman, um den zu nerven.

»Püppchen, Sah?«

Jonathan besieht sich die Schnitzwerke. Sie stellen Engländer dar, kleine bemalte *colons* in weißen Uniformen mit knolligen Tropenhelmen auf den Köpfen. Die Gesichtszüge, die scharfen und übergroßen Augen, Münder und Nasen, stehen von ihren Gesichtern ab. Ihre steifen Haltungen verleihen ihnen etwas Formelles, Strenges.

»Wie viel?«

Der Mann nennt einen Preis. Jonathan handelt ihn herunter, und nach wenigen Minuten liegen zwei der kleinen Figuren eingewickelt in seiner Reisetasche. Der Händler geht seiner Wege, und Jonathan macht sich wieder an die Arbeit, verhandelt mit den Beamten und beaufsichtigt das Ausladen der Expeditionsausrüstung.

Er geht wie ein Automat herum, wie er es schon seit Wochen tut, mit den Gedanken nur bei Star. Der Filmvorführer in seinem Innern lässt die Szene in der Bar immer und immer wieder laufen: Sweets, der sich hinsetzt und sie küsst. Hinsetzen. Star küssen. Setzen, küssen, setzen, küssen; eine unendliche, Ekel erregende Schleife. Er kann über die Verwirrung dieses Kusses nicht direkt nachdenken. In die vorderen Parkettplätze seines Innern gekauert, die Knie zitternd gegen den roten Plüsch der Reihe vor ihm gestemmt, muss er die Augen zusammenkneifen und wünscht sich, er könnte den Zuschauerraum verlassen, doch er ist durch dieses monströse Durcheinander von Körpern auf seinen Platz gebannt.

An Bord des Schiffes hat er den größten Teil der Reise auf einem Liegestuhl zugebracht und durch seine dunklen Gläser auf den Atlantik gestarrt. Jeden Tag saß er so stundenlang und betrachtete den Kontrast zwischen Meer und Himmel, bis sein Bewusstsein ihn aufhob und die Welt zu einem wogenden grauen Nebel wurde. Nachts stand er an der Reling und sah dem Wasser zu, das lockend unter ihm unter den Kiel rauschte.

An derselben Reling beobachtete er, wie Professor Chapel morgens frische Luft schnappte. Großspurig und Besitz ergreifend streckte er seinen Bauch heraus und klappte die Nasenflügel wie Tore auf, ein großzügiger Landbesitzer, der es der Luft gestattet, in der hügeligen Parklandschaft seiner Lunge herumzutollen. Wenn er seinen Panama abnahm und über die kahle Stelle seines Schädels wischte, fiel das Licht mit blendendem Gleißen darauf, und wenn der Seewind an einer Strähne seiner grauen Haare zerrte, umschwebte sie seinen Kopf wie ein Lorbeerkranz. Angesichts dieses Beweises der Auserwähltheit fasste Jonathan Mut. Dies war ein kluger Mann, ein rechtschaffener Mann. Jonathan war immer noch sein Assistent, und gemeinsam waren sie unterwegs, um die Grenzen der anthropologischen Wissenschaft zu erweitern. Welch höheres Ziel konnte man haben?

Doch ohne Astarte erscheint ihm die Anthropologie weniger verlockend als zuvor. Ohne Star ist sein Kurs ungewiss, und seine Kompassnadel zittert und dreht sich im Kreis. Er versucht sich daran zu erinnern, was er darüber gelesen hat, wie Forschungsreisende sich durch die Einsamkeit hindurch helfen. Aber Star war das Schlussstück in seinem Puzzle, mit ihr wäre er, Jonathan Bridgeman, vollständig gewesen.

Als die Formalitäten erledigt sind, steckt er die Formulare, die nun mit den unleserlichen Stempeln einer Reihe von Beamten voll geschmiert sind, in die Tasche und geht durch die Halle, um nach den anderen zu suchen. Sie warten neben einem hoch gewachsenen, barfüßigen jungen Schwarzen in weißen Shorts und einem weißen Hausmantel mit hohem Kragen, einen Fez auf dem Kopf.

»Das ist Famous«, sagt der Professor.

»Famous«, bestätigt der Mann lächelnd. »Große Boy von IRC. Unter mir drei kleine Boy. Ich gekommen, Sie da hinbringen.«

Man könnte sagen, der Imperial River Club habe schon bessere Tage gesehen, aber das würde heißen, dass man sich entscheiden müsste, wann diese Tage waren. Der Bungalow im Zentrum eines ausgedörrten Sandplatzes verfügt über eine Zufahrt, die rechts und links durch weiß getünchte Steine begrenzt ist, einen Fahnenmast, an dem ein von der Sonne gebleichter Union Jack weht, und zwei Miniaturkanonen, die beiderseits der vorderen Veranda aufgestellt sind und mit ihren rostenden Mündungen zur Stadt zeigen. Der Club, auf einem Stück Land errichtet, das hier im Flussdelta als hoch gelegen gilt, liegt etwa eine halbe Meile von der Küste entfernt, weit genug weg vom Kai, um den Marktlärm zu dämpfen, aber nicht weit genug, um dem Kloakengestank zu entgehen, der durch die Fenster dringt, wenn der Wind nicht vom Meer her weht. Vor allem der Gestank ist für den schlechten Ruf der Anlage verantwortlich, aber auch die Tatsache, dass die Verwaltung nie dazu gekommen ist, irgendwelche Bäume als Schattenspender zu pflanzen, sodass die Hitze drückend ist, und an Tagen, wenn Wind geht, wird feiner Sand über die Fußböden geweht, der sich in den Zimmerecken sammelt und als knirschende Schicht auf den Drinks der Clubmitglieder absetzt.

Die Mitglieder selbst sind ein eigensinniger Haufen, der Neulinge mit einer wenig einnehmenden Mischung aus Eifersucht und Verachtung behandelt. Die Verachtung ist von der universalen Art, wie sie Erstbesuchern von alten Hasen im gesamten Empire entgegengebracht wird. Die Eifersucht ist ein Eigenprodukt. Ihre genauen Gegenstände variieren: die durch die Hitze noch nicht erschöpfte Allgemeinverfassung des Neuankömmlings oder sein Darm, in dem noch keine widerborstigen afrikanischen Bakterien hausen. Vielleicht auch ist es sein Aussehen oder seine Ehefrau oder schlicht und einfach seine Fähigkeit, am Leben an der Küste Spaß zu haben, wobei die Spaßfakultät unter den Mitgliedern des Imperial River Club besonders geschrumpft ist. Was immer sie auch auslöst, Eifersucht ist immer vorhanden, verbunden mit der Hoffnung auf künftige Freuden über ihre Behebung – schließlich wird der Neuling eines Tages ebenfalls ein alter Hase sein und ebenso gerötet und verbittert wie alle anderen auch. Diese Schadenfreude tritt bei Beerdigungen, von denen es zwei bis drei im Monat gibt, besonders deutlich zu Tage. Wenn jemand erliegt (an dieser Küste sterben sie nie, sie *erliegen*, was ein bestimmtes Maß an Schuldhaftigkeit und moralischem Versagen einschließt, die Tatsache, dass man sich hat unterkriegen lassen), sitzen die Clubmitglieder beisammen, trinken mehr als üblich und listen die Anzeichen und Vorboten auf, die diese neueste schlechte Nachricht angekündigt haben, sowie die Dinge, die der Verblichene hätte unternehmen können, um am Leben zu bleiben. Hätte er nur mehr Chinin genommen oder besser aufgepasst oder mit weniger Eingeborenenmädchen geschlafen oder einfach nach der dritten Runde auf Limettensaft mit Soda umgeschaltet…

Da die Anthropologen Eierköpfe sind, stoßen sie auf besondere Kritik. Aber die wird meistens heimlich geäußert, und die Neuen können es sich in ihren Räumen ohne allzu großen Verdruss bequem machen. Es gibt vieles zu erledigen. Da die Expeditionsausrüstung in einer Lagerhalle am Hafen deponiert ist, müssen mehrere Genehmigungen eingeholt und verschiedene Regierungsstellen eingeschaltet werden. Bald nach ihrer Ankunft werden sie von einem Regierungsbeamten aufgesucht, einem Mann, der sich Smith nennt, mit einem Geländewagen vorfährt und sich vorstellt, indem er Jonathan einen Pass vorweist, der mit den Siegeln und Unterschriften einer unnötig großen Anzahl wichtiger Leute geschmückt ist. *Der Inhaber*, steht in dem Pass, *ist berechtigt, sich an jedem beliebigen Ort aufzuhalten und jede gewünschte Uniform zu tragen. Alle der Militärgesetzgebung unterworfenen Personen werden aufgefordert, ihm jede benötigte Hilfe zu gewähren.*

»Irgendwie gilt das nicht für Sie«, sagt Smith, »aber irgendwie doch.«

Smith zieht sich eine Weile mit dem Professor zurück, dann

kommt er heraus und legt einen Aktenordner auf den Tisch im Raucherzimmer.

»Alles für Sie offenbar«, sagt er zu Jonathan. »Viel Spaß in Fotseland. Bis dann.«

Der Professor kommt mit ernstem Gesicht heraus. Jonathan blickt von dem Regalfach mit den verschimmelten Krimis auf, die er gerade durchsieht, Gittens und Morgan von ihrer Partie Billard. »Es scheint«, sagt der Professor, »dass sich die Dinge irgendwie weiterentwickelt haben, seit ich das letzte Mal im Land war. Die Regierung hat inzwischen erheblich mehr Kontakt zu den Fotse.«

»Kontakt?«, fragt Gittens. Er und Morgan machen zerknirschte Gesichter. Kontakt ist eines ihrer Schreckgespenster. Wenn Leute ständig in Kontakt mit Eingeborenen stehen, wie kann man dann erwarten, dass sie sie in ihrem Naturzustand erforschen?

»Ich dachte«, sagt Morgan mit seiner gewohnten nachdenklichen Langsamkeit, »sie wären relativ unverdorben.«

»Ich denke, das sind sie noch immer«, antwortet der Professor. »Relativ. Aber die Behörden im Norden halten vor der Einführung einer Hüttensteuer die Zeit für eine echte Volkszählung für gekommen. Offenbar hat man bereits einige Schritte in dieser Richtung unternommen, aber sie möchten, dass wir das weiterführen.«

Gittens guckt empört. »Das ist nicht unsere Aufgabe, zweifellos nicht.«

»Das mag ja sein, aber sie sind der Meinung, dass der patriotische Sinn ethnografischer Untersuchungen der ist, Informationen zu sammeln, die dem Staat gestatten, erfolgreicher zu regieren. Schwierig, etwas dagegen zu sagen, wenn es so formuliert wird. Offenbar sind die Finanzen knapp, oder sie haben keine Leute oder irgendetwas dieser Art. Also, ob es uns gefällt oder nicht, sie knüpfen diese Bedingung daran, dass uns die Reise nach Fotseland genehmigt wird. Und Sie, Gittens, müssen sich darüber sowieso keine Kopfschmerzen machen. Die Volkszählung wird Bridgemans Aufgabe sein.«

»Meine?«, fragt Jonathan.

»Oh«, sagt Gittens. »Dann geht das in Ordnung.«

»Also, Bridgeman. Der ganze Papierkram ist offenbar da drin. Es gibt ein bestimmtes System. Verschiedenfarbige Zettel oder so etwas. Sie brauchen nichts weiter zu tun, als die Formulare auszufüllen.« Als er Jonathans entsetztes Gesicht sieht, gibt er ihm einen Klaps auf den Rücken. »Wenigstens«, sagt er und betrachtet den Gin Tonic, der in seiner Hand warm wird, »gibt es hier Eis. Im IRC gibt es immer Eis.«

Jonathan wirft einen traurigen Blick auf den Aktenordner. Gittens versucht ihn aufzuheitern. »Ich wusste doch, dass an dem Kerl was seltsam war«, sagt er. »Haben Sie bemerkt, dass er die Uniform eines belgischen Marineoffiziers getragen hat?«

Der Professor lehnt sich in einem der knarrenden Rohrsessel im Gemeinschaftsraum zurück. »Übrigens«, setzt er hinzu, »habe ich die anderen Mitglieder unserer Mannschaft dazu eingeladen, mit uns heute Abend zu speisen. Ich denke, sie sollten bald hier sein.«

»Andere Mitglieder, Professor?«

»Ja«, sagt Chapel und fischt ein Insekt aus seinem Glas. »Zwei Burschen von der Royal Geographical Society. Sie werden uns begleiten, um einige kartografische Arbeiten durchzuführen. Eine weitere Bedingung für unsere Genehmigung. Die Regierung wünscht eine genaue Vermessung der Region Fotseland.«

Es ist das Erste, was die anderen darüber zu hören bekommen. Gittens zieht eine Augenbraue hoch.

»Welche Art Vermessung?«

»Ich habe keine Ahnung. Ich denke, die Leute werden Sie darüber aufklären können.«

»Ich dachte«, sagt Morgan, »dass uns streng genommen Fotseland gar nicht gehört, um Vermessungen vornehmen zu können.«

»Seien Sie doch nicht begriffsstutzig«, schnauzt Gittens. »Natürlich gehört es uns. Wir verwalten es nur nicht direkt. Wir regieren es durch die örtlichen Emire, aber das heißt doch nicht, dass wir von dem Land keine Landkarte machen dürfen.«

»Ich dachte, es gäbe da Zweifel von Seiten der Franzosen –«

»Politik, Politik«, seufzt Chapel. »Hören Sie, die Burschen kommen halt einfach mit, um einen Blick auf das Land zu werfen. Um zu sehen, wie es beschaffen ist. Die Politik hat damit nichts zu tun.«

»Sehr gut, Professor«, sagt Gittens bewundernd. »Um zu sehen, wie das Land beschaffen ist. Sehr gut.«

Die Angelegenheit scheint damit erledigt, und alle ziehen sich zurück, um sich zum Abendessen umzukleiden. Bei Sonnenuntergang versammeln sie sich auf der Veranda, um dem leisen Donnern der Brandung zu lauschen und hungrig darauf zu warten, dass der Butler, ein uralter Mann mit Stammesnarben auf den Wangen, mit Tischdecken fertig ist. Als es dunkel ist, hört man Gelächter und Geschrei aus dem Inneren des Clubs. Famous erscheint, gejagt von einem drahtigen Europäer mit einem rotblonden Schnurrbart, der einen Tennisschläger schwenkt. »Famous bist du?«, schreit er und versetzt dem Afrikaner einen Schlag mit dem Racket. »Wofür denn, eh? Wofür?«

»Bitte«, sagt Famous und rückt von ihm weg. »Bitte?«

»Nicht verstehen, Sambo?«, lacht der Mann. »Ich sagte« – Schlag! – »wie« – Schlag! – »bist du« – Schlag! – »so *famous* geworden?«

Der Anblick, wie Famous mit dem Tennisschläger eines auf den Hintern bekommt, wird mit Heiterkeit quittiert. Er hüpft komisch herum und fleht mit unverständlichen Worten um Gnade. Clubmitglieder kommen heraus, um nachzusehen, worum es bei dem Krach geht, und Jonathan sieht sich mit einem Mal mitten in einem Kreis bösartig grinsender Männer, der sich um den verdatterten Diener gebildet hat. Er macht einen Schritt zur Seite und gibt so Famous die Möglichkeit zu entwischen.

»Abend allesamt«, sagt der Rotblonde mit einem Londoner Tonfall, der den Professor das Gesicht kurz zu einer Grimasse verziehen lässt. »Sie müssen die anderen sein. Gottverlassene Gegend, was?« Er streckt die Hand aus. »Marchant. George Marchant.«

Alle stellen sich gegenseitig vor. Gittens ermuntert den Professor, seinen Witz über »wie das Land beschaffen ist« noch einmal zum Besten zu geben, als noch eine Gestalt auf der Veranda erscheint. Alle drehen sich um. Es ist nicht nur seine Größe, obgleich er sich bücken muss, um durch die Tür zu gelangen, es ist noch etwas anderes, was die Unterhaltung stocken lässt.

»Guten Abend, Gentlemen«, sagt der Mann. Seine Stimme ist flach und unflexibel.

Marchant streckt beide Hände breit von sich, die Geste eines Zirkusdirektors. »Darf ich vorstellen: Captain Gregg.«

»Nicht mehr Captain, Marchant. Mister.«

Gregg schüttelt Hände. Alle Augen richten sich vorübergehend auf seine Wange. Unmittelbar unter dem Wangenknochen sieht man knotiges Narbengewebe um ein tiefes Loch von der Größe einer Fingerspitze. Es ist etwas Obszönes und Faszinierendes an diesem kleinen Krater. Ein Anus, ein Stern. Der Mann ist im Übrigen nicht auffallend, nur das Ding auf seiner Wange verleiht seinem Gesicht etwas Verstörendes, als würden die anderen Gesichtszüge jeden Moment davon aufgesaugt werden und der ganze kräftige Kopf dort hineinrutschen. Gittens, der den Krieg an seinem Schreibtisch in Oxford verbracht hat, gibt sich kameradschaftlich.

»Wo haben Sie gedient?«, fragt er.

»Frankreich. Feldartillerie.«

Als Gregg ins Licht der Öllampe tritt, kann Jonathan seine Augen sehen: berechnende, die Entfernung abschätzende Augen, die es gewohnt sind, Hände und Mund präzise, je nach der Flugbahn eines Geschosses, einzustellen.

Beim Abendessen dreht sich die Unterhaltung um Landkarten. Wie die Anthropologen sind auch Gregg und Marchant erst seit kurzer Zeit im Land. Sie sind, sagen sie, aus Persien gekommen, wo sie zu einem Vermessungsteam gehörten, das um das Kaspische Meer herum gearbeitet hat. Welche Art von Vermessungen, fragt Gittens. Ziemlich dieselben wie hier, sagt Marchant. Landkarten von Gegenden herzustellen, von denen es keine gibt.

Während des Essens spricht Gregg kaum. Marchant andererseits redet unentwegt. Von Gittens dazu angeregt, plaudert er in einem fort, über feuchte Hitze und trockene Hitze und Löwen und Fußball und den König und die Unbequemlichkeiten in Persien, die, da hat er keinen Zweifel, nicht halb so groß sein werden wie das, was sie in Fotseland erwartet. Latrinen, sagt er geheimnisvoll. Es ist alles mehr oder minder eine Frage von Latrinen. Einoder zweimal unterbricht Gregg ihn, um etwas zu berichtigen oder einige seiner eher prahlerischen Bemerkungen zu dämpfen.

»Offenbar«, seufzt Gittens irgendwann, »ist eine Landkarte von einem nicht kartografierten Land etwas Nützliches. Aber ich habe immer noch einige Zweifel, was die Art Ihrer Arbeit betrifft. Warum denn Fotseland?«

Marchant wirft ihm einen bedeutungsvollen Blick zu. »Sie sagen uns, sie brauchen eine Karte, also gehen wir hin und machen ihnen eine.«

»Wissenschaftliche Neugier, Dr. Gittens«, sagt Gregg. »Könnte man irgendein höheres Ziel haben?«

»Absolut nicht«, sagt Morgan. »Stimmt's, Professor?«

Alle wenden sich dem oberen Tischende zu, doch Chapel antwortet nicht, er ist eingeschlafen. Sein Kopf hängt schlaff nach vorn, und seine dicken Hängebacken wabbeln an beiden Seiten seines hohen steifen Kragens herab. Sein Gesicht ist das eines Menschen, der (endlich!) nichts mehr mit irgendetwas in Zusammenhang bringen muss und darüber ungeheuer erleichtert ist.

Eine weitere Woche wird damit verbracht, mit Händlern zu feilschen und dem Gouverneur an seiner Abendbrottafel zu schmeicheln. In ruhigen Momenten beginnt Jonathan vorsichtig, seinen Aktenordner durchzuarbeiten. Die Aufgabe ist entmutigend. Auf drei Seiten werden allein die Erhebungen aufgelistet, die er vorzunehmen hat, dann gibt es einen Satz Formulare für einen Bezirks-Chef, einen weiteren für Dorfhäuptlinge, einen dritten für den Rat der Dorfältesten, verschiedenfarbige Zettel für verschiedene Gebiete, verschiedene Formulare für Männer und Frauen… Alle seine Vorbereitungen auf Afrika, angefangen bei seinen Studien in der Universitätsbibliothek bis hin zu seinen Gesprächen mit Professor Chapel (und früher noch, mit seinen Geschichtsstunden, Kopfvermessungen, Gedichtrezitationen…) haben ihm dasselbe lehrreiche Bild gezeigt: einen einsamen Abenteurer, der einem nichts sagenden Land heldenhaft das englische Wesen aufprägt. Stattdessen soll er nun so etwas wie einen Steuerinspektor darstellen. Irgendetwas scheint falsch gelaufen zu sein.

Und dann ist da noch das Problem mit den Afrikanern selbst. Wenn sie ihm Essen servieren, das Bett machen oder ihn im Hafen herumfahren, weigern sie sich, bloße Besitzer von Überzeugungen oder Teile von Gesellschaftsstrukturen zu sein. Vielmehr wirken sie unwandelbar, beunruhigend körperlich. Diese Abstraktionen atmen, essen, reden und lachen – Gelächter, das er zum Schweigen bringen kann, wenn er ein Zimmer betritt. Natürlich ist es das, was er erstrebt hat, diese augenblickliche Wirkung ist das, was es heißt, der Herr zu sein. Warum also hat er Schwierigkeiten, seinen Bediensteten in die Augen zu sehen? Warum wünscht er sich, er könnte zu diesen Gesichtern, die plötzlich ernst und unergründlich sind, sagen: *Ist schon in Ordnung, ich tue nur so. Macht weiter, lacht, wenn ihr wollt…*

An dem Morgen, als die Expedition zum Aufbruch bereit ist, wacht er zeitig auf und bahnt sich durch eine Schicht aus Kokosnussschalen und Treibholz einen Weg zum Strand hinunter. Fischer steuern lange Pirogen in die Brandung, stoßen ihre Paddel ins Wasser und ziehen sie mit flüssigen, entschlossenen Bewegungen wieder heraus. Langsam lassen die Boote die Linie der Sturzwellen hinter sich und machen sich vom heftigsten Zug der Tide frei. Erst als sie kaum noch zu sehen sind, legen sie ihre Netze aus. Der Wind trägt Fetzen von Tönen herbei, einzelne Fragmente ihres Arbeitsgesangs. Jonathan setzt sich auf den Sand, wo der Strand scharf nach unten abfällt, und sieht eine Stunde lang daumengroßen Krebsen zu, wie sie die Grenze zwischen

Land und Meer durchstöbern. Der Strand erstreckt sich meilenweit. Die Krebse sind über die ganze Länge des Strandes am Werke, ein Band großstädtischer Geschäftigkeit, das die Stille durchschneidet. Es ist etwas Tröstliches an ihrer kleinen Zwischenwelt, das er am liebsten nicht verlassen möchte. Als er schließlich zum Club zurückgeht, ruft Famous auf dem Hof bereits nach ihm, und die Anthropologen stehen ungeduldig auf der Veranda herum.

Ihr Dampfer wartet schon auf sie, an einer Flussanlegestelle schlingernd, die ein paar Meilen von der Küste landeinwärts liegt. Er bietet einen wenig begeisternden Anblick: ein plumpes Flachboot mit einem dürftigen Dach über dem Deck, das einmal weiß gestrichen war, das die Jahre im Dienst aber mehr oder weniger durchweg rostrot gefärbt haben. Ein einziges großes Schaufelrad sitzt am Heck, dessen Schaufeln an mehreren Stellen geflickt sind. Vorn steigen zwei schmale Schlote aus dem Dampfkessel und durchstoßen das Dach hinter dem Ruderhaus; dieses ist eine Art nachlässig zusammengezimmerter, über eine Leiter erreichbarer Schuppen. Ein kaum lesbares Schild an seiner Seite verkündet, dies ist das brave Schiff *Nelly*.

Fast das gesamte Deck ist mit Kisten und Proviantkästen voll gestellt, und die Expeditionsteilnehmer müssen ihre Hängematten festmachen, wo es eben geht. Jonathan landet neben der Maschine. Die Mannschaft, ein schweigsamer Kapitän und ein Trio schmieriger Matrosen, beobachtet die Passagiere mit schläfrigem Desinteresse, während der Heizer ab und zu eine Schaufel Kohlen in den Kessel wirft und aufs Glas seiner Manometer klopft.

Mehrere Clubmitglieder sind zu ihrem Abschied erschienen, und als die *Nelly* ihren Bug flussaufwärts dreht, weht eine Mischung aus ermunternden Rufen und Warnungen zu Jonathan herüber, der seinen Hut abgenommen hat. Er winkt zurück und tut so, als verstünde er nicht. Famous, dessen Kopf ein knolliger Tropenhelm ziert, salutiert ihm feierlich.

Die See tritt hinter ihnen weiter zurück, und die *Nelly* steuert durch ein weites Delta zwischen Sandbänken und Felsen hindurch. Nach und nach wird der Fluss schmaler, bis er nur noch aus einer einzigen Fahrrinne besteht, in der das Wasser zwischen dicht bewaldeten Ufern träge dahinströmt. Ab und zu kommen sie an Dörfern vorbei, wo aufgeregte Kinder auf Pirogen zu ihnen herausgepaddelt kommen oder vom Landungssteg herunter Purzelbäume schlagen.

»Na, da werden wir ja bald die Kannibalen zu Gesicht bekommen«, sagt Marchant und grinst Jonathan an.

»Eigentlich sind die Fotse Bauern«, sagt Morgan.

»Das hat man Ihnen erzählt, nicht wahr? Man nimmt Sie auf den Arm. Ich wette, hinter unserem Rücken brutzeln sie ihre Omas im Kochtopf.«

»Nein, eigentlich ...«, sagt Morgan, dann verstummt er, als er merkt, dass er einen Witz nicht mitbekommen hat. Marchant verdreht die Augen zum Himmel.

Zu solcherart Unterhaltungen geht die Sonne mehrere Male auf und unter. Marchant versucht ein Kartenspiel in Gang zu bringen, gerät aber mit Morgans nonkonformistischem Gewissen in Konflikt. Der Professor döst in einem bunt gestreiften Liegestuhl, einem Teil der Ausrüstung, dessen Zustand er seit Dover ständig nachgeprüft und überwacht hat. Gregg, der nicht glücklich zu sein scheint, wenn er keine Ferne hat, in die er starren kann, klettert zum Ruderhaus hinauf und setzt sich davor. Er lehnt den Rücken gegen die Planken und raucht eine Zigarette nach der anderen, die er im Innern seiner hohlen Hand hält wie ein Posten auf Nachtwache.

»Sagt nicht viel, was?«, bemerkt Gittens am fünften Tag und reckt sein Kinn in Richtung Dach und somit auch in Richtung Gregg. Marchant beugt sich vertraulich näher.

»Die halbe Zeit hört er Sie nicht. Hat ihm im Krieg die Trommelfelle weggefetzt. Bei Beaumont-Hamel mussten wir einmal Achtzöller sechsunddreißig Stunden hintereinander abfeuern. Danach konnte keiner von uns eine Woche lang auch nur ’n Piep hören, und bei ihm ist es so geblieben. Seitdem sagt er, er nimmt alles durch ’ne Art Pfeifen wahr.« Hier setzt er eine besonders bedeutsame Miene auf. »Wie das Geräusch einer Granate im Anflug.«

Gittens macht ein besorgtes Gesicht. »Das ist ja verrückt.«

»Das ist es in der Tat. Macht ihn wahnsinnig.«

»Also, Sie waren mit ihm zusammen in Frankreich?«

»Ich war sein Kompanie-Hauptfeldwebel.«

»Und Sie sind immer noch zusammen.«

»Na ja«, sagt Marchant und lässt eine Pause sich fast bis an die Zerreißgrenze ausdehnen, »nachdem man bestimmte Dinge gesehen und bestimmte Dinge gemacht hat, sind die einzigen Leute, mit denen man wirklich reden kann – verstehen Sie ... «

»Wirklich? Das heißt, ja. Absolut. Ja.« Gittens denkt einen Augenblick nach. »Was denn für Dinge?«

»Nun ja. Krieg. Ich persönlich fand es aufreibend, aber der Major – sagen wir mal, er war in seinem Element.«

»Wirklich.« Alarmiert späht Gittens nervös zum Ruderhaus hinauf, als könnte Gregg jede Minute durch das Dach nach unten krachen.

Zunächst ist auf dem Fluss viel Betrieb, dutzende von Dampfern wie ihrer stampfen flussauf- und flussabwärts, voll bepackt mit Waren oder Menschen, einer mit einem aufs Dach montierten Maxim-Maschinengewehr, der bedrückte Soldaten in Khakiuniformen transportiert. Sie machen an Handelsniederlassungen Halt, Ansammlungen von Hütten, die rund um Lagerhäuser und Firmenläden errichtet sind, einmal an einer Eingeborenenstadt, in der sich enge Straßen um eine Moschee aus Lehmziegeln winden. Nach und nach lässt der Flussverkehr nach, und die Fahrt wird eintönig. Eine Flussbiegung sieht genau wie die nächste aus, und der Saum grüner Bäume an beiden Ufern bleibt sich ebenso gleich.

Wasserpflanzen blockieren das Schaufelrad. Die *Nelly* läuft auf eine Sandbank, und die Mannschaft muss sie mit langen Holzstangen wieder freihebeln. Eine Woche oder länger liegt Jonathan in seiner Hängematte, horcht auf das unregelmäßige Dröhnen der Maschine und versucht etwas, irgendetwas darüber herauszufinden, was er denkt und fühlt. Er ist sich selbst vollkommen unzugänglich, und die Motive für selbst die einfachsten Dinge entziehen sich seiner Selbstbeobachtung wie Traumgestalten, die durch einen Korridor entfliehen. Weil er nicht weiß, was er tun soll, tut er nichts – wie die anderen. Langsam kommt das Vorbeiziehen der Tage aus dem Tritt. Die Zeit ordnet sich in schwerer fassbaren Mustern neu. Dinge wiederholen sich. Geräusche reißen ihn vorwärts oder zerren ihn zurück.

Minuten oder Stunden? Der Professor schläft. Gregg raucht. Überraschungen gibt es nicht, es sei denn an Land. Jonathan wartet darauf, von gigantischen Waldbäumen verschlungen zu werden, endlich zu fühlen, dass er sich dem innersten Kern eines wenig bekannten Erdteils nähert: Das ist es doch, was passiert, wenn man einen afrikanischen Fluss hinauffährt. Doch statt sich dichter heranzuschieben, öffnet sich das Land, der Himmel weitet sich, und das Laub an den Ufern lichtet sich zu ganzen Strecken niedriger Robiniengebüsche. Es gibt immer weniger Siedlungen an den Ufern. Die europäischen Handelsniederlassungen rücken weiter auseinander, und die Eingeborenendörfer werden kleiner, schäbiger. Das einzig Positive an der Langeweile des Lebens an Bord ist das Gefühl, sich in einer geraden Linie vorwärts zu bewegen, das Gefühl einer ruhigen Bewegung von einem Anfang auf irgendein garantiertes Ende zu. Stück für Stück nimmt das ab, und die Wasserlinie eröffnet eine andere Dimension: die des wirklich Fremden, des Unerwarteten.

Eines Tages kommen sie an eine Flussgabelung und fahren durch eine Fahrrinne weiter, die plötzlich eng wird, etwas mehr als zweimal so breit wie die *Nelly*. Von einer Stunde zur anderen wird das Wasser morastiger und seichter, und allmählich wird klar, dass der Fluss bald nicht mehr schiffbar sein wird. Nach Sonnenuntergang stoßen sie an der Stelle, wo der Fluss im Schlick versickert, auf einen baufälligen Landungssteg, dessen Holzpfosten sich in bedenklichen Winkeln spreizen wie vorstehende Zähne.

Am Ufer hinter der Mole herrscht reges Leben. Als sie die Maschine des Schiffes hören, strömen hunderte von zerlumpten Menschen ans Ufer, strecken die Hände aus und rufen den weißen Männern zu. Hinter ihnen erhellt die Glut von Lagerfeuern die Dunkelheit, und der beißende Geruch von Holzrauch und Exkrementen verfängt sich in Jonathans Nase.

Entnervt gibt der Professor den Befehl, am gegenüberliegenden Ufer festzumachen. Das hält mehrere Männer nicht davon ab, in den Fluss zu waten und zur *Nelly* hinauszuschwimmen. Sie versuchen sich an Bord zu ziehen und kämpfen mit der Crew, die sie in den Fluss zurückstößt, wo sie zwischen dem umherschwimmenden Müll herumdümpeln. Sie lassen erst ab, als Gregg eine Pistolensalve über ihre Köpfe abfeuert.

»Wo sind wir?«, fragt Gittens wehleidig.

»Am Ende des Flusses«, sagt Morgan.

Marchant spuckt aus. »Eher am Ende der Scheiß-Welt.«

Keiner hat Lust, an Land zu gehen, und so bewaffnen sie sich und bringen eine angespannte Nacht zu, in der sie abwechselnd Wache halten. Zweimal werden sie durch scharfes Krachen aufgestört, von dem Gregg behauptet, es seien Gewehrschüsse. »Also«, folgert er, »gibt es da drüben noch andere Weiße.« Niemand zieht aus dieser Neuigkeit viel Trost.

Allmählich weichen die Gaffer vom Ufer zurück, und den Männern auf der *Nelly* bleibt nichts, als in die Dunkelheit zu blinzeln und auf irgendwelches Rascheln zu lauschen. Man kann unmöglich sagen, wie viele Menschen dort lagern, und der Professor erinnert sich von seinen früheren Reisen lediglich an eine kleine Handelsniederlassung an dieser Stelle, in der ihm der Besitzer einmal eine verdorbene Dose argentinisches Corned Beef verkauft hat.

Am Morgen zeigt sich ihnen ein unheimliches Bild. Die Handelsniederlassung ist verschwunden, falls sie (flüstert Marchant) überhaupt jemals da gewesen ist. An ihrer Stelle steht ein armseliges kleines Dorf, außerdem die Ruine eines großen Schuppens mit Blechdach, den ein davor stehendes Holzkreuz als Kirche kenntlich macht. Daneben stehen zwei Lastkraftwagen, deren Ladeflächen mit riesigen Kabelrollen voll gestapelt sind, und darum herum, vielleicht eine halbe Meile in jede Richtung, breitet sich ein behelfsmäßiges Lager aus. Menschen wimmeln herum, kochen Essen, waschen, holen Wasser oder hocken einfach nur in trostlosen Gruppen beisammen. Über eine gewisse Strecke ist das Flussufer in beide Richtungen jeder Vegetation beraubt. Alles Brennbare ist weggeschleppt worden.

Die Ethnografen machen sich auf die Suche nach einer Amtsperson, indem sie vorsichtig den Fuß in dieses Durcheinander setzen, Pistolen und Jagdgewehre im Anschlag. Sofort werden sie von einer gewaltigen Menschenmenge umringt, die, auch wenn sie nicht direkt feindselig wirkt, eine gewisse Entschlossenheit, eine stumme Hartnäckigkeit zur Schau trägt, die Jonathan beängstigend findet. Die anderen spüren offenbar dasselbe, denn sie halten ihre Waffen fest umklammert und lassen die Augen rasch von einer Seite zur anderen wandern. Es gibt nirgendwo auch nur den Anschein von Ordnung, kein Zeichen dafür, dass die Staatsgewalt die Situation unter Kontrolle hat. Sie sind kurz davor, die Nerven vollkommen zu verlieren, als eine Stimme mit heftigem Akzent ihnen von den Lastwagen her zuruft.

»He! He! Ihr Weißen! Kommt doch mal hier rüber!«

Sie sind zu zweit, und obgleich Einos Haare weißblond und Marttis dunkel sind, sind die Gesichter beider durch Sonnenbrand mit schrecklichen Blasen bedeckt. Bei ihren Nachnamen kapitulieren selbst die abgebrühtesten Ethnolinguisten in der Gruppe. Die beiden warten schon seit einer Woche mitten in diesem Chaos, und dringender als alles andere möchten sie wissen, ob ihnen die Engländer ihren Fisch mitgebracht haben.

»Fisch?«, fragt der Professor.

»Hering«, sagt Martti.

»In Dosen«, erklärt Eino. »Wir haben den Aquavit, aber die Heringe fehlen uns.«

»Haben wir Heringe?«, fragt der Professor.

Jonathan geht die Proviantliste durch. »Nein, Sir. Keine Heringe.«

»Also«, sagt Eino. »Das ist ja ein Schlag. Wir dachten, ihr habt Heringe.«

»Es tut mir sehr Leid«, sagt der Professor.

»Aber«, sagt Eino, »die Reifen.«

»Für den Lastwagen«, erklärt Martti. »Habt ihr die Reifen mitgebracht?«

»Nein«, sagt der Professor. »Ich glaube nicht. Wenn ich mir's recht überlege, wusste ich gar nicht, dass Lastwagen hier sind. Hier gibt es doch keine Straßen.«

»Sie irren sich«, sagt Eino. »Es gibt Straßen. Also, habt ihr sonst was für uns? Etwas Proviant? Ein paar Briefe?«

»Jonathan, haben wir so was?«

Jonathan schüttelt den Kopf.

»Also«, sagt Eino verzagt.

»Entschuldigen Sie bitte, wenn ich frage«, sagt der Professor, »aber was machen Sie hier?«

Eino pult sich eine tote Hautschuppe von der Nase und zeigt auf die Kabelrollen. »Telefon«, sagt er. »Wir legen die Telefonleitung. An der Straße lang.«

Den Anthropologen verschlägt es die Sprache. Martti und Eino machen befriedigte Gesichter. Und sie erzählen ihnen, dass ihr Job sehr wichtig ist, weil eines Tages die ganze Welt miteinander verbunden sein wird, und dass es ein schwieriger Job ist, weil die Eingeborenen nichts begreifen und die Leitungen wegen des Kupfers zerschneiden und die Pfähle absägen, um Feuerholz daraus zu machen. Vielleicht werden sie gar kein Geld verdienen. Vielleicht finden sie was Besseres zu Hause in Finnland. Und jetzt hat einer der Lastwagen eine Panne, und sie müssen hier herumsitzen und darauf warten, dass der Dampfer mit den Ersatzteilen kommt und ihnen Briefe und Proviant bringt, und sie dachten, der Dampfer der Engländer wäre der Dampfer, aber er ist es nicht. »Also«, sagt Martti, »müssen wir hier noch etwas länger rumsitzen.«

»Aber alle diese Leute«, fragt der Professor. »Wo sind die denn hergekommen?«

Die Finnen zucken die Schultern. »Einige, um die Straße zu bauen. Andere vielleicht aus anderen Gründen.«

Der Professor schüttelt den Kopf und wendet sich an die anderen. »Letztes Mal war hier nicht so viel los«, sagt er. »Im Gegenteil, es war ganz friedlich.«

»Meinen Sie, es wird überall wie hier sein?«, fragt Morgan, der beunruhigt zu sein scheint.

»Was ist mit den Behörden?«, möchte der Professor wissen. »Warum hat niemand die Sache hier in der Hand?«

»Er ist in der Kirche«, sagt Eino. »Man muss ihn schlagen, verstehen Sie, mit der flachen Hand. Nach zwei, vielleicht drei Malen wacht er auf.«

Bei näherem Zusehen stellt sich heraus, dass die Kirche in ein Haus umgewandelt worden ist. Der Großteil der Lehmwände ist zwar zusammengefallen, aber der Teil, in dem einstmals der Altar stand, ist repariert, und die Löcher im Dach sind mit Strohmatten geflickt worden. Der Rest der Umgrenzungsmauern umgibt einen Hof mit einer Feuerstelle, zahlreichen Töpfen und einem Fahrrad, das in einer Ecke steht und dessen Kette zu einem festen Klumpen zusammengerostet ist.

»Hallo?«, ruft der Professor durch die Türöffnung.

Von drinnen hört man Husten und eine geisterhafte englische Stimme. »Verpiss dich. Siehst du nicht, dass ich denke?«

»Wie bitte?«

»Hör zu, Kumpel, ist dein Name Johnnie Walker?«

»Nein, Sir, ich heiße Chapel. Professor Henry Chapel von der Universität Oxford.«

»Also, wenn du nicht Johnnie Walker heißt, hab ich verdammt noch mal keine Lust, mit dir zu reden. Also verpiss dich.«

Es folgt ein dumpfer Schlag – ein schwerer Gegenstand ist zu Boden gefallen. Dann ein Stöhnen. »Hilfe!«, wimmert kläglich die Stimme. »Helft mir! Ich bin aus dem Bett gefallen.«

Sein Name ist Short, und er ist, verdammt noch mal, die Regierung hier im Distrikt und alles andere obendrein, und wenn sie ihm deswegen das Leben schwer machen wollen, können sie auch gleich mit nach draußen kommen und sich mit ihm schlagen. Nachdem man ihm im Hof einen Eimer Flusswasser über den Kopf geschüttet hat, bietet er einen erbärmlichen Anblick: Seine Augen sind milchig und blicklos, und seine Haut ist ein Schlachtfeld aus geplatzten Adern und Insektenbissen. Er ist ein junger Mann, nicht viel älter als Jonathan, aber Whisky und Fieber haben ihn vollkommen zugrunde gerichtet. Er blickt auf den Kreis der Anthropologen und verzieht den Mund mit seinen schwarzen und bemoosten Zähnen zu einem Lächeln.

»Jesus«, sagt er. »Ihr seid ja echt. Ich dachte, ich hätte euch geträumt.«

Sie helfen ihm wieder ins Bett und halten auf dem Hof eine Beratung ab. Shorts Unfähigkeit ist ein Problem. Von ihm als Distriktbeamten hatten sie erwartet, dass er ihnen bei der Suche nach Trägern helfen und sie über die neueste Situation in Fotseland unterrichten würde. An der Küste war von einer Begleitmannschaft, vielleicht sogar einer Abteilung der WAFF oder der Eingeborenenpolizei die Rede gewesen, doch bei Short deutet nichts darauf hin, dass er überhaupt begreift, wer sie sind; er scheint außerstande, sich selbst am Leben zu erhalten, geschweige denn, ihnen bei ihrer Expedition behilflich zu sein. Jetzt begreift Jonathan, warum ihm die Aufgabe der Volkszählung zugefallen ist.

Als sie auf die *Nelly* zurückkehren, entdecken sie, dass jemand eine ihrer Proviantkisten aufgebrochen hat. Die Matrosen haben nichts gesehen. Gregg setzt eine Wache rund um die Uhr ein, und sie verbringen den Rest des Tages mit Diskussionen darüber, was als Nächstes zu tun sei.

Als die Sonne untergeht, hört man eine hohe, klagende Stimme über das Lager hinweg erschallen. Einige von den Leuten versammeln sich zum Abendgebet, breiten Matten auf dem ausgedörrten Boden aus und richten die Gesichter nach Mekka. Gittens, der an der Reling steht, blickt zu der zerfallenen Kirche hinüber und schneidet eine Grimasse.

»Sieht nicht so aus, als wenn die Missionare hier großen Erfolg gehabt hätten, was?«

Als es dunkel wird, steigen in Wolken Moskitos vom Wasser auf, und es wird klar, wem dieser Bezirk in Wirklichkeit gehört. Insekten umschwirren jeden der englischen Köpfe, als wären sie winzige Apachen rund um einen Wagentreck. Sie lassen sich auf nackten Armen nieder, kriechen in die Öffnungen von Hosen und Hemden und lösen damit wildes Um-sich-Schlagen und den wirkungslosen Gebrauch von nach Zitrone riechenden Salben aus. Um sich den Stichattacken zu entziehen, stapft Jonathan hinüber zu der Kirche und setzt sich zu Short, der vor sich hin murmelnd auf seinem Feldbett liegt. Hin und wieder wird er vernünftig genug, um eine Unterhaltung zu führen, auch wenn sie selten viel Sinn ergibt. »Weißt du was«, sagt er immer und immer wieder. »Ich habe seit zwei Jahren keine weiße Frau mehr zu Gesicht gekriegt. Wie findest du das, Johnny?«

Zwei elende Wochen verbringen sie in »Short's Landing«. Die Leute folgen ihnen überallhin und betteln um Essen und Geld. Als sie das erste Mal den Versuch machen, Träger anzuwerben, lösen sie fast einen Aufstand aus: hunderte von Männern bilden ein Gedränge um den heilen Lkw der Finnen, den sie als eine Art Rednertribüne benutzen. Auf der schaukelnden Ladefläche eingekeilt, klammert sich Jonathan an den Rahmen und versucht ohne Erfolg, nicht in Panik zu verfallen.

Jeden Abend kommen die Mücken und machen jedem, der nicht in der Nähe eines rauchenden Feuers sitzt, eine Stunde lang das Leben zur Hölle. Nachts spielen die Finnen auf einem Grammofon Orchestermusik und ballern auf jeden, der sich zu nahe an die Lastwagen herantraut. Trotz ihrer Wachsamkeit sieht man bereits Frauen mit Fußspangen aus gebogenem Kupferdraht herumlaufen, ihre Kinder mit kleinen Kupferamuletten an den Handgelenken.

Einmal sitzt Jonathan bei Short und kann ihm während eines kurzen klaren Moments verständlich machen, dass er ein Wissenschaftler auf dem Weg nach Fotseland sei. »Böse Sache da oben«, ist alles, was Short sagt, dann driftet er zurück zu Johnnie Walker und dem Schicksal der Kricketmannschaft der Grafschaft Kent, die ihm reichlich viel im Kopf herumgeht. Obwohl Short zweifellos nicht mehr lange zu leben hat, ist bei ihm zu sein erholsam, zumindest aber besser als die Stunden jeder Nacht, die Jonathan am meisten fürchtet: wenn er Wache halten muss. Immer wenn er allein an Deck der *Nelly* sitzt und die Uferlinie von lautlos herumschleichenden Afrikanern flirrt, gehen ihm seine persönlichen Orientierungen eine nach der anderen verloren. Nach einer Viertelstunde fühlt er sich unsicher, nach einer halben Stunde ist er in absolut schlechter Verfassung. Und wenn seine Zweistundenschicht vorbei ist, sind seine Grenzen restlos zerflossen, und er hat sich verloren oder vielleicht nicht so sehr verloren als über die gesamte Dunkelheit verteilt. Seine kreisende Welt ist ohne Ruhepunkte und er zutiefst unsicher, wer oder wo oder warum er ist, oder sogar, ob er überhaupt das Recht hat, sich einen Mann zu nennen. Gerät er einmal in diesen Rückwärtssog hinein, gibt es keine Umkehr, und derjenige, der ihn ablösen kommt, findet ihn unweigerlich völlig von Sinnen und stöhnend vor, sein Gewehr wie einen Talisman umklammernd. Natürlich sind sie zu höflich, um die Sache zur Sprache zu bringen, aber klar ist, dass er für seine Gefährten Anlass zur Sorge gibt.

Schließlich gelingt es jemandem, dem örtlichen Emir eine Botschaft zukommen zu lassen. Jonathan ist gerade in dem Kirch-Innenhof halb eingedöst, während er den vernuschelten Fragmenten von Vorkriegs-Erfolgsbilanzen im Kricket lauscht, als das ferne Jaulen von Trompeten die Ankunft von El Hajj Idris Abd'Allahi verkündet, der, obgleich ein Sklave Gottes, seit alters her Herrscher über alle Gebiete nördlich und östlich des Flusses ist, so weit ein Mann in zehn Tagen reiten kann.

Das Gefolge des Emirs ist beeindruckend. Vorreitern in indigoblauen Gewändern folgt eine Eskorte in Kettenpanzern für ihn und seine Höflinge, die prachtvoll in schmeichelndes Weiß und Gold gehüllt sind. Der Professor, der im Falle von Shorts Nichterscheinen sowohl sich als auch die Regierung Seiner Majestät repräsentiert, hält ein Festessen bereit. Kaum haben sie die Begrüßungen und gegenseitigen Vorstellungen hinter sich, nehmen die Anthropologen und die königliche Garde gemeinsam ein Mahl ein, das aus Ziegenbraten und britischem Eingemachten besteht, wobei die Dosenpfirsiche in Sirup ein besonderer Erfolg sind. Geschenke (noch mehr Dosenpfirsiche, ein Teeservice und ein Sonnen-/Regenschirm) werden überreicht. Liebenswürdigkeiten werden ausgetauscht. Es ist weit nach Mitternacht, als sich die beiden Parteien endlich an die Arbeit machen.

Trotz der Pfirsiche ist der Emir ungnädig gestimmt. Nein, sagt er, ihr möchtet nicht nach Fotseland. Doch, beharrt der Professor, das möchten wir. Das möchtet ihr nicht, sagt der Emir, dem seine Minister kräftig den Rücken stärken. Die Fotse sind sehr schmutzig. Sie sind Ungläubige und ihre Frauen Huren. Trotzdem, bekräftigt der Professor, möchten wir in ihr Land, und wir werden dafür zahlen. Geht nicht, sagt der Emir. Sie sind arm. Es herrscht dort Dürre. Die Fotse-Frauen werden euch mit Entzündungen der Haut und der Geschlechtsteile anstecken, weil ihre Männer sich zum Vieh legen. Trotzdem, sagt der Professor.

Mit Naturalien zu zahlen ist zwecklos. Der Emir wünscht in international tauschbarer Währung bezahlt zu werden, und die Summe, die der Professor vorschlägt, ist inakzeptabel. Selbst verdoppelt ist sie inakzeptabel. Die Gespräche gehen die Nacht hindurch weiter. Das Feuer ist heruntergebrannt, und graues Licht beginnt um die Silhouetten schlafender Männer zu spielen, als Gittens unwissentlich die festgefahrene Situation wieder in Bewegung bringt, indem er sich eine Zigarette anzündet. Der Emir gibt zu verstehen, dass ihm Gittens' silbernes Zigarettenetui gefällt. Seien Sie doch nicht so, wimmert Gittens, es war ein Geschenk von meiner Mutter. Trotzdem, sagt der Professor …

Sobald das Zigarettenetui sicher in seinem Besitz ist, erklärt sich der Emir einverstanden, dass ein Mann namens Yusef, einer seiner Stammeshäuptlinge, sie nach Fotseland führt. Der Emir willigt außerdem ein, der Gruppe zu ermäßigtem Preis einige Kamele zu verkaufen, was bedeutet, dass Yusef nur etwa achtzig Träger anwerben muss. Der Professor bekommt einen Kammerdiener, und ein

Mann, der einmal in einem Nachbardistrikt in einem europäischen Haushalt gearbeitet hat, wird als Chefkoch engagiert. Schließlich kommt man überein, dass Yusefs Bruder die Karawane beschützen soll. Am Ende der Woche kann die Expedition endlich zur letzten Etappe ihrer Reise aufbrechen; zurück bleiben die Finnen, die auf ihren Lastwagen hocken, und Short, mit einer Taschenflasche und ein paar Dosen Bohnen in seinem Bett sitzend. Inmitten einer lang auseinander gezogenen Marschkolonne schwankt Professor Chapel gefährlich auf einem Kamel dahin.

Tag für Tag zuckelt die Karawane eine neu angelegte Schotterstraße entlang, eine erschreckende weiße Wunde in dem roten Land. Die Treiber reißen an den Zügeln ihrer schlecht gelaunten Kamele, während Träger die leichteren Lasten auf ihren Köpfen balancieren, eine Kolonne schwitzender Männer, die mit Vorhängeschlössern gesicherte Proviantkisten, Zelte und den kostbaren Liegestuhl des Professors schleppen. Abends schläft Jonathan unter den Gesängen ein, die die Träger rund ums Feuer singen. Ihre Lieder sind traurig, erfüllt von der Schwere ihrer Lasten und dem Kummer, fern von zu Hause zu sein. Als er wieder erwacht, laufen die Sänger im farblosen Licht der Vor-Morgendämmerung umher, treten ihre Tiere und brechen mürrisch das Lager ab. Eines Morgens ist am Horizont eine gezackte Linie zu erkennen. Ab da wird sie jeden Morgen deutlicher: die zerklüftete Gebirgskette, die Fotseland begrenzt.

Schließlich hört die Straße auf; sie endet abrupt da, wo ein Arbeitstrupp von etwa fünfzig Leuten die Erde aufhackt und mit Hämmern und Walzen wieder glatt stampft. In der Nähe ist aus Armeezelten ein Lager errichtet.

»Fotse«, erklärt Yusef. »Regierung holt sie zu bauen die Straße.«

»Die Männer da sind Fotse?«, fragt Morgan entgeistert. »Wo haben sie denn ihre Fo-Halsketten? Und ihre Kämme?« Die Arbeiter sind wie alle Hausa-Bauern gekleidet und tragen nicht das kleinste Fotse-Statuszeichen. Ihr Vorarbeiter bestätigt, dass sie zur Zwangsarbeit aus Fotseland heruntergeholt worden sind. Die Ethnografen befragen sie eine Weile, allerdings scheinen sie selbst die simpelsten Fragen nach ihren Namen oder ihren Clan-Zugehörigkeiten nur widerwillig zu beantworten. Der Vorarbeiter, ein Yoruba von der Küste, ist erstaunt, dass jemand überhaupt ins Fotseland hinauf will. »Zeigt deutlich eure Pistolen her«, rät er. »Davor haben sie Respekt.« Der Professor sagt zu ihm, er solle sich nicht lächerlich machen, die Fotse seien ein sehr friedliches Volk und würden ihn mit großer Freude willkommen heißen, denn er sei ein Häuptling in ihrem Land. Auf den Vorarbeiter scheint das keinen Eindruck zu machen, und er fragt, ob sie denn keinen Gin bei sich hätten als Bezahlung dafür, dass er sie mit den Männern reden lässt.

Tag für Tag rückt die Karawane weiter auf die Berge zu, und die Erde unter ihren Füßen ist hart und ausgedörrt und ihre Oberfläche von feinen Rissen durchzogen. Von seinem schwankenden Sattel herab blinzelt Jonathan durch den Hitzeschleier in eine Welt, die schimmert, als sei sie beständig kurz davor, sich in Dampf aufzulösen. Allmählich steigt das Terrain an und bricht zu wild durcheinander liegenden Felsbrocken auf. Dem trockenen Bett eines Flusses folgend, passieren sie eine Talenge. Nackte Felsen ragen auf beiden Seiten in die Höhe, und verkrüppeltes Buschwerk klammert sich an die felsigen Flächen wie Zecken ans Fell einer Kuh. Der Weg wird beschwerlich, sie müssen steile Hänge erklimmen, und die Kamele klagen und reißen an ihren Halftern. Endlich sehen sie ihr erstes Fotse-Gehöft, eine kleine Ansammlung kegelförmiger Hütten, zu denen ein Weg führt, der mit Häufchen menschlicher Exkremente getüpfelt ist. Das Anwesen ist im Schatten eines gewaltigen Felsens errichtet und von einem Flickwerk von Feldern umgeben, deren Begrenzungen mit Flusskieseln markiert sind. Hier und da sind Zeichen und Amulette an Pfähle gebunden: in trockenes Gras gehüllte Tierschädel zur Abwehr von Plagen, Glasperlenketten und Beutel mit Spinneneiern, die die

Position eines Grundstücks in einer Fo-Verhandlung bezeichnen. Die Anthropologen sind begeistert – und dann enttäuscht. Das Gehöft ist vollkommen menschenleer.

Und das ist auch das nächste Anwesen, zu dem sie gelangen, und das nächste ebenfalls. Der Professor, der die gewohnte Gruppe von Frauen erwartete, die rhythmische traditionelle Willkommenslieder singen, kann sich das Ganze nicht erklären. An dem Abend schlagen sie das Lager tief im Fotseland auf, ohne bislang auch nur einen einzigen lebenden Fotse gesehen zu haben. Sie weisen Yusef an, eine Doppelwache aufzustellen. Als die Sonne untergeht, blickt Jonathan in die Ebene hinunter und fragt sich, wann er sie wohl wieder sehen wird.

Am Morgen darauf gelangen sie an das Ziel ihrer Reise. Unter der hohen Felswand, die von den Fotse Eidechsrücken genannt wird, liegt das Anwesen des Daou, des obersten Häuptlings. Um es herum fallen terrassierte Felder zu einem trockenen Flussbett voller flacher, runder Steine ab. Der Fels dahinter ist wabenartig von Höhlen durchlöchert, in denen die Fotse ihre Toten ablegen. Wie bei den anderen Gehöften sind die Lehmmauern des Häuptlingsanwesens verlassen und die Ziegenställe leer. Die Stille in dem Tal beginnt langsam auf die Trommelfelle der Weißen einzuhämmern, als Gregg oben in der Nähe der Felswand eine Bewegung bemerkt. Er reicht Chapel das Fernglas.

»Sie verstecken sich in den Höhlen«, sagt er.

»Großer Gott«, haucht der Professor. »Warum sie das wohl tun?«

Sie geben Befehl, das Lager aufzuschlagen, während der Professor, Gittens und Gregg, begleitet von einem Dutzend von Yusefs Männern, zu der Felswand hinaufsteigen. Jonathan beobachtet, wie sie sich langsam den Weg hinauf zu den Höhlen bahnen, und später, wie sie langsam wieder zurückkommen. Dem Professor geht es sichtlich nicht gut.

»Soll man das glauben?«, wütet er. »Sie haben tatsächlich von mir verlangt, ich solle wieder weggehen. Ich! Sie haben doch keinen größeren Fürsprecher. Meine Arbeit hat sie weltberühmt gemacht.«

»Damit übertreiben Sie wohl ein wenig, Professor«, grinst Gittens spöttisch.

»Und ich habe ihren Sarkasmus satt!«, schnauzt Chapel.

»Weggehen?«, fragt Morgan vorsichtig.

»Anscheinend«, sagt Gittens, »hat ihr Bild vom weißen Mann ziemlich gelitten. Sie denken, wir wollen noch mehr ihrer Männer zur Arbeit für die Regierung rekrutieren.«

»Aber sie sollen doch angeblich *unverdorben* sein«, jammert Morgan und blafft den Professor an wie einer, der an der Börse einen falschen Tipp erhalten hat. Er kramt in seinem Tornister und zieht ein zerfleddertes Buch hervor. »Darf ich aus Ihrer eigenen Beschreibung zitieren: *›Die Fotse sind ein gutmütiges, fröhliches Volk, das von den Krankheiten der Gegenwart fast unberührt ist. Diese Idylle –‹«*

»Ja, ja«, sagt der Professor. »Hören Sie, was kann ich denn dran ändern, wenn die Regierung dermaßen an ihnen herumpfuscht? Sie wissen doch, wie erpicht sie darauf ist, die Eingeborenen zur Arbeit heranzuziehen. Ich habe versucht, es ihnen zu erklären, aber auf die Wissenschaft wird keine Rücksicht genommen! Das Einzige, worüber sie überhaupt reden wollen, ist ihre verdammte Steuerbemessungsgrundlage.«

»Wenn sie wollen, dass wir weggehen«, sagt Jonathan, »sollten wir es dann nicht tun?«

Alle sehen sie ihn an, als wenn er verrückt wäre.

»Hören Sie auf, sich zu streiten«, sagt Marchant, »und gucken Sie mal da rauf.«

Die ganze Felswand entlang kommen die Fotse aus Öffnungen heraus, hunderte von Menschen, die ihre Ziegen aus den Höhlen treiben, als würden sie in diesem Augenblick wie ihre Ahnen aus dem Fels der Steilwand geboren.

Die Weißen blicken den Daou an. Sie sehen einen ausgezehrten Fotse, der auf einem aus Holz geschnitzten Hocker sitzt. Die feinen Narben in seinem Gesicht verlieren sich in Runzeln. Das Gewicht der bunten Fo-Halsketten, die über seine Brust geschlungen sind, scheint ihn nach unten zu ziehen. Hinter ihm knien seine Ehefrauen in der Reihenfolge ihres Ranges, zwicken einander heimlich und versuchen Termiten dazu zu verleiten, ins Haar ihrer Nachbarinnen zu krabbeln.

Der Daou blickt sich unter den weißen Männern um und sieht Schwierigkeiten. Die Leute um ihn herum flüstern und schließen Wetten über die Neuankömmlinge ab. Jemand muss die Tradition aufrechterhalten. Bestimmte Dinge müssen getan werden, auch wenn sie unangenehm sind. Er gibt dem Sänger ein Zeichen, der vortritt und die königliche Ahnenreihe zu singen beginnt, indem er den Status und die Besitzungen des toten Vaters des Daou, die Zahl seiner Kinder und seine einträglichsten Unternehmungen aufzählt. Dann kommen die vom Vater seines Vaters und vom Vatersvater seines Vaters an die Reihe, und so weiter bis zurück ins Dunkel der Vergangenheit. Nach ein paar Generationen werden jeweils Erfrischungen gereicht.

So wie sich Fo-Halsketten ineinander verheddern, Ketten aus Schulden und Verbindlichkeiten, die sich in ein unauflösbares Durcheinander verfranzen, so sind die Sorgen eines Fotse-Herrschers beschaffen. Während der Daou seinem Stammbaum lauscht, wird der Schatten der hohen Felswand allmählich länger. Er kriecht über ihn und sein Volk hinweg. Um die Zeit, als der Sänger den Namen des ersten Ahnen vorträgt, stehen nur noch die weißen Männer und ihre Diener im Licht. Seine Stimme zittert ein wenig, als er seinen Besuchern sagt, nun seien sie an der Reihe. Der Jüngste von ihnen wird nach vorn geschoben und beginnt mit einem Gesang in ihrer Sprache.

Jonathan singt (zu tief, nach der Melodie von »Land of Hope and Glory«): *Sohn des Je-re-my Chapel, sehr klug und stark.* Der Professor hat den Text auf einem säuberlich getippten Blatt Papier vorbereitet. Er umfasst mehrere Strophen und verfolgt die Geschichte der Chapels zurück bis ins neblige Dunkel des siebzehnten Jahrhunderts auf einem Kleinbauernhof in Wiltshire. Der Professor strahlt vor Stolz, und die anderen starren auf ihre Füße. Als Jonathans Gesang endet, flüstern die versammelten Fotse besorgt miteinander.

»Es war ein bisschen kurz«, flüstert Gittens. »Wahrscheinlich halten sie uns für ziemlich *nouveau*.«

Obgleich der Daou sie wissen lässt, dass er ihre Ahnenreihe verabscheuenswürdig kurz findet, ist er letztlich zufrieden, dass sie nicht gekommen sind, um noch mehr Arbeiter wegzuholen, und erteilt ihnen die Erlaubnis, nahe am Fluss ihr Lager aufzuschlagen. Einige Tage bringen sie damit zu, ihre Wohnverhältnisse zu ordnen und die überflüssigen Träger auszuzahlen. Leider wollen die meisten Männer zu denen gehören, die gehen dürfen. Sie mögen die Fotse nicht, die Ungläubige sind und verbotene Speisen zu sich nehmen.

Eines Morgens teilt ihnen Yusef, der Häuptling, mit, dass er zusammen mit den Trägern fortgehen möchte. Das löst einen ungeheuren Streit aus, der sich vor Jonathans Zelt abspielt und ihn aus einem qualvollen Traum weckt, in dem sich die dunkle Masse der Felswand gefährlich über sein Bett neigte. »Was ist denn los?«, fragt er, zieht die Zeltklappe auf und reibt sich die Augen. Er bekommt keine Antwort, weil im selben Moment Marchant mit einer Pistole in der Hand aus seinem Zelt stürmt.

Yusef weicht zurück, weil er denkt, dass er gleich erschossen wird. Andere Träger eilen mit Messern und Macheten herbei, und in dem ganzen Durcheinander schießt Marchant mit der Pistole in die Luft. Bis Mittag können nur sehr wenige Männer zum Bleiben überredet werden; sie sagen, die anderen fürchteten, befleckt zu werden, sie aber nicht. Sie seien keine abergläubischen Menschen. Sie seien mutige Männer. Aber sie seien auch arme Männer und wollten mehr Geld. Der Professor hat keine andere Wahl, als es ihnen zu geben.

Einige Stunden lang kann man tief unten im Tal Fetzen eines

fröhlichen, von Händeklatschen begleiteten Liedes hören. Der Gesang von Yusefs abziehender Trägerkolonne macht alle besorgt, und keiner will mit Marchant reden, der sich eine Schaufel schnappt und davonschlendert, um den ersten Spatenstich für eine Latrine zu tun.

Lange Zeit gehen die Fotse den Weißen vollkommen aus dem Weg. Man sieht keine neugierigen Schaulustigen rund um das Lager, keine Passanten. Die Unfreundlichkeit der Fotse erhöht die Spannungen in der Gruppe, und obwohl der Professor nach wie vor der Meinung ist, es sei unnötig, beschließen Gregg und Marchant, eine Wache aufzustellen.

Eines Abends sitzt Jonathan noch spät vor seinem Zelt und beobachtet, wie Gregg mit einer Flinte in der Armbeuge rund um das Lager herumgeht, als er mehrere flackernde Lichter vor der dunklen Silhouette der Bergwand bemerkt. Nach und nach kommen weitere hinzu, bis es dutzende sind und der Felsen wie ein Termitenhaufen leuchtet. Die Lichter bleiben stundenlang dort, und stundenlang sitzt er da und guckt, sein leeres Notizbuch unberührt auf dem Knie.

In der folgenden Nacht tauchen die Lichter wieder auf und wirbeln in der Nähe der Eingänge zu den Höhlen umher, in die die Fotse ihre Toten schaffen. Tief und regelmäßig dringt der Klang von Trommeln herunter ins Lager. Einer nach dem anderen hören die Weißen das Getrommel und kommen heraus, um nachzusehen, was vor sich geht. Als Professor Chapel zu den Lichtern hinaufspäht, scheint er sehr erstaunt zu sein. »Das haben sie früher nie gemacht«, sagt er. »Es war tabu, nach Dunkelwerden in die Nähe der Höhlen zu gehen.«

»Gibt es denn überhaupt etwas, das sie heute noch genauso machen wie früher?«, spöttelt Marchant.

Der Professor kann seine Wut kaum zurückhalten. »Sie, Sir«, zischt er, »sind ein impertinenter Kleingeist.«

Marchant macht eine obszöne Geste (die Jonathan schon oft gesehen hat, Chapel aber offenbar neu ist), und von dem Moment an spaltet sich die Expedition unwiderruflich in zwei Parteien: in Gregg und Marchant, die mit ihren Zelten auf die eine Seite, und den Professor, Gittens und Morgan, die mit ihren Zelten auf die andere Seite der Feuerstelle umziehen – das heißt natürlich, die Träger stellen all die Zelte um, laufen hin und her und versuchen, den beiden Gruppen ihre einander widersprechenden Forderungen zu erfüllen.

Nach dem ersten Austausch von Beleidigungen wird die Fehde auf die traditionelle britische Art weitergeführt. Die gegnerischen Parteien hören einfach auf, die Existenz des jeweils anderen zur Kenntnis zu nehmen, indem sie höflich Augenkontakt, Gespräche und die gleichzeitige Benutzung von Plumpsklo, Feuerstelle oder Esstisch vermeiden. Eisige Stille senkt sich herab, die nur durch das schroffe Erteilen und Quittieren von Befehlen unterbrochen wird. Da eigentlich kein Wort fällt, nimmt Jonathan irrtümlich an, dass der Streit vorüber ist. Die Neuordnung der Schlafquartiere verwirrt ihn zwar, trotzdem zieht er mit seinem Zelt nicht um. Womit er unabsichtlich alle misstrauisch macht. Gittens vor allem sieht ihn am nächsten Tag sehr merkwürdig an. Als Jonathan am folgenden Abend zwei Klappstühle nahe an die Feuerstelle zieht, weigert sich der Professor, sich zu ihm zu setzen, und gibt vor, einen Spaziergang machen zu wollen.

In dieser Nacht kann Jonathan nicht schlafen. Wieder haben sich die Lichter oben an den Höhlen versammelt, und das beunruhigende Pochen der Trommeln versetzt die stickige Hitze in seinem Zelt in Schwingungen. Irgendwann nach Mitternacht beschließt er, hinaufzugehen und nachzusehen. Es geht nicht so sehr darum, dass er sehen möchte, was die Fotse vorhaben, sondern dass er Angst vor dem hat, was passieren könnte, wenn er es nicht tut. Es ist wie das Wachehalten auf dem Schiff. Wenn er seinen Ängsten keine bestimmte, feste Form gibt, könnte er verrückt werden. Zögernd zieht er sich ein paar Sachen über und geht in die Richtung der Felswand.

Als er an der Latrine vorbeikommt, steht da eine Gestalt und fummelt an ihren Shorts herum.

»Na, so was! Na, so was! Wo soll's denn Ihrer Meinung nach hingehen?«

Es ist Gittens, der sich nicht abspeisen lassen will, weil er der festen Überzeugung ist, dass er irgendeinem Komplott auf die Spur gekommen ist. »Sie sind ja verrückt«, poltert er, als Jonathan ihm verrät, wohin er geht, aber sein Misstrauen ist stärker als seine Angst. »Ich komme mit«, entscheidet er. »Ich nehme an, das ist in Ordnung. Ich habe eine Pistole.« Er klopft auf seinen Gürtel, flucht, kehrt um und fischt sie aus der Latrine.

Sie klettern dem Klang der Trommeln entgegen, indem sie sich im Mondlicht den Weg über die Terrassen bahnen. Der Rhythmus zerrt an ihnen und beschleunigt ihren Schritt. Man kann unmöglich sagen, wie viele Trommler dort oben sind; wenn die Musik eines ihrer regelmäßig wiederkehrenden Crescendi erreicht, klingt es, als wenn hunderte trommeln. Als sie näher kommen, beginnen Jonathan und Gittens im stummen gegenseitigen Einverständnis eines gemeinsamen Frevels vorsichtig aufzutreten. Für Gittens hat trotz seiner wissenschaftlichen Ausbildung der Klang von Eingeborenentrommeln noch immer etwas von den Kochtopfwitzen aus *Boy's Journal*, und er sieht traurig an seinen Beinen hinunter und wünscht sie sich unter seinen pluderigen Shorts ein bisschen weniger pummelig und weiß. Jonathans Unruhe hat eine andere Ursache. Er hat Angst, ins Licht der Feuer zu treten und die Augen der Fotse auf sich gerichtet zu fühlen. Er hat Angst vor dem, was sie sehen könnten.

Am Fuß des Felsens, vor den Höhlen der Toten, sitzt eine Menge von mehreren hundert Fotse-Männern und -Frauen in einem unregelmäßigen Kreis, der von flackernden Fackeln umgrenzt wird. Auf der einen Seite sitzen die Trommler, nicht mehr als sechs, und hämmern klappernde Nähmaschinenrhythmen zu dem regelmäßigen *Wuump-wuump* einer riesigen doppelseitigen Trommel. Diese zur Seite geneigte Trommel, deren Felle jeweils so groß sind wie ein sitzender Mensch, scheint der Brennpunkt der Versammlung zu sein. Auf der freien Fläche davor tanzt eine Gruppe von Frauen, und ihre nackten Arme und Beine glänzen von Schweiß. Amulette und Armreifen an ihren Handgelenken stoßen klappernd aneinander, und das Geräusch erinnert Jonathan mit einem plötzlichen Schmerz an Star. Die Frauen formieren sich mit dem Gesicht zu den Trommlern, nähern sich dann mit den Armen flatternd und den Sand aufwirbelnd paarweise der Basstrommel. Jonathan und Gittens, die sich hinter einen Felsen geduckt haben, werden mehr oder minder sofort von Leuten in der Nähe entdeckt. Allmählich wandert in einer Woge der Beunruhigung die Nachricht von ihrer Anwesenheit in der Menge herum, aber der Tanz geht trotzdem weiter, und langsam wächst bei den beiden das Zutrauen, und sie wagen sich zaghaft aus ihrem Versteck und bleiben, die Fotse-Männer um Kopf und Schultern überragend, am hinteren Rand der Menge stehen wie zwei weiße Fahnenmasten.

Der Tanz dreht sich weiter im Kreise, ein Paar nach dem anderen tritt vor zu der großen Trommel, dann macht es dem nächsten Platz. Der Rhythmus, seine Motive verdoppelnd, wird immer eindringlicher, und die Basstrommel grummelt und dröhnt wie ein missvergnügter Riese. Eine nach der anderen fallen die Frauen aus dem Schritt, wirbeln taumelnd mit ausgestreckten Armen umher, während ihre Leiber in Trance rucken und zucken.

Dann verstummt die Musik.

Es ist, als wenn etwas in die Stille hineinströmt. Im Handumdrehen nehmen die Frauen neue Haltungen an und beginnen schreiend und stöhnend von einer Seite zur anderen zu rennen. Jede von ihnen ist in der Gewalt von etwas Individuellem und Besonderem: Eine humpelt herum und droht dem Publikum mit dem Finger, eine andere reibt sich mit den Handflächen lasziv den Hintern. Manche dieser Figuren sind komisch, andere bedrohlich.

»Ach ja, die Ahnen«, fängt Gittens an und wendet sich belehrend Jonathan zu. »Den meisten Berichten zufolge –«

Jonathan stößt ihn an und zeigt auf eine Gruppe von Tänzerinnen, deren Bewegungen sich von den anderen sichtbar unterscheiden. »Und was ist mit denen da?«

Alles an diesen Neuankömmlingen ist steif. Die Frauen, die sie darstellen, bewegen sich in einer starren, bombastischen Gangart, bei der sie die Arme schnell seitwärts schwingen lassen oder hinter den Rücken halten. Eine hält etwas Viereckiges in der Hand, schlägt mit der Hand darauf und fuchtelt damit zum Publikum. Andere haben Stöcke in den Händen, die sie sich gegen die Schultern rammen und damit zielen, als wären es Gewehre.

»Mein Gott«, flüstert Gittens. »Ich glaube, das sind wir.«

Niemand in Fotseland kann genau sagen, wann die europäischen Geister zum ersten Mal erschienen sind. Neue Geister waren schon vorher aufgetaucht, aus der Wüste oder von der Küste her, aber es gab nie so viele, und nie waren sie so wütend. Einige, wie Massa-Missi, keifen und schreien Befehle. Andere, wie Sahjat, packen die Leute und versuchen sie wegzuschleppen. Sie sind streng und unberechenbar, und für viele Fotse sind sie ein Zeichen dafür, dass die alten Zeiten vergangen sind und die neuen hart sein werden.

Früher hat niemand Fotseland verlassen, oder wenn, dann gingen sie hinunter in die Ebene und verschwanden dort in den Dörfern, um nie wieder gesehen zu werden. Heute gibt es Fotse, die weggehen und wiederkommen und seltsame Geschichten erzählen von Reisen über das Wasser und Grabungen unter der Erde. Immer sind die weißen Männer die Ursache dafür. Die Geister der weißen Männer bringen sie dazu, riesige Speicher zu bauen und sich gegenseitig zu töten wie Bräutigame, die vor dem Hochzeitsmahl Ziegen schlachten. Irgendwie müssen diese Geister im Schlaf in die Fotse-Männer hineingekrochen und mit ihnen den Weg zurück gefunden haben.

Zweifellos haben die europäischen Geister die Veränderungen mitgebracht, es sei denn, die Veränderungen haben die Geister angezogen. Das ist eine der Fragen, die die Fotse-Ältesten quälen, wenn sie im Schatten der Obstbäume vor ihren Gehöften über die neuen Zeiten diskutieren. Was von den beiden, Geister oder Veränderungen, kam als Erstes? Früher hätte niemand so geredet oder auch nur von alten und neuen Zeiten gesprochen, weil es so etwas nicht gab. Die Zeit war einfach die Zeit. Die Menschen folgten der Art der Ahnen. Sie aßen nur die reinen Teile ihrer Tiere und ernteten die Hirse erst, nachdem sie das Hirseopfer dargebracht hatten. Sie mieden den Geschlechtsverkehr, bis ihre Neugeborenen entwöhnt waren, und wenn es recht und billig war, dann machten sie Fo miteinander. Als Lohn für diesen Gehorsam drehten die Ahnen das Jahr weiter und sorgten für weitere Ernten, die wiederum mehr Kinder ernährten, die zu Erwachsenen wurden und dann starben und ihrerseits Ahnen wurden, die halfen, das Jahr weiterzudrehen, wobei die Kraft der Ahnen immer größer wurde und die Welt der Fotse durch eine Art mythischen Dauerantrieb in Bewegung hielt.

Nun ist die Maschine zerbrochen. Jetzt gibt es die alten Zeiten und die neuen.

Vielleicht hat der Missionar die Vergangenheit und die Zukunft in seinen Satteltaschen mitgebracht, als er durch das Land ritt und von dem hohen Gott und dem toten Gott und dem Ende der Zeiten erzählte. Er hat sonst wenig dagelassen: die Idee eines Anfangs und eines unmittelbar bevorstehenden Endes. Er sagte den Leuten, sie sollten über ihr eigenes Ende nachdenken, und darüber, wo jeder von ihnen wohl sein würde, wenn es keine Zeit mehr gäbe. Statt die Ahnen zu fragen: »Was ist das Richtige für uns?«, sagten die Leute plötzlich: »Was ist das Richtige für mich? Was wird jetzt in dieser Endzeit mit mir geschehen?«

Weiße Regierungsleute kamen und schenkten dem Daou einen Zauberstock mit einer silbernen Spitze, und den anderen Häuptlingen schenkten sie Stöcke mit Messingknäufen. Die Häuptlinge waren stolz, aber dann nahm die Regierung als Gegenleistung für die Stöcke viele Fotse-Männer mit, und manche waren lange weg und konnten ihr Getreide nicht ernten, und ihre Frauen liefen mit anderen Männern weg.

Die Leute sagten mit einem Mal: »Früher war das Leben nicht so.«

Die weißen Männer warnten sie vor der Zauberei, was nur natürlich schien: Die Medizinmänner und Regenmacher der Fotse tun es genauso. Niemand in Fotseland mag Zauberer, aber sie sind ein Faktum des Lebens. Jeder hat eifersüchtige Nachbarn, was ein guter Grund ist, weit voneinander entfernt zu wohnen. Wenn Zauber hin- und herfliegen, kann man nichts anderes erwarten.

Wenn einem eine trächtige Ziege eingeht oder das Kind von einer Schlange gebissen wird, kann man die Orakel befragen, um den Namen der verantwortlichen Person zu erfahren und sie Ersatz zahlen zu lassen. Zauberei kann neutralisiert oder wiederum gegen den Zauberer selbst gerichtet werden. Amulette können einen schützen. Nur in den ernstesten Fällen, wenn Bosheit Menschen an den Rand des Todes bringt, dann wird Magie überhaupt zu einer öffentlichen Angelegenheit.

Doch einige Leute haben die Frage aufgeworfen, was ist, wenn die neuen Zeiten von Zauberern herbeigeführt worden sind? Was ist, wenn verkehrte Menschen sich zusammentun und die Dinge zum Schlechteren verändern? Wäre es da nicht eine gute Idee, sie ein für allemal auszurotten, um wieder in einer Welt ohne Zauberei zu leben? Dann gäbe es vielleicht wieder nur die Zeit, ohne die alte oder die neue.

Das sind beängstigende Gedanken voller Veränderung und Umbruch; es sind Neuzeit-Gedanken. In letzter Zeit haben die Orakel viel zu tun gehabt. Neue Zauberer werden jeden Tag entdeckt, und die Leute gehen grob mit ihnen um.

Es gibt einige Leute, die eine andere Idee haben, was Zauberer betrifft. Die Welt jenseits der Grenzen von Fotseland ist eine Welt im Chaos, wo Zauberei normal, wo richtig falsch ist und die Leute verkehrt herum gehen. Das Böse der fernen Lande ist schon seit langem bekannt, und die neuen Fotse-Reisenden bestätigen, dass es umso schlimmer wird, je weiter weg man geht, bis man an eisige Orte gelangt, wo die Lebenden eng zusammengepfercht sind, während die Toten draußen auf offenen Feldern liegen.

Wer kommt aus den fernen Landen, um die Fotse-Männer wegzuholen? Wessen widrige Geister suchen die Frauen vor der großen Trommel heim, sodass, selbst wenn sie aus Verzweiflung vor den Höhlen der Toten tanzen, die Ahnen selten erscheinen, um sie in Besitz zu nehmen, und sie der stampfenden und marschierenden Besessenheit durch Sahjat und Massa-Missi überlassen?

Wer könnte verkehrter sein als der weiße Mann?

Irgendwann vor Morgengrauen steigen Jonathan und Gittens wieder zum Lager hinunter. Sie sind nicht sicher, wie sie das Gesehene deuten sollen. Jonathan ist beunruhigt, aber Gittens scheint erleichtert zu sein. Bloß ein Fest, sagt er. Bloß ihre Art, unsere Ankunft zu feiern.

Als sie Professor Chapel davon erzählen, ist er alles andere als erfreut. Er ignoriert Gittens' aufgeregte Schilderung der Besessenheits-Zeremonie und hält eine feurige Rede, in der er Worte wie »Eskapade«, »schamlos« und »wohl oder übel« benutzt. Zu einer Interaktion mit den Fotse, sagt er, hätte er seine Einwilligung geben müssen. Er ist der Leiter der Expedition und lässt seine Autorität nicht in Frage stellen. Von der anderen Seite der Feuerstelle hört man Marchants lautes, unverschämtes Gelächter. In hilfloser Wut fällt Chapel über Jonathan her.

»Was Sie angeht, so dachte ich, Sie hätten eine Aufgabe zu erledigen«, knurrt er. »Wäre es nicht an der Zeit, dass Sie das Herumlungern im Lager einstellten und sich auf Ihre Rundreise begäben?«

Am nächsten Tag macht sich Jonathan auf den Weg und überquert mit drei Trägern, die für ihn die Akten und die Zeltausrüstung schleppen, das ausgetrocknete Flussbett unterhalb des Anwesens des Daou. Die Namen der Träger sind Idris, Ali und Danjuma, und als er ihnen den Befehl gibt, ihm zu folgen, bemerkt er, dass er Angst vor ihnen hat. Sie sprechen leise auf Hausa miteinander und beobachten ihn mit ausdruckslosen, gleichmütigen

Gesichtern. Sie sind die ersten Eingeborenen, die er in alleiniger Verantwortung befehligt. Eine Erleichterung ist es, den Schatten der Felswand zu verlassen, aber wie er die Volkszählung eigentlich in Angriff nehmen soll, ist ihm ein Rätsel. Ein Großteil der Regierungsanweisungen handelt von Dingen wie Dorfräten, Unterhäuptlingen und arabischen Listen, aber da die Fotse (äußerst dezentralisiert und mehr oder weniger jeder Kontrolle entzogen, wie sie sind) nicht in Dörfern wohnen, kein sichtbares lokales Verwaltungssystem besitzen und nicht Arabisch schreiben, scheint nichts von alledem auf sie anwendbar zu sein. Bevor nicht Gregg und Marchant mit ihrer Arbeit fertig sind, wird es keine genauen Karten von Fotseland geben, und die einzigen Aufzeichnungen, die von den Fotse aufbewahrt werden, sind die in den Halsketten aufgelisteten Fo-Transaktionen, und auch die werden vernichtet, sobald ein Handel endgültig abgeschlossen ist. Wenn der Daou gefragt wird, über wie viele Menschen er herrscht, benutzt er gewöhnlich das Wort hundertzehn, was der übliche Fotse-Ausdruck für »ziemlich viele« ist. Wie Forschungen zur Mathematik der Fotse (Chapel 1913a) gezeigt haben, kann ihr System durchaus mit sehr großen Zahlen, aber auch mit Abstraktionen wie zum Beispiel Brüchen umgehen; Jonathan hat folglich langsam den Eindruck, dass der Häuptling schlicht nicht kooperativ ist. Der Sänger definiert die Anzahl als »so viele, wie Wildziegen auf dem Eidechsrücken herumklettern«, was auch nicht sehr hilfreich ist. Als der Sänger die rhetorische Frage stellt, warum denn jemand so dämlich sein sollte, die Wildziegen auf dem Eidechsrücken zählen zu wollen, hat Jonathan keine Antwort.

Also fängt er beim ersten Gehöft an, auf das er trifft, und gibt ihm auf seiner Liste die Nummer eins.

Das ist keine sehr brauchbare Methode.

Meistens verstecken sich die Bewohner vor ihm, und er muss seine Männer ausschicken, um sie in ihren Kornspeichern oder ihren Tierställen oder draußen in den Büschen zu suchen. Die Träger suchen halbherzig und kommen gewöhnlich alleine zurück. Jonathan entwickelt eine Methode, die Anzahl der Menschen, die in einem Gehöft leben, nach der Zahl der Essensschalen zu schätzen. Wenn die Besitzer gefunden werden, sind sie manchmal zu verängstigt, um zu sprechen, hocken in ihren Höfen beisammen und flehen ihn verzweifelt an, er solle doch in die fernen Lande zurückgehen. Wenn er es schafft, sie zu beruhigen, verstehen sie oft nicht, was er will, oder sie nennen offenkundig lachhafte Zahlen (»Drei? Ich sehe doch mindestens zehn!«) oder versuchen ihn durch Bestechungen mit Ziegenfleisch und Hirsebier dazu zu bringen, dass er sie in Ruhe lässt, und sie flüstern ihren Kindern zu, sie sollten sich an seine Shorts klammern und schluchzen. Das funktioniert. Wenn es etwas gibt, was er nicht aushält, dann sind es weinende Kinder, die an ihm herumzerren. Wenn es dazu kommt, sucht er meistens das Weite und kritzelt irgendwelche Zahlen hin, die ihm am wahrscheinlichsten vorkommen.

Am Ende der ersten Woche hat er dreizehn Gehöfte erfasst.

Er probiert verschiedene Taktiken aus, um seine Besuche weniger traumatisch zu gestalten. Er lächelt. Er singt. Er gibt die bunten Volkszählungszettel den Kindern zum Spielen und verlangt sie nicht zurück. Nichts macht die Leute weniger ängstlich oder seinen Job angenehmer. Seine Diener hassen die Fotse und haben einen Widerwillen, sie zu berühren, wofür sie verschiedene Arten von Krankheiten und Verunreinigungen ins Feld führen. Wenn sie widerspenstige Bauern aus ihren Verstecken ziehen müssen, geben sie ihren Widerwillen damit kund, dass sie die Leute grob behandeln. Erst befiehlt Jonathan, dann verlangt er, und schließlich bittet er sie, freundlich zu sein, aber sie schenken ihm keine Beachtung. Als Idris einem Mann vor seinen Frauen und Kindern einen Schlag auf den Hinterkopf gibt, ist Jonathan klar, dass er nicht weitermachen kann.

An dem Abend schlägt er das Lager im Schatten eines großen Baumes auf. Nachdem die Träger schlafen gegangen sind, sitzt er draußen auf seinem ächzenden Segeltuchstuhl und versucht nachzudenken. Er weiß, dass er ans Ende von etwas gelangt ist. Es ist ein Schock, wie wenn man vom Sprungturm springt und mit den Händen den Boden des Schwimmbeckens berührt.

Warum sollte er das tun?

Während sich die Stunden dahinschleppen, entweicht die Hitze des Tages langsam aus dem Boden und seinen Gliedern, bis er durchgefroren ist, und endlich sieht er der Möglichkeit ins Gesicht, dass das, an dessen Boden er angekommen ist, er selber ist.

Warum die Fotse zählen? Wer könnte so verkehrt denken? Natürlich weiß er, warum – für Gott und England und das Empire und die Zivilisation und den Fortschritt und den Aufschwung und die Moral und die Ehre. Er hat das alles in sein Notizbuch geschrieben, doch es steht zwar in seinem Notizbuch, aber es ist nicht in ihm. Er stellt fest, dass er sich aus keinem dieser Wörter wirklich etwas macht. Er empfindet sie nicht, und diese fehlende Empfindung markiert den gefliesten Boden des Schwimmbeckens. Jonathan Bridgeman kann so tief tauchen, aber nicht tiefer. Wenn er die Worte empfinden würde, hätte er den Willen, die Leute zu zählen, und den Willen, sie gemäß seiner Zählung zu verändern.

Er empfindet die Worte nicht.

Mit der Kälte kommt das Selbstmitleid. Er fängt an, vor sich hin zu murmeln. Es sollte doch ein Abenteuer sein. Bridgeman würde es für ein Abenteuer gehalten haben. Inzwischen wäre er ein imperialer Held, elegant und gerissen: Beau Bridgeman von Fotseland, der englischste Mann Afrikas.

Was tut er hier?

Seit er Jonathan ist, hat er niemals versucht, so zu denken, er hat sich niemals vorzustellen versucht, dass die Übereinstimmung zwischen ihnen beiden irgendwie weniger als vollkommen sein könnte. Immer wenn ein Zweifel auftauchte, schüttelte er ihn ab.

Was würde er woanders tun?

Der Khwaja-sara, der neue Ichs aus dem Ärmel zieht wie ein Zauberer Tücher. Jonathan hat den Trick gelernt. Die Leute sehen auf äußere Formen: die Weite einer Manschette, den Klang des labialdentalen Reibelauts »v«. Beim Werden von jemand anderem kommt es nur darauf an, den Schneider zu wechseln und nicht zu vergessen, mit der Unterlippe die obere Zahnreihe zu berühren. Kleinigkeit, es sei denn, dieses Werden ist unfreiwillig, wenn Finger den Halt verlieren und die Panik einsetzt, dass nichts das Abrutschen aufhalten wird. Dann ist Werden Flucht, Wegrennen, das Wissen, dass Stehenbleiben noch schlimmer sein wird, weil dann der Verdacht wieder hochkommt, dass da überhaupt *keiner wegrennt.* Keiner rennt weg. Keiner bleibt stehen. Es ist überhaupt keiner da.

Die Nacht drückt schwer auf ihn. Eine Weile überlegt er, ob er sich nicht mit seiner Jagdflinte das Gehirn wegpusten soll. So könnte er wenigstens als Bridgeman sterben. Es wäre eine elegante und englische Lösung, allerdings würde dazugehören, dass er seine Schuhe und Socken auszieht. Als er sich bückt, um seine Schnürsenkel aufzubinden, entdeckt er, dass die Willensstärke, Selbstmord zu begehen, auch eine von Bridgemans Eigenschaften war, nicht seine. Verzweifelt greift er in die Brusttasche seines Safarihemds und holt Stars Verlobungsring aus seinem Versteck direkt an seinem Herzen. Fluchend und heulend dreht er ihn herum und schleudert ihn weit von sich.

Als er sich umdreht, sieht er die drei halb wachen Träger ihn mit trüben Augen beobachten. Um seine Haltung wiederzugewinnen, sagt er ihnen, sie sollten wieder zu Bett gehen, und stolpert zurück in sein Zelt.

Am nächsten Morgen ist ihm klar, dass er zwar in der Volkszählung nicht fortfahren will, dass er aber auch nicht ins Lager zurückkehren möchte. Er entschließt sich stattdessen, so weiterzumachen, als wenn nichts geschehen wäre, nur dass er, statt in die Gehöfte wirklich hineinzugehen, an ihnen vorbeigeht und die Einträge in sein Notizbuch macht. Als er dies das erste Mal tut und nicht näher als ein paar hundert Yards an das Gehöft herangeht und dann einen Bogen darum schlägt, sehen ihn Idris und die anderen merkwürdig an, sagen aber nichts. Nach einer Weile akzeptieren sie es als eine andere Routineangelegenheit, die nicht mehr oder weniger verrückt ist als alles, was zu tun man von ihnen verlangt hat. Auf die Weise bewegt er sich im Zickzack durch das

Land der Fotse; seinen Richtungssinn verliert er allmählich vollkommen.

Er bittet die Träger nicht um Hilfe. Sie bieten sie ihm nicht an. Nach einer Weile beginnt er Orientierungspunkte wieder zu erkennen, und ihm kommt der Gedanke, dass er vielleicht im Kreise geht. Alle Gehöfte sehen gleich aus, eine kleine Ansammlung kegelförmiger Hütten um einen Hof in der Mitte, und ungefähr nach dem dreißigsten beginnen sie, zu einem einzigen zu verschwimmen.

Die einzige Möglichkeit, sie zu unterscheiden, sind die Schreine. Jedes Gehöft besitzt einen, manchmal auf dem Hof, manchmal draußen auf den Feldern, wo der Schrein die Ernte bewachen kann. Die Götzen, in kleinen überdachten Unterständen stehend, nehmen jede Gestalt an: Stein, geschnitztes Holz, bemalt und unbemalt, ein formloser Lehmhaufen, in den für Augen und Mund Muscheln gedrückt sind. Einer enthält eine blau glasierte Kachelscherbe, die ihren Weg nach Süden durch die Wüste gefunden haben muss. Ein anderer besteht aus einem oxidierten Metallstab, der sich als eine Steinschlosspistole erweist, deren Knauf von Termiten weggefressen ist. Alle sind mit Trankopfern überzogen – einem Mischmasch aus farbigem Pulver, Milch und Hirsebier, der den Ahnen als Opfer dargebracht wurde. Jonathan steht da, betrachtet eine knollige Figur mit einem Haarknoten auf dem Kopf und versucht dahinter zu kommen, ob er sie schon einmal gesehen hat, als er das ferne Knistern eines Grammofons hört und bemerkt, dass er gar nicht weit von dem Lager entfernt ist.

Während Jonathan auf Tour ist, erweist sich Marchants Besessenheit von Latrinen als begründet. Sein Originalmodell (eine simple Furche) wird bald von einer Version Nummer zwei und dann von einer Nummer drei ersetzt. Die Nr. III ist eine raffinierte Sache mit zwei hölzernen Sitzen (Pilot und Bordschütze), die mit Gehäusen aus Holz und Leinwand und verschließbaren Türen versehen sind. Marchants ursprüngliche Absicht war es zwar, eine vollständige Trennung der Toilettenanlagen durchzusetzen, aber die Ereignisse überholten ihn. Krankheit peinigt die Expedition, und zehn Tage lang heißt es, jeder ist sich selbst der Nächste.

Die Krankheit ist durch fürchterliche Darmkrämpfe und ein alarmierendes Gefühl der Verflüssigung gekennzeichnet, was bedeutet, dass beide Plumpsklos fast in dauernder Benutzung sind. Nach der Devise: Sei im Besitz, und du wohnst im Recht, ist keiner, der gerade drinnen ist, jemals erpicht darauf, den Platz für seine verzweifelten Kollegen zu räumen. Rütteln an der Tür, Beschimpfungen, ja selbst Drohungen werden zu Alltäglichkeiten. Die Entartung zur Primitivität erfolgt rasch und spitzt sich zu, als Gregg das Schloss der Bordschützentür mit seinem Revolver wegschießt, den zu Tode erschrockenen Gittens herauszerrt und dann sich selbst drinnen verbarrikadiert. Marchant muss ihn herauslocken, indem er ihm sentimentale Soldatenlieder durch die Tür vorsingt. Danach werden mit allgemeiner Zustimmung die Gehäuse entfernt und die Latrinen zur neutralen Zone erklärt. Beobachter der Fotse berichten dem Daou, dass seltsamerweise keiner der weißen Männer, selbst auf dem Höhepunkt ihrer Beschwerden, daran dächte, sein Geschäft im Gebüsch zu verrichten. Die spirituelle Bedeutung der Plumpsklos, vermuten sie, habe etwas mit Buße zu tun.

Die Krankheit weicht und lässt die Opfer magerer, blasser und von gegenseitiger Abneigung durchdrungen zurück. Marchant und Gregg nehmen die Vermessungen wieder auf und kartografieren allmählich die Gegend um die Felswand, die sie in ihr stark abstrahierendes Netz aus Dreiecken einzeichnen. Nervös und gereizt stellen sie fest, dass, während sie beschäftigt waren, einige Fotse sich darauf verlegt haben, im Lager herumzulungern. Zum größten Teil sind es Kinder, aber manchmal schließen sich ihnen auch ein paar freche junge Burschen an, die herumschlendern und teilnahmslos alles in Augenschein nehmen.

Eines Morgens flitzt ein Junge aus Marchants Zelt, gefolgt von diesem selbst, nur mit einem Handtuch bekleidet. Der Junge hat einen Vorsprung von mehreren Yards, und nach ein paar Schritten gibt Marchant die Verfolgung auf. »Können Sie das glauben?«, sagt er keuchend zu Gittens. »Der kleine Nigger hat mir meinen Rasierpinsel geklaut!«

Danach geben sie sorgsam auf ihre Ausrüstung Acht und nehmen die nächtlichen Patrouillen um das Lager wieder auf, doch trotz ihrer Vorsicht gehen einige persönliche Dinge verloren. Der Professor büßt seine Schnürsenkel ein und Gittens ein Taschenmesser und eine Schachtel Lederfett. Manche von den Dingen, die die Fotse stehlen, haben keinen erkennbaren Wert. Morgan stößt auf zwei Männer, die die Essensabfälle hinter dem Küchenzelt durchsuchen. Und einen Jungen ertappt er auf Händen und Knien nahe der Latrine dabei, wie er sorgfältig abgeschnittene Haare und Fußnägel aufsammelt.

Als Jonathan von der Volkszählung zurückkehrt, findet er die ganze Mannschaft zusammen um das Feuer sitzen. Sie hören sich gerade Morgans zerkratzte Platte mit den walisischen Chorälen an. Eine bohrende Paranoia war stärker als ihr Ekel vor der Gegenwart der jeweils anderen Partei. Die meisten Gewehre der Expedition haben sie bei sich, gegen ihre Stühle gelehnt oder beiläufig im Schoß liegen. Es herrscht Abenddämmerung, und alle rauchen wie verrückt, eine Angewohnheit, die als Insektenabwehr begann, im Laufe der Wochen aber eine atavistische, leicht hysterische Heftigkeit angenommen hat. Jonathan wird mit Grunzen und Nicken begrüßt. Morgan rutscht mit seinem Stuhl zur Seite, um ihm Platz zu machen.

Sie stellen ihm einige Fragen (»Beschissen, was?«, »Irgendwelchen Ärger gehabt?«), scheinen aber an den Antworten nicht interessiert zu sein, verzweifelt damit beschäftigt, sich möglichst wenig um Probleme anderer zu kümmern. Die Unterhaltung, wie es nun mal so ist, dreht sich um die Schrecken des Klimas und den allgemeinen Niedergang der Fotse, die anthropologischen Erwartungen nicht genügen. Für Jonathan klingen ihre Ansichten so, als kämen sie aus weiter Ferne; Aufzeichnungen, Eintragungen aus einem Land, über das er etwas weiß und zu dem er einmal eine Beziehung gehabt hat, an das er sich jetzt aber nur mit Mühe erinnern kann, außerstande, es im Aufruhr seiner Erinnerung festzuhalten.

»Dies«, seufzt der Professor, »ist nicht das Afrika, das ich gekannt habe. In Fotseland habe ich früher immer die Sorgen des heutigen Menschen ablegen können.«

»Die Bürden«, setzt Gittens hinzu, »der Zivilisationsgesellschaft.«

»Tja, das ist jetzt im Arsch«, sagt Marchant. »Verflucht heiß, voller Scheiß-Fliegen, und was die Nigger angeht, sind die, die's hier gibt, schlimmer als Gauner und Betrüger.«

Der Professor windet sich. »Ich wünschte ...«, beginnt er, gibt aber den Gedanken auf. »Ach, was soll's.«

Gittens mischt sich ein. »Ich glaube, ich verstehe, was Sie meinen. Als statteten wir unserer eigenen fernen Vergangenheit einen Besuch ab.«

»Sie meinen, einer verflucht *primitiven* Vergangenheit«, sagt Marchant.

»Unverdorben«, berichtigt Morgan. »Es muss so ein unschuldiges Land gewesen sein«, sagt er wehmütig. »Ein Garten Eden. Und wenn man überlegt, dass in zehn Jahren nichts mehr davon da sein wird.«

»Gott sei Dank«, sagt Morgan.

»Daran ist nichts zu ändern«, sagt Gittens. »Das ist der Preis, den wir für den Fortschritt zahlen.«

Die anderen nicken philosophisch.

»Ich schlage vor«, sagt der Professor, »unser vordringlichstes Interesse sollte ab jetzt das Registrieren sein. Wenn wir an Artefakten bergen können, was uns möglich ist –«

Gittens und Morgan nicken begeistert. »Die Befragungen haben eigentlich nicht direkt –«

»Genau«, stimmt der Professor verbittert zu. »Und dabei waren sie früher recht gesprächig.«

Morgan fragt, ob sie es nicht noch einmal versuchen sollten; er schlägt es mit der Miene eines Mannes vor, der hofft, dass man ihm widerspricht.

Gittens, dessen Lieblingstheorien über den edlen Wilden in den letzten paar Wochen ziemlich angeknackst worden sind, hat es überhaupt nicht eilig, noch mit weiteren Fotse zu reden. Er wechselt schnell das Thema. »Zehn Jahre? Das ist nicht vollkommen sicher, oder?«

»Das«, sagt der Professor, »ist genau das, was mir der Mann im Gouverneursbüro nahe gelegt hat. Es gibt Zeitpläne. Wenn das Straßennetz in diesem Distrikt fertig ist, besteht der Plan, die Fotse in Siedlungen in der Nähe der Hauptkreuzungen zusammenzufassen. Fünf Jahre lang werde nichts passieren, aber er riet mir, jetzt zu nehmen, was ich kriegen könne. Ich sagte, es sei ein Jammer, aber er kam mit dem vorhersehbaren Zitat vom Hobel und den Spänen und so weiter.«

»Was ist, wenn sie nicht gehen wollen?«, fragt Jonathan.

»Ich nehme an, dass die Behörden auf ein bestimmtes Maß an Opposition eingestellt sind. Ein gewisser Zwang ist in diesen Fällen oft notwendig.«

Morgan denkt einen Augenblick darüber nach. »Es geschieht natürlich in ihrem ureigensten Interesse. Aus ökonomischer Sicht ist die Sache sehr plausibel. Die Erträge, die sie hier erwirtschaften, sind erbärmlich. Wenn wir ihnen zeigen, wie man den Anbau richtig betreibt, und sie vielleicht auf bessere Böden umsiedeln, wer weiß, dann könnten sie vielleicht in zwanzig Jahren sogar Getreide für den Export anbauen. Das ist nicht unmöglich. Wenn man ihre Ziegen mit europäischen Rassen kreuzte, würde das ihr Gewicht steigern. Sie gäben mehr Milch –«

»Müssen Sie denn unbedingt über Ziegen reden?«, seufzt Gittens. »Sollte ich in meinem Leben nie wieder eine Ziege zu Gesicht bekommen, dann je eher, desto besser.«

»Zufällig finde ich Ziegen recht faszinierend«, sagt Morgan geziert.

Jonathan hat eine Frage. »Meinen Sie nicht, man ließe sie besser in Ruhe?«

»Die Ziegen?«, spottet Marchant.

»Die Fotse.«

Die Männer sehen ihn fassungslos an.

»Ich weiß nicht, worauf Sie hinauswollen«, sagt Gittens in gemessenem Ton, »aber ich finde, das ist typisch für Ihre Einstellung, Bridgeman. Ich weiß, ich stehe mit meiner Meinung nicht allein.«

Der Professor macht ein finsteres Gesicht. »Im Nachhinein denke ich, dass es ein Fehler war, Sie zur Teilnahme an dieser Expedition einzuladen. Sie haben wirklich nicht das Ihrige geleistet. Sie sind nur ungern zu Arbeiten bereit. Sie haben nicht mitgemacht. Ihr Hauptproblem, Bridgeman, ist, dass Sie keinen Teamgeist haben.«

»Teamgeist?«

Morgan sieht ihn mitleidig an. »Sie sind nicht gerade ein Vereinsmeier, oder?«

Jonathan sieht sie an und hört den Wind im Gras am Rande des Lagers rascheln.

»Nein«, sagt er, »Sie haben vielleicht Recht.«

Obgleich es noch früh ist, entschuldigt er sich und geht zu Bett. Die Nacht verbringt er im Wechsel zwischen zwei Zuständen – einem surrealen Wachzustand, in dem die Stille vor Spannung surrt, und einem anderen, der ein Traum sein kann oder auch nicht und in dem er gewahr wird, dass in der Dunkelheit um ihn herum zwischen allen Dingen und Personen Kabel und Drähte gespannt sind, die einen einzigen vernetzten Mechanismus bilden. Jedes Mal, wenn er seine Lage ändert oder eine Hand zum Gesicht hebt, bewegt er andere Dinge mit, eine Kaskade von Auswirkungen, die bis ins Jenseits hinüberreichen. Manchmal spielen diese Dinge auch mit ihm und bewegen seine Arme, seine Lider. Wenn er sich davon freimachen könnte, wäre mit ihm vielleicht alles in Ordnung. Wenn er wenigstens herausbekommen könnte, wie das System funktioniert, könnte er eventuell etwas unabhängiger davon werden. Er stellt sich vor, wie die Hütten der Fotse planiert und sie selbst zu ihren neuen Siedlungen neben den neuen Straßen getrieben werden. In den frühen Morgenstunden ist die Vergangenheit sogar noch verwirrender als die Zukunft. Ein unterdrückter Gedanke beginnt Gestalt anzunehmen. Was wäre, wenn er sich schon vor langer Zeit verirrt hätte? Was, wenn er sich in sich selbst verirrt hätte und nie wieder zurückfände?

Am nächsten Morgen verlässt er das Lager, nachdem er Chapel mitgeteilt hat, dass er mit der Volkszählung sofort weitermachen wolle. Der Professor sagt ihm, dass er nur zwei Träger mitnehmen könne, weil von den Boys mehrere weggelaufen und sie knapp an Arbeitskräften seien. Er nimmt es bereitwillig hin und macht sich stromaufwärts entlang dem ausgetrockneten Flussbett auf den Weg, das am Anwesen des Daou vorbeiführt. Er weiß nicht, wohin er geht. Er weiß nur, dass er nicht bleiben kann.

Jonathan folgt dem Lauf des Flusses auf einem Hirtenpfad, der zwischen Felsen und harten, spitzigen Grasbüscheln hindurchführt. Obwohl er an mehreren Gehöften vorbeikommt, macht er nicht bei ihnen Halt. Beim ersten zieht er sein Notizbuch hervor, kann sich aber nicht dazu überwinden, etwas hineinzuschreiben.

Als die Sonne den Zenit erreicht, wendet sich das steinerne Bett der Felswand zu, die sich meilenweit in nördlicher und südlicher Richtung emportürmt. Für den Rest des Tages verläuft der schmale Flusspfad fast an ihrem Fuß entlang. Jonathan schlägt sein Lager in einer Kluft zwischen zwei riesigen Felsblöcken auf, und als die Nacht mit der klinischen Schnelligkeit hereinbricht, mit der das in Fotseland immer geschieht, beginnt die Felswand, die den ganzen Tag drohend über ihm aufgeragt ist, ihn zu bedrücken. Während er Idris zusieht, der sein Abendessen kocht, bildet er sich ein, dass die Veränderung sichtbar vor sich geht und die Wand irgendwie höher wächst. Als er ins Bett geht, ist er sich nicht sicher. Jetzt hat er den Eindruck, dass die Felswand ihre Masse eher zusammenzieht, konzentriert.

Als er am zweiten Tag von morgens bis abends unter dem Auge des Felsens dahinwandert, ist das Gefühl krasser, und in der Nacht kann er nicht schlafen. Er hört Geräusche in der Nähe des Lagers, erst auf der einen, dann auf der anderen Seite, und ist allmählich überzeugt, dass Leute um sein Zelt herumgehen. Statt die Zeltklappe aufzumachen oder mit einem Revolver nach draußen zu gehen, bleibt er ganz still mit an den Körper gepressten Armen und weit aufgerissenen Augen unter seiner schweißgetränkten Decke liegen und denkt: *Lass sie kommen.*

Doch sie kommen nicht. Aber als er am Morgen aufwacht, sind die Träger verschwunden. Ihre Decken liegen noch neben der Asche des Feuers. Er ruft und ruft, aber er erhält kein Zeichen von ihnen. Als er herauszufinden versucht, was passiert sein könnte, beginnt die Welt an den Rändern seines Sichtfelds leicht herumzuhüpfen. Die Taschenflasche, aus der er einen Schluck brackiges Wasser trinkt, lastet schwer in seiner Hand, und das Licht, das durch seine Sonnenbrille dringt, ist unangenehm grell. Verwirrt versucht er das Lager abzubrechen, findet aber, dass das Zusammenlegen des Zelts sehr kompliziert ist. Er rollt es zusammen und versucht es in die Leinwandhülle zu schieben, aber es will nicht hineinpassen, und die Anstrengung erschöpft ihn. Er läuft herum und verstreut alle möglichen Sachen über das Gelände, und obwohl er nach seinen Dienern ruft, wütend, dann ängstlich, ist das Einzige, woran er wirklich denken kann, wie stark es in seinem Kopf pocht. Es wird ihm klar, dass er Fieber hat, trotzdem erscheint es ihm unumgänglich weiterzugehen, auch ohne jemanden, der ihm folgt.

Jonathan hat viel zu viel Ausrüstung, um sie alleine zu tragen, und so lässt er das meiste davon einfach zurück. Einige Sachen stapelt er noch unter einem Baum aufeinander, aber dann gibt er vollkommen auf, stopft ein paar Dosenrationen in sein Bündel und schnappt sich eine Decke, ein Gewehr, lebenswichtige Dinge. Er hat den Eindruck, als taumelte das Lager von ihm weg, und mit einem Ruck stolpert er davon, den Weg hinauf, weiter, weiter dorthin, wohin auch immer er wollte. Wohin wollte er? Er wandert weiter, und der gesinterte Matsch des Weges bricht zu Erdplacken, Geröll auf, auf dem das Gehen mühsam ist. Es wird schwierig, auch nur einen Fuß vor den anderen zu setzen. Die Sonne sticht herab auf seinen nackten Kopf (Wo ist sein Hut? Hat er seinen Hut verloren?), und bald ist sein Blick so verschwommen, und in seinem Kopf dreht es sich so schnell, dass er sich einen Moment hinsetzt, um auszuruhen, und ehe er es recht weiß, liegt er am Boden, starrt hinauf in den Himmel, und der Ast eines Baumes kriecht in seinen Gesichtskreis wie ein Sprung in einer blauen Glasscheibe.

Er denkt, vielleicht sterbe ich.

Der Schweiß an seinem staubigen Körper dörrt weg. Frostschauer durchwogen ihn, Kälte-Sinuswellen, die seine schmerzenden Arme und Beine hinaufziehen und in Schwindel erregender Eile auf sein Zentrum zusteuern. Er hat Halluzinationen. Hoch oben in der Felswand klammert sich ein alter Mann mit roten Stiefeln und einer roten Mütze an den Abhang. Das Bild wird größer, und Jonathan sieht, dass der Mann dort wie eine Spinne kauert und kopfüber auf ihn zuhastet. Ab und zu hält der Mann inne und beugt sich zurück, um sich aus einem Beutel an seinem Gürtel ein weißes Pulver auf seine Hände zu schütten. Bisweilen baumelt er geradezu lässig an einem Arm über einem Abgrund, der hunderte von Fuß tief ist. Er bewegt sich schnell, kommt direktenwegs herunter, und das Rot seiner Mütze und der Stiefel ist unglaublich satt und leuchtend... und das Nächste, was er sieht, ist, dass die blaue Himmelsscheibe mit feuchtäugigen Fotse-Gesichtern angefüllt ist, die mit feinen spiralförmigen Narben verziert sind, und viele Hände heben ihn hoch, und die Narben wirbeln umher, und er versucht schwach, sich aufzusetzen, aber alles, was sein Körper zustande bringt, ist ein zitterndes Vibrieren. Man gibt ihm Wasser, und die blaue Himmelsscheibe ruckt nach links und rechts, links und rechts zum Klang von tiefen Männerstimmen, die das gleiche Arbeitsliedmotiv singen, immer rundherum, rundherum, rundherum. Die Sonne dörrt seine Haut, strafft und versengt sie. Der Himmel zuckt und zittert, bis er in Sekundenschnelle völlig verschwindet, und alles ist kalt und flackernder Feuerschein auf Fels, und er weiß – nur das ist ihm klar –, dass er jetzt unter der Erde ist.

Seine Fotse-Träger schleppen ihn tief in den Leib der Erde hinein und legen ihn an einer Stelle hin, wo es unter den Füßen knirscht und die Decke wie eine Kuppel geformt ist. Im Feuerschein sieht er, dass die Höhle mit tausenden roter Handabdrücke geschmückt ist, ein Gewölbe voller roter Hände, die plötzlich durch Köpfe verdeckt werden, die sich nahe zu ihm herunterbeugen, einer mit einer roten Mütze, der alte Mann, der eine Knochenrassel in ruckartigen Spinnenbewegungen schüttelt und ihm leise ins Ohr singt. Hände heben ihn hoch, und dann wird er ganz langsam entkleidet, Finger zerren ungewohnt an seinen Knöpfen, Hände ziehen den Bund seiner Shorts nach unten. Er ist zu schwach, um sich zu wehren, als man ihn an den Knöcheln packt und seine Beine spreizt, als Finger ihn an jeder Stelle seiner Haut reiben und zwicken, seine Hinterbacken auseinander ziehen, den Hodensack anheben, ihm den Mund öffnen, in die Nasenlöcher und die Ohren blasen, seine Vorhaut zurückziehen, ihm die Arme anheben und durch die Haare streichen. Die ganze Zeit hüpft immer wieder das energische rot bemützte Gesicht in seine Traumbilder, die Rassel, die an seinem Ohr klappert, der Singsang, der um ihn kreist, dann eine Sekunde innehält, um etwas Neues aus sich hervorzubringen, dann weiterkreist, abwärts und weiter. Die Hände bedecken ihn von Kopf bis Fuß mit Schlamm, der trocknet und ihn wie mit einer neuen Kaolinhaut überzieht. Der harte Rand einer Tonschüssel kratzt an seinen Zähnen; man hebt seinen Kopf an und gibt ihm eine bittere Flüssigkeit zu trinken, die ihm über das Kinn läuft.

Er sinkt zurück zur Erde.

Dann steigt er zur Decke hinauf, während sich sein Körper im Staub wälzt, das Rückgrat krümmt, mit den unbewohnten Zähnen in ungefühltem Schmerz knirscht, weil sein Geist aus der Gebärmutterfinsternis dieser Höhle herausströmt, aus ihrer Öffnung in der Eidechsrücken genannten Felswand, und durch das Land fliegt, weit fort, während das Buschwerk unter ihm dahinschießt wie Sterne. Dann wird dieser Flug, so plötzlich er begonnen hat, aufgehalten, und er schwebt eine Sekunde lang über dem Expeditionscamp und schaut hinunter auf eine Reihe verdrossener Gesichter, die ins Feuer starren, Gesichter, die zittern und verschwimmen, als er in eine Rückwärtsbewegung versetzt und durch die Schädelplatte seines Kopfes wieder in seinen Körper hineingesaugt wird, der jetzt in harten Schlamm gehüllt ist, eine Lehmform, in deren Innerem alles geschmolzen, formlos und im Fluss ist.

Er liegt dort viele Stunden oder Tage, während Fackeln herunterbrennen und ersetzt werden und die Muster der Handabdrücke sich auf vorbestimmten Bahnen bewegen wie Sternbilder in einem Planetarium. Manchmal kommen junge Novizen ihn füttern, dann löffeln sie ihm Brei in den Mund und geben ihm die bittere Medizin zu schlucken. Er blickt in die Wölbung mit den Händen, fühlt, wie der Fels ein- und ausatmet, und hört den Alten mit seinem Singsang. Plötzlich merkt er, dass er den Kopf drehen kann und dass ihm seine Hände gehorchen. Er spürt den Boden, auf dem er liegt, sein Knirschen, und mit seinen neuen suchenden Fingern liest er einen weißen Splitter auf, den er, als er ihn sich vor seine neuen Augen hält, als ein Stück Knochen erkennt. Wie seltsam das alles ist: fliegen zu können und in Lehm eingeschlossen zu sein und im Inneren eines großen lebenden Felsens auf einem Teppich aus Knochen zu liegen.

Leute kommen und gehen, aber der Alte ist immer da, rasselt mit seiner Rassel, singsangt seinen Singsang und hält ein einziges ständiges Ritual vor einer Nische im Felsen ab. In der Nische ist ein Altar, der mit allen möglichen Dingen voll gestopft ist. Kalebassen enthalten die klebrigen Reste von Trankopfern. Er sieht gehämmerte Kupferklingen, Kräuterbündel, einen in getrocknetes Gras gehüllten Hundeschädel. Die Nische ist mit Kalk, Blut und Hirsebier bespritzt, sodass man zunächst nur mit Mühe die anderen Dinge darin erkennen kann, das Taschenmesser, den Handspiegel, die leeren Bohnenkonserven und die zwei Püppchen, an die er nicht mehr gedacht hat seit dem Tag, an dem er sie im Hafen kaufte, die kleinen Kolonisten mit ihren langen Nasen und knolligen Hüten – die allesamt aus dem Lager gestohlen und hierher in die Totenhöhlen geschafft wurden.

Junge Männer kommen, knien vor dem Alten nieder und bringen oder erhalten Botschaften und Segenssprüche. Jonathan beobachtet das und gelangt zu der Annahme, dass er sich in einem geheimen Befehlszentrum befindet, dass der Altar die Landkarte eines Kampfes um ein umstrittenes Territorium ist und die kunterbunte Sammlung von Gegenständen eine magische Triangulierung von Fotseland, seines Körpers und der Höhlen. Der Alte bemerkt, dass er wach ist, und hält wie nebenbei im Ritual inne, als wäre er mit irgendeiner gewöhnlichen Arbeit, wie ein Werkzeug zu reparieren oder Essen zu kochen, beschäftigt gewesen. Gemeinsam beginnen sie ein Gespräch, und wenn es auch bruchstückhaft ist, lange Pausen eintreten und es viele Verständigungsschwierigkeiten gibt, macht ihm der Alte langsam begreiflich, dass alle Toten bei ihrem Gespräch anwesend sind und alles hören werden, was gesagt wird.

Er setzt sich auf und trinkt etwas Wasser, und zusammen schweigen sie und lauschen stumm dem Atmen des Felsens. Dann erzählt ihm der alte Mann von den Ahnen, dass sie nicht mehr erscheinen und von den Frauen in der Zeremonie Besitz ergreifen, dass die Zeit sich in ein Vorher und ein Jetzt aufgespalten hat und dass das alles die Schuld der Zauberer ist. Er erzählt ihm, wie schön die Welt wäre, wenn es auf ihr keine Zauberei gäbe, die das Leben des friedlichen Volkes zerrüttet, und dass die Menschen von dieser Schönheit geträumt und sich zusammengeschlossen haben, Menschen aus allen Clans und Familien, quer durch alle Altersgruppen und Geheimgesellschaften hindurch, zusammengeschlossen zu einer neuen Gesellschaft, der geheimsten von allen, die sich nach dem harten Gras mit den flachen Halmen nennt, das bei den Fotse Nadelgras heißt. Der Teil des Nadelgrases, der unter der Erde ist, hat weder Anfang noch Ende, eine Matte aus Fasern, die versteckt in der Erde liegt, aber Spitzen hervortreiben kann, die scharf genug sind, einen zu stechen, wenn man die Dummheit begeht, über solches Gras hinwegzulaufen. Genauso ist es mit der Nadelgras-Gesellschaft, die keinen Kopf und kein Zentrum hat und unter der Erde von Fotseland bleibt, aber wenn die Zeit reif ist, emporschießen und die Zauberei für immer vernichten wird.

Der Alte erzählt ihm all dies, und er taucht aus dem Schlaf auf und sinkt wieder in ihn ein, und kalte Fieberwellen tragen ihn fort und bringen ihn wieder zurück. Nach und nach gibt ihm der alte Mann zu verstehen, dass alles an den Zauberern verkehrt ist, dass für sie Gut Böse ist und Richtig Falsch, dass die Zeit für die Vernichtung der Zauberei gekommen ist und dass die Zauberer, gegen die die Fotse vorzugehen sich anschicken, unten im Tal ihr Lager haben. Bevor der Morgen kommt, werden alle weißen Männer tot sein.

Der alte Mann erzählt ihm noch etwas. Zauberer tragen Zeichen an ihren Körpern, die unfehlbar deren schlechtes Wesen verraten. Er hat seinen Körper nach diesen Zeichen abgesucht und keine gefunden. Auch wenn er aussieht wie ein Zauberer mit seiner verkehrten Haut und seiner Pistole, die von weitem harte Hexensubstanz in Menschen schießt, kann das Äußere trügen. Manchmal geschieht es, dass jemand sich unklug gegenüber seinen Reisegefährten benimmt und nicht die rechte magische Vorsicht walten lässt oder an einem gefährlichen Ort einschläft. Dann können Geister in seinen leeren Körper hineinkriechen und Besitz von ihm ergreifen.

Sanft teilt ihm der Alte das Schlimmste mit: dass er von einem europäischen Geist besessen gewesen ist. Bald wird das Nadelgras aus der Erde emporschießen und die anderen weißen Männer töten und ihre Knochen zu Staub zermalmen, aber der Alte denkt, der Tod wird in seinem Fall nicht nötig sein. Stattdessen (obwohl es sehr schmerzhaft sein wird) kann er den Geist aus ihm herausziehen.

Er bekommt große Angst und bittet den alten Mann, es nicht zu tun. Bitte, sagt er, ich bin nicht böse. Ich bin kein Zauberer. Wenn du diesen Geist aus mir herausziehst, bleibt nichts von mir übrig. Der Alte gibt ihm einen beruhigenden Klaps auf die Schulter und reicht ihm eine Kalebasse, die einen dicken, bitteren Trank enthält.

Kaum hat er einen Mund voll von der Flüssigkeit getrunken, krampfen sich seine Därme zusammen, und er erbricht sie wieder auf den Boden. Der Alte fordert ihn auf, noch einen Schluck zu trinken. Wieder erbricht er sich. Der Vorgang wird wiederholt, bis er nach einiger Zeit bemerkt, dass ihm seine von Speichel nassen Hände sehr weit entfernt erscheinen. Die Entfernung nimmt rasch zu, als würde er zur Decke hinaufgezogen. Dann gerät er ein wenig durcheinander. Obwohl er in der Höhle bleibt und in der Mitte der weißen Kreidefigur liegt, die der Alte auf den Boden gezeichnet hat, fliegt er gleichzeitig nach oben und aus der Öffnung der Höhle hinaus und bergab auf das Lager der Weißen zu. Das Land, weiß wie Knochen im Mondlicht, gleitet unter ihm weg, während er darüber hinfliegt.

Am aschebedeckten Boden sitzen sie und beobachten ihn mit ihren leblosen Augen. Sie löffeln sich Nahrung in ihre großen Münder, und währenddessen kratzen sie sich mit gelben Fingernägeln. Hinter dem Professor ist ein riesiger Stapel Holzkisten aufgeschichtet, eine leblose Arche, die er und Gittens die letzten paar Wochen über sorgsam und akribisch gefüllt haben. Sie haben von allen Dingen in Fotseland ein Stück weggenommen: von Wassertöpfen, Hacken, Orakelwürfeln, Fo-Halsketten … Sie haben Fotos von den Dingen gemacht, die sie nicht mitnehmen können, und die Platten zu den Gebrauchsgegenständen gepackt, Platten, auf denen das eingefangene Licht letzte Erinnerung an ein Land sein soll, das sie bereits der Geschichte, den Toten ausgeliefert haben.

Er schwebt über ihnen und beobachtet sie. Er sieht die heranktiechenden Krieger, die Reihen der welligen schwarzen Rücken, die sich dem orangeroten Punkt des Feuers nähern. Er sieht die essenden weißen Männer. Alles an ihnen ist verkehrt.

Der Alte schüttelt seine Rasseln und psalmodiert seine Gesänge, und Novizen halten die Arme und Beine des Patienten fest, während sie ihm Gesicht und Schultern mit Asche einreiben. In einem Kohlebecken machen die Novizen Brandeisen glühend, denn dies jetzt hat mit Haut zu tun und mit der Art und Weise, wie sie trügen kann, wenn Raum und Zeit nicht in ihr fest verankert sind, sodass ihr Besitzer nie von seinem Weg abkommen kann. Ohne Trommeln kann man es nicht machen, weil Geister über Klangmuster miteinander in Verbindung treten, und so hämmern und wummern die Trommeln, einander überlagernd, und füllen sich teilend und verdoppelnd jene Muster aus, während über den Kopf des Patienten eine Maske hinweggezogen wird, um den Geist herauszulocken. Eines nach dem anderen werden ihm die Brandeisen auf den Körper gesetzt, aufs Kreuz, auf den Nacken, die Oberschenkel, die Schultern und die Brust, um ihn unwiderruflich auf die Zeit und den Ort dieser Brandmarkung auszurichten und festzulegen, sodass er, ganz gleich, wohin es ihn treiben oder wo er einschlafen mag, immer mit diesem Moment in Beziehung stehen wird.

Als ihn das Brandeisen berührt, schreit er auf, und wieder sieht er sich über das Land hinwegfliegen, das ein Land des Schreckens geworden ist. Er fliegt über einen Ort hinweg, an dem ein Holzgerüst aufgestellt worden ist, an dem auf der Suche nach Hexensubstanz die Leichen der Träger Idris, Ali und Danjuma gehäutet, ihre Mägen aufgeschnitten und ihre Därme auf Stöcke gewickelt wurden. Er wird in ein Tal herabgezogen, in dem jetzt hunderte von Gestalten durch die Dunkelheit kriechen – Nadeln, die aus dem Boden schießen – und sich den Weg an den Rand des Lichtscheins bahnen, der vom Feuer der Zauberer ausgeht.

Er spürt, dass der Geist allmählich den Halt verliert. Stark und gierig klammert er sich an seine Organe, zerstört die Einheit seines Körpers und schleudert Teile von ihm in alle Richtungen, Fleischbrocken, die in Strömen von Blut davonschwimmen. Als er in Stücke gerissen wird, wird die Welt mit ihm in Stücke gerissen, und er schreit von neuem, denn ohne etwas, worauf sie projiziert werden kann, ist die Wirklichkeit nicht zu ertragen, und er ist ein leerer Abgrund, und das Ding, von dem er meinte, es sei sein Ich, wird herausgerissen und fortgeschleudert und hinterlässt nichts als einen Albtraum, ein monströses Chaos.

Die Krieger rennen in den Lichtschein des Feuers, und die Kugeln der Weißen verwandeln sich an ihrer magischen Rüstung in Wasser. Ihre Arme heben und senken sich hackend und würgend. Klingen schaben an Knochen, durchtrennen Sehnen und lassen Därme sich durch Khakihemden auf Schöße in beuteligen Shorts ergießen. Greggs grinsender Kopf liegt in der Asche auf der Seite. Der Professor verspürt etwas, das ihn an nichts anderes erinnert, als aus seinem gespaltenen Schädel Hirn aufblüht und sein Gesicht zu einem unidentifizierbaren Brei zerschlagen wird. Gittens bettelt, Morgan blickt spöttisch und Marchant flucht, als sie ausgeweidet werden. Als die Sonne aufgeht, herrscht Stille im Tal und in den Höhlen der Toten.

Woche für Woche gewöhnen sich die Fotse an eine Welt ohne Zauberei. Die Menschen kehren zu ihrer gewohnten Lebensweise zurück: die Bauern auf ihre Felder, die Schmiede an ihre Essen, der Daou ans Schlichten zwischen seinen zerstrittenen Ehefrauen und der Sänger an die Arbeit an dem Liederzyklus, der vom Sieg des Guten über das Böse erzählt.

Die Regenfälle setzen ein, und die Wüste erblüht mit wunderschönen, kurzlebigen Blumen. Die Fotse stellen Spekulationen über die Dauer der Blüte und über die Größe der Hirseernte in der nächsten Reifezeit an. Die Regenfälle hören auf, und der Harmattan weht über das Land. Die Fotse-Männer beißen die Zähne gegen den Staub zusammen, und den Fotse-Frauen tun die Rücken weh vom Bücken, wenn sie ihn aus ihren Hütten fegen. Das Lager der Zauberer unterhalb des Anwesens des Daou ist nur noch Erinnerung, der Fleck einer Feuerstelle am Boden. Der größte Teil des Eigentums der weißen Männer ist verbrannt, aber einige Sachen leben weiter: ein gebleichter Schädel, der in den Altar in den Höhlen eingefügt wurde, ein blind gewordener Theodolit, der jetzt Bestandteil des Schreins eines Gehöfts ist.

Obgleich die europäischen Geister in die fernen Lande verbannt worden sind und die Ahnen wieder hervorkommen und im Tanz von den Frauen Besitz ergreifen, hat es den Anschein, als wäre die Wunde in der Zeit nicht geheilt und es gäbe noch immer die alten und die neuen Zeiten. Weise Männer machen darauf aufmerksam, dass der Himmel über dem Eidechsrücken noch immer weiß gesprenkelt ist und wilde Hunde in der Nacht einander noch immer rufen. Solche Dinge sind Zeichen des Fortbestehens. Doch die Veränderung scheint alles durchdrungen zu haben, selbst Hunde und Wolken. Vielleicht ist die Zeit etwas, das, einmal zerbrochen, nicht wieder zusammengefügt werden kann.

Unten im Tal kriecht ein Netz aus Straßen immer näher heran und laicht Dörfer aus dachlosen Betonhäusern, die bis jetzt noch keine Bewohner haben.

12. Jan. Kolonialministerium an HM Government Oil Coast
101. Bitte Nachricht Verbleib Chapel Fotseland-Expedition.

14. Jan. HM Government Oil Coast an Kolonialministerium
214. Ihre 101. nicht verstanden. Chapel-Expedition in Fotseland seit letzten Juni.

16. Jan. Kolonialministerium an HM Government Oil Coast
105. Ihre 214. Expedition London zurückerwartet. Inzwischen überfällig. Bitte dringend Nachricht geben.

4. Feb. HM Government Oil Coast an Kolonialministerium
245. Ihre 105. Keine Nachricht Chapel-Expedition.

5. Feb. Kolonialministerium an HM Government Oil Coast
114. Ihre 245. Unbedingt Aufenthalt von Chapel-Expedition ermitteln. Sorge auf höchster Ebene.

1. März. HM Government Oil Coast an Kolonialministerium
287. Ihre 114. Müssen leider mitteilen Chapel-Expedition

wahrscheinlich ermordet Fotseland. Polizeimaßnahmen in Vorbereitung. Bitte Mitteilung anderer Planungen.

Eine zerbrochene Taschenuhr wird sorgfältig in Seidenpapier gewickelt und an Miss A. Chapel, c/o Britische Botschaft, Paris, abgeschickt, wo ihre Ankunft in die Bekanntgabe ihrer Verlobung mit dem neuen Nawab von Fatehpur hineinplatzt, den sie bei einer Jachtparty in Nizza kennen gelernt hat. Ein mit Infanteriesoldaten besetzter Dampfer tuckert flussaufwärts, dessen menschliche Fracht träge vor sich hindöst und lustlos ihren Sold verspielt, bis sie an der Mole einer städtischen Siedlung, die als Short's Landing bekannt ist, wieder ausgespien wird. An dem Ort herrscht geschäftiges Treiben, er ist angefüllt mit Neuankömmlingen vom Land ringsumher, die von den hellen Lichtern und den staatlichen Löhnen angelockt worden sind. An einer Ecke rasiert ein Barbier seine Kunden, und Betrunkene sitzen auf den Stufen eines neuen hölzernen Gerichtsgebäudes.

Telegrafenmasten folgen der Hauptstraße, die aus der Stadt hinaus in Richtung Norden verläuft. An ihrem Rand beobachtet ein sich ausruhender Trupp Straßenarbeiter die Artillerie, die auf ihr entlangzieht: Maultiere stemmen sich in ihre Geschirre, und die Räder der Lafetten wirbeln rote Sandwolken auf.

Sein Kamel wirft ihm einen feindseligen Blick zu, und während er neben ihm einhergeht, achtet er darauf, ihm nicht zwischen die Beine zu geraten. Zusammen stapfen sie die sanft ansteigenden windabgewandten Hänge der Dünen hinauf und gleiten an jeder dem Wind ausgesetzten Stirnseite in einer knöcheltiefen Kaskade aus Sand wieder hinunter.

Vor ihm schleppen sich Kamele in einer langen Reihe dahin, jedes ist an dem vorangehenden Tier festgebunden. Ihre Hinterschenkel schaukeln von einer Seite zur anderen, eine Bewegung, die durch die Warenbündel, die auf ihre Rücken geschnallt sind, ins Obszöne vergrößert wird. Ihre Treiber zerren an ihren Halftern und drängen sie mit Liedern und kleinen Neckereien weiterzugehen.

Wenn er die Kapuze seines Burnus zurechtrückt, um seine Augen gegen die Sonne zu schützen, lässt er gelegentlich die Hand unter das Gewand schlüpfen und streicht mit den Fingern über die Brailleschrift des Narbengewebes an seinem Hals. Für den Augenblick ist der Weg für ihn die Hauptsache. Er hat keinen Gedanken daran, irgendwo anzukommen. Heute Nacht wird er unter der riesigen Wölbung des Himmels schlafen. Morgen wird er weiterziehen.

Glossar

Achkan	knielanger Mantel mit hohem Kragen
Adaab	traditioneller Gruß, bei dem die Hände aneinander gelegt und an die Stirn geführt werden
Angrezi	Bezeichnung für die Engländer
Apsara	himmlische Wassernymphen
Ayah	Kinderfrau
Babu	eigentlich: Herr, während der Kolonialherrschaft Bez. für niedere Beamte
Bhang	Haschisch
Bidi	handgerollte kleine Zigarette
Burqa	Schleier oder Umhang, der den ganzen Körper verhüllt
Chai	Tee
Chapati	ungesäuertes Fladenbrot
Chappals	Ledersandalen
Charpai	traditionelles indisches Bett
Chobdar	wörtlich: Stockträger; Diener am Hofe
Choli	unter dem Sari getragenes Leibchen
Chota Hazri	erstes Frühstück
Chukka	Polospiel
Dhal	Linsengericht mit Curry
Dhau	dreimastiges Segelfahrzeug
Dhobi	Wäscher
Dhoti	Stoffbahn, die zu einer Art Pluderhose geschlungen wird
Dirzi	Schneider
Diwan	Premierminister
Gharri	Fahrzeug

Ghi	geklärte Butter
Hakim	Arzt oder Richter
Halal	koscher
Hammam	Dampfbad
Haveli	Haus eines Händlers
Hijra	wörtlich: Hermaphrodit; Mensch eines sog. »dritten« Geschlechts, das weder männlich noch weiblich ist
Howdah	hölzerner Elefantensitz
Hookah	Wasserpfeife
Jalebi	sehr süßes, frittiertes Gebäck
Khidmutgar	eine Art Butler
Kurta	weites, kragenloses Oberhemd
Lakh	die Zahl 100 000
Lassi	Joghurtgetränk
Lathi	langer eisenbeschlagener Knüppel
Lotah	Messingtopf
Mahdi	Heilsbringer, Messias
Mahout	Elefantenführer
Maidan	Park; freies Feld; Parade- und Exerzierplatz
Mali	Gärtner
Mandala	mystisches Diagramm; für Meditationszwecke benutztes Bild
Mardana	Männerflügel des Harems
Memsahib	Anrede; Bez. für eine verheiratete Frau; Europäerin
Mohur	Münze
Munshi	Sekretär, Dolmetscher
Mushaira	Adelsversammlung
Paan	Blatt des Betelnusspfeffers, mit Betel oder Tabak gefüllt und zu einem Päckchen gefaltet
Pakora	in Kichererbsenteig frittiertes Gemüse
Palla	freies Ende des Saris, das von der Schulter hängt oder über den Kopf gezogen wird

Pir	frommer Mann, Heiliger
Puggaree	Turban, von Dienern getragen
Puja	Anbetung, Andacht
Purdah	Frauenschleier; im übertragenen Sinn das zurückgezogene Leben der muslimischen Frauen
Raj	wörtlich: Reich, Herrschaft; Ausdruck für die britische Kolonialmacht
Satyagrahi	Anhänger der Gewaltfreiheit
Shikar	Jagdausflug
Thali	Metallteller
Tikka	Kastenzeichen
Tonga	zweirädriger Wagen, von einem Pferd gezogen
Wallah	Partikel, die die Tätigkeit/Position einer Person bezeichnet
Zenana	Frauengemächer